谷崎潤一郎読本

五味渕典嗣・日高佳紀 編

翰林書房

谷崎潤一郎読本

目次

III 接続するテクスト

IV 谷崎テクストの現在地

V 谷崎潤一郎論のために

谷崎潤一郎全作品事典　274

まえがき

　われわれは、いまだに彼のことを知らない。もちろんひとは、彼を形容する多くの言葉を知っている。決して歩みを止めなかった言語の実験者、独自の美的世界の構築に一生を捧げた孤独な探究者、自らの欲動を思想へと転化させんと試みた律儀な享楽主義者――。確かにわれわれは、そんな彼の表情を、姿を、どこかで見たことがあるように思う。それらをどうかして縫い合わせれば、近代日本を代表する一人の偉大な芸術家の物語を語ることができるのかもしれない。だが、そんな美しい物語に酔いしれることは、一方で、テクストとしての彼の複数性を抑圧することでもある。テクストを織り上げた彼は足早に彼自身の言葉から走り去り、思いもよらない次なる表情を、姿を、編み上げていく。だから、彼のテクストを読むためには、その都度ごとの可能性の束としてある言葉の力動にしなやかに寄り添うことでなければならない。

　彼＝谷崎潤一郎の没後五〇年である二〇一五年より、待望の『谷崎潤一郎全集』全二六巻の刊行が始まった。本文の改変を含め、谷崎テクストの総体をひとまず俯瞰できる環境がようやく整うことになるわけだ。思えば、一九九〇年代以降、著しく多様化した文学批評・文学研究にあって、谷崎のテクストはつねに言及される対象としてあった。アジア・アメリカ・ヨーロッパの各地でも、谷崎をめぐる関心は単なるオリエンタリズム的な興味の域を超え、新たなテクストとの対話を生み出してきた。そして谷崎は、現代の文学表現を切り開こうとする実作者たちが意識する、偉大な先行者としてあり続けてきた。こうした現状を踏まえて、本書は、谷崎潤一郎をめぐる議論の現在を確認し、未来の読者に手渡すための媒体たることを目指したい。五〇年以上の長きにわたって時代の物語やイメージと交渉を続け、複数の芸術ジャンルと接触を重ねることで自らの変成を図ることさえ厭わなかった谷崎潤一郎のテクストを、彼自身の身体からさえも解き放っていくための土台を作りたい。

だから、本書でわれわれは、比類なき芸術家としての「大谷崎」を、いたずらに礼賛し、顕彰したいわけではない。谷崎テクストに刻まれた途方もない失敗といくつもの躓きを、20世紀の日本語にかかわる歴史的条件の中で展開された思考の限界として見つめながら、一方で、彼のテクストから聞こえてくる軋みや、社会や文学の制度を揺さぶるざわめきの声にも耳を澄ませたい。

われわれは、いまだに谷崎潤一郎のことを知らない。テクストとしての彼との新たな対話が、いま、ここから始まるのである。

編者

二〇一六年二月

複数の「谷崎」をめぐって
——新発見資料「創作ノート」を手がかりに

創作ノート「松の木影」の発見から

五味渕❖谷崎潤一郎の没後五十年となる二〇一五年から、待望の決定版全集の刊行が始まりました。このタイミングに呼応する形で、この間さまざまな新資料の発見が報告されています。中でも、千葉さんが『谷崎潤一郎の恋文』（中央公論新社、二〇一五年）でまとめられた数多くの書簡と、今回の全集二十五巻の創作ノートに収録された「松の木影」の発見は特筆すべきものです。

また、今回の全集には、現在確認されている谷崎の創作ノートのすべてが活字化されて収録されました。かつて中村真一郎は、「続松の木影」他の創作ノートについて紹介した際、「これからの谷崎文学の実証的研究にとってはこれらのノート類は、更に蒐集をすすめるべき書簡類、夫人の手許に保存されてあるであろう来簡の束と共に、不可欠な資料となるであろう」と書きました（「谷崎潤一郎の創作ノート」『中央公論 文芸特集』一九八四・一〇）。もう三〇年以上前の発言ですが、まさに今日の状況を預言していたと言えるでしょう。

新しい資料の発見や紹介は、しばしば議論の土台そのものを変化させます。この座談会では、決定版全集の編者お三方と、今回の全集で自筆原稿にもとづき『細雪』

座談会

明里千章、千葉俊二、西野厚志、細江光、五味渕典嗣、日高佳紀

の生成過程を詳細に検証された西野厚志さんをお迎えして、創作ノートを中心とした新資料の発見が、今後の谷崎をめぐる研究と批評にどんな展開をもたらすかということについて、議論をしていきたいと思います。

まずは千葉さんから、「松の木影」の発見の経緯と、一連のノートをご覧になった印象について、改めてお話しいただければと思います。その後、明里さん、細江さん、西野さんの順で、創作ノートを通して読まれた感想や問題点について、お聞かせください。

千葉❖中村さんは、あの時点で創作ノートの紹介をされ、『中央公論 文芸特集』の創刊号に「続松の木影」がほぼすべて掲載された。ですが、タイトルが「続」ですから、「松の木影」の正編があるだろうことは誰しもが思っていたのだけれど、どこにあるとも誰も報告してくれなかったんですね。どういうことなんだろうと、長年みんなずっと疑問に思っていたのではないかな、と思うのです。

それがある日、中央公論新社の方から「こんなのがじつはあるんだ」と。笹沼家の蔵にネガ焼きの写真版がしまい込まれていた。初めて見たとき、あっと声が出るほど驚きました。これはまず間違いなしに「松の木影」に相当するノートなのだろう、と。このノートのネガは表紙が欠けていたのですが、「春琴抄手記」という形で始まっていて、年代を考えてもまず間違いない。中身を読

んでみたら、確かに「細雪回顧」その他に書かれていた、『細雪』本体ではカットされた当時の関西の有閑マダムの不祥事（笑）というか、退廃的な生活ぶりにも結構触れられている。他にも谷崎の当時のいろいろなエピソードが記されていて「面白いな」という感じだったし、衝撃も受けました。「続松の木影」の報告以降、みんなが推測していたことの実態がようやく見えてきた、ということだと思います。

明里❖『春琴抄』から始まるいわゆる作品になったものにはあまり興味がなかったんですけれど、作品になっていない『続武州公秘話』のノートには、自分の頭で組み立てていく面白さがありました。僕が続編を書くわけじゃないんだけれども、あのメモに従って書いていったらどうなるかなと、そういう楽しみがありますよね。

それと今、僕が関心があるのは、谷崎が書く予定だったという小栗判官のことです。「をぐり」のメモがちょこっとあるし、それと、以前伊吹和子さんが『われよりほかに　谷崎潤一郎 最後の十二年』（講談社、一九九四年）で書いておられた折口信夫の『死者の書』のこと――いわゆる「絶筆メモ」にもつながってくるわけですが――それにすごく関心を持っていたということが実際に確認できたし、そこを明らかにしたいなと思った。それから、淀川長治が『淀川長治 自伝　下』（中央公論社、一九八五年）で書いていた谷崎の『影』というシナリオについても、その存在が確認できました。ほかにも幾つか「シナリオ風小説」とか書いてあるメモもあって、映画熱というか、会話で物語を書きたがっている谷崎を発見出来て面白かった。

それから、新資料として、今回の全集の第二十六巻に入る予定なのですが、谷崎の日記が八冊あるんです。時期的には昭和三三（一九五八）年七月から三八年の二月まで、ちょうど伊豆山（後の雪後庵）にいた時と重なります。全体としては備忘録的なものなのですが、その一つは訪問者名簿、来客の控えですね。来客の時刻と肩書き・氏名が明記されています。何時に何をしに来たか、ということです。二つ目が家族たち、松子、重子、恵美子、清治、千萬子の動向。熱海にいましたから、京都から何に乗ってきたとか、東京へ何に乗って行ったとか。松子と重子はしょっちゅう東京へ行っているんですよ。その辺の細かい動向が書かれています。三つ目に、女中さんの出入りです。ほんとうにいろんな人が来ては去っていく。すごい数です。来客と女中さんの名前を書き出してみたら、全部で三百人ぐらいになりました。あれだけ客嫌いと言っているくせに、ひたすら人が来ているんです。もちろん、こいつは嫌いだから会わないというのもありますが（笑）。あと大事なのは、往診ですね。お医者さんがやって来た往診の詳細な記録です。誰々先生が来てどんな治療をしたか、投薬は何かというような、まさに『瘋癲老人日記』につながっていくメモがあります。

それから五つ目の特徴として、原稿の執筆状況をメモしていて、枚数が明記されています。今日は原稿を二枚書いたとか、二枚半書いたとか、作品の執筆時期が分かります。原稿料のこともあるのかもしれませんが、非常に綿密に枚数を書いています。さらに、これは第二十六巻が出た時にお読みいただきたいのですけれど、暇があると熱海の映画館にひたすら通っています。特に森繁の「社長」シリーズが好きで、やたらに見ています。一人では駄目なので女中さんを連れて見にいって、これはこの前見たから途中で出るとかね、実にいいかげんな（笑）。洋画もよく見ていて、一貫して映画に関心を持っていたことはすごくよくわかる。

この日記も一種の創作ノートですね。そこで、谷崎の書斎の机を想像するわけです。ここに創作ノートがあって、日記のノートがあって、それとは別にひたすら書く書簡がある……。いったい谷崎はいつ小説を書くんだろうと、書斎の机の上が想像できて面白いなと。だから、作品にならなかったもののメモも含めて、いろいろと想像が広がって楽しかった。

細江❖いろんなことがノートに出て来て、それぞれ面白かったわけですが、谷崎が、あんなにも筆まめで、あとで役立ちそうなことや、ゴシップや、面白く思ったことを細々とメモを取っていたとは、思っていなかったですね。しかし、谷崎は、そのノートをそのまま作品にすることは、ほとんどなかったようです。

つまり、谷崎は、最初のアイデアから、さらに飛躍したり、磨きを掛けて行き、究極の芸術的な表現に変えているのだと思います。

西野❖僕の場合は、やはり内容が『細雪』に関わることが多い点が気になりましたが、それ以前に、先ほど千葉さんがおっしゃった発見の経緯が、すごくドラマティックに感じました。このことは、いわゆる「作者の死」以降に個人全集を出す意味という、今回の全集企画自体にも関わる問題なのかな、と考えています。

明里千章氏

千葉俊二氏

言葉というのは、普通には思想の表現であったりとか、意味の代用品であったり、何かを伝達する媒体とされるわけですが、今回の発見の事例は、改めて言語が物質的な存在なんだということを示しているような気が僕にはしています。基本的なことなんですけれど、谷崎は、約半世紀もの間にわたって創作活動を続けている。例えば今年（二〇一六年）没後百年の漱石などは、作家として活動しているのは十年ちょっとですよね。荷風のように、四十年以上日記をつけ続けたという作家もいますが、谷崎が残した言葉の中には、約半世紀という時間、激動の時代を経験していた近代日本の諸相が刻まれている。谷崎の言葉は、戦前・戦後と言論を統制する権力や、権力とは言えないまでも、俗情というか、一般読者の欲望を自分の中に取り入れ、その中で書いてはいけないことや求められていることに同調したり反発したりを繰り返していた。とくに僕はもともと『谷崎源氏』の削除問題から研究を始めたので、検閲制度との関わりについては、非常に関心があるところです。

内務省とGHQの検閲制度が大きく異なっていたことはよく知られています。全集第一巻の「飈風」（一九一一）など、初出本文では伏字になっているものが、戦後の百花文庫版（創元社から刊行、一九四六年）になるときに、その部分が丸ごと削除されている。この作は谷崎の発禁第一号であるとともに、その後のテクストがどう流通していくかが刻まれている。日本の敗戦を経て百八十度変わったと言ってもいいような時代の中で、言葉を制御・管理しようとする権力が一方にあり、谷崎自身も、生前の新書判全集では『金色の死』や『富美子の足』『青塚氏の話』など、「焼き捨ててしまいたい」といって、重要な作品を幾つもリストから消してしまう。つまり、自分の言葉を自分の所有物として管理しようとしている。これは別に比喩でも何でもないので、谷崎は日記を焼き捨ててしまったと言っているし、戦後に秘書をしていた末永泉は、毎日のように『細雪』の草稿を焼き捨てていたというようなことを書いている（『谷崎潤一郎先生覚え書き』中央公論新社、二〇〇四年）。権力の側にも、表現する側にも、言語を意識的にコントロールしたいという思いがあるわけです。

ここで最初に言ったことにつながるのですが、言葉というのは抽象的な思想の表現であったり、芸術的なものであったりする一方で、非常に物質的な側面も持っている。今回、写真のネガで残っていたという創作ノートが思いがけず出て来たのは、まさに「作者の死」以降のコントロールできない言葉のありようを象徴しています。何枚か残った『細雪』の草稿も、谷崎本人はちゃんと焼いて処分してくれ、と言っていたのに、お風呂の焚きつけとして使われ、穴をふさぐために入れられていた紙反故を取りだしてみたら原稿だった、というものでした（笑）。そんなユーモラスな事例までふくめ、今回の全集企画の中で、行方不明になっていたものが物質として浮かび上がってくる。その発見の経緯自体が非常にドラマチックだし、決定版全集の企画が呼び寄せたものなのかなというふうに思っています。

日高❖創作ノートに関していうと、先ほど来言われているように、作品になったもののメモと、作品になっていないもののメモというのが混在していて、それを振り分けながら、また組み立てる面白さというのがありました。ただ、その時思ったのは、これだけ克明にメモを取っていて、使うところはきっちり使っているわけです。ということは、結局は使わなかったものも使おうと思って、最初はメモしたんじゃないかということです。

例えば『細雪』に関するところだけ見ても、関西の有閑マダムたちの日常をかなり克明にメモを取っていて、実際使っているところは、ほとんど本文にそのまま生かす。娘の悦子のエピソードなんかに盛り込んだりして、きっちり使うわけですよね。そう考えると、谷崎自身の現実の切り取り方みたいなものが少し見えてきたような気がしました。とりわけ『細雪』なのですが、最終的に現在のようなかたちに結実させようという意図が最初からあったかどうかは、微妙な気がするんです。最初は色々なものにバラして創作しようとか、例えば時代小説的なところに接続する、と書いたメモもあったと思うのですが、いろんな創作のきっかけを現実からいかにして切り取って、先ほどの細江さんの言い方でいうと、谷崎の芸術性というところにどう落とし込んでいくかといったようなことを、改めて考えさせられました。

さきほど西野さんが、作家としての谷崎の活動期間の長さに言及されました。作家を研究する一つの意味は、このような個人全集企画などを通じて、「谷崎潤一郎」という固有名をつないでいくことなのではないかと思っています。その意味で言うと、西野さんがおっしゃった「言語の物質性」というのは、谷崎潤一郎の身体性というものとちょうど表裏のような関係なのかも知れません。

今日の座談会では、まさにその言語の物質性と谷崎の身体性とを往還させることで、どんな研究の可能性が開かれていくかを考えてみたいと思います。

創作ノートから見えてくるもの

五味渕❖今回は、創作ノートを収めた全集二十五巻が出て直後の座談会ですから、まさにここから研究が始まるわけです。では、いまの皆さんの問題提起につなげる形で、ノートの中身についても考えてみましょう。作家のノートにはいろんなパターンがありますが、今回全集に収められた谷崎のノートは、いわゆる「下書き」ではない。むしろその一段階前、素材や構想のメモに当たるものなのだと思います。ですが、少し詳しく見ていくと、かなり質が異なる情報というか、位相の違うエクリチュールが混ざっているような気がします。まさにそこにこの書き手の創造力の源というか、思考の癖のようなものも見えてくるかなというふうに思うんですが、そのあたり千葉さんはどうお考えでしょうか。

千葉❖『細雪』には、さっき西野さんが言ってくれたように、反故原稿があるんですね。それがたいへん面白いので、今回この『谷崎潤一郎読本』に書いたのは、その反故原稿からどんなことが言えるのかなという形で、ちょっと考えてみた文章なんです。

そういう意味からすると、つまり創作ノート全体がほぼ反故原稿になるわけですね。そこから見えてくる力学というのがやっぱりあると思う。なぜこの作品が完成作品にまで昇華されて、なぜこのモチーフは落とされたのかとか。今までは完成作品だけからしか論を組み立ててこなかったけれども、これからは、『春琴抄』以降の作品は、作品化されなかった否定の力学という側面も組み込みながら考えていく道筋、谷崎後期の作品の力学というものを明らかにしていく可能性もあるんじゃないのかなと思うんですね。

明里❖もう一つ別の物語というか、その要素がなぜ落とされたのかということを、僕らは検証していく必要があるのかなと。あまりにも下品であるとか、あるいはむしろそれを入れたほうがもっと登場人物たちに肉付けできるのにとか、この話はもったいないよね、みたいなものがありますよね。落とされた経緯や、最終的に残らなかった、書かれなかった言葉たちを僕らはどう受け取るべきなのか。これからの研究課題にしたいなと思っています。

西野❖確かにテクストはリニアなもので、清書されたものを順番に読んでいくことができる。ですが創作ノートには、その周辺に群がっていたり、抑圧されていくものがまだこびりついていて、しかも何ページかにわたって飛び飛びにエピソードが書かれている。そのような言葉を読むという体験は、まったく質が違うものですね。

僕は『細雪』に関心を持って読んだので、どの瞬間に『細雪』になっていくかと思いながら読んでいたんですが、最初「べかかう」という名前にするという作品が、いつのまにかタイトルも変わっていたり。いろんなものが合流したり枝分かれしたりしながら、ようやく全集にして三七一ページのところで――「松の木影」の1／3ぐらいのところでしょうか――「三寒四温」というのが「○○家の台所」というのの横に書いてあって、ここで谷崎が『細雪』のもともとのタイトルと言っていた「三寒四温」とか「三姉妹」とかが出て来る。そして、後半1／3ぐらいの四一四ページでようやく『細雪』の設定みたいなところに入っていく。清書されたリニアなものじゃなくて、合流したり枝分かれしたり絡まったりしているようなテクストとして創作ノートを読んだ、そんな貴重な読書体験だったなと思いました。

千葉❖『細雪』ばかりじゃなくて、『猫と庄造と二人のをんな』に収斂していくまでの間にも、あれとこれを結び付けて、あるいはこっちと一緒にするとか、いろいろ試行錯誤している。そういうところが結構見えますよね。

五味渕❖創作ノート全体を視野に入れると、谷崎のノートには、いくつか書き方のパターンのようなものがある気がします。一番数が多いのは箇条書き風に単語が列挙されているもの。これはたぶん記憶のインデックスですね。それから、作品でいうと『春琴抄』『聞書抄』『猫と庄造と二人のをんな』に関しては、コンパクトにまとめられた梗概のようなものが書かれていて、その空白を押し拡げていくようにテクストが作り上げられていった過程が見えてくる。

ですが、何と言っても個人的にインパクトが強かったのは、一連のノートのうち「松の木影」と「子(ね)」の最後に出て来る、取り憑かれたように固有名詞が出て来るページです。これは本当に衝撃的で、何か見てはいけないものを見てしまったというか、この作家の一番根っこのところをかいま見てしまったような感覚に囚われてしまった。まるで壊れた機械みたいに人名と地名らしき単語が連ねられていて、活字の字面で見ても、その質感は圧倒的です。

千葉❖伊吹和子さんが『われよりほかに』の中で、谷崎が創作ノートに女性の名前を羅列して、それをじっと見ながら物思いにふけっているという場面を印象的に書いていますね。まさにそうだったのか、という感じで、字面からいろいろな想像の世界が立ち上がっていくんだろうなというふうに思いましたけれどもね。

五味渕❖これを直筆で見たら、すごく怖いんじゃないかと思うんです（笑）。

明里❖怖いね、確かに。

西野❖『鍵』じゃないけど、引き出しを開けてこれが入っていたら、見なかったことにしてそっと閉めると思います（笑）。

五味渕❖夢に出てきそうな気さえするんですけど（笑）。そう考えてみると、実は「松の木影」「続松の木影」で『細雪』につながっていく話がかなり丹念に書き取られていくというのは、ノート全体からみるとかなり異質なことなのかなという気がするんです。つまり創作ノート全体を見ていくと、谷崎の作品史における『細雪』の特殊性が逆に見えてくるところがあるんじゃないか。そのあたり、西野さんはどうお感じになりますか。

西野❖結構重い問題なんですが、基本的なことから確認ですけども、『細雪』については、「松の木影」が何年から書かれているというのが関係しますよね。

千葉❖『春琴抄』のメモから入るから、昭和八（一九三三）年ですよね。

西野❖そこから、昭和十三年か十四年ぐらいの間に書かれたものだ、と。ただ、エクリチュールの勢いのようなものが、ある時には噴出したり、ある時には淀んだりということで、同じ速度でこのメモは流れていないと思います。そのあたりは、谷崎の書簡類と付き合わせていくとだいたいいつごろかは分かりますね。

それから、創作ノートからテクストになって、そのテクストが世に出ていく時に被った力というか、圧力というのが、やはり一方であると思うんです。『細雪』については僕が全集の校訂作業をしましたが、よく知られた事例ですけども、上巻の白系ロシア人の家に行って、天皇賛美とも取られるような箇所が削除されて書き換えられているというところだとか、あるいは中巻以降に出てくる隣人のイギリス人に対しての悪口が、戦後になってGHQの検閲に対応するためにスイス人と国籍を書き換えられている事例もある。創作ノートから見て行くと、『細雪』を唯一のものではなくて、そこを複数化していくことが可能になるのではないか。

谷崎は自分はあまり筋を考えて書かないみたいなことが言われていますが、先ほど指摘した四一四ページのところには、『細雪』の設定がかなり細かく書かれている。その中で「S子は二十九歳であるが、まだ純潔な処女である」というあたりは、原稿と今のテクストでは結末が変わっているわけですけれども、変わる前の結末、原稿にあった一節と呼応しているのかなというふうに思いました。現行のテクストからは削除されているのですけれど、自筆原稿の最後には「三十五年間の処女に別れを告げるということ」というフレーズがあります。筋は考えていないと言いながら、「創作ノート」の書き始めの部分と、原稿として出来上がったものとが、テクスト内に流れている時間を加算して、つまりヒロインがそれだけ年齢を重ねて、だけれども処女であるというこのフレーズで、きちんとつじつまが合っている。

ところが、先ほどから出ているような退廃的な側面を抑圧してきれいに出来上がったテクストが、ご存じのように最後はヒロインの下痢で終わるわけです。原稿の段階では、三十五年間の処女に別れを告げ、かつテクスト自体は和歌を詠んで閉じるという、散文らしからぬ終わり方をしていたわけですが、現行本文では、最後になってヒロインが汚辱にまみれながら、テクストが閉じられずに終わっていく形になる。聖と俗、あるいは清と濁が混ざり合ってテクストが抑圧したものが回帰するという様相が、自筆原稿と現行のテクストだけでなく、そこに創作ノートを加えると、より鮮明に見えてくるなという気が僕はします。ちなみに、下痢も初出では一日に二、三回といっていたのが、今は四、五回というふうにかえって増えていて（笑）、そこはまさに谷崎が抑圧したものが炸裂している、とも思います。

明里❖でも、このノート自体は戦争中に書かれていますよね。戦後にはＧＨＱなりに配慮しながら書いていたとしても、実は、いつ終わるか分からない戦争中のほうが、むしろ谷崎としては自由に書けていたような気がするんだけど。

西野❖その「自由」をどう定義するかが難しいですよね。自由にいろいろメモを取って作品にしていくというときの「自由」というのも、例えば本人は自由なんだけども、外からのプレッシャーによって書けないことと、それを本人が内面化して自分自身もある程度同調しつつ書いているという部分もある。

それから、戦時中に『細雪』私家版は上巻しか出なかった。その時点で当局から注意を受けたというエピソードがありますね。ですが、ちょうど今回僕も知ったことなのだけれども、中巻についても、谷崎は私家版の作成を実はしていたし、かつ、中央公論社から岩波書店に著作権の移譲を行おうとしていた。何らかの形で世に出そうという執念があったわけです。今まで『細雪』については、公的な・パブリックな言語空間から退いたかたちで、発表の当てもなくプライベートに書いていたと言われてきました。確かにそういう部分もあるかも知れないのですが、谷崎本人としては、言葉を公表するための動きも見せているわけです。

『細雪』の歴史性

五味渕❖いまのお二方のお話は、やがて『細雪』となっていくテクストを書く谷崎の身体をどう想像するか、という問題でもあると思います。その点で言うと、私はむしろ「自由」というよりは、義務感のようなものを強く感じました。以前高橋世織さんが『細雪』は「耳の物語」だとおっしゃいましたが（「細雪」――〈耳〉の物語」『文学』（季刊）一九九〇・七）、この人は本当にとてもよく人の話を聞いている。よく読まないと人間関係が分からなくなってしまうぐらい、非常に細かくメモを取っています。ここには何か、「この時間」というものを何かのかたちで書き留めておきたいという、非常に強い信念のようなものが感じられるんです。

日高❖書かれているエピソード自体が、例えば今日聞いた話をすぐ書いたかどうかというのは微妙で、今の五味渕さんの話とかにつなげていうと、かつてあったことを記憶の中から一生懸命克明に取り出していくという作業だった可能性もあるのかなと。日記とは違って。

東郷克美さんが、失われた阪神間へのオマージュだと書かれていた（「戦争とは何であったか――「細雪」成立の周辺――」『異界の方へ――鏡花の水脈』有精堂出版、一九九四年）と思うのですが、戦争に入っていって、何かが失われようとしているという感覚、何かが、豊かさみたいなものが失われているということを記述しておきたいという義務感と切実さですか。そういったものが確かにあるなと僕も思います。

西野❖戦後すぐの作品の「A夫人の手紙」は、GHQの検閲で発表できなかった作品ですが、そこには戦時中の話として、飛行機の飛び方とか飛行軍事訓練の様子が描かれている。A夫人はその情景に熱い視線を送っていくわけですが、実際にA夫人の遺族の方に会っていろいろ話を聞くと、A夫人の旦那さんのモデルとなった人は、日本で初めて日米間の民間航空の乗り継ぎを成功させた人で、戦時中は軍用機の部品を作っていた軍需産業の社長だったということなんです。

そういう背景を持った女性が飛行機に熱い視線を送っているという物語を、なぜか谷崎が戦後第一作として発表しようとして、そこにタイムラグがあったために戦後占領期にNGになってしまう。これは細江さんも紹介されていますが、後に谷崎が「あの面白さはあの時じゃないと分からないから、その後発禁が解けて発表しても、あれはあの時じゃないと面白さは分からないんですけど」みたいなことを、伊藤整との対談で言っています。

そう考えると、「A夫人の手紙」の面白さは、ある種のドキュメンタリー的なところにあるといえる。戦中の食糧事情や用紙統制、社会状況など、一連の創作ノートに似た素材がそこにはあって、しかもそれが、戦後の生活がだんだん豊かになっていく中で忘れられていく。何かが失われていくのでそれを書き留めるというのとは逆で、失われた空間が徐々に回復されていく中で面白さがなくなってしまうような素材が、あの作には書かれているのかな、と思うんです。例えば、『細雪』上・中巻は用紙や配給の問題で刊記の日付通りに出版できなかったのに対して、下巻が出る頃には出版・配給が正常化される。そういう状況下で、谷崎の戦後第一作として書かれ、遅れて発表されたというのは、今の話の流れにつながることではないでしょうか。

日高❖自分も以前考えたことがあるのですが、『細雪』の下巻は、今西野さんが言ったことを逆になぞっているようなところがあるのではないか。要するに、蒔岡家も没落の一途をたどっていく。貞之助や、雪子の夫になる御牧は、実はあの時代における勝ち組だから、戦後になると、完全に負け組になっていくわけでしょう。貞之助がすごく羽振りがいいということは、軍需関係に関わっているわけだし、御牧も貴族の出だといっても、何となく軍事関係のことをしていると匂わせるようなことが書いてある。

『細雪』の最後のところって、実は幸子の蒔岡家も、雪子の御牧家も、かなり暗澹たる戦後というのを迎えるに違いないという、予感めいた終わり方をしている。堅実に生きている鶴子と、たくましく生きる妙子が何となく生き延びていくんじゃないかと。

西野❖明暗が逆転する。

日高❖それって、失われた何かを懐かしむというつもりで、メモ段階では書いていたのかもしれないし、上巻、中巻まではそうだったかもしれない。けれども、下巻になって本当に失われちゃったら、今度はそういう喪失感というものをちゃんと中身でも共有させようといった狙いが、別の行き方で出て来たのではないか、という気がします。だから、やっぱり『細雪』下巻は、戦後に書かれたからああなったのかなと、そんなふうに思ったんで

西野厚志氏

すけども。

五味渕❖つまり「A夫人の手紙」と『細雪』下巻は、実は表裏一体の関係になっているということですね。以前、千葉さんが書かれた『細雪』論（「谷崎潤一郎「細雪」の時間」『国文学解釈と鑑賞』二〇〇八・二）の中で、この作品には季節ごとに循環する神話の時間と、もう二度と帰ってこない不可逆的な時間の流れとの両方が刻みこまれているのだ、という指摘をなさっている。そのうえで、すでに中国大陸での戦争が始まっているにもかかわらず、戦前の日本帝国が最も豊かな日常を享受できた時代の風景が描かれているのだ、と論じられていた。そこでは、「写真」というメディアが大変シンボリックに使われています。二度と戻らない日常の些事を、時間をその瞬間へと固定する写真が、まさに撮ったそばから風景を懐かしい過去に変えてしまうという道具として、とてもうまく使われていたと思います。

実は、一九三六年から始まる『細雪』の時間は、物語現在でいうと、江戸川乱歩が帝都東京に怪人二十面相を出した時間と一致しているわけです。もちろん東京と阪神間だから場所は違う。けれど、少年探偵団に集まった子供らが徹底してブルジョア家庭の子供だったということと、『細雪』の姉妹の生活とは明らかに対応関係にある。そう考えると、『細雪』というテクストは、実にさまざまな歴史性を刻んでしまっています。

まず第一に、日本敗戦後になると、谷崎が最初書きたかった阪神間の有閑夫人の生活基盤自体がもうないわけです。つまり風俗小説として描こうとしたのに、もう二度と戻ってこない風俗を書いてしまった。さらにいうと、日中戦争期という時間もとても大事だと思うんです。この物語は日常と戦争が並立した時間というか、大きな戦争はみんな起こっているって知っているけど、直接暮らしには生々しく影を落としていないという、そういう時間を刻んだ作品になっている。

恐らくそれがもう一つの歴史性と関わってしまうのは、『細雪』が発表できなくなっていく経緯のステップとして、二回目の連載が終わった後、火野葦平が『改造』の座談会「文学・その他」（一九四三年四月号）で、「今の時代にこんなことを書いていていいのか」と突っかかっています。同席していた武者小路実篤と志賀直哉は、いかにも鷹揚に「谷崎君だからあれでいいんだ」などとまとめていくのですが（笑）、火野がそのようなかたちで『細雪』に反発しているのは重要です。ちょうど翌月には山本五十六の死や、アッツ島の玉砕が発表されていく。そんな戦時末期の思想戦の時代には、『細雪』が描いたような、戦争と日常とがつながっていない風景と読者が出会うこと自体が、たいへん怖かったし問題だった。この長い書物は、じつは戦時の時間と戦後の時間とを、それぞれの別の形で刻んでしまっているのではないか。

以前、細江さんは谷崎が芸術的抵抗者ではない、という意味のことをお書きになられていて、それはまったくそうだろうと思うんです。抵抗の物語はいくらでも書けてしまうので、研究の場を見ていると、下手をすると作家はみんな抵抗者だったのではないか、と思うぐらい(笑)。ですが、この創作ノートを見ていくと、じつは谷崎が、自分の周りにある空気みたいなものを非常に鋭敏に感じている。だからこそ、それを書けなくできる、と言いますか、要するに、避けられるというのが分かっていれば避けられるわけで、鋭敏にそういうものを感じることができる感性を持って、しかもセンスを持っているから逆に書かないという判断ができる。そういうところもあるかなと思ったんですけど、いかがでしょう。

細江❖難しいですね。特にそういうことを感じたということは僕はないんですけどね。

西野❖日中戦争が不可視なものになっているというのは、谷崎が林語堂の『北京の日』(鶴田知也訳。今日の問題社、一九四〇年。原著の刊行は一九三九年)の日本語訳に示した感想ともつながりますね。「続松の木影」で谷崎は、さすが中国人はこんな激動の世の中でも全然そんなことは気にしないような様子で、そこが大陸的だというような読後感を書いています。しかし、それは崔海燕さんが以前指摘されていたように、日本語に翻訳する時に大きくそういう部分がカットされているからです(「谷崎潤一郎の読んだ林語堂のMoment in Peking」『比較文学』五二号、二〇〇九年)。ただ、実際に『北京の日』を見ると、訳者の序として、時代に不都合な部分は自分が削除したんだと、しっかり鶴田知也が書いている。かつて僕も書いたことがあるんですけれど、同じようなことを谷崎も『源氏物語』現代語訳の際にやっていた。構想に不都合な部分があって、そこは自分はぼかしたりいろいろしている、と自分で言っているわけです。だから、言語空間をまたぐ「翻訳」の過程で何が起こっているかというのは、谷崎はある程度分かったんじゃないかなと思うんです。

細江光氏

僕は細江さんの論文は画期的な成果だったと思うので、本当に何度も読み返しています。谷崎が残したものとか、あるいは意識的にコントロールできる言葉を寄せ集めていくと、谷崎の主観としては恐らく天皇崇拝者ではあるし、戦争に反対しようとかいう積極的な意志は取り出せないというのは、すごく説得的です。ただ、この場合、例えば『北京の日』のように、反時代的にというか、ある意味で時代に合わせて書き換えられたものの雰囲気を移して『細雪』を書いたのに、今度はそれが逆にダメだよ、と禁じられていく。うまく連鎖が行っていない感じがします。『北京の日』みたいに書けば、日本の言語空間では安全に流通するはずだったのに、まさにその日常的な部分が逆に反時代的になってしまった。そんな谷崎の無意識のようなものまで計算に入れれば、意識的には決して抵抗とは言えないのだけれど、ついそういうところに足を踏み入れてしまうのは、谷崎の剰余の部分なのかな、と自分では思うんですが。

明里❖『細雪』の作中時間は、一九四一（昭和一六）年の春で終わりますね。要するに、太平洋戦争に及ばないところでやめた意図と、日中戦争だけでやめているというのが、さっきの『北京の日』の話の中で、時代をどこまで入れるか、ということと。

日高❖そのことに加えて、さっき五味渕さんが同時代状況を整理してくださったんですけど、じゃあなぜあのタイミングなのかということです。あのタイミングで、『細雪』をなぜ出すのか。彼はメディアの状況に対しては過敏なところがありますよね。だから、発表が出来ない状況になってしまったのは、何かを読み違えたというか、このくらいなら大丈夫だろうと思っていたのとは違うところに引っかかったところがあるんじゃないか。

五味渕❖少し細かい話をすると、恐らく一年前であれば問題ないんです、あの作品は。つまり、四二年一月号から連載されていれば、多分もっと長く続いたはずです。第一回は『中央公論』の一九四三年一月号で、島崎藤村の『東方の門』と並べられるわけですけれども、言説の流れでいうと、その年の四月に山本五十六が戦死する。五月にはアッツ島での「玉砕」も発表されます。それらのことで、言説のシフトがまったく変わってしまう。一連の戦争の中で、日本が初めて敗北を公表することになったからです。大本営発表のレベルでは、ガダルカナルは「転進」と言ったし、ミッドウェーはアリューシャン諸島の占領作戦だと言っていた。

だから、四三年一月から春にかけての言説の空気を見ていくと、基本的には戦時初期の真珠湾攻撃万歳、シンガポール陥落万歳の雰囲気が残っていた。ただ、タイミングが四三年の春になってしまった瞬間に、軍や情報当局が大きくシフトを変えるので、そことぶつかってしまったということなのだと思います。

日高❖前年までの状況だったらば、このぐらいはいけると踏んでいるわけですよね。そこら辺はかなり敏感に察していたかもしれない。事態がもっと先へいっちゃったということですよね。

西野❖戦後のＧＨＱに対する対応はものすごく早いので、何でこんな時期にこんな情報を持って書き換え可能だったのか、不思議に思うぐらいです。『細雪』の場合、第十九章で連載を中断した時に原稿にそのまま断り書きを書いているじゃないですか。「作者曰」といって、いまの全集に入っているものですけれど、あの中でも支那事変の起こる前年、すなわち昭和十一年の秋に始まり大東亜戦争勃発の年、すなわち昭和十六年の春、雪子の結婚をもって終わるというふうに計画をそこで述べているので、戦争がこの後どうなるかということは不透明な時点で、やっぱり物語とか小説の着地点というのは設定はしていたわけですよね。

千葉❖昭和十八年の連載二回目のところ、三回目は何月になるのかな。

五味渕❖二回目が三月ですね。

千葉❖だから五月か。そこで三回目を掲載して、一度閉じるというのが谷崎の当初の思惑だったのに、一回早くなっちゃったわけだよね。

西野❖「つづく、次回六月号」というふうに二回目で予告したのに、六月号に編集部による掲載中止の広告が載ったんです。

千葉❖今おっしゃった十九章の断り書きみたいな文章まで、原稿に書き入れてあったんだよね。

西野❖校正も終わっていて、かつあそこは、貞之助たちが当時の国際情勢について議論する、一番時代状況に肉薄した部分ではあったわけですが、そこが出ずに終わったんです。

千葉❖その後、書けない状況になるだろうということは谷崎も認識していて、その後、実際に発表できなくなった状況の中で書き続けていくと。書き続けていつになったら発表できる時期がくるのかということは、谷崎はどう判断していたんですか、それは。

西野❖中巻の私家版をひそかに作っていましたよね。その辺りの紙は創元社の矢部良策が都合したみたいですけども。なので、僕もそれはちょっと知りたいんです。従来だと戦時下でも発表の当てもなく書き続けたという話ですけれど。

千葉❖でも、勝つということは（昭和）十八年の段階で一般民衆も信じてはいないよね。タテマエでは一億玉砕とか勝利を信じてとかいう言い方をしても、誰も信じていなかったと思うんだよね。ましてや谷崎は、この国がアメリカに勝つということは信じていなかったと思うんです。そうすると、書き続けるということは、日本の敗戦を見通しながらじゃないと、書き続けられなかったんじゃないかと思うんですけど。

負けることを意識しながら、国は敗れても俺の作品だけは残したいという思いというのはどこかあったんじゃないかなと。作品だけは残したいという意識はすごく強かったと思う。それが上巻の私家版になり、中巻の私家版の途中までの作成になり、そして私家版も文学者に送るんじゃなくて、近辺の知人に送って。百部でも二百部でも必ず友人たちが持っていてくれれば、作品は残るからね。

明里❖作品を分散しておこうという思いがあったんですね。

千葉❖何も文学的評価をあそこで得ようとしていたわけじゃないわけで。その辺の谷崎の意識というのは面白いなというふうに、私は思うんですけどね。

西野❖『細雪』の原稿が和紙に墨書きであるのも興味深いですね。『谷崎源氏』は洋紙にペン書きです。

五味渕❖一九四一年一二月一一日付けの重子宛て書簡では、最後のところで、「戦争となれば当分私も仕事に遠ざかるに相なるべく、今後は何かと節約をし不自由を忍ばなければなりません。あなたさまも前途の発展を楽しみに辛抱していただかなければなりませんが、しかし何事におよばずお困りの時はご相談なさってください」というふうに書いている。空襲のこともかなり早く意識していますし、非常に敏感に反応している。ただ谷崎は「当分私も仕事に遠ざかるに相なるべく」という言い方をするんです。つまり、終わりということは絶対来るのだということをどこかで意識していたんだろうと思います。そうしないと、リスクヘッジの仕方も多分違ってくると思うんです。

千葉❖戦後の回想でも、こんな異常な時代がそんなに長く続くわけでもないしというような言い方をどこかでしていたよね。日本が壊滅的な状態に置かれても、俺だけは生き延びると。どんな山の中に入っても、俺と『細雪』の原稿だけは生き残っていくという、強い意識があったんじゃないかな。

全集と「淋しさ」

五味渕❖私は今回はじめて、本文校合と解題執筆担当というかたちで作家の個人全集に関わったのですが、本当に責任の重い仕事だな、と痛感させられました。自分の作業の結果が、ことによると数十年は、権威を持った本文として流通していくかもしれないわけですから。同じようなことは、西野さんや日高さんも感じられたのではないかと思います。本日はせっかく全集の編者お三方がお揃いですので、決定版全集を作る過程でお考えになったことをお聞かせ願いたいのですが。

細江❖私は谷崎の作品を遺漏なく集めて、全集を作り上げることをやっています。もちろん私だけでやるんじゃなくて、たくさんの人と一緒にですけれども。それから、全集の作業で私がわりと力を入れていたのは、ちょっとした間違いというのがあるんですね。前の全集（愛読愛蔵版全集）からだいぶ時間がたっていますが、前の全集にも間違いがもともとあって、それを見つけて、これはこういうことで直さなきゃいけないということを進言するというかね。そういうことをかなり力を入れてやってきたんです。

それから、これはまだ作業の途中なんですけれども、書簡の部分ですね。これも私一人というわけではないんですけども。ただ、手紙がどれぐらいあるのかまだ分からないんですね。どこかからまた出てくるかもしれないし、あるとは分かっているけれどまだ読むことはできないとか、そういうことがあります。中央公論新社の方もまだ書簡に重点を置いてやるという体制にはなっていない。もうちょっと時間がかかると思います。

五味渕❖細江さんは長い間、ずっとテクストや資料の発掘にご尽力なさってこられたわけですが、今回の全集が出来ていくプロセスに立ち会う中で、どんな感想や感慨をお持ちになったでしょうか。

細江❖そうですねぇ。一番には「淋しい」という感じでしょうね。新しい谷崎の作品が、どこかから、ひょっこり出て来たらいいと思うけれども、もう本当にないんですよね。

明里❖僕の場合は、どんな全集にしようかということでみんな集まった時に、これは千葉さんも仰っていますが、小説かエッセイかはっきり区別がつかないのもあるし、時代ごとに見ていく必要があるから、単行本の形でやろうと。これが実現できて嬉しいですね。

一冊読めば、時代の雰囲気が、時代が分かってくるというのが、明治、大正、昭和を生きた作家として、その身体性としてとらえるためには、一冊としてとらえることが一番大事だろうと思ったので。それは読者のためだけでなく、研究者にも便利ですよね。一冊の中にその時代が入っているということは。

それからやはり、ずっと欲しいと願っていた本文校訂がやっと付けられた。これは大変な作業ですから、研究者の皆さんの協力なしにはできなかった。その上で校異が付けられたというのは、嬉しいことですね。「淋しい」

というよりは「嬉しい」かな（笑）。

千葉❖実は以前にも全集の企画はあって、巻割りをするところまではやっていたんです。でも、いろんな事情があって流れてしまった。その時に私は、もう全集をやることはないんだ、それならそれでいいや、と思っていた。そう思っていたのですが、ちょうど没後五十年で著作権が切れるし、その前に中央公論新社としてもう一度やりたいから考えてみてくれ、とお声がかかったわけです。その頃、ちょっと外にやりたいと思っていたこともあったので、だから私としては淋しくもないし、嬉しくもないし、ひたすら苦痛だな、と（笑）。これは大変だと思って。

そこで考えた一つの案として、以前の谷崎全集は、どうしても初出の発表順で『誕生』『象』『刺青』という形の並び方だったのを、『刺青』から始まる全集を作りたいなという思いがありました。ならば、谷崎が作った単行本を単位にして、『刺青』から始めていくということはありじゃないか、と。でも、単行本化された作品がきれいに年代順にならぶというわけでもないので、その点を考えた折衷案を出して、現在の巻割りの原案を粗々作ったわけです。

また晩年になるとフィクションとエッセイとの区別がつかなくなって、『雪後庵夜話』など作品に入れてよいかエッセイの方へ廻すのかよく分からない。でも、単行本単位という形にすれば、それは悩まなくてもいいだろうと、単行本収録の作品を中心にして、単行本未収録、雑纂という形でまとめていったわけです。この巻割りが成功したかどうかは、ぜひ皆さんのご意見をうかがいたいところです。

また、今回の全集は、細江さんの今までの業績なしにはありませんでした。今までこつこつと集めてこられた全集未収録作品をそのまま流用させてもらっています。また、先ほどお話があったように、細江さんには全集を読み直してもらっていて、谷崎自身が誤解をしたり勘違いをしたりしているものをチェックして、多くは本文で直さずに解題で指摘する、という処理を施しています。

再録本の問題も、今回の全集の解題で新たにまとめた部分ですよね。有名な作品は生前から何回も何回も文学全集などで再録されているので、谷崎作品がどんなふうな形で世間に享受されてきたのかを考えていくうえで、とても大事な情報ですね。その点は、明里さんが中心になってチェックしてもらっています。

日高❖単行本単位の巻割りというのは、すごく良かったと思います。最近は時代順に並べる全集が多いですが、そうするとある意味で、書物の物質性というのが消えてしまいますよね。単行本ベースの形にしたことで、刊行された時期の時代的な問題であるとか、その時期に同時に書いていたものを一緒に見ることができる。その意味では、このやり方は非常に良かったと思いますね。他の個人全集でもあまりないんじゃないかな。

明里❖谷崎は「装釘漫談」で、自分の作品を単行本の形にして出した時に初めて自分の「創作」が出来上がったような気がすると言っているからね。ほんとうは造本や装幀も写真で入れたかったんですよね。もし可能ならば。

西野❖谷崎は『金色の死』の中で、視覚的な表現と言語表現は違うんだ、という議論をしていますが、初出本文を見ると挿絵が入っていますよね。例えば『痴人の愛』とかでも初出本文を見ると挿絵が入っていて、文章でナオミがメアリー・ピックフォードに似てるとか服装を説明されてもぼんやりとしかわからないけれど、挿絵でイメージが補足されるということがある。最初に世に出たかたちはその挿絵がある状態だったわけで、そうなると、テクストっていったい何なのか、と考え直すきっかけでもある。装幀だけではなく、挿絵が入る全集というのも、ちょっと夢見てしまいました。

千葉❖そうね。挿絵は入れたかったんだけど、ぜひね。でも、ページ数といろいろな制約の中で挿絵がどうしても入れられなかったのは、本当に残念だよね。

谷崎研究のこれまで・これから

日高❖これまでの谷崎研究は、全集レベルで本文の校訂がされていなかった。だから、まずはそれぞれ基礎作業からスタートしてきたわけです。そこで初めて発見できることが実はたくさんあったのだけれど、この全集で一応その段階は終わって、その次がスタートすることになるんだと思うんですね。解題でも再録版の状況が情報として入ったので、問題に着手しやすくなったことは事実だと思います。

それから、これはまた別のレベルの問題ですが、今回、この時期に谷崎潤一郎の個人全集が出たことが持つ意味というものがあると思うんです。二〇一五年の没後五十年をきっかけに、新資料の発見が次々とニュースになったりして、いま、読者が谷崎にアプローチできるきっかけがさまざまに作られているのではないか。そのタイミングでわれわれは、どうやって関心の間口を広げていけるのか。この『谷崎潤一郎読本』企画に直結している問題ですが、谷崎が他に類を見ないぐらい間口を広げられる、広げるに堪える作家であることは間違いない。そこに読みの可能性、解釈の可能性もあるのだと思います。これは僕自身の宿題でもあるし、ぜひこれからの研究に

五味渕典嗣氏

期待したいな、と思います。

西野❖以前『文芸』別冊で谷崎の研究史を書かせていただいたのですが、谷崎の研究の歴史をずっと見ていくと、近代文学研究のパラダイムの変わり目を読んでいくうえで、一つの記録になっているな、ということは感じました。佐藤春夫に「思想のない芸術家」と言われ、小林秀雄に「批評精神が薄弱」と言われ、中村光夫には「時代の思想と格闘する痕跡が見えない」とかいろいろ言われて。思想や実存とか、もっといえば人生いかに生きるべきかみたいなことが批評の基準になっていた時期から、「作者の死」以降文学をどう論じるか、というテクスト論が出て来て、ある種どう読んでもいいというようなことがさまざまに展開された。その反省を受けて、言説研究のような、同時代の文化状況とか時代背景みたいなものをちゃんと考慮しようというようなものが出てきたんだと思います。ある種のテクスト論や物語批判が持っていた弱い部分を補強する形で言説研究が出てきて、一方で、同時代言説と文学的なカノンとは優劣はないのだという形で、文学の持っている文学性というものがある種相対化されてきたようなところはあると思うんです。

テクスト論が華やかだった時期に書かれた、筒井康隆の『文学部唯野教授』の中に次のような一節があるんです。「ジェラール・ジュネットの理論なんていうものをマスターした後では、谷崎潤一郎を読んで『痴人の愛』の官能世界におぼれることもできなくなってしまう。小説を新聞記事だの六法全書だの歌謡曲の歌詞だの、ほかの言語による生産物と同じように扱って、どれも一つの構造物なんだから、科学の研究と同じでその内容を分解したり分析したりできるはずだというのが構造主義の主張なんだ」と。構造主義批評だけじゃなくて、ある種のカノンや神話を解体していくという中で、谷崎研究も移り変わってきたんだと思うんですけれども。

ですが、これは五味渕さんや日高さんが著作でも強調されているように、かつて谷崎が、大衆文化が主流になっていく中で、文学の商品化と向き合ったこととパラレルなのだと思うんです。広く言えば、現在の「人文学の危機」のような相対化状況とも関わりがあるのかな、とも思う。そのときに、ベンヤミンが複製技術時代の芸術について言っていることを思い出すわけです。文学が商品化されて値段がついたり、複製可能で一回的なものじゃなくなった時に、文学性というものは相対化されてしまうと。有名な例で恐縮ですけども、マルセル・デュシャンの「泉」は、便器を美術館に持ち込んで、鑑賞者が芸術だと認めればそれはもう芸術なんだ、作品自体に本質はなくて芸術とマスプロダクツは等価なんだという、過激なパフォーマンスだったわけですが、それはさきほどの『文学部唯野教授』みたいに、言葉は全て等価なんだから、文学を神聖視しないでおこう、それを同時代言説の中で論じていこうということと同じだと思います。ちょっと過激な言い方をすると、芸術＝文学は便器だということになる。作品自体に価値があるわけじゃなくて、制度とか受容者によってそれは価値付けられている、と。でも、果たしてそうなのかな、というか、その先を考えたいんです。今回の全集の特徴は、本文の生成過程が校訂作業によって非常によく分かることですね。そこが五十年も言語を、まさに職人的に、形にこだわってデザインし続けてきた谷崎潤一郎という存在の、その過程の記録になっているのかなと思うんです。

単純な文学史に登録されていないような表現主体が残した言葉も再評価すべきだとか、あるいは素人が書いたものも同じ俎上に載せて論じるべきだというのが一方であると思うんです。ですが、やはり谷崎が長年にわたって言語というものを意識的に操作してデザインしてきたことは見落とせないと思う。そういうことを意識化していない言語との質の違いというのを、あらためてテクスト論とかナラトロジーとか、そういったものをちゃんと使って分析する。その前提として、本文の生成過程というのが利用できるんじゃないかなと僕は思っています。

国民国家が成立する中で国語が一元化が進んでいく中で、谷崎が文体変革をしていった過程というのは、それ自体が非常に政治的なことだったのではないか。支配的な価値観とか、それは国家だったり資本だったり、美とは何かということの流行だったりすると思うんですけど、別に文学と対立する意味での「政治」じゃなくて、文学イコール政治として谷崎がやったことなのではないか、と思います。

谷崎の本当の意味での言語に対する姿勢というか、「政治性」というのが、ようやくこの全集で、さまざまな同時代のことであったり、生成過程とか言語が変容していく過程というのがとらえられることによって、見えてくるのかも知れない。だから、谷崎の持っている活動期間のスパンの長さの意味、その移り変わりの意味が、この全集によって明らかになっていくんじゃないか。そのことによって、作家論というアイディア自体も、概念や観点が変わる可能性をこの全集は秘めているんじゃないかなというのを、ここに来る前に考えてきました。

五味渕❖いまのお話は、研究史の総括にもつながる話ですね。「これから」をどう見据えるかを考えるためにも、「これまで」をきちんと踏まえる必要があるわけです。千葉さんはこの間の谷崎をめぐる研究・批評の進展をどんな思いで見つめておられますか。

千葉❖私の場合は、別にそういう堅苦しい形でやっていたわけじゃないですからね。国文科の出身でもないし、ただ好きで読んでいたというだけでね。それが昂じてこういう形になってしまって……。例えば、最初に角川書店の『鑑賞日本現代文学　谷崎潤一郎』（一九八二年）を引き受けた時にも、結局谷崎を担当する中堅の研究者が誰もいなかったんですよね。野口武彦さんが谷崎潤一郎論を書いていたけど、野口さんは今度は鏡花をやりたいといって、谷崎を書く人がいなくなっちゃって。そんなことで谷崎を担当するものを探し回って、じゃあこいつでいいやというんで、当てられたような感じで。

それで考え考え、とても苦労して一応の全体像はまとめた。若書きだから、今の水準から見たらいい出来じゃないかもしれないけれど、まとめさせてもらった。それで自分の中では、ひと頃の大学のカリキュラムふうにいうと、一般教養的な論は出来たと思うので、その後、特殊研究をどう発展させていくかというところで、また悩んだ。ちょうどテクスト論全盛時代を迎えていく中で、それとどう対峙するかは、ちょっと考えざるを得なかったです。

でも、結局は自分の谷崎に対する関心、あるいは文学に対する関心は、何もテクストというか、記号に対しての関心じゃなくて、生身の生きた人間に対する関心だと。そして、どこまでも文学というのはその人間をどう描くかというところにポイントがあるだろうということで、テクスト論の立場を私は取らないと自分自身で決めた。

その後、細江さんは伝記的なことを細かくやり出して、私はあまり伝記のところは、遺族とかとコンタクトを取ることをあまりしなかったんだけども、おのずから広がってはいったんですけれども、意識的には現実の作家のほうに向かわなかったですけどね。あくまでも谷崎がその人に関心があったわけではないので、あまりそっち描いた作品を通して見ることができる人間の生き方の問題、それに対する関心はずっと持続していて、今でも結局はそこだろうなというふうな思いはあります。

時代の中で人間の生き方は変わってくるわけですが、谷崎を鏡にして見ていくと、時代は変わっても変わらないところがあるというふうなところで、いろいろ考えさせられる。その辺をすくい取っていったら面白いかなと、現在のところは思っております。

日高❖テクスト論では「作者の死」が重視される。しかし、別のところで書いたのですが、あれは「作者の死」ではなく「作者の社会化」だと思うんです。単に固有名には還元せず、伝記的な事実にも置き換えないで、作者を社会的な存在として見直そうということの言い換えだった。「作者の死」は、少なくとも日本ではすごく衝撃を持って受け止められましたよね。「作者」の思想にがんじがらめだった研究を解放するかのように受け止められた。

谷崎だって、当然いろんな情報の中に身を置いているわけですよね。何も孤島でひたすら書いているわけじゃないんだから。そういう社会化された存在としてとらえ直したときに、「作者の死」は、もう一つの新しい作者像というのを浮かび上がらせる契機にはなったと思うんです。ただ、それがあまりにも衝撃的に過ぎて、単に構造だけを取り出せばいいとなってしまった。問題は、その反省が「作者の社会化」には単純に行かずに、言葉の社会化、フラット化というか、そちらの方に行ってしまった。それが九〇年代以降の流れだったと思います。

五味渕❖多分、この中では私が一番、文学と非文学の境目にこだわって議論している人間だと思うんですけれど、私が谷崎についてやった仕事は、この書き手は同時代の言説をある形で反復することによって批評的な差異を生んでいくんだ、という論を作ったつもりでした。

だから、言葉の質が変わるというのはデザインの問題ではなくて、実は同時代に対する批評性とかタイミングの問題であるかもしれない。そこから考えていえば、今回私たちは、ノートと書簡と日記という、谷崎の言葉を階層化させるいくつかの手段を手に入れたわけです。そうすると、まさに表面がざわざわ言っている可動的な言葉の束のレイヤーをどう読むか、まさに運動が起こっている瞬間を捉えられるか、今度はこっちが問われているんだと思うんです。

さっき日高さんは作者の社会化と言ったけれども、多分私は少し千葉さんと立場が違うかも知れないのは、私

日高佳紀氏

は谷崎について、これは本当に人なのかというふうに思うところがあります。こんな人がいたのかって。一人の人間としてこういう仕事をずっと続けることができたのか……。実は作者って複数なんじゃないかっていう気がするんです。いろんな谷崎の可能性がレイヤーとしてあって、今回「創作ノート」を通じて、こういうふうになったかもしれない谷崎の作品を読むことができるようになった。それを踏まえて、谷崎という像をどうつなげていくのか、あるいは更新していくのか、今度は、われわれ論じる者が問われるのだと思います。

では、最後に編者のお三方に、若者に向けて一言ずつ（笑）。この全集の受け手へのメッセージをいただければありがたいのですが。

明里❖三十五年ぶりに新しくなって、次にもしこういう機会があるとしたら、三十五年後ということになると、千葉さんも僕も生きていないわけで。だから、そのころ谷崎研究はどうなっているか分からないですけども、まず向けてというよりも、この全集を残したということが一つメッセージになっていますし、あとは若者に対するメッセージは別になくて、僕はもうあと一年ちょっと頑張って生きてこれを作ればいい（笑）。

西野❖そんな（笑）。

明里❖いや、本当です。別に命を懸けているとかいうことじゃない。そんな大げさなことじゃなくて、とにかくこれを無事終えたいと。これを、まさにここに込められた言語の集積を皆さんに受け取ってほしい。だから、このモノ、全集そのものがメッセージということになると思います。五味渕さんが言ったけど、間違えることができないんですよ、解題にしても何にしても。だから、そのプレッシャーもすごい。まずは、きちんとできあがったものをとにかく皆さんに届けたい、あとはよろしく、という感じです。

細江❖僕は谷崎さんの作品に出会って、これこそは不世出の大天才だと思った。谷崎さんと比べれば、僕なんかは谷崎さんの飼い犬以下だと思いました。谷崎さんの作品に出会って、初めて僕の人生は決まったのです。

僕は谷崎の傑作を見ると、何とかして本当にこの文学について、何とかしてこの作品の素晴らしさを誰もに言いたい、と思うんです。それで説明できればいいんですけども、説明できないんですよね。ちょっとはできたかなと思うところはあるんですけどね。この作品がなぜこれほど美しいのかとをちょびっとぐらいは説明できたかなとは思うんだけど……。だから、この後に若い人たちに頑張ってもらって、素晴らしい論文を書いてもらいたいと思います。

千葉❖前にほかのところでもちょっと書いたんですけど

も、研究というのも時代のはやり、すたりみたいなのがあって、面白いことに資料が完全に整備されると、その研究は終わっちゃうんだよね。だから、谷崎研究も全集が出来ることで完結する可能性があると思うんですよ。だから今後、別にやられなくても私はいいと思うんだけれども、谷崎潤一郎という作家は、百年後までに誰かがこの全集を必要とする人が必ず何人かは出てくるような存在ではないかと思うんです。私はそれでいいと思っているんですよね。だからこの全集を完結させて、その後のことは「野となれ山となれ」、私の関知したことではないと（笑）。

まあ、あとは自分の思いとしては、ここまで力を込めて生涯研究してきた一人の作家、谷崎潤一郎という作家が読み継がれるかどうか分からないけれども、でも百年の後にもこの全集を必要とする人間が出てくるだろうと。出てこなければちょっと悲しいけれども、そんな人が出て来れば、私の生も浮かばれるというものじゃないですか（笑）。

五味渕❖じゃあ最後に日高さん、締めてください。「あとは野となれ」で終わったらまずいので（笑）。

日高❖締めになるかわからないですが（笑）、われわれはすごく個別的なことをやっているわけですよね。一人の作家について……。さっきいみじくも五味渕さんがおっしゃったように、本当に複数の、いったい何人谷崎がいるんだ、という作家であると。僕は作家の価値というのはそこにかかっていると思っているんです。たくさんの切り口やたくさんの見え方というか、もっと言えば、僕にしか見えていない谷崎潤一郎だっているんじゃないかな、と。千葉さんがさっき人間への興味とおっしゃったのも、もしかしたらそういうことなのかなと僕なりには受け止めているんですけども、その自分にしか見えない谷崎潤一郎というのはみんなの中にみんなそれぞれ持っていて、それをどうやって、さっきの細江さんの言葉でいえば、作品の面白さとかで伝えることができるかというところに尽きるのかなというふうに思っています。

そんな谷崎だからこそ、同時に、普遍的なものも持ち得る。極めて個別的で個人的なものを大量に呼び込むからこそ、極めて普遍的な価値を持ち得るのかなと思っています。そういう意味では、『谷崎潤一郎読本』の企画で、僕と五味渕さんとでいろんな枠を提示しながら、さまざまな人に谷崎を論じてもらいたいと考えていました。今日の座談会は、谷崎の「創作ノート」という、まさに個別的なモノから出発しましたが、ここからまた広がっていくものになっていったらと思っています。

（二〇一六年一〇月二日、芦屋市谷崎潤一郎記念館）

創作ノート「松の木影」（画像提供・中央公論新社）

I

小説機械、谷崎潤一郎

反故原稿にみる創作力学

——『細雪』を中心に

千葉俊二

一

現在、中央公論新社から刊行中の決定版『谷崎潤一郎全集』には、これまでの谷崎全集に付せられることのなかった本文校異がはじめてつけられた。本来、本文の校合などは個々の研究者が各自の研究にかかわる部分において、みずからおこなうべきものかも知れない。が、この忙しい時代にあって、たしかにこうした校異表があることにより時間の経済には大いに役立つ。また『細雪』のような作品は、原稿が存在していることは知られていたのだけれど、誰もが容易にアクセスすることができるわけではなかった。今回、『細雪』収録の第十九巻と第二十巻の「解題」を担当した西野厚志によって丹念に校合がおこなわれて、そのヴァリアントがとられた。

また西野は芦屋市谷崎潤一郎記念館や日本近代文学館に所蔵されている『細雪』執筆の際の反故原稿も調査して、「解題」にその翻刻を掲載している。戦後間もない時期に谷崎の秘書をした末永泉の『谷崎潤一郎先生覚え書き』(二〇〇四・五、中央公論新社)には、「あなたの手で、焼いてください」と、毎朝手渡されたくずかごに入っていた「細雪」の書き損じの原稿を、風呂場のかまど口で焼いたという思い出が記されている。いま思えば、それらは非常に貴重なもので、そのいくつかを残しておけば、のちの研究にも役だったのではないかともいう。それはそうかも知れないけれど、それを望むのは研究者エゴというもので、やはり谷崎の信頼を裏切ってまで残すべきものではなかったろうと思われる。

が、それにもかかわらず、たまたま残されることになった反故原稿が日本近代文学館や芦屋市谷崎潤一郎記念館にいくつか所蔵されている。新全集の『細雪』の「解題」に言及されている反故原稿は、次の六通りのものである。
1、「上巻」十八章末尾　芦屋宅の庭で、「ベビーさん来ました」などといって飯事をしている悦子たちを二階から雪子が眺める場面の一枚（稲澤秀夫『秘本谷崎潤一郎　第四巻』平成四・十　烏有堂）に紹介されたもの）
2、「中巻」二十六章　妙子と板倉の結婚について幸子が不快を感じる場面の一枚（芦屋市谷崎潤一郎記念館所蔵）
3、「中巻」三十四章　幸子が病床の板倉を見舞うかどうかを貞之助に相談する場面の一枚（日本近代文学館所蔵）
4、「下巻」九章　新聞に奥畑の母の死亡広告が載ったという場面の一枚（日本近代文学館所蔵）
5、「下巻」十一章　鶴子から幸子に宛てられた手紙の「さてこいさんの処置ですが」という一節以降の場面の一枚（日本近代文学館所蔵）
6、「下巻」十一章　貞之助が妙子と奥畑の処遇を奥畑家の長男荘太郎と前向きに相談して蒔岡の本家を代表する鶴子が賛同するなど現行本文とは異なる展開を見せる場面の七枚（芦屋市谷崎潤一郎記念館所蔵）
反故原稿には大きく分けて、次のふた種類の場合があるだろう。つまり、あまりに訂正箇所が多くなって清書し直したり、あるいは途中まで書いて文章を書き直したりして不用になってしまった原稿と、物語の展開の変更のためにあらためて原稿を書き直したために不用になった原稿とのふた種類である。『細雪』の反故原稿の場合、1から5までが前者にあたり、6のみが後者にあたる。

反故原稿からそれを反故にしたとき作者の心のなかにどんな思いが交錯し、どのような力学が働いていたのかを推測することはなかなか楽しい。また反故原稿でなくとも「見せ消ち」のたくさん残されている原稿は、作者の思考の経路や試行錯誤の痕跡をたどることができて、研究上にきわめて貴重なものである。が、谷崎の原稿は多くの場合、訂正箇所があっても墨で（あるいは鉛筆や万年筆などで）、下に何が書いてあったか分からなくなるまで黒々と塗りつぶしてしまうので、原稿を見ても推敲の跡をたどることができない。その意味では研究上あまり面白いものでもなく、直接に原稿を見てもさほど多くのメリットがあるわけでもない。その意味からして、谷崎の反故原稿は大きな価値をもつということができる。

6の「下巻」十一章のストーリーの変更にともなう書き直しにより不用となった七枚の反故原稿は、特別大書すべき格別なもので、はなはだ興味深い。この原稿がなぜ残ったのかについては、反故原稿を最初に紹介した稲澤秀夫『秘本谷崎潤一郎　第四巻』によれば、谷崎が疎開先の勝山で二度目に借りた今田ツネの家の風呂場のあちこちの隙間に風を防ぐために紙が詰められてあったが、その紙に使われていたのがこの反故原稿だったという。反故原稿には原稿用紙の欄外上段に原稿枚数の数字が記載されており、百六十二、百六十五、百六十六、百六十七、百六十八、百六十九、百七十の七枚で、百六十三と百六十四の二枚分が抜けているが、ひと続きの原稿だったことは明らかである。

そんな偶然なことで残った反故原稿であるが、これは谷崎の創作上のひとつの秘密の生理を明かしてくれそうである。かつてこの反故原稿は芦屋市谷崎潤一郎記念館で展示されたこともあって、その折に私も見ているのだけれど、そのときは深く気にもとめずにしまった。が、今回の全集の「解題」で、現行の本文と対照させて読むことが可能となって、はじめて気づかされたのだが、この反故原稿には谷崎の創作上での発想のクセというか、ストーリーを展開させるうえでのひとつのパターンを認めることができる。そこには谷崎の創作上の力学の秘密も隠されているようなので、ここに取りあげて論じてみたい。

二

『細雪』「下巻」は、昭和二十二年（一九四七）三月から翌二十三年十月まで二十回にわたって「婦人公論」に連載された。戦争中に谷崎は津山から勝山へ疎開していたが、終戦後の昭和二十一年十二月三十日に、それまで間借りしていた小野はる方から、少し離れた旅籠屋だった今田ツネ方へ引っ越している。今田ツネ方の風呂場のすきま風を防ぐためにこれらの反故原稿が使用されたというのだから、百六十二枚目以降のこの個所は昭和二十一年から二十二年にかけての冬の執筆ということが分かり、『細雪』のおおよその執筆状況も推測できる。

この個所は、板倉の死後に奥畑啓三郎とふたたび付き合いはじめた妙子の処遇について本家の意向を確認したいと思う幸子たちに対して、東京に住む長女の鶴子からの手紙が紹介される場面である。現行のかたちでは奥畑のところへ入りびたっている妙子の様子を知って、東京の本家にも知らせた方がいいと思う貞之助に対して、幸子は雪子の反対もあり、ぐずぐずしている。そんなところに上京した貞之助が本家に寄って話をしてきたといい、それを受けて鶴子からの手紙が届く。

手紙には「勘当中の啓坊の家に出入りすることは絶対に止めて貰はなければ」ならないし、「兄さんの考は、たとひこいさんが交際を止めると云つても、それだけでは信用出来ないから、当分東京へ来てゐて貰ひたいと云ふのです」と、非常に厳しい姿勢が示されている。そして「幸子ちゃんも、何卒今度だけはこいさんに甘い顔を見せないで下さい。もしどうしてもこいさんが東京へ来るのを嫌だと云ふなら、幸子ちゃんの家にも置かないで下さい」といい、「今度こそ幸子ちゃんも私達の側に立つて断然たる処置を取つて欲しい、折角私達が決心したことだから、今度はぐづ〳〵にしてしまはないで、東京へ寄越すか、蒔岡家と絶縁を申し渡すか、今月中にどちらかにきめて報告してくれるやうに」というはなはだ強硬なものだった。

ところが、反故原稿の方では物語の展開が一八〇度まったく逆になっている。貞之助は啓坊の兄の荘太郎に大阪倶楽部へ呼ばれて、その兄の荘太郎から「もしこいさんが今でもあの男に昔のやうな気持を持つてゐて下さるなら、お宅でも諒解して下すつて、二人が仲好くすることを許して下さる」わけにいかないかという相談をもちかけられる。「自分が手に負へないで放り出した弟ではあるが、こいさんの愛の力で何とか真人間に導いて貰へないものであらうか、但し、それが巧く行つた暁になら二人の結婚を認めてもよい、そしてその間は、蒔岡家の方で二人が方向を誤まらないやうに舵を取つて貰ひたい」という、はなはだ虫のよい話なのだけれど、貞之助は本家の意向を聞いてみるということで、幸子に手紙を書かせた。それに対して次のような鶴子からの返事がきたというのである。

啓坊のことは奥畑家の意向が分つて安心しました、勘当と云つてもさう云う訳なら本当の勘当ではないのでせう、何事も貞之助さんや幸子ちゃんにお任せしますから今後宜しくお願ひ申します、兄さんにはそのうち話をして置きます、こいさんも嘸喜ぶことでせう

現行の本文でも奥畑の啓坊の兄は登場するが、「荘太郎」という名前まで与えられて貞之助と直接に面談するといった役どころではない。啓坊を勘当したのは兄で、その啓坊のところへ妙子が入りびたって、金銭的にも迷惑をかけているという状況に、「実は貞之助は近頃ゴルフをやり始めて、茨木の倶楽部で奥畑の長兄としば〳〵顔を合はすので、そんな時に工合が悪い」という。それで貞之助はそのことを本家に知らせて、早くふたりの関係をはっきりさせた方がいいというのだが、その結果を受けた物語の展開は、反故原稿に見る当初のかたちと、現行のものとはまったく一八〇度違っている。これはいったいどうしたことだろうか。

ところでこうしたストーリーの変更は、『卍』においても似たことがあったことを思い起こさせる。『卍』は初出時の「その十二」「その十三」の二回分が単行本となったときに削除されることになるが、それにつづく「その十四」の冒頭に「作者註」として、次のような断り書きが記されることになる。「(作者註。――前号及び前前号の二回分は作者の聞き違ひのために事実を誤まつたところが多

い。いづれ単行本として出版する際に筆を加へるつもりであるが、あらましをいへばその夜柿内未亡人は夫を籠絡したのではなく、真に心から己れの罪を悔い、一旦は全く光子を思ひ切つて貞淑な妻になることを誓つたのださうである。彼女は初めは逆らつたけれども、後には夫の愛情に動かされてその手にすがる気になつた。即ちその晩の夫婦喧嘩はしまひにほんたうの和解に達したのであつた。その心持ちであとを読んでいただきたい。）」

語り手の柿内園子は徳光光子という令嬢とレスビアンの関係となり、夫の孝太郎とは激しい夫婦喧嘩をするようになった。そんな折、園子は光子からの電話で、笠屋町の宿屋で風呂に入っているときに、着物をすべて盗まれてしまったので、お揃いでつくった園子の着物を持ってきて欲しいという依頼を受ける。園子が着物を持って宿屋を訪ねると、光子は綿貫栄太郎という男と一緒で、園子はこれまで光子にだまされていたのだということを知る。「改造」誌上に発表された初出時では、その夜、家に帰った園子は何としても光子の愛情を取りもどそうと考えて、そのためには夫を怒らしてしまってはまずいので、何かのときに利用してやろうとうまい工合に籠絡したという風にストーリーが展開される。

新全集の『卍』を収録した第十三巻には、現行本文とは大きな相違を示している「その十四」までの初出文も併せて収載したので、これも新全集によってすぐに確認できるようになった。現行のかたちでは、すでに引用した「その十四」の「作者註」にあるように、「真に心から己れの罪を悔い、一旦は全く光子を思ひ切つて貞淑な妻になることを誓」い、「ほんたうの和解に達した」と、初出時の展開とはまったく正反対な物語の展開となっている。それを初出時には「作者の聞き違ひ」として処理したのだが、『細雪』「下巻」の十一章における反故原稿の鶴子の手紙も同工異曲で、まったく同じパターンである。

『卍』におけるストーリーの変更の意味に関しては、前作の『痴人の愛』と比較することによって、よく理解することができると思う。初出時のように園子が夫をうまく籠絡してしまうということは、『痴人の愛』の結末部においてナオミの要求をすべて譲治が受けいれ、ナオミが完全に譲治の支配者としての立場にたつという地点にまで到達してしまったことに等しい。物語を一気にそこまで展開させてしまっては、あとは物語の力学としてそれを閉じる方向へはたらくだけである。「その一」にすでに「柿内未亡人」という記述が使われているところから、結末の三人心中の設定は、その筆を執った時点ですでに決定済みのことだったと推測されるが、そこへ向けて夫を籠絡した園子はどのように歩もうとするのだろうか。

これに対して『痴人の愛』は、その前段に鎌倉でのエピソードによってナオミの譲治に対する裏切りの手口を一度すべて明かしてしまって、ナオミが反省して、これからは譲治のいうことを聞くということで、夫婦生活をリセットするところまで物語をいったん戻している。もう一度夫婦生活は仕切りなおされて、やり直されることになる。しかし、ナオミはふたたび譲治を巧妙にだまし、それが露見したとき今度は譲治がナオミにかなわなくなり、ナオミの肉体的魅力の引力圏から抜け出せずに、ナオミのいいなりになる。このように物語にいくつかの屈折点を持ちこむことによって、ストーリーの展開を複雑なものとし、物語自体にもふくらみをもたせることができるようになった。

現行のかたちの『卍』も、まったく同じ物語の構造をもつということができる。柿内夫婦はいったんよりを戻して、夫婦生活をやり直すことになるけれど、光子の巧妙な詐術にまきこまれ、夫の柿内も引きずり込まれて、性愛の深みにはまりこんで、結末の三人心中の破滅へといたる。初出時の園子が早々に夫を籠絡したということになっては、物語が単線化してしまい、さまざまなエピソードが重層化して複雑に絡まるという盛りあがりに欠けた単調なものともなりかねない。最終的には園子が夫を籠絡するにせよ、綿貫の登場という新しい局面を迎え、夫婦の葛藤を一度解消させて、物語をいったんリセットすることで、物語はさらなる曲折に富んだ展開へと導かれてゆく。おそらく『卍』のストーリーの変更は、『痴人の愛』の成功によって長篇執筆のコツを学んだ谷崎がそれをヒントに修正を加えたものだったと思われる。

三

それでは、『細雪』の反故原稿にみられる訂正は、どのような事情によるものだったと考えられるだろうか。もし当初の案どおりに本家も妙子と奥畑の啓坊の交際を認めるということになった場合、『細雪』の展開はどうなるのだろうか。この反故原稿を最初に紹介した稲澤秀夫は「この文章の成り行きから判断すれば、作者は、奥畑の啓坊と蒔岡妙子の間を「めでたし、めでたし」で終わらせるつもりだったことがわかる。勘当されていた啓坊は兄から赦しが出、啓坊と妙子をめぐる芝居は、啓坊の兄荘太郎と貞之助の手で、めでたく幕が引かれる。従って、今日の読者が見るような、バアテンダア三好の登場はなかった筈で、残されるのは雪子の身の振り方だけ。こうなると、『細雪』下巻は大分縮まっていたかもしれない」（『秘本谷崎潤一郎　第四巻』）といっている。

そうなると、「妙子の赤痢もなくなる訳だし、勘当された啓坊に付いている「婆や」の出番も消える」というが、はたしてそうだろうか。本家の鶴子が妙子と奥畑の啓坊との交際を認めたとしても、谷崎はそんなにすんなりと「めでたし、めでたし」のストーリーを考えていたとはとても考えにくい。『細雪』は松子夫人の四人姉妹をモデルにしており、登場人物のそれぞれの生き方がそのまま四人姉妹のそれにぴったり重なるというわけではないけれど、四人姉妹の人生が作品と現実とで大きく離れるわけでもない。また奥畑啓三郎のモデルが根津清太郎であってみれば、妙子の結婚相手として奥畑の啓坊が想定されていたとは、やはりとても考えにくいことである。

では、なぜ当初の原稿を廃棄し、現行のように改稿したのだろうか。その点に関して稲澤秀夫は「恐らく今更のように啓坊の兄荘太郎を登場させ、いかにも「まともに」、凡々と両者を結びつけ、めでたし、めでたしでこの二人の極道者を終らせることに作者は飽き足らなかったからであるが、もっと時の経過まで折りこんで読めば、妙子の極道をゆるすような御時世が敗戦のおかげで訪れたということでもあろう」「作者は、とにかく、妙子と啓坊の結末には手を焼いたのだろう。これがなければ雪子が引き立たないし、かと言って、この二人の話は余りに大きい分量を占めてきた。どこで、どう幕を引くか、作者は苦しんださまが、七枚の反故原稿によってわかる」と指摘する。

傾聴すべき意見ではあるが、あまりに素直すぎて、飽き足らない解釈である。作品の冒頭に妙子と奥畑の啓坊が駈け落ちしたという過去が語りだされるが、そのふたりの交際を認めるということは、物語をいったんそこまでリセットして、その延長線上にふたりの恋愛劇を再構築することの表明と受けとめてもいいだろう。『痴人の愛』『卍』などの例からも一度リセットされた設定がそのまま結末まで引きつがれるということは、作品構成上の力学からしても、まず有り得ない。その後、何らかの屈折点を持ちこまないことにはこの物語は成立せず、間違いなくふたりの交際には、どんなかたちになるにせよ、破綻が用意されていなければならないことになる。

ものごとを正（プラス）と負（マイナス）を入れ換え、反転させて考えるというのが、谷崎の創作上のひとつの生理だったと思われる。『細雪』において反故原稿どおりに物語を進展させていった場合どうなるだろうか。最終的に妙子と奥畑との結婚という結末は用意されていなかったと思われるので、妙子と奥畑の啓坊の交際が両家に暗黙のうちに承認されたということになると、妙子が婚約者ということをかたって奥畑をさんざん利用するだけ利用してほかの男に乗り換えてしまったということになる。いってみれば、妙子の奥畑に対する一方的な裏切りであり、妙子のあこぎで、打算的な、妖婦とも見まごうばかりの悪女ぶりがことさらに際立てさせられることになる。

それに引きかえ、現行のかたちでは本家が奥畑との交際を絶対に認めてくれないので、妙子は奥畑との交際をつづけながら、その裏でほかの男とも関係をもったということになる。『細雪』は船場の伝統的仕来りをもつ旧家の四人姉妹の物語として、戦争のさなかに「上巻」「中巻」と営々と筆をとりつづけて、その世界を構築してきたのである。いま作品の終結に向けて、その伝統的な世界の枠を超え、その影響圏から抜け出して、活溌に活動しつづける四女の妙子をどのような地点に着地させるかが、三女の雪子の結婚問題とともに、作品の成否にかかわるような大きな問題としてクローズアップされてきたのだといえる。

鶴子の手紙が書かれた「下巻」十一章の段階で、すでにバーテンダー三好との関係と、三好の子を死産するという現行の結末が想定されていたのかどうか、それは分からない。しかし、本家が妙子と奥畑の啓坊との交際を認めるか、認めないかということが、その後の妙子の行状の意味を大きく左右するということに気づかされて、その箇所の改稿に着手したのだろう。鶴子の手紙が、反故原稿とは正反対の方向に書き直され、奥畑の啓坊との交際を断固認めないという強硬な姿勢が示されることで、妙子の行動はやむを得ないものとして、打算的であこぎな悪女のイメージからは脱し、かろうじて蒔岡家の一員として作中にとどまることができるようになる。ただし、赤痢によって生死のあいだをさ迷うというペナルティを受けなければならなかったのだけれど……。『細雪』全体の構成からしても、こうした展開の方がよほど自然ななりゆきだったことはいうまでもない。

しかし、それにしても設定を逆にしたり、正反対のものに置き換えたりしながら発想するという思考法においては『痴人の愛』においても『卍』にしても同じである。おそらくこうした思考法は谷崎のなかにしみついたものだったのだろう。佐藤春夫の報告しているところでは、『春琴抄』はトマス・ハーディの「グリーブ家のバアバラの話」のなかの男女の役どころを逆にするところから発想されたものだったし、『瘋癲老人日記』の結末も渡辺千萬子の意見を入れて老人の生死が逆転したといわれる。谷崎の想像力は正（＋）と負（－）の接する界面上で最大限に活性化し、その界面上のゆらぎを的確に把握し、作品に定着させるところにその創作力の秘密な生理が隠されているのだろう。谷崎は執筆過程において何度も設定を逆にしてみたり、登場人物の役どころを正反対に置き換えたりしながら、全体の構想のなかでその力の収束すべき地点をさぐりつづけていたのだといえる。

谷崎と〈本当らしさ〉

大浦康介

一――フォーマル・ミメティクスと〈本当らしさ〉

小説のいわゆる〈本当らしさ〉には大きく二種類ある。ひとつは物語内容の〈本当らしさ〉である。登場人物のリアリティーなどはその最たるものだ。ある人物が迫真性をもって描かれているか（いかにも実在していそうな人物かどうか）、作者が彼に与える性格からみてその行動は不自然ではないか（行動が性格に似つかわしいかどうか）などがそこでは問題となる。むろん物語のなかで生起する出来事全般、さらには筋展開の〈本当らしさ〉もそこに含まれる。ふつう「本当らしさ」の語で意味されるのはこれである。読者が小説に求める〈本当らしさ〉はジャンル（あるいはサブジャンル）によって異なる。火星人や透明人間の登場はSFやファンタジーでは許されても、一般のリアリズム小説にはふさわしくないとされる（逆にいえば、そうした超常現象の出現がジャンル分けの根拠のひとつとなる）。もちろん〈本当らしさ〉の遵守が作品の評価にそのままつながるわけではない。それどころか、とりわけ二〇世紀以降の作家に関しては、しばしば、通常の〈本当らしさ〉への挑戦や、既成ジャンルの揺さぶり、境界侵犯こそがよしとされる。とはいえ、〈本当らしさ〉を侮ってはならない。これは古くて新しい問題である。一般読者の心を繋ぎとめる最大の要件はいまだに主人公をはじめとする物語世界のリアリティーなのである。単純なことだ。読者が数ページで読書を放棄するとしたら、それはほとんどの場合、物語世界に「入っていけない」から、それが「嘘くさい」からにほかならない。

もうひとつの〈本当らしさ〉は物語の形式、その語られ方に関するものである。この場合、語りが一人称か三人称かによって問題は大きく変わってくる。一人称小説は、ポーランドの文学理論家ミーハウ・グォヴィンスキがかつて「フォーマル・ミメティクス formal mimetics（形式的模倣）」と呼んだ技法の領域である。[*1] 彼の言い方に倣えば、小説の言説が原則として非文学的・日常的・個人的な言説（手紙、日記、手記、回想記、口頭での告白や回想など）を真似る領域だということだ（もちろん後者の言説がはっきりと特定できない場合も、それじたい擬似文学的である場合もある）。この「模倣」が完璧になされることはない。あくまで小説は小説なのであって、優先されるのは模倣する側の小説の言説——ただしそれじたいじつは確たる規範をもたない自由な言説——である。しかし、この「非文学的言説の文学化」のプロセスは当然ながら少なからぬ緊張と葛藤を孕む。そこに一人称小説のむずかしさと醍醐味があるともいえるだろう。

　一人称小説には、したがって、物語内容の〈本当らしさ〉に加えて、語りの形式にかかわる〈本当らしさ〉が求められる（この二重の〈本当らしさ〉が三人称小説に無縁であるかどうかは議論のあるところだろうが、ここではこの問題にはふれない）。書簡体小説や日記体小説は、ある程度までは「手紙らしさ」「日記らしさ」を尊重（あるいは演出）しなければならないのである。この「らしさ」は、日付の有無や、一通の手紙、一日分の日記の長短、手紙（日記）らしい文体といった表面上の問題にとどまらない。重要なのはむしろ、語りの受け手（小説の読者ではなく）や、語りの時間的様態（回顧の時間的スパンなど）にかかわる問題である。物語論でよく扱われる問題だ。日記体小説の場合が分かりやすいので、これを例にとれば、日記という言説は、読まれることを前提としない（つまり受け手をもたない）、書き手が自分のためだけに書くものだとされる。また、多少とも固定的な一時点を語りの「現在」として遠い過去の出来事から語り起こす回顧的語りとは大きく異なる「その日その日の」[*2]語りであるとされる。逆にいえば、これらに抵触する記述——明らかに小説の読者を意識した情報提供や、露骨な回想物語の挿入など——は日記体小説では「本当らしくない」ということになる。

　しかし、「手紙らしさ」、「日記らしさ」等の区別を超えた、一人称小説一般に共通の、より基底的な「形式的本当らしさ」は、語り手が「全知」ではなく、一個の人間が知りうることしか知らない、知覚の面でも知識の面でも限られた「生身の」存在として設定されている（はずである）ということに基づいている。ここに通常の三人称小説との原則的な違いがある。ＳＦでもないかぎり、一人称の語り手は「超人」であってはならないのである。語り手がどうしてしかじかのことを知っているのか、いつ、どこで知りえたのかといった疑念は、一人称小説の読者にはなじみの疑念であるはずだ。

もうひとつ、「形式的本当らしさ」にかかわる要素がある。それは「編者」の設定である。手紙、日記、手記といった非文学的で個人的な書きものは、ふつう公開を前提としない（場合によっては公開してはならない、あるいは公開するに値しない）文書だとされる。したがって書き手本人が自分の意志で公開するというシナリオには無理がある。そのような文書がどんな経緯で公表されるにいたったのか（口頭での告白や説話の場合でいえば、それをいつ誰が聞き書きしたのか）――こうした「経緯説明」のために仮構されるのが「編者」である。「編者」の言説は、文書の文学的価値や、それを公表することの社会的意義の強調をともない、ときには倫理的トーンすら帯びる一種の「弁明」の言説であって、これはしばしば副次的人物（たとえば語り手の「友人」）に仮託される（「編者」が誰かはあいまいなままにされることも少なくない）。ここで詳述する余裕はないが、これは西洋では、しばしば「序文」という形で、一八世紀の回想記小説や書簡体小説の冒頭によく見られたものである（有名なところではデフォー『ロビンソン・クルーソー』*3、リチャードソン『クラリッサ』、マリヴォー『マリアンヌの生涯』、ルソー『新エロイーズ』、ラクロ『危険な関係』など）。もともと真正の（つまり虚構ではない）私文書の出版にさいして付された編者の序文を真似たものと推測されるこの種の言説は*4、その後急速に慣例化し、それじたい作品のフィクション性を示す指標のひとつとなった。今日これが古色蒼然たる趣きを呈していることは否めない。サルトルは日記体で書かれたその小説『嘔吐』（一九三八）でこの手法を使ったが、今でもこれを大まじめに（つまり一種のパロディーとしてではなく）用いる作家がいるかどうかは疑わしい。

ただ注意すべきは、この「編者」の設定は、それをしなければ〈本当らしさ〉が損なわれるという性質のものではないということである。じっさい、一八、一九世紀にもこれをスキップする一人称小説は無数にある。換言すれば、この手法はたんに一種の義務感から援用されたのではなく（黎明期の作品にはそうした側面が色濃いとはいえ）、ある物語戦略をもって積極的に活用されたのである。その戦略とはいうまでもなく虚構の私文書や口承物語の「真正性（オーセンティシティ）」の演出であるが、その根底にはモノとしての文書や肉声の喚起がある。紙の手ざわりやインクのしみ、判読不能の文字、声のつやや抑揚といった、およそ印刷文書ではそのまま再現できない文字や声の物質性・身体性の喚起である。「編者」の役割のひとつがそれらへの言及にほかならない。私的な文書や説話の究極の「私性」はまさにそこにあると考えられたのである（その目的のひとつは読者の覗き見的興味をそそることでもあった）。こうしたヴィジョンのなかで構想された小説が、おそらく一人称小説のひとつの源流である。「編者の序文」の衰退が、ひいてはフォーマル・ミメティクスで「模倣」される言説のあいまい化・抽象化が、より一般的な、印刷術の発達から近年の文字の電子化へといたる、テクストの理念化（非物質化）のプロセスと並行的であることはいうまでもない。

二――谷崎と一人称の語り

前置きが長くなったが、以上が多分に西洋理論の側からみた〈本当らしさ〉をめぐる理論的見取図である。以下では、これに照らし合わせながら、谷崎の大正末から昭和初期（一九二四〜一九三四）にかけての一人称小説――『痴人の愛』、『卍（まんじ）』、『吉野葛』、『盲目物語』、『蘆刈』、『春琴抄』、『聞書抄』――の簡単な分析を試みたい。このうち『春琴抄』と『聞書抄』を一人称小説と呼んでいいかどうかは疑問である。そこでは本体の物語は三人称であり、作品全体を一人称小説と呼びうるかどうかは、いわば枠物語である「私」の言説――まさに（広義の）「編者」の言説――の重要性をどの程度に見積るかによるからだ（一人称小説・三人称小説の区別は、とりわけこうした境界例においては相対的である）。しかし一人称小説かどうかの判定じたいはここでは二次的問題にすぎない。『痴人の愛』を別にすれば、上記の作品にはいずれにも本体の物語（少し無理があるのを承知で、『吉野葛』の場合はこれを津村にまつわる物語と、『蘆刈』の場合は「男」の話とする）を聞き書きした者、あるいはそのもととなる文書を読み、それを編集した者――私がここでいう「編者」――の存在が仮定されているのであって、そうした構造上の共通性こそが重要なのである。[*5]

谷崎の小説を〈本当らしさ〉の観点から考察する理由はいくつかある。そのひとつは、そこに〈本当らしさ〉の欠如が少なからず見出されるからである（〈本当らしさ〉とは、とくにそれが守られていないと感じられるときに読者に意識される何ものかである）。『鍵』を「不可解」な作品と断じたのはアンヌ・バイヤール＝坂井だが、[*6] その不可解さを〈本当らしさ〉の欠如と言い換えても大過なかろう。先に挙げた作品とはちがって、日記体で書かれたこの小説には「編者」はまったく姿を見せない。しかも主人公夫婦がそれぞれ別々に書いた日記が、なんの説明もなしに、一日分ごとに、日付の順番で、ほとんど交互に並べられている。バイヤール＝坂井はこれらの点を確認するところから論を始める。私もかつて『鍵』を論じたことがあるが、[*7] そこでの出発点もこの小説に見られる多くの「不自然さ」の指摘だった（たとえば夫婦の文体にほとんど差がないことなど）。こうした不可解さや不自然さへの着目は、ときに理解可能性（首尾一貫性）の追求や「自然さ」の復元へと論者を向かわせる。かくしてバイヤール＝坂井は、「隠れた編者＝郁子」説を提案し、テクストが黙して語らない部分に光を当てようとする。これは一種の「辻褄あわせ」ともいえるだろうが、谷崎の小説にそれを促す側面があることは否定できない。

たとえば私は『盲目物語』を読みながら、平仮名の多いその文章の、漢字と仮名の使い分けの一貫性のなさ、「でたらめさ」が気になってしかたなかった。「ひめぎみ」と「姫ぎみ」と「ひめ君」がほぼ連続して出てくるのだから、これは恣意的な表記であるとしか思えない（例は無数にある）。同様の例は『蘆刈』にもある（「お遊さん」と「おいうさん」等々）。谷崎はこれによって何を狙っていたのだろうか。平仮名の多用じたいの意味は比較的明らかである。それは古典物語の日本語表記を活用することで、一種の「歴史もの」らしさと、話の活き活きとした感じや「声」のなまなましさを演出しようとしたものだろうと考えられる。しかし漢字と仮名の組合せのここまでのブレはこれでは説明されない。ひょっとしたら写本などに見える古文の表記がじっさいに「でたらめ」なので、この方が本当らしいと考えたのだろうか（そうであるとしても谷崎は「やりすぎ」ではないか）。そもそもこの表記を誰に帰すべきなのか。盲人の話の聞き手であり、これを聞き書きしたと思しい「旦那さま」（按摩の客？）だろうか。[8] だとするとこの演出、この技巧をどう説明したらいいのか（彼は盲人の同時代人であるから狭義の「編者」ではないはずだ）。それとも作品末の「奥書」でいわばネタをばらす「余」すなわち「作者」だろうか（というより、「作者」はこれについて何らの架空の想定もしていないのか）。いや、むしろ「旦那さま」のずさんな表記（速記ゆえの？）を「編者」が忠実に再現したというシナリオが暗に仮定されていると考えるべきなのか……。こうした「詮索」を研究者の悲しい性（さが）だと笑う向きもあるかもしれない（じっさいそういう面がないわけではない）。しかし一人称小説は、語りのプロセスをめぐる想定や仕掛けやからくりの領域なのである。

谷崎が一人称の語りをさまざまな形で駆使したことはよく知られている。とくに大正末から昭和初めにかけての時期、それは彼にとって初期の小説技法（『刺青』、『お艶殺し』、『小さな王国』などに見られるような技法）からの大きな転回点を意味していたように思われる。この時期は谷崎のいわゆる「古典回帰」が始まった時期とも重なる（伝記的事実をいえば彼の関西移住とも重なっている）。谷崎は一人称の語りの独自の活用のなかにみずからの小説づくりの新たな展開の可能性を感じ取っていたのではないか。だとすると、その可能性とはどのようなものだったのか。〈本当らしさ〉への着目は、こうした問題について考える糸口ともなる。

三――谷崎小説の「嘘っぽさ」

先に挙げた小説群を見渡してまず気づくのは、そこで披露されている言説（先に「本体の物語」と呼んだところのもの）が、素朴で非文学的な言説ではなく、それじたい相当に作り込まれた言説、読者を当然のごとく意識しているかのような物語言説だということである（『鍵』の日記もおよそ日記らしくない日記だったことを思い出そう）。簡単に分類しておくと、『卍』、『盲目物語』、『蘆刈』の場合は口頭での物語、『痴人の愛』の場合は告白調の「記録」、『吉野葛』の場合は聞き書きをもとにした三人称物語（「津村の話」）、『春琴抄』と『聞書抄』の場合は古い文献（『鵙屋春琴伝』と『安積源太夫聞書』）に依って「編者」がまとめた同じく三人称の物語である[*9]（『春琴抄』では、文献だけでなく、春琴の弟子筋にあたる鴫澤てるが「編者」に口頭で伝えた話なども組み込まれている）。語り手は、『吉野葛』、『春琴抄』、『聞書抄』の物語では「編者」だが、他の一人称物語では当然ながら主要登場人物の一人である。すなわち『痴人の愛』ではナオミの夫の河合譲治、『卍』では園子（柿内未亡人）、『盲目物語』ではお市の方に仕えた盲人弥市、『蘆刈』では「編者」が淀川の中洲で出遭う「男」である。

これらの物語が多分に文学的であることじたいをとりたてて不自然だというつもりはない。先に「見取図」で述べたように、小説は小説なのであり、事情は西洋の一人称小説でも変わらない。それにこの「文学性」の度合いも「不自然さ」も当然ながら作品によって異なる。古文献に依拠する歴史ものでは、文学性はいわば「自然化」されている。それには（必然的に学者然たる）「編者」の存在が大きく与っているように思われる。「編者」を立てることで、文学化の努力を彼に帰す余地ができるからだ。逆に、口頭での物語には、ある種の日常性・非文学性（とりわけ声の身体性）の演出が明らかに看て取られる。そこでは小説化にともなう緊張と葛藤はより大きいと見ていいだろう。『盲目物語』などはこの両方の要素をもっているといえるだろうが、あやういのはむしろ、まるで口頭で話しているかのような『痴人の愛』の譲治や、終始「大阪弁」で語る『卍』の園子の物語である。『痴人の愛』では「電気技師」の譲治が冒頭から「読者諸君」と語りかけるのである。しかもそこには「編者」は登場しない。園子の語りは「先生」に向けられている。そしてこの「先生」は小説家ということになっている（「自分も先生の小説とても好きやよって……」という光子の言葉が引用されている（一一／四一五））。またここでは「作者註」なるものが時々挿入される（これは園子の物語を三人称的に補う役目を果たしている）。「先生」＝「作者」＝「編者」と考えていいだろう。「バランスをとる」のはここでもやはり「編者」である。

「編者」という言い方に抵抗を感じる向きもあろう。谷崎自身はこの言葉を一度も使っていない。私がここでいう「編者」を、谷崎は『卍』や『春琴抄』では「作者」と呼んではばからない。『吉野葛』と『蘆刈』では単に「私」である（そもそも両作品の（第一の）語り手を「編者」と見なすことじたい、異論のあるところだろうが、そこは目をつぶっていただく）。『聞書抄』での「私」は「小説家」と呼ばれ、みずからも「小説作者」と称している。そしてこの「私」、「作者」、「小説家」は谷崎本人に限りなく近い存在である。谷崎はこれをほぼ自分のこととして語っているのだ。しかし彼が立っているのは（自分の「編集」しているものが虚構である以上）虚構世界の外ではなく、その内側なのである。そもそも自身架空の存在であるはずの「編者」（ここで一貫して括弧に括るのはそのためである）を「作者」と呼ぶことじたい、ためらわれてしかるべきなのだ。

自天王の事蹟をめぐる歴史小説を書こうと吉野に取材する『吉野葛』の「私」は、随所でペダンティックな知識を披露するが、これを谷崎本人と同一視はできないと千葉俊二はいう。「谷崎には「その二」で語り手が回想するような幼少の折に母に連れられて吉野を訪れた経験はなく」、したがって「歴史小説の計画が谷崎自身のものであったかどうかはすこぶる疑わしい」[*10]と（ただしこれは谷崎通にしか分からないことではある）。一方、『春琴抄』や『聞書抄』での谷崎はもっと「大胆」である。『春琴抄』の「私＝作者」は、春琴の墓を訪れたときの印象から始めて、『春琴伝』という「小冊子」の外観や内容、春琴の三七歳のときの写真などに説き及ぶが、その傍らで「嘗て佐藤春夫が云ったことに……」（一三／四九八—四九九）とか、「本年（昭和八年）二月十二日の大阪朝日新聞日曜のページに「人形浄瑠璃の血まみれ修業」と題して小倉敬二君が書いてゐる記事を見るに……」（一三／五一五）とか、「嘗て作者は「私の見た大阪及び大阪人」と題する篇中に大阪人のつましい生活振りを論じ……」（一三／五三三）などと、谷崎本人のアイデンティティーに直結するような実在の人物や著作に平然と言及するのである。これは禁じ手ではないだろうか。また『聞書抄』の「私」は、「自分は雑誌中央公論の九月号に載っている貴下の盲目物語を読み、多大の感銘を受けた者」（一四／一五九）と称する「某」から手紙をもらい、その所蔵になる『安積源太夫聞書』を借覧するにいたったのだという。ここでも「編者」の作り話に谷崎自身の過去の作品までが登場するのだ[*11]。谷崎の「形式的本当らしさ」からの離反の最たるものはこうした点にこそある。

『春琴抄』や『聞書抄』は、テクストだけを見るなら——

つまり当時の文壇やそれを取り巻く読者という「文脈」を捨象するなら――偽書すれすれなのである。じっさい『春琴抄』に関しては、作家や批評家のなかにさえ谷崎の「ウソ」を真に受けた者がいたようだ。[*12] しかしこれは谷崎に特有の傾向だろうか。そうは思えない。ここまで手の込んだ仕掛けは例外的であるとしても、この種の「約束違反」は同時代の日本の小説（とりわけ私小説）にはいくらも見られるのではないか。これはフィクション概念（ひとつの「読書契約」としてのフィクションの概念）のゆるさから来るものだと考えられる。たとえば志賀直哉は『城の崎にて』（一九一七）で「自分は「范の犯罪」といふ短編小説をその少し前に書いた」などとふつうに書くのである。ここには「創作」はあってもフィクションはない。[*13] 概して日本の作家（とりわけ文壇に属する人々）には「形式的矜持」とでもいうべきものが稀薄である。伊藤整のいう「燕尾服」である。[*14] しかし真の谷崎らしさはおそらく余所にある。

四――「ほんたうらしい感じ」と伝聞性

一般的にいって、〈本当らしさ〉にたいする谷崎の「脇の甘さ」は否めない。もっとも『饒舌録』（一九二七）の有名な言葉（「いつたい私は近頃悪い癖がついて、自分が創作するにしても他人のものを読むにしても、うそのことでないと面白くない」（二〇／七二））を思い出すなら、これは驚くに当たらないともいえる。事実性を重んじる小説に谷崎は興味がないのである。谷崎をリアリズムの作家だと考える者はいないはずである。

しかし、すぐれた作家において、ひとつの〈本当らしさ〉の欠如は、別の〈本当らしさ〉、別のリアリティーの重視と裏腹である。ここで問題にしている小説群についていえば、それは広義の伝聞性そのもの、あるいは語りの重層性といったもののもつ〈本当らしさ〉、ひいてはそれがもたらす文学的感興ではなかったかと思われる。そこでの「もっともらしさ」を引き立てるものが、たとえば「文献的裏づけ」なのである。谷崎のペダントリー志向がこれと軌を一にしたと見ることもできる。ただ、谷崎の場合は手が込んでいて、『春琴抄』でも『聞書抄』でも、「編者」は文献の真贋じたいを問題にしたりするのである。内容の真偽についてもときに懐疑的である（「編者」は「批評」したり「解釈」したりもする）。というより懐疑的であるようなポーズを見せる。自分が虚構した文書を「ひょっとしたら偽書かもしれない」と大まじめに自問するのだから倒錯的というほかない。もちろんこれじたい〈本当らしさ〉の演出なのだが、この演出は明らかに過剰（あるいは遊戯的）である。それはともかく、この種の〈本当らしさ〉がとくに一人称小説によって開かれる可能性の領域であることはいうまでもない。

谷崎はじつは『春琴抄』の翌年に、この作品への批評に応える形で発表した「春琴抄後語」で、自身「本当らしさ」を口にしている。荷風の『つゆのあとさき』は「榎物語」に比べて「ほんたうらしさ」の点で劣っていると述べている箇所がそれであるが、末尾には次のようにも書いている。

> 私は春琴抄を書く時、いかなる形式を取つたらばほんたうらしい感じを与へることが出来るかの一事が、何よりも頭の中にあつた。そして結果は、作者としては最も横着な、やさしい方法を取ることに帰着した。春琴や佐助の心理が書けてゐないと云ふ批評に対しては、何故に心理を描く必要があるのか、あれで分つてゐるではないかと云ふ反問を呈したい（二一／八五―八六。傍点は引用者による）。

『春琴抄』については結局これ以上の言及はなされない。『つゆのあとさき』がいわゆる三人称客観小説であり、[*15]一方「榎物語」が一人称の告白物語（一種の懺悔録）であることを考えるなら、谷崎のいう「ほんたうらしさ」のおおよその意味は察せられるだろう。谷崎は「榎物語」の「簡略な、荒筋だけを述べている書き方」を挙げ、それが「読者に実感を起させる点」につながるのだという。逆にいえば、「実感」＝「ほんたうらしさ」のためには「今の若い作家諸氏」のように「性格や心理や場面を云々し、それらを描写」する必要はないというのである。ただ注意すべきは、谷崎はここで小説の内容よりも形式を問題にしているという点である（「榎物語」にも『春琴抄』にも心理が不在であるわけではけっしてない）。要は「書き方」の問題なのだ。「後語」の冒頭では、小説における会話の扱い方が議論されている。そこで谷崎は、佐藤春夫は近年「会話を用ひても、カギで囲つたり行を改めたりしないで、地の文の中へ織り込むやうに」（二一／七九）する傾向にあるが、自分もそうであり（その例として『卍』と『蘆刈』が挙げられている）、自分はそれをジョージ・ムーアや『源氏物語』から学んだ、その方が「日本文の美しさが出る」からだという。そして「どう云ふものかわれ〳〵日本の創作家は年を取るとだん〳〵会話を書くことが億劫になるらしく、小説よりは物語風の形式を択ぶやうになり、しまひには地の文さへも簡略にして、場面を描き出す面倒を厭ひ、物語風から一層枯淡な随筆風の書き方をさへ好むやうになる」（二一／八一）と述懐している。つまり先の「筋書式」は、こうした書き方の帰結としてあるということなのである。

この「物語風」ないし「随筆風」に対置されている「小説風」とは、これに続く箇所でいわれている「純客観の描写と会話とを以て押して行く所謂本格小説」（二一／八一）

の書き方、「近代小説の形式に依〔る〕本格的な書き方」〔同〕である。自分も「若い頃」に実践したというこの書き方を谷崎は否定しているわけではけっしてない。しかしこの時期の谷崎の興味はもはやそこにはなかった。『春琴抄』に「ほんたうらしい感じ」を与えるために採ったという「最も横着な、やさしい方法」もこの「物語風」あるいは「随筆風」であるにちがいない。[*16] しかしこれは大ざっぱな（またずいぶん謙(へりくだ)った）言い方だ。これで『春琴抄』の形式が言い尽くされないのは明らかである。谷崎は何か肝心なことを言っていないような気がする。

そのひとつがまさに伝聞性ということではないだろうか（「榎物語」でも、「愚僧」と自称する良乗の告白物語に先立つ（「編者」の?）前書きを締めくくるのは「次のやうなことがかいてあつたさうである」という一文である。告白文書が収められていたという「堅固な姫路革の筐」にまつわる「言伝へ」も紹介されている）。[*17] 私がここで伝聞性に着目する理由は大きく二つある。ひとつは、伝聞という語りの形式が（それがどのように顕在化されるかは別問題として）古来より口承物語や説話物語につきものの形式だからである。いわば物語というものに本来的なあり方なのである。これは谷崎の「古典回帰」とも無縁ではないはずだ。もうひとつは、伝聞形式が可能にする語りの重層性が、谷崎の小説世界における〈演技〉や〈ふり〉の重要性と通底していると思われるからである。しかもそこには通常の〈本当らしさ〉をいわば無効にする構造が潜んでいる。これには『蘆刈』が参考になる。

五――演技と「憑依」

『蘆刈』は入れ子状に組み合わされたおよそ三者の語りから成っている。一番外側の語りが谷崎と思しい[*18]「わたし」の語り（ここでいう「編者」の言説）、その内側に位置するのが「わたし」が散策の途上で出遭う「男」の語り（そこでは彼も「わたくし」となる）、そして三番目が「男」によって引用される彼の父親の語りである。「父」の語りはお遊という女性をめぐるものだ。つまりここには、お遊について語る「父」について語る「わたくし（男）」について語る「わたし」という三層構造がある（「父」がお遊やその妹のお静の言葉を引用するときは四層ということになろう）。もっとも、主要な語り手は「わたし」と「男」であって、彼らが月夜の晩に淀川の中洲で出遭い、いわば同好の士として酒を酌み交わし、歌をうたって聞かせ合い、「わたし」の促しもあって「男」が土地にまつわる少年期の思い出話をする、そしてその話のなかに「父」や「お遊さん」が出てくる、というのが全体の構図を示すバランスのとれた言い方かもしれない。

ここで「わたし」、「男」、「父」の三者は、「分身」という言葉がふさわしいようなきわだった同質性を帯びている。とりわけ「男」とその「父」はときに混同をさそうほどである（作品の最後で、お遊の別荘の生垣のあいだから中を覗くというかつての「父」の行為をいまは「男」自身が反復していると告白するとき、この同質性は極限に達する）。ちなみに、思い出話のなかの「男」はいかにもませた少年であって、わずか十歳だったという設定は説得力を欠く。これはこの作品のなかでもっとも（内容面で）「本当らしくない」部分のひとつだろう（そのことに意識的だったのか、谷崎は「男」の口を借りて一度ならず釈明らしきことまでしている）。私などは「男」を「父」としてもよかったのではないかと勝手に思ったりもするが、谷崎は二層ではなく三層の語りを選んだのである。それはともかく、この「男」は最後に忽然と姿を消す。千葉俊二が指摘しているように、この結末は夢幻能のキリを思わせるもので、[*19]「男」との邂逅は（ということは「父」やお遊の存在も）「わたし」の幻視体験の産物と見ることもできる。そして夢の世界と同様、幻視された世界に通常の〈本当らしさ〉は通用しない。

　こうした語り手の重層性は、登場人物の別種の重層性と奇妙に響き合っている。そこでのキーワードは「芝居気」である（以下の引用での語り手は「男」である）。

父はお遊さんといふ人は生れつき芝居気がそなはつてゐた、自分でさうと気がつかないでこゝろに思ふことやしぐさにあらはれることが自づと芝居がゝつてゐてそれがわざとらしくもいやみにもならずにお遊さんの人柄に花やかさをそへ潤ほひをつけてゐた〔……〕と申しますのでござりまして〔……〕（一三／四八四）

おしづはさま〴〵にちゑをはたらかせまして〔……〕お伊勢さまだの琴平さまだのへ三人ぎりで出られるやうにもいたしました。そして自分はぢみづくりにして女中らしくこしらへたりしまして次の間にねどこをとらせるのでござります。もつともそのときの都合で三人のくわんけいをとりかへまして言葉づかいなどもきをつけるのでござりましたが宿屋の首尾はおいうさんと父が夫婦になりましたらいちばんよいのでござりますけれどもお遊さんがをんなあるじのやうなかたちになりがちでござりましたので父は家令か執事かといふゝうにみせかけましたり御ひいきの芸人になりすましたりいたしまして旅へ出ましたらお遊さんは二人から御寮人はんと呼ばれるのでござりました。（一三／四八四―四八五）

これらの登場人物たちは、彼らの「日常」において芝居の演者なのである（『蘆刈』じたいを一篇の芝居と見立てるなら、劇中劇の演者ということになる）。この場合、AがBを「演じる」というよりは、BがAに「のりうつる」といった方がより谷崎的かもしれない。[*20] 注目すべきは、演技をとおした各人物の重層化だけでなく、彼らのあいだの役割交換でもある。いずれにしても、役を演じかねない登場人物にナイーヴな〈本当らしさ〉を求めることはできない。また、彼らに通り一遍の「心理」を求めることの空しさも明らかだろう（『饒舌録』での谷崎の言葉をもじっていえば、彼らは「ヒネクレた」[*21] 人物たちなのだ）。

さらにいうなら、こうした演技や「憑依」に作家自身が染まっていないと考える理由はない。谷崎自身も「わたし」を演じているかもしれないのである。『吉野葛』でも、『蘆刈』でも、『春琴抄』でも、『聞書抄』でも、作家が「別の」作家を演じている。そう考えたからといって、谷崎本人の虚構世界への闖入が正当化されるわけではないが、少なくとも作家自身が重層化することで「ショック」は和らげられることになる。

かくして谷崎の〈本当らしさ〉は意外な奥行きを見せる。いうまでもなく、果てしない演技と妄想の世界にあって真理はすぐれて文学的である。

注

*1 Michał Głowiński, "On the First-Person Novel", *New Literary History*, Vol. 9, No. 1, 1977, pp. 103-114.

*2 ジュネットのいう narration intercalée。これは「挿入的語り」と訳されることが多いようだが、「そのつどの語り」の方が分かりやすいだろう。

*3 『ロビンソン・クルーソー』における「編者の序文」については、河田学による詳細な分析がある（「十八世紀イギリス小説におけるパラテクストの検討――フィクション論的観点から」、京都造形芸術大学紀要『GENESIS』、第一九号、二〇一五、五〇―五二頁）。

*4 問題はしかしながらさほど単純ではない（拙論「『わが秘密の生涯』を読む――性をめぐる自伝とフィクション」森本淳生編『〈生表象〉の近代――自伝・フィクション・学知』水声社、二〇一六、三五一―三五二頁参照）。

*5 本論では紙幅の関係上『武州公秘話』（一九三一・三二）は取り上げなかったが、議論の多く（とりわけ「伝聞性」をめぐる議論）がこの作品にも関係することを申し添えておきたい。

*6 「谷崎潤一郎論――「鍵」の不透明性と叙述装置」『國文學』第43巻6号、学燈社、一九九八。

*7 「日記と小説のあいだ――『鍵』をめぐって」『文学』第2巻3号、岩波書店、一九九一。

*8 作品の最後に彼は盲人から「どうぞ、どうぞ、かういふあはれなめくら法師がをりましたことを書きとめて下さいまして、のちの世の語りぐさにしていたゞけましたらありがたうござります」と懇願される（一三／一五六）。なお、本論文での谷崎作品からの引用は、すべて『谷崎潤一郎全集』（全三〇巻）、中央公論社、一九八一―一九八三によった。引用に続く（ ）内に巻数とページを記した。

*9 もともと『鵙屋春琴伝』じたいも三人称で書かれていたとされている（「此の書のほんたうの著者は（温井）検校その人」だろうが、そこでは「検校のことも三人称で書いてある」と（一三／四九七））。作品中、所々で引用されている『伝』の文章（硬い漢文体）もそのことを裏づけている。安積源太夫著の『聞書』の方は、源太夫が「石田三成が息女の成れの果てなりと云ふ老尼」から聞いた話の要点を四〇年後に思い出しながら書き留めたものとされており、物語の主要人物は老尼と「塚守の盲人」であるが、源太夫が老尼の草庵を訪れるところから語り起こされているところから、一人称の枠物語をともなっていた（ことになっている）と考えていいだろう。

*10 「解説」、谷崎潤一郎『吉野葛・蘆刈』岩波文庫、二〇一五、一六一―一六二頁。

*11 『聞書抄』の前書きは、新聞連載テクストを単行本化する過程で冒頭部分が大幅に削除されたらしい。これについては日高佳紀「歴史叙述のストラテジー――『聞書抄』のレトリック」（『谷崎潤一郎のディスクール――近代読者への接近』双文社出版、二〇一五所収）に詳しい。ちなみに谷崎は最晩年に発表した『雪後庵夜話』（一九六三―六四）で「歴史小説に似たやうなものを一つや二つ書いたことはあるけれども、大概自分の拵へた作り物で、「盲目物語」、「武州公秘話」、「聞書抄」、「少将滋幹の母」等々皆然りである」（一九／四一八）と述べている。

*12 五味渕典嗣「漸近と交錯：「春琴抄後語」をめぐる言説配置」『大妻国文』四三号、二〇一二、一七一―一七三頁参照。

*13 五味渕は、前注に挙げた論文で、第一回芥川賞・直木賞（一九三五）の選考対象は「創作及戯曲」であって「小説及戯曲」ではなかったという興味ぶかい事実を指摘している（一七三頁）。

*14 「フィクションなどというのは、夕方に燕尾服を着て出かける連中〔＝西洋人〕のすることである」（「逃亡奴隷と仮面紳士」（一九四八）『小説の方法』岩波文庫、二〇〇六、三一一頁）。

*15 谷崎には「「つゆのあとさき」を読む」と題されたきわめて興味ぶかい小論がある（『改造』一九三一年一一月、原題「永井荷風氏の近業について」）。これに立ち入る余裕はないが、谷崎自身そこで『つゆのあとさき』を「近頃珍しくも純客観的描写を以て一貫された〔……〕写実的作品」と断じている。

*16 谷崎は、これに先立つ箇所で、自分が往時この形式を用いなかった理由として、「物語風や随筆風のものならば、多少文筆の素養のある者なら誰にでも書けるのであるから、作家たる者がさう云ふやさしい道を択ぶのは、卑怯で横着のやうに思はれたのである」（二一／八一―八二。傍点は引用者による）と述べている。

*17 『荷風全集』第一六巻、岩波書店、一九九四、六一頁。

*18 『蘆刈』では冒頭から「谷崎」が顔を現わす。「まだをかもとに住んでゐたじぶんのあるとしの九月のことであつた」（一三／四四三）。

*19 前掲「解説」、一六八―一六九頁。千葉は『蘆刈』の作品全体について謡曲『江口』との相似性を指摘している。

*20 たとえば「男」の心境が「わたし」に「のりうつる」シーン。「見も知らぬ人のまえでこんな工合に気やすく〔「小督」を〕うたひ出してうたふと直ぐにその謡つてゐるもの、世界へ己れを没入させてしまひ何の雑念にも煩はされないといつた風な飄逸な心境がきいてゐるうちに自然とこちらへのりうつるので〔……〕」（一三／四五六。傍点は引用者による）。語り手たちもまた同時に登場人物であることはいうまでもない。

*21 「近年の私の趣味〔は〕、素直なものよりもヒネクレたもの、無邪気なものよりも有邪気なもの、出来るだけ細工のかゝつた入り組んだものを好くやうになつた」（二〇／七三）。

谷崎的性世界における男性性の多重化と構成的外部

——「猫と庄造と二人のをんな」の「可哀さう」について考える

飯田祐子

一——はじめに

谷崎は性的快楽を描いた作家である。マゾヒスムと母恋いを主軸に、フェティシズムやオナニズムやスカトロジーなど毒気を含んだ奇抜で絢爛な性の様態が散りばめられている。それらを振り返りつつここで読み直してみたいのは、庶民の生活をユーモアとペーソスを帯びた筆致で描いた作品として評価されてきた「猫と庄造と二人のをんな」である。[*1]谷崎の本流とは少々趣の異なる作品であり、発表時期の点でも、金子明雄の表現を借りつつまとめれば「蓼喰ふ虫」（一九二八～二九）と「細雪」（一九四三～四八）の二つの小説に挟まれた期間、源氏物語現代語訳の着手から刊行までの七年の間（一九三五～四一）に発表された唯一の完成された創作という位置にある。[*2]内容的にも時期的にも本流から離れている作品だが、谷崎的な過剰で確信犯的な異端性は、庶民的で日常的な物語といわれるこの小説にも見出されてきた。たとえば、藤田修一は「『痴人の愛』のヴァリエーション」と読み、[*3]磯田光一は「人間が心の底で求めているのは、女であれ猫であれ、あるいはイデオロギーであれ、一つの対象のために奴隷になるということである」と読み、[*4]野口武彦は「男性の無私の奉仕のかなたに何かが顕現する、谷崎文学のあの永遠の主題性」を読む。[*5]共通するのは、リリーという猫は「女」的、人間の女よりも「女」的なのだという指摘である。なるほど、たしかにリリーに対する庄造の思い入れは、谷崎が女を対象として展開してきた物語に重なり、その一変異として読める。ただ、小説の最後に示される「誰にもまして可哀さうなのは自分ではないか、自分こそほんたうの宿なしではないか」（三五五頁）という庄造の呟きは、それらの作品と同質だろうか。「恐い物にでも追はれるやうに（略）一散に走」り去る最後の姿には、確信犯的な異端の世界への耽溺に一瞬の弛みが生じてヴァルネラブルなうろたえが覗いているように感じられる。それについて説明してみることを、本稿の目的としたい。

二——谷崎の性世界と男性性

まずは、谷崎の性世界を振り返っておこう。最も明示的に物語化されてきたのはマゾヒスムと母恋いである。谷崎のマゾヒスムの基本形は男性による女性拝跪の物語であるが、女性を崇める体裁を取りながらも、その実、虚構の設定を生み出している男が欲望の主体となっているということは、谷崎自身の言葉で自覚的に説明されている。例を一つあげておけば「さう云ふ関係を仮りに拵へ、恰もそれを事実である如く空想して喜ぶのであつて、云ひ換へれば一種の芝居、狂言に過ぎない」のであって、「マゾヒストは、実際に女の奴隷になるのでなく、さう見えるのを喜ぶのである。見える以上に、ほんたうに奴隷にされたらば、彼等は迷惑するのである」[*6]（一一頁）という。「彼等は彼等の妻や情婦を、女神の如く崇拝し、暴君の如く仰ぎ見てゐるやうであつて、その真相は彼等の特殊なる性慾に愉悦を与ふる一つの人形、一つの器具としてゐる」（一一頁）というように、女性を自らの欲望の装置の一部とする、確信犯的に女性嫌悪的な態度がとられている。もう一つの女性拝跪の構造をもつ母恋いの物語も、同様にぶれることなく男が欲望の主体となっている。谷崎の性世界の要素に、女性の主体性や他者性は用意されていない。

異端性の際立ったマゾヒスムと、一種の普遍性を帯びやすい母恋いの欲望とは、一見すると相反するようだが決してそうではない。マゾヒスムを母と息子の関係として読み解いたドゥルーズの論を参照するまでもなく[*7]、この二つの欲望が重なっていることは谷崎論において指摘されてきた。たとえば野口武彦は、「幼児が母親に求める安息感（被保護感）というかたちでの受動的快感は、ふつうの成人男子の場合には表面から姿を消し、もっと能動的な性的欲求の背後に潜在するが、決して消滅したわけではない」としたうえで、「谷崎文学の男性主人公たちはつねに人一倍この性的快楽としての安息感の追求に懸命である。いわゆる母恋いのテーマと多くの主人公のマゾヒスティックな傾向とは、その意味でまったく同一の源から発している」[*8]とまとめる。また細江光は「谷崎の場合、母の愛の喪失が直接・間接にマゾヒズムの原因になっていると考えられる」として、幼児的な性愛を基層にしてマゾヒスムと母恋いが繋がることを実体的かつ包括的に示している[*9]。この幼児性にはジェンダー・ポリティクスが絡んでいる。幼児性は男性性の輪郭を朧化させるからだ。

谷崎の描く男は、しばしば男性性に対して抵抗を示している。「女らしい美しさ」が消え「たをやかな、やんはりとした曲線で出来て居た肉体の下から、強い尖々しい筋骨が次第々々に持ち上がつて、「男の逞しさ」が傷ましく露はれて来た」ことが「嫌で嫌で溜らな」いという「女人神聖」の由太郎。[*10]「唄が上手で、話が上手で、よしや自分がどんなに羽振りの好い時でも、勿体ぶるなど、云ふ事は毛頭なく、立派な旦那株であると云ふ身分を忘れ、どうかすると立派な男子であると云ふ品位をさへ忘れて、ひたすら友達や芸者達にやんやと褒められたり、可笑しがられたりするのが、愉快でたまらない」という「幇間」の三平。[*11]「何卒立派に男らしく振る舞つて下さいまし」と云われると「折角の快感が打ち壊されるやうな気がして、一種の不満足を覚える」という饒太郎。[*12]未だ男性たりえぬという幼児的な〈未男性性〉と、女性性を帯びた男性性、仮に分類してみるならば〈反男性性〉とでもいうべき性質を重ねながら、谷崎の男性たちは、標準的な男性性から逸脱する。[*13]

谷崎作品のこうした男性性からのずれを、どのように評価することができるだろうか。ジェンダー・ポリティクスの批判的な検証が文化・文学批評の一視座として認知されている現在、女性嫌悪を隠さない谷崎のテクストの中に男性性の揺らぎが書き込まれていることに注目して肯定的な評価を引きだそうという論がある。[*14]一方、男性性の欠損から回復への道筋を読む論もある。[*15]男性性の揺らぎがあることが肯定的評価に直結し得るわけではない。男の世界からずれた男性主人公が描かれていても、それがジェンダー・ポリティクスへの抵抗となるか否かは、文脈を確かめてみなければ判断できない。

文脈を考えるとき、あらためて思い起こされるのがマゾヒスムである。谷崎が異端の同類を見出し感激したというクラフト・エビングの『変態性欲心理』が示すように、男性性の揺らぎはマゾヒスムの属性そのものだからだ。エビングは、次のように述べる。

> マゾヒスムス的に感ずるものは、相手に男性的精神的特質を空想し、以て己の目的の補充を求め、又之を発見するを常とす。甚だしき場合に於ては、ザディスムス的婦女を彼の理想とするに至。／斯かる事実を以てすれば、マゾヒスムスは、転倒的色情感覚の原始的定型たることを帰納し得、又精神的性欲生活の第二時性的特質を犯せる部分的婦女的男子（“Effeminatio”）なりと称するを得べし。[*16]

エビングによって自己の性愛を「倒錯」として枠どる谷崎のテクストに男性性の揺らぎが書き込まれていること

は、至極当然というべきだろう。それは男のマゾヒスムに内包されている。

合わせてここで確認しておきたいのは、マゾヒスムは異性愛関係を完全に否定するものではないとしても、はっきりとそれから逸脱し、性器結合による異性愛的性交からは離れているということだ。エビングが採取したマゾヒスムの例には、「若き婦女に近づき、又之と舞踏するも、毫も快感を覚えたることなし」[17]、あるいは「二十歳頃までは斯かる観念は純粋に他覚的にして、且、非色情的なりき、即ち余の観念内に生じたる屈服者は第三者（余自身にあらず）にして、制服者（ママ）は婦女たるを要せざりき」[18]、「婦女と交接せんとの念は寧ろ彼に取りて恐怖のみ」[19]という説明が散見される。これらの例は、マゾヒスムは女性を必要としない快楽を源としていることを示す。マゾヒスムにおける逸脱は、異性愛の変異体ではなく、異性愛装置そのものから離脱した性愛の存在を浮上させるのである。各々の例は、若年期に顕著なそれが年を経るにしたがって女性との現実的な交渉へと移行することを示している。源としての非異性愛的な快楽への欲望が、成人男性が参加・実践すべき異性愛装置に組み込まれるとき、男性の女性に対する「色情的隷属」として形をなすわけである。それがエビングが示し谷崎が自らを重ねたマゾヒスムである。

男のマゾヒスムを歴史的に考察したジョン・K・ノイズは、一九世紀後半のエビングによるマゾヒスムの発明を、快楽のテクノロジーであったものから男らしさの危機への変質として説明している[20]。自然と文明、医学と法律といった葛藤を生む対立の深刻化、より具体的には帝国主義とリベラルな教養との齟齬、暴力と男性性の結びつきが強化されていくことと罪悪コンプレックスといった矛盾と亀裂を背景としてマゾヒスムは発明された。「マゾヒストの身体は、どう見なされているか、どう使われているか、どこに位置づけられているかによって、二通りに機能する機械であった」[21]という。二通りのうちの一つはステレオタイプを支えること、もう一つはそれを転覆することである。マゾヒスムの具体的な個々の実践は、その両極の間のどこかにある。近代的な男性性の創造を分析したジョージ・L・モッセは、男らしさのステレオタイプが作り出されていくその過程で、対抗的タイプが現れることを指摘し、一九世紀後半におけるデカダンスの突出をその文脈に位置づけている[22]。日本では、一九二〇年代から三〇年代初頭がその時期にあたるだろうか。内田雅克は、少年雑誌を分析対象として日本における近代的男らしさをウィークネス・フォビアとして抽出し、日清・日露戦後期にいて形成されるそれが、戦間期においては「童化」したり「優しい少年」像が現れたりして揺らぎ、また一九三〇年以降の戦時に再構築されていく過程を記述している[23]。「優しい少年」

の外には、モダンボーイが出現し、エロ・グロ・ナンセンスの時代が到来している。男性性の創造と危機の時代、その亀裂を引き受け、また矛盾と折り合う主体としてマゾヒストは発見される。谷崎が描く男性性の揺らぎも、近代における男性性の危機の一部として理解できるだろう。マゾヒストの発見が日本においてなされるとき、谷崎は西洋のマゾヒストたちの列に晴れて組み入れられてもいる。[*24] 同時代のウィークネス・フォビアをふまえる時、男らしさを折りたたんで女性に拝跪し、その意味で弱さを指向するともいえるマゾヒスムの様態は、標準の転倒を示すものといい得るだろう。また異性愛装置への抵抗という意味でも、モッセの言葉を借りれば可視化されたアウトサイダーとして、マゾヒストは間違いなく主流を攪乱する不穏な存在であったといえるだろう。しかしジェンダー・ポリティクスの点について考えれば、それはつねに転覆的というわけではない。

谷崎的マゾヒストに特徴的なのは、確信犯的な女性嫌悪である。谷崎の女性嫌悪の構造を即時的で過剰なオナニスムの欲望として読み解いたのは金子明雄である。[*25] 金子は、「秘密」の「一人遊び」を確認したうえで「悪魔」と「続悪魔」に「オナニスムの身体世界を生きる男性単身者が、異性愛体制の認識のモードを一種のパロディにして、その孤独な快感を高めている様態」を読み、オナニストの「際限のない欲望」は男同士の絆をも破綻させるという。近代的な男性性は女性嫌悪的かつ異性愛的なホモソーシャル関係の中で育まれるが、谷崎の揺らいだ男性性は、そこから逸脱しているといえるだろう。先に提示した〈未男性性〉、〈反男性性〉という括りに並べて、こうしたオナニスト的な逸脱性を〈超男性性〉としておこう。女性嫌悪の度合いは、標準的には国家家族主義を支える性道徳の中に溶け込んで潜在的に機能している女性嫌悪を、快楽を生み出す装置として可視化しパロディ化する点で、より深い。マゾヒストの女性拝跪が非異性愛的快楽を異性愛の装置の中に組み込んだものであることと、オナニストにおける異性愛装置のパロディ化はもちろん繋がっている。谷崎は、女性嫌悪の確信犯なのである。マゾヒスムにおける〈反男性性〉は、エビングが「倒錯」として問題化したようにときに批判の対象にもなるが、女性嫌悪の水準を介してそれは〈超男性性〉へと展開する。たとえば「痴人の愛」のマゾヒスト譲治は、自らの欲望にナオミを巻き込み、女性拝跪の装置を駆動する。徹底して自己言及的な語りの構造において、自己の快楽への耽溺と覚醒が同時になされ、演出された危機として破壊性が調節されている。このような〈超男性性〉は、女性嫌悪の水準を介してさらには〈標準的な男性性〉と折り合うことも可能だろう。演出されたウィークネスは、すでにウィークではないからだ。谷崎の〈未男性性〉も〈反男性性〉も、「普遍的」な欲望を描いたものとして評価されてもきた。虚構性に自己言及する谷崎のテクストは暴発や混乱とは遠く、[*26]たしかに過剰に熱を発散しながらも芯に冷たい理性を潜ませている。快楽と理性を同時に存在させる様式が作り出されているのである。女を一つの器具として組み込んだ異性愛的な枠組みをパロディ化して、谷崎の女性拝跪の装置は複雑化し精密化し肥大化していく。そのヴァリエーションの増殖力は、文学における創造力としては圧倒的である。女性嫌悪が前提として共有される場では、文学における男性性の揺らぎは別種の力となりうるのである。男性性は分化し多重化しているが、女との関係が変わるわけではない。ジェンダー・ポリティクスは攪乱されない。

三――「猫と庄造と二人のをんな」の三角関係

さて、以上のように男性性の多重化について整理したうえで、「猫と庄造と二人のをんな」について考えてみたい。男性らしさの揺らぎによって別種の力が汲み上げられている谷崎の作品群において、ウィークネスあるいは柔らかなものが覗いた特異な瞬間を「猫と庄造と二人のをんな」の中に見出してみようと思う。

まずは前半について整理したい。冒頭は福子に宛てた手紙から始まっている。

> 福子さんどうぞゆるして下さい此の手紙雪ちやんの名借りましたけどほんたうは雪ちやんではありません、さう云ふたら無論貴女は私が誰だかお分りになつたでせうね、いえ〱貴女は此の手紙の封切つて開けたしゆん間「扠はあの女か」ともうちやんと気がおつきになるでせう、（二六三頁）

書かれた言葉というよりも、それを読んでいる福子の頭の中に聞こえている「私」という女の声が重なって感じられる手紙である。この手紙は福子の内側にたしかに入り込んでいる。誰から届いた手紙なのか、書き手の「私」に名前が与えられるのは庄造の回想部分に入ってからであり、話の内容から福子が来たことで追い出された女だということは分かるものの、それ以上のことは不明である。というよりそれだけが、まずは重要なのである。庄造が可愛がっている猫のリリーを譲ってほしいと手紙の「私」は訴える。庄造は猫を女より大切にしている、だから「私のためより貴女のため」（二六五頁）だというのだが、もちろんその文句が字義通りに受け取られるはずはない。猫と女が争うように、もう一人の女がけしかける。福子は手紙を捨て置くことが出来ずに、猫を手放すよう庄造に迫ることになる。二人の女の駆け引きが事態を動かしており、庄造はその間で右往左往するしかない。女と女の情念がもつれ合って作り出されるのは、女と女と男による三角形の物語である。小説の冒頭で構成されるのは、猫と女と庄造、品子と福子と庄造からなる三角形、典型的な異性愛的セクシュアリティの構造である。庄造は、〈未男性的〉で〈反男性的〉な男の一人であるが、ここでは三角形における男の場所に組み込まれている。

品子が猫を欲しがる理由についてのそれぞれの推量が、物語の筋を構成していく。庄造は「腹癒せ」か「意地悪」か、いやもっと「深い企み」なのかと訝り（二七一頁）、福子は「猫に焼餅」を焼かせて嘲笑しようというのか、「家庭に風波」を起こそうというのかと憤然とする（二七四頁）。リリーを渡した後二人は、「品子のほんたうの腹」は「リヽーを囮に」庄造を呼び寄せるという企みだと読み解く（二九〇頁）。庄造はその後リリー見たさに品子の部屋に行き、その推測は庄造の行動についていえば当たったことになるが、その後品子の視点で語られた「折角の計画」（三〇七頁）は、より長期的で深い。いずれ福子との仲が破綻すると見越して、まずはリリーを引き取って「リヽーを不憫と思ふ心が、知らず識らず彼女を憐れむ心に」（三二四頁）なるのを待ち、福子に嫌気がさした頃に元の鞘へ収まろうというのである。品子が自負する「ほんたうの智慧くらべ」（三二三頁）では、一時の劣勢を時間をかけて覆すための計画性の点で品子に軍配が上がりそうである。

さてしかし重要なのは、「猫と庄造と二人のをんな」という小説には、品子のこの計画の適否について結果が語られていないということだ。[*27] 品子の計画によって起動された三角形の物語は、後半になると放置されてしまうのである。実はこの小説には、初出と初刊本の間に大きな異同がある。[*28] 後半の終盤部分、初出時で六頁分（四五〇〇字弱）にあたる削除がなされているのである。削除された箇所に書かれていたのは、リリーがいなくなってから増長しだした福子に対する不満である。それが六頁分たっぷりと書かれていた。つまり、品子の思惑通りの展開が示されていたといえる。福子への不満をふまえれば、リリーを大切にしている品子の暮らしぶりをみた庄造の「いつたい彼女は何と思つて、あんなに憎んでゐた猫を大事にする気になつたのであらう」（三五五頁）という疑問や、また「誰にもまして可哀さうなのは自分ではないか」という一節の直前にある部分で、「品子も、リヽーも、可哀そうには違ひないけれども」というように品子とリリーが憐れみの対象になっていることが意味を帯び、明示はされていないものの品子の逆転が遠くない未来に浮かび上がってくる。庄造は福子を憎み始め、品子を見直す契機を得、すでに憐れみすら覚えるようになっているということになるからだ。しかし単行本では、肝心の福子への不満が大きく削除され、品子の計画は宙づりになる。そしてむしろ、品子が計画しなかったこと、意図しなかった変化が前景化することになるのである。

四──「可哀さう」とは

二人の女と男の話として書かれた初出の物語から削除によって福子が遠のき、単行本では変化した品子とその後の庄造の対比が中心化する。「猫と庄造と二人のをんな」という表題で始まった小説は、単行本化した時にはバランスが変わって、異なる物語へとずれている。それでは、品子の変化とはどのようなものか。

畢竟それは得意の「深謀遠慮」に基づく打算的な感情であつて、ほんたうの愛着ではない筈なのだが、あの時以来、一緒に二階で暮らすやうになつてみると、全く予想もしなかつた結果が現はれて来たのである。（三二四頁）

品子が想定していなかったのは、自分の中に湧き上がってきたリリーに対する「ほんたうの愛着」である。「自分の何処にこんな暖かい、優しい情緒が潜んでゐたのかと、今更驚かれるのであつた」（三二五頁）という。

この品子に起きた変化は、庄造が経験した出来事を反復するものである。品子とリリーの関係は、リリーが一度逃げた後戻ってくることで、大きく変わる。帰ってきたとき、リリーのかすかな「ニヤア」という声が耳に届き、「リヽーや」と呼びかけると、リリーは「あの青く光る瞳を挙げて、体に波を打たせながら手すりの下まで寄つて来ては、又すうつと向うへ行く」（三一六頁）。そのうち近寄つてきたリリーに頬ずりをしてやると、リリーは「頤だの、耳だの、口の周りだの、鼻の頭だのを、やたらに舐め廻」し、品子は「いつも人の見てゐない所で夫がこつそりリヽーを相手に楽しんでゐたのは、これをされてゐたのだつたか」と驚くとともに、「突然、たまらなく可愛くなつて」品子はリリーを抱きすくめたのだった（三一七頁）。この出戻りのエピソードは、庄造の回想部分にほとんど同じように描かれていた。庄造の回想では、尼ヶ崎の八百屋へ遣ったリリーが、一ヶ月後に逃げ出して戻ってくるというエピソードとして語られている。「ニヤア」という声、「リヽー」と呼んで捕まえようとすると逃げるという繰り返しの後、だんだんに庄造に体を擦り着けてくるという甘い再会の時は、ほぼ同様の過程で描かれている。「今も庄造は、あの朝の啼きごゑと顔つきとを忘れることが出来ない」（二九三頁）と語られる、決定的に絆が深まったこの出来事を、品子も経験したのだった。品子は庄造とリリーの間にあった交わりを、手にする。庄造の欲望が品子に転移したともいえる。見落としてならないのは、このとき品子に庄造を模倣しようという意図がないことである。模倣であれば三角形が発生するだろうが、そうではない。偶然、同じ出来事を経験することによって、同じ欲望、同じ情動、同じ交わりを得るのである。

品子と過ごすようになったリリーは、庄造が忍んで会いに来ても、それに応える素振りを微塵もみせはしない。庄造の側からみれば、リリーという猫を譲渡しただけでなく、その交わりの総てを品子に奪われたといえる。品子は庄造に成り代わる。そしてここであらためて考えてみたいのは、品子が手に入れたもの、庄造が喪ったそれは、セクシュアルな関係なのかということである。

そのような視点から振り返ってみれば、庄造のリリーに向ける視線には二つの層があることに気付かされる。一つはもちろん、リリーを「女」として見つめるものである。たとえばリリーの出産時、リリーの眼をみて「何とも云へない媚びと、色気と、哀愁とを湛へた、一人前の雌の眼になつてゐた」(二九六頁)と庄造は感じる。先行論が指摘してきたように、リリーはたしかに猫というだけではなく女のように眼差され扱われている。噛んで砕いた魚を口移しで与え、屁の臭いを嗅ぎ合うというあたりも、マゾヒスムやスカトロジーの変形ととらえ得るだろう。しかし、それだけなのだろうか。というのも、あれこれと頭を悩ましてリリーに餌を与えフンシの処理をし懐に抱き入れて眠るのは品子もまた同じであるが、そこにセクシュアルな欲望は感じられないと思うからだ。リリーを「女」として、もしつねにセクシュアルな欲望が発生するのであれば、ここではレズビアン関係が展開しているということになるが、品子の内側に沸き上がった「暖かい、優しい情緒」を含んだ眼差しにそれを読み取ることは適当ではないだろう。食を与え排泄物の処理をしていても、そこにはマゾヒスムもスカトロジーも、女性同性愛もない。ここにあるのは、養育する者とされる者の間にある交わりである。

養育する者は、谷崎の作品群で(も)、「母」として現れている。「母」は食べものを与え排泄物の処理をする。たとえば「母を恋ふる記」における「母」と思われる媼は息子に「おまんま」を「拵へ」る者として現れる。*29 その媼が「母」ではないとなれば、どんなに空腹でも「私」は食事を与えられはしない。「母」は倅のために食を拵える者であるからだ。排泄物の処理に関わる場面として印象的なのは、「異端者の悲しみ」において死に行く妹と母のやりとりである。*30

「かあちゃん、………あたい糞こがしたいんだけれど、此のまゝしてもいゝかい。」
「あゝいゝともいゝとも、その儘おしよ。」

「母」は「糞こ」の世話をする者である。そうして他者の手を必要とする弱い生き物を守る者である。こうした局面における「母」は拝跪の対象ではない。美化され理想化され究極的な性的対象ともなる谷崎的にセクシュアライズされたインセストの母ではない。

品子が抱いた情緒は、このような「母」の経験として描かれているといってよいだろう。食と排泄、口と肛門。生き物の内側に外からの異物を出し入れする器官では、性と生の原初的な欲望が複数的に生み出される。養育する者は他者のそうした欲望に触れることで、自らの欲望や情動が応答的に生まれる時間を持つ。性と生の間を揺れ動きながら、養育する者とされる者は交わっていく。こうした欲望の複数性を異性愛的な意味へと統合するのではなく、複数性へと解き直してみたい。品子がリリーを見つめる視線が異性愛的欲望に限定されないのであれば、庄造がリリーを見つめる視線にもまた「女」を見出す視線だけではなく、柔らかなものに向ける愛情が含み込まれていたと考えることができるのではないか。小さな生き物を大切に扱うこと、そうした行為のうちに生じる穏やかなぬくもりが、庄造とリリーの間にも生み出されていたと読んでみたい。庄造が喪ったのは、「女」との間にあるオナニスト的に設置された装置の中で演出された自己増殖する欲望（だけ）ではない。

谷崎の性世界から離れて思い出されるのは、ケアの思想やまた伴侶種という概念である。ケアの思想では、自立した個人を前提として成立した自由や平等にという枠組みを批判し、依存を価値の中に組み込んでいく。依存は例外的な状況なのではなく、誰もが少なくとも人生の始まりと終わりには経験するにも関わらず、自立した個人を前提として構築された規範や価値は、ケアされる者とケアする者を周縁化している。ケアの思想はその偏りを問い質し、一方的な依存から相互依存へ、また一時的であったり部分的であったりする様々な依存関係へと思考の対象を広げながら、社会の有り様を変えていく可能性を探るものである。依存者を支える経験は、その出発点となる。エヴァ・フェダー・キティは、「依存関係では情緒と信頼の両方が重要であるがゆえに、依存関係によって形成されるつながりは、私たちの最も重要な経験の一つ」[*31]だと指摘する。「思いやりの労働を、関係性（あるいは、まだ関係性がない他者との接触）に投入することで、私達は自己の境界線を解き、そこに強い精神的絆を形成する」と説明される経験を、品子の経験の中に読み取ることができないだろうか。品子は、リリーの食と排泄の世話をすることで変化し、これまでにない交わりを得ていく。その交わりによって変化した品子は、福子に対する勝利者となるという当初の目論見を忘れ、過去の自らの態度を反省するようになっていくのである。

もう一つの伴侶種とは、ダナ・ハラウェイが「種の相互依存[*32]」について思考するために用いた概念である。人間中心主義を批判的に検証する視座を与えるのが食を共にする動物たちであり、犬や猫はその典型的な存在である。ハラウェイは、彼らに「触れることが、アカンタビリティの枝葉を広げ、アカウンタビリティを造形する」という。「アカウンタビリティ、ケアすること、影響を受けること、責任を引き受けること――こうした世俗的で散文的なことがらは、倫理的な抽象化ではなく、互いに関わりあったとの結果[*33]」だという指摘を、品子の経験に繋いでみることができないだろうか。品子は、リリーと関わり、リリーを見つめ、自分を変えていく。リリーは、人間ではない小さな生き物として品子と関わり、だからこそ品子は、思いがけない「情緒」を抱えることになる。谷崎的な動物といえば「狐」の重要性が指摘されているが[*34]、男の欲望を映し出し「妖婦」として擬人化されたそれとは異なって、リリーは動物であり続けている。猫として、人とコミュニケーションをとり、関係をつくりだしている。リリーが猫であるということが、この小説に他の物語とは異なるフェイズへの滑り込みを可能にしている。

ケアや伴侶種という他者の存在への配慮に基づいた思考と、女性嫌悪的なオナニズムによって展開された谷崎の作品群との距離は、総じていえばきわめて遠い。ただ、異性愛的三角関係から猫との交わりへ力点がずれた現在の「猫と庄造と二人のをんな」後半には、谷崎作品としては特異な瞬間が覗いていると考えられないだろうか。品子という女性登場人物の有り様にも、特異な点がある。というのも、後半部の品子は庄造の欲望の対象ではなく、庄造の欲望が転移した存在となっているからだ。猫に触れることで三者関係が崩れ消えたとき、庄造の欲望が品子に移る。その意味で、ここではジェンダーによる非対称性が消失している。小さな生き物である猫との関わりによって、男と女によって組み立てられた強固な異性愛構造がふいに解けているのである。ただしそれは、二者関係の反復としてであって、人が複数で関わる物語はここにはない。

品子が庄造の位置に入ることによって、庄造は行き場を喪う。末部の「誰にもまして可哀さうなのは自分ではないか、自分こそほんたうの宿なしではないか」という庄造の「可哀さう」さは、谷崎が語る確信犯的なマゾヒストたちから、外れてしまっている。饒太郎は、泊まる場所を喪ったあと「母の家」に帰って涙をこぼし得たが、庄造に戻る場所はない。「痴人の愛」の譲治は、堕ちても堕ちても

「可哀さう」にはならない装置を構築済みである。一方、品子の帰宅姿にはじかれて「恐い物にでも追はれるやうに反対の方角へ一散に走つた」と閉じられる庄造の物語では、もう一つの何かの喪失の大きさに、自転してきたマゾヒスム・オナニスム装置が停止してしまう。

　この小説には軽みがあると評されてきた。庄造の姿に悲愴さを読むことは適当ではないだろう。庄造は、そのように突き放された登場人物である。本流から離れて、品子に自らの欲望を譲った庄造は、谷崎の小説群において特異な弱さを帯びている。庄造が喪った何かは、女性嫌悪的な母性拝跪やマゾヒストの物語では決して前景化することのない他者との柔らかな関係である。品子に転移することによって浮き上がってきたそれは、異性愛の枠組みを用いたマゾヒストの装置を駆動するときには必要ない。しかし、どこかに潜んでいる。それを排除することによって、谷崎の性世界は成立しているからだ。柔らかなそれは、谷崎的性世界の構成的外部である。そしてそれがふいに喪失したものとして前景化したとき、男性性を多重化する強い行為は綻び、男が「ほんたう」に「可哀さう」な存在であることが露呈するのである。

注

＊1　「改造」（一九三六年一月・七月）に発表された後、単行本化（一九三七年、創元社）。引用は、『谷崎潤一郎全集』第一八巻（中央公論新社、二〇一六年）による。頁数を本文中に示した。

＊2　金子明雄「『猫と庄造と二人のをんな』」『解釈と鑑賞』五七（二）、一九九二年二月。また一人称の語りの実験を重ねた後に書かれた「三人称・現代物」であり、「源氏物語の現代語訳と共に、いわゆる〈古典回帰〉の作品群と『細雪』とを繋ぎ合わせている」との指摘があるが、三人称の語りが不定焦点化を容易にし、本論4節で指摘する男性登場人物と女性登場人物の入れ替わりが可能になったといえるのではないか。

＊3　藤田修一「猫と庄造と二人のをんな」『国学院雑誌』七五（一一）、一九七四年一一月。

＊4　磯田光一「解説」『猫と庄造と二人のおんな』新潮文庫、一九五一年。

＊5　野口武彦「物語的話法とそのパロディ　『猫と庄造と二人のをんな』をめぐって」『国文学』三〇（九）、一九八五年八月。

＊6　「日本に於けるクリツプン事件」『谷崎潤一郎全集』第一三巻、中央公論新社、二〇一五年、一一頁。

＊7　ジル・ドゥルーズ『マゾッホとサド』原著一九六七年、蓮實重彦訳、晶文社、一九七三年。

＊8　野口武彦『谷崎潤一郎論』中央公論社、一九七三年、三〇六頁。

＊9　細江光『谷崎潤一郎　深層のレトリック』和泉書院、二〇〇四年、七八頁。

＊10　「女人神聖」『谷崎潤一郎全集』第五巻、中央公論社、一九六七年、二四頁。

＊11　「幇間」『谷崎潤一郎全集』第一巻、中央公論新社、二〇一五年、七五頁。

＊12　「饒太郎」『谷崎潤一郎全集』第二巻、中央公論社、一九六六年、四〇一頁。

*13　谷崎の男性登場人物の様々なヴァリエーションを「男根を持たない人物」「すべて去勢された人物達」と総括した細江光は、「谷崎にとって文学は、大人の体面、男らしさの体面をかなぐり捨てるための逃げ場という一面を持っていた」とまとめている（「谷崎潤一郎　マゾヒストの夢」『国文学』三七（一三）、一九九二年一一月）。ほかに、「断種」のモチーフを抽出した論として、坪井秀人『性が語る　二〇世紀日本文学の性と身体』第Ⅳ部「性的身体としての語り　谷崎潤一郎」（名古屋大学出版会、二〇一二年）がある。

*14　たとえば、千葉俊二は「女人神聖」を論じて、「ある意味で徹底的に女性蔑視の書でもあるヴァイニンガーの説を受けながら、谷崎はそれを見事に逆転してしまっている」という（「解説　転換する性」『潤一郎ラビリンス 14』中公文庫、一九九九年）。また野崎歓は「幇間」の三平の「でれでれした身体」に注目し「男根中心主義的な怒張のダイナミズムとは無縁の、むしろ不能（の擬態）に支えられたエロス」、「男性原理の解放どころか、それは支配する性としての男の尊厳を踏みにじり、無化する振る舞い」と論じて、その転覆性を高く評価する（「谷崎潤一郎と太鼓持ちの戦略　「幇間」試論」『ユリイカ』三五（八）、二〇〇三年五月）。

*15　吉川豊子は「猫と庄造と二人のをんな」の庄造を「「去勢」された男」と読み、「アイデンティティー形成が未熟な、幼児的人格の男ともいえるが、言い換えれば、〈母〉との紐帯、「母への同一化」を〈切断〉できないことで、ジェンダー形成において「女性性」に従属し、〈父〉への従属によって獲得される「男性性」の形成が阻害された男」と指摘する。その上で吉川は、庄造と猫・リリーの関係を「自分よりもさらに弱い存在に自己同一化し、それを庇護し、哀願する役割／権力／関係の中で自身のアイデンティティーを回復していく」とし、物語末部については「男同士の絆」から解かれそうになっている庄造が「「家長」の地位を維持・持続しよう」とするための逃走と読む。（「ペットとしての女と「男性マゾヒスト　谷崎とホモソーシャル社会」『買売春と日本文学』岡野幸江・長谷川啓・渡邊澄子編、東京堂出版、二〇〇二年）末部の解釈については、本論4節に異論を示した。

*16　R. V. Krafft-Ebing『変態性欲心理』原著一八八六年、黒澤良臣訳、大日本文明協会、一九一三年、一七六頁。

*17　同書、一三七頁。

*18　同書、一四三頁。

*19　同書、一四七頁。

*20　ジョン・K・ノイズ『マゾヒズムの発明』原著一九九七年、岸田秀・加藤健司訳、青土社、二〇〇二年。

*21　同書、二二頁。

*22　ジョージ・L・モッセ『男のイメージ　男性性の創造と近代社会』、第四章「対抗的タイプ」および第五章「デカダンス危機における男性性」、原著一九九六年、細谷実・小玉亮子・海妻径子訳、作品社、二〇〇五年。

*23　内田雅克『大日本帝国の「少年」と「男性性」　少年少女雑誌に見る「ウィークネス・フォビア」』、明石書店、二〇一〇年。

*24　たとえば羽太鋭治『性欲生活と両性の特徴』（日本評論社出版部、一九二〇年）では西洋の例に混じって「我が谷崎潤一郎君はマゾヒスムスの傾向を帯びた小説を沢山に書いてゐる」（二〇一頁）と紹介されている。

*25　金子明雄「近代小説における性的関係の表象　谷崎潤一郎のテクストを素材として」『クィア批評』藤森かよこ編、世織書房、二〇〇四年。

*26　対照的なものとして、女のマゾヒストを描いた田村俊子の作

品が思い起こされる。たとえば「炮烙の刑」には「焼き殺して下さい」（『田村俊子作品集』第二巻、オリジン出版センター、一九八八年、五三頁）と半ば狂ったように自己の内から噴出し暴走する欲望が描かれている。ただしそこで求められているものもまた性器的な異性愛から離脱した快楽であることは拙著『彼女たちの文学　語りにくさと読まれること』第一四章（名古屋大学出版会、二〇一六年）を参照されたい。

＊27　離婚騒動の発端とその後がともに書かれていないという指摘もある（小菅健一「「猫と庄造と二人のをんな」論　既に、終わっていて、未だ、始まらない〈物語〉」『国文学』四三（六）、一九九八年五月。

＊28　異同については、永栄啓伸「『猫と庄造と二人のをんな』論　谷崎文学の語りの構造と内実」（『皇學館論叢』25（4）、一九九二年八月）、日高佳紀「解題」（前掲『谷崎潤一郎全集』第一八巻）を参照した。

＊29　「母を恋ふる記」『谷崎潤一郎全集』第六巻、中央公論社、一九六七年。

＊30　「異端者の悲しみ」『谷崎潤一郎全集』第四巻、二〇一五年、三七七頁。

＊31　エヴァ・フェダー・キティ『愛の労働あるいは依存とケアの正義論』原著一九九九年、岡野八代・牟田和恵監訳、白澤社、二〇一〇年、九二頁。

＊32　ダナ・ハラウェイ『犬と人が出会うとき　異種協働のポリティクス』原著二〇〇八年、高橋さきの訳、青土社、二〇一三年、三三頁。

＊33　同書、五九頁

＊34　千葉俊二『谷崎潤一郎　狐とマゾヒズム』小沢書店、一九九四年。

漱石を裏返す
――『蘆刈』再読

五味渕典嗣

一――反転する三角形

いま『蘆刈』（『改造』一九三二・一一〜一二）を手に取る読者は、たとえば次の場面をどう読むのだろう。

……しかしあるとき吉野へ花見にまゐりましたせつに晩にやどやへつきましてからお遊さんが乳が張つてきたといつておしづに乳をすはせたことがござりました。そのとき父が見てをりまして上手にすふといつて笑ひましたらわたしは姉さんの乳をすふのは馴れてゐます。姉さんは一さんを生んだときから子供にはばあやの乳があるので静さん吸つておくれといつてをり〳〵私に乳をすはせてゐましたと申しますのでどんなあぢがするといひましたら嬰児のときのことはおぼえてゐないけれどもいま飲んでみるとふしぎな甘いあぢがします、あんさんも飲んでごらんといつてちゝくびからしたゝりおちてゐるのを茶碗で受けてさし出しますから父はちよつとなめてみてなるほどあまいねといつて何げないていに取りつくろつてゐましたけれども〔略〕その場にゐづらくなりまして口の中が変だ〳〵といひながら廊下へ立つていきましたらお遊さんはおもしろさうにころ〳〵わらふのでござりました。

『蘆刈』の第一の語り手と第二の語り手が出会う川の中洲を、「放恣に両脚をひらいて横たわる水の女体を幻想させる」と意味づける野口武彦は、春の吉野でのこの場面を、お遊が「恋人」慎之助に、「自分の乳を飲ませて当惑させる」シーンだと読んでいる。[*1] しかし、むしろわたしが気になるのは、「茶碗」に受けたものしか口にできない慎之助に見せつけるかのような巧みさで「姉さんの乳をすふ」おしづの姿に他ならない。おしづは、「一さん」が生まれて以来、しばしばお遊の胸に顔を埋め、口唇で彼女の乳房に触れ、したたり落ちようとする彼女の「ふしぎな甘いあぢのする」乳白色の分泌液を賞味し続けていた。それだけではない。お遊と慎之助とおしづの三人はしばしば誘い合って小旅行に出かけているが、そういうときはいつも足が冷えて眠れないと甘えるお遊は「とくべつに体がぬく」かったおしづを「自分の寝床の中へひき入れ」ようとし、おしづはおしづで、まるでそうすることが当然というかのように「いそ〱とお遊さんの中へ這入つて行つて」(傍点引用者、以下同じ)もう十分だ、というまで傍らに「添ひ寝」する。明らかにおしづは、お遊の身体と触れ合うことに執着している。「男」の口から語られた言葉が、〈お遊さんの蒲団の中へ這入つて〉ではなくて、あからさまに性愛を思わせる言いまわしだったことを等閑視すべきでない。

『蘆刈』の語りが描き出すこうした関係性を、いかにも谷崎的な〈変態〉という語彙と戯れるだけで片付けてはならない。母性思慕の主題を読みたいあまりに、お遊と慎之助(+その子たる「男」)の関係のみを中心化してきた従来の谷崎論の強固なヘテロセクシズムを問題化することは決定的に重要だが、そこに言葉を費やすゆとりは今はない。また、ここでわたしは、おしづとお遊とが同性愛的な欲望の持ち主だったと論証したいわけではない。たしかにおしづは「欲得をすてた姉思い」と呼ばれていたし、おしづが慎之助との婚礼の日に、「わたしは姉さんのこゝろを察してこゝへお嫁に来たのです、だからあなたに身をまかせては姉さんにすまない」「そのしんばうが勤まらぬやうなら私のおもつてゐる半分もねえさんをおもつてゐないのです」と涙ながらにかき口説きながら、自身との性交を厳重に禁止していたことも了知している。だが、松下千雅子の言葉を借りれば、「人のセクシュアリティを証明すること」は「根源的に不可能」である。[*2] 当たり前だが、おしづが慎之助との性交を拒絶したからといって、彼女がホモセクシュアルなアイデンティティの持ち主とは即断できない。そもそも、登場人物たちのクローゼットを開けることで、このテクストの何が分かるのだろう。むしろ大事なことは、性愛的なそれをふくめ、このテクストに誰の・どんな欲望が書き込まれ、それらがいかに拮抗し干渉し葛藤しあっているかをあとづけることではないか。

そう考えると、「男」の語りで明かされていく奇妙な三角関係が、他ならぬおしづによって作られ、操作されていたことが見えてくる。谷崎のテクストにはしばしばこの手の人物が登場するが、彼女こそ『卍』の綿貫や、『鍵』の敏子の系譜に連なる策略的な人物なのである。しかし、その行動原理は驚くほどシンプルだ。「わたしは姉さんの世話をやかせてもらふのが此の世の中でいちばんたのしい、どうしてさういふ気になるのだか姉さんの㒵を見ると自分のことなどはわすれてしまふ」——。許されるならいつまでも「姉さん」のそばにいて、面倒を見て、その身体と接触していたい。おしづの欲望をそう理解すれば、彼女の言動行動はみごとなまでに一貫している。

　どういうことか。おしづは、お遊の生家・小曾部の「ちやうど年頃」の娘である。何度縁談を断ったとしても、いずれは他家に嫁がされるだろう身の上である。そして、一度縁づいてしまえば、実家である小曾部はもとより、「月のうち半分ぐらゐは」泊まりに行っていたお遊の嫁ぎ先・粥川家にもおいそれとは近づけなくなるだろう。そのことは「きやうだいぢゅうであの児といちばん仲好くしてゐる」と語っていた他ならぬお遊が不安に感じていたことでもあった。とするなら、お遊になのめならぬ思いを寄せ、「見合ひにかこつけて一遍でも余計に」お遊に会いたいと半年以上もぐずぐずと縁談を引き延ばす慎之助は、願ってもない対手だった相違ない。なるほどおしづはお遊のような「芝居気」こそ欠いていたかもしれないが、おそらくそうであるからこそ、真剣にお遊を思い見つめていた。少なくとも、再婚したお遊と引き離された直後に、あっけなく世を去ってしまうぐらいには。

　いささか唐突に聞こえるかもしれないが、わたしはここで、夏目漱石『こゝろ』を思い出さずにはいられない。それは単に、『蘆刈』にも『こゝろ』にも語り手が二人いて、二人目が三者関係のドラマを語り、しかも双方に〈しず〉という名を持つ女性が登場するという形式的・構造的な類似が指摘できるからだけではない。実際に『蘆刈』で「男」が語った物語は、『こゝろ』（より正しくは、『こゝろ』の「下　先生と遺書」）に対する痛烈な批評・批判となっていると言ってよい。

　『彼らの物語』の飯田祐子は、一九一〇年代後半の日本語の文学の場で量産された、男どうしのホモソーシャリティに支えられた三角関係のモティーフを『こゝろ』的三角形と総称している。そこでは、主体の努力で逆転可能に見える程度の差異を刻印された二人の男性が、「女」「学問」「芸術」といった「同じ対象を獲得する競争が行われており、その間に同一化を基盤として、嫉妬や尊敬という揺れ動く二つの感情が語られる」。男たちは、競争対手としての互いの価値を承認しあうことで自分たちの関係性を聖別化するが、その一方で当の争われる対象である女性や理念は「ブラックホールとして、物語を支え奉仕させられ続ける」[*3]。まさに、『こゝろ』の静が、血と死と文章によって取り結ばれた男たちのネットワークにとっての他者として、「純白」に留め置かれ続けたように。[*4] だが、『蘆刈』の「男」の語りの中では、おしづこそが三角形の狂言廻し役を担っていたことはすでに述べた。彼女にとってこの三角形は、他ならぬ自らの欲望を充足する上で必要かつ十分な条件を構成している。『こゝろ』の彼女とは異なって、『蘆刈』のおしづには、彼女なりの思いも声もしっかり刻まれているのだ。

さらに付言すれば、『蘆刈』の三角形をおしづを中心に考えると、お遊が目的で、慎之助はその手段ということになる。しかし興味深いのは、お遊も慎之助もこの三角形におそらく不満を感じていないことである。例えば、なぜお遊は慎之助とおしづの縁談に積極的に関与したのか。テクストは、おしづは他の「誰にも取られたくない」けれど、慎之助ならば「取られたといふ気がしないできやうだいが一人ふえたやうなこゝろもちになれるであらう」、「あゝいふ人を弟に持つたら自分も嬉しい」という彼女の言葉を伝えている。お遊がおしづに対して、おしづがお遊に抱いていたような性愛的な欲望を持っていたとまで言えるかは疑問だが（もしそうなら、おしづと慎之助が偽装結婚だったと聞いて驚き憤ることは考えにくい）、お遊が身体接触を伴うケアワークをふくめ、おしづを必要とし、おしづに依存し続けることを望んでいたことは確かだろう。慎之助を「弟」としたい、という言葉が反復されているのも重要だ。お遊には他に「きやうだい」もいたけれど、心を許せるのはおしづだけだった。しかも、『蘆刈』の読者なら誰もが知るように、お遊が慎之助への思いを直截に述べた箇所はない。「男」の語りの最後で、慎之助から宮津との再縁を説得された彼女が「ぽたりと一としずくの涙をおとし」たのは、彼個人への恋情を抑えかねてというよりは、おしづを含めた三者の関係性を失いたくなかったからだと考えれば、説明に矛盾は生じない。

では、その慎之助はどうなのか。おしづを軸に三角形を考えれば、まるで彼は滑稽な道化的存在とも見える。しかし、彼の望みは、あくまで「お遊さんに対してどこまでも純なあこがれを持ちつゞけたい」、彼女をずっと「ひそかに心の妻としておきたい」と語られていたのではなかったか。おしづの言うように、もし彼女が他に「嫁入り」してしまったら、「世間のてまへ却つて仲が堰かれる」ことになろうし、おしづとの見合いからして迷い抜いていた彼が結婚を決心したのは、自分を「弟」として承認するお遊の言葉があったからだった。ゆえに彼は、おしづの唐突な提案に「此のをんながあの人のためにかうまで身を捨てゝかゝつてゐるものを男の己が負けてなるものか」と思いながら、「あの人が後家をとほすなら私はやもめをとほしたいのが実はほんしんだつたのだ」と応じていくわけだ。『蘆刈』の三角形の物語が、なぜ『こゝろ』的三角形の批評と言えるのか、もはや明らかだろう。おしづは性愛的なものを含めてお遊との接触を保ち、お遊はおしづを失うことなく慎之助を加えた新たな関係性を手に入れ、慎之助は誰に憚ることなくお遊に侍りかしずくことができる。おしづと慎之助はお遊をめぐって争いあうわけではないし、そもそもお遊がそうした競争を望んでいない。谷崎テクストで言えば、女二人と男一人の三角形は『卍』の後半で出現する形式だが、セクシュアルな関係を基軸に光子の独占を競い合った園子と孝太郎とは異なり、おしづと慎之助の契約はむしろ互いの均衡を保つため、自分たちの三角形を壊さないために厳格に履行されている。『こゝろ』との比較で言えば、物語の中でどちらかが勝利しどちらかが敗北するという線条的な時間性が前提となる『こゝろ』的三角形に対し、『蘆刈』の三角形は、いわば三者三様の win-win の関係としてある。だからこそ、この三角形は、外的な要因（一の死とお遊の二つの家からの放逐）なしには終わらないことにもなる。

かつて蓮實重彥は、英国留学中の夏目漱石が記した断片を、「『虞美人草』以来の漱石的「作品」の主題」を予示するものと位置づけた。「二個の者が same space を occupy スル訳には行かぬ。甲が乙を追い払うか、乙が甲をはき除けるか二法あるのみじゃ」。蓮實によれば、「とりわけ『それから』以降、『心』を通過して『明暗』へと至る漱石的文章体験の歩みは、しばしば女性として顕在化される same space を occupy スルことで排除と選別の場をいったんくぐり抜けた者が、排除も選別も機能しえない場を夢想しながら、おのれの行動を反芻し続けるという困難な行程」に他ならない。[*5] ならば『蘆刈』では、おしづと慎之助の二者が互いに排除しあうことなく、両者が（潜在的に）対立と葛藤の起源としてお遊を憎悪することもなく、same space を occupy しあう幸福が定着されていることになる。『蘆刈』の「男」が語る物語は、強制的異性愛体制と強力なホモソーシャリティに支えられた『こゝろ』的三角形を裏返すことで、きわめてラディカルな三者の関係を浮上させている。

二――実験の代償

少なくとも語られた言葉を追うかぎり、おしづとお遊と慎之助が構成する三角形では、互いの欲望を否定したり従属させたりすることなしに、関係性にかかる自己の欲望をそれぞれのかたちで充足させている。金子明雄は、「谷崎のテクストには、今日的にいえばクィアーと呼ぶことのできる、性的な異質性を刻印された人物が数多く現れるのだが、そのような存在が浮かび上がらせる規範的な男女関係や男同士の関係性のあり方が、ある種パロディとして機能して、それらの本質的な要素を示してくれている」と書いていた[*6]。その意味で、『蘆刈』の「男」が語る物語においては、まさにクィアな関係性が描出されていた、とは言えるだろう。

　とはいえわたしは、その立場から『蘆刈』を手放しで評価することはできないと思う。それは、おしづとの結婚以前には「お茶屋あそび」での「馴染みの女」があったという慎之助が、この三角形の外部で性的欲望を充足させていた可能性を否定できない、という作中世界レベルの理由だけではない。むしろ重要と思うのは、『蘆刈』の三角形を語った「男」の言葉の言語的地位・言語的位相の問題である。アンヌ バヤール・坂井は、『饒舌録』以降の谷崎は「叙述装置の虚構性」をめぐる探索者としてあったと述べたが[*7]、ならば『蘆刈』では、いったいどんな実験がくり広げられていたか。第一節の議論でわたしは、あえて「男」の語りの水準のみに定位して、作中人物の関係性を検証した。しかし、テクストとしての『蘆刈』を考えるうえでは、聞くこと／語ること、読むこと／書くことが連動する複雑な語りの形式が、どんな意味生成の契機を生み出しているかという問題を考慮しないわけにはいかない。

　そこで重要なのが、情報伝達経路の複雑さを最大の特色とするこのテクストが、物語内でのコミュニケーションの不可能性を前提とし、むしろそれを戦略的に活用しているように見えることである。『蘆刈』の物語行為の場を確認すれば、慎之助が自分の子である「男」に言い聞かせてきた内容が、時をへだてて、老境にさしかかる年代となった「男」の口から「わたし」に語り直される（「わたし」が再話する）というものだが、この設定のポイントは、聞き手たる「男」と「わたし」が、揃って不確かな聞き手であることだ。『蘆刈』の読者なら、この「男」が、まだ幼かった時分には「父のいふことがじふゞんには会得できませなんだが」、「父の熱心にうごかされて」「かうなんとなく気分、がつたはつてまゐりましておぼろげながらわかつたやうない、かんじがしたのでござります」と語っていたことを知っている。そのため、後の『春琴抄』でも問題になるように、「男」が語りの中で詳細に再演するおしづとお遊と慎之助の会話や立ち居振る舞いが、「父」の語りに由来するのか、それとも「男」の解釈＝想像によるものなのか、起源を確定することが不可能なのである。その話を聞く「わたし」の意識も、それほど当てにはならない。「男」と出会う前に「わたし」は、すでに「饂飩屋」で二合の酒を聞こし召し、それでは不足だと「正宗の罎」を手に渡船に乗り込み、空になった後は「男」から注がれる「程よく木香の廻つたまつたりした冷酒」を楽しんでいたからである。

聞き手としてどこまで信頼してよいかわからない語り

手によって語られ、やはり全幅の信頼は置けない聞き手によって聞き取られた物語。では、ここではいったい何が語られ＝聞かれていたのか。象徴的なのが、「わたし」から「男」へと語りの主導権が譲渡されるシーンである。

……お伺ひしたいのはいまわたしどもがかうしてゐる此の洲のあたりにもむかしは江口の君のやうな遊女どもが舟を浮かべてゐたのではないでせうか、此の月に対してわたしの眼前にはうふつと現れてくるものは何よりもその女どものまぼろしなのです、わたしはさつきからそのまぼろしを追ふこゝろを歌にしようとしてゐたのですけれどどうまいぐあひに纏まらないので困つてゐたのです。されば、誰しも人のおもふところは似たやうなものでござりますなとその男は感に堪へたやうにいつて、いまわたくしもそれと同じやうなことをかんがへてをりました。わたくしもまた此の月を見まして過ぎ去つた世のまぼろしをゑがいてゐたのでござりますとしみ〴〵とさういふのである。

『蘆刈』の物語世界をつなぎ止める蝶番となる部分が、きわめてあやうい論理で節合されていることは明白だろう。二人が「かんがへて」いたことは、到底「同じ」とは言えないからである。一方は時代を異にする古典籍の文言を自在に引用しながら、ヘテロセクシュアルな性の営みに人世のはかなさを感受した「こゝろ」を「歌」にまとめようと試みており、他方は、自らの父親が語った忘れがたない女性との思い出を想起している。興味深いことに、こうした「わたし」と「男」との関係は、引用部分の直前で「男」が謡曲『小督』を吟じるシーンで予示されていた。「相当に年数をかけてゐる」ことはよく伝わってくる「男」の声を聴きながら、「わたし」は、「謡つてゐるもの、世界へ己れを没入させてしまひ何の雑念にも煩はされないといつた風な飄逸な心境」が「自然と此方へのりうつる」と語っている。つまり「わたし」と「男」とは、思惟内容などはじめから共有してはいないのだ。名前こそ「お遊」と呼ばれるが、「男」の語る彼女の姿は、「わたし」が遠く思いやった「水の上の女ども」のイメージを受け継ぐ存在ではない（そもそも彼女は「遊女」的ではない）。「男」が父＝慎之助の語りから、語られた内容以上に「気分」「感じ」を受け取ったと語っていたことを想起しよう。「わたし」と「男」とを接続しているのは、「過ぎ去った世のまぼろし」「過去の逸楽」を思いやり追懐するという「心境」の共通性でしかないのである。

　ひとは自分の言いたいことを語り、自分の都合のよいようにしか聞かないが、語り手と聞き手が同じ情調・情緒を分けもつことはできる。そのように考えれば、巨椋池は一九〇六年の淀川治水工事の結果、水の流れを奪われた汚水のたまり場となっていたのだから、後鳥羽の文事を思いやる「わたし」とお遊の姿を思いやる「男」とは、失われた水辺での遊びを追懐するという点で、同じ「気分」を共有しているとは言える。その追懐の対象にしても、お遊の年齢が確実に辿れる下限である「四十六、七歳」という数字を彼女の生の終わりと仮定すれば、巨椋池別荘で彼女が過ごした時間は、後鳥羽が配流先の隠岐で送った歳月の長さとほぼ一致する。一九三二年九月一五日午後三時過ぎに家を出た「わたし」は、私鉄の電車で大山崎の駅に着き、誘い出されるように追懐の場へと入りこむ。日時が明確に推知できるところから始まった語りは、しかし、『増鏡』以降、放埒なまでに呼び込まれる古典籍が、文学史的・年代記的な秩序を徹底的に無視して引用されることで、〈いま・ここ〉の時間軸を曖昧にし、ほとんど無時間的な〈古(いにしえ)〉の気分を醸成する。半ば酩酊しつつ「男」の声を聞く「わたし」は、日常の論理と倫理がカッコに括られた曖昧な場所で、誰のことば誰の声とも判然としない、どこまでが確かなできごとなのかも確定できない言葉たちと出会うことになる。そう考えると、テクストの最後で口にされる「あなたは誰の子なのです」という問いは、すっかり混濁させられた語りの水準と時間軸とを明確にせよ、というメッセージに他ならない。このことは、「わたし」の語りの中で、水無瀬神宮を起点として駆動した後鳥羽をめぐる追懐が、「六時」という時間の確認行為によって断ち切られていたテクストの事実と正確に対応している。

　かつてロラン・バルトは、「物語行為の原動力は、継起性と因果性の混同そのものにあり、物語のなかでは、あとからやって来るものが結果として読み取られる」と述べていた。[*8] この指摘に鑑みれば、テクストとしての『蘆刈』では、この「混同」を意識的に追究する実験が行われていたと見られよう。一つの物語世界の中で、継起する二つの語りの「因果性」をどこまで引き離すことができるのか。異なる二つの語りを順番に配置した上で、なお統一的な物語世界が成り立っていると判断できる限界はどこまでなのか。逆言すれば、二つの語りを並置する際、物語内容レベルでの因果性（作中人物の共通性など）以外に、どんな節合の論理を用意できるのか。再び『こゝろ』との比較を持ち出せば、擬制的な師弟関係・父子関係を語りにおいて構成しながら、〈遺書〉というメッセージがどう受け継がれるかという垂直的な関係性を物語化した『こゝろ』に対し、『蘆刈』は、語られる内容のレベルではなく、追懐という心的態度で節合する水平的な関係性を定着しようとした、と言えるだろう。

　ところで、『蘆刈』の語りの特質について日高佳紀は、小森陽一の「聴き手論序説」（『成城國文學論集』一九九〇・三）を批判的に援用しながら、聞き手の身体が「記憶の場」となって、知覚情報や伝聞情報を総合・統合し、物語が創発的に「再創造」される契機に着目すべきだ、と主張している。[*9] だが、日高の議論では、『蘆刈』の二人の聞き手の信頼性が意図的に引き下げられ、聞き手／語り手としての責任が半ば解除されている理由が説明できない。言いかえれば、「男」が（そして「わたし」が）きわめて恣意的に物語を編み直しているという解釈を排除できなくなる。先行する『吉野葛』で谷崎が、自分に都合よく・自分にとって心地良い〈母〉の物語を語ることで、何人もの女たちを抑圧していく人物を描いたことを知っているわたしとしては、「男」の物語的想像力の勝利をそう簡単に言祝ぐことなどできない。[*10]

しかし、それ以上に問題なのは、日高の立論が「男」の語りの内容を、お遊の人物造型やお遊との個別的な関係のみに焦点化（＝矮小化）してしまっていることだ。同じ問題は、谷崎テクストの問題を「愛を確立するにあたって、不毛な語らいに身を投げ出す代わりに、古典の遺産を徹底的に捜査しながらクィアな性のパフォーマンスを展開することを選んだ」と整理する福島亮大が、『蘆刈』の物語を「男たちの「分身」」が「母への欲望を追求する」と位置づけていくことにも指摘できるのだが、[*11] 第一節で見たように、そもそも「男」の物語の相当部分は、お遊をめぐる三者の関係性の物語によって占められていた。ならば注意すべきは、城殿智行が示唆したように、「男」が慎之助の語りを読み違えている可能性、言い換えれば、物語世界内のコミュニケーションの挫折がもたらす差異化の契機ではないのだろうか。[*12]

だが、そうだとすると、わたしは少なからず考えあぐねてしまう。第一節で見たように、「男」の語りでは、互いの願望と欲望を充足させあう三人の人物たちによる新たな共同性の探究の場がたしかに開かれていた。しかし、テクストとしての『蘆刈』の関心の中心は、そうした語られた関係性の実験以上に、物語世界を織り上げる文学言語・叙述装置の実験の方にあったのではないか。おしづとお遊と慎之助による関係性の物語が、「一」の死という外部要因が持ち出されることで、ほんのわずかの間の、束の間の夢のような時間としか表象されなかったことは見逃せない。また、語り手としての「男」が追懐していたのは、あくまで「父」とともに垣間見た巨椋池のお遊の姿であってみれば、おしづが苦心して作りあげた三者の幸福な一致は、テクストにおいて二重に抑圧されてしまっているとも言える。基本的に谷崎のテクストは、クィアな関係性を織り上げることには熱心だが、その関係性を維持したり、その中での悦楽や快楽を語ることには冷淡な傾向がある。『蘆刈』について言えば、結局のところ谷崎は、日本語による文学言語の実験に、他の可能的な主題の探究を従属させていたのではないか?

夏目漱石のようにだけは書かないこと。谷崎潤一郎は、おそらく作家的な出発の時点から、そう固く心に誓っていた。本格的な文学活動に踏み出す第一歩となった『新思潮』(第二次)創刊号(一九一〇・九)に「『門』を評す。」を掲げて以来、長い長いキャリアを通じて、谷崎が先行者としてライバルとして認め続けた日本語の小説家は、まちがいなく漱石以外には存在しない。すでに議論の蓄積がある出発期の問題だけではない。[*13] 谷崎のテクストに親しんだことがある者なら、一九二〇年の彼が「小説家としての夏目さんは実はそんなにえらくはない」(『鮫人』)と書き記し、『明暗』を高く評価する風潮に対して「こんなものが何処がいゝのだ。なぜこんなものを大騒ぎするのだ」(『芸術一家言』)と執拗に否定していたことは、すぐに思い浮かぶはずである。『陰翳礼讃』をひもとけば、「かつて漱石先生は『草枕』の中で羊羹の色を讃美してをられたことがあつた」けれど、つまるところそれは「室内の暗黒」が「ほんたうはさう旨くない羊羹」に「異様な深み」を加えているだけだ、と嫌みたっぷりの一節が目に入る。引き合いに出された羊羹こそいい迷惑だが、こうした直接的な言及にとどまらない。蓮實重彦は、小森陽一との対談の中で、『痴人の愛』を『こゝろ』に対する批評と読む可能性を示唆したが、[*14] なるほど自分と妻との関係を「参考資料」として世に示そうと筆を執った人物の語りとして書かれた『痴人の愛』は、遺書の末尾に「私は私の過去を善悪ともにひとの参考に供するつもりです」と書きつける『こゝろ』の「先生」を喜劇的に反復したものと捉えられる。決定的な破綻が起こりそうで起こらないずるずるべったりの日常が演技的に続けられる『蓼喰ふ虫』の夫婦のイメージは、『門』の宗助と御米の危うい平穏さに対する鋭い批判たりえているし、しなやかな体さばきが魅力的な西洋猫「リリー」に人間たちが翻弄されるさまを描いた『猫と庄造と二人のをんな』は、やたらに饒舌なオスの日本猫を語り手とした『吾輩は猫である』を、正確に反転させたものではなかったか。

日本語の近代小説がジャンルとして成熟し社会的に承認されていく過程で、漱石と彼のテクストが果たした役割は決定的に重要なものだった。しかし谷崎潤一郎は、内容と形式の両面で、そうした小説の制度化に全身で苛立ってみせている。谷崎の反=漱石的なスタンスは、キャリアの一時期のみにとどまらない。谷崎の漱石に対する叛逆は、いわば彼なりの思想的な選択でもあった。

だが、谷崎潤一郎の〈小説言語をめぐる冒険〉をどう評価するかは、現在の研究や批評の思考自体が問われることでもある。谷崎のテクストをめぐって、描かれた主題や内容の批評性を論じるだけでは、彼のテクストの巧妙な仕掛けや特質の問題を見ないことになる。

けれども逆に、その語りの戦略性や実験性を論じるだけでは、谷崎を相変わらず日本文学史の中の前衛という枠組みの内側に閉じこめることになりかねない。谷崎は何を書かなかったのか。そもそも彼は何を書こうとしなかったのか。『蘆刈』にはらまれた二重の実験性をどう位置づけるかは、谷崎テクストを論じる上でのアポリアを端的に示している。

注

＊1　野口武彦『谷崎潤一郎論』（中央公論社、一九七三年）。

＊2　松下千雅子『クィア物語論　近代アメリカ小説のクローゼット分析』（人文書院、二〇〇九年）。

＊3　飯田祐子『彼らの物語　日本近代文学とジェンダー』（名古屋大学出版会、一九九八年）。

＊4　この部分は、大野亮司「読む・書く・死ぬ――夏目漱石「こゝろ」のオペレーション」（『日本近代文学』二〇〇〇・五）の記述を参考にした。

＊5　蓮實重彦『反＝日本語論』（ちくま文庫、一九八六年）。

＊6　金子明雄「近代小説における性的関係の表象――谷崎潤一郎のテクストを素材として――」（『文学』（隔月刊）二〇〇二・一一二）。

＊7　アンヌ バヤール・坂井「作者、筆者、そして叙述行為としてのエクリチュール」（千葉俊二・アンヌ バヤール・坂井編『谷崎潤一郎　境界を超えて』笠間書院、二〇〇九年）。

＊8　ロラン・バルト（花輪光訳）『物語の構造分析』（みすず書房、一九七九年）。

＊9　日高佳紀「古典と記憶――「蘆刈」における〈風景〉のナラトロジー」（『谷崎潤一郎のディスクール　近代読者への接近』双文社出版、二〇一五年）。

＊10　詳しくは、五味渕「小説としての闘争／小説からの逃走――『吉野葛』、谷崎潤一郎・一九三一」（『言葉を食べる　谷崎潤一郎、一九二〇～一九三一』世織書房、二〇〇九年）を参照。

＊11　福島亮大『厄介な遺産　日本近代文学と演劇的想像力』青土社、二〇一六年）。

＊12　城殿智行「他の声　別の汀――谷崎潤一郎『蘆刈』論――」（『日本文学』一九九九・六）。

＊13　この点については、森岡卓司「「門」を評す」と谷崎文学の理念的形成――谷崎潤一郎に於ける夏目漱石（一）――」（『日本文芸論叢』二〇〇〇・三）、「「熱風に吹かれて」の方法――谷崎潤一郎に於ける夏目漱石（二）――」（『日本文芸論叢』二〇〇一・三）、畑中基紀「『門』を評す」の批評言語」（『明治大学教養論集』二〇〇一・三）が参考になる。

＊14　蓮實重彦・小森陽一「谷崎礼賛　闘争するディスクール」（蓮實『魂の唯物論的な擁護のために』日本文芸社、一九九四年）。

付記　本稿はＪＳＰＳ科研費（15K02243）の成果である。

メディアのなかの〈自画像〉

——新聞連載小説「鬼の面」の位相

日高佳紀

一九一六（大正五）年の谷崎は、年初の『中央公論』一月号に「神童」を発表し、さらに『東京朝日新聞』一月一五日～五月二五日に「鬼の面」を連載した。その後、結果的に翌一九一七年七月の『中央公論』に発表することになる「異端者の悲しみ」の執筆にかかり、「八月に脱稿していた」[*1]とされる。これら「踵を接して書かれた」三作品は、「明らかに同一モチーフによって貫かれ」た「一連の自伝的作品」[*2]と見られてきた。たしかに、共通の内面をもつそれぞれの主人公の小学校～中学時代（「神童」）、一高時代（「鬼の面」）、帝大時代（「異端者の悲しみ」）のエピソードが連続的に扱われており、「デビューまでの作家以前の半生を三つに分け、それぞれのテクストが分担するかのようにして順々に書き継がれた〈三部作〉とも見ることができるようである」[*3]。

これら三作の中で、本稿で検討するのが「鬼の面」である。谷崎にとって長篇の新聞連載小説としては、同じく一高生を扱った「羹」（『東京日日新聞』一九一二・七・二〇～一一・一九）以来の、二作目ということになる。谷崎の伝記的事実からすると、府立一中から一高時代に書生として住み込んでいた北村家での体験をもとにしており、前述のとおり「神童」に続く時期が扱われている。

「鬼の面」について、細江光は「真に熱中しうるものを見出しえなかった当時の谷崎を反映したものだが、北村家での体験に寄り掛かり過ぎ、散漫」[*4]と評したが、後述するように、前後半の内容的な結びつきやエピソード間のつながりに必然性を欠く面があることは否定できない。谷崎自身も、後年、自らの新聞小説を振り返って記したエッセイ「新聞小説を書いた経験」（『大阪朝日新聞』一九三三・二・九～一二）で、「どういふものか朝日へ載せた小説はこと〲く失敗してゐる」と述べる中で「鬼の面」を「肉塊」「黒白」「乱菊物語」などと並べて「一つもロクな作品はなく、何とも彼ともだらしのないものばかりである」としているのだ。事実、戦前に刊行された改造社版の全集（全十二巻、一九三〇・四〜三一・一〇）をはじめいくつかの作品集に繰り返し再録されたにも関わらず、その序で「自分で読むに堪へないやうなもの、他人に読まれたくないやうなものは、努めて葬り去ることにした」と述べた自選の新書判『谷崎潤一郎全集』（全三十巻、中央公論社、一九五七・一二〜五九・七）には収録されていないのである。

このような評価とならざるを得なかった「鬼の面」をここで取り上げるのは、必ずしも作品の内容的な再評価を試みようというのではない。むしろ、新聞連載長篇という形式に注目することで、谷崎の初期作品がメディアとの邂逅によって負うことになったものを捉えてみたいと考えたからだ。「鬼の面」は、新聞連載終了後、細かい字句の訂正のみでほとんど手を加えられることなく、同じ年の九月という比較的早い時期に須原啓興社より単行本化され、さらに、その三年後には、『自画像』[*5]と題して刊行された書物にいくつかのエッセイとともに収録される。このアンソロジーに入った小説が「鬼の面」のみであることからすれば、少なくともこの段階の谷崎は、「鬼の面」を〈自画像〉を素描した小説と認めていたはずである。「神童」に引き続いて扱われたモチーフが新聞メディアのなかで展開されるとき、どのような方法が選ばれ、そして、いかなる読書行為においてこの作品は享受されたと考えられるのだろうか。

一――新聞連載小説への意識

前掲「新聞小説を書いた経験」において谷崎は、「遅筆家」である自身が新聞連載小説を書くことの困難さについて言及している。一日わずかの量しか書けないため連日一つの仕事に「没頭」せざるを得ないことの辛さを述べた上で、連載に追われて「書いた傍から一回一回持つて行かれて」「書き直す暇がない」まま紙上に掲載されてしまうため、一度プランから外れると取り返しがつかなくなるというのである。しかし一方で、「私は新聞へ書くことが好き」だとして、次のような注目すべき発言をしている。

今日では大分事情が違つて来たので、あながちさうは思はないが、一体に、雑誌の創作欄の読者は主に文学青年であるのに反し、新聞は読者層が広いから、どういふ所に隠れた理解者がゐないとも限らない。一方は狭い文壇のニキビ青年どもが相手、一方はコセ〳〵した文学理論などに捉はれない、活社会の知識階級が相手である。（…）新聞の方が「大人の読む文学」を書くのに適するやうな気がしたのである。それともう一つ、新進作家時代には、三百枚、四百枚といふ長篇は、なか〳〵雑誌へは載せてくれない。で、野心的な大作をする場合には、新聞の舞台を借りるより道がない。

ここには、作家としての出発点の頃から抱き続けてきた感慨が記されている。新聞メディアの読者層の広さに可能性をみるとともに、ある分量を伴った「野心的な大作」を書こうとする際には新聞小説でなくてはならなかったという「新進作家時代」の事情がふまえられているのだ。ただし、「回を追うて発展する物語の筋は、物語自身の勢ひで自然に一つの方向をたどるので、作者の力を以てしてもその進行を遮ることが出来ず、却つて作者がそれに引き摺られて」しまうというリスクも伴うため、「新聞小説ばかりは一種の水物だといふことになる」とも述べられている。

このエッセイの後半で谷崎が「鬼の面」をはじめとする朝日新聞での連載小説を「こと〴〵く失敗」だったと回顧していることは既に述べた。だが、「鬼の面」が「羹」以来の初期の新聞連載だったことを考えると、連載開始にあたって並々ならぬ意欲をもっていたことは想像に難くない。この小説はまさしく「野心的な大作」だったはずであり、その意識は雑誌メディアとは異なった読者への期待に裏打ちされたものにほかならないのだ。

「鬼の面」を新聞連載小説という視点から読み、とりわけ読者の存在を念頭に置くとき、無視できないのが名取春仙による挿画である。[*6] 一一六回の連載のうち、挿画が付されなかったのはわずか四回のみであるから、ほぼ毎回本文とともに掲載され、読書行為を導く役割を果たしている。また、「鬼の面」が谷崎にとって新聞連載としては初めて挿画を伴った小説であったことにも留意しておきたい。

名取春仙は、洋画家として出発した後、役者絵の版画家として大正新版画運動の牽引役を果たした美術家であるが、『東京朝日新聞』の報道画を手がける一方、夏目漱石「虞美人草」（一九〇七）のカット画（題字わきのコマ絵）を担当したことを皮切りに、『東京朝日』の連載小説に関わるようになる。とくに島崎藤村「春」（一九〇八）の挿画以降、「挿画らしい挿画としての新型を創め」[*7]、以後、漱石「三四郎」（一九〇八）、森田草平「煤煙」（一九〇九）、長塚節「土」（一九一〇）などでストーリー展開に即した挿画を多く掲げて新聞紙面に新傾向を生み出した。ちょうど新聞における小説挿画がカット画から洋風挿画に変化する過渡期に活躍した画家である。春仙の挿画は、「一体小説の挿画と云ふものは、如何かすると、読者のイリュージョンを扶けるよりも、却てそれを壊すやうな効果に成り易い。それだから成るべく簡単に一章の感じ、一句の印象を捉へて描くといつたやうにして居る」[*8]という発言に如実に表されているように、必要以上に読書行為を牽引するよりも、「作品の展開に応じて、人物やシーンを巧みにキャッチし、挿絵だけで物語の筋が追えるように」[*9]配慮されている。

「鬼の面」が発表された時期の『東京朝日』における新聞小説と挿画との関係は、しばらく途絶えていた文芸物への挿画が復活した頃にあたっている。春仙自身も、一九一〇年あたりから、盛んに関わっていた小説挿画を離れていた。再び連載小説と関わるのは、前年から「鬼の面」の直前まで発表された徳田秋聲「奔流」(一九一五・九・一六〜一六・一・一四)からである。但し「奔流」の場合はカット画に過ぎず、「鬼の面」でようやく以前のような物語に即した挿画を再開する。春仙にとっても、自身の理想とする小説挿画を表現するしばらくぶりの機会であった。

こうした点をふまえた上で、新聞連載小説「鬼の面」の読者戦略を次に検討してみよう。

二——青年壺井の人物表象

「鬼の面」は「自伝的小説」と見なされてきたことからも分かるように、青年壺井の内面を読み取ることが要請される小説である。ところが、同系列の「神童」や「異端者の悲しみ」が冒頭から主人公に焦点化してその内面描写から語り始められているのに対し、「鬼の面」は、冒頭の章に壺井自身がなかなか登場しないまま物語が推移する。連載第一回にあたる[一の一]は、全体が津村夫人である倉子の描写に充てられ、続く[一の二]で倉子が女中頭のお玉に、壺井とともに鎌倉の別荘に赴いて子供たちの監督をしてほしいと頼むのだが、ここで初めて壺井の名が現れる。

壺井と云ふのは五六年前から当家の世話になつて居る書生の名前で、夫人を始め女中達から「ぼんやり者」と呼ばれて居る青年の事である。「あんな男の面倒を見たつて仕様がないから、暇を出しておしまひなさい。」と、夫人はたび〳〵主人に忠告したけれど、なぜか夫は「男の値打は男でなければ分らない。壺井は見どころのある人間だ。」と云つて、未だに彼を捨てずに居た。[一の二]

このように壺井は、津村夫婦の相反する評価によって印象づけられる。引用の後には、壺井が一高で首席を占める成績である一方、津村家の長男荘之助が一高の入学試験に落第していることなどが明かされているが、学校の成績からすれば夫・津村の壺井評は妥当なものと言ってよい。しかし、倉子はどこまでも懐疑的で、夫の評価と学業の成績をして「壺井と云ふ人間が不思議でならな」い、「此の「不思議」がある為めに今日まで壺井の首を繋いで、放逐せずに置いた」などとされるのである。

　学校という枠組みにおける評価と、書生として養われる家での評価の対照性は、「神童」および「異端者の悲しみ」にも通底しているものであり、主人公の人物造型の中心に置かれている。だが、「鬼の面」の場合は、連載開始直後に別の作中人物＝津村倉子の人物設定がなされ、その認識によって壺井の印象が形成されていく点に特徴がある。冒頭から倉子の認識が基準を成し、そこからの違和感として壺井の学業面が扱われているのだ。そしてそれは、連載開始とともに連続して掲載される挿画の効果も相俟って、この連載小説の読者に一定の傾向を与えることになる。そして、壺井が最初に登場する場面に至ると、次のような描写と合わせて壺井その人の容貌が挿画に描かれる。

［一の一］

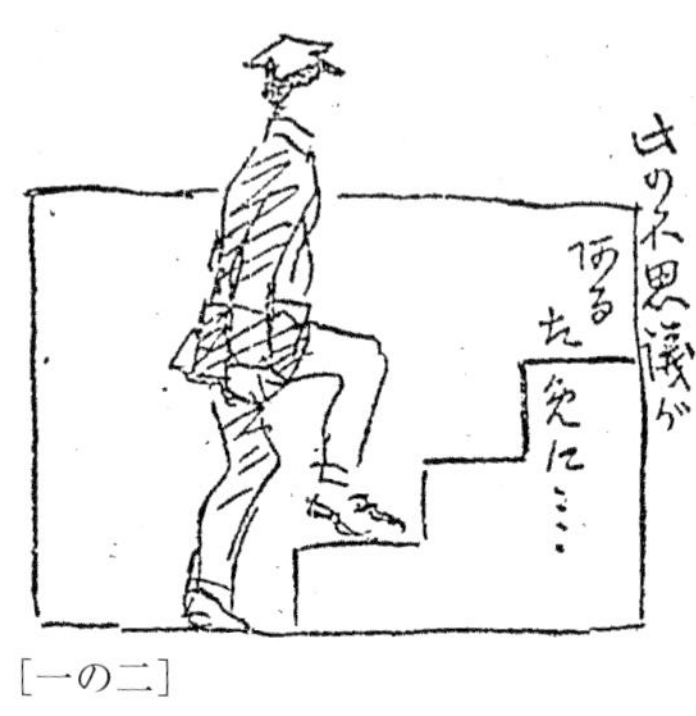

［一の二］

「奥様、何か御用ですか。」
と、無愛想な、聴き取りにくい声を出して、廊下の板の間に畏まつた。(…)不愉快な彼の容貌のうちに、ことさら長所を求めるならば円い大きな眼球の光と、貴族的なひろ〲とした額の恰好で、それ等の点は此の青年が満更卑しい素性の者でない事を語つて居る。主人の堅吉に「見どころがある」と思はせるのも恐らく此の眼の働きであつて、夫人が薄気味の悪い男だと云ふのも、やつぱり同じ原因であらう。「始終むツつりと黙り込んで居るけれど、今にどんな事を仕出かすか分らない。」――兎に角さう云ふやうな異様な閃きが、非凡な何物かを暗示するやうに、どんよりとした慵げな瞳の奥に潜んで居る。［一の六］

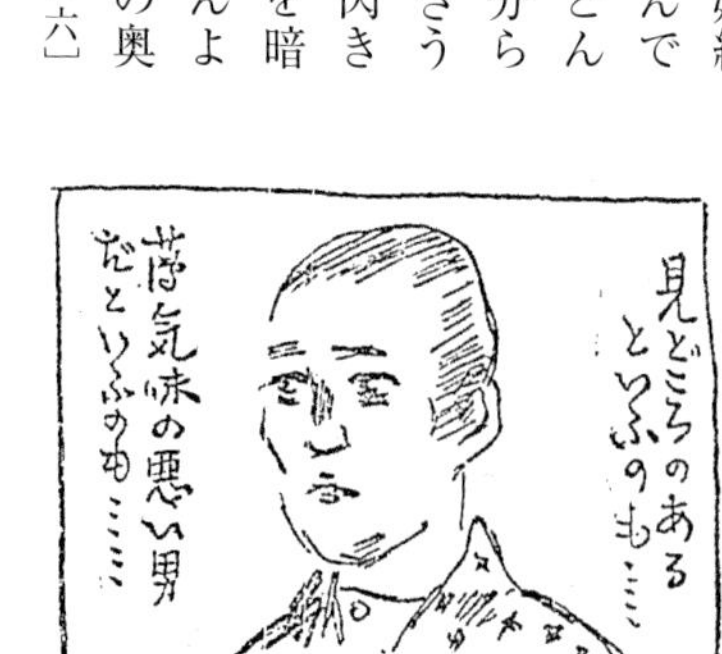

この部分が、倉子に焦点化された語りであることは言うまでもない。挿画に描き込まれた文言は文中の波線を付した箇所に基づいており、津村夫婦の相反する認識が壺井の容貌とともに画面の中に配されているのである。このように、物語冒頭の章は、主に倉子の認識に寄り添いながら、津村家の成り立ちと現状が語られ、同じ位置から壺井の「不思議さ」が確認されていくのである。

二章以降は一転して、壺井自身に焦点化した語りによって物語が構成されていくが、壺井を読み取ろうとする読者の認識において、物語導入部の語りが及ぼす作用は決して小さなものではないだろう。壺井の表象は津村家内外の相反する印象の揺らぎの裡に形成される。冒頭部で倉子の認識から壺井が捉えられたように、二章以後に現れる壺井の自己認識も、やはり津村家において位置づけられた存在への葛藤が中心を成すのである。

三――「秀才」と「天才」の間

「鬼の面」全十章[*10]のうち、前半五章までのところは、鎌倉滞在（三〜四章）とその前後の出来事が描かれるのだが、「玄関番」の如き扱いを受け「間抜けな人間として無智な女共に軽蔑され嘲弄されて居るけれど、一とたび彼等の支配の外へ身を置けば、世上の若い人々から等しく羨望の眼を以て迎へられる立派な一高の秀才」〔二の二〕でもあることを自覚しながら、津村家での不遇を託つ壺井の葛藤が、倉子や荘之助・藍子兄妹、女中頭のお玉といった人物との関わりの中で描かれていくのである。

鎌倉滞在中の壺井は、経済的貧しさや恋を知らない自身のありように思い至り、また同時に、自慰行為に耽ることから脱け出せないことによる煩悶を繰り返す。やがて、自らの才能を、もとの宗教・哲学への志向から、詩や小説といった芸術的な方面へと傾けることを決意するのだが、こうした展開は、概ね「神童」の主人公・瀬川春之助の内面変化をより詳細になぞったものと言ってよい。

ただし、ここで壺井が自身の価値を認められない「津村家」という私的関係性の中で、恋愛体験に対する憧れを抱き、それが小説家を志望する契機となっている点に留意する必要がある。学業成績という公的基準からみた「秀才」の評価は津村家ではほぼ意味を成さず、壺井自身もそれに合わせて自らの価値を組み直している。こうした負の価値を自身の憧れと志向性に結びつけながら、さらに秘められた性的衝動がそれを裏切るのだ。しかし、その一方で「自分の頭が片輪な発達を遂げて居ると云ふ事実は、却つて自分の天才たる事を立証するやうに考へられた」〔三の五〕として、そこに自らの「天才」の根拠を見出してもいる。こうした屈折に、青年壺井の「己惚れ」の自己評価の特質はあるのである。

そして、「意志の弱い人間が天才となり得る一縷の望みは、詩か芸術の道を行くより外にない」［同］と考えるように、自身の「天才」が最も発揮されるべきあり方こそ、小説家――「真の芸術家」としてあることだという考えに至るのである。そうして、津村家から浜辺に出た壺井は眼前の風景を前に「鎌倉の生きた「自然」と「人生」とを観察しようと云ふ心に」なる。この箇所で「切実な芸術の暗示」を得ようとするわけだが、こうした言説は明らかに自然主義的パラダイムに負うものである。すなわち、壺井の意識は自然主義的傾向に向かっていると考えられるのだ[*11]。

鎌倉滞在が終わろうとする四章において、壺井の傍らで眠るお玉が、部屋に侵入した荘之助から顔に絵の具を塗りたくる悪戯を受ける。その一部始終を目撃した壺井は、次のような性的欲望を呼び起こされるのである。

> 見て居るうちに、壺井は嘗て経験した事のない暴虐な情慾が、殆ど不可抗力を以て強く鋭く心の底に湧き立つて来るのを覚えた。彼は人間の罪悪のいかに楽しく美しいかを、今夜始めて味はつたやうな気持がした。（…）壺井は布団の中へ戻つて来て、眼をつぶりながら正直に自己の心理を解剖して見た。「自分に罪悪を喜ぶ性癖があるとすれば、自分は兎に角善人ではない。自分には『善』よりも『悪』の方が余計美しく感ぜられる。此の堕落した性癖を直さないうちは、己は到底文学者として崇高な芸術を作り出す事は出来ない。」［四の四］

壺井の性的傾向が具体化される箇所だが、先の浜辺での感慨と重ねてみると、壺井の抱く文学者像――芸術の崇高性が、自身の内面の有り様と相反するものであることが分かるだろう。ここで抱いた、汚されたお玉に対する欲動は、鎌倉からの帰還後も壺井のなかに残り続けるのである。果たして壺井は、鎌倉滞在中に、人目を忍んで恋人と逢い引きする藍子に協力したことで兄妹から一定の信頼を得、以後も兄妹に協力することで小金を受け取り、それをもとに遊興に耽るような些末な悪事に日常を送っていく。彼の小説家への志向はそのまま頓挫してしまうのだ。

四――反自己生成小説としての〈自画像〉

「鬼の面」は前節まででみた壺井の高校一年次が終わった夏の鎌倉滞在前後と、その一年後の秋に津村家を放逐される前後という二つの時間軸によって構成されている。

壺井が津村家を出ることになった要因は、新たに「小間使ひ」となったお君と恋仲になり結婚の約束まで交わしたことが発覚したからなのであるが、六章で突然津村から暇を出された壺井はそのことに思い至らず、自らの隠れた放蕩の結果であると判断して実家に戻る。放逐された真の理由が明らかになるのは、次の七章で壺井の父が単身津村家に赴いて経緯を聞きただすことによっている。ここに至ってやっとお君の存在や彼女と壺井の関わりが物語上に現れるのである。以降は壺井より先に津村家を出ていたお君との再会や、仕事を斡旋しようとする恩師・澤田とのやり取りなどが描かれていくのだが、ここにはもはや前半で展開された性的欲動も文学者として身を立てる意識も物語の前景には現れず、ただ現実から逃避する壺井の様が描かれるのみとなる。

このように、「神童」「異端者の悲しみ」と同様、学校空間で資質を高く評価される主人公が、学校以外の日常性と交わるなかで「堕落」していく過程が扱われるのであるが、「鬼の面」の場合、一年を挟んで織り込まれている二つの時間それぞれの出来事に必然的な構成を見出しづらく、物語全体をとおして壺井の内面をひとつながりのプロットから捉えるのが困難な作品と言わざるを得ない。しかし、場面やエピソード一つ一つを切り離してみると、津村家を出る際に自らの放蕩の証拠隠滅のために腐敗したシュウマイを食べて嘔吐する場面、舞い戻った実家での両親との関わり、澤田に紹介されて赴いた新聞社の社長との面接場面など、それぞれに描かれた壺井の姿に一定のリアリティがあることもまた確かなのである。むしろ、そうした断片の集まり全体が〈自画像〉とされている点に、新聞連載小説としてつくり出されたこの作品の特徴を認めることができるだろう。

谷崎は「異端者の悲しみ」を発表する際に付した「はしがき」[*12]において、「予が唯一の告白書」であるとする「異端者の悲しみ」と、「予の境遇に多少似よりの一青年に仮托して予が胸中の傀儡を述べたに過ぎない」とする「神童」「鬼の面」とを明確に区別しているが、いずれも主人公が小説家を志向するに至るという点での共通性を認めることができる。三作が一連の〈自伝的作品〉と見なされてきたのはこのためであろう。

明治末期から大正にかけての時期に自分を語る小説が流行した現象について、日比嘉高は、従来「私小説」として括られてきた現象を「自己表象テクスト」と捉え直した。[*13]日比の議論をふまえた山口直孝は、自己表象テクストの下位区分としていわゆる一人称で書かれた「「私」を語る小説」を置き、一人称によって自分が表現されるまでの過程を捉え、「芸術家になる道程を描いた教養小説や作品そのものの誕生過程が提示される「自己生成小説」」に一人称小説の新たな傾向を見出した。[*14]谷崎の三作品は一人称の語りこそ採っていないが、大正期に登場した「自己生成小説」の流れに位置づけることができるだろう。少なくとも、これらの主人公を作家＝谷崎と結びつけて読まれるような傾向があったことは事実であるし、谷崎自身もこの点には十分自覚的だったのである。

既にみたように、「鬼の面」の壺井は自らの志向する小説家のイメージを自然主義的パラダイムの上に求めるが頓挫し、むしろその内的傾向と有り様は、自身のイメージしていた方向とは逆の方に向かってしまう。だが、この全体を〈自画像〉としてみると、小説家を挫折した青年として壺井の〈自己生成〉の過程が表現されていると考えられるのである。

最後に、「異端者の悲しみ」末尾の次の一節を見てみよう。この部分は、新書判『谷崎潤一郎全集』第六巻（中央公論社、一九五八・六）に収録する際に、削除されたことがある。[*15]

> それから二た月程過ぎて、章三郎は或る短篇の創作を文壇に発表した。彼の書く物は、当時世間に流行して居る自然主義の小説とは、全く傾向を異にして居た。それは彼の頭に醗酵する怪しい悪夢を材料にした、甘美にして芳烈なる芸術であつた。

この一節には、「異端者の悲しみ」における〈自己生成〉の果てでたどり着いた主人公・章三郎≠谷崎の位置が示されていると考えてよい。もとより、「異端者の悲しみ」と「鬼の面」の両作品は連続しているわけではない。しかし、後年になって新書判全集を自選で編む際、「鬼の面」を除外したことと、「異端者の悲しみ」の章三郎が自然主義に反する小説を書くに至ったと述べた箇所を削除したこととは、共通の地平で捉えることができるのではないか。

こうした事後の処置には、早い時期から〈悪魔主義〉[*16]と評された谷崎が、自らの有り様＝〈自画像〉を、自然主義のパラダイムに反する位置に単純に引きつけられてしまったこと、むしろ、そのような位置を自ら選んでしまったことに対する、後年の忸怩たる思いが顕れている気がしてならない。

注

*1　谷崎潤一郎「はしがき」（『中央公論』一九一七・七）。これによると「異端者の悲しみ」は一九一六年九月の『中央公論』定期増刊号に発表する予定であったという。最終的な作品発表に至る経緯については、田鎖数馬による「解題」（『谷崎潤一郎全集　第四巻』中央公論新社、二〇一五・一二）に詳しい。

*2　前田久徳「「異端者の悲しみ」のモチーフ——自伝小説の意味」（『谷崎潤一郎　物語の生成』洋々社、二〇〇〇・三）。

*3　畑中基紀「谷崎潤一郎の〈自伝〉戦略——「神童」「鬼の面」「異端者の悲しみ」——」（『文藝と批評』一九九五・一一）。

*4　「谷崎潤一郎全作品事典」（『谷崎潤一郎必携』、學燈社『別冊

國文學』二〇〇一・一二）の「鬼の面」の項。

*5 『自画像』（春陽堂、一九一九・一二）。なお、本書の成り立ちと単行本『鬼の面』との関わりについては、山中剛史「谷崎潤一郎著『自画像』私考」（『初版本』二〇〇八・六）が、それぞれの装幀、挿画、出版広告などの面から詳細な考察を展開しており、「ここには、現在の谷崎自身の手になる作家谷崎の肖像＝自画像という揺るぎのないコンセプトがある」とまとめている。

*6 名取春仙は「鬼の面」が須原啓興社から単行本化される際の装幀も担当しており、新聞連載時の挿画から十五枚を選んで掲載している。

*7 名取春仙「私の挿絵回顧」（『書物展望』一九三五・一〇）。春仙と「春」との関係については、ホルカ・イリナ「新聞小説『春』における挿絵の機能——名取春仙のリアリズム——」（『文学・語学』二〇一一・一二）を参照。

*8 名取春仙『デモ画集』（如山堂書店、一九一〇・八）所収の森田草平による「序文」で紹介された春仙の発言。

*9 紅野敏郎「谷崎潤一郎「鬼の面」と名取春仙の挿絵」（『文芸誌譚 その「雑」なる風景 一九一〇——一九三五年』雄松堂出版、二〇〇〇・一）。

*10 単行本化の際、八章以下の連載二十二回分がひとまとめにされて全体で八章となる。『自画像』も同様であるが、章番号「七」が欠落している。以後、『潤一郎傑作全集 第四巻』（春陽堂、一九二一・一〇）、『現代長篇全集（8）谷崎潤一郎篇』（新潮社、一九二九・一〇）、『谷崎潤一郎全集 第三巻』（改造社版、一九三一・八）に再録される際も『自画像』と同じ形になる。

*11 この直前に壺井がダヌンツィオ「死の勝利」を読んで小説家を志す場面がある。同時代の自然主義とダヌンツィオの位置、および「鬼の面」の関わりについては、稿をあらためて論じたい。

*12 「異端者の悲しみ」の「はしがき」前掲*1。

*13 日比嘉高『自己表象の文学史——自分を書く小説の登場』（翰林書房、二〇〇二・五）。

*14 山口直孝『「私」を語る小説の誕生——近松秋江・志賀直哉の出発期』（翰林書房、二〇一一・三）。

*15 没後版全集第四巻（中央公論社、一九六七・二）所収の本文以降、削除前のかたちに戻されている。

*16 単行本『鬼の面』が刊行される際、『東京朝日』には「芸術化せられたる悪魔主義の傑作小説出づ」との見出しのもと、「現文壇唯一の悪魔主義唯美主義の作家として吾が創作界の権威たる谷崎氏の非凡の才能と芸術的思想は此に「鬼の面」の創作となつた」などの宣伝文句が掲載されている（一九一六・九・三）。

源氏物語昭和に再生
千四百枚の口語譯を脱稿
谷崎氏五年の難事業

若い女弟子と谷崎さん結婚
「婦人サロン」の記者古川嬢

作風漫畫 須山計一
谷崎潤一郎氏

紀元節
正しい儀式の歌を
音樂學校から中繼
飾り簡單に濟す各學校

潤一郎氏妻を離別して
友人春夫氏に與ふ
長い間の戀愛かつ藤解決して
近頃振つた連名のあいさつ狀

この問題を

朗かな

谷崎に関する新聞記事

II

谷崎をめぐるメディア・イメージ

「将来の文壇に於ける谷崎氏の位置は殊に重要なものとなるであらう」

――一九一八年前後の谷崎潤一郎イメージ

徳永夏子

一――谷崎評価の転換点

周知のように、谷崎潤一郎は、「明治現代の文壇に於て今日まで誰一人手を下す事の出来なかつた」「芸術の一方面を開拓した成功者」（「谷崎潤一郎氏の作品」『三田文学』一九一一年一一月）という永井荷風の激賞によって一躍脚光を浴びた。だが大正期に入ると、「不潔なことも平気で描いて」「読む者に異様の感じを与へようと為る作者の性」を「嘆かずには居られない」（中村孤月「谷崎潤一郎論」『文章世界』一九一五年七月）、「本当の意味の芸術ぢやない」「こんなものを推賞した荷風君は馬鹿だ」（「前月文壇史」『新潮』一九一三年六月）などと批判に晒されるようになる。『中央公論』の特集「谷崎潤一郎論――人物評論（七十）――」（一九一六年四月）においても、一定の価値は認められながらも、谷崎の文学は「統一的批評の精神」が乏しい（谷崎精二「谷崎潤一郎論」）、「自家の信条に於いて真に「神」を発見してゐ」ない（赤木桁平「谷崎潤一郎氏に就いて」）などと、総じて辛口の批評が続いている。*1

　しかし、一九一八年頃に何故か急に谷崎を絶賛する評が出るようになる。「近頃谷崎潤一郎氏の活躍は」「文壇まれに見る所のものである」（江口渙「谷崎、徳田両氏の小説」『週』一九一八年五月二五日）や、「作の種類から云つても題材から云つても実に多方面に亘つてゐて」現在の「文壇では、他に追随者が容易に見つかりさうにもない」（柴田勝衛「谷崎潤一郎氏のこと」『雄弁』「特集　谷崎潤一郎氏」一九一九年四月）、「大正十年前後の文壇を支配するものは、或ひは此谷崎潤一郎氏ではなからうか」（月評子「若楓の葉蔭より（三）――谷崎潤一郎氏と徳田秋声氏と――」『時事新報』一九一八年五月一一日）と、〈文壇〉を牽引する「大作家」（江口渙「渾熟して来た谷崎氏の芸術――『二人の芸術家の話』を読むで――」『時事新報』一九一八年七月二三日）として活躍が期待されるのである。

これは、もちろん谷崎の作品の変化と見ることもできるだろう。千葉俊二は、[*2]一九二三年以降に起こる谷崎の大きな作風の変化の実質的な出発点を、一九一八年に発表された「襤褸の光」「前科者」「金と銀」などの作品に見ており、氏が指摘するプラトンのイデア論の援用が高評価に繋がったとも考えられる。だが注意したいのは、この時期の谷崎への評価が、題材や作風の多様性といった、一九一八年以前の評言では大して価値を持たないか、もしくは否定的に捉えられてきた要素であるという点である。それを考えれば、この時の高評価は、読みのコードの変化が大きく関わっているといえるだろう。そこでここでは、一九一八年前後の谷崎に関する評言を取り上げ、「文壇を支配する」「大作家」になるだろうというイメージがどのような過程で生じたのか、特にそれが将来の理想像として語られる点や、異質な要素が混じり合っていることが評価される点に注目して考えてみたい。なお、この時期の谷崎に関する評言は、断片的な月評類まで含めると相当数あるが、紙幅の制限もあることから特徴的なものに焦点を絞って分析する。[*3]

二――分類不可能な〈個性〉

生田長江は、「「二人の芸術家の話」其他」（『中外』一九一八年九月）で「一作毎に新領土を開拓して見ようとする氏の真面目な好奇心と楽しみな努力」を評価している。「一作毎に新領土を開拓」するという表現は、この時期に谷崎を評価する際、常套句のように用いられた。[*4]もっとも、谷崎がその都度新しい題材や作風に取り組み、多様な作品を生み出していることは、はじめに述べた通り、これ以前からしばしば指摘されてきた。

たとえば加能作次郎は、谷崎は「一作毎に常に文壇の聳目驚異の的となつた」と述べている（「天才か、神童か、伝奇小説家か」『中央公論』「特集　谷崎潤一郎論――人物評論（七十）――」一九一六年四月）。加能は谷崎の作品の「主材」や「作風」が「他の多くの作家のそれとかけ離れて居り」、「氏自身の独自の路を歩んで居る」と、谷崎の〈独自性〉を指摘するが、それを肯定的に捉えているわけではない。というのも、「荒唐奇怪」な作品の「主材」は、作者の「深い意義」に基づいて選択されているのではなく、「外部的の興味に駆られて」ばらばらに選び取られていると考えているからである。そのため谷崎の作品には異質な要素が入り混じり、「ある者は氏をオスカア・ワイルドに擬し、耽美主義、官能主義、悪魔主義の作家なりとして大に讃嘆し、或る者は氏の芸術をば真の江戸芸術の復活なりと推称し、また或者は反対に、徒らに荒唐奇怪を弄ぶ通俗な伝奇小説作家なりと貶した」と、一貫した文学的特徴を見出すことが出来ないとする。ここでは、多様さが、何らかの主義や思想で説明しきれないために、混乱としてとらえられているのである。そしてその混乱は、谷崎の主義や思想の無さとして批判される。同じ『中央公論』の特集で、谷崎の文学には「統一的批評の精紳」が乏しい（谷崎精二「谷崎潤一郎論」同前）、「自家の信条に於いて真に「神」を発見してゐ」ない（赤木桁平「谷崎潤一郎氏に就いて」同前）と非難されるのも同様の観点から解釈できる。[*5]

　これに対し、一九一八年前後の谷崎評では、多様なテーマが混在していることがむしろ評価につながっている。先ほどの引用に戻れば、生田長江は、「二人の芸術家の話」（『中央公論』一九一八年七月）が「新領土を開拓」したばかりでなく、「夙くから領有されてゐた地帯の、周到なる整理であり、堅実なる統一支配である」と述べていた。特殊なテーマが新たに開拓されたことよりも、開拓されたテーマがこれまでの種々の要素と渾然一体となっていることを重要視しているのである。このような指摘は、この頃の谷崎評ではしばしば見られる。たとえば江口渙も、谷崎の小説に含まれる悪魔主義やロマン主義などの特徴が「相並び相助けて同じく正しい方向に進みつつある」と述べて、その「独自」性を指摘している（「文壇の大勢と各作家の位置」『中外』一九一八年八月）。

　この時期、芥川龍之介が「自分の思想なり感情なりの傾向の全部が、それで蔽れる訳はない」（「イズムと云ふ語の意味次第」『新潮』「特集　芸術家とイズムとの関係に就ての考察」一九一八年五月）と述べたように、既存の主義や思想で作家の特徴を括ることが問題視されていた。それは飯田祐子[*6]が指摘するように、一つの主義に代表されえない特殊で多様な要素の統合として〈独自〉な〈個性〉が尊重されたからである。

　生田長江が、「二人の芸術家の話」に「作者固有の唯美主義や、快楽主義や、悪魔主義的偽悪や、天才心理の解析や、象徴的な変態性欲や、陶酔の神秘や、惑溺の聖化や、様式の絢爛豊麗が、これまでのどの作品に於てよりも、賑かに、大規模に総括され、網羅されてゐる」とし、そこに「作者『谷崎潤一郎氏』の稍や全体に近い物を望見し得」るとするのもそのためであろう。様々な要素が渾然となっているところに、谷崎の〈独自〉な〈個性〉を読み取ろうとしているのである。ここで生田や江口が指摘している谷崎の〈独自性〉は、加能のそれが〈特異〉という意味であったのに対し、〈独創〉と言い換えることが出来る。そして、そうした〈独創的〉な個性の発現につながると捉えられたからこそ、「一作毎に新領土を開拓」する谷崎の行為は、「外部的の興味に駆られて」（加能作次郎「天才か、神童か、伝奇小説家か」同前）新しいテーマを追及する不真面目な行いではなく、〈独創性〉を培う「真面目な」「努力」（生田長江「二人の芸術家の話」其他」同前）として評価されたのである。作家の〈独創性〉を重視する言説が、一九一八年の谷崎の評価に深く関与していると考えられる。

三――〈独創〉と〈普遍〉

こうした中で、江口渙は最も熱烈に谷崎を称賛した。江口は、「大正十年頃の文壇はまさに谷崎潤一郎氏の文壇であるかもしれないと云つたのは敢て過言ではない」（「文壇の大勢と各作家の位置」同前）、「将来の文壇に於ける谷崎氏の位置は殊に重要なものとなるであらう」（「谷崎、徳田両氏の小説」同前）と、文壇における谷崎の重要性を繰り返し指摘した。これは、それまでの谷崎の位置づけとは明らかに異なっている。従来は評価されるにしても批判されるにしても、谷崎は「文学の正流から」「外れて居た作家」（中村孤月「一月の文壇」『読売新聞』一九一七年一月一六日）として特殊な位置に置かれてきた。[*7] 一方江口は、谷崎を将来の文壇の中心として位置づけている。なぜ谷崎が文壇の中心となるのか。そしてそれはなぜ今ではなく将来なのか。

この時江口は、自然主義や人道主義に「画一され」「内容の貧し」い文学が溢れている文壇の状況を問題視していた（「ロマンテイシズムの欠乏」『読売新聞』一九一八年五月八～九・一一日）。そこで「ロマンテイシズム」の必要性を訴えるが、その際「ロマンテイシズム」を持った「最も敬意を払ひ得る作家」とされたのが谷崎だった。[*8]

江口の提唱する「ロマンテイシズム」論は、「私の求むるロマンテイシズムは自然主義の洗霊を受け人道主義の煉獄に会つた後のほんとうに正しいロマンテイシズムである」というように、一見文学的潮流としての〈ロマン主義〉を再提案しているように見えるため、「文芸思潮のアナクロニズムである」（宮島新三郎「現実主義の徹底」『文章世界』一九一八年九月）、「ロマンチシズムよりも矢張りリアリズムである」（前田晁「根を現実に置いた幻想」『文章世界』一九一八年八月）と、〈ロマン主義〉とは立場を異にする者から批判を受ける。しかし江口の「ロマンテイシズム」は、定義が曖昧な部分もあるものの、大筋では自然主義や人道主義を「中に含んで其上に立つ偉(おほ)きなもの」とされ、自然主義などに対置するものというよりは、それらを包含する超越的な概念として説明されている。「有ゆるほんたうの芸術は悉くこの正しいロマンテイシズムに依つて生かされてゐる」というように、既存の主義や思想の枠を超えて共有される普遍的なものとして措定されているのである。だから「ロマンテイシズム」に依っていれば、それがどんな題材であつても「ほんたうの芸術」になるとされる。重要なのは、どのような主義に立つかということよりも、主義や思想を「囲繞する作家自身のロマンテイシズム」があるかということなのである。江口が問題視していたのは、時流の主義や思想にとらわれて、それが形骸化し、「作家自身のロマンテイシズム」を失ってしまうことだったと言えるだろう。そして、ここでは時流を超えて作家独自の芸術を追求することが「ほんたうの芸術」に至る道だと考えられている。主義や思想の枠組みを超えた〈独創的〉な芸術が〈普遍〉へと繋がると捉えられているのである。

　こうした文脈において、「作家自身のロマンテイシズム」を有した谷崎の作品は、普遍的な価値を持つ「ほんたうの芸術」とされる。そして普遍的な価値を持つからこそ谷崎の文学は文壇の傍流ではなく中心に据えられたのである。同時にそうした芸術が現在の文壇においては希少であるため、谷崎は先駆的な存在とみなされたのだ。このように考えれば、江口の大げさな称賛の理由も、なぜ谷崎が今後の文壇の中心に置かれたかも理解できるだろう。谷崎は全ての作家が今後目指すべき理想の作家とされたのである。

　このような既存の主義や思想を超えて〈独創的〉な芸術を追求し、〈普遍〉を目指そうという考え方は、この時期の他の評者にもみられる特徴である。たとえば、「ロマンテイシズム」論で江口を批判した宮島新三郎も、「現実主義に基調を置」くとしながら、結局は「ロマンテイシズムにゆかなければならないといふ理由は何処にもない。それと同時に現実的のものを創作しなければならないといふ理由もない。要は唯、作家が各自のテンペラメントに従」うことが重要であり、その程度によって「芸術の有つ力が決定する」という結論に至る（「現実主義の徹底」同前）。あるいは広津和郎は、「傾向はどんな風に違つてゐても、そのそれぞれの傾向に於て、どれほど深く根を掘り下げて行つてゐるか、と云ふ事が何よりも一番の問題である」（「四五の作家に就て」『新小説』一九一八年一二月）と述べていた。江口が「自己の独自性を発揮して進む事」が「ほんものをより好く成長させ」ることに繋がる（「文芸と時代常識」『読売新聞』一九一八年七月一九〜二〇・二三日）と述べるのも、こうした〈独創性〉の先に〈普遍〉をみる同時代の文壇の言説と連動したものだろう。[*9]

　江口はさらに、皆が主義や思想を超えて独自の芸術を追求しても、「その根が悉く生命の奥深き本質的なもの、中核に入つてゐる以上、全体としてそこに大きな合致融合がある」ため、「文壇全体が」「幾歩か先へ踏出して好い意味の百花繚乱になる」と述べている（「文芸と時代常識」同前）。共通理解をもった共同体の生成を想定しているのである。ここに見られるのは、作風は違っても皆が同じものに向かって進歩していくという幻想だろう。〈独創性〉の重視は、かえって均質的な共同体の求心性を高めるのである。このように考えると、一九一八年の谷崎潤一郎への称賛は、文壇が一つの共同体としてイメージされる過程の一側面であると捉えることができる。

注

＊1　先行研究でも、この時期の谷崎は数多くの作品を発表したにもかかわらず、ほとんど成功した作品はなく、昭和期の作品を生むためのいわば「捨石」の期間（中村光夫『谷崎潤一郎論』河出書房、一九五二年）や、「スランプ」（秦恒平「谷崎潤一郎の大正時代」『国文学』一九八五年八月）と捉えられてきた。

＊2　千葉俊二『谷崎潤一郎　狐とマゾヒズム』（小沢書店、一九九四年）。

＊3　谷崎に対する同時代の評価に関しては、永栄啓伸『谷崎潤一郎　資料と動向』（教育出版センター、一九八四年）、永栄啓伸・山口政幸『谷崎潤一郎書誌研究文献目録』（勉誠出版、二〇〇四年）に詳しい調査と分析がある。

＊4　たとえば、「如何なる場合にも一作毎に一歩毎に必ず価値ある何等かの新しい境地を開拓せずには置かない」（江口渙「文壇の大勢と各作家の位置」『中外』一九一八年八月）や「谷崎氏位現代の作家で、題材の富贍な人はあるまい。一作毎にきつと、岐度新しい何物かを携げて読者の前に立つて居る」（菊池寛「四月の文壇に就ての雑感」『帝国文学』一九一八年五月）などがある。

＊5　この点については、一九一六〜一九一七年頃主流だった作家の態度が作品の評価につながるという読みのコードとも関係しているだろう。これに関しては、大野亮司「神話の生成——志賀直哉・大正五年前後——」（『日本近代文学』一九九五年五月）、「〝我等の時代の作家〟——「和解」前後の志賀直哉イメージ——」（『立教大学日本文学』一九九七年七月）、山本芳明『文学者はつくられる』（ひつじ書房、二〇〇〇年）に詳しい。

＊6　飯田祐子『彼らの物語　日本近代文学とジェンダー』（名古屋大学出版会、一九九八年）。

＊7　中村孤月は、谷崎が「正流の創作に向ふ努力を為ない」（「一月の文壇」『読売新聞』一九一七年一月一六日）異端の作家であることを批判しているが、近松秋江は、谷崎の「作品の存在してゐることは」「動もすれば硬く生真面目になりすぎて、味もそつけもない文壇の中に在つて好い景気づけである」（「創作の一年間」『文章世界』一九一七年一月）と特異な作家であることを好意的に捉えている。

＊8　江口渙は、「ロマンテイシズムの欠乏」（『読売新聞』一九一八年五月八〜九・一一日）、「真純なるロマンテイシズムの要求」（『文章世界』一九一八年七月）で「ロマンテイシズム」を提唱した。

＊9　一九一八年頃に作品や作家の個別性を重視し、〈個〉が〈普遍〉に通じる概念であったことは、大野亮司「〝個性〟の尊重／〝状況〟の確認——大正七年前後の〝文学シーン〟をめぐって——」（『日本文学』二〇〇〇年一一月）で指摘されている。

「筋のない小説論争」の周辺

――「純粋」性はどこにあるか

篠崎美生子

「筋のない小説論争」は、一九二七年上半期に谷崎潤一郎と芥川龍之介の間で行われた、小説の物語性と芸術性との関係をめぐる論争である。小説の芸術性は「筋」にあるのではないとする芥川の説明はわかりにくく、「筋の面白さ」にこそ芸術性があるとする谷崎の自信に満ちた語りとは対照的で、同年七月二四日に芥川が自殺を遂げて論争が中絶したこととも相まって、論争は谷崎の勝利に終わったと見なされることが多い。だが、改めて双方の主張をふりかえると、ふたりの考え方には共通点もあるほか、谷崎の論述に矛盾やゆらぎを見いだすこともできそうだ。

どのような論争でも、用語の概念をすりあわせるのは難しいことだが、この論争においても、「小説」、「筋」、「話」らしい話」、「芸術」、「詩的精神」「構造的美観」といったキーワードの概念規定に両者は四苦八苦している。代わりにふたりが次々に繰り出すのが、彼らがその多くを原語または英訳で読んだと思われる古今東西の文学作品や、演劇、絵画の例なのである。ゆえに、論争の全体像を把握するためにはこれらの例を逐一検証すべきなのだが、それは容易でない。そのためこの論争についての研究は、論じる側の身丈に合わせてなされる傾向があったと言えようが、今回もそうあるほかないことを、まず告白しなければならない。

その上で今回は、双方の言葉をより丁寧に追うことで、その意外な共通点、主張の矛盾やゆらぎ、またそうした矛盾を生じさせた背景を、同時代の文壇における問題意識の中に見いだすことにしてみたい。

論争の主な舞台となったのは『改造』である。同誌一九二七年二月号より「饒舌録（感想）」を連載し始めた谷崎は、「時評をする積りはない」と断った上で、「自分が創作するにしても他人のものを読むにしても、うそのことでないと面白くない」という自らの志向を語り始める。そしてそのため「写実」志向の「現代諸家のもの」(『改造』一九二七・二──以下『改造』の場合は誌名を表記しない)は読まないし、どんな「議論」にも応じないと宣言したが、ちょうど同月の「新潮合評会」(『新潮』一九二七・二)で芥川が谷崎の「「九月一日」前後のこと」「日本に於けるクリップン事件」を取り上げ、「話の筋」の「面白み」の芸術性に疑問を呈したことから反論を展開、論争が始まった。

谷崎の反論は、以下の通りである。

筋の面白さは、云ひ換へれば物の組み立て方、構造の面白さ、建築的の美しさである。此れに芸術的価値がないとは云へない。(中略)凡そ文学に於いて構造的美観を最も多量に持ち得るものは小説であると私は信じる。筋の面白さを除外するのは、小説と云ふ形式が持つ特権を捨てゝしまふのである。さうして日本の小説に最も欠けてゐるところは、此の構成する力、いろ〳〵入り組んだ話の筋を幾何学的に組み立てる才能、に在ると思ふ。(一九二七・三)

これに対して芥川は、『改造』に谷崎と並んで連載し始めた「文芸的な、余りに文芸的な」(一九二七・四)で、「全然「話」のない所には如何なる小説も成り立たない」ことを認めながらも、「「話」らしい話の有無」はその小説の「価値」に関係がないと述べ、「構成する力」は「源氏物語」から谷崎自身に至るまで、多くの日本の書き手にも備わっていると反論した。また、谷崎の創作の問題点は、奇抜な「材料」にではなく、「材料を生かす為の詩的精神」の欠如にあるのだとも述べた。

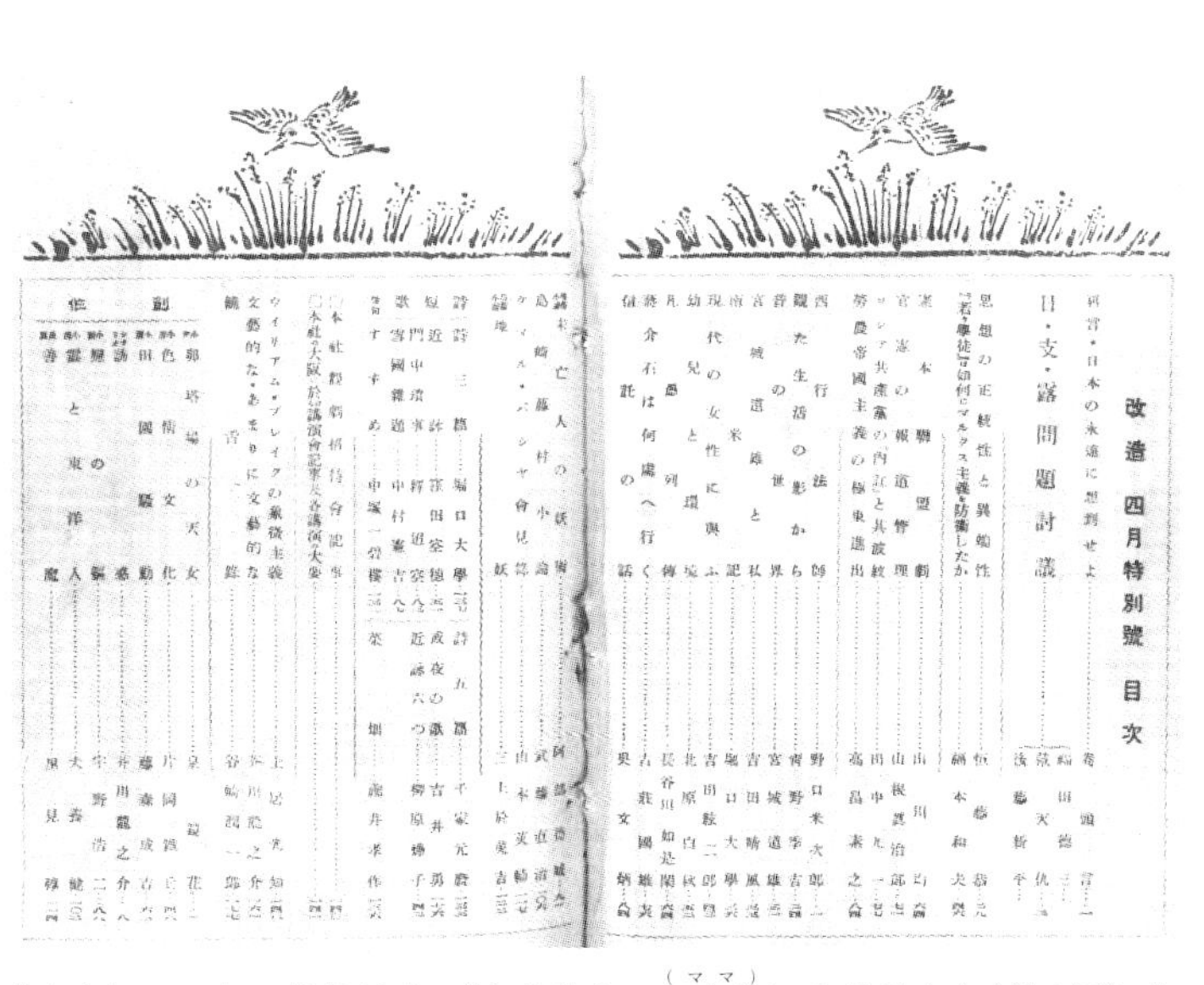
改造 四月特別號 目次

日・支・露問題討議

思想の正統性と異端性

「若き學徒」は如何にマルクス主義を防衛したか

本社の大阪に於ける講演會記事及各講演の大要

ウイリアム・ブレイクの象徴主義

文藝的な・あまりに文藝的な …… 芥川龍之介

饒舌録 …… 谷崎潤一郎

創作

『改造』1927年4月号目次。「文芸的な・あまりに(ママ)文芸的な」(第1回)と「饒舌録」(第3回)が隣りあわせに掲載されているのがわかる。

谷崎は「饒舌録」（一九二七・五）で再反論、「構成する力」について「立派な長篇には幾つも〳〵事件を畳みかけて運んで来る美しさ、——蜿蜒と起伏する山脈のやうな大きさがある」と説明する一方、「芥川君の詩的精神云々の意味がよく分らない」として、理解を拒んだ。

「「話」らしい話のない小説」は、「通俗的興味のないと云ふ点から見れば、最も純粋な小説」であるとしながら、そのような小説を「最上のものとは思つてゐない」し自らもそういう「小説ばかりつくるつもりはない」（一九二七・四）と述べ、しかも、「日本の写生文脈の小説」を例に、「「話」らしい話を持つてゐない小説」が必ずしも「純粋な芸術家の面目を示してゐるとは限」（一九二七・六）らないとする芥川の主張は、たしかに非常にわかりにくい。その上、「文芸的な、余りに文芸的な」六月号に谷崎が直接こたえないうちに芥川は自殺を遂げてしまい、「饒舌録」（一九二七・九）の「それにつけても、故人の死に方は矢張り筋のない小説であつた。」との谷崎の困惑の言葉で、この論争は終わりを告げたのである。

尤も、このような簡単な紹介は、「饒舌録」と「文芸的な、余りに文芸的な」のうち、谷崎と芥川がお互い直接相手の言葉に応じた部分だけを取り上げたものに過ぎない。たとえば「饒舌録」の他の部分を視野に入れるだけでも、この論争が扱った問題が、いかに深く複雑であるかが推し量られる。

まず気になるのは、先にも述べたように、谷崎と芥川の志向に意外に多くの共通点があるということである。

たとえば、「饒舌録」（一九二七・二）では、その後半が中里介山「大菩薩峠」の賞賛に充てられているのだが、それが「たゞの通俗小説でない」理由として、「第一文章に気品があ」り、「おつとりとした優しみがあ」るなどと、かつて芥川の「鼻」を誉めた漱石書簡を想起させるような文言が記されている。また、この「気品」の重要性の前には、「筋がどうの、性格がどうのと云ふことは、寧ろ第二の問題」だとも述べられている。さらには、「始めの方は事件がどん〳〵展開するから、見やうに依つては面白いけれども、何分筆が非常に粗い」とされ、ここでは、「事件」の積み重ねによる「筋」が必ずしも重視されていないことがわかる。それが、翌月に芥川への反論が展開された段階では、「「大菩薩峠」の如き筋で売る小説の出ることを大変にいゝことだと思」うとか、「「大菩薩峠」は次第に気分小説になつて来たので、筋が冗漫になり、組み立ての緊密さが欠けてゐる」（一九二七・三）などと語られ、評価の物差しに変更が生じてしまうのである。

谷崎は論争を展開するにあたり、自分と芥川の立場を、当時の文壇の問題意識とからめて単純化させようとしているかのようだ。既に述べたように、「饒舌録」初回（一九二七・二）で谷崎は、「身辺雑事や作家の経験をもとにしたもの」から距離をとる方針を示していた。一方、谷崎テクストの「筋の面白さ」に懐疑的な発言をした芥川は、それまでの作風とは異なる「大導寺信輔の半生」「点鬼簿」などを発表し、「段々私小説を書くやうになつて来」（「新潮合評会」中村武羅夫の発言『新潮』一九二七・一）たと言われていたところであった。そうした中で谷崎が、芥川の発言をフィクションそのものへの攻撃とみなし、それを守ろうと、「沙翁でもゲーテでもトルストイでも、飛び抜けて偉大なもので大衆文芸ならざるはない」（一九二七・三）と応じたなりゆきは想像できる。この言葉は、「筋のない小説論争」にわずかに先立つ「心境小説論争」のおける久米正雄の言葉――「『戦争と平和』も『罪と罰』も『ボヴアリイ夫人』も高級は高級だが要するに偉大な通俗小説だ」（「私小説と心境小説」『文芸講座』一九二五・一）を受けたものだと言えようが、その文脈は、「心境小説」を最も芸術的なものと見なす久米とは逆である。

ここで、当時の文学をめぐる言論状況を概観しておきたい。まず、前提となるのは、谷崎、芥川、あるいは久米その他の多くの文壇人にとって、「芸術」的であるということが最上の価値としてあったという点である。この背景には、一九二〇年代以降、リテラシーの向上ともあいまって「通俗小説」「大衆文芸」と呼ばれるテクストが市場で歓迎され、新聞紙上ではまさに久米などがその担い手として活躍してきた経緯がある。また、円本『現代日本文学全集』『現代大衆文学全集』（改造社）も並行して出版されることとなり、「芸術」を標榜する文芸のアイデンティティをどのように証明するかは、そこに携わる人々にとって喫緊の課題であった。そしてその存在証明として、ひとつには、ヨーロッパの近代（長篇）小説を手本としながら「通俗」「大衆」のよいところを吸収して読者に訴えかけるという「本格小説」派が、もうひとつには、限られた読者以外には理解されない点をこそ存在証明にしていく「心境小説」派が立ったのではあるまいか。

「通俗」「大衆」の台頭を背景に「芸術」のアイデンティティを見極めようというコンテクストを共有していた点で、「筋のない小説論争」はたしかに「心境小説論争」の後を継ぐ論戦だったと言えよう。ただし、谷崎＝「本格小説」派、芥川＝「心境小説」派と単純化することは難しい。谷崎はたしかに「身辺雑事や作家の経験をもとにしたもの」を嫌うとしながら、「大菩薩峠」の「気品」を評価し、G・ムーアの「自伝的作品」に「情調に於いては西洋の「雨瀟瀟」とも云ふべきもの」を見、「歴史小説」に「自叙伝と同じく詩趣横溢した抒情的気分」を見いだし、「捨て難い」（一九二七・三）と述べている。芥川もまた、「「話」らしい話のない小説は勿論唯身辺雑事を描いただけの小説ではない。それはあらゆる小説中、最も詩に近い小説である」（一九二七・四）として、単純な「心境小説」派とは異なることを表明しているのである。

芥川のこの態度表明に、谷崎はなお、文壇に「安価なる告白小説体のものを高級だとか深刻だとか考へる癖」があり「その弊風を打破する為めに特に声を大にして「話」のある小説を主張する」（一九二七・五）と述べるのだが、その一方で谷崎が、この論争に関わりもないかに見える「東洋趣味」（または「支那趣味」）（一九二七・四、五）、大阪の「人形浄瑠璃」（一九二七・六）へと話題をスライドさせているのが興味深い。つまり谷崎はここで、〈東洋／西洋〉〈支那／日本〉〈大阪／東京〉という二項対立図式を提示しつつ、自らの立場が常にその前項にあることを明らかにしているのである。たとえば、「写実的」で「明る」く「健全」な「西洋趣味」に比べ、「素直でない、何処かヒネクレた、病的なところがある」「東洋趣味」に年々惹かれ、震災後に大阪に移住してからは、東京の「菊五郎の芝居」を「芸と人格がぴったり一致した」ものとして懐かしみながらも、大阪の「人形浄瑠璃」の「ネバリ」があり「ガッシリとした、前後一貫した組み立て」のある点になじんできたというように。

「生きた人間によりよく似せてある」（一九二七・四）西洋絵画をはじめ、「西洋趣味」にはもう魅力を覚えないという述懐も、「生きた人間の芝居」（一九二七・七）への嫌悪も、「身辺雑事」を語る小説への違和感と重ねれば一貫する。また、「人形浄瑠璃」の構成を評価する言葉と「支那人は日本人に比べて案外構成の力がある」（一九二七・三）という指摘は、小説において「構造的美観」を重視する立場と重なる。このような「饒舌録」の語りはいかにも「構造的」だ。

谷崎のこうした立場は、芥川との論争を通じて一層深められたのであろうけれども、芥川の言葉に直接反論した箇所では、むしろ対立図式が単純化されすぎ、そうではない話題の中で、そのめざすところがわかりやすく示されている傾向があるように私は感じる。その中では「気品」や「詩趣」は決して否定されておらず、万一、もっと気長に言葉を交わす機会が両者に与えられたならば、「通俗的興味」を排して「詩的精神」を尊重しようとする芥川とも、より実りのある対話が成立したかもしれないと思われる。それは、芥川が、「リアリズムに東洋的伝統の上に立った詩的精神を流しこん」（一九二七・四）だ作家として高く評価する志賀直哉の小説を、谷崎もまた「短編であっても、優れたもの」を書く作家（一九二七・五）と評していることからもうかがえるのである。

なお、芥川の没後、「饒舌録」で続けられた谷崎の演劇論の中にも、谷崎の文学的志向を物語る箇所がある。生きた人間による「芝居と云ふものがどうしてもわざとらしい感じを伴ふ」ことの理由のひとつとして、俳優「その人の生地の臭みが舞台の上へ迄附いて廻つて」「寺島君」「波野君」「喜熨斗君」等を考へずには、菊五郎や吉右衛門や猿之助の劇を見ることが出来なくなる。」（一九二七・一二）とした点である。この様相と、当時の私小説流通のありさまはよく似ている。すでに述べられているように、私小説とは、単に作家が自分の体験や感想をありのままに語った小説ではない。むしろこれは、物語内容を作者自身の体験として受け入れる読書習慣に依存したスタイルであり、いわゆる主人公（それが語り手を兼ねることも多い）の置かれた状況について特段の解説もないそうした小説が読者に受け入れられるためには、別のメディアがその欠如を補わねばならない。実際に、当時は『新潮』をはじめとする文芸雑誌や、その他新聞のゴシップ記事がその役割を果たした。私小説の一種である「心境小説」を受け入れることのできた少数の読者とは、こうしたメディアに接し、同じ作家の小説を次々に読んだ愛読者であったはずだ。

谷崎の主張は、このようにして別のメディアによる情報を「借景」にしながら「純粋」性を偽装するテクストに対する違和感の表明とも見なすことができる。

「饒舌録」には、『大調和』（一九二七・一〇）に「東洋趣味漫談」の名で発表され、後日「饒舌録」の一部に組み込まれた箇所があるが、そこには「俳句」についての同様の批判が書き込まれている。

たとへば日本の特産物たる俳句などは、形式が余り短いので内容が外へハミ出してゐるやうにちよつと見えないことはないが、アレは私はさうは思はない。俳句は或る一定の、特殊の情景を歌つてゐるものではなく、寧ろわれ〳〵日本人にだけしか分らない一種の符牒であるに過ぎない。その符牒に従つてわれ〳〵はめい〳〵勝手に自分に都合のいゝ情景を連想し、そこに面白味を感ずるのである。だから俳句を解するのには、われ〳〵日本人の生活様式上の約束を知つてゐなければならない。

谷崎が排そうとしていたもののひとつが、こうしたプレ情報の「借景」であり、「借景」の隠蔽であったとすれば、「借景」を必要としない「構造的美観」への執拗なこだわりも理解しやすい。それこそが、谷崎の「純粋」性だというわけである。一方芥川の晩年のテクストは、自殺という「情報」が「借景」としてはたらき、その「純粋」性を担保した。「或旧友へ送る手記」に対する「単に気分を述べてゐるのみで、冷酷なる自己解剖は施してゐない」（一九二七・九）という谷崎のコメントは、テクストとプレ情報の受容のメカニズムを鋭く突いている。

美神（ミューズ）と谷崎潤一郎と三人の妻

平野芳信

編集部から与えられたテーマは「二度の離婚、三度目の結婚」であり、長い活動期間を八分割した上で、「メディアの中の谷崎像」を辿るということが目論見であるらしい。必然的に、佐藤春夫との絶交云々で有名な一九二一（大正一〇）年の小田原事件辺りから、最初の千代夫人の佐藤への譲渡と二度目の結婚、さらに関西の豪商の妻であった後の松子夫人との三度目の結婚に到る一九三五年（昭和一〇年）前後までの事蹟について記述することになろうかと思われる。

最初の結婚は一九一五（大正四）年五月二四日のことで、谷崎二九歳、妻となった前橋出身の石川千代（子）は二〇歳であった。文壇デビュー後、奔放な放浪生活を続けていた谷崎は、結婚することで初めて居を構える。彼が本当に結婚を望んだのは千代の姉初子であったが、自分より年上ですでに旦那もあり結婚できる対象ではなかった。そこで、その妹だからという短絡的な理由で妻を選んだという。しかし、千代は姉御肌の初子とは正反対の従順で貞淑な世話女房型の女性で、谷崎を失望させたという。

結婚の翌年一九一六（大正五）年三月一四日に長女鮎子が誕生し、『中央公論』五月号に発表した「父となりて」には「真の芸術は生活と一致す可きもの」と明言されており、このモットーに従って二人目が生まれたら養子に出す予定であると告白している。

一九一七（大正六）年五月一四日、谷崎の母関が丹毒で亡くなる。六月から、谷崎は妻子を女手のなくなった実家を手伝わせるという名目で預け、一方で千代の妹で一五歳のせい子をひきとる。せい子は初子に似た才気にあふれた性格に加え、日本人離れした容姿をもち、谷崎のお気に入りであった。彼女こそ、この年に発表した戯曲『鶯姫』（『中央公論』二月号）に始まり、後に『痴人の愛』のナオミ

（奈緒美）を経て、一九二五（大正一四）年七月に『改造』に発表した『赤い屋根』までの作品群における、いわば谷崎文学前期の代表的美神であった。

一九一九（大正八）年一二月、先に移り住んでいた北原白秋の薦めもあって、病弱な鮎子と体調を崩した千代のために谷崎一家は小田原に転居する。翌一九二〇（大正九）年になると谷崎は自身の映画への関心と義妹を女優にしたいという欲望を満たすため六月に初めての映画脚本を執筆し、せい子を葉山三千子という芸名でデビューさせる。その作品が『アマチユア倶楽部』である。当初、妹の将来を親身に気遣う義兄であると信じきっていた千代夫人も、周囲の忠告によって夫と妹の仲を疑いはじめるようになる。折から（一〇月）、中国と台湾旅行の帰路、谷崎家を訪れた佐藤春夫に千代夫人は相談する。文壇人とほとんど交流をもたぬ谷崎だったが、春夫は例外の一人で彼の才能に惚れ込み文壇デビューに尽力した。それを恩義に感じた春夫は、一九一九（大正八）年頃から、しばしば谷崎家を訪問していたのである。

瀬戸内寂聴氏は『つれなかりせばなかなかに』（中央公論社、一九九七・四　後、中公文庫、一九九九・一二）の中で「所謂小田原事件」が始まった時期をこの頃（一九二〇年一〇月）としている。ステッキで打擲される千代夫人への同情が愛情に変化し、それが谷崎に伝えられると当初乗り気であったが、せい子に結婚を拒絶されるや谷崎は前言を翻すに到った。その不誠実な態度に春夫は激怒し、谷崎と絶交するに到ったというのが一般的なこの事件の顛末である。かつて、絶交の時期は一九二一（大正一〇）年三月とされていたが、「佐藤春夫への手紙」（『中央公論』一九九三・四）および「谷崎千代への手紙」（『中央公論』一九九三・六）に新たに公表された谷崎・春夫両名の手紙によって、六月末までは交渉が燻り続けていたことが知られることとなった。絶交後の春夫の絶唱として現在もなお有名な「秋刀魚（さんま）の歌」（『人間』一九二一・一一）がこの事件に纏わる代表作であるが、彼には他に小説『この三つのもの』（『改造』一九二五・六～一九二六・一〇中絶）があり、谷崎には彼の戯曲としてのベストセラー『愛すればこそ』（「第一幕」『改造』一九二一・一二、「第二幕」「第三幕」『中央公論』一九二二・一）がある。

一九二二（大正一一）年になると谷崎は千代夫人との関係を修復せんがために、春には家族と共に高野山、吉野、京都を、夏には榛名山に旅行している。一方で、『愛すればこそ』の成功に気をよくしたのか、『お国と五平』（『新小説』六月）、『本牧夜話（ほんもくやわ）』（『改造』七月）等の戯曲を精力的に発表する。それは一九二三（大正一二）年になっても同様で、夏は伊香保と箱根に家族旅行を行っている。八月二七日、家族を連れて横浜の自宅に戻り、三一日に仕事をするために一人で引き返し、九月一日に芦ノ湖から小湧谷に向かう途中、関東大震災に遭遇する。

当初、東京にいた他の避難民たちと同じように、一時滞在であったはずのものが、いつしか移住・定住と表現するしかないものになった関西時代への幕開けである。しかしそれは、想像以上に艱難辛苦に満ちたものになった。

種々の事情で長兄の潤一郎とかなりの期間、生活を共にしていた末弟終平は、千代夫人没後の一九八八（昭和六三）年になって「兄・潤一郎と千代夫人のこと」（『文學界』五月、後に『懐かしき人々』（文藝春秋、一九八九・八）に際して加筆）を発表し、その中で幾つかの新証言を披瀝している。とりわけ衝撃的だったのは、千代夫人に佐藤春夫とは別に和田六郎（後の推理作家大坪砂男）という愛人がいたという事実であった。先に言及した『つれなかりせばなかなかに』は、実はこの終平による「小田原事件」後の顛末について、暴露といっていい証言を踏まえて、より徹底した事実認定をおこなったものであった。詳細は述べないが、要するにこの新事実は小田原事件後の現実を大胆に反映させたといわれてきた『蓼喰ふ虫』の解釈に、決定的な新局面を与えることになったのである。

小谷野敦氏は「谷崎は、のち「饒舌録」に「うそ（傍点原文）のことでないと面白くない」と書いたこともあって、虚構的な作家だと思われているが、実体験に基づいたもの、事実を脚色したもの、時代ものでも体験を変形したものが多い。」（『谷崎潤一郎伝』中央公論新社、二〇〇六・六）と指摘している。もしそうだとしたら、たとえば『卍』の場合はどうなのかと思わざるを得ない。なぜなら、『卍』が『改造』に連載されたのは一九二八（昭和三）年三月から一九三〇（昭和五）年四月までであり、『大阪毎日新聞』ならびに『東京日日新聞』に一九二八（昭和三）年一二月から一九二九（昭和四）年六月にかけて連載した『蓼喰ふ虫』とかなりの間執筆時期が重なるからである。あまつさえ一九二九年四月発表の「その十四」の冒頭には、「前号及び前前号の二回分は作者の聞き違ひのために事実を誤まつたところが多い。いづれ単行本として出版する際に筆を加へるつもりであるが、あらましを云へばその夜柿内未亡人は夫を籠絡したのではなく、真に心から己の罪を悔い、一旦は全く光子を思ひ切つて貞淑な妻になることを誓つた（傍点引用者）のださうである。（後略）」という「作者註」が付された。さらに、その翌月（五月）の『卍』は一回休載となり、翌々月（六月）に『蓼喰ふ虫』の連載が終了しているのだ。

その後、『卍』の単行本化に際して、先の二回分（「その十四」「その十五」）は削除され、物語全体にも構想の変更が認められるのである。これは『蓼喰ふ虫』の連載終了と踵を接して、何かが変わってしまったということではないだろうか。新たに発見された「昭和四年二月二十五日付け佐藤春夫宛谷崎書簡」(『読売新聞』一九九三・六・二五)には「千代はいよいよ先方へ行くことにきまつた。三月中に離婚の手つづきをすませ、四月頃からぽつぽつ目立たぬやうに往つたり来たりしてだん〳〵向うの人になると云ふ方法を取る」と明記されていた。にもかかわらず、実際には千代と和田の仲がそれ以上進展することがなかったのであり、逆説的に『卍』というフィクションの中に、現実の出来事が影を落としていた(一旦は全く和田を思い切って貞淑な妻になることを誓った云々)と思えなくもない。筆が滑りすぎたかもしれない。どちらにしても、確かなのは翌一九三〇年(昭和五年)八月に谷崎から佐藤春夫への千代夫人譲渡という事件が起こったことだけである。また、谷崎は宮田絹代というお手伝いさんと真剣に結婚を考えていたことも手紙(初出『山陽新報』一九三〇・一一・二三、再掲『毎日新聞夕刊(大阪版)』一九八六・三・一五)および終平氏の証言で明らかになっている。

さて、一九三一(昭和六)年一月に谷崎は四五歳にして、鳥取出身で二四歳の古川丁未子と婚約し、四月二四日には結婚している。出会いは『卍』執筆時に遡る。初出の『改造』連載当初、ほぼ標準語で書き出されていた『卍』に少しずつ関西言葉が混じりはじめたことは有名なところだが、その関西弁の指南役兼助手として大阪女子専門学校(現・大阪府立大学)出身の武市(浅野)遊亀子が雇われていたが、彼女が結婚することになって江田(高木)治江に交代することになった。その際、最初の面接に付き添った三名の友人の一人が丁未子だったのである。その後、丁未子は谷崎の紹介で文藝春秋に入社し「婦人サロン」の記者をしていた。この二度目の結婚生活は短く、一九三三(昭和八)年五月には別居し、事実上離婚している。一九三五(昭和一〇)年一月二八日、谷崎は四九歳にして三度目の結婚式を挙げている。相手は森田松子(三二歳)であった。森田松子は震災の年、すなわち一九二三(大正一二)年一一月根津清太郎と結婚しており、谷崎と出会った時、二人はそれぞれ独身ではなかったのだ。

その最初の出会いは一九二七(昭和二)年三月一日のことであった。改造社主宰の講演会で大阪を訪れた芥川龍之介の元に、ファンであった松子が会いに来た際に、谷崎も同席していたのだった。谷崎と芥川はこのころ、所謂「小説の筋」論争の渦中にあり、いうまでもなく、七月二四日に芥川は命を絶っている。

松子の実家森田家は藤永田造船所の一族で、江戸時代からの大店綿布問屋根津商店のぼんち清太郎に嫁いでいたのだ。後年、『細雪』に換骨奪胎して描かれることになるが、清太郎は松子の妊娠中に妹の信子と駈け落ちを起こして、夫婦の関係は冷え切っていたのだ。まるで、谷崎と松子は互いの夫婦関係を鏡の中に見出したかのようだと思うのは筆者だけであろうか。

＊

一九九一（平成三）年二月に松子夫人が逝去して以降、いわゆる松子神話からの解放が一部の研究者によって囁かれはじめている。その急先鋒は小谷野敦氏で「『盲目物語』『聞書抄』『春琴抄』『蘆刈』といった谷崎の名作群は、理想の女性たる松子との出会いによって導かれたものであるといった神話が、長く流布してきた。しかしそれは、谷崎死後、松子が自ら作ったと言っても過言ではない。」（前出『谷崎潤一郎伝』）とまで主張する。さらには『秘本 谷崎潤一郎』第二巻（烏有堂、一九九二・一）における松子夫人への聞き書きを頼りにして、一九二九（昭和四）年四月の段階で、つまり谷崎と丁未子が結婚した直後に、松子と谷崎の間に室生寺で肉体的な密事があった可能性すら示唆している。この室生寺の出来事については、確かに松子が『倚松庵の夢』（中央公論社、一九六七・七）の「桜襲」の中で語った道成寺の桜の思い出に端を発する谷崎夫妻・妹尾夫妻・佐藤夫妻（妻は千代）と根津松子らによる室生寺から道成寺までの旅のことで、野村尚吾の『伝記 谷崎潤一郎』（六興出版、一九七二・五 後、改訂新版、一九七四・一二）の時代から『谷崎潤一郎必携』（學燈社、二〇〇一・一一）所収の「編年体・評伝谷崎潤一郎」まで、長らく一九三一（昭和六）年のことと定説化されていた。しかし、この問題は「木影の露の記」（今回の「決定版全集」に初収録される予定）における記述から、千葉俊二氏が「谷崎先生の書簡補遺篇」（『増補改訂版 谷崎先生の書簡』中央公論新社、二〇〇八・五）で一九三二（昭和七）年の春と断定した。

筆者個人は松子神話修正にも、守旧にも組するものではない。次々に発見され、公表される新資料を虚心に読み、相互に比較検討することで解釈を加えるしか方途はないと考える。

＊

最後に紙幅の関係もあり深入りはできないが、二三、私見を述べておきたい。

まず従前、谷崎の人生における一大転機である関西移住について、それが関東大震災によるものであり、もしそれがなかったらという視点で語られてきた。地震と関西移住と同時に洋行計画の頓挫と映画という新しいメディアへの急速な没入と幻滅があったことも失念してはならないだろう。もちろん、経済的な理由で洋行は最初から無理であっただろうし、同様に映画という表現様式への憧憬も所詮は破れるべくしてのものである。しかもこの経緯は、後に銀幕の二次元的存在に憧れていた主人公譲治が、奈緒美という少女を疑似西洋人に育て上げようとして果たせず、それにもかかわらず、偽物のナオミに魅惑され続けるところで終わらねばならなかった『痴人の愛』の顛末として、象徴的に物語化されたといってもいいだろう。

次に、山口政幸氏は『谷崎潤一郎――人と文学』（勉誠出版、二〇〇四・一）の中で、せい子と松子の年齢差が一歳（松子の方が年下）である点に着目しているが、一九二五（大正一四）年の『赤い屋根』以降、せい子をモデルにした作品が書かれていないにもかかわらず、「未紹介　谷崎潤一郎書簡によせて」（『原景と写像　近代日本文学論攷』原景と写像刊行会、一九八六・一）から確認できるように、一九三一（昭和六）年四月辺りまでは、せい子への執着が完全に捨て切れていないことと考えられる。それは丁未子夫人との結婚をもって、さらにはその段階では人妻ゆえに到底結婚のかなわぬ（まさにそれゆえに）根津松子が自身の芸術の女神たり得るとの予覚をもたらし、ミューズの交代劇がおこったということではなかっただろうか。

さらなる留意点は、晩年の傑作『瘋癲老人日記』の颯子のモデルと目される渡辺千萬子氏の「重子の絶対的なプライドは「細雪」のヒロイン雪子のモデルであるということです。谷崎は松子がまだ根津夫人であったため、彼女との結婚をあきらめて、重子と結婚することを考えていたのはやはり事実だと思います。自分の愛した人の代わりにその縁の人と結ばれるというこのパターンは作品にもよく使われています。」（『落花流水』岩波書店、二〇〇七・四）という証言である。考慮すべきは、重子との結婚云々ではなくて、パターンの方である。もはや走り書きになるが、姉とは結婚できぬゆえにその妹を妻にした最初の結婚。妻がいながらその妹を愛人にしたこと。手の届かぬ高値の花の形代との結婚。その高値の花との婚姻がかなうや、その妹を自身の芸術のミューズ（供物？肥料？）に仕立て上げていく手並み。それらすべてに共通項があるということではなかろうか。これこそが谷崎文学生成の秘儀といえるものだったのだろう。

「国際的」作家の陰翳

——文芸復興期谷崎像の一面

山本亮介

現在、谷崎潤一郎には、「国際的」作家との評言がしばしば冠される。「国際的」なる語を、ひとまず最も表層的な「他の国で知られている」というほどの意味で捉えるなら、谷崎は芥川龍之介、川端康成とともに翻訳点数が多く、ここに三島由紀夫を加えたあたりが、日本近代文学における「国際的」作家の代表格となろう。晩年には、ノーベル文学賞の候補や全米芸術院・米国文学芸術アカデミー名誉会員（一九六四年）となり、当時の作品を含む翻訳点数も一気に増加するなど、「世界の谷崎」の方向づけがなされ」ていく。[*1]その極めつけが、一九九七、九八年に完成した、ガリマール社プレイヤッド叢書版選集である。

その他、「国際的」な評価を証する出来事に、イタリア（一九九五年）、フランス（二〇〇七年）での国際シンポジウムの開催がある。後者の内容を集成した書籍の冒頭で、アンヌ　バヤール・坂井氏は、「国際的な作家」なる位置づけを改めて問いながら、万人に「通用する」とは思えない谷崎文学の「毒性」こそが、世界の読者たちに愛される「普遍性」を持つとしている。[*2]こうした見方が示すように、「国際的」なる観点から歩を進め、作品内容の考察へと踏み込むことが必要なのは言うまでもない。ただし、谷崎のメディア・イメージを対象とする本稿では、現在に及ぶ「国際的」評価の淵源として、文芸復興期における谷崎作品の位置づけ、および当時具現した訳出について検証してみたい。

ところで谷崎は、一九二七年連載の「饒舌録」で、自作および日本文学の対外翻訳紹介について否定的な意見を述べていた。現地大使館から外務省経由で、戯曲作品の翻訳、上演許可の依頼があったことを受け、宣伝機関による紹介活動を「有難迷惑」と難じる。真に価値ある文化ならば外国人の側から見出されるはずで、こちらから売り込むのは滑稽である。また、受け手の嗜好を基準に選ばれるというのは、自分の文学が「輸出品並みに」扱われるのと等しい。むろん海外で読まれることを拒むわけでないが、翻訳紹介はあくまでも受け身であるべきだ。[*3]

当時この発言に対し、現状の方法に問題があればこそ、「真実の現代日本の文学を鑑賞させ理解させる」ために「谷崎氏のやうな真に日本的な芸術家」が積極的な努力をするべき、といった（いささか論点の異なる）反論もあった。[*4]こうした対外日本文学紹介の課題が、その政治性をより露わにしつつ前景化するのが、文芸復興期に重なる一九三五年前後のことであった。そこでは作家自身の態度や意向を離れて、谷崎作品の〈国際性〉や訳出の意義が議論され、また実際にいくつかの翻訳テキストが世に出ることになる。

平浩一氏は、[*5]〈文芸復興〉の内実を多角的に検証するなか、一九三三年後半を起点とする約五年間を文芸復興期と再規定している。また、いわゆる既成作家（〈大家〉）の復活を、改めて当時の特徴的な現象のひとつに位置づけた。

その少し前から、谷崎は、「吉野葛」（一九三一年一月～二月）、「盲目物語」（一九三一年九月）、「蘆刈」（一九三二年一一月～一二月）など、日本の古典や歴史を題材とする注目作を立て続けに発表していた。文芸復興期に復活した他の作家に先んじて、こと谷崎に関しては、独自の絶頂期を迎えつつあったと言える。なかでも、一連の作品の頂点をなす「春琴抄」（一九三三年六月）によって、同時代文壇における〈大家〉の評価が一層確たるものとなる。即座に映画化、舞台化されるなど、「春琴抄」は谷崎の代表作のみならず、当時の〈現代日本文学〉を代表する存在となった。それはまた、文芸復興の呼び水にして象徴とも言える作品であった。

「春琴抄」には、「ただ嘆息するばかりの名作で、言葉がない」（川端康成「谷崎潤一郎氏の「春琴抄」」、『新潮』一九三三年七月）などの賛辞が送られた。小林秀雄は、[*6]気を散らさずに「気持ちよく」読めたとし、それだけで「充分」と述べた（「文芸月評Ⅱ」、『報知新聞』一九三三年五月三〇日～六月二日、原題は「文芸時評」）。さらに、年末の文章（「文芸批評と作品」、『大阪朝日新聞』一九三三年一二月一三日～一五日）では、今年の傑作としてみな「春琴抄」を挙げるが、昨年も多くの人が「盲目物語」を挙げていたとする。

二作ともにいはゆる歴史物であり、凡そ現代を尻目にかけた作者の想像の世界の美しい絵巻であつた点甚だ皮肉である。こんな思ひ切つた皮肉は他の国では見られまいと思へば、日本に生れて来たことが有難いやうでもあり、馬鹿々々しいやうでもあり、へんな気持ちになる。（…）今年の最高傑作は何かと聞かれ「春琴抄」だ、と言下に答へて、へんな気持ちになつてゐるくらゐがいゝんぢやないかと思つてゐる。まさしくさういふ時機に僕は生きてゐる、とほんたうにさう思ふ。

同時代(＝現代)日本文学の「最高傑作」として万人が認める「春琴抄」、「盲目物語」は、「皮肉」にも「現代を尻目にかけた」作品であった。この「日本」の歴然とした事実は、「へんな気持ち」のままに認めざるをえない。谷崎作品によって浮上した「へんな気持ち」は、その後続く対外危機の時代に、作家らが直面する問題へと映し出されていく。文芸復興期とは、「まさしくさういふ時機」なのであった。

文芸復興期の起点にあたる一九三三年、日本政府は国際連盟脱退を表明する。以後、国際社会からの孤立の回避、中国との外交へゲモニー争奪、さらには文化アイデンティティ形成などの必要が重なり、それまで軽視されていた文化外交(対欧米日本文化宣撫を主とする)が政財界の課題として持ち上がる。外務省は、一九三四年に外郭団体国際文化振興会を創設、一九三五年には文化事業部に対外文化事業を扱う第三課を設置する。こうした状勢の下、日本ペン倶楽部が設立(一九三五年一一月)されるなど、文壇でも日本文学の国際性や対外紹介のあり方が盛んに議論されるようになった。現在進行形の〈大家〉谷崎の作品は、必然的にこうした言説状況へ取り込まれていく。と同時に、絶えず問題の所在を照らし出す、極めて厄介な存在ともなる。

たとえば、「春琴抄」には英訳紹介の噂が持ち上がる。まず菊池寛が、「話の屑籠」(『文藝春秋』一九三五年一〇月)で、国際文化振興会による「春琴抄」翻訳紹介の企てに触れ、「あ、云ふ特殊の人物や世界が、日本だと思はれることが、日本の得になるだらうか」と疑義を呈した。それを受けた和泉八郎「寛に聞け」(『東京朝日新聞』一九三五年一〇月七日、「赤外線」欄)も、先方の理解など関係ないなら別だが、「それによつて「得」をしようといふ」国際文化振興会の翻訳ではそうはいかないと難じる。対して、当時文化事業部第三課課長で、文化紹介活動に奔走していた柳澤健は、翌日の「赤外線」欄(「「春琴抄」の翻訳」)で、両者の発言を「勝手な憶測」と退けながら、その問題提起を敷衍する。

自分の考へでは、一国の作品が外国に紹介される場合すくなくも二つの使命を持つ。一つは日本とはかういふ所、日本人とはかういふ人間だといふ、所謂国情の紹介であり、他の一つは文学作品としての価値の紹介である。(…)仮に「春琴抄」がこの国情紹介の点では日本の「得」にならぬこと菊池君のいふ通りとして、もしこの作品が文学的に見てすばらしいものだといふならば、これを紹介することも矢張り取りも直さず文芸日本のため「得」になることなのである。

議論は、『文藝春秋』(一九三五年一一月)掲載の「国際文

化座談会」に引き継がれる。現代文化の紹介を主張する菊池に対し、柳澤はそれが欧米の興味を引かないと指摘、これに菊池は、「仮令イミテーシヨンでも宜い」からそのまま見せるべき、「芸者が自動車に乗つて居るといふのが一番西洋人にい丶ぢやないか」と返した。話題が先の誤報に及ぶと、柳澤は、対外翻訳における「春琴抄」の二面性に再度言及しながら、「文学的価値と同時に日本を紹介するに足る、最も無難な作品」は何かと問いかけた。

プロレタリア文学運動の解体後、国際協調路線を旧左翼と自由主義勢力の紐帯に据える論調が浮上する。その急先鋒となって活動し、対外文学紹介へ向け積極的な論陣を張ったのが勝本清一郎であった。一連の文章を収めた『日本文学の世界的位置』(協和書院、一九三六年一〇月)でも、やはり谷崎の名が最も頻繁に現れる。たとえば、日本語における「国際主義的合理主義的文体の完成」を訴えるなか、モスクワ滞在時に「蘆刈」を手に取り、その文体の読みづらさに現地の研究者たちと閉口した経験を記す。そして、近年の谷崎の文章志向を「日本的な衣を著たロココ」であり、「世界的反動的風潮」に連なるものと論評する(「日本文学の基礎問題」)。

こうした批判的言辞を基調とする一方、谷崎文学の国際的(≠西洋的)性質、および対外文学紹介におけるその可能性を打ち出そうともする。勝本によれば、「春琴抄」は、「甚だ日本風な物語形式」でもって、「甚だ西欧文学的な内容、或は世界文学的な内容」を読者に読ませる作品で、「形式に於ては国民的な、内容に於ては国際文学的・世界文学的な、と云ふ考へかた」をした代表例である(「芸術の国民的形態と国際的形態」)。また、パリのルノワール展で晩年の作品を見た際に「春琴抄」を想起したとし、「私は海外にゐた間、この「春琴抄」とか、室生犀星氏の「哀猿記」とか——日本風な簡素な形式の中に西洋芸術の中味をピカリとひそませたと云つた作風のものに一番心を引かれた」と語る(「国語の宿命との闘争——谷崎潤一郎氏の「文章読本」を読んで——」)。同様の見方を示す「谷崎潤一郎と志賀直哉」(『中央公論』一九三六年九月)でも、(志賀と合わせて)日本社会の現実を海外に示す作家ではなく、「日本文芸の芸術性を示すといふ方向にのみ大きな役割を持つ」としたうえで、「日本文学を西欧へ橋渡しする作家として谷崎の役割は重要」と述べる。

このように、文壇を代表する〈大家〉谷崎の作品は、題材、文体の反現代性を特徴としながらも、現実社会の課題だった日本文学の国際化論議にいやおうなく巻き込まれていく。ただし、古典回帰に見えて最先端を行き、国内文学者を「へんな気持ち」にさせる谷崎作品は、打算的な思惑も渦巻く文化国際主義言説が、うまく消化しきれない存在であったと言える。それは、当時の国際化論議の根底にある、後発近代国家日本が抱える問題を絶えず照射するだろう。

さて、焦点となる作品「春琴抄」には、「蘆刈」と合わせた英訳*Ashikari and The Story of Shunkin*がある。版元は、昭和戦前期に日本文化関連の英語書籍を多数刊行した北星堂書店、奥付の発行日は一九三六年九月一一日である。Roy Humpherson、沖田一[*7]の共訳とされ、両者のイニシャルを付した「緒言」には「Shanghai/1935」と記されている。

「緒言」では、'*ashikari*'の語が持つ多義性や'*Kengyo*'と'*Maestoro*'の相違に触れたうえで、多くの日本語を翻訳しないままにした理由として、海外にその対応物がないことに加え、「物語に漂うエキゾチックな雰囲気の維持」を挙げている。続く「作家略歴」では、「自民族の大いなる賛美者」谷崎にあって、近年の作品は、初期の快楽主義的傾向を残しつつ、それが「独自の境地に達した極めて個性的なスタイルへと融合」しており、「そのスタイルは、文学的な〈純粋さ〉と、西洋の影響から解放されている点で、海外の読者に特別な魅力を持つ」と記す。

「作家略歴」は、「蘆刈」・「春琴抄」が日本の文壇に衝撃を与えたと紹介し、他の谷崎作品を並べて閉じられる。半国策的文脈における翻訳紹介の是非が問われた当の作品が、それはさておき実際に翻訳書の形をとって現れる。これは、文芸復興期の〈大家〉にして同時代文学の第一人者

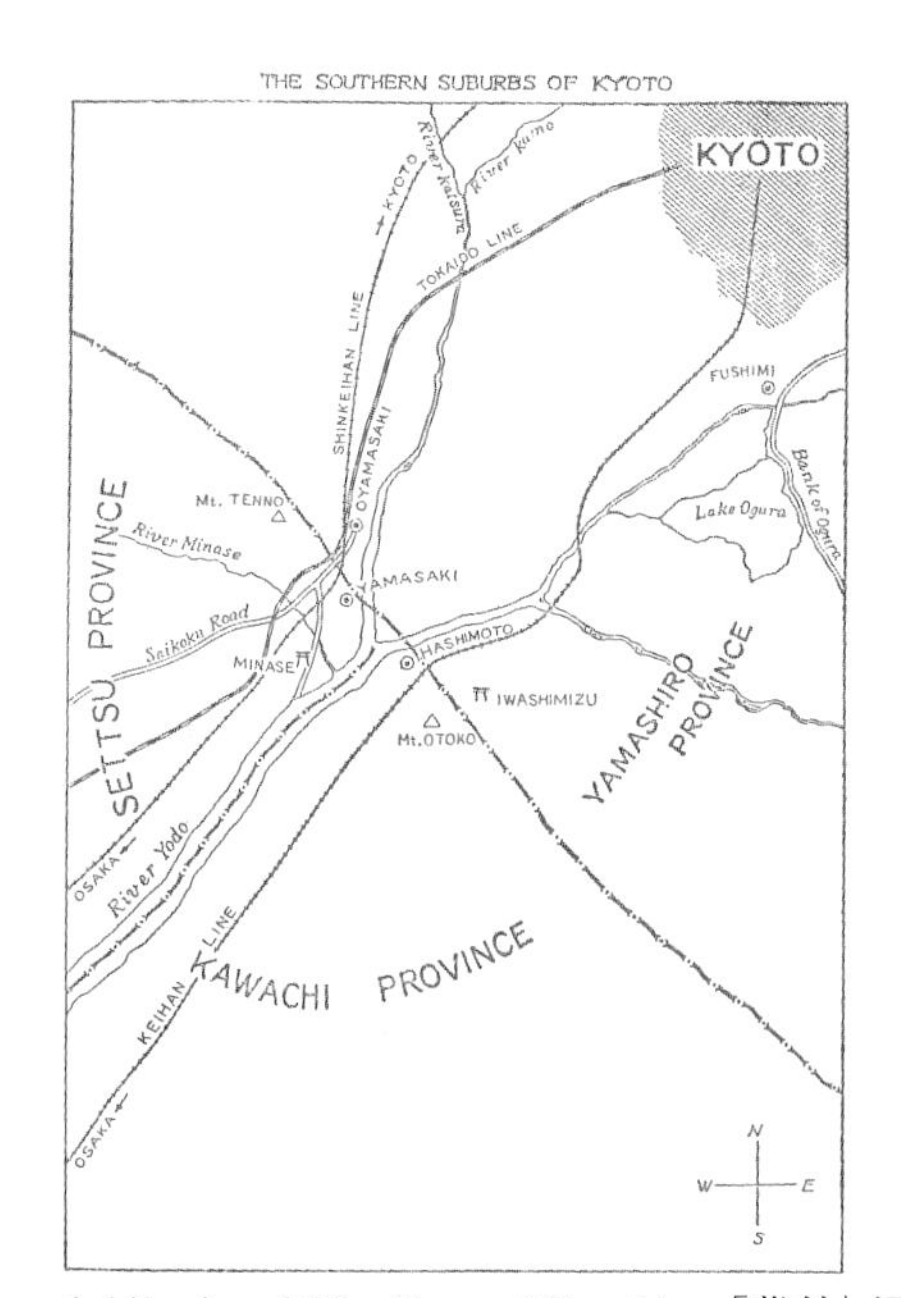

ASHIKARI

On the lonely shores of Naniwa
The reeds grow drearily;
In solitude I yearn for you
By this deserted sea.

ONE fine September day, while I was still living in Okamoto, the weather was so tempting that about three o'clock in the afternoon I decided to go for a walk. It was too late, of course, to venture very far, and I was already familiar with most of the sights in the neighbourhood; what I sought was some place off the beaten track and, at the same time, not too remote for my purpose. While I was still hesitating, it suddenly occurred to me that I had not yet found an opportunity to visit the Shrine of Minase.

That celebrated, anonymous, XIVth century chronicle, the *Masukagami*, or *Mirror of Mirrors*, in the chapter headed *In a Shrubbery*, contains the following description of Minase:

"The Emperor Go Toba caused the palaces of Toba and Shirakawa to be repaired and set in order, that he might visit them when he so desired. And he built a splendid palace at Minase, to which he could withdraw in the season of spring flowers and autumn maples, and divert himself to his heart's content with all worldly delights. It stood on the river bank, overlooking the

Ashikari and The Story of Shunkin、「蘆刈」冒頭頁見開き

であった谷崎の、半ば宿命（僥倖？）とも言うべき事態であろう。

また、「春琴抄」と並び称される「盲目物語」には、仏訳'Recit d'un Aveugle'（Kiyoko Taniguchi 訳）がある。テキストは、雑誌 *Cultural Nippon* の第3巻第4号（一九三五年一二月）から第4巻第3号（一九三六年九月）に掲載された。*Cultural Nippon* は、一九三三年に松本学らの創設した日本文化連盟が、同年一二月に創刊した英仏独語による日本文化研究誌である。内務省警保局長として思想統制にあたってきた松本は、当時、天皇中心の祭政一致を範とする国家主義（「邦人一如主義」）を掲げ、八紘一宇を目する「第五インターナショナル」の形成を画策していた。

松本の名は、一九三四年三月に発足した文芸懇話会の主導者として知られる。[*8] 警保局長が持ちかけた文学団体の存在は、その意味合いや個々の態度をめぐって、文芸復興期の文壇に論議を呼んだ。なお文芸懇話会は、日本文化連盟の傘下に位置した。

とりわけ、一九三五年の第一回文芸懇話会賞の選考は大きな問題となった。会員の投票で横光利一「紋章」が一位、島木健作『獄』（「癩」収録）が二位となったところ、左翼系作家の除外を求めた松本の横やりで、島木に代わり室生犀星「あにいもうと」が選ばれた。このいわゆる「島木問題」は、会の性質を明らかにする出来事として論争の的となる。

ところで、復古主義の色彩が強い *Cultural Nippon* 誌面にあって、やや例外的に「紋章」論（J.P.Hauchecorne,'A Props du"Monsho"de Yokomitsu'、第3巻第4号）、および英訳「あにいもうと」（'Brother and Sister',Thomas Satchell 訳、第5巻第1号）が掲載されている。いずれも文芸懇話会賞との関連性が窺える。こうしたなかに「盲目物語」の翻訳テキストは置かれる。[*9]

初回冒頭には、訳者による作家、作品の注解が記されている。谷崎については、ごく簡単に略歴と特質を示し、外国で最も読まれている現代作家と紹介する。作品に関しては、元号の注釈から、戦国時代と信長の天下統一の説明が続き、信長は幕府を作らずに「謹んで天皇へ統治を戻した」と結ぶ。舞台背景よりも天皇の存在へ焦点をずらした記述で、読者の内容理解とは別の目的を持つものと言える。谷崎の文学表現の展開[*10]も作品の〈国際性〉をめぐる議論も飛び越え、その翻訳紹介が復古的イデオロギーを示す場となる。この時期、歴史物で現代小説の頂点を極めたことが、必然的に招来する事態とも言えよう。

文芸復興期の谷崎は、次第に創作から離れ、「源氏物語」の現代語訳へ没頭していく。そのなか話題を呼んだのが、『文章読本』（一九三四年一一月）の刊行であった。内容に触れる余裕はないが、「我等の国民性がおしゃべりでない証拠」の一例を、「国際聯盟の会議でも、しば〳〵日本の外交官は支那の外交官に云ひまくられる。われ〳〵の方に正当な理由が十二分にありながら、各国の代表は支那人の弁舌に迷はされて、彼の方へ同情する。」と記すなど、当時の文化外交論との接点を指摘しておきたい。また、英訳「源氏物語」を通した日本語論があるなか、句読点の「感覚的効果」や平仮名の「視覚的効果」・「音楽的効果」の文例に、「春琴抄」と「盲目物語」を取り上げていることも象徴的である。いわゆる翻訳不可能論に結びつく内容と言えるが、当時、こうした主張は対外文学紹介の是非を論ずる際によく見られるものであった。

以上、文芸復興期の〈大家〉谷崎が置かれた言説状況の一端にして、現在に至る「国際的」作家谷崎の一起源を見てきた。晩年にかけて、谷崎はよき理解者たる外国人研究者に囲まれ、翻訳紹介にたいへん恵まれたと言える。翻って本稿で対象とした時期、作家谷崎とその作品は、「国際的」であることが孕む陰翳のうちにあったと考えられる。

注

*1 大島眞木「谷崎潤一郎・海外の評価」（千葉俊二編『谷崎潤一郎必携』、學燈社、二〇〇二年四月、所収）。

*2 「はしがき」（千葉俊二、アンヌ バヤール・坂井編『谷崎潤一郎 境界を超えて』、笠間書院、二〇〇九年二月、所収）。

*3 西村将洋「「陰翳礼讃」と国際的ディスクール――一九三〇年前後の谷崎潤一郎を読む――」（『日本近代文学』92、二〇一五年五月）は、この内容も含め、当時の谷崎の文章に、「国策的な対外文化宣伝への嫌悪感や、非実在的な文化への執念、そして異文化交流への意志を宿した文化ナショナリズムが存在したことを見逃してはなるまい」と指摘する。

*4 宮島新三郎「日本文学翻訳の是非 谷崎、戸川、本間氏等の所論に就て」（『読売新聞』一九二七年九月三日～八日〔五日除く〕）。

*5 『「文芸復興」の系譜学――志賀直哉から太宰治へ』（笠間書院、二〇一五年三月）。

*6 以下小林の引用は、『小林秀雄全集 第二巻 Xへの手紙』（新潮社、二〇〇一年五月）による（引用の際、漢字は現行の字体に改めた）。

*7 訳出に関しては、沖田一『沖田一著作目録（私家版）』（一九八三年一二月）、11～14頁に記述がある。同書によれば、当時沖田は上海居留民団立日本高等女学校の英語科主任教諭、共訳者ハンファーソンは退役英国陸軍大尉であった。

*8 松本と文芸懇話会問題については、和田利夫『昭和文芸院瑣末記』（筑摩書房、一九九四年三月）、川畑和成「島木健作「癩」と内務省――第一回文芸懇話会賞の意味――」（『花園大学国文学論究』30、二〇〇二年一一月）など。

*9 なお、「紋章」論と仏訳「盲目物語」初回が掲載された第3巻第4号には、漱石「虞美人草」評を中心とするZ. N. Popoff. 'Introduction to Modern Japanese Literature : Natsume Soseki as Pioneer of the Modern Literature.'も見られる。

*10 谷崎の歴史小説と天皇制の関係については、五味渕典嗣氏による「吉野葛」論（『言葉を食べる――谷崎潤一郎、1920～1931』、世織書房、二〇〇九年一二月、第5章）を参照。

本稿の執筆にあたりJSPS科研費（15K02243）の助成を受けた。

事件としての「細雪」

——戦後出版ブームの中で

笹尾佳代

谷崎潤一郎の戦中・戦後は、「細雪」とともにあった。一九四三年一月号の『中央公論』誌上から連載が始まった「細雪」は、同三月号に第二回が掲載された後、陸軍報道部からの干渉によって、わずか二回で連載中止となる。*1 しかし発表の見通しが立たない中でも「細雪」は書き継がれ、戦後の完成に至っては、繰り返し版を重ねる大ベストセラーとなった。

発禁からベストセラーへ。終戦をまたいで起きた、「細雪」をめぐるこの対照的な〈事件〉の背後には、どのような事態があったのだろうか。ここでは、「細雪」を世に送り出すことに腐心した中央公論社の戦中・戦後をたどることを通して「細雪」ベストセラーまでの軌跡を捉えるとともに、「細雪」がどのような谷崎評価を呼び起こしていたのかについて、「細雪」をめぐる批評と谷崎自身の発言との交差に着目することから明らかにしたい。

一——中央公論社の復興と「細雪」

中央公論社社史によると、連載中止後も谷崎が「細雪」を書き続けた背後には、社長・嶋中雄作の激励があったという。発表の目処がつかない中でも「細雪」の原稿料を払い続けていた嶋中の熱意は、終戦後、新刊本企画第一号として『細雪』上巻の刊行が進められたことにも示されているが、出版までの道のりは順風ではなかった。一九四四年七月に、政府からの圧力によって廃業に追い込まれていた中央公論社は、資金不足はもちろん、用紙や用紙割り当て実績を朝日新聞社に売り渡していたため、終戦後に用紙は一枚もなかったようだ。主務官庁を訪れるなど用紙確保に奔走するとともに、資金繰りのために、紙型が残っていた旧版本の重版が企図されるが、戦前の踏襲に反対する急進的な出版部の意向によって進まない。その解決策として、戦前に専務を務めていた松林恒の名義で不破書房という別会社を作り、野村胡堂『銭形平次捕物百話』全九巻などの新装版を刊行したところ飛ぶように売れたため、統制外であった仙花紙や、闇紙を購入して用紙不足に対応したという。[*2]「細雪」ベストセラー化までの道のりは、中央公論社復興の軌跡でもあった。

一九四四年七月に二百部あまりの私家版として配布されていた『細雪』上巻は、多少の改稿が加えられた後、一九四六年六月に中央公論社より公刊された。同年の新年号から『中央公論』が、四月号から『婦人公論』が復刊したばかりの新刊本企画の実現であり、この出版事業への期待の高さが窺える。しかし谷崎が、同年九月九日付の土屋計左右宛のはがきに「店頭にハ中々現れず」(『愛読愛蔵版 谷崎潤一郎全集』二五巻、中央公論社、一九八三・九、所収)と書き記しているように、紙不足による混乱によって、流通はかなり遅れていたようである。戦前に書き終えられていたという中巻もまた、一九四七年二月に刊行され、同年一一月には毎日出版文化賞を受賞するが、上巻同様に奥付の日付よりも大幅に遅れた流通であった。[*3] 一九四七年三月から『婦人公論』に連載されていた下巻は、翌年一〇月に完結し、一二月に刊行されるが、これらの単行本の印刷部数の記録は管見の限りでは確認できず、中央公論社社史に示されたベストセラーリストにも入っていない。あるいは、紙の入手に応じて場当たり的に増刷されていたのではないかと思われる。

以上のことから想像されるのは、多くの読者にとって、上・中・下巻の通読は困難ではなかったかということだ。「細雪」全巻が読者の手に容易に届くことになるには、縮刷版の刊行を待たねばならなかった。慢性的に市場への流通が不足する中で、様々な批評文が登場するとともに谷崎自身も創作について語り始めるなど、「細雪」の評判は上がっていた。

二――〈芸術〉の集大成

終戦後谷崎は、『朝日評論』一九四六年九月号誌上での志賀直哉との対談「文芸放談」の中で、「『細雪』発禁の真相」を語る。戦争中の思いを尋ねる記者に谷崎は、「「細雪」が載せられなくなつた時は、そりやあ、不愉快だつた」と述べるとともに、連載停止が「かういう享楽的なものを出すのは怪しからん」という理由によるものであったことを明らかにしている。その一方で、「三、四年先のことを考へて仕事をやるもんだから、戦争になつてもほとんど変わらなかつた」、「あまりとらはれないで仕事しよう」と思ったと、戦時下の創作について語った。

こうした谷崎の発言は、「細雪」が弾圧にも負けず、戦時下に書き継がれていたことへの賞賛を呼び起こすこととなる。その際、しばしば『細雪』上巻が戦前私家版として配布されたことが話題にされるのだが、例えばそれを贈られたという折口信夫は、「『細雪』の女」(『人間』一九四九・一)の中で、次のように述べている。

此人だけは、ほかの文学者が悉く、文学に裏ぎる時が来ても、何処までも剛愎に芸術を立てとほすだらう。さう言ふ信頼を感じたことであつた。かう言ふ世の中に処して、自分を失はないでゐると言ふことは、なか〳〵出来るものでない。

折口は、時局に迎合しない谷崎の態度を「文学」への忠心と、「芸術」の実践として賞賛した。正宗白鳥もまた、「細雪」(『文芸論集』実業之日本社、一九四七・一〇、所収)の中で「御用作品でない限りは、さも秘密書類であるやうに、軍部官辺の目を恐れ」なければならなかった時代に「自分の好みのまゝの作品製作に没頭して、非営利的の出版をも企つるのは、作者の文学愛好心が凡庸でないためであろう」と「敬意」を持ったことを回想している。谷崎自身は時局の制約を受けて計画通りの内容にならなかったことの不満を語っているのであるが、[4] 時代の求めに応じなかったこの物語は「戦争と対決して自己を曲げなかつた作家精神の気魄」、「暗黒時代に精進の心を失わず芸術的良心を生きぬ」いた証[5]と捉えられたのである。

時局から超越したものとしての「細雪」評価は、朝日文化賞を受賞した際の報道にもあらわれている。受賞を伝える一九四九年一月三日の『朝日新聞』朝刊紙上において、辰野隆は「精神の制作はその思考において、そのスタイルにおいて、必ずしも常に時代の奴隷に非ざることを知り得るのである」と評した。留意したいのは、中巻・下巻と発表が進む中で、戦中ばかりでなく、戦後の変転にも翻弄されないことへの評価が見られるようになったことだ。同紙上において、谷崎は「戦後にすつかり時勢が変つてしまつて、あのようなものは、もうだれも読む人がないのではないかと考えていた」と述べているが、このことは、「細雪」の物語が、革新が求められる時局にも応じないものであったことを示している。中村光夫は、戦後突如として浮上した「「主義」や「理想」に対する消極的なしかし皮肉な挑戦とも考へられる」と評価し、「細雪」を「芸術の集大成」と位置づけた。[6] すなわち、激変の中で、戦中戦後のいづれにも迎合しないこの物語に「芸術」の在処が求められ、〈芸術家〉谷崎のイメージが創出されているのである。

三——古典としての「細雪」

以上見てきたように、出版界の復興と、谷崎の「芸術」

への思いに対する賞賛とともに、「細雪」は広く話題となっていった。寺田透は、「単行本になった上中巻の売行きはすさまじく、倒産相次ぐ出版界で、この本の版元は、ただこれがあるために社運隆盛であるとか、また上方方面では日頃文学に縁の無いブルジョワたちが、盆暮の進物として、この書籍を盛んに利用しているとかいう噂話を、僕はたびたび聞かされた」と回想している。[*7] 上・中巻は限定三百部の上質紙による刊行もなされていることから、「盆暮の進物」としての流通があったとも思われるが、先にも述べたように、安定した流通を可能にしたのは、縮刷版の刊行であった。

一九四九年一二月、「細雪」上・中・下巻は、四六判二段組の縮刷版として一冊にまとめられ、刊行される。紙不足への対応と、読者の購買欲に応えた新書本ブームが起きる少し前であり、[*8] 縮刷版はその先駆けともいえる中央公論社独自のものであった。縮刷版『細雪』は「たちまち二〇万部を売りつくすベストセラーになった」という。[*9] では、芦屋の上流階級の日常が描かれたこの物語そのものには、どのような評価が与えられていたのだろうか。

結論を先に述べるならば、この物語に向けられたまなざしの特徴は、〈日本〉を見出そうというものであった。例えば、『中央公論』一九四九年二月誌上に掲載された、生島遼一による「『細雪』問答」では、「月を眺める、花を見る、ほたる狩りに行く」といった描写が「日本人の美的生活」と語られる。正宗白鳥もまた、先に示した文章の中で「日本人特有の趣味であり日本の文人特有の表現に快感を覚えた」と「伝統的日本的情調」を「細雪」に認めていた。白鳥が、「船場あたりも焼け尽くして、罹災者は、隣組同志で団隊を組んで満州へなど移住すべく余儀なくされてゐるといふやうな記事を当時の新聞で読んだ」と大阪空襲を回想していることや、「今日のやうな時勢の大激変に合つて」は「在来の日本の文章美、高雅なる趣味の発露、艶麗なる情調の表現などは顧みられなくなるのではあるまいか」と述べていることに明らかなように、〈日本〉を見るまなざしの背後には、戦時下で喪われたもの、占領下の中で消えつつあるものへの懐旧があったといってよい。

しかし、見出される〈日本〉に対する評価は二分化していた。先の文章において生島は、「凡俗的唯美主義に対するうしろめたさ」が無いことを「異様」だと痛烈に批判する。さらには、「若い知識人層の読者」の「反撥」があることが示されているが、過去が糾弾される中での旧態依然とした物語が批判されるという事態は、「細雪」下巻の『中央公論』への連載が、急進的な編集部によって阻止されたこととも通じている。

だが、先に見たように、「細雪」の時代からの超越性は、〈芸術〉性を担保するものともみなされていたことには留意が必要である。時局に翻弄されない創作態度が保証する〈芸術〉性と、時流に合わない物語内容への批判。そして、寺田が「日頃文学に縁の無い」と揶揄的に語っていたことが示すように、批評家の賛否を寄せ付けないほどの爆発的な人気。こうした混沌とした大きな流れは、この物語を一足飛びに〈古典〉に位置づけたと考えることができる。吉田精一は「細雪」を「情趣的な雰囲気」を「濃厚」に持つ、「物のあはれ」が「現代化」した作品と位置づけているが[*10]、この頃、繰り返し「風俗絵巻」と呼ばれていることもまた、「源氏物語」と「細雪」のイメージが結びつけられようとしていたことを示しているだろう。激動の時代「細雪」の世界を近くて遠い過去へと追いやり、もはや物語の中にしかない〈日本〉、何処にも無い〈美〉を記述した「風俗絵巻」として、「源氏物語」の系譜に位置づけたのである。そしてそれは「千年に一人」[*11]という大作家〈谷崎〉の誕生を意味していた。

注

*1　連載中止となった経緯は、当時の『中央公論』編集長畑中繁雄による「『生きてゐる兵隊』と『細雪』をめぐって」（『覚書昭和出版弾圧小史』図書新聞、一九六五・八）に詳しい。

*2　『中央公論社の八十年』（中央公論社、一九六五・一〇）、『中央公論新社　一二〇年史』（中央公論新社、二〇一〇・三）を参照した。なお、『出版年鑑　昭和二二・二三年版』（日本出版共同株式会社、一九四八・一一）には、「昭和二一年夏以来は殆ど正規の配給用紙はなかつた」とあり、用紙事情が「困難を極め」ていたことが伝えられている。

*3　「細雪」各巻の出版状況に関しては『谷崎潤一郎全集　第一九巻』（中央公論社、二〇一五・六）、同第二〇巻（二〇一五・七）の西野厚志による解題を参照した。

*4　東郷克美「戦争とは何であったか――「細雪」成立の周辺」（『国文学　解釈と教材の研究』一九八五・八、のち『異界の方へ――鏡花の水脈』有精堂出版、一九九四・二、所収）は、日記・回想・戦後の改稿などをもとに、谷崎が時局を意識して創作していたことを明らかにしている。日高佳紀「有閑マダムの戦中と戦後――谷崎潤一郎『細雪』」（『国文学　解釈と教材の研究』二〇〇二・七、のち『谷崎潤一郎のディスクール――近代読者への接近』双文社出版、二〇一五・一〇、所収）では、「発禁」が「テクスト生成にもたらした現象」がたどられているように、「細雪」にもまた時代との交渉の跡を見出すことができる。

*5　瀬沼茂樹「谷崎潤一郎著『細雪』」（『書評』一九四九・四）

*6　中村光夫「細雪」（『青春と知性』鎌倉書房、一九四七・一一、所収）

*7　寺田透「谷崎潤一郎『細雪』」（『岩波講座　文学の創造と鑑賞　第一巻』岩波書店、一九五四・一二、所収）

*8　田所太郎『戦後出版の系譜』（日本エディタースクール出版部、一九七六・一二）

*9　『中央公論新社　一二〇年史』（前掲*2）

*10　吉田精一「谷崎潤一郎論――細雪を中心として」（『現代日本文学論』真光社、一九四七・九、所収）

*11　「朝日文芸賞受賞」受賞を報じた記事（『読売新聞』一九四九・一・一三、朝刊）等において、谷崎に対する「賛辞」として伝えられている。

〝谷崎源氏〟の物語と国民作家への道

——自己成型としての『源氏物語』現代語訳

安藤徹

一——『源氏物語』を纏う

谷崎潤一郎は、作家としての後半生に三度の『源氏物語』現代語訳に取り組んだ。最初の訳＝〈旧訳〉は一九三九年一月から一九四一年七月に、二度目の訳＝〈新訳〉は一九五一年五月から一九五三年一二月に、三度目の訳＝〈新々訳〉は一九六四年一一月から一九六五年一〇月に、いずれも中央公論社から刊行されている。さらに、それぞれ複数のバージョンが出版され、その数は計一五種に及ぶ。[*1]

〝谷崎源氏〟の特徴の一つは、「谷崎と中央公論社が二人三脚で作りあげた[*2]」出版戦略にある。それは、谷崎と『源氏物語』の両者に対するイメージ戦略、ブランド化[*3]でもある。谷崎に焦点を合わせるならば、谷崎は『源氏物語』を身に纏うことで独自の自己像を成型したと言える。

中央公論社は、大量の出版広告によって消費者の購買意欲を掻き立てていった。旅の途中、「到るところの停車場等の待合室」で〝谷崎源氏〟の広告を目にした斎藤清衛は、「源氏！ 源氏！ 源氏！ この源氏物語の洪水[*4]」と感嘆している。〈旧訳〉の販売初日（一月二三日）に打たれた新聞広告がことさら強調していたのは、『源氏物語』そのものの価値の高さであった。

> 源氏物語は、わが国第一の小説であるが、また世界文学としても、もつとも傑出した名作であり、（中略）。／古典文学の王者、世界最古の文学、あらゆる小説中での最大傑作と謳はれる源氏物語は、芸術会員谷崎潤一郎氏の高邁、真摯なる努力と、山田博士の超人的考証とによつて、若く力強き文学として現代に復活した

のである。王朝文学がそのまゝ現代文学に姿をかへたのである。（中略）新らしき源氏物語より、真に日本的なる文学の精髄を発見されたいのである。／（中略）／源氏物語は、高く、聖く、美しい。随所に展開する恋愛までもが、つねに薄絹を被た美しいエロテシズムとなつて薫つてゐるのである。これぞ聖なる文学、血と情と涙の文学、そして最上の家庭文学と信じて疑はぬものである。

（『読売新聞』掲載広告）

過剰な礼讃で彩られる『源氏物語』は、〝谷崎源氏〟と谷崎をもその圏域へ取り込みながら荘厳されていく。『源氏物語』の「高く、聖く、美しい」ことが、「谷崎源氏の格の高さ、律調の至妙さ、珠玉の文章は、真に高き、美しき、規格正しき小説」として「人々を揺り動かしてゐる」（同二月六日掲載広告）ことへずらし繋げられながら、〝谷崎源氏〟そのものが「国宝的芸術」（同二月一日掲載広告）であるように印象づけられる。同時に、谷崎は「新らしき源氏物語」＝「昭和本」（同一月二六日掲載広告）『源氏物語』の作者としての相貌を持つようになる。こうした、『源氏物語』と谷崎のイメージを綯い交ぜにしながら消費者の購買意欲を掻き立てる戦略は成功し、[*5]〝谷崎源氏〟[*6]はベストセラーになる。そして、谷崎を、「文壇的孤立」から「文壇の頂点[*7]」へと押し上げていく。

訳業以前から、谷崎は古典文学との親密さという点で特異な位置を占める作家であった。そもそも、日本の近代文学の主流は、古典文学に対して「無縁」「無関心」「軽蔑」「断絶[*8]」の態度を取ってきた。対して、谷崎は古典に通暁した作家として知られていた。それを象徴するのが、稀少な『源氏物語』通読体験である。さらに、昭和初年代の〈古典回帰〉〈古典主義〉時代の作品群が、谷崎に「古典的な作風による物語の名手というイメージ[*9]」を付与した。こうして、谷崎には、いかにも『源氏物語』を現代語訳するに最適の作家としての保証があったと言える。そして、実際の訳業を通してみごとに『源氏物語』を身に纏うことで、「日本の伝統にまさに正統的に即した文学者[*10]」として定位されるようになる。

二――物語を生きる

谷崎は、『源氏物語』現代語訳をめぐる〝物語〟の主人公としてのイメージを成型してみせた人物でもある。

一九五一年から翌年にかけて、戦後最初の『源氏物語』ブームが起こる[*11]。〈新訳〉もその一端を担った。流行の最中にあって、流行の理由の一つを「戦時中不当に痛めつけられた反動[*12]」に見たのは平林治徳である。想起されたのは、警視庁保安部による『源氏物語』劇上演禁止（一九三三年）[13]と、〈旧訳〉における「削除」処理であろう。この〈旧訳〉受難という物語が、戦後の〝谷崎源氏〟の価値を高め、谷崎のイメージにも影響を与えることになった。

谷崎は、〈旧訳〉の序において、「原作の構想の中には、それをそのまゝ現代に移植するのは穏当でないと思はれる部分があるので、私はそこのところだけはきれいに削除してしまつた[14]」と述べ、奥書では、「各方面からの注意などもあつて、第一稿の当時よりは削除の部分がやゝ増加する結果になつたこと、又、全く削除しない迄も表現の仕方に多少の手加減をする箇所を生じたこと[15]」を断っている。さらに〈新訳〉の序では、「あの翻訳が世に出た頃は、何分にも頑迷固陋な軍国思想が跋扈してゐた時代であつたので、私は分らずやの軍人共の忌避に触れないやうにするため、最少限度に於いて原作の筋を歪め、削り、ずらし、ぼかし、などせざるを得なかつたのであつた。而も私が翻訳の業に従ひつゝある前後五六年の間に、事変の様相が次第に深刻さを加へるにつれて、軍の圧迫がます〳〵苛烈になつて来たので、私は最初に考へたよりも、より以上の削除や歪曲を施すことを余儀なくされた[16]」と振り返っている。時局の影響で、意に反して一部を削除・歪曲せざるをえなかったというのが、谷崎の言い分である。それにしたがえば、国粋主義者の山田孝雄が校閲を担ったこともあり、谷崎は被害者（被抑圧者）で山田（に象徴される当局）が加害者（抑圧者）という構図が透かし見えてくる。

こうした戦中の弾圧という受難を経験した〈旧訳〉は戦後、文体を改めるとともに、削除部分を補った「完訳[17]」＝〈新訳〉へと変態する。岩崎美穂が的確に指摘するように、「戦争の爪あとを示すことによって、戦後の自由と解放の象徴としての意味を「新訳」に付与し、一層商品価値を高める効果が期待できる。つまり「旧訳」における削除というマイナス要素こそ付加価値を生み出す源泉であり、「新訳」の広告ではそのメカニズムが徹底的に利用された[18]」のである。

しかし、受難の実態はかならずしも明らかではない。西野厚志による精力的な調査・分析[19]をふまえると、むしろ谷崎自身が〈旧訳〉における削除を主体的に行なった可能性が高い。実際、山田孝雄は〈旧訳〉刊行時に、「苟くも忠孝の道に反し、国体に触れるといふやうな嫌を生ずるやうな点は、私が注意するまでも無く、その原稿からして既に除き去つてあつた。さうしてその截ち去り方は私が若し、注文するならば、そこまでは注文しなかつたであらうといふ程になつてゐる[20]」と述べていた。戦後、谷崎本人も、〈旧訳〉の削除について、「あれは僕の方からだ。姦通の事や、源氏が天子の位についている事、等々は当然出せないと思ったから始めからこれは抜くと云って、山田さんに話しに行ったのだ。それならやりますと云う。それから後は僕が勝手に抜いたんだ[*21]」と証言している。「三回の訳出にそれぞれ附された「序」が、それなりに一種の「作品」かもしれず、あまりまともに受け入れるのは却ってあやうい[*22]」のである。

谷崎は、〝谷崎源氏〟の削除をめぐる「受難と解放の物語」の主人公として、苦しむ王の復活劇を演じてみせている。完訳＝〈新訳〉の好調な売れ行きは、（谷崎の意図とは別に）〝今様源氏物語〟などと称される『細雪』や、谷崎文学の最高傑作とも言われる、高質な古典受容を前提とした『少将滋幹の母』に対する激賞と相俟って、戦後の谷崎の存在感を決定づけることになったと見られる。

三――紫式部になる

いったい、谷崎にとって『源氏物語』とは何だったのか。従来、両者の「深い内的結び付き[*23]」を想定し、『細雪』をはじめとする谷崎作品に『源氏物語』からの本質的影響のあることを前提視する傾向が強かった[*24]。こうした理解を揺さぶるのが、谷崎の絶筆の一つ、「にくまれ口[*25]」である。彼が人生の最後に語ったのは、『源氏物語』における光源氏の色好みぶりと作者紫式部の「源氏贔屓」ぶりに対する嫌悪感であり、反感である。ただし、「あの物語を全体として見て、やはりその偉大さを認めない訳には行かない」と述べてもいる。とはいえ、このエッセイが、『源氏物語』を悪文であるかのように評した森鷗外に触れて終わっている点にも留意すると、谷崎が『源氏物語』に認めていた「偉大さ」の核心は主に文章・文体にあると考えられる。

このことは、谷崎にとって『源氏物語』の現代語訳が「理想の文体構築のためのレッスン」だったとの推測を導く[*26]。そうであるならば、物語を一部削除したところで、谷崎にとっては大した問題ではなかったことになる。その意味でも、戦中の受難は〝物語〟として読み解く必要がある。

一九三四年刊行の『文章読本』において谷崎が主張していたのは、「古典文の精神に復れ[*27]」という一点である。谷崎によれば、日本語の文章（に現われる作者の気質）は大きく二派に分けられる。一方は和文脈派―朦朧派―流麗派―女性派―情緒派であり、他方は漢文脈派―明晰派―質実（簡潔）派―男性派―理性派である。さらに両者を「源氏物語派」と「非源氏物語派」と言い換えている。その上で、前者、つまり『源氏物語』に代表される文章こそが「古典文の精神」を体現した理想的な文体であると位置づけているのである。

〝谷崎源氏〟とは、そうした『源氏物語』の文体を現代に移植する試みだったのではないか。そして、「生きた文章読本」（『読売新聞』一九三九年一月六日掲載広告）としての〝谷崎源氏〟の作者は、あるべき日本語表現の姿を指し示しうる「古典文の精神」の正統な後継者、日本の伝統を現代に生かす文豪としての地位を襲う資格のあることを、みずから提示してみせたことになろう。

「原文」の「表現法」を「出来るだけ毀損しないで現代文に書き直さう」（〈旧訳〉序）という〝谷崎源氏〟の試みは、女性文体を模倣しつつ[*28]、女性的な語りの伝統の美徳を仮構・捏造することであった[*29]。そのことによって、谷崎は光源氏贔屓ではない現代の紫式部、つまり現代における日本文学最高の作家としての〝格〟を獲得しようとした。〝谷崎源氏〟の広告で、しばしば訳業に専念する谷崎の真摯な努力が強調されるのも、『源氏物語』の現代語訳化が「紫式部」になるためのつらい通過儀礼[*30]であることを物語る。

こうして、『源氏物語』の訳者／作者・谷崎潤一郎は、中央公論社の出版戦略と協働しつつ、「国民作家の地位を確固たるものにしていく[*31]」のである。

注

＊1　岩崎美穂「文化システムの中の「谷崎源氏」――その出版戦略をめぐって――」（千葉俊二編『講座源氏物語研究　第六巻　近代文学における源氏物語』おうふう、二〇〇七年八月）、立石和弘「谷崎潤一郎訳『源氏物語』の出版戦略」（河添房江編『講座源氏物語研究　第十二巻　源氏物語の現代語訳と翻訳』おうふう、二〇〇八年六月）参照。

＊2　＊1岩崎前掲論文

＊3　五味渕典嗣「物語の抵抗と抵抗の物語――《谷崎源氏》以前」（『国文学 解釈と鑑賞』73-5、二〇〇八年五月）

＊4　斎藤清衛「「源氏」の洪水」（『文芸文化』9、一九三九年三月）

＊5　「誇大な広告」を〈旧訳〉の悪しき「大衆」性の象徴を見なした岡崎義恵「谷崎源氏論――古典の現代化と大衆化――」（『岡崎義恵著作集5　源氏物語の美』宝文館、一九六二年八月）や、広告の「大げさ」さがかえって〝谷崎源氏〟への興味を失わせたと述べる風巻景次郎「細雪」（風巻・吉田精一編『谷崎潤一郎の文学』塙書房、一九五四年七月）など、〝谷崎源氏〟に対する国文学者の否定的な反応の原因の一端は、広告にあった。

＊6　秦恒平「谷崎潤一郎論」（『谷崎潤一郎』筑摩書房、一九八九年一月）

＊7　三田村雅子「源氏物語絵の神話学」（三谷邦明・三田村『源氏物語絵巻の謎を読み解く』角川書店、一九九八年一二月）

＊8　永積安明「文学的遺産のうけつぎについて――日本古典と現代――」（『文学』20-3、一九五二年三月）

＊9　＊1岩崎前掲論文

＊10　大江健三郎（談話筆記）「谷崎潤一郎の擬古典性についてなど」（荒正人編『谷崎潤一郎研究』八木書店、一九七二年一一月）。ただし、谷崎は「伝統的な日本文学の最も正統な道筋を代表する作家」（傍点、安藤）ではないという点に、大江の発言主旨がある。

＊11　『毎日新聞』一九五一年一月三日の「ヘリコプター」欄の見出しには「〝源氏〟大はやり」、記事には「『源氏物語』づくめ」「源氏攻勢」「源氏熱」といった言辞が見える。荒正人「源氏物語の季節」（『文学』19-6、一九五一年六月）、「討論会

最近の古典流行をどう見るか」(『国語と国文学』29-4、一九五二年四月)、三木幸信「源氏熱をめぐつて」(『平安文学研究』9、一九五二年五月)なども参照。

*12 平林治徳「源氏ばやり」(『平安文学研究』8、一九五二年二月)

*13 劇上演禁止事件にかんする資料は、秋山虔監修『批評集成・源氏物語 第五巻 戦時下篇』(ゆまに書房、一九九九年五月)を参照。

*14 谷崎潤一郎「序」(『源氏物語 巻一』中央公論社、一九三九年一月)

*15 谷崎潤一郎「奥書」(『源氏物語 巻二十六』中央公論社、一九四一年七月)

*16 谷崎潤一郎「源氏物語新訳序」(『中央公論』一九五一年四月→『谷崎潤一郎全集 第二十一巻』中央公論新社、二〇一六年四月)

*17 たとえば、『朝日新聞』一九五〇年六月三〇日朝刊に「「源氏物語」を完訳に 谷崎氏が再び執筆」という記事が載る。

*18 *1岩崎前掲論文。立石和弘「『源氏物語』の加工と流通——美的王朝幻想と性差の編成——」(『源氏研究』5、二〇〇〇年四月)、三田村雅子「戦中・戦後の谷崎源氏」(『記憶の中の源氏物語』新潮社、二〇〇八年一二月)も参照。

*19 西野厚志「灰を寄せ集める——山田孝雄と谷崎潤一郎訳「源氏物語」——」(*1千葉編前掲書所収)、同「物語は亡霊をDeleteしたか——戦時下版「谷崎源氏」の削除問題について——」(小嶋菜温子他編『源氏物語と江戸文化——可視化される雅俗』森話社、二〇〇八年五月)。

*20 山田孝雄「谷崎氏と源氏物語——校閲者のことば——」(『中央公論』一九三九年一月→*13秋山監修前掲書所収)

*21 「春宵対談」(『塔』一九四九年五月→小谷野敦・細江光編『谷崎潤一郎対談集——文藝編』中央公論新社、二〇一五年三月)での発言。

*22 永井和子「谷崎訳 源氏物語」(『国文学 解釈と鑑賞』48-8、一九八三年五月)

*23 池田和臣「谷崎潤一郎と源氏物語」(『国文学 解釈と鑑賞』66-6、二〇〇一年六月)

*24 日高佳紀「文体と古典——『源氏物語』へのまなざし——」(『谷崎潤一郎のディスクール 近代読者への接近』双文社出版、二〇一五年一〇月)。松田修「谷崎における古典主義時代とは何か」(『国文学 解釈と鑑賞』48-8、一九八三年五月)のように、谷崎にとって『源氏物語』はあくまでも「素材」や「道具」にすぎないとする説もある。

*25 谷崎潤一郎「にくまれ口」(『婦人公論』一九六五年九月→『谷崎潤一郎全集 第二十四巻』中央公論新社、二〇一六年三月)

*26 *24日高前掲論文、河添房江「現代語訳と近代文学——与謝野晶子と谷崎潤一郎の場合——」(*1河添編前掲書所収)、土方洋一「物語・小説史のなかの『源氏物語』」(立石和弘・安藤徹編『源氏文化の時空』森話社、二〇〇五年四月)など参照。

*27 谷崎潤一郎『文章読本』(中央公論社、一九三四年一一月→『谷崎潤一郎全集 第十八巻』中央公論新社、二〇一六年五月)

*28 *18三田村前掲論文

*29 *18立石前掲論文

*30 *7三田村前掲論文

*31 *26河添前掲論文

スキャンダルと純文学
――「鴨東綺譚」「鍵」

井原あや

一――はじめに

一九五六年に発表された「鴨東綺譚」（『週刊新潮』一九五六・二・一九～三・二五）と「鍵」（『中央公論』一九五六・一、五～一二）は、文芸誌のみならず当時新しいメディアとして注目されていた週刊誌でも取り沙汰され、それぞれがスキャンダルと結び付きながら広がりを見せた小説と言えるだろう。

まずは二作の概要を簡単に示しておきたい。前述の通り、「鍵」は『中央公論』一九五六年一月号に掲載された後、四月号まで休止となった。この間に『週刊新潮』に連載されたのが「鴨東綺譚」である。「鴨東綺譚」は、京都の富商疋田家の一人娘疋田奈々子の奔放な生活を描いたもので、奈々子は最初の夫との生活に嫌気がさして家を飛び出し、二度目の夫・蓼山と結婚して四人の娘をもうけるものの、中国人留学生の董を情人に持っている。彼女の放縦な暮らしぶりに疋田家の財産問題も絡みながら連載は進むが、第六回目に掲載された谷崎による「著者の言葉」（『週刊新潮』一九五六・三・二五）によって突如終わりを迎える。「著者の言葉」には、「女主人公について世上に種々なる憶測が流布され、思はぬ人に思はぬ迷惑を及ぼしつゝあること」、また谷崎が「持病の高血圧症に悩みがち」であることが連載終了の理由であると書かれ、「第二段の物語は他日筆研を新たにして起稿する折もあらうかと思ふ」と記されるが、結局「第二段の物語」は書かれることなく、全集にも収録されないままとなった。一方の「鍵」は京都に住む大学教授の夫とその妻郁子の日記を通して、二人の夫婦生活の有様が織りなされていく。五六歳になる夫は、衰えゆく性の執念を妻に燃やし、一方の妻は貞淑で「旧式な道徳」の持主であるものの、夫との性生活に満足してはいない。夫は、一人娘である敏子の結婚相手にと考えていた木村と妻の関係に嫉妬することで欲情し、妻は木村との関係が進むごとに「淫蕩」「淫乱」ぶりが露わになっていく。こうした二人の夫婦生活は、木村と敏子を巻き込みながら、夫が脳溢血の発作で倒れ、その後二度目の発作により死を迎えることで閉じられるのである。

この二作は、いずれも書かれた内容が内容だけに、「鴨東綺譚」はモデル問題、「鍵」は〈芸術かワイセツか〉といったスキャンダルを巻き起こしていった。以下、本稿では「鴨東綺譚」と「鍵」が受容される過程を追うことで、メディアの中の谷崎像を辿ってみたい。その際、一九五六年一月号に発表された「鍵」の方が早いものの、先述の通り同年四月号まで休止しているので、次章ではその休止期間に発表された「鴨東綺譚」の受容について考察し、その後「鍵」の受容について検討していくこととする。

二――「鴨東綺譚」をめぐるスキャンダルと「小説の鬼」

「鴨東綺譚」は、『週刊新潮』の創刊号から連載が始まった。当時、週刊誌は『週刊朝日』をはじめとする新聞社系の独壇場であり、『週刊新潮』は出版社系初の週刊誌として誕生したのである。この創刊号を読んだ臼井吉見が、「谷崎の「鴨東綺譚」を大黒柱にして、五味康祐の剣豪ものと、大仏次郎の現代小説をあしらって「三大連載小説」と出た。（略）だが、小説の「三大連載」なら「サンデー毎日」もやっているし、他誌にしても連載小説二本は欠かしていないのだから、谷崎だけをたよりにしているのでは心細い」[*1]と言うように、『週刊新潮』創刊にあって谷崎は「大黒柱」の役割を担っていた。けれども「鴨東綺譚」は、『週刊新潮』を支える「大黒柱」とは異なる形で注目を集めるようになる。それが、「鴨東綺譚」の主人公・疋田奈々子のモデルとなった市田ヤエをめぐる問題である。[*2]

「鴨東綺譚」の主人公のモデルの存在は、今東光と智照尼の対談で仄めかされ、次第に明らかにされていくが、それに伴って連載も中止となった。[*3]その際、谷崎は「著者の言葉」（『週刊新潮』一九五六・三・二五）で「これは何処までも小説であつて、事実を書いたのではない」と断言し、その翌週には「「鴨東綺譚」をめぐるうわさ」（『週刊新潮』一九五六・四・一）で、編集部がこれまでの経緯を説明、「作中人物が、素材としてある特定の人に似ていても、さし絵が偶然にその人を写していても、あくまでも著者が文学として消化、結晶したもので、事実とは別個のものである」と述べたが、その後もモデルとされる市田を扱った記事や、市田本人がメディアに登場し発言することで、それが反論であっても、読者にとって「鴨東綺譚」の物語世界は事実と近接していくのだ。[4] 例えば大平陽介は「あの古都の一隅に、時代のこけをかぶって、ひっそりと息づいているような環境と、これに反発して鮮烈な色彩と芳香に咲いている一輪の花のような、あのイチゴの着物を着た女性との時代的なコントラストは、まさしく谷崎文学のねらいそうなところ[5]」と市田の姿に「谷崎文学」に通底するものを見ている。

ただし、このようなモデル問題を通して「鴨東綺譚」がメディア上に広がりを見せた時、記事の多くは、市田ヤエの性格や生活、また市田家の財産問題を書きたてるものが多く、谷崎について深く言及しているものはなかなか見られないが、次に挙げる記事は、谷崎が「鴨東綺譚」をめぐって、その身に負ったメディアイメージということになるだろう。

変人ぞろいの文壇でもごう慢を以て鳴る谷崎を屈伏せしめた問題のヒロイン、疋田奈々子こと市田裕子(引用者注・市田ヤエをさす)とは果してどんな女性か。文学の鬼、谷崎の単なるフイクシヨンか、それとも文中、無軌道を極める行跡はあくまで事実の描写にすぎぬのか(略)

テイン・エイジヤー・フアンが錦之助や千代之介に血道をあげるように、彼女もまた有名なこの文壇の老大家に進んで接近した。飛んで火に入る夏の虫、小説の鬼・谷崎は絶好の獲物を狙つて、苛酷な眼で耳でひそかに資料をかき蒐めていたのだ――。[6]

「ごう慢」「文学の鬼」「小説の鬼」――さらにこの記事には「冷酷な〝小説の鬼〟の眼」という見出しも付いており、それらは「冷酷な芸術至上主義者」(前掲「著者の言葉」)谷崎のイメージをさらに補強するものとして作用していよう。『週刊新潮』創刊号の「大黒柱」は、「鴨東綺譚」の一件を経て、小説のためなら何も厭わぬ「冷酷」な「鬼」として受容されていくのだ。

三――「鍵」――揺れるイメージ

本稿冒頭で述べた通り、「鍵」は『中央公論』一九五六年一月号に発表された後、「鴨東綺譚」連載の間休止となり、「鴨東綺譚」の連載中止によって再度同年五月号から一二月号まで連載された小説である。そして、大野亮司が「「鍵」が初出当時、その〝みだらさ〟をめぐってスキャンダラスな話題を提供した[7]」と述べるように、「鍵」完結まで、評論家に限らず多くの人々が谷崎の描く性に向き合うこととなった。

同時代評を見てみれば、早くも連載第一回目(一九五六・一)の段階で亀井勝一郎と臼井吉見の間で意見の対立が起きるものの[8]、「ワイセツ罪すれすれみたいな作品だが、作者の固有テーマの展開があり、早くも慎重な構成の苦心がほの見えていて、巨匠ひさびさの力作となるものと思われる」*9と評価する青山光二や、「一番の力作は潤一郎の「鍵」で、夫婦それぞれのけい（閨）房日記を通して二人の性欲生活の違和の機微を探り、近代男女の融和不可能な根源的な性格的ミゾをえぐり出そうと試みているのだ。（略）完成の暁にはこの作家のライフ・ワークの一つになるのではないかと期待を持たせる」*10と高く評価する浅見淵などもいて、それほど問題含みの小説としては扱われていない。むしろ評価の様相が変わり、谷崎のメディアイメージが揺らぎ始めるのは、連載第二回（一九五六・五）が再開されてから、すなわち『週刊朝日』（一九五六・四・二九）が「ある風俗時評　ワイセツと文学の間　谷崎潤一郎氏の「鍵」をめぐって」と題した記事を掲載したあたりからだろう。

「ある風俗時評　ワイセツと文学の間　谷崎潤一郎氏の「鍵」をめぐって」は、巻頭九頁を使った記事で、「小説「鍵」の要約」「「富美子の足」から「鍵」まで」「社会人はこう見る」「母親はこう見ている」「文芸評論家はこうみ（ママ）る」、そして「鍵」の掲載誌『中央公論』編集長・嶋中鵬二の「苦悩や喜びを掘り下げる　中央公論　嶋中編集長と一問一答」の六つから構成されている。そこには様々な意見が寄せられているが、以下にいくつか挙げてみたい。

「とにかく驚くね。僕の場合、春画を見るときのような気持で読んだ」（漫画家　近藤日出造氏）、「ワイ談だね。読めばおもしろいけど、はたして文学かどうか。いくら、大谷崎のものでも疑問だ」（本社論説委員　荒垣秀雄氏）、「一言にして評すれば大胆であり、もっと不遠慮にいえば、性交不能者の、好んでしゃべる露骨なワイ談の一種に過ぎない」（日本経済新聞顧問　小汀利得氏）、「何もいまさら教わらなくとも、世の中の大人たちは、この程度のことは、先刻御承知のはず」（エリザベス・サンダース・ホーム　沢田美喜さん）、「年よりが、若い人と張りあう必要はないのに」（評論家　村岡花子さん）など、一見して、いずれも好評とは言い難い。

　なお、「鍵」の〈芸術かワイセツか〉という論議は、前述の「ある風俗時評」の後、国会にまで波紋を広げることになる。一九四八年以来、審議未了のままとなっていた売春防止法案が、一九五六年五月九日より衆議院法務委員会で審議されることになったのだが、一〇日の法務委員会で思わぬ事態が起きたのである。審議の場において、売春とは関係のない「鍵」が「性を挑発する」として以下のように意見が交わされていたのだ。

　世耕弘一氏（自民）「従来ある取締り法規は実行されていなかった。実施されない法を作ることは法の権威を軽んずるものではないか。〝太陽の季節〟谷崎氏の〝鍵〟をどうみるか」

松原次官「老人が文芸に名をかりてああいうものを作

るのは遺憾と思う。春画を文章にしたようなものが人目にふれるのは遺憾である」

長戸局長代理「こと文学に関連思想表現の自由とも関係するので慎重に対処したい。刑法による規制のほか文学界などの自制、自律的規制を望む」

世耕氏「性を挑発する映画、演劇、文学などの根を絶たねばダメだ。これらを刑法、軽犯罪法で取締まれないのなら合意のうえで何をやろうとも干渉するのは国家権力の乱用といわれる。このような立法は後世の物笑いとなる恐れがある」[*11]（略）

また、一〇日の法務委員会後も、「世耕氏は谷崎潤一郎の作品〝鍵〟石原慎太郎の〝太陽の季節〟などの小説は芸術なりや否やとワイセツ文学論をまたも展開、このようなエロ本を野放しにしたまゝ性立法を行なったのはわからない「〝鍵〟を教科書にしてもよいのか」と八つ当り[*12]」と国会で「ワイセツ」であるとされて槍玉にあげられ、社会問題にまで発展したのである。

最後にもう一つ、浅見淵の評を挙げてみよう。浅見は、連載第一回の後、「一番の力作」「作家のライフ・ワーク」[*13]とまで称賛していたはずであった。

永井荷風のあい変らずの好色ものの「男ごゝろ」（中央公論）を読んでもわかるが、荷風、潤一郎の二人ほど、その作家的出発から今日に到るまでほとんど半世紀にわたる長いあいだ、倦くことなく好色の世界を書きつづけて来た作家は珍らしい。しかも、いずれも七十をこえているのに、白鳥のいうように「今なお文学者の若さを保つている」だが、いまや二人とも性的不能者になつているのではないか。（略）

老作家に対するこういう指摘はあるいは酷かも知れぬ。が「鍵」ならびに「男ごゝろ」の好色が、なんとなくうすよごれて不快感を与えるのは、それが今や性的不能になつて観念的遊戯化し、そのため刺激性追及は一層どぎつさを加えているものの、真の生色を失つて来ているからではないか。[*14]

同じ浅見の筆によるものか疑いたくなるほど正反対の評価であるが、「鍵」は「細雪」や「少将滋幹の母」を書いた〈大谷崎〉のイメージを根底から覆すものとなったのだ。つまり、それほどに「鍵」は多くの人々の谷崎への評価を揺るがすものであったということだろう。「鍵」は社会問題となり、七〇歳を超えてなお、「ワイセツ」を描く彼の身体と結びつき、「性的不能者」「性的不能」といったメディアイメージをも生み出していく。

注

*1　臼井吉見「「週刊新潮」をのぞく」（『読売新聞』一九五六・二・六、朝刊）。

＊2　「鴨東綺譚」のモデル問題について伊吹和子は、「Y子さん（引用者注・市田ヤエをさす）の、めまぐるしい恋愛遍歴や家督争いの賑やかな噂は、『鴨東綺譚』の書かれる何年も前、私がまだ女学生であった頃から、京都中を駆け巡っている感があった。噂を知っている京都の読者にとっては、小説にどこまでそれが書かれているか、または自分の持っている情報と小説の内容とが合致するかどうかが、興味の的であったと言っても過言ではない」（『われよりほかに　谷崎潤一郎最後の十二年』講談社、一九九四・二、一〇八頁）と指摘している。こうしたモデル問題については、『われよりほかに』の他、大谷晃一『仮面の谷崎潤一郎』（創元社、一九八四・一一）、瀬戸内晴美「〈エッセイ〉一枚の写真　三つの場所」（『新潮日本文学アルバム7　谷崎潤一郎』新潮社、一九八五・一）、福田博則「谷崎潤一郎「鴨東綺譚」と「夢の浮橋」――京都を描くということ――」（『花園大学国文学論究』二〇〇三・一二）も参照。

＊3　今東光・智照尼「色ざんげ」（『京都新聞』一九五六・三・四、夕刊）、および「『鴨東綺譚』に私の真情　市田裕子さんが公開状」（『京都新聞』一九五六・三・一一、朝刊）。

＊4　無署名「愛欲の〝モデル夫人〟谷崎潤一郎氏の「鴨東綺譚」執筆中止をめぐって」（『週刊読売』一九五六・四・一）、大平陽介「嘆きの『白夫人』「鴨東綺譚」のモデル市田裕子さんをめぐるお家騒動秘聞」（『主婦と生活』一九五六・九）の他、市田ヤエに関する記事は、「鴨東綺譚」が連載された一九五六年にとどまらず、市田自身が詩集『京をんな』（六月社、一九五七・八）を出版したこともあって、市田ヤエ・高木健夫（読売新聞論説委員）対談「号外『やアこんにちは』　京おんな」（『週刊読売』一九五七・一二・八）、市田ヤエ「私がそのモデルだった（三）谷崎潤一郎〝鴨東綺譚〟の奈々子といわれて」（『婦人朝日』一九五八・一〇）というように、翌年、翌々年にも見られた。

＊5　前掲＊4大平陽介「嘆きの『白夫人』」三〇八頁

＊6　鳥畑直美「谷崎潤一郎に挑む女　鴨東綺譚モデルの真相」（『全貌』一九五六・一二、五八〜五九頁）

＊7　大野亮司「谷崎潤一郎「鍵」における〝読者〟の様相」（『日本文学』二〇〇三・一、三七頁）

＊8　臼井吉見「文芸時評　潤一郎が問題作　恒例、大家顔見世の新年号」（『朝日新聞』一九五五・一二・一七、朝刊）、亀井勝一郎「文芸時評　不振の新年号創作」（『読売新聞』一九五五・一二・二六、朝刊）、亀井勝一郎「有閑と性の自己陶酔」、臼井吉見「モラリストの復活」（「谷崎文学の評価をめぐって」『読売新聞』一九五六・一・九、朝刊）

＊9　青山光二「谷崎氏、久々の力作　構成に苦心の跡示す「鍵」新年号総合、文芸誌の小説」（『東京タイムズ』一九五五・一二・二七）

＊10　浅見淵「光る谷崎潤一郎の「鍵」　新年号・文芸・総合誌の小説」（『京都新聞』一九五五・一二・三〇、朝刊）

＊11　「小説にも質問の矢　売春問題審議の衆院法務委」（『読売新聞』一九五六・五・一一、朝刊）

＊12　「「売春法」衆院法務委で可決　政府の原案通り」（『読売新聞』一九五六・五・一三、朝刊）

＊13　＊10に同じ

＊14　浅見淵「文芸時評㊤〝巧拙よりも心境に〟潤一郎、荷風文学を衝く白鳥」（『東京新聞』一九五六・四・三〇、夕刊）

※　「鍵」本文の引用は『谷崎潤一郎全集』第一七巻（中央公論社、一九八二・九）による。

追悼文における谷崎像と「文壇」

杉山欣也

一――始まりとしての死

たとえば現在、「金色の死」(一九一四年三月『東京朝日新聞』)という作品名は一冊の文庫本の総題になっている(講談社文芸文庫『谷崎潤一郎大正期短編集　金色の死』二〇〇五年三月)。文庫本のタイトルになったからといってその作品がかならずしもその作家の代表的作品であるとまではいえない。それでも、この本が「金色の死」を、すくなくとも大正期谷崎の重要作とみなしていることはたしかだろう。

作者の生前、「金色の死」は冷遇されていた。それは谷崎自身がこの作品を嫌ったためでもある。その評価の転換に重要な役割を果たしたのが『新潮日本文学06　谷崎潤一郎集』(一九七〇年四月、新潮社)に収録された三島由紀夫の「解説」にあったことは、谷崎ファンや三島ファンにはよく知られた事実だろう。

この「解説」で三島は、「金色の死」は谷崎の生前に各種全集類に収録されておらず、没後の中央公論社版全集に至って、はじめて幅広く読む機会が与えられた、と解説する。そして「作者自身に特に嫌われる作品というものには、或る重要な契機が隠されていることが多い。」として、次のように述べる。

嫌悪や惑溺において、作家は思はず矩(のり)を越えることがある。感覚は理知の限界を越え、形式を破壊し、そこに思はぬ広大な原野を垣間見させることがある。しかも作者が丹精した園だけを案内される読者は、高い塀の蔦にかくれたドアをふとひらいて、別の広野を瞥見させられる機会に、この時を除いて二度と遭遇しない。あわてた作者は自分の誤りに気づき、読者を二度とそのドアのところまで案内しなくなるのである。

さらに三島は、「金色の死」には「谷崎氏によつて故意にか偶然にか完全に放棄された思想が明確に語られて」いるという。それは「死によつて生と芸術の一致を体現する」「男性的なナルシシズム」で、この「思想を実践しようとすれば、行く先には、芸術体現の直接性瞬間性の永遠化として、正に「金色の死」しか存在せず、氏の芸術は、ただ一つ、死を目的とするところの、認識放棄の未聞の芸術になる芸術になるといふことを直感したに違ひない」、そこで身の危険をみずから察知した谷崎によって「金色の死」は排除されたというのである。

同じ『作家論』に掲載された別の解説（「谷崎潤一郎について」一九六六年一〇月、『豪華版・日本文学全集12　谷崎潤一郎集』）でも、谷崎について「他への批評では三流の批評家だつたが、自己批評については一流中の一流だつた」と三島は述べている。だから、「思わず漏れた吐息のごとき」作品である「金色の死」は、みずから注意深く排除しえたというのである。

つまり、「金色の死」には図らずも谷崎文学の本質があらわになっており、そのことに気がついた谷崎自身によって「金色の死」は忌避され、隠されたのだ、と、三島は考えているわけだ。そして、この「解説」では「金色の死」についての詳細な分析を行う。

こうした評価に私たちは、自身の死を直前に控えた三島のダイイング・メッセージを読み取ることは可能だが、それはこの文章の趣旨ではないので触れない。ついうっかり読者の前に開かれてしまった扉の向こうの広野、いいかえれば作家の深淵を覗き込むことのできる作品として「金色の死」が三島によって再発見されたこと、そして、折からの全集ブームに乗ってその内容が幅広く知られ、三島の死によってさらに流布して定評と化したこと、さらに、そのようにして作品なり作家への評価がその作家の死後に大きく変わることがあり、谷崎はまさにその一例であったことを確認しておきたい。

二——谷崎の死と乱歩の死

ところで、「金色の死」は江戸川乱歩「パノラマ島綺譚」（一九二六年一〇月～一九二七年四月『新青年』）に影響を与えたと言われている。また、探偵小説・推理小説の普及に果たした役割などで、谷崎と乱歩とはともに欠かすことのできない存在である。

谷崎と乱歩は、ほぼ同時期に亡くなっている。谷崎の死は一九六五年七月三〇日で、乱歩の死はその二日前、七月二八日であった。付言すれば、梅崎春生はもう少しさかのぼって七月一九日。高見順は下って八月一七日である。こういう場合、新聞報道では記事が隣りあい、雑誌掲載の追悼文では両者が併記される場合がある。

ところが、実際に両者の追悼文を読んでみても、谷崎と乱歩の名前が並んでいる記事はほとんど見当たらない。

たとえば、八月三〇日付『読売新聞』夕刊に掲載された山本健吉「文芸時評（上）」は「相次ぐ作家の死」という見出しが掲げられているが、本文を読むと乱歩の名は冒頭部に一回掲げられているだけである。残る谷崎と高見は顔写真入りで詳述されているから、かなり扱いに差がある。その死後一ヶ月ほどの間の全国紙をみても、それぞれいくつもの追悼文が掲載されているものの、並び称されるという風はない。

また、河上徹太郎「物故した谷崎と梅崎――文学時評（五）――」（一九六五年一〇月『新潮』）は「先月（七月）中頃、梅崎春生氏の急逝が伝へられたかと思ふと、月末には谷崎潤一郎氏がなくなつた。この中堅・巨匠陣のチャンピオンの訃は今月のテーマに取上げねばと用意してゐると、今度は高見順君の死である。かう次々に責められてはたまらない。のみならず、間に合はない。今月は高見君まで手が廻らないだろう。」と書き出している。その他、『近代作家追悼文集成40　江戸川乱歩・谷崎潤一郎・高見順』（一九九九年一一月、ゆまに書房）に掲載された記事を見てもやはり、並び称せられることはない。

こうした事情の背景については、この『近代作家追悼文集成40』谷崎編を読んでいると感じ取れるように思う。

たとえば、伊藤整「谷崎潤一郎の生涯と文学」（一九六五年一〇月『中央公論』）には、次のような一節がある。

新進作家としての地位を得た明治四十五年に、潤一郎は『中央公論』に「悪魔」を書き、一流新聞であった『東京日日』に短篇「あくび」を書き、更に長篇「羹」を連載しただけで、ジャーナリズムに迫られて多作するといふことはなかった。

ここまでの部分であれば、急に名声を得た作家でありながら精進を怠らぬ態度としてなるほど納得できるのであるが、引き続いて以下のような文章に出くわすと、これが追悼文であり、基本的には賞賛のための文章であることを前提にしたとき、現代の常識的な尺度ではすなおに理解することができないように思う。

同じ時期に彼とは違った意味で流行作家となった同年輩の作家長田幹彦とともに京都での毎日を酒色に過し、着物は垢だらけになり、料亭には借金が積って身動きならぬ状態でありながら、金のために原稿を書きとばすことは全くなく、また人に頭を下げることをしなかった。濫費的な生活を送りながら平気で借金をするといふのは、自己の才能を特別なものとして強く意識するところからうまれた潤一郎独特の豪快な処世法である。

ここで比較対象にされている長田幹彦は、耽美的な作風で明治末から大正初期に谷崎と並び称された作家であり、右にあるように一九一二年には京都旅行を同行するほど谷崎とも仲が良かった。伊藤は、長田が「乱れた生活のために濫作をつづけて、忽ち通俗作家扱ひを受けるに到ったのと好対照をなしてゐる。」と続けているから、酒色にふけり、遊蕩の巷に遊ぶこと自体は問題なく、その資金作りのための濫筆を問題視している。遊蕩は文学の肥やしとして認められるが、文才の濫費は認められない、そして遊蕩のために文才を濫費した長田より遊蕩にもかかわらず文才を金に替えなかった谷崎の態度の方が立派であると伊藤は考えているわけである。

現在では創作の現場からもほぼ失われたと思われる、こうした価値観を解き明かす背景として、伊藤のいう「ジャーナリズム」という言葉について考えてみたい。

その際、念頭に置きたいのは、評論家・十返肇が一九五六年に発表し、大きな論争となった「「文壇」崩壊論」（一九五六年一二月『中央公論』）である。その冒頭部はこのように書き出される。

文壇というものは無くなつた——それが今年の「文壇」回顧として私に最も痛切に感じられた印象である。伊藤整のいわゆる逃亡奴隷と仮面紳士によつて構成された文壇なる特殊部落は、完全にジャーナリズムの中に崩壊したといえよう。

現在では「ジャーナリズム」という言葉も死語に近いが、この「ジャーナリズム」が、文学を商品として消費していくメディアの立場を表していることは、この「崩壊論」を通読すればわかっていただけると思う。

もうすこし「「文壇」崩壊論」から引用する。

大衆作家である村松梢風の作品が、自分たちと同じ創作欄に発表されるならば、われわれは執筆を拒否すると『中央公論』にたいして芥川龍之介たちが抗議した昔にさかのぼるまでもなく、また川端康成が「文壇の垣」を論じて石坂洋次郎の作品は文壇小説の勘をはずれていると述べた二十年前はさておき、最近まではジャーナリズムとは別個に文壇なるものが微弱ながら存在していたのは確かだ。たとえば、戦後、一連の戦記文学がジャーナリズムに流行したり、「流れる星は生きている」とか、「今宵妻となりぬ」などというような小説がベスト・セラーとして喧伝されたり映画化もされたが、これらの作品は「文壇」に認められず、その作家たちも「文壇」人には編成されなかった。文藝雑誌もしたがってこの作家たちに執筆を依頼しなかった。

しかし、現在では、その作品が文学として高く評価されなくても、題材の関係で週刊雑誌のトピックとなったり、映画化されたりすると、すぐに文藝雑誌が執筆を依頼し、作者は「小説家」としてジャーナリズムに待遇され、「文壇作家」の一員として、いわゆる玄人と社会的には同じ圏内の住人となる。もはや、それにたいして抗議する玄人作家はいない。なぜならば抗議すべき地盤としての文壇なるものがなくなつたからだ。

芥川龍之介や川端康成は許されて、村松梢風や石坂洋次郎は許容されない、かつて「文壇」とはそういう場であったと十返は説明する。いうまでもなく芥川や川端は純文学の畑で中心的な地位を占める作家たちであり、村松や石坂はその「文壇」において芥川や川端のようなステイタスを得ることはなかったものの、数多くの読者を獲得した「大衆作家」である。かつてはそのような序列が歴然として「文壇」にはあったと、十返は述べている。そして、現在では、「週刊雑誌のトピックとなつたり、映画化されたりすると」、文芸雑誌から引き合いがあって、すぐに「文壇作家」の仲間入りをしてしまう。つまり、だれが「文壇作家」であるかの決定権は、売れる作品を求める「ジャーナリズム」のものになってしまった。したがって、「文壇」とはかつての「ギルド」ではなく、商業メディアにあると言っているのである。

この「「文壇」崩壊論」が書かれ、論議の的となるに至ったきっかけは、石原慎太郎「太陽の季節」（一九五五年七月『文学界』）の芥川賞受賞と、その前後から生じた流行現象（一九五六年～）にある。

「太陽の季節」は一九五六年一月二三日に芥川賞を受賞した。芥川賞の選考においていわゆる「文壇」の大御所である選考委員たちの評価は分かれたが、世評に押し切られるように授賞が決まった。それは「文壇ギルド」の内部論理や序列意識と、先述した「ジャーナリズム」の要望する商品価値の意識が拮抗した結果であると、十返をはじめとする文壇崩壊論の論者たちは考えた。十返は、「作家」として承認されるためには「売れる」という要素が必要不可欠であり、それを十返は「商業主義の勝利」と述べ、「自己の作品を社会へ発表するために、また作品を書くために先輩の門を叩いて恩恵を受ける」ような「ギルド的束縛」に対する風通しの良さと、一方「文学への愛情」が失われていく可能性を危惧して、この評論を閉じているが、谷崎や乱歩が死ぬ一九六五年までの十年間、その傾向は強まりこそすれ、弱まることはなかったはずである。

谷崎と乱歩の死はこの「「文壇」崩壊論」から約十年後。その追悼文における両者のかかわりの薄さには、このような状況が十年経ってもなお、まだ残る制度と序列とが背景にあると考えるととてもわかりやすい。

三——追悼文から何が見えるか

乱歩に対する追悼文を読むと、たとえば死後まっさきに掲載された木々高太郎「江戸川乱歩氏を悼む」（一九六五年七月二九日『朝日新聞』）に付された見出しが「文壇史に新分野開く　温情の人、後進養成にも力尽す」とあることに象徴的なように、探偵小説・推理小説というジャンルを確立し、今日の隆盛に導くことでそのジャンルの地位を高めた乱歩に対する、後輩作家たちの賞賛と敬意が読みとれる。十返の定義する、「ジャーナリズム」への密着を通して新たな「文壇」を構築した乱歩、という評価が与えられていると言ってよいだろう。それは、「「文壇」に非ざる「ジャーナリズムの文学関係方面」が発展してゆく根底には、やはり文学への愛情がなければ、社会はその存在をも許さなくなるであろう。」という「「文壇」崩壊論」の末尾の希望を図らずも叶えているように思える。また、乱歩に対する後輩作家たちのオマージュからも「文学への愛情」を感じ取ることができるだろう。

一方の谷崎に関する追悼文はどうか。やはり「文学への愛情」の念を感じ取ることは容易だろう。

谷崎の追悼文の特徴の一つに、その評価の国際性について論じたものが多いということがある。[*1] また、谷崎の『源氏物語』評価に触れたものなどが目立つ。こうした追悼文が寄せられる背景には国際社会における日本の地位向上や、その状況の中で振り返られた日本の古典といった、文

江戸っ子文豪の死

谷崎氏、眠るように　湯河原の新居

文壇の変転に超然　女性の美を追い求める

谷崎の死を伝える記事（『朝日新聞』1965 年 7 月 30 日）

化論的なモードを見出すことができる。それは、十返の批判する「文壇ギルド」内部の論理による一種の祭り上げとは異なる、没後読み継がれるべき谷崎文学の可能性や方向性に触れた論評群ということができる。

もちろん、「江戸っ子文豪の死」「文壇の変転に超然」（いずれも七月三〇日夕刊の見出し）、あるいは武者小路実篤「自らの文学に没頭した人」（一九六五年七月三〇日『読売新聞』夕刊）といったタイトル、あるいは散見される「大谷崎」といった呼称が読者にもたらすのは「文壇」作家の死である。しかしそれは谷崎が「「文壇」崩壊論」で十返が引用した伊藤整「小説の方法」（一九四八年、河出書房）で批判対象としているような私小説作家ではなく、むしろアンチ私小説作家であったところに、谷崎という存在の「文壇作家」としての巨匠性が担保されている。

つまり、谷崎の死は旧来の文壇作家の、いわば最後の巨匠の死であり、かつ、文壇ギルド内部のみにとどまらない世界性を獲得した、いわば日本文学の象徴の死として語られているといえるわけである。

さてここで、この文章をまとめよう。単なる偶像化のために書かれたとするなら、現在の私たちが追悼文を読み返す必要は薄い。今日の目でみて奇異に思えることが同時代においては決して奇異な現象ではなく、必然の現象であること。そのことを歴史的経緯や同時代の状況を踏まえて分析すること。人の死は多くの場合偶然であり、谷崎もまた直前まで執筆意欲を有していたことがこれらの追悼文から読み取れるが、偶然の死を取り巻く言説には時代の要請に基づく必然性めいたものがあり、それを歴史や社会を解釈の枠組みとして読み解いていく必要があること。追悼文が、新聞や雑誌の行うメディアイベント（十返のいう「ジャーナリズム」内の現象）である以上、それらの観点が追悼文の読解には必要である。さらに乱歩や高見、あるいは梅崎の死との語られ方の違いを分析してみる必要がある。

注

＊1　伊藤整「世界に通る文学　谷崎潤一郎その人と作品」（一九六五年七月三一日『毎日新聞』夕刊）、江藤淳「谷崎文学と「西洋」」（一九六五年九月『新日本文学』）、E・G・サイデンステッカー「谷崎文学の国際性」（一九六五年一〇月『文芸』）、ハワード・ヒベット「日本文学の国際性――「鍵」「瘋癲老人日記」を翻訳して」（一九六五年一〇月『中央公論』）

谷崎潤一郎略年譜

年		齢	できごと	おもな著作
1886	明 19	0	東京市日本橋区蛎殻町に誕生	
1910	明 43	24	第二次「新思潮」創刊、作家デビュー	「誕生」「刺青」
1911	明 44	25	東京帝国大学を退学	「少年」「秘密」
				「悪魔」「羹」
				「恐怖」「恋を知る頃」
				「饒太郎」
1915	大 4	29	石川千代と結婚	「お艶殺し」「お才と巳之介」
				「神童」「鬼の面」
				「人魚の嘆き」「異端者の悲しみ」
1918	大 7	32	朝鮮、満州を経て中国各地を旅行	「白昼鬼語」「小さな王国」
				「母を恋ふる記」「富美子の足」
1920	大 9	34	大正活映顧問となる	「鮫人」「アマチユア倶楽部」
1921	大 10	35	千代夫人譲渡問題で佐藤春夫と絶交	「私」「愛すればこそ」
1923	大 12	37	関東大震災で被災、関西に転居	
				「痴人の愛」
1926	大 15	40	上海旅行	「友田と松永の話」「上海交遊記」
1927	昭 2	41	芥川龍之介と小説の〈筋〉論争	「饒舌録」
				「卍（まんじ）」「蓼喰ふ虫」
1930	昭 5	44	千代と離婚成立	「乱菊物語」
1931	昭 6	45	古川丁未子と結婚	「吉野葛」「盲目物語」「武州公秘話」
1932	昭 7	46	根津松子との恋愛関係始まる	「蘆刈」
				「春琴抄」「陰翳礼賛」
				「文章読本」
1935	昭 10	49	松子と結婚、『源氏物語』現代語訳始める	「聞書抄」
				「猫と庄造と二人のをんな」
1939	昭 14	53	『潤一郎訳源氏物語』刊行開始	「潤一郎訳源氏物語」
				「細雪」（掲載禁止）
1944	昭 19	58	熱海に疎開	「細雪」上巻（私家版）
1945	昭 20	59	岡山県津山に再疎開、終戦を迎える	
1946	昭 21	60	京都に転居	「細雪」上巻
				「細雪」中巻・下巻
1949	昭 24	63	文化勲章受章	「少将滋幹の母」
1951	昭 26	65	文化功労者となる	「潤一郎新訳源氏物語」
1954	昭 29	68	熱海に転居	
				「幼少時代」
				「鍵」
				「夢の浮橋」
1960	昭 35	74	ノーベル文学賞最終候補となる	
				「瘋癲老人日記」
				「台所太平記」
1964	昭 39	78	湯河原に転居、ノーベル文学賞最終候補となる	「谷崎潤一郎新々訳源氏物語」
1965	昭 40	79	7 月 30 日、湯河原の自宅で死去。	

『人魚の嘆き 魔術師』（画：水島爾保布、1919、春陽堂）より

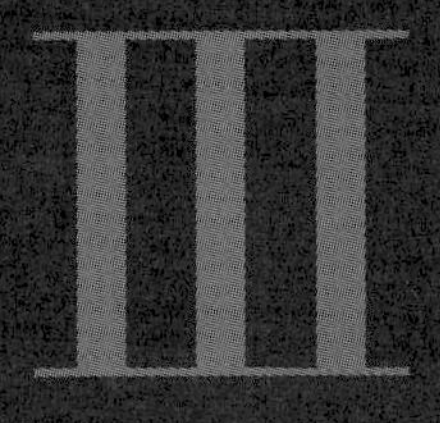

接続するテクスト

◆谷崎テクストの映画化

輝く太陽の下で

――谷崎潤一郎の「関西」と増村保造の「ローマ」

城殿智行

近代文学が映画の主要な参照項ではなくなって、すでに久しい。たとえば、トーキーへの移行によって一九三〇年代半ばから盛んになった同時代における純文学作品の映画化[*1]や、東宝争議に象徴される一九五〇年代の映画界再編にともなう文芸映画の再流行[*2]は、時代的な背景や動因こそ異なれども、いずれにせよ、先行する文学作品や作家の知名度を商業価値としてあてこみ、したがって芸術的な観点などからではなく、あくまでも集客のために製作されたのが実情であるから、その意味では、マンガやゲームでさえ若年層に対するかつての訴求力を失いかけているのではないかと危ぶまれる現在、中高年層から映画鑑賞の趣味がほぼ失われた日本において、東野圭吾や湊かなえのような少数の推理作家か、山田悠介や有川浩の若年層向けベストセラーを原作に仰ぐのであればまだしも、さしたる読者数をもたない近代文学作品をあえて映画化する必然性は、もはやほとんどない。

にもかかわらず、谷崎の作品は現在にいたるまで、継続的に映像化されてきた。トーキーで撮られた文芸映画の嚆矢と目される島津保次郎の『春琴抄　お琴と佐助』（一九三五）以後も、ビデオやTV作品まで数えればおよそ五〇作品あまりが国内で製作されており、中でも複数回の映画化が目立つのは、『刺青』『痴人の愛』『卍』『春琴抄』『細雪』『鍵』などであるが、はなやかな風俗描写と豪華な女優陣の競演で集客をみこむ『細雪』をのぞけば、谷崎の作品は性的倒錯をバリエーション豊かに語る好個の素材として、映画製作者たちに活用されてきたのだといえる。また同様の選択にもとづき、海外においても、ティント・ブラスの『鍵』（一九八三）や、リリアーナ・カヴァーニの『卍／ベルリン・アフェア』（一九八五）、リリ・ラドマーカーズの『瘋癲老人日記』（一九八七）、ジェフリー・レヴィの

『鍵』（二〇一四）といった作品が撮られている。

いわゆるポルノ映画の外側であえてセクシャルな表現の限界に挑んだベルトルッチの『ラストタンゴ・イン・パリ』（一九七二）や大島渚の仏映画『愛のコリーダ』（一九七六）がかつて話題となり、それ以後もカトリーヌ・ブレイヤの『ロマンスX』（一九九九）やマイケル・ウィンターボトムの『ナイン・ソングス』（二〇〇四）からラース・フォン・トリアーの『ニンフォマニアック』（二〇一三）にいたるまで、（ベルトルッチをのぞくと）才能よりもいささかケレン味がまさる一般映画の監督たちは、いまだに過激な性交の直接的な描写を競いたがるが、周知のごとく、谷崎の作品はむしろ直接的な性交にいたることをいかに回避するか、というあたかも無限にひきのばされた前戯を思わせるエロティックな技術の集積として書かれるため（「そこで私は、貞操の形式だけは守りながらそれ以外の方法でならどんなことでもしてゐると云ふ譯である」『鍵』）、海外のハードコアよりもはるかに厳しく規制された日本のポルノやピンク映画に、もともと親和性が高かったわけである。

物語の理解を遅延させて真相を宙に吊る複雑な語りやカタカナの日記を採用することで、読者のエロティックな興味が安易に性交へと終着することをさまたげる谷崎の作品と、性交はおろか局部を写すことさえ禁じられて、肝心な場所の手前に観客の視線をさえぎるナメモノ（たとえば神代辰巳の『鍵』では「電灯」や「やかん」）を置く日本のポルノ映画は、構造として同質のものだ。

したがって『鍵』の郁子が日記に記すように、まさしく「最後の一線」を「犯さない限りに於いてなさゞるところなしと云つてもよい」谷崎の迂遠なエロティシズムが、そもそも検閲制度への対抗策として、創作の意図や作品の主題を朧化するために案出された側面があったのだと仮定すれば[*3]、皮肉にも日本の映画界は、あからさまな抑圧によって生産された淫靡なエロティシズムを（負の）遺産として継承しつづけてきたことになるが[*4]、戦前とくらべても構造としては何ら変化のない、そのような抑圧の縮小再生産にはとても我慢がならず、大島渚に先がけて、日本に連綿と受け継がれる陰湿なエロティシズムの伝統を断ち切ろうとしたのが、増村保造である。

『卍』（一九六四）『刺青』（一九六六）『痴人の愛』（一九六七）を撮った増村は、自らの師匠・溝口健二が「無学で、論理や観念を全く理解しない」[*5]からこそ、先入観に煩わされることなく人間の本能をとらえることができたのだ、とあけすけに指摘してしまう一方で、もう一人の師匠である市川崑は「感覚が小児のように鋭敏で自由だから」「彼一流の漫画的発想と作画によって」次から次へと彼独自の思想がぎっしりとつまった画を並べて行くことができたのではないか、[*6]さらに黒澤明にいたっては、その「壮大にして複雑、巨大にして精密、様式的でダイナミックな画作りは、とても文字には書けないほど見事で」「すべてのショットを美と迫力で埋めつくすのだから恐れ入る」、その偉業を思うとき、黒澤の描く「ストーリイ、人物、心情の通俗性、大衆性」や「幼稚で、中学生的なセンチメンタリズム」などはまったく問題にならない」[*7]などといった具合に辛辣きわまりない筆致で面識のある大家を褒め殺して怖じない、まさに寸鉄人を刺すたぐいの犀利な批評家でもあった。

その増村が、溝口健二のリアリズムを考えるには、「明治以後、もっとも日本的な作家、谷崎潤一郎の一生と比較してみなければならない」[*8]と語っていた事実は、あらためて思い起こしておく価値があるだろう。ともに生粋の江戸っ子として育ちながら、震災後に関西へ移住し、その経験を糧に創作を大きく転回させた谷崎と溝口の並行性をいち早く指摘したのは、増村だったのである。

ところが、前述のように映画作品を論じては必ずや核心をうがってはずさない増村の、谷崎に対する評価は、一種、独特のものだ。簡単にいえば、増村は、谷崎が生涯にわたって性的倒錯を描きつづけたことなど、ごく些末な問題であるばかりか、その過程で案出されたエロティックな書法の数々もまったく二義的な要素であるかのように、話をすすめるのである。河野多恵子の『谷崎文学と肯定の欲望』から「マゾヒズム」という名の心理的なボカシをすべて無くして、ハードコアで核心のみを写したのが増村だといえば、ご想像いただけるだろうか（もっとも歴史的な序列としては増村の方が先なので、本来ならば、増村の主張を穏便に和らげ、日本向けにほどよく文学化したのが河野の評論だといわれるべきであるが）。

増村にとって、『刺青』の嗜虐的な身体毀損や『痴人の愛』におけるピグマリオニズムの転倒はさして重要な主題ではなく、また『卍』の語りや『春琴抄』における偽書と伝聞、盗み読みを前提に書かれる『鍵』の日記などが物語の真相を宙に吊ることも、ほとんど問題とするにあたらない。つまり、一般に「谷崎的」なるものとして想起される主題と技法を、ともに無視することで成り立つのが増村の解釈なのであるが、たとえば増村と同様に溝口へ付き、『卍』『刺青』の脚本を増村に提供してもいる新藤兼人が、原作の形式や書法を律儀に再現するため、自ら『春琴抄』[*9]の語り手「私」に扮して『讃歌』を撮ったことを思えば、谷崎が案出した書法の一切をあえて等閑視する増村の態度は、「言葉や文字で表現出来ること、出来ないこと、の限界を知り、その限界内に止まることが第一」（『文章読本』）であると説いた谷崎にとっても、いささか挑発的なものにうつるだろう。

とはいえ、映画と文学はまるで別物であり、言語特有の表現を忠実に映像化することなどできはしないのだから、「映画化」とは所詮、物語の内容をフォトジェニックな画柄に置換する行為であるとわりきって、本来は『鍵』の物語展開を牽引する（夫婦間に嫉妬を醸成する）はずである、肝心の「日記」そのものを削ってしまうという暴挙に出た市川崑のごとく、審美的な画面の造型のみが映画独自の価値であるかのように錯覚する監督たちを、増村は容赦なく批判してもいた。いいかえれば、「古典回帰」以降の谷崎が病んだ真の倒錯は、マゾヒズムやフェティシズムであるというよりも、むしろ書かれた文字が読者に（盗み）読まれることを異様な強度で欲望し期待すること、いわば「窃視症」と「露出狂」が文字の水準で不思議な形に組み合わされた「期読症」とでもいうべきものであるだろうが、増村にとっては、谷崎のように言語特有の表現を探求したり、あるいは市川崑のごとく映像表現ならではの価値を求めるような、いわゆるモダニズム的発想が、本質を見失った浅薄な形式主義に感じられるのだともいえる。

では一体、文学や映画で何が問題にされるべきなのかというと、そこに真の「人間」を描き、「個人」を見出すことにつきるのだ、と増村は論じている。谷崎と溝口は、関西へ移住することで、初めて「関西人のえげつなさ、脂ぎった腹黒さ、古く熟した社会の人間だけが持つ狡さ」を知り、「現実的で合理的、打算的でねばり強い」性質を持ち「色と欲を見栄もなく粘っこく追っかけまわす上方の人間は、ずっと嘘のない本物の人間だった」ために、彼らはそこでようやく「描くに足る人間たちを発見してその芸術を完成させることが出来た」のだ。[*10] そう主張する増村が念頭に置いているのは、自らがローマの国立映画実験センターへ留学したときに初めて出会った、イタリア人たちの姿である。

増村いわく、日本と同じように敗戦をむかえてひどく荒廃しているはずの国で、イタリア人たちは「馬鹿に明るく楽しく、生きる自信にみちている」。「ローマの昼下がり、古びた大理石に彫られた巨大な女性の裸身像が太陽の陽を浴びて、恐れ恥じるところなく、すっくと立ちはだかっているのをみると、なるほど、人間は強く美しいものだと納得せざるを得ない」。個人よりも共同体の陰湿な関係性のみを優先させる日本では「権力と組織」の下に消滅したはずの「人間」が、ローマでは、「まっ昼間、輝く太陽の下で、ノソノソ歩きまわり、大胆に生きているのである」。[*11] そして、それと同様に、『刺青』から始まる「谷崎作品のすべてを一貫して流れるものは、肉体的な女性美に対する徹底的な愛情」であり、「日本人の愛が多く、観念的に硬化した「愛」と、本能的に淫した「性」とに分裂し、教科書と枕画の世界に沈み易い」のに比して、「谷崎さんの愛する肉体は、精神の白日の中にあって、性の暗黒の中にはない」[*12]。

したがって増村にとっては、『卍』の園子が口にする「あんた、こんな綺麗な体やのんに、なんで今迄隠してたん？……あんまりやわ、あんまりやわ……うち、あんまり綺麗なもん見たりしたら、感激して涙が出て来るねん」という台詞こそが谷崎の核心なのであり、しかし『卍』は話が進むにつれて、健康な肉体へのギリシア・ローマ的な愛が見失われ、アジア的な性愛の淫靡さに落ちこみ、観音様のような光子への没我的な帰依に収束してしまう、過渡的な作品であることになる。増村は、関西への移住によって谷崎の創作が大きく飛躍したのだと指摘しながらも、しかし主題や技法にあらわれたいわゆる「古典回帰」や「陰影の美学」は一切認めず、「マゾヒズム」もまったく問題にしない、という非常に特異な解釈を示しており、それをわかりやすくいいかえれば、谷崎が創作の場を「関西」へ移したのだというありがちな誤解は、作家の年譜や作品の表層のみを浅薄に読むことで生じる本質を逸した俗説で、実は自分と同様に、谷崎は「ローマ」へと移住していたのである、というのが増村の主張なのだ。

増村にいわせれば、自らの欲望に忠実で、誇り高く野放図に生きる自由な人間はみな、ギリシア・ローマ人である。現実の関西人などは、「エネルギーを世俗的なことのみに使い、あまりにも実利のみを追いすぎ、芸術的昇華や美的感覚の洗練からは遠ざかり、泥臭いぜいろくになりさがってしまった」[*13]のだから、関東から離れた谷崎が新たな風土に見出したのは、えげつなく生きる現地の人間を透かして見た「ギリシア・ローマ人なるもの」、いわばその理念であり、一見、手練手管を尽くして淫靡なエロティシズムを書きつづけたようにみえる谷崎の作品の中では、自らの欲望を強烈に肯定する個人として誇り高く生きるローマ人たちが、輝く太陽の下で闊歩しているのである。

以上のように、作品から形式や技巧や言葉の表層をすべて引きはがして、その本質だけを射ぬこうとする増村の特異な解釈が、はたして谷崎の真実にかなうものであるのか、賛否の分かれるところだろうが、この陰湿な日本社会の中で「人間」を描き「個人」を見出すこと、そして愛し方を変えることだけが重要である、と考えて谷崎の映画化にのぞんだ増村の諸作は、実際、見事なまでに性的な倒錯の淫靡さを欠いており、『痴人の愛』でナオミを演じる安田道代は、増村監督作品の例にもれず、冒頭から一種の怒気をふくんだ低い抑え声で台詞を棒読みするため、譲治を演じる小沢昭一との力関係が徐々に転倒していく過程はほとんど省略されて、安田道代は最初から強くふてぶてしく、また同様に『刺青』や『卍』の若尾文子は登場した瞬間からきわめて美しく、『卍』の岸田今日子はあくまでもいやらしく写される。宮川一夫が撮影を担当した『刺青』では、常にファインダーを覗いて構図を決めるはずの増村がそれを許されず、そのため審美的な画面作りを嫌う増村にしては、作品がやや美しさに流れた嫌いがあるが、[*14]本来ならば、装飾的な要素の一切を削ぎ落とす増村の画面は、極端にせまい近視眼的な視野に閉ざされ、その狭隘な空間を、強く美しく欲望に充ち満ちた女たちの健康な肉体が埋めつくすのである。

あるいは、増村の代表作である『清作の妻』（一九六五）を、『春琴抄』的な設問に対する増村の解答として、また『セックス・チェック　第二の性』（一九六八）を、『痴人の愛』の健全なリメイクとして見ることもできる。『春琴抄』のように、愛する女の気持ちを忖度して男が自ら目をつぶすのではなく、『清作の妻』では、愛する男を出征させないために女が勝手に男の目をつぶし、また『痴人の愛』のように、女を精神的に訓育しようとする男が女の肉体に敗北するのではなく、『セックス・チェック　第二の性』では、女をスプリンターとして肉体的に調教し、[*15]いっそ男のようにしてしまおうとする陸上コーチの男が、女の肉体に敗北する（「半陰陽」の疑いで陸上を断念しかけた女をコーチの男がうっかり抱くと、スプリンターの女はすっかり女らしくなってしまうが、本来は彼女を男のように鍛えたかったのだから、コーチの男はまさしく女の即物的な「肉体」そのものに敗北するのである）。心理的な逡巡が生まれる余地をまるで残さない、きわめて非文学的かつ肉体的なそれらの作品では、「男が欲しい」「健康な肉体が欲しい」という直接的な欲望のみが赤裸々に写されるのであり、谷崎の作品すべてが同じように、本来はきわめて非文学的で肉体的なものではないのかと、増村は主張するのである。

谷崎を文学から遠ざけること。いいかえれば、淫靡なエロティシズムに自足する陰湿な日本社会の中に、ひとりでも多くのローマ人たちを見出すこと。それが増村の生涯を賭けた闘いであり、（大島渚のように）どれほど性交を直接に写しても、「愛」そのものを写せはしない、と語っていた彼の作品は、映画化された谷崎の作品すべてとくらべて、また日本映画全体の中でも、清々（すがすが）しく輝いているが、増村の映画に登場する男や女たちがみな、判で押したように棒読みの低い怒声でがなるのを聞くたびに、かつてパゾリーニが撮った天真爛漫な艶笑譚『デカメロン』（一九七一）のような、人間の愛と欲望をよりのびやかに肯定する映画を増村がついに撮ることができず、かつては経済的に・今も精神的にひどく貧しい日本社会と真剣にわたりあう作品ばかりを撮りつづけざるをえなかったのは、私たちにとってはたして幸福なことであったのかと、『遊び』（一九七一）や『エデンの園』（一九八〇）を見ながら、考えるときもある。陰湿な日本と格闘した増村と同じように、イタリアの社会を向こうにまわして闘い、増村の憧れたローマで（ことによると何らかの組織によって）殺されたパゾリーニの、『デカメロン』をふくむ「生の三部作」を日本で見ると、今でも画面全体がボカシだらけになってしまうのである。

注

＊1　田中眞澄「歴史としての「文藝映畫」――純文学と映画の接近」『文学界』二〇〇一・一一、二六二頁。

＊2　紅野謙介「文学が映画になるとき――「文芸映画」の一九五〇年代」『文学』二〇一三・一一、一五三―一五五頁。

＊3　野中雅行「谷崎潤一郎の説話様式――昭和期始動の装置を論ず――」『駒澤國文』一九八六・二、一五一―一五五頁。

＊4　たとえば、「まだ若かった三〇代の頃までは映画に熱中していたが、次第に興味を失ってしまった」と随筆などで自ら語っている谷崎が、実際には生涯にわたって映画を愛し、晩年の創作にいたるまで映画からの刺激を受けつづけていたのだと論じる野崎歓は、『陰影礼讃』もまた「メタレベルの映画論」として読まれるべきではないのか、と指摘している。たしかに谷崎はそこで、「物理的に同じ機材やフィルムを使っても各国の映画は陰影や色調が異なるのだから、日本固有の写真術があったらどれほど日本人の皮膚や容貌や気候風土に適したものであったか」と書くのであるが、仮に野崎の指摘が正しいのだとすれば、そこで谷崎が語っていたのは、良くも悪くも日本的な「ナメモノ礼讃」であったことになろう。野崎『谷崎潤一郎と異国の言語』人文書院、二〇〇三、一六一頁。

＊5　増村保造「溝口健二のリアリズム」『映画監督　増村保造の世界』上巻、ワイズ出版、二〇一四、一四四頁。

＊6　増村「市川崑の方法」同前、一六六―一六七頁。

＊7　増村「壮大にして悲壮な映画作家黒澤明」同前、一一三頁。

＊8　増村「溝口健二――最も日本的作家」同前、四九頁。

＊9　拙稿「映画と遠ざかること――谷崎潤一郎と『春琴抄』の映画化――」『日本近代文学』一九九九・一〇、六五―六八頁。

＊10　増村「谷崎潤一郎と溝口健二」前掲書、五二―五六頁。

＊11　増村「イタリアで発見した「個人」」同前、三三五―三三六頁。

＊12　増村「次回作「卍」」、前掲書下巻、三四二頁。

＊13　前掲「谷崎潤一郎と溝口健二」五三頁。

＊14　村井博と筒井武文の対話を参照。「増村組、増村保蔵を語る」前掲上巻、五八八―五八九頁。

＊15　大楠道代は撮影に入る一ヶ月前から短距離走の猛特訓を受け始め、現実にオリンピックへ出られるほど走力が上がったのだという、増村の肉体的な映画づくりを物語る挿話を参照。同前、三〇三―三〇六頁。

◆谷崎を描く

『近代情痴集』をめぐって
――谷崎潤一郎と小村雪岱

木股知史

一

谷崎潤一郎と、その著作の造本、装幀、挿絵との関わりかたは多岐にわたるが、一人の作家の出版歴のなかに、それぞれの時代のメディア環境の問題が明確に現れている点で、注目すべきである。関わり方の諸相は、木下杢太郎や小村雪岱など、思想と方針を持つものへの装幀依頼、『蓼喰ふ虫』など新聞小説の挿絵の問題、自装本・私家本へのこだわりと和装本への郷愁、『春琴抄』の漆塗りの導入に見られる革新的装幀、愛着のある画家（中川修造、北野恒富、菅楯彦）の存在など、たいへん多様である。谷崎は、「私は自分の作品を単行本の形にして出した時に始めてほんたうの自分のもの、真に「創作」が出来上がつたと云ふ気がする」と記しているように、書物を作家の表現の総体として考えていた。[*1]

本稿では、新潮社版『近代情痴集』（一九一九年九月、四六判、四一一頁、定価一円六〇銭）を取り上げて、小村雪岱の装幀、挿絵と、谷崎の表現がどのようにかかわったか、装幀や挿絵が持つテキストへの編集的機能および印刷技法という側面に注目して考えてみたい。

『近代情痴集』の装幀について、橘弘一郎は、「小村雪岱画の石版多色印刷、背は赤のクロースに銀箔押し。三方小口マーブル加工。」と記した後、次のように述べている。[*2]

本書は黄表紙趣味、および明治初年代発行の書籍を思わせる造本を示したもの、表紙の石版印刷や本文のトップに飾られている各篇の主人公の紹介など趣味豊かに作られている。いずれも小村雪岱画、永井荷風の序文と著者の肖像写真あり。

橘は「箱？」と記しているが、ボール紙装本に箱は珍し

いので、なかったと推定しておこう。

表紙及び扉書名には、「近代情痴集附り異国綺談」となって、二部構成をとっており、それぞれ中扉がついている。この二部構成が持つ意味については、後で考えてみたい。「附り」というのは、主に対する従のものという意味があるが、ここでは、本題に対する付録の意味が主なものであろう。文字の大きさが主題より若干小さいことがそのことを示している。

「富美子の足」「西湖の月」を除いては、いずれも一度単行書に収録された再録作品である。編集上の新味を出すためか、収録作品には、「(少年悲劇)恋を知る頃」というように、角書が施されている。角書とは、浄瑠璃や歌舞伎の名題（外

『近代情痴集』表紙

題）の前に付される、その内容や、登場人物の名を二行割りで挿入するものをいう。続いて「近代情痴集之部」に収められたものを列挙すると、「(上州屋騒動)お才と巳之介」「(老人哀話)富美子の足」「(心理小説)憎念」となっている。「異国綺談之部」には、「(支那奇譚)西湖の月」「(印度奇譚)玄奘三蔵」「(続印度奇譚)ハッサン・カンの妖術」が収められている。情痴に関する物語に、異国がらみの「奇譚」が付けたされているという構成である。[*3]

橘が「黄表紙趣味」と指摘しているのは、表紙に絵を入れることを念頭に置いていると思われるが、近世の絵入り本を草双紙と総称する視点に立てば、「恋を知る頃」のクライマックスを描いた『近代情痴集』の表紙画は、むしろ、柳亭種彦が著し、歌川国貞が絵を付けた『偐紫田舎源

『近代情痴集』口絵

氏』に近い感触を持っている。『近代情痴集』は、登場人物を口絵として描いているが、こうした手法は、合巻にも見られるものである。[*4]

橘はまた、「明治初年代発行の書籍を思わせる造本」と評しているが、これは、明治一〇年代から二〇年代にかけて多く刊行されたボール紙装本のことを指している。洋本を念頭に置いて作られたもので、厚手のボール紙に多色石版の図版を貼り付け、背はクロースを用いている。黒岩涙香の翻訳小説は、多くこの装幀を採用しており、表紙に登場人物を描いた華麗な石版画を用いることもあった。『近代情痴集』の装幀・表紙画は明らかに、この盛期のボール紙装本を手本としている。[*5]磯田光一は、『近代情痴集』について、谷崎の書物の中でも『お艶殺し』『卍』と並んで、「最も華麗な印象を与える一冊」と評している。[*6]それは、近世の絵双紙の伝統と、洋本の刺激を受けて生まれたボール紙装本の意匠が意図的に混交させられたところに見出される美と言ってよいだろう。

二

『近代情痴集』の装幀、挿絵は小村雪岱が担当した。小村雪岱は、泉鏡花の『日本橋』（一九一四年九月、千章館）の装幀をした後、多くの鏡花本の装幀を担うこととなるが、千章館刊行の長田幹彦『祇園夜話』（一九一五年四月）、久保田万太郎『下町情話』（一九一五年九月）の装幀も行っている。千章館の経営者堀尾成章は、鏡花とゆかりが深く、そこからさまざまな作家の本の装釘を行うことになったと思われるが、千章館はよく売れた谷崎の『お艶殺し』（装幀・挿絵山村耕花）の版元でもあり、その縁で小村とのつながりが生まれたと推測することができるだろう。

『近代情痴集』は、再録作品が多く、そのため装本や挿絵に工夫を凝らす必要があったともいえ、『お艶殺し』ほどの図版の多さはないが、絵入り本としての性格を持たされている。

表紙画は、「恋を知る頃」の一場面で、本文には同趣向の挿絵がモノトーンの金属版で入っている。口絵は登場人物の紹介で作品の区切りはなく、四頁にわたって人物像が描かれている。たとえば、第一頁は、右から下総屋手代利三郎、下総屋三右衛門の倅伸太郎、柳橋待合の娘おきん、大唐の名僧玄奘三蔵、伸太郎の乳母おしげの五人の群像が描かれるが、名僧玄奘と、待合の娘おきんの取り合わせは作品の枠をこえたもので、ある種の諧謔を生み出している。特徴あるポーズをとったものもあり、お才は懐手をした両手で乳房を支えている。性的奔放さの暗示であろうか。富美子は、後ろ向きの座像で顔は描かれず、露出した右足が指まで描かれている。

憎悪と愛の相互性を扱った「憎念」、インドでの玄奘三蔵の行動を描いた「玄奘三蔵」には挿絵はなく、「恋を知る頃」に二葉、「お才と巳之介」に二葉、「富美子の足」に一葉、「西湖の月」には、西湖周辺の地図を示した六頁にわたる絵図、「ハッサン・カンの妖術」には一葉がはさまれている。ただ、「富美子の足」の挿絵は、作中で言及される柳亭種彦の『偐紫田舎源氏』の歌川国貞の挿絵の流用である。

谷崎の文章は、指示的な喚起性に満ちている。たとえば、「西湖の月」での、水死美女は、「仰向けに寝て居る顔の上にはガラスよりも薄いくらゐな浅い水がひた〳〵と打ち寄せては居るもの丶、月の光は其れを射徹(いとほ)して却つて空気の中よりも明かに、若々しい屍骸の容貌に焦点を作つて居るのである」というように描かれている。こうした指示的イメージの豊かな文章は、挿絵画家にとっては、クライマックスの場面を描いて腕くらべを強いられるか、創意工夫をもって主要な場面をずらした挿絵を付けるかといった選択を迫られる一種のハードルとして現れるのではないだろうか。「西湖の月」には、六頁にわたって、西湖の地図が絵図として掲載されているが、作者の指示でないのなら、それは挿絵画家の賢明な選択を示している。

モノトーンの亜鉛凸版の挿絵には、後年、邦枝完二の『絵入草紙　おせん』（一九三四年一月、新小説社）の挿絵で発揮される単純化され洗練された装飾性の萌芽が見られる。「お才と巳之介」は挿絵が二葉入っているが、一つはラストの、巳之介がお才に裏切られ、小川に突き落とされて泥まみれになりながらも、お才に追いすがろうとする一編の最大の見せ場に挿絵を付けている。単衣をぞろりと着た、国貞風の面長で釣り目の和風の美女としてお才は描かれている。足下では、真っ黒な泥をかぶった巳之介が頭だけを出している。挿絵には、白抜きで「巳之介泥の中から這ひ上るの図」という表題が入っている。この場面は、河竹黙阿弥の歌舞伎『黒手組曲輪達引』を踏まえたものだとされている。*7 新吉原三浦屋の新造白玉が情夫牛若伝次と駆け落ちするために、番頭権九郎を騙し、伝次は金を奪って権九郎を不忍池に突き落とすが、「池から蓮の葉をかぶって泥だらけになってはいあがってくる」ところが見所の一つとされている。*8 芝居を踏まえた構図が生かされている。

もう一葉は、巳之介が初めてお才の実家を訪ね、二階に上がり花火見物をする場面である。亜鉛凸版では、木版よりも細密な線の表現が可能になるとともに、黒白の対比が重要な要素となった。お才の立て膝のあたりの描線は、後年の〈雪岱調〉の萌芽といってもよいだろう。巳之介がお才に魅せられてゆく経過がこの挿絵には盛り込まれている。巳之介は、お才の着物である「中形の単衣」を身につけて、お才を見つめ、「水浅黄の蹴出しも露(あら)はに白い両脛(りやうはぎ)を行儀悪く突つ張つて、風に乱れた島田の鬢尻を邪険に掻き上げる」さまに見とれている。雪岱は、両脛は浴衣の裾と巳之介の陰にして、品を落とさないようにしている。

　窓外の家屋の屋根は、細い斜線でシルエットを浮き上がらせ、闇の中に「恰も堅い板の面へ龍吐の水をぶつけたやうに、青い火の玉がぶつりと割れて、今度は紅い蛇紋を描いて、たら〳〵と流れた末が、粉の如く飛散して消え失せる」花火の様子が微細な線で表現されている。お才は「麻の葉の浴衣」を着ているが、雪岱は一般的な幾何学的麻の葉文様ではなく、絞り染めのそれを用いていて、細心の工夫が窺われる。吹き抜き屋台の絵巻的な構図でもあり、様式を意識した表現となっている。この挿絵は、雪岱の様式が確立される昭和期の挿絵の感触を先取りしたものと評してよいだろう。

「お才と巳之介」挿絵

　大正初年以降は、亜鉛凸版の線と、黒白の対比の表現が木版に代わって挿絵の新境地を開いていくことになるが、「ハッサン・カンの妖術」の一葉の挿絵には、その過渡的な様相を見て取ることができる。魔術による幻想的体験を描くこの作品では、雪岱は、物語の転換点にあたる場面に挿絵を配している。「玄奘三蔵」執筆のため上野の図書館に通っていた作家「谷崎」は、不思議なインド人マティラム・ミスラと出会う。ミスラの父は、魔法を使うハッサン・カンの弟子となり、それを息子のミスラに伝えたことが、言葉を交わすようになって親しくなるうちにわかってきて、その魔法が実験されるというのが物語の運びである。

　上野の図書館からの帰り道、図書館でよそよそしい態度をとったミスラのことをいぶかしみながら、「谷崎」は「公園の森の中」を夢幻の中を歩むように感じている。そのとき、暗闇の中で、いきなり他人に声をかけられて、「東照宮の鳥居の傍の、アーク燈の明るみの方」へ出る。言葉をかけてきたのはミスラであった。雪岱は、この場面を樹木や人のシルエットとアーク燈の光の線描によって表現している。この出会いから、「谷崎」はミスラの秘密に近づくことになるので、ちょうど物語の節目にあたる場面である。「お才と巳之介」の挿絵とは異なって、黒白の対比に

「ハツサン・カンの妖術」挿絵

よって明暗が鮮明に表現されている。アーク燈の光が放射状に広がる点線で表現されているが、こうした表現の先蹤は、竹久夢二に見られる。夢二の線描は、年月の経過とともに細くなっていくという指摘があるが、その点については、木版と亜鉛凸版の違いという技法面にも注目する必要があるだろう。[*9] 新聞、あるいは雑誌でも、輪転機で印刷する場合、活字面に湿った紙をあてて母型をとり、そこに溶けた金属を流し込んで、湾曲させると輪転機にかける版面ができ、それを紙型鉛版と呼んでいた。森本武夫によると、木版は、活字とは別に紙型をとる必要があり、それを活版に組み込んだと述べ、「不用なインキの汚れ」がつくことがあったと指摘している。森本は、「大正十年頃から段々と亜鉛凸版に代り、大正十二年の大震災を機会として木版挿絵は新聞紙面から全く姿を消すに至つた」と述べている。[*10]

では、亜鉛凸版は、どのような特性を持っていたのだろうか。「挿絵研究会」名義の「挿画の技法と要領（続）」は、簡潔に亜鉛凸版の特徴について次のように説明している。[*11]

> 凸版は、刷面に濃淡の調子を自由に出し得ない憾みはありますが、しかしまた、その一調子に濃い墨の色と、紙の白との対照が醸す極めてはつきりとした感触には、写真版などのやうに全体に一色灰白色がかゝるものでは到底見ることが出来ない快さが保たれるものです。
>
> 凸版に適する版下絵としては、ペン画、濃淡のない墨一色の毛筆画、鉛筆画、コンテ画等ですが、中でも前二者はそれにより相応しいものとして最も多く用ひられます。

亜鉛凸版は、線画に好適で、網目写真銅版につきもののくすみがなく、原版から直接紙型が取れるという簡便さを備えていた。また、森本武夫は、亜鉛凸版でも「ある程度迄は運筆のかすれやクレオン画等の特殊の濃淡強弱の調子を、網目写真式の機械的な感じでなく表現することが出来るし、更に画線の中間等の半調部を網入れなどの技巧に依つて人工的に変化を与へることが出来る」と指摘している。[12]「お才と巳之介」の花火の場面の挿絵も細かい斜線の重なりによって、夜の闇の中にしずむ家並みを表現している。

竹久夢二の画集を見ていると、大正期に入ると木版から凸版に切り替わっていくことが認識できる。[13]明治末から大正初期にかけて、近代日本に影響を与えたワイルドの『サロメ』のビアズリーの挿絵は、細かな線描と、黒白の大胆な面のコントラストで知られているが、ネガフィルムを用いるライン・ブロックという金属版の手法を抜きにしては語ることができない。ビアズリーの『サロメ』挿絵は、亜鉛凸版への関心を高める重要な契機になったと思われる。[14]雪岱の「ハツサン・カンの妖術」の挿絵は、竹久夢二の試行に併走しながら、やがて『絵入草紙おせん』の挿絵に見られるような装飾的線描へ向かっていく過渡期の様相をよく示しているといえるだろう。また、『近代情痴集』における雪岱の暗闇の表現は、亜鉛凸版の特性を考慮したものである。

雪岱は、一九一八（大正七）年に資生堂の意匠部に入社し、そこで、ビアズリーに接した可能性がある。[15]雪岱が本格的な挿絵をつけたのは、里見弴の『多情仏心』（一九二二～二三年、『時事新報』）であり、それは、いわゆる昭和期に確立される〈雪岱調〉とは異質の「コンテ調のタッチ」になるものであった。[16]『近代情痴集』の装幀と挿絵は、移行期の雪岱を知る上でも重要な書物なのである。

三

若く美しい和装の女性が少年を抱え込んでいる。女性は、人の気配を気にしているかのように振り向いている。物置小屋には、手拭いで顔を覆った男がひそんでいるのが、わずかに開いた戸の隙間から見てとれる。この『近代情痴集』の多色石版による表紙画は、戯曲「恋を知る頃」の一場面を表している。もし、戯曲の筋を知らない読者がこの表紙を見れば、女性は、子どもを危難から守ろうとしている母親のように見えるかもしれない。しかし、戯曲を読めば、悪女の企みによって少年が命を失おうとしている場面であることがわかる。あらすじの未知と既知の間に仕掛けられた両義性は、公刊当時は過去のものとなっていた明治初期のボール紙装本を模した装幀が、アナクロニズムでありながらモダンさを誘発するという二重性にも対応しているかのようである。

日本橋馬喰町で木綿問屋をいとなむ下総屋三右衛門には、柳橋で待合茶屋の女将をつとめているおすみという妾がいた。三右衛門とおすみにはおきんという娘があったが、おきんは下総屋の手代の利三郎と通じていて、そのために下総屋に迎え入れられるようにしたいと、おすみに取りなしを頼んでいた。実の父は三右衛門ではないとおきんは、利三郎に打ち明けるが、下総屋に入ることになる。三右衛門とお政夫婦には、「十二、三歳」になる仲太郎という一人息子がおり、わがまま放題に育っていたが、おきんが下総屋に来てからは、おとなしくなり、利三郎とおきんをとりもつ文使いもつとめる。おきんは「子供に何が解るもんかね」と言うが、少年仲太郎は、淡い恋心をおきんに抱くようになっていたのである。

火見櫓で密会したおきんと利三郎は、夜中に誘い出して、物置小屋へつれていって扼殺し、浜町河岸から死体を投げ込もうと、秘密を知った仲太郎を殺める相談をするが、仲太郎は隠れてその一部始終を聞いている。仲太郎

「恋を知る頃」挿絵

は、すべてを知りながら、「僕はお前が死ねと云へば、何時でも死ぬよ」とおきんに語る。表紙画と同じ場面は、本文でも挿絵化されているが、「仲太郎物置小屋へ誘はる、の図」という文字が入っており、明確に物語の筋が理解できるようになっている。ト書きに忠実に「円形の石の井戸側」が下部右に表現されているが、表紙画では省略されている。また、挿絵では、おきんの両袖は、仲太郎の鼻と口を覆って、拉致しようとしている意図が見てとれるが、表紙画では、おきんの両手はやさしげに仲太郎の組んだ手に添えられている。

ト書きによれば、おきんは「粗い絣の袷にフランネルの重ね着をして伊達巻を締め、麻裏草履」を履いており、仲太郎は「久留米絣の寝間着」を着ている。フランネルは羊毛製の本ネルのことで、ここでは、絣の袷の下に本ネルの長襦袢を着ていることを示している。表紙画のおきんの裾から見える赤い長襦袢がフランネルであろう。多色石版による表紙画は、生彩があり、あたりをうかがうおきんの冷徹な美しさと、立ちすくんで足が地面から浮きかけている仲太郎の恐怖の表情のコントラストが見事である。先にふれたように、本文の挿絵を表紙に使うのは、黒岩涙香の翻訳物のボール紙装本の手法であるが、青を基調とする表紙画と、赤のクロスの色彩の対比も生きている。

注目したいのは、本文にはない要素が付け加えられてい

る点である。伸太郎の「遁道を塞ぐやうに伸太郎の背後を擁して」いるおきんの襟元は開いていて乳房が点描されているのである。擬似的母性と官能がないまぜになって、仕組まれた死にのみ込まれていく少年伸太郎の内面の暗示がそこに読みとれないだろうか。けっして品を落とさずに、少年にとって死を招く無意識の誘因となった官能の源がさりげなく描かれているのである。

『近代情痴集』が二部構成をとっているのは、再録作品の多さを目立たせない工夫であるが、「情痴」を魔術や法悦のエクスタシーと交換可能なものとみなすことによって、人間の欲望の不可避さを表現するという谷崎の思想性を浮かび上がらせることにもなっている。磯田光一は、「玄奘三蔵」において、玄奘がインドで目撃した「沈黙の仙人」を数年後に再訪した時、全く変化した様子は見えなかったが、ただ、「膝の上に組み重ねて居る両手の指の爪が、昔は三四寸ぐらゐしか伸びて居なかつたのに、今ではもう、手の肉の中へ分け入り、掌の表から裏へ突き抜けて居たのである」とあるところに着目して、「宗教的情熱の極限」も「一つの「情痴」」と呼べるのではないかと指摘している。[*17]

おそらく罪とエクスタシーの交換可能性というテーマは、遊蕩文学のレッテルから谷崎を自由にした。小村雪岱の表紙画は、点描された乳房によって喚起されるリアルな官能性によって、谷崎のテーマを明確に視覚化しているのである。

注

*1 「装幀漫談（上）」（『読売新聞』一九三三年六月一六日、四面）。引用にあたってルビは省略した。

*2 橘弘一郎『谷崎潤一郎先生著書総目録 第1巻』（一九六五年四月、ギャラリー吾八）二九頁。今回使用した初版本には、小口のマーブル加工は見られない。

*3 収録作品の、初出及び収録履歴を記しておく。「恋を知る頃」（『中央公論』一九一三年五月。植竹書院『恋を知る頃』一九一三年一〇月、所収）、「お才と巳之介」（『中央公論』一九一五年九月。新潮社「情話新集」シリーズ『お才と巳之介』一九一五年一〇月、所収）、「富美子の足」（『雄弁』一九一九年六月・七月）、「憎念」（『甍』鳳鳴社、一九一四年三月、所収）、「西湖の月」（『改造』一九一九年六月、＊原題は「青磁色の女」）「玄奘三蔵」（『中央公論』一九一七年四月、『異端者の悲み』阿蘭陀書房、一九一七年四月、所収）、「ハッサン・カンの妖術」（『中央公論』一九一七年一一月、『二人の稚児』春陽堂、一九一八年八月、所収）。尚、裏表紙の建物の図は、大正三年に建造された牛込区矢来町新潮社の社屋である。

*4 内田啓一『江戸の出版事情』（二〇〇七年三月、青幻舎）六八―七三頁。「草双紙」の定義としては、木村八重子『草双紙の世界 江戸の出版文化』（二〇〇九年七月、ぺりかん社）の「草双紙は、推定で江戸時代の寛文ごろ（一六六〇ごろ）から明治一〇年代（一八八六）に至る二二〇余年間、主として浮世絵派の線描による木版画に文を添え、次第に文学性を増していったささやかな出版物である」という一節を借りておきたい

（二頁）。

＊5　西野嘉章『［新版］装釘考』（二〇一一年八月、平凡社）六八—七〇頁。谷崎は、「装幀漫談（上）」（前出）では、「絵かき」に装幀を託することに批判的で、「絵かきは本の表紙や扉に兎角絵をかきたがる」と記している（引用の際、ルビは省いた）。『近代情痴集』には表紙画があるが、ボール紙装本を摸しているという合理的理由があった。

＊6　磯田光一「『近代情痴集』私考」（『國文学　解釈と教材の研究』一九七八年八月）一五〇頁。

＊7　細江光『谷崎潤一郎　深層のレトリック』（二〇〇四年三月、和泉書院）三五〇頁。

＊8　渡辺保『増補版歌舞伎手帖』（二〇一二年一〇月、角川ソフィア文庫）二七六—二七七頁。

＊9　西恭子「竹久夢二の線画」（『女子美術大学紀要』第24号、一九九三年一〇月）は、夢二の輪郭線について、「初期（明治四〇年～大正二年）」の「太い線」、中期頃（大正三年～九年）には「短い線をランダムに描き繋げた柔らかな表現」、「後期（大正一〇年～昭和九年）」には、「一本の線を強調したり、ぼかしたり」した特有の輪郭線が現れると指摘している（一九三頁）。西はまた、ビアズリーに触れたことによって「無駄のない単略化された線の表現」を描くようになると指摘している（一九三頁）。線表現の現象面だけではなく、技術的手法の変化、すなわち、亜鉛凸版によって色面の対比や、細線の表現が可能になったことが、重要な意味を持っていることにも注目すべきである。

＊10　森本武夫「新聞挿絵製版印刷の変遷」（『書窓』第九号一九三五年一二月、初出。＊引用は、井上芳子・寺口淳治編『コレクション・モダン都市文化38　装釘・カット』二〇〇八年一二月、ゆまに書房所収のものに依った）五〇七頁。

＊11　『名作挿絵全集第九巻』附録『さしゑ』第九号（一九三六年四月、平凡社）一九—二〇頁。

＊12　森本武夫「新聞挿絵製版印刷の変遷」（前出）五〇九頁。

＊13　たとえば、『絵入歌集』（一九一五年九月、植竹書院）には、木版口絵があり、石版もあるが、多くは亜鉛凸版である。夢二自身の短歌も含めて記憶している歌人たちの歌百首に絵を添えたもので、見開き二頁（右頁歌、左頁挿絵）で一組となっている。一五番目の港の風景では、雪洞のアーク燈の光の表現と同じく、放射状に広がる細線で太陽の光が表現されている。七九番目の黒猫は椅子と区別がつかないような線描で描かれている。対照的に、八三番目の図は、馬に寄りかかる人物をシンプルな黒白の対比で表現している。細線と大胆な黒白の対比というふたつの要素が、ビアズリーが、ライン・ブロックの技法とともに伝えたものであり、その影響が看取される。また、名越国三郎の画集『初夏の夢』（一九一六年一一月、洛陽堂）は、亜鉛凸版による黒白の対比と細密な線表現で、ビアズリーの様式の影響を色濃く示している。

＊14　サイモン・ウィルソン「オーブリー・ビアズリー　没後100年展によせて　序文」（『ビアズリー展』図録、一九九八年、株式会社アート・ライフ、中山久美子訳）によれば、ビアズリーの浮世絵の影響を受けた線描のドローイングがはじめて、ライン・ブロックによって印刷されたのは、一八九三年四月の雑誌『ステュディオ』創刊号においてであった。ウィルソンは、「ビアズリーが発展させていたスタイルは、すでにライン・ブロックにきわめて相応しかったことは明らかである」とともに、「印刷技法の技術的な要請によりいっそう従い、さらにそれ以上に、技法の持つ特質を開拓するために、自分のスタイルを洗練し、また変えていたことも明らかであるように思われる」と指摘している。「ライン・ブロックについて」という訳注がつ

いており、一般的な亜鉛凸版の技法にも通じているので引用しておきたい。「ライン・ブロックは、写真製版を利用した腐食銅版画の一種で、次のような手順で制作する。絵柄を撮影した白黒のコントラストが明瞭なネガを用意する。亜鉛版にゼラチンを塗り、ネガを通して光を当てる。黒の部分は光が遮られゼラチンが凝固しないが、白の部分は光が当って凝固する。亜鉛版を洗浄すると、白の部分のゼラチンだけが残る。さらにアスファ粉末をふりかけると、粉末は白の部分、つまり絵柄の部分だけに付着し、加熱するとその部分は耐酸性を帯びる。亜鉛版を酸性の液で腐食すると、絵柄が浮き出てくるので、それにインクをのせ刷る。」

＊15 雪岱とビアズリーの関係については、山本武夫「師小村雪岱」（一九五六年一月、龍星閣『小村雪岱画譜』初出。二〇一〇年三月、阿部出版株式会社『小村雪岱作品集』再録。＊引用は再録による。）が、「当時資生堂ではビアズレイの画集を買込んで色々とデザインの研究を始めていた。」とし、意匠部に勤務していた雪岱が影響を受けた可能性を示唆している（二二七頁）。関川左木夫『ビアズレイの芸術と系譜』（一九七六年一二月、東出版）は、「雪岱が資生堂在社時代にビアズレイとの接触があったこと」を示唆して、泉鏡花『雨談集』（一九一九年一〇月、春陽堂）の見返しの隅田川風景の水平線の湾曲などに、その影響の痕跡を指摘している（一五八頁）。

＊16 真田幸治「「雪岱調」の萌芽と挫折——小山内薫「鏡台前」の挿絵」（二〇一六年三月、田端書店、『Editorship4』所収）一四〇頁。真田は、研究史では注目されていない、小山内薫「鏡台前」（一九二六年四月〜一九二七年二月、『講談倶楽部』）の挿絵を取り上げ、「線描画風」と、「コンテ調」が併行して現れるが、前者が姿を消すことを指摘している。印刷技法の面から、このことを考えてみると、おもしろいことが見えてくる。「コンテ調」のものは、網目写真銅版（写真網版、写真版、銅版とも呼ばれる）によるもので、「線描画風」のものは、亜鉛凸版によるものだと推定できる。『名作挿絵全集第八巻』附録の『さしゑ』第八号（一九三六年三月、平凡社）に、「挿絵研究会」名義で、「挿絵の技法と要領」という文章が掲載されており、網目写真銅版について解説している。「この版はスクリーンの作用で版面に網目を生じ、この濃淡によって模様なり絵画、又は文字等を現はすもの」で、網目には、六〇線から一五〇線くらいまで精粗があるという（一八頁）。網目写真銅版の長所と短所については、「写真網目版によると、原画の濃淡の調子の細かい度合をもその儘に表現することが出来て、水彩画風なものや油絵風なものの複製には、最も都合がよいものですが、たゞ欠点としては全体にわたつて薄い鼠色のアミが一色かゝるため、ともすると明快な感触を失ひ、さらに原画の調子が余りに淡かつたり、線が細かつたりする場合などには、それをや、朦朧とせしめる嫌ひがなくもありません。」と指摘している（二九頁）。雪岱の挿絵画家の出発点である、里見弴の『多情仏心』（一九二二〜二三年、『時事新報』）では、輪転機を使う新聞ゆえに、写真網目銅版の欠点がより明確に出てしまっている（『名作挿絵全集3 大正・現代小説篇』一九八〇年一〇月、平凡社、五五—六〇頁参照）。小出龍太郎編著『小出楢重と谷崎潤一郎 小説『蓼喰ふ虫』の真相』（二〇〇六年一〇月、春風社）の「第Ⅲ章 谷崎は小出楢重をいつ意識したか」で、明里千章は、『版画芸術』第24号（一九七九年一月）掲載の関川左木夫「小村雪岱・ビアズレイ・谷崎潤一郎」に図版として紹介された、谷崎の小村雪岱宛書簡（日付未詳）を翻刻紹介している（一三八頁）。ただ、図版として紹介されたのは、書簡の全部ではない。谷崎は「表紙の石版刷りは一番手数がか、りますから、先に画いて頂きたいと存じます」、「表紙背中

の文字は「近代情痴集——谷崎潤一郎著」で異国綺談の文字は入れないで頂きます。それから中へ入れる扉は都合三枚ですが、大変面白いカットや輪郭の見本帖が手に入りました」と記している。全体の扉は、枠飾りに松竹梅を使い、四隅には鶴が入っている。「近代情痴集」の部の中扉は、竹の葉の枠飾りの中に、ウグイスが止まっている梅の花枝が挿された花瓶が描かれている。また、水仙が球根ごと横たえられている。梅と水仙は咲く時期が近く、兄弟とたとえられることがあり、ともに描かれたと推測される。「異国綺談」の部の中扉は、装飾文様の枠飾りの中に、帆船が描かれている。扉の構成については、雪岱宛書簡で言及されている「見本帖」が使われた可能性がある。前出の関川左木夫の文章では、「潤一郎の手紙に従って指示通りの砂刷の多色石版で、赤のクロースの背には銀の書名と著者名がある」と指摘されている（一八八頁）。また、口絵の作中人物紹介におけるお才の乳房をかかえるしぐさには、ビアズレーの影響があるという（一八八頁）。家田菜穂「小村雪岱についての一考察」（『大正昭和のグラフィックデザイン小村雪岱展』図録、二〇一二年一〇月、ニューオータニ美術館）は、一九一八年の資生堂衣匠部入社後、展示構成やロゴデザインの経験を経た小村雪岱は、「作家やその著作物のイメージ発信に、より意識的に取り組んだと思われる」と指摘している。

＊17　磯田光一「『近代情痴集』私考」（前出）一五四頁。

〔付記〕『近代情痴集』所収作品の引用は、新潮社初版によった。ルビは、適宜省略した。一部資料の収集については、和歌山県立近代美術館の井上芳子氏の助力を得た。記して感謝する。

◆谷崎の音楽

音楽要素とその用法の変遷

真銅正宏

一――はじめに

谷崎潤一郎の小説に、三味線音楽や能、歌舞伎、文楽などの所謂音曲に関わる要素が描かれていることはよく知られている。その関心は生涯にわたっており、またそれらはただ風俗や背景として書き込まれただけではなく、いくつかの作品においては、小説作法上の効果的機能を果たすものとしても用いられている。要するに、小説を構成する要素として捉えることができる。

一方、音楽という言葉は、日本の近代においては、音曲ではなく、むしろ、西洋音楽を指すことの方が多い。谷崎もまた、ピアノやマンドリンなど、西洋楽器をしばしば作中に登場させている。

谷崎が小説に描く音楽およびその周辺要素は、どのような表現上の特色をもたらすのかについて、ここでは谷崎の小説作品を中心に、その創作営為全体にわたり概観してみたい。そのために、ほぼ発表年代順に、できるだけ多くの作品に登場する音楽要素を挙げ、その用法について考察した。

二――初期作品群における音曲

戯曲「象」(『新思潮』一九一〇・一〇)には、幕府に献上された象の花車と屋台を見物する江戸の民衆が描かれているが、その踊屋台では、歌や三味線の太夫を従えた踊り手が「狐噲」を踊ったりしている。いよいよ象が登場した際にも男たちが屋台で太神楽につれて踊っている。

これと同様であるが、「幇間」(『スバル』一九一一・九)には、大川の花見船の上で三味線の音につれての踊りが描かれる。幇間の三平は、「錆のある喉」を持ち、「端唄、常磐津、清元」を一通りは心得ている。子どもの頃から音曲や落語に興味を持ち、学校の往き帰りには清元の稽古に聞き惚れ、夜は新内の流しに心を奪われ、「陽気な三味線に乗つて、都々逸、三下り、大津絵などを、粋な節回し」で歌うのを聞いて、放蕩の血が沸き上がり、ついに太鼓持ちの弟子入りをしたというような男である。

「The Affair of Two Watches」(『新思潮』一九一〇・一〇)の「私」が、杉と原田という友達と飲みにでかけた場面では、「私」が「妹から伝授の如何はしい勧進帳を唸り出す」と、杉と原田は、「義太夫やら端唄やらを怒鳴り立て」る。特に原田は「夕ぐれ」「わがもの」「わしが国」「秋の夜」「忍ぶ恋路」などを次々に唄っている。

「麒麟」(『新思潮』一九一〇・一二)に至っては、孔子が琴をとって、「さびた、皺嗄れた声」で歌ったことが書かれている。

「あくび」(『東京日日新聞』一九一二・二・一〜一七)には、豊竹昇之助や竹本朝重の娘義太夫熱について書かれている。

このとおり、谷崎は、かなり早い段階から戯曲や小説に聴覚要素を取り入れている。ただしこの段階では、取り立てて云うほどの小説作法上の工夫ではなく、風俗を描く小道具に過ぎないともいえよう。

「羹」(『東京日日新聞』一九一二・七・二〇〜一一・一九)になると、少し内面描写に近づく。友人仲間で柴又の料理屋川甚に出かけ、山口は、「峰の白雪麓の氷、もとは互に隔て、居れど……」と「立山」を口三味線で歌いだす。立山とは、端唄の一つである。これを聞く宗一は、「此れが山口の咽喉から出るのか」と驚く。その様子は「殊に甲の調子に高まる刹那の、りんりんと張つた声の立派さ。更に細く微な錆声に転じて、長く長く顫はせて行く味ひの深さ。」という具合である。さらに山口は、その後も「隅田のほとりに住居して……」と二上り新内を歌うが、これも「先づ最初から、魂をそゝるやうな美音」である。さらに、「古い端唄の「わしが国さ」「忍ぶ恋路」「秋の夜」など」を歌い続ける。

宗一はこの後、恋人である美代子を誘い、やや背伸びをして、柳光亭に出かける。この時、庭続きの隣座敷から三味線の粋な音締めが聞こえてくる。こちらは、芝居の舞台で常套の、いわゆる他所事浄瑠璃の手法である。

三──大正期における音楽要素の効用実験

「熱風に吹かれて」(『中央公論』一九一三・九)には、蓄音機で音曲を聴く場面が登場する。ここでは、「此れは伊十郎の「筑摩川」、これは林中の「乗合船」、これは南部の

「朝顔日記」と、大概のレコードなら心得顔」の芸者上りの年増が、「小三郎の「しぐれ西行」」だけは分からないとされている。伊十郎は長唄の七代目芳村伊十郎で、レコードに「七代目芳村伊十郎全集」（コロンビア）などがある。林中は常磐津林中、南部は人形浄瑠璃太夫の竹本南部大夫を指す。小三郎は、長唄の吉住小三郎で、後にコロンビアの専属となって録音に協力した四代目と思われる。

この蓄音機については、自伝的な作品である「異端者の悲しみ」（『中央公論』一九一七・七）に、印象的なエピソードがある。母が病気の妹のために借りてきた蓄音機を、兄章三郎が勝手に持ち出し騒動になるというものである。そこには、蓄音機が如何に貴重なものであったのかが示されている。義太夫の豊竹呂昇や長唄の芳村伊十郎の音譜（レコード）を家族で聴いている。章三郎も「清元北州、新橋芸妓小しづ」と書かれた音譜をかけて、うっとりとしている。親や妹と喧嘩をして、胸の中が「もしやくしや」している章三郎は、レコードで清元から常磐津、義太夫、長唄と次々に聴いて気分直しをしようとしている。ここに見られる四種の音曲は、歌舞伎に用いられる代表的なものばかりである。一般的に誰もが最も耳慣れた音曲と云える。ここには、芸術的な鑑賞というよりも、歌謡曲に親しむような気安さが書かれている。

さて、音曲を描くことには、さまざまな機能が認められる。間接的な描写や物語を進めるきっかけなど、その機能は多種多様である。

「女人神聖」（『婦人公論』一九一七・九〜一九一八・六）の主人公である兄妹のうち、兄は、「なぜ自分には、妹のやうに踊や三味線を習はせてくれないのだらう。男の子だから音曲の稽古をしてはいけないと云ふ理由はない。」と、不満を持っている。ここには、芸の玄人以外の当時の一般人における、芸事と男女の距離感の違いが表れている。

「人面疽」（『新小説』一九一八・三）には、作中の映画の序幕が、「青年の乞食」が、町内の第一の美女と謳われる花魁に尺八を聴かせる場面から始まると紹介されている。ここには、男女をつなぐ契機としての音楽が書かれている。

「或る少年の怯れ」（『中央公論』一九一九・九）は、主人公芳雄の少年時代の話である。兄幹蔵と兄嫁である「上の姉」、次兄禄次郎、姉柳子などと暮らしていた頃は、兄や姉たちの友だちもよく遊びに来て、家で「音楽会」が開かれていた。「上の姉」の三味線で、柳子が長唄を歌ったり、幹蔵が義太夫を語ったりした。「上の姉」の従妹の瑞枝という女の人もよく来ていた。ある日、芳雄は、柳子に云われて銀座の十字屋にレコードを買いにやらされ、帰りに偶然立ち寄った兄の病院で、兄と瑞枝が二人きりでいる場面に遭遇する。当時未だ十歳の芳雄にも、何やら見てはいけないものを見たような感じがする。その後、流産した「上の姉」が急に亡くなってしまうという出来事が起こる。まだ幼い芳雄は、ある晩、死んだ姉が恋しくなって、姉のかつての居間に入り、愛用の三味線に触れる。芳雄は、「その糸の一とすぢを摘まんでぴんと鳴ら」す。そしてぞうっとして、身の毛がよだつ思いに囚われる。その音を聞きつけて、酔っ払いながらも怯えたような顔をした兄がやってくる。「上の姉」の一周忌の後、兄は、瑞枝を後添えにもらうことになるが、その前に姉の三味線もどこかに隠してしまった。芳雄はしばしば夢を見るようになる。その夢の中で、兄は芳雄に、「上の姉」を殺したことを白状する。このとおり、三味線が、姉の幽霊の代わりをするかのような役割を果たしている。ここには、その音色も関わっているであろう。

「秋風」（『新潮』一九一九・一二）は、塩原温泉に家族で滞在している「私」のところへ、妻の妹のS子がまずやってきて、後れて、Tという美少年がやってくる。この二人を連れて三人で散歩する場面で、二人は、ローレライの二部合唱を歌っている。歌が好きなS子は、「ジヨスランの子守唄」を歌ったりもする。Tの声はバリトンで、S子よりずっとうまいので、「私」も歌い出すと、音程が外れていると二人に笑われ、癪に触って、鼻声で端唄を歌うと、S子が今度は、「ジヨスラン」をやめて「私」と一緒に歌い出したので、今度はTが、日本のものは知らないのでと頭を掻く。音楽を用いながら、男女の隠された三角関係が示唆されている。

「天鵞絨の夢」（『大阪朝日新聞』一九一九・一一・二六〜一二・一九）は、Sという旧友が「私」に聞かせてくれた、温秀卿の物語を、その物語に出てくる奴隷の言葉を使って書かれたものであるが、その「第三の奴隷の告白」には、音楽に関わる挿話が見られる。この奴隷は、「猶太人にして二十歳前後の婦人」で、「温さん」に、杭州の別荘の橄欖閣という五層楼の部屋に閉じ込められ、いろいろな命令を受ける。それは、例えば「ヴアイオリンの或る曲目を演奏」せよというようなものである。命令のない時には、「勝手に楽器を玩ぶことを固く禁じられて居た」のであるが、ある時、この幽閉から逃れるべく、遠くにいる人に届くように、「ヴアイオリン」を鳴らすことを思いつく。そこで「常よりも調子を高く私の好きな或るセレナードの曲を弾き始め」る。すると、助けを呼ぶという目的は達せられなかったが、遠くに見える池の上に光り輝く屍骸が浮かび、やがてそれが、西湖の方へ流れていったのである。その幻想的な風景は、理由はともあれ、「ヴアイオリン」の音色が起こした奇跡であることに間違いはなかった。

「鮫人」（『中央公論』一九二〇・一〜一〇、断続連載）には、浅草の歌劇が次のように紹介されている。

即ち帝劇の洋劇部で失敗し、ローシイのローヤル館で失敗したものが、公園の渦巻へ落ち込んで来て芽を吹いたのである。（略）斯くして守ツ児や、熊公八公や、活動写真に飽きた少年少女や、観音様へお参りに来た善男善女に向つてロシニの名曲「セヴィラの理髪師」が紹介され、アイヒベルグの喜歌劇「アルカンタラの医師」が上場され、スッペの「ボッカチオ」、オッフェンバックの「天国と地獄」、マスカニの「カヴレリア・ルスチカナ」が演ぜられるに至つた。

もちろん、この他にも、「ファウスト」や「椿姫」「カルメン」が演じられたが、語り手はこれらを「グノーの「ファウスト」」でなく浅草の「ファウスト」」と呼んでいる。ここで活躍する梧桐寛治が、「真夏の夜の夢」の中で歌う「拙い節廻しの歌」なども紹介される。

谷崎自身も、戯曲を書き、映画の製作にも関わっていたので、創作中に音楽を挿入することは、演出上の効果として、自然なものであったと想像される。

戯曲「蘇東坡」（『改造』一九二〇・八）には、蘇東坡が西湖の歌を歌っている。また、船から、琵琶の音とともに、女の歌が聞こえてきたりする。この女は、群芳という妓生で、琵琶は琴操という妓生である。結末も、この群芳の歌で締め括られている。

映画脚本である、お伽劇「雛祭の夜」（『新演芸』一九二三・九（第三十八場まで）、一九二四・九（全文））の第四十九場は「愛子さんの唱歌」で、この前後にも唱歌を歌う場面が見られる。

また、西洋文化の移入により、特定の場所においては、その生活描写に西洋音楽が極端に入り込む。

例えば横浜を描く「港の人々」（『婦人公論』一九二三・一一、原題「横浜のおもひで」、『女性』一九二三・一一）には、後ろ隣りのポルトガル人「メデイナ」さんという社交ダンスの先生の家の様子について、「賑やかなダンス・レコードの音楽と、畳の上を踏みつける足音」とが聞こえてくると書かれている。また、二階の書斎からは、「キヨ・ハウス」という「チヤブ屋」のダンスホールが見えるが、そこからも「夥しい足踏みの音や、きやツきやツと云ふ女たちの叫びや、ピアノの響き」が毎晩聞こえてくる。ピアノの曲は、「フオツクストロツトのホイスパリング」に決まっている。フォックストロットは社交ダンスの代表曲である。

また、私と「せい子」とは、五十番の食堂でご馳走を食べに出かけているが、「自働ピアノにレコードをかけて」、皆でダンスを踊っている。その後、オリエンタル・ホテルで催される舞踏会に出かけると、ダンス・ホールでは、「フィリツピン人や葡萄牙人の一団から成るストリング・バンドが居並んで、マンドラやギターやマンドリンでフオツクス・トロツトを弾奏して」いる。このとおり、かなりの日本離れした風景と生活である。それらを描くのに、音楽は欠かせない要素であった。

それらの集大成的作品に「痴人の愛」(『大阪朝日新聞』一九二四・三・二〇〜六・一四、『女性』一九二四・一一〜一九二五・七)がある。ナオミは、鎌倉に泳ぎに出かけても、舟を借りて、「得意のナポリの船唄、「サンタ・ルチア」を甲高い声で」歌ったりしている。さらに、「「サンタ・ルチア」は幾度となく繰り返され、それから「ローレライ」になり、「流浪の民」になり、ミニヨンの一節になりして、ゆるやかな船の歩みと共にいろ〳〵唄をつゞけて行」く。

またナオミは、「慶応のマンドリン倶楽部」の学生たちと遊ぶようになるが、彼らはよくハワイの歌やダンス・ミュージックなど、陽気な歌を歌っている。ナオミは西洋を真似ようとするが、その人物造型の補強として、西洋音楽は用いられている。

谷崎の作品には、マンドリンがしばしば登場する。戯曲「マンドリンを弾く男」(『改造』一九二五・一)は、盲人の男が弾くマンドリンの小夜曲が聞こえながら幕が開く。そして、妻の浮子を愛する影の男が、盲人の首を絞め、マンドリンも棹を折ってしまうが、その後も、いつまでもマンドリンの音が聞こえ続ける。この音から逃げるように、影の男と浮子は、船で沈むことを選ぶ。最後は、船が沈み切るまで、マンドリンの音が聞こえ続けるというものである。

一方、「二月堂の夕」(『新小説』臨時増刊「天才泉鏡花」、一九二五・五)には、二月堂のお堂の下で、一人の婆さんが、「チーン、チーンと、巡礼のやうに鈴を鳴らしつつ唄ふのにつれて」、踊っている。御詠歌に似た節回しの歌で、これは別の婆さんが二人と、三十恰好の年増が歌っている。

「顕現」(『婦人公論』一九二七・一〜一九二八・一、断続連載)の主人公の文殊丸は、わざわざ迎えに来た上人と、伴の鶴菊丸に連れられて御寺へ上がる途中、鶴菊丸と共に歌を歌う。或る御殿では、「上がおん箏なさ」るという。鶴菊丸が「弥陀の浄土」と「極楽」という歌を歌う。そして次のような会話が交わされる。

「それに合はせる箏のしらべは。」

と、女房の一人が云つた。

「憚りながら、おん箏は平調に願ひまする。」

と、鶴菊丸が云つたのを、上人が引き取つて、

「『弥陀の浄土』と申すのは、舞楽の倍臚の曲に合はせてうたひまする。又『極楽』と申すのは甘州の曲に合はせますのぢや。」

女房たちは口々にその珍しい思ひつきをよろこんで、早くその歌がききたいとか、自分たちも覚えたいとか、詞は何と云ふのだとか、いろいろ囃し立てるのであつたが、御簾のうちからびんと一と声爪しらべの絃が鳴ると、忽ちひつそりと静まつてしまつた。びん、びん、びんと、爪しらべのひびきは、もうその音色を

きいただけでもしーんと魂へ沁み込むやうに冴えわたつて、一心に耳を傾けながら眼を閉ぢてゐる上人の顔は、何か斯う、体の痛みをじつとこらへてゐる人のやうに見えた。

この場面においては、音や音楽がどのようなものであるのかが、必ずしも伝わっていないものと思われる。箏のしらべについての知識はもちろん、舞楽についても、多くの読者が再現できるものとは到底思えないからである。そこでは、形容が、形容でありながら、その内容を持たず、独立したものとして、読者に届けられているものと考えられる。

文殊丸は、さらにこの御簾の内の箏の主が掻き鳴らす箏の音について、次のように考える。

> 文殊丸は自分の体が箏になつて、ああ云ふ指に撫でられたり弾かれたりしてみたいやうな気がした。

そして演奏は続き、終わったのちも余韻を残す。上人は、「唄もこよひはよう出来ましたが、何と云うてもおん箏でござつた。輪舌の手をああまで鮮やかに弾かれる方は、今の世にはめつたにござらぬ。おかげで寿命が延び申した。」と述べる。「輪舌の手」とは、箏の弾き方の一種で、いわゆる静掻と早掻とを交互に用いた緩急双方を混ぜる奏法であるが、言葉だけで多くの読者に伝わったとは考えにくい。しかし、その演奏が素晴らしかったであろうことだけは、この言葉で類推させられるのである。また、この言葉によって、文殊丸の「撫でられたり弾かれたりしてみたい」という気持ちも表されているが、むしろこちらの言葉から、箏の演奏を想像することの方が容易であろう。

鶴菊丸はこののちも、今様を歌ったりしている。これらの歌が主人公であるかのような作品である。

四――上方音曲

谷崎は、一九二三年の関東大震災により、関西への移住を余儀なくされている。昭和初期に入り、谷崎の生活圏が上方に移ったことも影響してか、作品の中に、上方の音曲が多く登場するようになる。

「蓼喰ふ虫」（『大阪毎日新聞』『東京日日新聞』一九二八・一二・四～一九二九・六・一八、『東京日日新聞』は一九）には、大阪と東京を比較するに際して、音曲の比喩が用いられている。以下のとおりである。

> 要が義太夫を好まないのは、何を措いてもその語り口の下品なのが厭なのであつた。義太夫を通じて現れる大阪人の、へんにづう〳〵しい、臆面のない、目的のためには思ふ存分な事をする流儀が、妻と同じく東京の生れである彼には、鼻持ちがならない気がしてゐた。（略）兎に角義太夫の語り口には、此の東京人の

最も厭ふ無躾なところが露骨に発揮されてゐる。（略）東京人はむしろそんなものは表はさないで、あつさり洒落にしてしまふ。要は妻が長唄仕込みで、（略）まだあの冴えた撥の音の方が淡いながらもなつかしく聞いてゐられた。老人に云はせると長唄の三味線は余程の名人が弾かない限り、撥が皮に打つかる音ばかりカチヤカチヤ響いて、かんじんの絃の音色が消されてしまふ。そこへ行くと上方の方は浄瑠璃でも地唄でも東京のやうに撥を激しく打つけない。だから余韻と円みがあると云ふのだが、要も美佐子もこれには反対で、日本の楽器はどうせ単純なのだから、軽快を主とする江戸流の方が悪く毒々しい力がないだけ、邪魔にならないと云ふのであつた。

このとおり、東京と上方の相違が音曲の趣味に変奏されて書き込まれているのである。

ここで、上方側の代表とされている老人は、美佐子の父である。お久という女を妾にしている。しかしながら、その上方びいきはやや複雑なものである。

「うぐいすも、都の春にあひたけと、きは淀川へ上り舟、……」

お久は絃を三下りにして地唄の「あやぎぬ」をうたつてゐた。老人は此の唄が好きなのである。地唄と云ふものは概して野暮なものであるのに、此の唄には何処か江戸の端唄のやうな意気なところのあるのが、上方に降参したやうでも本来は江戸育ちである老人の趣味に合ふのかも知れない。

このとおり、根っからの上方育ちではないのである。

こののちも、「地唄と云ふ奴は長いのは眠くなるばかりであまり感心しないもんだ。やつぱり聞いてゐて面白いのは、このくらゐの長さの唄物に限る」と述べている。しかしその一方で、唄物の代表である、江戸の長唄には戻りたくないようでもある。「年の若い女がやると、唄が綺麗になり過ぎていけない。三味線にしてももつときたなく弾くやうにつて、いつも云ふことなんだけれど、その心持が呑み込めないで、まるで長唄でも弾くやうな気でゐるんだから、……」とも述べている。

一方、要もまた、本来上方の音曲である地唄についても子供の時分の記憶を持っていた。その頃の隣の家に、「福ちやん」と呼ばれる器量よしが住んでいたが、彼女が好んで弾いていた琴唄が、「ゆき」という曲であることを母から聞いたという記憶である。東京では「ゆき」を上方唄と云うということも、母が教えた。

ところで、この一連の記述の中では、東京と上方が比較されるだけではなく、上方のうちでも、京風の、「ぼんぼんといふ渋いひゞき」の三味線と、大阪風の「調子の高いひゞき」とも比較されている。老人も、お久に地唄を習わせるに際し、京都生まれのお久に、大阪の南の方にまで、わざわざ稽古に通う。その理由は、以下のようなものであった。

　地唄の三味線といふものは、大阪風に、膝へ載せないで弾くのがいゝ。どうせ今から習つたのでは上手にならう筈もないから、せめて弾く形の美しさに情趣を酌みたい。若い女が畳の上へ胴を置いて、からだを少しねぢらせながら弾いてゐる姿には味はひがある、とさう云つては、お久の三味線を聞くと云ふよりも眺めて楽しまうといふのであつた。

　要は、このお久にやがて惹かれ始める。要は、お久との会話の中で、「奥様は長唄どすやろ」と言われて、「さあ、長唄なんかとうに卒業しちまつて、ジヤズ音楽の方かも知れない」と答える場面がある。何気ない軽口にも見えるこの会話にも、かなり深い次元に練り込まれた、音曲を用いた比喩による形容が窺える。

　この当時、いくつか試みられた歴史小説にも音曲は登場する。

　「乱菊物語」(『大阪朝日新聞』『東京朝日新聞』(一九三〇・三・一八〜九・五)には、明の商人張恵卿が、室の津に進める船の上で、日本人も明の男たちも歌い踊っている。そこに、横笛と女の声が闇の中から聞こえてくる。以下の如くである。

　周防のみたらしの沢辺に
　風のおとづれて
　　さゝら波たつや

　横笛と女の声とは、水の流れが或る所では岩に堰かれ、或る所では一つに融け、瀬になり、淵になるやうにもつれ合ひながら、曲が終るとまた同じ唄を始めからうたつた。やがて突然、二度目の唄の中途へ来た時一人の声が十人ぐらゐの声になつた。横笛が止んで、羯鼓の音や、笙の音や、和琴や、篳篥や、銅拍子や、いろ〳〵の楽器が代る〴〵闇に鳴つたり消えたりした。

そしてこののち、この張の船は行方知れずとなる。

室の津の「小五月の祭」の「棹の歌」という歌謡も名高いとのことである。この他、何かがあると、唄や踊りがある。これら派手な歌と対照的に、盲御前の鼓を打ちながらのうら悲しい唄も描かれている。これらは、かつての時代を読者の目の前に再現させるために選ばれた手法と考えられる。

「吉野葛」(『中央公論』一九三一・一〜二)にも、音曲が効果的に取り入れられている。この作品は、狐を鍵とした、典型的な母恋の物語であるが、主人公の津村は、次のように語る。

　君も御承知の通り、大阪には、浄瑠璃と、生田流の箏曲と、地唄と、此の三つの固有な音楽がある。自分は特に音楽好きと云ふ程でもないが、しかし矢張土地の風習でさう云ふものに親しむ時が多かつたから、自然と耳について、知らず識らず影響を受けてゐる点が少くない。取り分け未だに想ひ出すのは、自分が四つか五つの折、島の内の家の奥の間で、色の白い眼元のすゞしい上品な町方の女房と、盲人の検校とが琴と三味線を合はせてゐた、――その、或る一日の情景である。（略）ところでその曲の詞と云ふのは、――

いたはしや母上は、花の姿に引き替へて（略）

また、他の記憶として、いくつかの狐に関わる童唄を思い出している。

津村の母は津村が幼くして亡くなっているのであるが、津村は、訪ねていった国栖の昆布家に伝わった、母の遺物である「立派な蒔絵の本間の琴」を見せられる。狐忠信の伝説の鼓を始め、この、一種の奇譚は、このような楽器や音楽によっても彩られていたのである。

「盲目物語」（『中央公論』一九三一・九）は、盲人の弥市が語る物語であり、弥市は按摩とともに、音曲も得意としているので、随所に音曲が描かれている。お市の方の前などで、何度も歌を披露する弥市であるが、三味線を用いた興味深い挿話が一つ認められる。それは、柴田勝家に再嫁したお市の方に従っていた弥市であるが、敵方に城を取り巻かれ、いよいよという際の別れの宴の場面である。朝露軒という法師武者が、三味線を手に取り歌い出すが、長い合いの手の音を、音のつぼを指すいろはで置き換えてみると、「ほおびがあるぞ（改行）おくがたをおすくいもおすてだてはないか」と聞こえるというものである。この、いろは四十八文字でつぼを表すことを利用した暗号とその解読が、ここには通信手段として用いられているのである。実際にはなめらかな曲となるかどうかは疑問であるが、興味深い用いられ方である。

「蘆刈」（『改造』一九三二・一一～一二）にも、女主人公である、お遊さまの奏でる音曲が書き込まれていることは言うまでもないが、この幻想的な世界へ誘われる主人公の「私」は、まず、白楽天の琵琶行を吟じ、これを聞いていた男に声をかけられる場面から始まる。男も、「小督」を歌ったりする。男は、かつて、父に連れられて、巨椋池のほとりの家を覗き見すると、そこには、月見の宴の光景が広がっていた。それは「琴をひいてゐるのは上座の方にゐる女の人で三味線は島田に結つた腰元風の女中がひいてをりました、それから検校か遊芸の師匠らしい男がゐてそれが胡弓をひいてをります」、という場面であった。ここから、男が父から聞いた、その宴の中心にいた「お遊さま」という女性との話が読者に伝えられる。男は、この日も、その宴を覗きに行くというのであるが、時代が合わないことに気づいた時、男の姿も消えている。

「春琴抄」（『中央公論』一九三三・六）は、いうまでもなく、音曲が描かれた作品である。九歳の時に盲目になり、専ら琴三絃の稽古に励むようになった、道修町の薬種商の次女鵙屋春琴の伝記の体裁を取るが、内容は、丁稚上がりの後の温井検校こと佐助と春琴との、やや通常から逸脱した関係についての物語である。佐助は最初春琴の弟子となり、実に厳しい稽古をつけてもらうことになる。その様子は、「阿呆、何で覚えられへんねん」と罵りながら撥を以て頭を殴り弟子がしく／＼泣き出すことも珍しくなかつた」と書かれているが、これに加えて、このような稽古風景が、人形浄瑠璃文楽や、生田流の琴や三味線などの伝授においても当たり前の修業であったことも書かれている。

春琴の芸も、ただ暴力的であるばかりでなく、特別のものであったことも、以下のように確かに書かれている。

> 但し春琴が生田流の琴に於ても三絃に於ても当時大阪第一流の名手であつたことは決して彼女の自負のみにあらず公平な者は皆認めてゐた春琴の傲慢を憎む者と雖も心中私かにその技を妬み或は恐れてゐたのである作者の知つてゐる老芸人に青年の頃彼女の三絃をしば／＼聴いたといふ者がある尤も此の人は浄るりの三味線弾きで流儀は自ら違ふけれども近年地唄の三味線で春琴の如き微妙の音を弄するものを他に聴いたことがないと云ふ又団平が若い頃に嘗て春琴の演奏を聞き、あはれ此の人男子と生れて太棹を弾きたらんには天晴れの名人たらんものをと嘆じたといふ

このことは、注意しておくべきであろう。

「聞書抄」（『大阪毎日新聞』『東京日日新聞』一九三五・一・五〜六・一五）には、「備後の国神石郡の田植唄」が書かれているが、音は聞こえてこない。「夜もすがら月をみむろも明け行けば（改行）宇治の川瀬にたつはしら波」という順礼歌は、誰もが知っているであろうと書かれているが、この場合の音もさほど重要ではない。

このとおり、作品により、音曲を用いるスタンスはさまざまであった。

五——戦中戦後の谷崎と音楽

「細雪」（上巻『中央公論』一九四三・一、三、中巻中央公論社、一九四七・二、下巻『婦人公論』一九四七・三〜一九四八・一〇）は、蒔岡家の三女雪子が、次女幸子の娘悦子のピアノの稽古を見てやっている場面から始まる。

四女の妙子は騒動ばかり起こしているが、或る時、姉の口三味線で、「万歳」の踊りを踊り出す。

「……チッツン／＼、ツン、チンリン、チンリンやしよめ、やしよめ、京の町の優女、……大鯛小鯛、鰤の

大魚、鮑、栄螺、蛤子々々、蛤々、蛤召ッさいなと、売つたる者は優女。そこを打ち過ぎ傍の棚見たれば、金襴緞子、緋紗綾緋縮緬、とんとんちりめん、とんちりめん、……」

この文句やリズムが楽しくて、この姉妹は、この地唄をよく覚えているのである。そこには古き良き時代の、船場の家風が漂っている。

妙子は、最も現代っ子的に描かれているが、それでも「雪」を舞ったり、船場の「こいさん」であることを体現し続けている。舞の会では、幸子の琴の師匠である菊岡検校の娘に、三味線に出てもらい、地方で舞を引き立てようともしている。

悦子もこの伝統を受け継ぐべく、山村流の「十日戎」の替え歌の舞を教わったりしている。

しかし、この時代の作品でありながら、日本の音曲ばかりではなく、例えば、奥畑の家を訪ねた女中のお春が、その家の蓄音機から流れてくるレコードの音楽について、「ダニエル・ダリュウが「暁に帰る」の中で謡ひました、あの唄」であると云ったりしている。

晩年は、過去を回顧したエッセイや日記などが多くなる谷崎であるが、それらにも多く音曲が書き込まれている。

例えば「磯田多佳女のこと」（『新生』一九四六・八～九）には、その一周忌に際して、追善の演芸会が催され、出し物は、「大友の客筋であつた旦那衆の人々が語る荻江節、清元、一中節、宮薗節等の外に、袖香炉、短夜、露の蝶、桶取、花の旅等の京舞」とのことであるとの報告が書かれている。

また、「月と狂言師」（『中央公論』一九四九・一）には、題名からも窺えるとおり、交流のあった能や狂言、井上流の舞人々の唄に加え、祇園小唄までが書かれている。

「幼少時代」（『文藝春秋』一九五五・四～一九五六・三）には、小学校時代の天長節の唱歌や、お神楽などの記憶が書き留められている。

しかしこれらは、実際に聴いた音曲であって、小説作法とは無縁である。

「少将滋幹の母」（『毎日新聞』一九四九・一一・一六～一九五〇・二・九）には、父が、最愛の妻を藤原時平に奪われ、失ったのち、滋幹に、白氏文集の「鶴を失ふ」という五言律詩に抑揚をつけて朗吟し、これを教えるという悲痛な場面がある。

「夢の浮橋」（『中央公論』一九五九・一〇）は、糺という少年に、父が後添えを紹介する場面に、音曲が使われている。尋常二年生の時、学校から帰ると、琴の音が聞こえてくる。一曲弾き終えて言葉を交わした後、その人はもう一度琴爪を嵌め、「たいそう長い手事のある難曲らしいもの」を奏でる。これを、父と並んで聞く糺は、やや大人になったように見える。

「台所太平記」(『サンデー毎日』一九六二・一〇・二八〜一九六三・三・一〇)には、ラジオと蓄音機の音楽などは登場するが、時代背景もあり、音曲というような作風ではない。

六——おわりに

これまで見てきたとおり、谷崎の小説にとって、ごく当たり前ではあるが、その内容に応じた音楽が選ばれ、作中に奏でられてきていた。しかしながら、このように総合的に見てわかることは、その作風の変遷とも関連して、時代により、音楽の登場の仕方もまた変遷している点である。おおまかにいえば、ごく初期においては、江戸の街の風俗として、主に賑やかな音曲が描き込まれている。これは、谷崎が当初より、音に敏感であったことを示している。しかしながら、大正期に入ると、作中の要素を、風俗描写ではなく、小道具として用いようとする傾向が強くなったせいか、必要のない音楽は削り取られることとなる。

やがて、関東大震災を契機に、関西に移住した谷崎は、上方の特有の音曲、具体的には、浄瑠璃と生田流の箏曲と地唄などを、小説に用いるべきものとして再発見していく。しかし、戦争を機に、その傾向も変化する、というような経緯をたどる。

それにしても、これだけ種々の音楽を小説に取り入れようとした作家は稀有であろう。これは聴覚に留まらず、触覚や味覚、嗅覚にも通じる、谷崎の五感要素重視の姿勢と呼んでよかろう。谷崎は五感を通じて、小説に描いたものを、読者に感覚的にも再現してほしかったものと想像されるのである。

◆谷崎テクストの知的背景

学問としての美学

――谷崎潤一郎の知的背景

中村ともえ

明治三〇年代前半は、「美学の時代」[*1]であった。一八九九(明治三二)年には、森鷗外らが翻訳・編述したハルトマンの『審美綱領』と、高山樗牛による美学史論『近世美学』という体系性を備えた美学の学術書が相次いで刊行された。この時期はまた、自他ともに美学の専門家と認める樗牛を中心に、美学の議論を芸術の諸分野に適用する幾つかの論戦が行われた時期でもある。

明治三〇年代前半に花開いた学問としての美学は、この一時期だけでなくその後に、とりわけこの頃学生だった世代のその後の仕事に、大きな影響を与えていると思われる。影響の範囲は人文諸学・芸術諸分野にひろく及ぶと予想されるが、ここではその一例として、谷崎潤一郎を取り上げたい。谷崎は一九〇一(明治三四)年に東京府立第一中学校に入学し、一九〇五(明治三八)年に第一高等学校、一九〇八(明治四一)年に東京帝国大学に進んでいる。

一九一四(大正三)年の谷崎の小説『金色の死』(『東京朝日新聞』一九一四・一二・四～一七)には、レッシングを反駁しつつ自らの「芸術観」を披露する友人に対し、「私」が「美学(エステチックス)を知らない」と批判する場面がある。『金色の死』や同じ年の小説『饒太郎』(『中央公論』一九一四・九)には、登場人物たちが「美感」を基準に芸術の諸分野に序列をつける箇所もある。従来の研究は、こうした人物たちの芸術論の背景に、近代日本の美学の歴史を敷くことをしてこなかった。大正期の谷崎の諸作に関しては、登場人物の芸術観を作家自身のそれと重ね、作家が何を読みどのような影響を受けたか、主に西欧の哲学者や文学者の思想の受容が論じられてきた。[*2]それでは問題が作家個人に回収されてしまう。学問史に接続することは、小説もその一部を汲んでいたであろう近代日本の知的水脈を探ることを可能にすると思われる。

以下では、まず明治三〇年代前半までの日本の美学が何を論点としていたかを整理する（一）。次にその小さな反響として、第一高等学校の『校友会雑誌』誌上で行われたある「美学上の議論」を紹介する（二）。一九〇六（明治三九）年末に起こったその議論は、谷崎が一端を担ったものである。最後に、『金色の死』の登場人物たちが交わす議論の背景に、明治三〇年代前半の美学の文脈を敷設する（三）。以上を通じ本稿では、谷崎の知的背景に近代日本の学問としての美学を想定することを提案する。

一――明治三〇年代前半までの美学の論点

近代日本における美学は、芸術――明治三〇年代前半までの用語では「美術」――を、人間の五官、特に目と耳に訴えるものと規定することからはじまった。「装飾ナルモノハ人ノ心目ヲ娯楽シ気格ヲ高尚ニスルヲ以テ目的トナス此装飾ナルモノヲ名ケテ美術ト称ス」というフェノロサによる「美術」の定義を（『美術真説』一八八二）、坪内逍遙が「目的といふ二字を除きて」継承し、色彩と形容によって目に訴える絵画・彫刻等の「有形の美術」と、音響によって耳に訴える音楽等の「無形の美術」に分類したことはよく知られている（『小説神髄』一八八五〜一八八六）。それ以前にも、西周「美妙学説」（明治初期の進講）は、美学を絵画・彫刻・音楽等「所謂美術（ハインアート）」の原理を解明する学と定めて、「彼方ニ在ル物ハ即チ目ニ於テ色ト形トナリ耳ニ於テ音トナリ鼻ニ於テ香トナリ口ニ於テ味トナリ覚性ニ於テ疎糙滑沢ノ類トナル然ルニ此ノ五官ノ中ニテ耳目ノ二ツヲ最トス」として目と耳を特権化していた。近代日本の美学は、何が・何をもって「美術」であるかを説明する論理として、すなわち「美術を美術たらしめる」基準を示す学として出発したのである。[*3]

目と耳を美に関わる感覚器官として選別する明治三〇年代前半までの美学の議論を、以下、大西祝「審美的感官を論ず」（『六合雑誌』一八九五・六）の整理に従って概観しよう。「吾人の感官中美象を成すに就いて著明なる差別の存するが如し、即ち美象を成すものは常に謂ふ高等感官（視官、聴官）にして、嗅味等の劣等感官は美的快感を喚起するには適せざるに似たり。（略）絵画彫刻音楽演劇凡そ美術と名けらるゝものは一として所謂高等感官に訴へざるはなし。（略）吾人の感官中審美的感官（Aesthetic Senses）と非観美的感官との区別を立てゝ、前者は視聴の両官に限り、此両官以外のものは皆後者に属すと考ふる美学者多し」。このような書き出しのもと、大西は感覚器官の高等・劣等の区別を説明する学説として、ハルトマンらドイツ系「理想派の美学者」とスペンサーらイギリス系「進化論者」を並置する。これらを最新の学説として紹介するのは、高山樗牛の『近世美学』も同じである。

　森鷗外が紹介するハルトマンの「審美論」（『柵草紙』一八九二・一〇～一八九三・六）は、美の所在を「仮象」に設定し、それをもって「視聴の如く高官とせらるゝもの、み美とせられて、嗅味の如く低官とせらるゝ者は快とはせらるれど、つひに美とせられざる所以」だとしている。同じく鷗外らの編述による『審美綱領』は、「官能は古来高卑の二種に分ち、視と聴とを高官（略）とし、香、味、触を卑官（略）とす」とはじめて、「美の現象」が「高官」に限られる理由を「香、味等の実を脱離するに由なきに因る」と説明する。ハルトマンは、大西の論文では「美的仮象の論を基礎として劣等感覚は実在を脱せしめて美象の部分たらしむるに適せずと説く」ものと位置付けられている。

　大西自身は目のみを美に関わる感覚器官とすることを主張するのだが、ここでは各人の学説の違いには立ち入らず、明治三〇年代前半までの美学が共有していた論点を抽出したい。それはすなわち、目と耳という高等な感覚器官による美の感受をもって「美術」を定義し、何が「美術」であるかを確定することだったと考えられる。ハルトマンの紹介は、そこに「理想」すなわち「実」からの脱離という新たな基準を付加したという意味で画期をなした。この頃の美学の用語で言い直せば、それは「美感」を「仮感」と捉え、「実感」から区別するという論理である。

　中島国彦は、一九〇二年（明治三五）年の正岡子規の「実感」「仮感」をめぐる随筆の背後に、樗牛の『近世美学』を介したハルトマンの美学のわずかな「揺曳」を見て取っている。[*4] なるほど『近世美学』を開けば、「ハルトマン氏の美学」の章の「美感」の節に、「実感（精しくは実際的感情）と美感（精しくは美的仮象感情）との区別」についての論述がある。「美感」を「実感」ではなく「理想」に関わるものとして捉えようというのが、子規の例が示すように、明治三〇年代前半の美学の提案であった。それは美学者だけでなく人文諸学・芸術諸分野に関心を持つ者たちの間である程度共有されていた話題だったと推測される。そして樗牛こそは、その著作や論文、また以下に述べる美学の議論を芸術諸分野に適用する論争を通じて、この時期最も影響力を持った人物であった。

　以下、その影響の痕跡を、この頃学生だった者たちの中に探ってみたい。同級生らとともに「中学時代から樗牛にかぶれて」いたとは、後年の谷崎が「青春物語」（『中央公論』一九三二・九～一九三三・三）で回想するところである。[*5]

二――『校友会雑誌』におけるある「美学上の議論」

　一九〇六（明治三九）年一二月、第一高等学校の『校友会雑誌』に、佐久間政一の論説「史劇観」が掲載された。

これが呼び水となり、翌年一月に栗原武一郎「『史劇観』を評す」、二月に杉田直樹「一己の芸術観より栗原君の『史劇観を評す』を再評す」が発表され、最後に谷崎潤一郎が「前号批評」で三者の議論を総括した。谷崎によれば、「佐久間君の史劇観が興奮剤となりて端なくも本誌上に史劇に関する美学上の議論の引続き三度迄も戦かはされたるは、向陵文壇に於ける珍らしき現象」であった。

佐久間の論文は、栗原の評を借りれば、「ハルトマンの美学とレッシングの劇評と、樗牛の歴史画論とを引用」して成る。明治三〇年代前半には樗牛を中心に幾つかの論争が起こったが、その中に坪内逍遙との間で交わされた史劇論争（一八九六（明治二九）年〜一八九八（明治三一）年）とそれに引き続く歴史画論争（一八九九（明治三二）年〜一九〇〇（明治三三）年）があった。[*6] 佐久間の論文は、この二つの論争における樗牛の議論に、それも「史劇観」と題されてはいるがどちらかと言えば歴史画論争の樗牛に、主に依拠する。彼は樗牛の論文のみを引用し、「歴史画論に於ける坪内博士の論文は不幸にして未だ之に接すべき機会を有せざりし」と、逍遙の論文は未見であることを断っている。[*7]

佐久間が依拠する樗牛の歴史画論とはどのようなものか。樗牛は、レッシングの『ラオコーン』における空間芸術と時間芸術の区別を踏まえ、「空間的美術として契点Moment の唯一ならむを必とす」絵画の中にあって、「時間上の内容を有せしむる所」に歴史画の「本領」を見て取った。そしてそこから導き出されることとして、歴史画の「画題」には当該の事件や人物について適当な「契点」を捕捉する必要があるが、それは「当面の事体の由つて生起せられたる因縁、又是れより生起せらるべき応報等に就いて、観者に感興を与ふ所」、すなわち歴史の智識を有する「観者」にその前後を想像させ同情を起こさせる瞬間にとるのが望ましい、と主張した。[*8] 歴史画論争は、この樗牛の歴史画論に、先の史劇論争を背景にした逍遙が疑問を提出する形で起こり、歴史画の目的が人事・人心の美にあるか歴史美にあるかが論点になった。

佐久間の「史劇観」は、同様の論点で史劇について論じるものである。佐久間は、人事・人情の「美感」を備える劇詩の中にあって、史劇には「過去世の美感」という「一種独特の美感」があると主張した。続く栗原と杉田は、それぞれ前号の論文を批評する中で新たな要素を追加した。栗原は「実際的美」と「理想的美」という対概念を導入し、杉田は演劇を「社会的芸術」と規定した上で社会の発達に応じた「所謂本邦旧劇の夢幻的」な演劇から「科白劇」への移行という近代日本の演劇改良の話題を加えた。最後に登場した谷崎は、「実際的美」と「理想美」という対概念を引き継ぎ、社会が発達しようとも「科白劇」より「理想美」のない旧劇を「吾人が観て多少の美感を覚ゆるは実際的美の饒多に含有せらる、が故なり」と異論を提出した。谷崎によれば、観客は「燦然たるカラーの光彩と、艶麗なるラインの変化」つまり色彩と形容に酔うのであり、「劇を作るに先づ必要なるは実際的美」だというのである。

『校友会雑誌』誌上で展開された一連の議論では、事例は演劇からとられ、佐久間以後の論者が樗牛やその歴史画論を直接参照することはない。しかし、要素は追加されながらも、一貫して「美感」が論点になっているという意味で、これは演劇というより美学、谷崎が総括するように「美学上の議論」であったと見るべきである。佐久間の論文を起点とする『校友会雑誌』における一連の議論は、明治三〇年代前半の樗牛を中心とする美学の議論の、小さな余波と言うべきものなのである。

なお佐久間政一は、この議論が行われた一九〇七（明治四〇）年七月に一高を卒業し、東京帝国大学文科大学独逸文学科に進み、後に第五高等学校・第二高等学校でドイツ語を教えた。ウオルタア・ペエタア『ルネサンス』（一九二一）など、後年の佐久間は芸術、特に美術に関する訳書を多数手がけている。美術に関しては、レッシングへの言及からはじまる論文「素描と施彩——絵画美論の一部——」（『龍南会雑誌』一九一六・一二、一九一七・三）や、『ロダン研究』（一九二四）等の著作もある。佐久間はテオドオル・フオルベエール『造形美術講話』（一九一七）の「訳補者の序言」に、明治末に「美学や芸術学がかつたものに興味を覚え」て原著を読んだと記しており、後年の彼の仕事がこの頃の美学への関心の延長線上で行われていることが確認される。

では、同じく一高時代に『校友会雑誌』における「美学上の議論」の一端を担った谷崎の場合はどうか。彼のその後の仕事の中に、近代日本の学問としての美学はどのように影響しているか。一九一四（大正三）年の小説『金色の死』を取り上げ検証する。

三——『金色の死』

『金色の死』は、「私」が友人である岡村君について、小学校の同級生として知り合ってからその死を目撃するまでの約二〇年間を、時系列に沿って回想するという小説である。

「私」と岡村君は「将来文科大学を卒業して、偉大なる芸術家になる」という志を共有し、一〇年ばかりは「同じ歩調で同じ学歴を履んで進」んだ。やがて「私」は第一高等学校に入学し、岡村君も一年遅れて一高に入学する。岡村君は「学校で独逸語の教師から教はつて居るラオコオン」のページを開き、「ペエタアのルネツサンス」にも言及しつつ、自らの「芸術観」を「私」に語る。本作で登場人物が学術書にもとづいて芸術を論じるのはこの箇所のみである。レッシングの『ラオコーン』に関しては、ドイツ語の原文が数回にわたって引用されもする。つまり本作は、「私」と岡村君の一高時代を、美学、特にドイツ系の美学を踏まえて芸術論を交わす時期として標付けているのである。この後、「私」は大学に進み、落第を繰り返した岡村君は一高を退校したと噂され、二人の道は分かれることになる。

「ラオコオンの趣旨には徹頭徹尾反対だ」と言明する通り、岡村君の議論はレッシング批判を形をとる。レッシングは、本作では、それを引用して議論を行う人物の美学上の立場を定位する役割を担うのである。[*9] 以下、一高時代の岡村君がレッシングを引きつつ展開する議論の要点を抽出し、明治三〇年代前半の美学の文脈に接続することでその位置取りを明らかにする。なお「私」と岡村君の一高時代は、おおよそ明治三〇年代後半に設定されていると推定される。[*10]

岡村君はまず、「心眼」を尊重するというレッシングの一節を引いて、「肉眼」すなわち「完全な官能を持つて居る事」が芸術家の条件だと反駁し、「眼で以て」感受できる「色彩若くは形態の美」の価値を主張する。「眼で見たり、手で触つたり、耳で聞いたりする事の出来る美しさ」によって「激しい美感を味はなければ気が済まない」という岡村君の芸術観は、彼がノートに記した次の警句に端的に示されている。「芸術的快感とは生理的若しくは官能的快感の一種也。故に芸術は精神的(スピリチユアル)のものにあらず、悉く実感的(センジユアル)のもの也」云々。

芸術を「実感的(センジユアル)」なものと規定する岡村君は、それを基準に「最も卑しき芸術品は小説なり。次ぎは詩歌なり。絵画は詩よりも貴く、彫刻は絵画よりも貴く、演劇は彫刻よりも貴し。然して最も貴き芸術品は実に人間の肉体自身也」と何が芸術であるかを数え上げ、その諸分野に貴卑の序列をつける。この基準と序列は、同じ年の谷崎の小説『饒太郎』の主人公にも共有されている。主人公・饒太郎にとって「所謂「美」と云ふもの」は「全然実感的な、官能的な世界にのみ限られて居る」。

つまり、彼には実感を放れた美感と云ふものが殆んどないのである。彼は実感と美感との間に何等の区別をも設けようとしないのである。だから彼には小説よりも絵画の方が、絵画よりも彫刻の方が、彫刻よりも演劇の方が、演劇よりも舞台に現はれる俳優の肉体自身の方が、一層痛切な美感を齎すのである。(『饒太郎』)

遡れば、これはそのまま『校友会雑誌』の議論における谷崎の立場であった。谷崎は先行の論者から引き継いだ「実際的美」と「理想美」の対概念を用いて、演劇に必要なのは「実際的美換言すれば官能的快感の美感たり得べき一部即ち聴官視官に由りて感ずる美」だと断じていた。目や耳によって感受する「実感的」な「美感」をもって芸術をはかり、そのような美感を味わい得る種類の演劇を擁護するというのは、『校友会雑誌』の谷崎から『饒太郎』の饒太郎や『金色の死』の岡村君へと受け継がれた美学上の立場である。

『校友会雑誌』における一連の議論が、高山樗牛の歴史画論に依拠する佐久間政一の論文を起点とすることは既に述べた。樗牛はレッシングの空間芸術と時間芸術の区別を踏まえ、歴史画の「画題」にどのような瞬間を選択することが望ましいかを考察していた。『金色の死』の岡村君もまた、歴史画における「画題」の選択について、こちらはレッシングを批判しつつ自説を述べている。「唯一瞬間をのみ捕捉する事を得」る絵画においては「其の前後の経過を暗示せしむるに足る可き最も含蓄ある瞬間を択」ばなければならないというレッシングに対し、岡村君は「絵画の興味は、画題に供せられた事件若しくは小説に存するのではない」と反論する。彼はロダンの彫刻を例に、「絵画や彫刻の美は何処迄も其処に表現された色彩若しくは形態のみの効果」によるのであって「其の作品から美感を味はふ」のに歴史を知る必要はないと主張する。ちなみに岡村君は中学校の頃から歴史の学課が嫌いであった。

「実感的」な「美感」の感受を基準にして、題材である歴史ではなく色彩と形容によって芸術を評価するという岡村君の議論は、『校友会雑誌』での一連の議論における谷崎の立場を継ぐものであり、さらに言えば、『校友会雑誌』の彼の議論では直接には参照されない樗牛の歴史画論への、遅れた応答であったと考えられる。歴史を知っているために感じる興味は「其れは歴史的の興味で芸術的の興味とは云はれない」という岡村君の発言は、樗牛の歴史画論への反論になっている。そもそもレッシングを参照して歴史画における画題の選択を論じるという議論の枠組み自体、樗牛の歴史画論が設定したものである。『金色の死』における一高時代の岡村君の議論は、明治三〇年代前半の美学の文脈を背景に敷くと、樗牛が提起した問いに応えてもうひとつのあり得た歴史画論争をなすものとして位置付けられるのである。

『金色の死』では、岡村君の「芸術観」や彼が創作した「芸術」は、「私」を通じて提示される。語り手である「私」は岡村君と違って凡庸な作家であり、その芸術観や創作した「詩だの小説だの」が説明されることはない。しかし、たとえばロダンの彫刻の美は「歴史とはまるきり縁故のない事」だという岡村君に、「けれども歴史を知つて居れば、余計興味を感ずる訳ぢやないか」と修正するのは「私」である。一高時代の二人が交わす議論において、「私」の発言はつねに穏当で常識的である。

「建築も衣裳も美術の一種なるに、料理(クイジイン)は何故に美術と称するを得ざるや。味覚の快感は何故美術的ならずと云ふか。われ之を知るに惑ふ。」（略）私は、「君が斯かる疑問を起すのは美学(エステチックス)を知らない結果だ。」と云つてやりました（『金色の死』）

岡村君は料理が「美術」の一分野に数えられておらず「味覚の快感」が「美術的」でないとされていることに、つまり舌が目や耳のように美に関わる感覚器官と見做されていないことに不満を述べている。文脈から判断するに、この「美術」は芸術の意である。本作では芸術の意は「芸術」の語で表されており、この箇所は異例と言うべきである。*11 混入した「美術」の語は、本作がこの用語によって議論が行われていた明治三〇年代前半までの美学の文脈を汲むものであることを証しすると思われる。そして岡村君が記したこの警句に、「私」は「美学(エステチックス)を知らない」とコメントするのである。

「美学(エステチックス)を知」るものと自負する「私」は、もう一人の一高生として、『金色の死』に学問としての美学を導き入れている。ここでの美学とは、何が芸術に含まれるかを、感覚器官による美の感受を基準に考察する学のことである。「私」は「詩でも絵画でも彫刻でもない。（略）全く新しい形式の芸術」だという「岡村君の所謂「芸術」が如何なるものであつたか」を説明し、最後に「彼と私とはさま〴〵な点で芸術上の見解を異にして居ましたが、要するに彼の仕事はやつぱり立派な芸術であつたことを認めない訳には行きません。（略）しかし世間の人々は、彼のやうな生涯を送つた人を、果して芸術家として評価してくれるでせうか？」と問いかける。末尾で「私」が投げかけるこの問いは、本作が何が・何をもって芸術であるか、芸術として認定し得るかを主題とする学術的な小説であることを示している。谷崎の学生時代を彩った学問としての美学は、知的背景となってその後の彼の仕事に影響を及ぼしているのである。

注

*1 中島国彦は、明治三〇年代前半には「ヨーロッパの美学を紹介する著作が相次いで刊行され、美学の時代とでも言うべき雰囲気」があったと述べている（『近代文学にみる感受性』一九九四、筑摩書房）。なお本稿では、引用文中の傍点はすべて原文による。

*2 代表的なものに、プラトンのイデア論の受容を論じる研究がある（千葉俊二「プラトニズムの淵源」（『谷崎潤一郎　狐とマゾヒズム』一九九四、小沢書店）他）。

*3 神林恒道『近代日本「美学」の誕生』（二〇〇六、講談社学術文庫、原題「美学事始――芸術学の日本近代――」）。神林はこれを「「書画骨董」を「美術」に変える仕掛けが「美学」に

ほかならない」と表現している。

*4　中島『近代文学にみる感受性』。中島は、『病牀六尺』に登場する「実感」「仮感」の語を子規に教えた人物がそれをどこから得たかを検証し、「大西論文は本の形になっていないことを考えると、明治三十年代前半に名をよく知られていた樗牛の『近世美学』の方が、当時の人々の眼に入りやすかったろう」と推測している。鷗外の場合は訳語が異なる。

*5　谷崎は第一中学校の『学友会雑誌』で、樗牛を「一片の文、よく明治の文壇を沸騰せしめたる高潔熱情の詩人」と評し、彼の後を継ぐのは諸君だと、学友たちに投稿を呼びかけていた（「歳末に臨んで聊学友諸君に告ぐ」一九〇三・一二）。ただし『青春物語』では、樗牛に対し否定的な評価を下している。

*6　他に、後藤宙外との詩歌に関する議論（一八九九（明治三二）年）、森鷗外との訳語をめぐる議論（同）など。逍遥門下の綱島梁川と五十嵐力も加わった歴史画論争の経過については、花澤哲文『高山樗牛　歴史をめぐる芸術と論争』（二〇一三、翰林書房）を参照。

*7　箕輪武雄は、佐久間が引用する逍遥の言葉が樗牛の論文からの「孫引き」だと推測している（「「史劇観」論争と初期潤一郎――文学的始発期をめぐる一考察――」（紅野敏郎編『論考谷崎潤一郎』一九八〇、桜楓社））。一連の議論を「史劇観」論争と名付けた箕輪は、谷崎が『校友会雑誌』に発表した文章の中でこれが「ほとんど例外的にのちの谷崎を暗示している」として、『誕生』から『信西』までの始発期の谷崎の史劇に結びつけている。

*8　「歴史画題論」（『太陽』一八九八・一〇、原題「画題論」）、「歴史画の本領及び題目」（同一八九九・一〇）、「再び歴史画の本領を論ず」（同一八九九・一二）、「坪内先生に与へて三度び歴史画の本領を論ずる書」（同一九〇〇・四）より。佐久間が引用するのは「再び歴史画の本領を論ず」。なお本稿では、『近世美学』は初刊本に、その他は『増補縮刷樗牛全集』（全五巻、一九一四、博文館）に拠った。

*9　『金色の死』は谷崎が初めて『東京朝日新聞』に発表した作品である。本作が夏目漱石を、とりわけ『草枕』を意識したものであることは確かだと思われる。『草枕』の画工と『金色の死』の岡村君がともにレッシングの『ラオコーン』を引きつつ述べる芸術論の一致と相違については、石井和夫「谷崎における漱石への共鳴と反撥――「金色の死」前後――」（熊坂敦子編『迷羊（ストレイシープ）のゆくえ――漱石と近代』一九九六、翰林書房）を参照。

*10　作中の年代は明記されていないが、高等学校三年の「私」が「紅葉や一葉や、子規など丶列んで、明治の文学史のペエヂを飾る」ことを夢みるなど、手がかりとなる情報は散見される。

*11　同様の内容は、たとえば『美食倶楽部』（『大阪朝日新聞』一九一九・一・五～二・三）では「料理は芸術の一種であって、（略）詩よりも音楽よりも絵画よりも、芸術的結果が最も著しいやうに感ぜられた」と、「芸術」の語を用いて説明されている。

◆谷崎と敗戦

谷崎潤一郎と占領期文化

――雑誌「国際女性」との関わりから

石川 巧

一――日雇職人のやうなくらしをすることは情なき事と存じ候

谷崎潤一郎は「『細雪』回顧」（「作品」秋冬号、一九四八年一一月）のなかで、「細雪」執筆時期の状況を、「戦争といふ嵐に吹きこめられて徒然に日を送ることがなかつたならば、六年もの間一つの作品に打ち込むこともむづかしかつたかも知れなかつたのであるし、今云ふやうに頽廃的な面が十分に書けず、綺麗ごとで済まさねばならぬやうなところがあつたにしても、それは戦争と平和の間に生れたこの小説に避け難い運命であつたとも云へよう」と記している。自分の作品の持ち味である「頽廃的な面」を書くことができず、「綺麗ごと」で済まさなければならなかったことに自嘲とも憤りともつかぬ言葉を漏らしている。

戦時中の一九四三年一月から「中央公論」に連載を開始したものの、軍部が一九四三年一月号掲載分について「内容が戦時にそぐわない」と判断して掲載中止に追い込まれた「細雪」は、私家版『細雪 上巻』（一九四四年七月、非売品）を親類知友に配布するなどしながら書き継がれ、戦後、『細雪 上巻』（一九四六年六月、中央公論社）、『細雪 中巻』（一九四七年二月、同）を刊行したのち、続きを「婦人公論」（一九四七年三月～一九四八年一〇月）に連載し、『細雪 下巻』（一九四八年一二月、同）としてまとめられた。戦時中、軍部からの圧力によって連載が中断され、戦後はＧＨＱ／ＳＣＡＰ（以下、ＧＨＱ）が管轄するＣＣＤ（民間検閲局）の検閲を懼れながら執筆が継続された「細雪」は、実に六年という時間をかけてやっとその全容を明らかにするのである。「『細雪』回顧」（前出）にはその頃の心境が、「昭和十七、十八、十九、の三年は熱海で書き、二十年になつて熱海も不安になり逃げ歩くやうになつてからは岡山県の勝山でやうやく五十枚くらゐ、平和になつてからは京都と熱海で書いた。興がのつてものらなくても大抵毎日六七時間きめて書いた。そして書きはじめると二十日ぐらゐはつゞけて書いた。長かつたから何と云つても肉体的には疲れた。最後の方になつて殊に疲れを感じたやうに思ふ」とも綴られている。

同様の痛手は「中央公論」一九四六年八月号に掲載予定だった「A夫人の手紙」でも受けている。この作品は谷崎の復活を予感させる戦後第一昨として誌面を飾るはずだったが、CCDの検閲で軍国主義的と判断され全文掲載禁止となる（その後、「A夫人の手紙」は「中央公論」一九五〇年一月号に初出。同号の編集後記には「谷崎先生の「A夫人の手紙」は、終戦後の第一作であるが、事情があつて今回初めて公表される異色ある作品」とある）。こうした掲載禁止措置は、当然、その作家のイメージそのものに影響を与える。出版物が発売禁止になれば多大な損失が発生するため、出版社は谷崎への原稿依頼に二の足を踏むことになる。作品を発表する媒体は激減し、原稿料収入も途絶える。疎開先で心細い生活を送る谷崎にとって、それは大きな頭痛の種だった。

敗戦直後に谷崎が中央公論社社長・嶋中雄作に出した書簡を見ると、「小生も帝都や京阪神の様子一見いたし度候へ共先づ当分は創作三昧の日を可送覚悟にて目下着々細雪下巻執筆いたし居候／ついてはそのうち中央公論も復活いたす事と存候へ共然る場合はあのあとを続けて雑誌に掲載され候哉それとも直ちに単行本に被成候哉　あの上巻の中には英国や露西亜や蒋介石などの悪口も出て居り候に付もし雑誌に掲載するとせば早速その部分を修正仕度あのまゝ出されては困り候に付右御ふくみ置被下度候」（一九四五年九月二九日）、「源氏は今度は先般の訳に手心或は削除したる部分を原文通りに改め完全なる飜訳として出版いたすも可、今一度ぐらゐあの紙型を用ふるも可、御考へ置き被下度、幸ひ山田博士も在京の御様子故博士の意見も伺度存候／しかし、あらゆる束縛が解けたる今日、創作の材料山の如くに有之、「細雪」が済んだら何から書かうかと迷つて居るくらゐにて昨今旺盛なる創作熱を感じ居り候」（一九四五年一〇月九日）、「戦後の新しい雑誌にのみ小生の名が現はれて中央公論に一つも掲載されぬといふことは小生としても何となく心淋しきのみならず世の誤解も招き易く候間是非共新年号に何か書かせて頂き度すでにその事は畑中君と書面にて相談済に付詳細は同氏宛小生の手紙を御覧被下度候猶々御芳書に「事情は一切口外なりませぬ事故」と有之候へども実は小生は余りの残念さと原稿の予定が狂ひし事情説明のため既に二三の雑誌社に口外仕り候段何分御含み置被下度候」（一九四六年九月一一日）といった文面が続き、彼自身がＣＣＤの検閲に対して相当過敏になっていたこと、戦時中に発表できなかった自作を何としても刊行したいと意気込んでいたことが窺える。中央公論社社員として谷崎を担当していた小滝穆宛書簡に至っては、「マッカーサー司令部より昭和六年以後の小生著作品発行書肆、発行部数等問ひ合せ有之候に付誠に御手数ながら貴社発行の左記著作品発行部数至急御調査の上御返事被下度候」（芦屋市谷崎潤一郎記念館所蔵）と記され、ＧＨＱからの指令に慄いている様子が伝わる。

さきにも述べたように、谷崎がここまで躍起にならざるを得ない最大の原因は経済的事情にある。実際、当時の書簡には作品発表の機会を求める文面に並んで、原稿料や印税の前借り、借金に関する話題が頻繁に登場する。特に金融緊急措置令（一九四六年二月一七日施行）にともなう旧円預貯金の封鎖と新円発行に関しては神経を尖らせており、「モラトリアムの事につき小生思ひ違ひをなし居りし点有之、十七日の発表に依つて始めて全貌を知り申候、依つて左に改めて御尋ね申上候／短冊百枚御届け致すのは来月と相成可申候、然る場合、新円を以て御支払ひ被下候ハヾ一層結構に候へ共已むを得さ（ママ）れば小生名儀封鎖預金の中へ御振込被下候ても宜敷候又短冊と引換でなく時期は少々おくれても結構に御座候（中略）今後新聞雑誌社出版書肆等より小生が受取る原稿料印税等は全部凍結さるゝものに候哉それとも一部現金にて（サラリー同様に）支払はるゝものに候哉　また神戸に所有する借家の家賃等ハ如何相成候哉御高教を仰ぎ度候」（土屋計左右宛、一九四六年二月一九日）、「小生儀過日も一寸申上候通り此二三ケ月来印税の収入殆ど絶無と相成全く原稿料にて生活せざるを得ざる状態にてこれは昨今炎暑の折柄老骨には中々骨が折れ元来遅筆の小生いよ〳〵能率上らず此の歳になりて未だに日雇職人のやうなくらしをすることは情なき事と存じ候（中略）差しあたり目前の生計に困り居候に付此の八月中ぐらゐに御約束の中央公論創作原稿差上げることにして右稿料として五万円御都合下度此の手紙持参のいつもの青年に現金にて御渡し被下候はゞ幸甚に存じ候　右伏して御願申上候」（嶋中雄作宛、一九四七年七月九日）と、現金の都合を依頼する記述が増えてくる。

この頃の谷崎は、「細雪」映画化の契約などが進み、東宝から「上映料六万四千円」の提示を受けたりもしているが、それでも逼迫するほど家計の支出が多くなっていたのだろう。すでに六〇歳を越え、高血圧症による体調不良に悩まされていた谷崎にとって、検閲で自作を発表する媒体が奪われ、原稿料や印税収入が途絶えることは、何としても回避したい負のスパイラルだったに違いない。谷崎はその作家生活を通じて、金銭収入の確保に強い執着をもち、それを自分の作品評価の重要な指標としていたが、占領期はそれが特にあからさまな言動となっている印象がある。

二——徳丸時恵と谷崎潤一郎

こうして、疎開先の勝山を離れることもできず鬱々とした日々を送っていた谷崎のもとをひとりの文学青年が訪ねてくる。のちに京都時代の谷崎が秘書として身の回りの世話をさせる末永泉である。同氏が書いた『谷崎潤一郎先生覚え書き』（二〇〇四年五月、中央公論新社）によれば、戦争末期の一九四五年七月に谷崎が自宅近くに疎開していることを知った末永泉は、姉と友人をともなって短期間に三回もの訪問を重ねている。姉の徳丸（旧姓・末永）時恵と谷崎のあいだで京都移住のことが話題になったのはそのときである。

だが、のちに末永泉が残した回想を読むと、その経緯をめぐってやや曖昧な記述がなされている。同書には、「先生が京都に移住されるときくと、女性解放運動に興味をもっていた姉は、京都に出ることにし、小さな出版社をはじめたのだった」とあり、谷崎の口から京都に移住する予定だという話を聞いた徳丸（旧姓・末永）時恵が自分も女性解放運動に関わるために京都に出ることを思い立ったかのように書かれているが、のちに同氏が稲澤秀夫のインタビュー（『聞書 谷崎潤一郎』一九八三年五月、思潮社）に応じたときのコメントを読むと、「谷崎先生は岡山県の勝山に疎開で行ってらしったんですね。で、姉たちが勝山へ先生をお訪ねして、京都へいらっしゃいませんかということで、下宿を、最初はお部屋だけね、最初は銀閣寺の近くに借りたのかな、お部屋だけ」とあり、むしろ徳丸（旧姓・末永）時恵が谷崎を京都に誘ったように書かれているのである。

谷崎の京都移住をめぐる謎は、当時の谷崎が中央公論社社長・嶋中雄作に宛てた書簡の記述からも読み解くことができる。そこには、「先日「国際公論」の記者なる者二名来て寄稿を請うがマ司令部の後援で出す雑誌とのこと、中公の了解を得たらよしと言ったが、嶋中の快諾を得たと電報あり、確かか」（一九四六年一月一九日）とあり、GHQの「後援」で発行する雑誌に寄稿することについてわざわざ中央公論社の了解を得ようとしていたことがわかる。

戦後出版史を精しく紐解いてみても「国際公論」という雑誌は存在しないし、谷崎が同名の雑誌に原稿を掲載した記録もない。また、GHQの「後援」という表現に留意して考えると、ここで谷崎が記している「国際公論」とは、徳丸（旧姓・末永）時恵らが京都で創刊し、谷崎が顧問を引き受ける「国際女性」を指している可能性が高い。誌名を書き違えている点については、谷崎の記憶が曖昧だったのかもしれないし出版社の都合でタイトルが変更になったのかもしれないため軽々な判断はできないが、国際女性社が一九四六年四月三日に聯合軍最高司令部民間情報局編『日本女性の春』を刊行するところから出版社としての活動を開始していることも含めて、このとき谷崎のもとを訪ねた記者たちとは、徳丸（旧姓・末永）時恵であったと判断してよいだろう。

終戦末期に谷崎と顔見知りになっていた徳丸（旧姓・末永）時恵は、戦争終結とともにGHQの支援を取り付けて国際女性社を発足させているが、一九四六年一月に谷崎のもとを訪ねて寄稿を依頼するとともに、谷崎を京都に誘いそれを実現させたと考えることですべての辻褄が合う。当初は寄稿依頼に過ぎなかったものが、雑誌の顧問就任へと変化した理由も、GHQが後援していた出版社という事情を鑑みることで得心がいく。

GHQが後援する雑誌に協力すれば検閲が緩くなるかもしれないし、自作を発表する機会も増える。また、雑誌の顧問という位置づけは、けっしてGHQに阿（おもね）っているようには見えないため、読者に対して占領政策に迎合したという印象を与えることもない。戦災被害に遭っていない京都で暮らすことができれば、戦後の荒廃した社会に身を曝すことなく静かな環境のなかで「細雪」の完成をめざすことができる。当時の谷崎にとって、それは願ったり叶ったりの提案だったのではないだろうか。

その証拠に、雑誌「国際女性」の顧問となった谷崎は末永泉を秘書として雇い、身の回りの世話をさせている。編集に携わった経験もない素人に反故となった原稿を処分させたり重要な遺いを任せたりしている。のちに『谷崎潤一郎先生覚え書き』（二〇〇四年五月、中央公論新社）を書いた末永泉は、「昭和二十二年一月から昭和二十六年一月、発病して京都を離れるまで、谷崎先生の秘書をしていた。当時、私は京都で、姉が小さな出版社をはじめ、その手伝いをしていたのだった。その「国際女性」社で、先生の戯曲集を出版させていただくことになり、お宅に出入りしていて声をかけてもらえたのだった」と振り返っているが、こうした経緯をみても、谷崎が本当にこの青年の能力や人間的魅力に惹かれて秘書の仕事を任せたとは思えない。それは、戦後しばらく一般人の転入を認めていなかった京都に居を構え、「国際女性」の顧問という立ち位置で京都在住の幅広い学者、文筆家、芸能家たちと交流する機会を与えられたことに対する配慮、すなわち、姉である徳丸（旧姓・末永）時恵への見返りだったのではないだろうか。

徳丸（旧姓・末永）時恵は、戦後、京都で活躍した婦人運動家である。一九一一（明治四四）年三月五日に勝山で生まれ、一九三三年に東京女子大学英語部を卒業した彼女は、戦時中、駐日ドイツ国立航空工業聯盟に勤務している。英語とドイツ語の能力が卓越していたため、ゾルゲ事件で知られるリヒャルト。ゾルゲとも親しく交際し、彼がスパイ容疑で逮捕される直前にはアクセル・ムンテ『人生診断記』（一九四二年一〇月、牧書房）の翻訳まで託されている。

さらに、戦争末期には代表秘書にのぼりつめ、日本とドイツの航空工業はもとより、航空技術の移転を通して両国軍事力を強固なものにするための働きをしている。自らが翻訳・編者を務めた『勤労の美』（一九四三年一〇月、科学社）の「訳者のことば」に、「本書は前大戦の後、疲弊と困憊のために、なすところもなく、不平のみをこぼしてゐたドイツ国民に対し、ナチス政府が如何に、清新な空気を注入し、汗なくして働くことを叫んだかを、詳に述べてゐる。かくして、それまでに見られなかつた明確な国家意識の下に、逞しき勤労の歌は、ドイツの巷から巷へと繰り拡げられていつたのであつた。（中略）戦ひはまだまだ長い。／我々は焦らずに、じつくりと腰を落付けて、祖国未曾有の有事の今日、各自の勤労の歌を唱ひ続けやう。祖国の勝利のために、大東亜の創造を信じつゝ」と記してナチスドイツの栄光を謳い、大東亜共栄圏の思想を讃美したりもしている。

『ドイツ航空機の発展――ユンカースの即席――』（一九四四年四月、牧書房）の「序」を書いたドイツ国立航空工業聯盟日本代表のゲー・カウマンは、「日独両国民が密接なる政治的、軍事的友好関係の下に、正義の旗の下肩を竝べて戦ひつつある時」「この世界を挙げての大戦争に於て航空の果す役割が如何に重要なものであるか、これは総ての人の知るところであらう」と宣言したあと、「日独航空関係を長年身近に見て来た末永さんは、まことに極めて賞賛すべき、価値ある仕事を完成することとなつた。本書が必ず二盟邦国間における相互の理解と善識に尽すところ大なるべきを衷心より信じるものである」と続け、訳者を高らかに称賛している。

ところが、戦後の徳丸（旧姓・末永）時恵はそのような過去を脱ぎ棄て、女性有権者聯盟の婦人運動家として表舞台に登場する。彼女自身が編集兼発行者となっている『京都 有名婦人の横顔』（一九四八年三月、国際女性社）には、「淑女高女教師徳丸賢之助夫人。子供なし。学校卒業後独逸人の名秘書として持ち前の正義肌と熱とを発揮してゐたが、その間においても筆を持つのが好きで〝勤労の美〟〝世界の航空路〟〝人生診断器〟等多くの翻訳書あり。翻訳の原稿のたまるのは、お腹の中の子供の成長を思はせるほど楽しい、とは彼女の言葉。横浜で戦災、終戦後女性啓蒙解放の為に京都で出版社国際女性社を創立、雑誌〝国際女性〟の出版、及び時折単行本を出す事になつた。その間女の手で切り廻し故幾多の労苦はあつたが、三号雑誌で終る事の多い中に、兎に角今日まで一国一城の主として社を継続してゐるから女にしては大したもの。最近は女性有権者聯盟を作つて社会事業と女性の政治啓蒙すると張り切つてゐる。性善良。欠点は独断的で独裁的なる事。叩かれたいと言つてゐるし、事実もつと叩かれて伸びねばならぬ人」と記述されており、その転身ぶりに驚かされる。

さらに興味深いのは、国際女性社を閉じたあと離婚して末永姓に戻った時恵が、東龍太郎（東京帝国大学教授を務めたあと海軍司政長官、南西方面海軍民政府衛生局長、結核予防会理事などを歴任し、戦後は厚生省医務局長、日本体育協会会長などを経て、一九五九年から東京都知事）と親交を結び、結核予防医療を行う弥生会診療所を設立したのち、一九五二年から二〇年間にわたって理事長を務めていることである。戦後の結核診療所は国の厚生医療担当者の支援がなければ運営が難しい組織であり、素人が気軽に参入できる事業ではない。ドイツ国立航空工業聯盟が、航空機の輸入や技術移転などをめぐって軍部と深いつながりをもっていたのと同様、そこには、戦時中から培われてきた国や軍部との人脈や利権誘導の気配が漂っている。

戦時中から通訳・翻訳者として重要な機密事項を知り得る立場にあった徳丸（旧姓・末永）時恵は、恐らく、そうした人脈や資本の力で京都に国際女性社を設立したのであろう。ＧＨＱがどのような経緯でこの国際女性社を支援することになったのかは不明だが、いずれにしても、語学に堪能で幅広い人脈を有する彼女が新しい時代を担う婦人運動家として活躍し、同社の出版物を通じて占領政策を適切に広報してくれることが、ＧＨＱにとって好ましい事態であったことは間違いない。

三——谷崎潤一郎と雑誌「国際女性」

一九四六年五月二〇日、京都市上京区寺町通今出川上ル五丁目鶴山町三番地 中塚せい方に家族を迎え入れて仮住まいを始めた谷崎は、それから約一〇年にわたる京都での生活を開始する。途中、たびたび転居を繰り返し、熱海とも往来するようになるが、結局、占領期の谷崎は京都を引き払おうとしなかった。その最大の要因は、戦災で大きな被害を受けた都市で生活したくなかったからであろうが、「細雪」を脱稿したあと「源氏物語」の完訳をめざしていた谷崎にとって、京都で築いた新たな人脈、環境、資料へのアクセスなどが棄て難いものであったことは確かだろう。

一方、徳丸（旧姓・末永）時恵の誘いで顧問に就いた雑誌「国際女性」（英文タイトル／INTERNATIONAL LADIES）は、その意味で、占領期時代の谷崎に新しい交流をもたらす場だったといえる。一九四六年七月に国際女性社（京都市左京区吉田牛ノ宮町二一 京都帝大基督教青年会館内→京都市中京区烏丸通御池上ル都ビル）が発行したこの雑誌は、Ｂ５判の総合文芸雑誌である。プランゲ文庫に収められている第二巻第七号の検閲用ゲラを見ると、ＧＨＱの雑誌検閲科

（大阪北区中之島 朝日ビルディング）に宛てられた休刊届が添えられており、「雑誌「国際女性」は、用紙配給僅少のため、月刊として発行不可能のため、七月、八月、休刊致します。右御届け致します。／昭和二十二年八月二十三日」とあるため、同誌は一九四七年八月に休刊届を出したのち終刊に至ったと思われる。

創刊号の表紙には「顧問　新村出 谷崎潤一郎」とあり、京都帝国大学教授を退官後も京都に在住して『広辞苑』（一九五五年五月初版発行、岩波書店）の編纂作業にあたっていた新村出が谷崎とともに顧問に名を連ねている。各号には、谷崎はもとより吉井勇、織田作之助、藤澤桓夫、武者小路実篤、阿部知二、笹川臨風、川田順、永井隆、真杉静枝、田村泰次郎といった作家たちが執筆している。

また、新村出をはじめ、河合健二、千宗室、三宅周太郎といった京都在住の芸能家、文化人が多数寄稿しているほか、谷崎の親友である和辻哲郎の従弟で官選として最後の京都市長になった和辻春樹（一九四六年三月に就任し、同年一一月、公職追放で辞職）、瀧川事件で知られる瀧川幸辰、同事件に抗議して京都大学を辞職し、「国際女性」創刊時は立命館大学総長になっていた末川博、ＩＣＵ（国際基督教大学）の初代学長となる湯浅八郎など、リベラリズムの立場から関西の学術研究や論壇をリードしていた知識人が名を連ねている。子宮内避妊具である「太田リング」を考案するなどして人口妊娠中絶運動を推進し、「優生保護法」（一九四八年年施行）の成立にも尽力した太田典禮、白樺派の作家たちとの交流、柳宗悦の民芸運動との関わりなどで知られる精神科医の式場隆三郎など、医学、心理学関係者の言説も多い。『占領期女性雑誌事典――解題目次総索引第二巻』（二〇〇四年八月、金沢文圃閣）の「解題」で同誌の特徴を簡潔にまとめた吉田健二は、「女性の地位向上だけでなく、人間の条件として知性をもって生きることの重要さを読者に問いかけていた」こと、「京都の市井の知識人が新時代の幕開けに勇躍した、京都における出版文化運動」の一翼を担っていたこと、「戦後改革期の京都における学者・文化人の志や文化国家としての日本再建の意気込みが感じられる」ことを高く評価しているが、そうした充実した執筆陣を確保するうえで、谷崎の人脈が有効に機能していることはいうまでもない。

創刊号を見ると、京都市長・和辻春樹をはじめ、女性代議士、映画撮影会社、製紙会社、各新聞社、宮本百合子や市川房枝をはじめとする勤労婦人聯盟、新日本婦人同盟、女性研究会関係者などが幅広く支援している。また、同社は「国際女性」とともに単行本の出版も手がけており、前出『日本女性の春』、田岡良一『講和会議の予想』（国際女性社叢書、一九四七年七月）といった政治関連書籍の他、谷崎潤一郎『戯曲 お国と五平 他二篇』（一九四七年）、真杉静枝『愛情の門』（一九四八年）、田坂健三『未亡人と社会 ひとりのみちこいのみち』（一九四八年）などを出版している。『日本女性の春』には「世界の文豪 谷崎潤一郎自選名作集限定版出来 毎月一冊出刊 一部 概算二十圓」という広告も出ており、国際女性社が谷崎の自選集を企画していたこともわかる。

雑誌の内容で特に注目されるのは、ラジオで放送された講演、対談、討論会を記事に起こしたり、読みあげ原稿を採録したりしているケースが目立つことである。こうした方法を取ることで、同誌は高額な原稿料を用意しなくても著名人からの原稿を集めることができたのではないかと考えられる。また、ラジオで放送される内容は多くの聴衆が関心を寄せる時事的な話題であるため、その点でも即応性のある記事を掲載できたのではないだろうか。

もうひとつの特徴は、京都の歴史、伝統、文化に精通する知識人や芸術家がその魅力を語り直していこうとする記事が多いことである。河合健二「京都緒雑感」、笹川臨風「茶のかをり」、日下喜久甫「生花の心得（第一講）」、高木伸「郷土愛の正月――京の風物詩より――」、千宗室「侘びに徹す」などの随筆、「京都知識人グループ友交会」の報告、吉井勇の短歌「乾山と穎川 京都博物館にて詠める」、「祇園懐旧」、青痴の俳句「京なまり」など、誌面には毎号のように京都の伝統文化、茶道や華道、旧い街並み、京都における婦人運動の現状を紹介する記事が掲載されている。そこには、空襲の被害をほとんど受けなかった京都に古き良き日本を代表させることによって、敗戦によって喪われた日本人のアイデンティティを取り戻そうとする狙いが垣間見える。

谷崎自身は、第二号に戦争末期の状況を記した日記「二年前のけふのこと」を発表している。同号の編輯後記に「顧問 谷崎潤一郎先生から、特にお願ひして頂いたもの「二年前のけふこのごろ」は何回読返して読んで見ても（ママ）味はい深いものを感じ簡素なこの日記体の中に偉大なるものを収得する」と記されていることからもわかるように、谷崎は、当時、未公開だった日記の一部を編輯部に委ねることで「国際女性」の発展に寄与しようとしたものと思われる。

第四号には三宅周太郎との対談「文楽を語る」が掲載されている。こちらは一九四六年九月二一日に京都放送局で録音されたものである。この対談のなかで谷崎は、歌舞伎や文楽の時代物の「欠点」として、「非常に不必要に腹切りのところに力を入れ過ぎてゐる」こと、「子供の身代り」や「迷信」が頻繁に出てくることを指摘するとともに、新作を待望する声に釘を刺し、文楽は非常に専門的な世界なのだから素人の手に負えるものではないこと、ひとつの作品をどんどん書き直してよりよい物に仕上げていくことが重要であることを説いている。これらの発言は、ＧＨＱが歌舞伎をはじめとする日本の古典芸能に対して抱いた懸念要素と一致している。

また、「文楽に限らず、上方の特有の芸術、例へば地唄のやうなものにしても、舞のやうなものにしても、此の頃は地元では次々と衰へて、東京の方で活動するやうな傾向になつて来てゐます。これはいやですね」などと発言し、近松物などは「今日の新しい情勢、時勢にそむかない」ものがあるだろうから、そうしたものから復興を進めていったらよいと述べている。三宅周太郎が人形浄瑠璃における「日本婦人の美徳」に言及すると、すかさず「それは過ぎ去つた美しさでせうけれども」と退けているし、義太夫において「妙な笑ひ方を長い間する」ことにも嫌悪感を示している。

ＧＨＱ関連記事としては、編輯部の古賀久留美と米婦人将校・ローゼンブルーム中尉との対談、および、聯合軍提供の「之がアメリカの婦人だ」という論説などがある。そのなかで古賀は、「日本婦人の地位を向上するにはどんなにすればよろしいか？」、「アメリカの職業婦人達は男の方と同じサラリーを貰つてますか？ 又実際男子と同じ地位に居ますか？」といった質問を浴びせ、「日本の婦人達は今日、婦人参政権を獲得する事が出来たので、参政権を巧妙に用ふる事によつて女性の地位をよりよく向上させ、女性に対する法律を変改する事の出来る代議士を議会に送ることが出来ます。この方法によつて婦人の働きや生活の環境を改良するのです」、「それは決定的にイエスと言へます。私達は絶対に男子と同じ地位、サラリーを得てゐます。／私達女子の将校は、男子の将校と同様の地位で、同じ給料を支払はれます」といった応答を引き出している。たくさんの女性を議会に送り込んで法律を変えればよいというアドバイスといい、職業婦人たちの地位やサラリーに関する平等原則といい、問答を読んだ多くの婦人たちはこの米婦人将校の発言に勇気づけられたはずである。

後者の「之がアメリカの婦人だ」に至っては、まさに文明の利器に囲まれたアメリカ社会の快適さと文明の遅れた日本社会の貧しさを露骨に見せつける内容になっている。冒頭で、デパートでの買い物や商品の郵便発注の仕組みに言及した報告者は、その後、ミシン、アイロン、洗濯機、掃除機、冷蔵庫などの家電製品、熱湯まで使える水道、石油・ガスのストーブやヒーターがごく普通の家庭にもあることを誇らしげに伝える。アメリカの婦人がいかに家事労働の負担から解放されているか、余暇の時間を使って自分を磨くとともに、家族の健康や幸福に注意を払ったり慈善活動に参加したりしているかをごく当然のように語る。そこには、日本の婦人が置かれている境遇とはまったく異なる魅惑的な人生が描かれている。「国際女性」という雑誌は、このような記事を数多く掲載することで婦人たちの意識を根底から改革していこうとしたのであろう。

戦後、間もない時期に京都で創刊されたこの雑誌は、（1）関西文化圏に関わりの深い政治家、学者、文化人、作家、芸術家などの言論を幅広く集めていること、（2）世界の女性事情や文学作品に描かれた女性の生きざまを掘り下げ、女性読者の意識向上を図っていること、（3）戦後に施行された日本国憲法が定める男女平等の理念を社会生活のなかで実現していくための方策を議論していることと、（4）京都における婦人運動の動静を伝え地域に根ざした活動を展開していること、（5）新憲法のもとで定められた男女平等の原則を漠然と訴えるのではなく、姦通や離婚といった具体的問題に還元して議論していること、（6）京都の街並み、歴史、伝統、文化を紹介するとともに、戦時中、様々な制約をかけられていた芸能の復興などに努めていること——などの点で極めて意義深い雑誌である。世界に目を向けた婦人雑誌の嚆矢としても、京都という都市に生まれたローカル雑誌としても重要である。

また、作家による寄稿はそのほとんどが谷崎潤一郎の人脈を通じて集められている点にも注意が必要である。若い頃はともかく、その作家生活を通じて女性解放運動にほとんど関心を示さず、協力の意思を示すこともなかった谷崎は、GHQの支援を受けるこの雑誌に協力することで頽廃的・享楽的な作家というレッテルを解除し、厳しい検閲対象となることを回避しようとしたのではないだろうか。多く文筆家、学者、文化人と交流して原稿を依頼するとともに、自分自身も新たな作品発表の場を開拓していこうとしたのではないだろうか。

その意味で、「国際女性」という雑誌は、戦後の婦人運動を隠れ蓑として新たな事業を起こしていった徳丸（末永）時恵と、書くことの自由を求めていた谷崎の利害が一致するところで編集された雑誌であったといえる。谷崎は彼女との接点を日記や書簡というかたちで残しはしなかったし、徳丸（旧姓・末永）時恵もまた谷崎との思い出を語ることはなかったが、二人の間にはGHQを媒介とする目に見えない連帯関係があったのではないだろうか。

※本論の内容は、拙稿「発見と検証 幻の占領期雑誌「国際女性」と谷崎潤一郎」（『新潮』第一一二巻第五号、二〇一五年五月号）、並びに「雑誌「国際女性」の資料的価値」（『跨境 日本語文学研究』第2号、東アジアと同時代日本語フォーラム×高麗大学校GROBAL日本研究院、二〇一五年六月）と重複していることをお断りする。「国際女性」の発行履歴、詳細目次、所蔵機関等については後者の論文を参照いただきたい。

※本論で紹介した『京都 有名婦人の横顔』は二〇一五年六月一四日に国際日本文化研究センターにおいて開催された共同研究会でパネルを組ませていただいた西川祐子氏よりご提供いただいた資料である。ここに記して感謝申し上げる。

IV

谷崎テクストの現在地

◆語り

物語の〈空白〉を操作する

——「小説の筋」論争以後の谷崎小説の語りをめぐって

金子明雄

一九二七（昭和二）年に谷崎潤一郎と芥川龍之介の間で交わされた、いわゆる「小説の筋」論争については、これまでに多くの研究・批評が積み重ねられており、もはやこれといった論点が残されているようにも思われないのだが、この極めて早熟かつ知的な二人の小説家が、それぞれの作家的資質に合致しているとは考え難いタイプの小説をそれぞれに擁護してしまう議論のありようには、何とも釈然としない印象が拭えない。

　結果的に作家としてのキャリアの最晩年を迎えようとしていた芥川の心境についてはひとまず脇に置くとして、「うそのことでないと面白くない」という自らの言葉を「近頃の私の傾向として小説は成るべく細工の入り組んだもの、神巧鬼工（しんかうきこう）を弄したものでなければ面白くない」とパラフレーズしてみせる谷崎の文学的嗜好は大いに頷けるものの、「筋の面白さ」を批判する芥川の言葉に対抗して、「筋の面白さは、云ひ換へれば物の組み立て方、構造の面白さ、建築的の美しさである」として小説の「構造的美観」を擁護する立場については、スタンダールやジョージ・ムーアの作品への評価や「『大菩薩峠』の如き筋で売る小説の出ることを大変にいゝことだと思つてゐる」という言葉から窺える小説読者としての意見表明と理解するならともかく、創作家としての谷崎の方法意識に接続される認識としてはいささか首を傾げざるを得ない。[*1] もちろん、「尤も芥川君の「筋の面白さ」を攻撃する中には、組み立ての方面よりも或は寧ろ材料にあるのかも知れない」と、自作への批判を再吟味する冷静さは保たれているのだが、この後の話題の展開を見る限り、谷崎の関心は「構造的美観」を現実化する小説表現のあり方に向けられている。[*2]

　谷崎はこの後も、「歴史小説」「通俗小説」「大衆文学」などさまざまな用語を使いながら、「筋で売る小説」についての肯定的な評価を表明し続けており、その一方で、『源氏物語』やムーアの作品などに触発された新しい小説表現への関心も持続させている。どうやら谷崎の中では「構造的美観」という一点において、「筋の面白さ」とそれを支える小説表現のあり方が交叉しているようであり、その不可分な関係性の意識を前景化したのが「小説の筋」論争での発言であったということになるのだろう。

　このような「筋の面白さ」志向と谷崎の実際の創作との関係性についても既に多くの研究があるが、ここでは「筋の面白さ」と直接的な接点があると思われるいくつかの作品に絞って、その小説表現の特質について考察してみたい。

*

「小説の筋」論争の翌年、大阪・東京両『朝日新聞』に連載される『黒白』（一九二八年）は歴史小説ではないが、論争の直接の契機となった『日本に於けるクリップン事件』（一九二七年）同様に谷崎の犯罪小説趣味[*3]を体現する作品であり、しかも事実上その掉尾に位置する小説である。一般に探偵小説は、まず謎を孕んだ事件が生起し、次に探偵役を中心に真相解明に与る行為・出来事が続き、最後に探偵役によって事件の真相が開示される物語の型を示す。事件の謎をめぐる物語世界内の探偵役と小説読者との知恵比べというジャンルのコードが定着すると共に、そのような物語の型やそれに付随する語りの規範化が進み、ある意味で際立って様式化された小説表現が成立することになる。しかしながら、大正期を中心に創作された谷崎の犯罪小説の場合、一般的な探偵小説の様式とは少し異なる構造的特徴を示している。

　『柳湯の事件』『白昼鬼語』（一九一八年）、『呪はれた戯曲』（一九一九年）、『途上』（一九二〇年）、『私』（一九二一年）のように、物語の始点近くに謎を孕んだ事件が置かれている例は多いのだが、冒頭部分で夫による妻殺しの真相が明かされ、その後から事件に至るプロセスが語られていく『呪はれた戯曲』は別にしても、湯屋で「人殺し」の嫌疑をかけられたこと自体の意味が了解できない画家志望の青年や、暗号通信とその背後に存在する犯罪行為を察知したらしい資産家、一高の寄宿寮で頻発する窃盗の嫌疑をかけられた私にとって、それらの出来事が孕んだ謎は、物語の終結部分で解決を与えられるべき意味の空白ではなく、彼らが関わっているより深い闇に包まれた世界への入り口としての役割を果たすものであり、そのような世界が語られる口実（プレテクスト）として機能している。それは、小説読者の立場からも同様であり、一時は事の真相に驚かされることがあるにせよ、それは出来事の表層の意味に留まり、登場人物を媒介として開示される驚くべき世界にこそ読むべき話の本筋が存在している。その意味では、探偵を名乗る怪しげな人物の真の狙いは何かという登場人物と読者の共有する謎が、登場人物の先妻の死の真相という後から提示されるもう一つの謎と交錯するかたちで解明され、二つの謎に同時に答えが与えられたときに語りにも終結が訪れる『途上』の構造は、例外的に正統的な探偵小説との近似を示すものであり、江戸川乱歩によってこの作品が高く評価されたのも、単にトリックの独自性によるのではなかったのではないかと想像させる。いずれにせよ、谷崎の犯罪小説の多くでは、事件の謎は、それと関連するさらなる語りを導く口実として一時的に機能するに留まり、説話論的構造の中心に位置しているとは言えないのである。

しかし、『黒白』の場合、それまでの谷崎自身の犯罪小説群ともさらに異なる特徴を示している。確かに作家水野の創作の通りに編集者児島を殺害したのは何者かという謎が提示されるのだが、多くの読者にとってその謎は探偵小説的な論理によって解明し得るものとは考えられないであろう。そこでは、かつて『悪魔』（一九一二年）、『続悪魔』（一九一三年）で描かれたような、主人公が無意識のうちに欲望しているにもかかわらず、意識的には恐れ忌避しようとしていることが次々と現実化してしまう悪夢が、そのまま主人公の生きる現実世界と重なる事態が再現されている。自らの妄想そのものでもある現実世界では、主人公の無意識の欲望を現実化するエージェントたちが、何を考えているかわからない不気味な存在として暗躍するであろう。そして、自らの分身ともいえるエージェントたちとの対決によって主人公の身に破滅が到来するお定まりの展開も容易に想定可能であろう。犯罪小説の系譜の掉尾に位置する『黒白』では、もはや物語世界内の論理によって解明することができる謎が、一時的にではあれ説話論的機構の駆動力となる方法はほとんど放棄されており、主人公が恐れている出来事を彼自身が次々と招き寄せるかたちで、物語世界の論理では説明不可能な出来事が相互的な意味の連関を欠いたまま生起し、物語の具体的な展開が実質的に先送りされつつも、その一方で小説言説は積み重ねられていく事態が生じているのである。そこから脱するルートは、主人公が悪夢から目覚めるか、さもなくば悪夢と共に身を滅ぼすかのいずれかしかありそうにない。逆に言えば、小説としての具体的な展開はともかくとして、この小説はいつ終わってもおかしくないのであり、新聞連載の体裁としては中途半端な印象で終わっているものの[*4]、連載小説という「出たところ勝負」（序にかへる言葉）[*5]に負けない準備はそれなりになされていたと言うべきなのである。

物語世界の論理では説明困難な出来事が、意味論的連関を希薄にしたまま、小説言説そのものの増殖に貢献するという機構は、これ以降の「曖昧さ」の効用を意図的に導入した小説群を考える場合、極めて重要な論点となるであろう。

*

その「はしがき」で「大衆小説」という角書きが付された『乱菊物語』（一九三〇年、大阪・東京『朝日新聞』[*6]）は、史実の拘束の少ない時代・舞台を選んで「羽根を伸ばし切れることを望ん」（作者から読者へ・はしがき）だ歴史小説であり、「筋の面白さ」の追求の試金石となる小説とも考えられる。

室町時代末期の播州室の津を主要な舞台とした『乱菊物語』は、遊女かげろふ、家島の領主にして海賊の頭目でもある苫瓜元道と海竜王を名乗る謎の若武者を中心とした明国伝来の宝「羅綾の蚊帳」の争奪戦と、かげろふや京都から招いた側女をめぐる赤松家と浦上家の若い二人の当主の鞘当ての二つの筋を絡み合わせた物語となっている。先に触れた中里介山『大菩薩峠』についての記述では、谷崎はその「筋の面白さ」を、いくつかの特定の場面設定とそれと結びついた語りのあり方に着目して評価している。谷崎が自らの創作を自らが「筋の面白さ」を感じた小説に近づけようとする意図をどの程度持っていたかは不明だが、『乱菊物語』において、物語の場面設定とその語り方のバリエーションの豊富化が意図されていた痕跡は明白である。系列の異なる二つの筋では、場面設定が異なるのは当然としても、語り方においても異なる方法が選択されている。赤松・浦上両家の争いに関しては、二人の当主を軸に関係者の心のうちが詳細に語られることによって、内面的な軋轢と葛藤の昂まりが悲喜劇的な展開を引き起こす面が強調されるのに対して、「羅綾の蚊帳」の争奪戦では、特定の登場人物の内面が意図的に空白のままに置かれることによって、出来事の深層の意味が伏せられたまま、表層において派手な立ち回りが連続する活劇的側面が前景化されている。さらには、同系列の筋の連続の中でも、舞台の移動や登場人物の出入りなど目まぐるしい程に場面が変化しており、場面ごとに中心となる登場人物の立場や性格、出来事への関係性に従って語りの雰囲気もかなり明瞭に変化しているのである。このことが、予め設定された連載期間の幅では到底収拾しきれない筋の拡大や複雑化を招いたことは否定できないが、少なくとも前編を見る限り、小説として破綻を来しているわけではないことは確認しておく必要があるだろう。

話の筋を展開する力学という面から注目すべきは、登場人物の内面が敢えて空白にされることがある「羅綾の蚊帳」争奪戦の描かれ方である。登場人物の内面の空白化は、出来事に先立って存在したはずの、その出来事と登場人物との関係性を表す場面を敢えて語らない語りの順序に関わる操作と、特定の人物を描く際に外的焦点化による描写を前景化する語りのモードに関わる操作との連携によって準備される。物語の前半部分では、遊女かげろふと苦瓜元道の関係性が空白の中に置かれることになるのだが、苦瓜については海賊の頭目としての外観と家島の領主としての外観の一致から、その同一性が示唆され、台詞を通してその目論見もほぼ読者に伝わるようになっている。それに対して、物語の後半に至るまで空白部分を残しているのは遊女かげろふである。もちろん、苦瓜との連携が明らかにされ、女賊としての本性が示唆されるのは間違いないのだが、その一方で、彼女自らの言葉によって心のうちが明かされる場面が用意されていないことも確かである。その理由は、書かれなかった物語の続きを参照しなければわからないが、物語後半に登場する海竜王を名乗る謎の若武者と関わると想定するのが妥当であろう。舞台の前面に登場するまで何をしていたのかも、何を目論んでいるのかも全くわからない、ひたすら凜々しい若者とかげろふとの関係が、この後の展開の焦点の一つとなる可能性である。

その一方で、京都に主人の側女を探しに行った赤松と浦上の家臣が詐欺の一味に引っかかり、危うく命を落としそうになるエピソードの語りでも、登場人物の内面の空白が機能している。この場合は、一味の狙いに気づかずに騙されている家臣の意識を通した場面の提示を読者がそのまま受け容れることによって、家臣に対する詐欺がそのまま読者に対する詐欺として成立している。言い換えれば、物語世界内に登場人物の内面の空白は客観的に実在しており（もちろん、その空白に踊らされた別の登場人物がその実在に気づくのは事後のことである）、登場人物の意識を媒介にしてそれが読者に作用するのである。それに対して、遊女かげろふや海竜王を名乗る若武者の内面の空白は、物語世界内に存在する他の登場人物にはさほどの意義を持たない。若武者の正体はかげろふや苦瓜にとっても謎ではあるが、その正体の解明は喫緊の課題ではなく、差し当たりは宝やかげろふを手に入れようとしているライバルの一人と見れば事足りるのである。つまり、かげろふや若武者の内面の空白は、物語の先にこの両者の関係の深まりまでをも想像してしまう小説読者に向けて直接提示されているのであり、物語内容との関係性の希薄な、純粋に語りの審級に属する要素なのである。

また、複数勢力の争奪戦による宝の移動の連続という歌舞伎や大衆小説でお馴染みの趣向については、実際のところ物語全体の展開とどの程度関わるか不鮮明なままではあるが、「羅綾の蚊帳」という宝が、その正当な所有者であることを主張する遊女かげろふと一体化して争奪戦の対象となる構図の中で、物語の中を移動する記号と化して物語全体の説話論的機構を担いうると意識されていることは間違いない。つまり、『乱菊物語』には、やや混沌とした状況にはあるものの、説話論的機構に関わる複数の意味の空白が見出せるのである。

＊

もはや確認するまでもないが、意味内容を欠いた記号としての「宝」がそれに関わる人々のさまざまな欲望を現象させる触媒となって、それを所有したと信じる者の運命を左右する機能を果たすと同時に、何を考えているかわからない存在の内面の空白が周囲の登場人物たちを動かし、物語的連関を希薄にしたまま語りを前に進める役割を果たしている小説と言えば、誰しもが『猫と庄造と二人のをんな』（一九三六年）を思い浮かべるであろう。愛猫家からは異論が出るかも知れないが、猫の「リヽー」の内面は、物語世界の論理では決して満たすことの出来ない空白として存在し続け、結果的にその物語的理解は読者に預けられる。そこでは『乱菊物語』の方法論がより洗練されたかたちで小説表現の機構に埋めこまれる一方で、『黒白』に見られた物語世界の論理では説明困難な出来事の処理についても、より自然な解決が与えられている。「面白さ」という読者志向の発想が、谷崎の小説表現に新たな展開をもたらしたと考えることができよう。「小説の筋」論争から出発した小説表現の実験の射程は意外と広い範囲に及んでいるのである。

注

＊1　「饒舌録」『改造』一九二七年二月～一二月。引用は『谷崎潤一郎全集』第二十巻、一九八二年、中央公論社による。
＊2　同
＊3　生前に刊行された作品集のタイトルを見る限り、「犯罪小説」「探偵小説」「推理小説」という用語の使い分けについて、谷崎自身には強いこだわりはなかったようである。
＊4　連載最終回（一九二八年七月一九日）では、本文末尾の（完）の表記の後に「作者申す」として、「最初の預定以上に余り長くなりましたから」「一まづ終ることにしました」と記されている。
＊5　『大阪朝日新聞』一九二八年三月二一日（『東京朝日新聞』三月二四日）。
＊6　なお、「大衆小説」の角書きが付されているのは『東京朝日新聞』の「はしがき」（一九三〇年三月一四日）のみであり、谷崎自身のコメント部分は同内容の『大阪朝日新聞』「作者から読者へ」（三月一三日）では、新聞社側のコメントの中に「大衆読物」という表現がある。安田孝（『乱菊物語』の裏表」『神女大国文』第二四号、二〇一三年三月）は「大衆小説」の角書きについて谷崎自身の関与を限定する見解を示しており、それ自体は妥当なものと思われる。

◆ジェンダー

ジェンダー理論から読む谷崎

——『刺青』におけるジェンダーの構築力

生方智子

はじめに——ジェンダー理論の状況

一九九〇年にアメリカ合衆国で出版された二冊の本によって、ジェンダー研究（Gender Studies）に転回点がもたらされた。それは、ジュディス・バトラー『ジェンダー・トラブル——フェミニズムとアイデンティティの攪乱』（Judith Butler, Gender Trouble: Feminism and the Subversion of Identity）とイヴ・コゾフスキー・セジウィック『クローゼットの認識論』（Eve Kosofsky Sedgwick, Epistemology of the Closet）である。[*1] 両者は共に構築主義に基づいてジェンダーを論じることで、従来の研究の批判的乗り越えを行った。バトラーはフェミニズム批評を、そしてセジウィックはセクシュアリティ研究を、本質主義的ジェンダー観を前提とするものとして批判したのである。

この構築主義に基づいたジェンダー論の特徴について、バトラーの議論に即して確認したい。[*2] バトラーは「フェミニズムの主体は、解放を促すはずの、まさにその政治システムによって、言説の面から構築されている」という。そしてフェミニズム批評は「女が言語や政治においてどうすればもっと十全に表象されるかを探求する」だけではなく、「『女』というカテゴリーが、解放を模索するまさにその権力構造によってどのように生産され、また制約されているかを理解しなければならない」と論じた。ここでバトラーは、フェミニズム批評が前提としてきた「女」という主体は言説によって構築されたものであると述べる。

次に、バトラーは、生物学的で本質的な「性別化された身体」と、その身体が身にまとう「文化的に構築されるジェンダー」という「セックス／ジェンダー」の二項対立的な定義を批判し、セックスとはジェンダーによって構築されるものとして、『身体』を受け身で言説に先立つものとみなす」考え方に対して疑問を呈している。

このように、バトラーは「言説に先立つもの」という前提の存在を次々と転覆させていくが、その際にジェンダーが重要な役割を果たすと考えている。「ジェンダーは結局、パフォーマーティブなものである。つまり、そういう風に語られたアイデンティティを構築していくものである。この意味でジェンダーは『おこなうこと』である」。ジェンダーは首尾一貫したアイデンティティを具えた「女」あるいは「男」という存在のリアリティをパフォーマーティブに、そして反復的にずらしながら構築する。アイデンティティは常に攪乱の中にある。

バトラーとセジウィックによって示されたのは、このようなパフォーマーティブな構築力としてのジェンダーという概念である。バトラーが「セックス／ジェンダー」という二項対立を脱構築してみせたのと同様に、セジウィックはジェンダーがセクシュアリティを構築すると論じて「ジェンダー／セクシュアリティ」という二項対立を批判し、さらに「異性愛／同性愛」という二項対立的なセクシュアリティのカテゴリーを脱構築した。その結果、ジェンダー研究は既存の社会規範に拘束されない生の自由の可能性を探究することが可能となったのである。

このようなジェンダー研究の成果は、谷崎潤一郎研究においても有効に機能するといえよう。従来の谷崎研究において度々参照されてきた「永遠女性」「マゾヒズム」といったキーワードは本質主義的なジェンダーとセクシュアリティの概念を前提としており、[*3]テクストにおける言説上の特徴は谷崎潤一郎という作家の性質に実体的に還元される傾向にあったが、ジェンダー理論の枠組みを導入することによって、新たな問題がみえてくるだろう。谷崎の初期作品『刺青』（「新思潮」一九一〇・一一）を取り上げて、テクストにおけるジェンダーの機能を考察し、谷崎文学の特徴を明らかにしたい。

一――『刺青』における表象行為

『刺青』は、刺青師の清吉が娘に出会い、彼女に刺青を施すことによって「光輝ある美女の肌を得て、それへ己れの魂を刺り込む」という「年来の宿願」を果たす物語である。これは男性が自分の理想通りの女を作り上げるというピグマリオン型の物語となっている。また、清吉の理想とする女が「男の生血に肥え太り、男のむくろを踏みつける」女であることから、清吉自身が長年抱き続けていたマゾヒズムの欲望を実現する物語とみなすこともできる。このように『刺青』から物語内容を取り出すと、男が自身の理想とする女を作り上げることで自己実現を果たすという ものとなり、〈白いキャンバス〉としての女を手に入れ、自身の〈ペニス＝ペン〉によって創造を行う芸術家の男という、フェミニズム批評が批判してきた芸術の創造をめぐるジェンダー関係をみることができるのである。*4

しかし、清吉の創造行為に注目すると、『刺青』には「支配する男」と「支配される女」、あるいは「支配されることを望む男」と「男の望む通りに支配してくれる女」、つまり「創造主」と「作品」という関係では捉えることのできない問題が描かれていることが分かる。

清吉による理想の女の創造は、娘に「古の暴君紂王の寵妃、末喜を描いた絵」と「若い女が桜の幹へ身を倚せて、足下に累々と斃れて居る多くの男たちの屍骸を見つめて居る」という「肥料」という題の巻物を見せることから始まる。清吉は「この絵の女はお前なのだ」と娘に告げ、最終的に娘は清吉の予言通りの女に変身して「親方、私はもう今迄のやうな臆病な心を、さらりと捨てゝ、しまひました。――お前さんは真先に私の肥料になつたんだねえ」と応えるのである。このとき、清吉は、絵として描かれた表象を女の身体において再現することで、絵が描き出す世界を再現的に上演している。つまり、清吉の創造行為とは表象されたものを再‐表象することであり、表象のパフォーマティブな再現となっているといえよう。

このような清吉の創造行為の性質について語り手の評価は両義的である。語り手は清吉に対して「浮世絵師の渡世をして居たゞけに、刺青師に堕落してからの清吉にもさすが画工らしい良心と、鋭感とが残って居た」と述べており、清吉の創造行為は絵画を表象することに対する「堕落」であると語られている。しかし、同時に、語り手はテクストの冒頭部で「女定九郎、女自雷也、女鳴神、――当時の芝居でも草双紙でも、すべて美しい者は強者であり、醜い者は弱者であつた。誰も彼も挙つて美しからむと努めた揚句は、天稟の体へ絵の具を注ぎ込む迄になつた」と語る。このとき身体に刺青を施すことと「女定九郎、女自雷也、女鳴神」とが一緒に並べられていることは重要だろう。定九郎、自雷也、鳴神とは歌舞伎や草双紙で人気のヒーローであり、「女定九郎、女自雷也、女鳴神」は、さらにこれらのヒーローをヒロインに変えて女仕立てにした物語となっている。つまり、「女定九郎、女自雷也、女鳴神」とは、先行する物語を変化させせつつジャンルを超えて反復的に再現した表象を意味しているのである。

それを踏まえると、刺青を施すこととは、表象のパフォーマーティブな再現に対するさらなる再現であり、反復の反復に相当することになる。このとき、刺青という創造行為は、絵画を模倣することによって絵画の表象に従属し、絵画の創造に対して下位にあるものではなく、反復の繰り返しによってオリジナルとコピーという階層関係が成り立たなくなった表象をさらに反復するという、表象をめぐる階層秩序を脱構築する性質を備えているといえよう。

二――「女」というジェンダー

『刺青』において、女というジェンダーはパフォーマーティブに構築される。女とは、清吉にとって創造するもの、娘にとっては〈なる〉ものとしてある。このジェンダーの構築に際して活用されるのが皮膚というトポスである。『刺青』というテクストは、人間の身体を個人における自己完結的な閉域とみなしてはおらず、身体を輪郭付ける皮膚に着目することによって、身体を自他の交流が行われる開かれた場として捉えている。清吉が娘の皮膚に刺青を施すとき、皮膚において清吉は娘と交流する。「若い刺青師の霊は墨汁の中に溶けて、皮膚に滲むだ」「さす針、ぬく針の度毎に深い吐息をついて、自分の心が刺されるやうに感じた」という語りから、清吉は針で皮膚を刺すことによって身体の内と外との境界に穴をうがち、墨汁を注いで侵入し、さらに痛みを媒介にして身体感覚を共振させ、娘との融合を果たそうとしていることが分かる。

この清吉と娘との交流によって、娘の身体に変化がもたらされる。「針の痕は次第々々に巨大な女郎蜘蛛の形象を具へ始めて、再び夜がしら〳〵と白み初めた時分には、この不思議な魔性の動物は、八本の肢を伸ばしつゝ、背一面に蟠つた」。清吉と娘の交流がなされた皮膚において「女郎蜘蛛」が出現し、娘の身体は蜘蛛と融合する。

娘が女に〈なる〉という出来事は、清吉と娘との、そして蜘蛛と娘との交流という過程を経て実現される。この交流の過程において、娘の身体の輪郭は変容し、変身がなされていく。〈女になる〉とは、身体が変容のさなかにさらされ続けることであり、終着点のないままに変化の中に身を置き続けることを意味している。

また〈女になる〉という出来事は、「われとわが心の底に潜んで居た何物か」が顕在化するという個人的なドラマに還元されるものではない。テクストにおいて刺青による交流は自他が融合した変性意識状態として描かれている。この意識の変容をもたらすきっかけは「麻睡剤」である。「「まあ待ちなさい。己がお前を立派な器量の女にしてやるから」と云ひながら、清吉は何気なく娘の側に近寄つた。彼の懐には嘗て和蘭医から貰つた麻睡剤の壜が忍ばせてあつた」という語りの直後、テクストにおいて突然に描写が始まることになる。

日はうらゝかに川面を射て、八畳の座敷は燃えるやうに照つた。水面から反射する光線が、無心に眠る娘の顔や、障子の紙に金色の波紋を描いてふるへて居た。

部屋のしきりを閉て切つて刺青の道具を手にした清吉は、暫くは唯恍惚としてすわつて居るばかりであつた。彼は今始めて女の妙相をしみぐ〵味はふ事が出来た。その動かぬ顔に相対して、十年百年この一室に静坐するとも、なほ飽くことを知るまいと思はれた。古のメムフイスの民が、荘厳なる埃及の天地を、ピラミツドとスフインクスとで飾つたやうに、清吉は清浄な人間の皮膚を、自分の恋で彩らうとするのであつた。

ここでは「座敷」という空間の描写が行なわれる。この描写において重要な働きをなしているのが「川面」である。語り手は川に言及することによって、「座敷」を〈此方〉と〈彼方〉という構造化された空間として作り上げていく。川は空間を境界付け、川の向こうの〈彼方〉を出現させる。そして「川面」を射る太陽の光によって〈此方〉には「水面から反射する光線」がもたらされ、川から隔てられているはずの〈此方〉の空間に「金色の波紋」が現れて〈此方〉が川と重なり合い、〈此方〉は〈彼方〉へとつながっていく。さらに、〈彼方〉という空間は、「古のメムフイスの民」が生きていた幻想の空間と重ね合わされていく。

このように、自他の融合によってもたらされる意識と身体の変容は、『刺青』において〈此方〉と〈彼方〉との境界を乗り越えて〈彼方〉へと向かうこと、現実を超越した世界へと向かうこととして語られる。清吉が娘に刺青を施すことは「古のメムフイスの民」が「荘厳なる埃及の天地を、ピラミツドとスフインクスとで飾つた」ことに並び称され、世界を作り上げることとして意味づけられるが、この世界は〈彼方〉へと向かおうとする志向性において出現するものである。

女とは、清吉にとって創造するもの、娘にとっては〈なる〉ものとしてあった。創造も〈なる〉ことも、いずれもテクストにおいて完成という静止状態を迎えることはない。なによりもまず〈女になる〉とは境界を乗り越えて向かうという行為を遂行させるものとしてあり、その意味において〈女になる〉とはバトラーの言う通り「おこなうこと」となっている。

〈女になる〉ことが状態としてよりも行為に大きく関わることは、テクストの描写に影響を及ぼしている。女というジェンダーを上演する身体をめぐって、具体的な描写がなされるのは足だけなのである。「拇指から起つて小指に終る繊細な五本の指の整ひ方、絵の島の海辺で獲れるうすべに色の貝にも劣らぬ爪の色合ひ、球のやうな踵のまる味、清冽な岩間の水が絶えず足下を洗ふかと疑はれる皮膚の潤沢」。このようにテクストにおいて詳細に描写されるのは娘の足のみであり、娘の背中に蜘蛛の刺青が刻まれた際ですら、背中を映し出しているはずの鏡には「真つ白な足の裏が二つ、その面へ映つて居た」としか語られない。テクストにおいて身体とは常に変容の最中にあり、足は境界を乗り越えて向かうという行為の中心として指示される部位となっている。

『刺青』はジェンダーのパフォーマティブな構築力を利用して変容の最中にあるものとして身体を描き出し、同時に身体を取り巻く世界の再構築を行っていく。その際、境界を乗り越えて向かうという行為をパフォーマティブに顕在化させることによって、現実を超越した理想の世界を出現させることを目指すのである。

おわりに――〈乗り越え〉としてのジェンダー・トラブル

自然主義批判を行ってデビューした谷崎潤一郎は、以後、自然主義文学が作り上げたリアリズムに抵抗し、生き生きとしたリアリティを備えた幻想世界を描き出すことを目指し続けた。谷崎の文学には既存の秩序や価値を乗り越えることによって新たな世界を作り上げようとする志向性が備えられており、「其れはまだ人々が「愚か」と云ふ尊い徳を持つて居て、世の中が今のやうに激しく軋み合はない時分であつた」という語りで始まる『刺青』には、既存の価値に拘束されることへの批判が顕著に表れている。谷崎が『刺青』を発表した頃、入れ墨は政府による禁止の対象となって久しく、『刺青』はあえて刺青師の清吉を主人公として彼の創造行為を描くことによって禁止を侵犯し、規範化された秩序の乗り越えを図るのである。

この谷崎文学の特徴は、今日のジェンダー研究に通底する理念と響き合う。バトラーは「権力の巧妙な策略」から自由になるためには「いかにうまくトラブルを起こすか、いかにうまくトラブルの状態になるか」という戦略が必要だと述べる。[*5]谷崎は『刺青』において、現代のジェンダー理論を先取りする形でジェンダーの構築力を描いて見せた。

注

＊1　日本語訳として、竹村和子訳『ジェンダー・トラブル――フェミニズムとアイデンティティの攪乱』（青土社、一九九九・四）、外岡尚美訳『クローゼットの認識論――セクシュアリティの20世紀』（青土社、一九九九・六）が出版されている。

＊2　＊1前掲書。

＊3　千葉俊二編『谷崎潤一郎必携』（学燈社、二〇〇二・四）。

＊4　芸術創造をめぐる性支配の関係については、サンドラ・ギルバート、スーザン・グーバー『屋根裏の狂女――ブロンテと共に』（山田晴子、薗田美和子訳、朝日出版社、一九八六・一二）を参照されたい。

＊5　＊1前掲書。

◆クィア

クィア作家としての谷崎潤一郎

岩川ありさ

一九七〇年に刊行された『谷崎潤一郎集(新潮日本文学6)』(新潮社)の「解説」で、三島由紀夫は、「金色の死」(『東京朝日新聞』、一九一四年発表)について論じている。谷崎がこの世を去るまで、どの全集にも収録されなかったこの小説は、クィア作家としての谷崎潤一郎について考えるための重要な示唆を与えてくれる。*1

「刺青」(一九一〇)、「秘密」(一九一一)、「少年」(一九一一)、「悪魔」(一九一二)を発表し、新進作家としての地位を固めていた谷崎は、「金色の死」の中で、「美」という理念に殉死する「岡村君」という人物を描いた。語り手の「私」は、中学校時代、真っ白に透き通る肌をした美青年であった「岡村君」を、「不思議に美しく妖艶に感じ」る。二人はその後も芸術について語りあう友であり続けたが、作家として活躍し、生活のために「お話」を書くようになった語り手の「私」は、非芸術的な日々を送ることに苦しんでいる。その頃に再会した「岡村君」は、箱根に広大な庭園と豪奢な邸宅を誇る「芸術の天国」を建設していた。古今東西の芸術がキメラのように複雑にあわさり、生きた人間が肉体で芸術品を演じている「芸術の天国」で、「如来の尊容」を表現した「岡村君」は、体中に金箔を塗り、毛孔が塞がれたために死ぬ。

三島は、『谷崎潤一郎集』の「解説」で、芸術にすべてを捧げた「岡村君」は、言葉の本当の意味での快楽を生きたと指摘している(三島由紀夫「解説」『谷崎潤一郎集(新潮日本文学6)』、新潮社、一九七〇、一〇四七頁)。しかし、「言葉の本当の意味での快楽」を生きたのは「岡村君」のみではないだろう。語り手の「私」は、多くの人が悪趣味だと思う、金箔に皮膚を覆われて死んだ「岡村君」について、「私は此のくらゐ美しい人間の死体を見た事がありませんでした」と語り、「岡村君」を最後まで愛しぬく。日本文学におけるクィア批評を牽引してきたキース・ヴィンセントが、『現代思想』（一九九七・五）の「レズビアン／ゲイ・スタディーズ」特集の中でいうように、「愛してきた人たちの特性の一連の内面化の蓄積の複合体」が「私」であるなら、「岡村君」のクィアさ、つまり、「本当の意味での快楽」も、語り手の「私」の中に堆積している。語り手の「私」は、「岡村君」のクィアによって、自らの規範的なものの見え方自体を変容させられてしまったのだ。

本稿では、まず、未完の小説「鮫人」（一九二〇）を対象として、男性と女性、日本人と中国人といったカテゴリーに引き裂かれる「林眞珠」について考察する。次に、マゾヒズムやフェティシズムへの注目がなされる一方で、谷崎研究の中では見過ごされてきた、ジェンダー非対称の問題について「秘密」（一九一一）をとりあげて論じる。

一——沈黙する「林眞珠」

一体あの眞珠と云ふ児は、先の様子では余程女らしくなつて来たが、去年はまだあんなに胸や腰の周りが出て居なかつたし、おまけに舞台では男に扮して居たのだから、ほんたうの男の児のやうに見えたのは事実だつた。支那人ばかりでなく、日本人でも男だと思つた者が大分あつた。厳密に云へば、あの時分の彼女の体つきは男と女の中間にあつたと思ふ。（『谷崎潤一郎全集第七巻』中央公論社、一九八一、一六五）

一九二〇年一月から一〇月まで、『中央公論』に断続的に掲載された「鮫人」は、たくさんの「謎」を残したまま、未完に終わった小説である。第一次世界大戦の好況に沸く浅草で暮らす芸術家の「服部」は、中国への旅をして帰ってきた帝大卒の友人「南」に、浅草公園にある劇団「ルネッサンス協會」で活躍する林眞珠という女優を紹介する。林眞珠の姿を見た「南」は、上海旅行中に目にした「不思議な事件」を思い出す。

上海で、「ルネッサンス協會」が「浪士燕青」というオペラ風の出し物を行っていたのを「南」は見たのだが、そのときに、主役の美少年「燕青」を演じていたのが林眞珠だった。堂々と中国人の少年を演じていた林眞珠。しかし、林眞珠が中国語の詩句を歌ったときに、老いた苦力が、「お、、お前こそ私の倅の林眞珠（Lin-Chên-Chu）だ！　私の眞珠よ！　私の宝よ！」とつめよったことで、辺りは騒然とする。この瞬間、林眞珠は、「支那人の美少年」である「林眞珠（Lin-Chên-Chu）」と「日本人の女優」である林眞珠という二つのカテゴリーに引き裂かれる。

上海での「不思議な事件」について語る「南」は、林眞珠のことを「(その場にいた)日本人でも男だと思つた者が大分あつた」と語る。また、自分自身は、「あの時分の彼女の体つきは男と女の中間にあつたと思」い、「其処に一種の美しさがあつたやうに思ふ」と表現する。この場面で、「南」が、「見えた」、「思つた」、「思ふ」といった「認識」に関する言葉を多用していることは注目に値するだろう。

近代日本文学研究者の竹内瑞穂は、『「変態」という文化——近代日本の〈小さな革命〉』(ひつじ書房、二〇一四)の中で、「鮫人」において、林眞珠をめぐる謎は、身体的な特徴を利用して個人を識別する、「生物学的性別(セックス)」という「実体的個人識別」の水準で明らかにされようとしていると指摘する。そのうえで、竹内は、「近代的な社会管理システム」によって、林眞珠の身体の謎を説明したとしても、林眞珠が他者との関係性をどのように結んでいたのかなど、物語の謎は蓄積してゆくと述べる。

「南」は、自らの語りの中で、林眞珠のことを「実体的個人識別」の水準で判別しようとしているように見えるが、実際には、性別二元論という認識的な枠組みの中で、林眞珠の「身体的な特徴」を識別しようとしている。「南」の投げかける林眞珠へのまなざしは、たとえ、「真実」の「生物学的性別(セックス)」が何であろうと、「南」の采配いかんで、林眞珠のジェンダーは決定され、他者によって、その生が領有される危険にさらされていることを明らかにする。しかし、「南」をはじめとして、林眞珠について饒舌に語る人々に対して、林眞珠は、つねに沈黙し、自分自身について説明することを拒んでいる。

フェミニズム、クィア理論の理論家であるジュディス・バトラーは、『自分自身を説明すること——倫理的暴力の批判』の中で「沈黙」について次のように指摘する。

> 沈黙は問いかけへの抵抗を表現する。つまり、「あなたにはそのような問いかけをする権利はない」とか、「私は問いに応えてこの申し立てに権威を与えはしない」とか、「たとえそれが私であったとしても、それはあなたの知ったことではない」といった抵抗である。こうした場合の沈黙は、問いや質問者が行使する権威の正当性を疑問に付すことであるか、質問者が立ち入ることのできず、立ち入るべきでもない自律の領域を画定する試みである。(ジュディス・バトラー『自分自身を説明すること——倫理的暴力の批判』(佐藤嘉幸、清水知子訳、月曜社、二〇〇八年、二一三~二一四)

劇団の一員として暮らす林眞珠にとって、自らの生活の支えとなっている団長や客たちの期待にそぐわないでいることは不可能に近い。[*2]「南」や「老苦力」も含めて、彼らは、林眞珠に、お前は何者かと問い、説明させようとする。彼らが求める「支那人の美少年」や「日本人の女優」といったカテゴリーには、林眞珠がすべき役割が割りあてられている。もしも、彼らの意にそぐわない行為をしたならば、林眞珠は、居場所をなくし、その生は壊されてしまうだろう。この不安定な条件は、当時の労働環境と無関係ではなく、劇を見に来た人々は林眞珠が何者であるかの決定権を握っている。しかし、たった二つしかないカテゴリーによって林眞珠を理解しようとする人々に対して、林眞珠が行う沈黙は、林眞珠のジェンダーやナショナリティを「実体的個人識別」のレベルで確定しようとする人々の決定を留保させる。それだけではなく、林眞珠の沈黙は、林眞珠という存在を領有して説明しようとする者たちを説明責任にひっかけ、呼びかける側の暴力性を暴き出す。

二――「秘密」と「私秘」

沈黙する林眞珠は、自分について一方的に決定しようとする呼びかけに振り向かず、秘密を残しつづける。しかし、沈黙しておきたい秘密が、他者によって暴かれることもある。本節では、これまで多くの研究の蓄積がある「秘密」(一九一一)について分析し、ある人のクィアネスを成り立たせるために生じる暴力について考察する。*3

「秘密」という小説は、浅草の松葉町に隠遁した語り手の「私」が、「都会の歓楽」を楽しむことができず、「懶惰な生活」から脱しようとして、神経を奮い立たせる出来事を探すところからはじまる。やがて、古着屋で女物の袷を見つけて魅了された語り手の「私」は、化粧をし、街へ繰り出すようになる。「「男」と云ふ秘密」を持ちながら街を歩く語り手の「私」は、見飽きてしまったすべてが新鮮に見えるようになる。

この小説において、まず目にとまるのは、語り手の「私」が抱えている「「男」と云ふ秘密」だろう。語り手の「私」にとって、「秘密」とは、「ロマンチツクな色彩」に彩られており、「不思議な気分」にさせてくれる「一種のミステリー」である。*4

一方、語り手の「私」が上海へ旅行する船の上で関係を結んでいた「T女」という人物にとって、「秘密」とは、「ロマンチツクな色彩」を帯びたものではすまされない。活動写真を見に行った語り手の「私」は、「T女」と再会するが、化粧をしているため、はじめは「T女」が自分だと気づいているのかも覚束ない。しかし、「T女」は、「………Arrested at last.………」とつぶやき、語り手の「私」は彼女が自分に気づいているのだと知る。その後、もう一度、二人で会うことになるが、「T女」は、語り手の「私」に目隠しをし、東京の街をあちらこちら俥で走り回り、身の上を知られないようにする。しかし、小説の最後で明かされるのは、「T女」が「芳野と云ふ其の界隈での物持の後家」であるということだ。語り手の「私」にとって、「T女」とのやりとりは、楽しみながら謎解きをする「ミステリー」である。しかし、「T女」にとっての「秘密」は、自らの私生活をめぐる「私秘（プライバシー）」である。[5]

「身分も境遇も判らない、夢のやうな女」として捉えてほしいと望む「T女」は、皮肉なことに、「私秘（プライバシー）」を暴かれる立場に置かれる。それに対して、語り手の「私」は、「T女」との関係が、「もツと奇怪なもツと物好きな、さうしてもツと神秘な事件」になるようにとエスカレートしてゆく。語り手の「私」が、着脱可能な衣装のようにしてジェンダーを取り替えて、「秘密」をコントロール可能なものとしているのに対して、「芳野と云ふ其の界隈での物持の後家」である「T女」は、語り手の「私」によって「私秘（プライバシー）」を一方的に暴かれる立場に置かれる。そして、語り手の「私」は、「芳野と云ふ其の界隈での物持の後家」であるという「T女」の「私秘（プライバシー）」を暴いた上で、小説の最後になって、「其れきり其の女を捨てた」と述べ、「私の心はだん〳〵「秘密」など、云ふ手ぬるい淡い快感に満足しなくなつ」たと「T女」を突き放す。

自らの「ミステリー」のために、「T女」という女性の「私秘（プライバシー）」を暴くことが行われるとき、「T女」は、語り手の「私」のクィアネスを補強する役割を担わされる。[6] 一方にとっての、「謎とき遊び」としての「ミステリー」が、もう一方にとって、「私秘（プライバシー）」の暴露となるとき、当時の女性たちが置かれていた状況が浮かびあがる。つまり、同じゲームに参加しているようでありながら、「T女」は「芳野と云ふ其の界隈での物持の後家」であり続け、自由に人生を選ぶことはできない。語り手の「私」のクィアネスは、「T女」という女性を犠牲にして成り立っている。

レズビアン、ゲイ、バイセクシュアル、トランスジェンダーの頭文字をとった「LGBT」という言葉が流行語として用いられるようになった現在においても、クィア批評を行うことは、テクストの中にLGBTの登場人物を発見することのみを意味しない。[7] むしろ、「クィア作家としての谷崎潤一郎」を見出すことは、クィア批評の初期から行われてきたように、ジェンダー、階級、民族、人種、社会階層などの「差異」について考え抜くことによって可能になるのではないだろうか。どのような力学によって、ある人のクィアネスは賞揚され、別のクィアな人々はかえりみられないのか。クィア批評が、性、身体、欲望をめぐる、様々な約束事や規範を問いなおすための批評的な方法であると同時に、不当な暴力や死にさらされている特定の生をめぐる状況そのものを問題化してきたことをもう一度思い出す必要があるだろう。[8]

谷崎の短編小説「魔術師」（一九一七）の中で、人々をとりこにする魔術師は、「男であるやら女であるやら全く区別の付か」ず、「決して純粋の白人種でも、蒙古人種でも、黒人種でもない」存在として描かれている。「余りに正しい人間」すらも変容させる魔術師は、異性愛的で、性別越境を認めず、規範な身体を中心とするストレートな世界のあり方自体を問う。谷崎のテクストを読むということは、この問いを読者である自らに課すということだ。クィア批評と谷崎研究が現在地で出会うのはこの瞬間である。

注

＊1　「金色の死」については、清水良典『虚構の天体　谷崎潤一郎』（講談社、一九九六）が詳しい。

＊2　当時の浅草について、浅草に取材した著書を多く残しているルポルタージュ作家の石角春之助一八九〇～一九三九）は、『浅草経済学』（一柳廣孝編『コレクション・モダン都市文化第一一巻――浅草の見世物・宗教性・エロス』ゆまに書房、二〇〇五年に所収。原著は文人社出版部より一九三三年に刊行された）の中で、浅草は、「プロレタリア」を中心とした「消費経済の場所」であり、「大規模な資本」を必要としない代わりに、利潤も限られていたと述べている。浅草のこうした経済基盤の中で、喜劇、新派、浅草オペラに出演した俳優たちは経済的には低賃金で、「小づかい」をもらいながら生活していた。

＊3　「秘密」についてジェンダーという観点から論じている論文に、張栄順『谷崎潤一郎と大正期の大衆文化表象――女性・浅草・異国』（어문학사、二〇〇八）、光石亜由美「女装と犯罪とモダニズム――谷崎潤一郎「秘密」からピス健事件へ」（『日本文学』二〇〇九・一一）、日高佳紀『谷崎潤一郎のディスクール――近代読者への接近』（双文社出版、二〇一五）序章など。また、小森陽一は、「都市の中の身体／身体の中の都市」（佐藤泰正編『文学における都市』笠間書院、一九八八。後に、千葉俊二編『谷崎潤一郎――物語の方法（日本文学研究資料新集）』有精堂出版、一九九〇に採録）の中でゲームという観点から論じている。

＊4　「賑かな世間から不意に韜晦して、行動を唯徒らに秘密にして見るだけでも、すでに一種のミステリアスな、ロマンチックな色彩を自分の生活に賦与することが出来ると思った。」（谷崎潤一郎『谷崎潤一郎全集　第一巻』中央公論新社、二〇一五、九二）とある。

＊5　飯田祐子は、『彼女たちの文学――語りにくさと読まれること』（名古屋大学出版会、二〇一六）の中で、「応答性」と「被読性」という概念を提起し、イブ・K・セジウィックの『クローゼットの認識論――セクシュアリティの二〇世紀』（外岡尚美訳、青土社、一九九九。原著一九九〇）におけるカミングアウトをめぐる議論を参照しながら、「発話における聞き手との関係の力学」に言及している。セジウィックの議論の焦点の一つは、「自分についての情報を誰がコントロールしているか」であり、「私秘（プライバシー）」について論じている本稿でも多くを負っている。

＊6　セジウィックの「男性のホモソーシャルな欲望」をめぐる理論を批判的に検討しながら、金子明雄は、「T女」が、「分割さ

れた二人の「私」の間に生じる身体的不快感のメカニズムに異性愛的な口実を与えるファグ・ハグの場所に置かれている」と指摘している。(『クィア批評』(藤森かよこ編、世織書房、二〇〇四)。

＊7　詳しくは、黒岩裕市『ゲイの可視化を読む——現代文学に描かれる〈性の多様性〉?』(晃洋書房、二〇一六)。

＊8　一九八〇年代のエイズ危機において、傷つき、病んだ身体を生きながら、互いに互いの生を支えたクィアな人々は、まっとうとされているものを根源的に問うた。二〇一五年八月には、一橋大学で、本人が意図しない形でセクシュアリティを暴露するアウティングが行われ、尊い命が失われた。二〇一五年一一月には、戸籍上男性として経済産業省に勤務しているトランスジェンダー女性が、「戸籍を変更しなければ、女性用トイレの使用が認められない」という同省の対応について、不当であるという訴えを起こした。二〇一六年六月には、アメリカ合衆国フロリダ州オーランドーのナイトクラブ「パルス」で起こった銃乱射事件で五〇名を超える人々が殺害され、クィア・コミュニティに衝撃を与えた。こうした現実の中で、私たちはクィア批評を行っている。

※　ご助言をくださいました井川理さん、柿原和宏さん、竹内瑞穂さんにお礼申し上げます。

◆モダニズム

谷崎潤一郎の描く辻潤

森岡卓司

関東大震災による関西移住を契機として谷崎の文学がモダニズム的傾向を離れ〈日本回帰〉を果たした、という把握は、長く定説となってきたが、近年の研究では、谷崎の作家的な歩みに即して、あるいはより広く文化思想史の再検討の一環として、この精緻化が様々にはかられてきた。その中でも、「モダニズムのシンプルで合目的的な機能美の観点に立脚することで、神社・日本の民家・茶室等に着目し、それらの伝統的日本建築の「簡素・単純・純粋」といった要素に〈日本的なもの〉の本質を見出す」という一九三〇年代の文化的言説の潮流を踏まえた、西村将洋の次のような指摘は興味深い。

　だが、「陰翳」を見出す谷崎の視線には、純粋な〈日本〉的な視線ではなく、伝統性とモダニズムとが重なり合う場所が存在していたのである。「陰翳礼讃」は、そのような伝統的最先端の視線を援用し、その視線との重複を事後的に隠蔽することで、〈西洋／日本〉という心象地理の固定化を遂行し、〈西洋〉に対抗する〈日本的なもの〉としての「陰翳」を創出していたのである。[*1]

　ここで説かれるのは、谷崎の〈日本回帰〉を代表するとみなされる「陰翳礼賛」（『経済往来』一九三三・一二〜一九三四・一）が提示する〈日本〉の特殊性が、同時代のモダニズム言説の論理を敷衍した先に存在した、という事態である。同時期に執筆された『文章読本』（中央公論社、一九三四・一一）が、時代の影響を多分に受けた日本美学としてだけではなく、合理的な文章指南の「実用書」として戦後に再評価され、一定の規範性を保ったという後の経緯[*2]に鑑みても、こうした連続性の指摘は、谷崎文学においても確かに一定の有効性を持っているかに思われる。〈日本〉を語る谷崎の口吻は、少なくともある時期までは、他の作家と同じかそれ以上に、合理的であり、モダンであった。

本稿では、こうした西村の指摘に導かれつつ、谷崎のモダニズムの行方を再検証したい。その際、谷崎のモダニズムが、その初発から地政学的な認識とともにあったことには留意が必要だと思われる。

初期の彼の作品には、モダン都市東京そのものを描こうとしたものが多くあるが、その代表作と見なされるのは、未完に終わった「鮫人」(『中央公論』一九二〇・一、三〜五、八〜一〇)だろう。この物語の舞台に選ばれる浅草は、さまざまの娯楽と人とが「性質と内容とを刻々と変化させ、増大させ、互に入り乱れて交錯し融和し合つて居る」さまにおいて特徴づけられる。圧倒的な速度と質量で「流転」していくその都市は、「《解読を許さぬ》書物」、「デーモン」[*3]の名にふさわしい。だが、全くその本質を定め難いかに見えるこの浅草は、同時に紛れもなく「以前に比べると不愉快な都会に」なった「戦争以来」の東京が集約されるトポスだと繰り返し意識されてもいる。「谷崎氏は、自分の享楽の場所が日本であることが気にかかってならなかった」と書き出す武田泰淳の谷崎論[*4]は、「鮫人」に見られる、時代とその地政学とによる拘束への意識が、谷崎文学の「一つの出発」であったことを説くものとして、その重要性を未だ失っていない。

さて、ここから谷崎のモダニズムがどこへ向かったのかと考える際に、ぜひ併せ考えるべきひとりに、辻潤がいる。「ふもれすく」(『婦人公論』一九二四・二)において「鮫人」には自らが描かれていると述べた辻の谷崎との交流は、一九一六年ころに始まったようだ[*5]。以降、一九二五年、一九三二年双方の「辻潤後援会」に谷崎の名前が見られ、一九二八年の辻渡欧に際しては自宅に招いて送別の宴を催すなど、二人の付き合いは長く続く。谷崎が訳した「グリーブ家のバアバラの話」(『中央公論』一九二七・一二)の端書きには「折よく旧友辻潤君や澤田卓爾君が遊びに来たのを掴まへて、同君たちにも教へを乞うた」とあるように、谷崎は翻訳者としての辻の力量を認めてもいる。

こうした、それなりの密度も伴った交流が知られているにもかかわらず、これまで、谷崎文学を考える上での辻の存在が、ロンブローゾ『天才論』の訳者(植竹書院、一九一四・一二)としてのそれにほとんど限られていたのは、後年の谷崎が、「辻潤はたゞ奇抜なだけで、何の才能も持ち合せない怠け者に過ぎなかつた」(「早春雑記」、『改造』一九五〇・四)と辻を切り捨てていることにもよるだろう[*6]。

確かに、谷崎のテクストが、ダダ的な破壊の「奇抜」さに近接することはなかったかに見える。しかし、「すでに『饒舌録』でジョージ・ムーアの近年の文体に注目した谷崎は、十九世紀のリアリズム文学に抗して興った世紀末以来の西欧モダニズム文学の発展の諸相のなかでも、この時期、ナラティヴの物語性・時間性の開放と新たな可能態を探求したモダニズム小説の文体に並々ならぬ関心を寄せた」とし、昭和初年代の谷崎テクストを「「意識の流れ」系小説の文体的特徴を敏感に捉え、自ら実践を通じてその関心を発展させていった」と評した鈴木登美の指摘は[*7]、谷崎とモダニズムとの接触を考えるために有効な観点を示唆している。そして、この一節に鈴木が言及する「饒舌録」の該当部分に辻の訳文へのメンションが送られていることを考えるなら、両者の具体的な影響関係を検討する余地もまた残されているように思われる。

しかしここでは、別の角度から、谷崎における辻の問題をたどってみたい。「鮫人」において、モダン都市浅草に差し向けられる視線が、同時代の東京、そして日本を巡る地政学的な意識に関わっていたことを先に述べた。後の谷崎が辻に向ける視線も、この意識と無縁ではない。いわば、殖民地を含む「帝国日本」のモダニズムが抱え込まざるを得なかった貧しさ、「侘びしい」東京を代表するキャラクターとして、谷崎は辻を描いているのだ。

それが最も明確に現れたテクストとして、「東京をおもふ」(『中央公論』一九三四・一〜四)を参看しよう。関東大震災の体験から書き起こされるこのエッセイにおいては、複数の位相から東京の姿が照射されるが、そこには「鮫人」から多くのものが引き継がれている。

まず目につくのは、「世界大戦当時から直後に及ぶ好景気時代の帝都」への批判的な言及の類似性である。つとに知られていた震災前の東京の悪路に加え、国産マッチの粗悪さに言い及ぶ「私」は、続けて「旧き日本が捨てられて、まだ新しき日本が来たらず、その孰方よりも悪いケーオスの状態にある、さうしてそれが、乱脈を極めた東京市のあらゆる方面に歴然と現はれてゐた」とその様相を総括するが、辻をモデルにしたとおぼしき「鮫人」中の服部の感慨とこれはほとんど変わるところがない。「東京をおもふ」は、ここから、「東京が西洋化した頃には、いつか自分が西洋嫌ひになつてゐる私。そして未来の東京に望みを抱くよりは、幼年時代の東京をなつかしむ私」という、「門」を評す」(『新思潮』一九一〇・一〇)を思わせるアイロニーを差し挟んで、震災後の東京に「残存してゐる旧い東京の俤」への「云ふに云はれない懐しみもある」が故の「たまらな」い「不愉快」さを語り出す。そしてここで再び辻の姿が、今度ははっきりとその名前を挙げて呼び出される。

それにしてもまあ雀焼とはよくも思ひついたものだけれども、それがまた辻と云ふ人柄にいかにもしつくり嵌つてゐるので、なるほど辻が土産にしさうなものだわいと、改めて感心したのであつた。と云つたゞけでは分るまいが、それは見るから侘びしい、ヒネクレた、哀れな食ひ物なのである。今の大東京市と云ふものと此の鮒の雀焼とはどう考へても両立しようとは思はれない程、貧弱な、情ない「名物」なのである。

「此方にゐるとめつたに食へやしないだらう」と得意げに「千住の鮒の雀焼」を土産に訪れた彼の姿は、いかにも哀れに淋しいものとして、しかし同時に心からの親しみを持って描かれるのだが、こうした「反感と愛着との矛盾した感情」を表白するにあたって、谷崎のテクストは、辻の最大の理解者でもあった萩原朔太郎の故郷喪失のイロニーに近接する[*8]。「つまり私の悪口は、未曾有の天災と不躾な近代文明とに自分の故郷を荒らされてしまひ、親戚故旧を亡ぼされてしまつた人間の怨み言かもしれない」とされるとき、「我が大帝国の脳髄」「東亜の運命を担ふ偉大な力」の源である「復興後の市街の殷賑な状況や、あの新議会の建物を始めとして諸官庁衙諸ビルディングの壮観」は、「デーモン」としての都市とは異なる、「敗残の江戸つ児」を圧迫しその「不健康な血色と吹けば飛ぶやうな薄ツぺらさ」を際立たせる「帝都」として、はっきりと「西洋」の刻印を帯びて立ち現れる。

そうした「帝都」東京のありようを地政学的に敷衍して行く手つきにおいても、「東京をおもふ」は「鮫人」から多くの要素を引き継ぎ、併せてその変化の様相をも明らかにしている。谷崎の関西移住に関わる問題としてこの都市認識の変容はしばしば語られてきたのだが、テクストを仔細に検討するならば、それが、東北と外地という、帝国日本におけるふたつの〈辺境〉認識を巡る問題でもあることは明らかだろう。「東京人の衣食住に纏はる変な淋しさ」が「東北人の影響」であり、震災後の東京も「米沢や会津や秋田や仙台の延長なのだ」という一節には、「鮫人」におけるあの浅草の楽屋の主が「青森県の生れで今でも津軽弁の訛が抜け切れない」梧桐寛治[*9]であったことが思い出されよう。しかし、「見物も笑ひ出せば自分も笑ひ出し」「満場割れるやうな喝采」を呼んだはずのその「東北」性は、背筋を寒くさせるだけのひたすら「侘びしい」ものへと変わり果てている。ここには、数年にわたって続いた昭和東北大飢饉というこのエッセイの執筆と同時進行的な事象が影を落としてもいるだろう。震災前の「ケーオス」としての東京に欠け、それゆえに夢見られた「前清時代の俤を伝へた、平和な、閑静な都会や田園と、映画で見る西洋のそれに劣らない上海や天津のやうな近代都市と、新旧両様の文明が肩を並べて存在」する「自分の国の中に租借地と云ふ「外国」を有する支那」が、「鮫人」においては南の語る「東洋」の理想、「上海」そのものの喩として描かれる真珠の身体に形象化されていたことは言を俟たない。が、その夢のおわりもまた、「今の東京、昔の江戸と云ふもの、成り立ちを考へると、昨今の満洲国の新都新京のやうなもの」と、一九三二年に日本によって作られた「外国」の首都に与えられた地名を用いて語られてもいる。[*10] そうした「外地」東京について、「土着の人はい、けれども、政府の命令でさう云ふ土地へ西国から移つて来て、俄普請の家の中に住まはなければならなかつた大名や豪商共の家族は、どんなにか心細かつたであらう」と言い進められる部分には、一九三六年の満州農業移民移住百万戸移住計画策定、一九三八年の満州義勇軍募集開始というこの後の歴史的事実も、今日の目からは自然と想起されよう。

こうしたモダン都市における〈辺境〉への欲望の挫折を語る「東京をおもふ」は、しかしその見果てぬ夢の続きについて、「根底の浅い外来の文化か、たか〲三百年来の江戸趣味の残滓」しかない東京に憧れるのをやめ、「我が帝国を今日あらしめた偉大な力」「われ〱の国の固有の伝統と文明と」を「諸君の郷土」に発見し、「異色ある郷土文学」をつくり出せと、力強く「読者諸君」に呼びかけて閉じられる。これが、既に確認してきたように、西洋化した近代都市にそぐわない「小利口で猪口才で影の薄いオツチヨコチヨイ」な東北性への歎きから導き出されていたことを考えれば、この呼びかけもまた、「伝統性とモダニズムとが重なり合う場所」へと向けられたものと考えることが、やはり可能であると思われる。

こうして、谷崎のモダニズムへの欲望は、〈辺境〉から〈郷土〉へと対象を移行してなお継続することになるのだが、こうした欲望の強度こそ、谷崎と辻とを分かつものでもあった。

辻潤は、一九二四年に既に次のように書いていた。

> ダダは総じて過去より未来よりも現在を愛します。というより、ダダにとっては過去と未来は存在しもせず、不用でもあるのです。ですからあまり古典的なものを好みません。
>
> ダダは今日自分の生活を構成してくれている存在をいつくしんでいます。藪の中にいる十羽の雀より、ふところの中の半羽の雀を愛します。だから日本語世界の中で一番好きになり、それによって自分を表現することになります。
>
> 私は今、日本に生まれたダダイストのことを考えているのです。[*11]

「思わなくても自分が日本人で東洋人である限り自然その表現が」「東洋風に、日本人らしく自分のダダを表現」することになる、と続けて述べる辻の中には、「半羽の雀」たる日本への劣等感と自足意識とが同居している。

さらに続く箇所で、「私は自分の日常使っている自分の言葉を日本語と呼んでいます。ダダは立派な日本語です。誰かが朝鮮を日本だというように、印度を英国だというように」とも述べるこのエッセイは、敗残の江戸っ子が「いつそ東北のズウ〳〵弁か朝鮮訛りの日本語でも使つてゐてくれたらば」と嘆く「東京をおもふ」との間に、極めて明確な対照を形作っていよう。植民地の存在を等しく所与の環境とみなした二人は、その環境下において可能なモダニズムを志向する中で「帝国日本」に〈郷土〉を共に発見することになる。しかし、辻がほとんどポストモダンな相対主義的態度をとって「帝国日本」をアイロニーとして肯定し、現状に自足していったのに対し[*12]、谷崎はまだ見ぬ〈郷土〉を地政学的な地平に求め続けたのだと言えよう。「何の才能も持ち合せない怠け者」という谷崎から辻へ向けられた罵倒は、こうした自足への嫌悪と見るべきかも知れない。

谷崎の「伝統性とモダニズムとが重なり合う場所」が、〈辺境〉から〈郷土〉へと推移する彼の視線の裡に見出されていたことを、谷崎のテクストに残された辻潤の痕跡との近接性と対照性との検証によってたどってきた。その視線は、多分に昭和一〇年前後という時代の地政学的な認識に駆動されたという側面をも併せ持っていた。本稿を閉じるにあたって、もう一つだけ、そうした痕跡を挙げておきたい。

「異色ある郷土文学」の創出という「東京をおもふ」の主張の実体化を試みたテクストとして、「純粋に「日本的」な「鏡花世界」」（『図書』一九四〇・三）がある。「先生こそは、われ〳〵の国土が生んだ、最もすぐれた、最も郷土的な、わが日本からでなければ出る筈のない特色を持つた作家」であるという鏡花礼賛を「例証」抜きで述べるこのエッセイは、斎藤信策（野の人）「泉鏡花とロマンチク」（『太陽』一九〇七・九）への反論を明らかに含意して書かれている。斎藤は、「ロマンチク」の世界的普遍性を説きその代表たるドイツロマン派と鏡花との類似性を主張した上で、「今日の鏡花」の「未熟」さを指摘して、「国民的詩人」となるために「従来の国民の信念と伝説とに連れて、更に光彩ある幻の世界を闡明」するよう求めている。これに対し、「純粋の日本的なる泉鏡花の小説」という斎藤のフレーズを反論の意図をこめて引用する谷崎は、「ホフマンとかテイーク」と「似ていない」「独特の世界」の〈郷土〉性を主張しているのである。

そして、こうした角度からの斎藤への反論は、実は谷崎が最初に行ったのではない。斎藤の鏡花論は、谷崎も関わった『新小説』の臨時増刊天才泉鏡花号（一九二五・五）にも再録されたが、そこには、辻の「鏡花礼賛」も収録されていた。辻は、「ロマンチカル」とあからさまに斎藤を意識した語を用いて「浅薄な西洋崇拝に溺れている」者の「下劣にして唾棄すべきブルジョア根性」を罵倒し、「真に郷土的文化の精髄を一身に蒐め」る鏡花を「わが国民性の誇りとすべき」であると述べていた。斎藤に反論するこのふたりの言表には、鏡花文学を非西洋的なものと位置づける点においては内容上の違いがほとんどないかにも見える。にもかかわらず、時系列的に佐藤春夫「薄紅梅」の作者を言ふ」(『東京日日新聞』一九三六・一二・二九〜三一)の「純然たる日本の伝統に基く様式本位の、いはば図案風な芸術」という断案に追随するものとなった谷崎の鏡花論は、遂行的にも随分異なる意味を持ったと言わねばならないだろう。

注

＊1　西村将洋「伝統的最先端の視線――一九三〇年代モダニズム考――」(『日本文学』二〇〇三・九)

＊2　齋藤美奈子『文章読本さん江』(筑摩書房、二〇〇二・二)

＊3　坪井秀人「十二階の風景」(『物語』一九九二・七)、参照と引用は坪井『感覚の近代　――声・身体・表象』(名古屋大学出版会、二〇〇六・二)による。

＊4　「谷崎潤一郎論」(『近代作家』一九四八・三)

＊5　辻には、一九一八年頃、佐藤春夫に谷崎を紹介されたと回想する「勉めよや春夫！」(『新潮』一九二四・三)もあるが、ここでは採らない。

＊6　谷崎の佐藤春夫あて書簡(一九三〇年六月三日)には早くも「辻潤式にぐうたらで」という表現が見られるように、早くから谷崎は辻の生活態度について呆れていた様子があり、一方の辻も一九四四年二月一〇日付けの松尾季子宛書簡には、「みんな年をとるとダメになるのでなっていない。こないだ佐藤春夫の悪口を書いて谷崎潤一郎に文学論をフッカケてやったが返事をヨコさない」と記しており(『辻潤選集』、五月書房、一九八一・一〇)、晩年の辻が生活の荒れるままに谷崎に絡んでいた様子も見られる。

＊7　鈴木登美「モダニズムと大阪の女――谷崎潤一郎の日本語論の時空間」(『文学』二〇〇〇・九)

＊8　谷崎と同じく東京生まれの辻も自らを故郷喪失者とみなしていた。「きゃぷりす・ぷらんたん」(『婦人公論』、一九二四・六)には、「私はもうとうから自分の故郷というものを紛失してしまっている人間なのだ。私は東京の浅草で生まれたが、震災前だって東京は自分の故郷だというような感じはしなかった。もし自分にいくぶんでも故郷らしい感念があるとすれば、自分の少年時代の記憶に残っている浅草の一部なのだが、そんなものは殆ど影も形もなくなってしまっている」とある。

＊9　このモデルとされ、「東京をおもふ」の中に「仙台から出て来て名を成した一人」といわれる上山草人は、宮城県涌谷の出身である。

＊10　もちろんここには、西原大輔『谷崎潤一郎とオリエンタリズム――大正日本の中国幻想』(中央公論新社、二〇〇三・七)に指摘される一九二六年一月の田漢、郭沫若との会談による谷崎の中国認識の修正、オリエンタリズムの放棄、という問題が関わっているだろう。

＊11　辻潤「ぐりんぷす・DADA」(『でずぺら』、新作社、一九二四・七)

＊12　「天皇陛下万歳」をしばしば言い出す辻潤の「日本主義」について、多くの伝記作者はそれをただの戯れに過ぎないものと無視しているが、岩野泡鳴との関連も含めて考察するべき余地が残されている。

◆翻訳／文化政治

翻訳のポリティクスと『陰翳礼讃』
——谷崎の現在地

榊原理智

ひと昔前なら「谷崎の現在地」を考えることのなかに、アルファベットで記されるTanizakiについて考えることは入っていなかったであろう。作家研究・作品研究に対して翻訳の研究は常に二義的で、せいぜい外国語を学ぶ機会を持った研究者の余技であった。しかし近年、翻訳の視点を導入することは、近代における文学の生産と流通を規定する条件を検証するうえで不可欠なものとなりつつある。文化の表象の力学は翻訳の問題から離れて考察することはできない。谷崎が「世界文学」の仲間入りしたことを楽観的に寿ぐためだけではない、世界のなかのTanizakiの検証が必要になっている。

『陰翳礼讃』は一九三四年に刊行され、約二〇年後の一九五五年に、"In Praise of Shadows"として新しい生を受けた。[*1] 冷戦のただなか、ヨーロッパとアジアで展開されていたアメリカの文化戦略が、この誕生を助けたのである。

まず、第二次世界大戦と日本の占領が、北米において日本に関心を持つ読者の数を急増させた。商業出版社のクノップフ社は、編集顧問にエドワード・サイデンステッカーを迎えて日本近代文学叢書の刊行を始め、グローブ社はドナルド・キーンを擁して、二冊組の日本文学選集を刊行した。それまで日本文学の翻訳が基本的に単発であったのとは異なり、これらのプロジェクトは、日本にも「近代文学」が存在していることを北米の読者にはっきりと示すことになった。[*2]

なかでも、文学が果たした役割をつぶさに観察できる〈出来事〉がある。アメリカの歴史ある総合雑誌『アトランティック・マンスリー』が、別冊の日本特集を組んだのである。『パースペクティブ・オブ・ジャパン』と名付けられたこの特集は、カラー刷り七四ページ、政治・経済・社会・芸術関連のエッセイの翻訳を掲載しており、特に文学の翻訳に重点が置かれている。『陰翳礼讃』は、サイデンステッカーによる解説つき抄訳として、このなかに収録された。

サイデンステッカーはのちに、これが「世界のさまざまな国を一号ごとに採り上げた」企画だったと語っているがそれは正しくない。[*3]日本特集は、インド特集、オランダ・ベルギー特集に続く第三弾として企画されており、後続はブラジル特集、アラブ世界特集である。注目すべきはむしろ、つい先ごろまで被占領国であった日本が、他の地域と組み合わせられることもなく堂々と一国扱いを受けているという点であろう。これは、中国とも韓国ともフィリピンとも異なるかたちで、独立後の日本を一つのまとまりとして立ち上げるという政治的選択を反映していると考えられる。この別冊の内容を請け負ったのは、非営利団体インター・カルチュラル出版であり、これは当時大物出版人となりつつあったニュー・ディレクションズ社のジェームズ・ラフリンが、フォード財団から資金を得て作った団体である。冷戦期アメリカの文化戦略にフォード財団が果たした役割は大きいが、ここではラフリンの動きを追いながら、英語版『陰翳礼讃』の容れ物となった雑誌自体の性質を探ってみよう。

この資金を使ってラフリンはまず、『パースペクティブスUSA』という雑誌を西ヨーロッパに向けて刊行した。その目的についてラフリンは、「弁証法的な戦闘において左派知識人をやっつけることではなくて、審美的で理性的な説得によって、彼らの現在の立ち位置を動くように誘い出すことであ」り、また「アメリカの非物質主義的な達成に対する外国の知識人たちの尊敬を得ることによって平和を推進する」ことであったと述べている。[*4]西ヨーロッパの知識人たちにとってアメリカは、軍事的・政治的には強力でも文化的な不毛の地である。彼らに最高水準のアメリカ文化を見せることによって、政治的な賛同をも得ること、特に旧ファシスト諸国における民主主義を促進し、アメリカへの文化的な親近感を持たせることが目指されていたのである。このときアメリカの文化水準の高さの証左とされたのがモダニズム文学であったことは興味深い。米文学者のバーンハイセルは、このときのラフリンが戦前からファシズムと強いつながりを持っていたモダニズムを「脱政治化」して、芸術上のスタイルであると再定義することで、「審美化」したのだと説明している。自身もエズラ・パウンドに師事する詩人であったラフリンは、冷戦の文化政治の武器としての「文学」を構想したのである。残念ながら『パースペクティブスUSA』は、西ヨーロッパでの冷戦の状況を大きく動かすことはなかったが、ラフリンはこの「文化交流」をアジア方面に展開し、大きな商業的成功をおさめた。上述した地域特集は、それぞれが二五万部以上を売り上げ、アメリカ知識人に対する影響もかなり大きいものであったと考えられる。*5

日本特集のなかに占める文学作品の量は、ラフリンがいかに文化戦略の中で「文学」の果たす役割に賭けていたかを示していよう。ここでの作品の選定基準はさらなる検討を要するが、全体の傾向として『パースペクティブスUSA』の方針を踏襲していることを指摘しておきたい。もっとも長いものは川端康成『伊豆の踊子』の抄訳で、ほぼ同じくらいの長さを持つものとして『陰翳礼讃』があり、これらは社会改革や政治に関連する目的を明確にした作品ではなく、審美的な作品に分類できる。共産主義をあからさまに攻撃するプロパガンダは存在しておらず、プロレタリア文学作家江口渙の短編を入れるなどしてバランスを取っているのは、文化的冷戦を戦うラフリンのリベラリズムを反映していると考えてよいだろう。

「文学」の役割に関してもう一点検討しておきたいことがある。それはこの雑誌における翻訳を提示する形式がどのようになっているかということである。翻訳された文学作品の量が多いことは述べた通りだが、同時にそれらを読むための解説がそこここに配置されていることが目を引く。例えば川端は作家紹介に「社会問題には関心を払わないタイプ」の作家であり、孤高に「美」を追い求める作家という説明がつけられ、別の日本文学紹介の文章のなかでは川端の小説世界がどのように俳句と関連しているかについて述べられている。後に見るように『陰翳礼讃』はそれ自体解説つき抄訳であり、翻訳者によって「哀歌的散文(A Prose Elegy)」と名付けられている。川端が日本の伝統的な美を近代において継承した作家であるとすると、谷崎はその美が失われていくことを嘆いた作家であるというわけである。ラフリン式の「審美化」がここでも健在だが、そもそもこの「抄訳と解説」という形式はどのような意味を持つのかと問う必要がある。こうした形式は、翻訳をどのようなものとして提示するのか。そしてそれは、文化の表象の力学にどう関連してくるのか。

端的にいえば、この形式によって前景化されてくるものは、「作品」それ自体ではなく「作品に関する知識」だということである。解説文は、読者がよく知らぬ国の文学を翻訳で読む過程で持つかもしれない困惑を最小限に抑え、読みの自由度を制限する。そして、理解するべき対象としての作品を作り出すのである。これが意味するところのものを説明するのに、サイードやフーコーをあえて引用するまでもないであろう。

今一度『陰翳礼讃』で考えてみよう。"In Praise of Shadows" の本文は、まず谷崎潤一郎という作家の日本における地位の説明から始まる。谷崎は、「一部の日本人たちからは最も偉大な作家と賞賛され、また別の日本人からは感傷的な反動主義者と貶められている」作家であるが、いずれにしろ日本においては著名な作家であり、将来はもっと「外国において知られるようになるであろう」作家である。次に来るのは、谷崎の「日本回帰」への言及である。若い頃「西洋に傾倒していた」谷崎だが、中年になるにしたがい「日本の過去に回帰し、多くの彼の小説は西洋からの影響によって抹殺された伝統への嘆きとして読むことができ」、ここに訳出された『陰翳礼讃』は「日本が近代化の過程で失ったと彼が感じているものについてまとめた」ものである。日本が失ったものとはなんであるか。それは「端的に言えば、伝統的な日本の芸術は陰翳においてもっとも優れていると谷崎は考えており、二〇世紀のギラギラした光がそれらを破壊してしまったと主張する。」むろんこうした解説が間違った情報が与えていると言いたいわけではない。解説としては極めて効率的であるし、効果的でもあるだろう。だが、逆にそうであるがゆえに、読者は“In Praise of Shadows”を「日本文化に関する知識」として消費するように誘導されてしまうのである。

特集全体のなかに“In Praise of Shadows”を置くと、この特徴はより明らかな輪郭をあらわす。この特集には、文学の他にも「日本の演劇」「日本の伝統的舞踊」「日本の大衆芸術」「日本の建築」といった文章が配されており、文章の量こそ少ないものの、画像がふんだんに使われ、読者の視覚に訴えるようになっている。建築や美術には写真が挿入され、下には写真の撮影者の名前が日本名で記されている。つまり、これらは決して外国人の撮ったスナップ写真などではない、外国人の眼という媒介物を通さない「真正（オーセンティック）なる日本」がここにある、というわけである。そして、雑誌を読み進めていくと、後方に“In Praise of Shadows”が控えており、日本の芸術文化全般に対する説明をしてくれる。つまり谷崎の文章は、日本の作家自身が、日本の芸術全般に対して行う「解説」の役割を担わされているのである。

ここでこれ以上翻訳の内実に立ち入る紙幅はないが、『陰翳礼讃』のなかでも北米の読者にアピールするような部分が選択的に抄訳に含まれていることについては、すでに検証が進んでいる。[*6] 右に述べたこととの関連で言えば、西洋の寺院のゴシック建築と日本の伽藍を比較している箇所で、陰翳の美それ自体が文学的な文章で綴られている部分が丁寧に訳出されているのにたいして、西洋人には理解できないものとして語られている部分は抜き取られている。「日本」を「理解」するというのが雑誌全体の目的である以上、「理解できない西洋人」という主体は少々具合が悪かったのだと推察できる。また、読者の想像力をかきたてながら、昔の日本女性のイメージを喚起してゆく文章は、その原文の優美さにふさわしく流麗な英文に翻訳されている。伝統美を寿ぐエッセイが美的な文章で綴られているのは、西洋に背をむけて日本の伝統美にむかった作家を形象化するのに確かにふさわしい。この傾向は、いわゆる美的でない内容をできるかぎり排除することでも、強化されていると言えるだろう。

よく知られるように『陰翳礼賛』の最後には、谷崎の宣言とも取れる「文学の領域」に関する記述がある。

> 私は、われ〳〵が既に失ひつゝある陰翳の世界を、せめて文学の領域へでも呼び返してみたい。文学といふ殿堂の檐を深くし、壁を暗くし、見え過ぎるものを闇に押し込め、無用の室内装飾を剥ぎ取つてみたい。それも軒並みとは云はない、一軒ぐらゐさう云ふ家があつてもよからう。まあどう云ふ工合になるか、試しに電灯を消してみることだ。

テクストを単純に日本文化論として読んだ読者には、この最後の一節は、消滅しつつある日本文化の真髄を保持する唯一の砦として、谷崎が文学を言祝いでいるように聞こえるだろう。翻訳はこの部分をしっかり訳出し、このエッセイを終えている。それはまた、一連の「パースペクティブ」企画を打ち出した自由主義者ラフリンの「文学」の位置と見事に呼応する。多くの知られざるアメリカ文学・日本の文学を発掘し翻訳することによって、西洋の知らなかった世界を示すこと。被占領国であった日本に「声」を与えること。それを知識として提示し、解説を通して脱政治化と審美化を同時におこなうこと。文化的冷戦のなかで立ち上げられた「文学」に、"In Praise of Shadows" は裏付けを与えている。

しかし、これが『陰翳礼讃』のなかで谷崎が考えていた「文学」であったろうかと考えてみると、私たちはなんとも皮肉な事態が起こっていることに気づくのである。『陰翳礼賛』は、表層は文化論であるのに、書かれている言葉を細かく追っていくと繊細で動的な揺らぎを湛えた陰翳が見えてくる不思議なテクストである。ここで語られる「日本文化」は、ある文脈では日本人がすでに喪ったなにかであり、また別の文脈では中国やインドと共通の猥雑さを持つ歴史地理的なものである。またあるときには、「西洋」と比較されたときに立ち現れてくる実際上の不利益の謂であったりする。谷崎はそこに整合性を持たせようとする意識すら持っていないようである。つまり、一貫性のある日本文化なるものを、外に向かって説明するという使命を負った文化論としては、実はあまり機能していない。文化論そのものが虚構の要素なくしては、構築されないことが明らかになるようなテクストなのである。『陰翳礼賛』は「日本文化論」でありながら、谷崎という作家によって書かれたがゆえに単なる「日本文化論」ではありえない。文化について言葉を用いて語るということはどういうことか、という文学的な問題に、自然に立ち入ってしまわざるをえないような構造を持っていると言えるだろう。

『陰翳礼讃』を含め、谷崎の「日本回帰」と呼ばれる時期に生み出された一連の作品は、どれも翻訳不可能性に向かっている。『春琴抄』のモザイク的な文体や『卍』の関西方言を考えてみるとよい。知識や説明に還元できない、不透明で曖昧で陰翳に満ちた部分こそ、谷崎にとっての「文学」であり、その部分は最良の翻訳者をもってしても届かない彼岸にあった。一九六二年の段階で、ノーベル賞候補に挙がっていた谷崎は、対抗馬の川端に比して「西洋文学の影響を強く受けている」作品が多いとコメントされている。[*7] 谷崎自身が意識していたか否か、私にはわからないが、翻訳不可能なところに「文学」を打ち立てようとした谷崎が「西洋的」というレッテルをはられて「世界文学」の殿堂入りを阻まれたという皮肉をわれわれは十分に考えねばならないのではないだろうか。

注

*1　厳密に言えば、『陰翳礼讃』の翻訳が発表されたのはこれに少し先立つ『ジャパン・クオータリー』の創刊号であったが、これは日本国内向けの雑誌であり、多くのアメリカの読者の眼に触れたのは五四年の『アトランティック・マンスリー』の日本特集であったと考えられる。*Perspective of Japan: An Atlantic Supplement*, 1954.

*2　日本近代文学の英語訳の黄金時代についてのまとまった研究は、Edward Fowler, "Rendering Words, Traversing Cultures: On the Art and Politics of Translating Modern Japanese Fiction" (*Journal of Japanese Studies*, Vol.18, No.1, 1992) が嚆矢である。近年では、グレゴリー・ケズナジャット「アメリカにおける『陰翳礼讃』と『蓼喰ふ蟲』の紹介 - 谷崎潤一郎の英訳と「日本文学」の評価基準」(『同志社国文学』八十二号、二〇一五年) がこの問題を詳しく論じている。また、拙論「1950年代日本近代文学の英語翻訳」(『タイ国日本研究国際シンポジウム2014論文報告書』、二〇一五年) も参照されたい。

*3　エドワード・サイデンステッカー『流れゆく日々――サイデンステッカー自伝』(時事通信社、二〇〇四年)、一八五ページ。

*4　F.S.Saunders, *The Cultural Cold War: The CIA and the Wrold of Arts and Letters* (The New Press, 2013) 一一七ページ。

*5　『パースペクティブスUSA』の傾向全体、またモダニズムとの関係についてはG.Barnhisel, "Perspectives USA and the Cultural Cold War: Modernism in Service of the State" (*Modernism/modernity*, vol.14, no.4, 2007) を参照した。

*6　省略された部分については、前掲ケズナジャット論文に詳しい検証がある。

*7　大木ひさよ「川端康成とノーベル文学賞：スウェーデンアカデミー所蔵の選考資料をめぐって」(『京都語文』二十一号、二〇一四年)、五〇ページ。

◆帝国

谷崎潤一郎と国際感覚

西村将洋

一——差異と反復

谷崎は国際情勢に鋭く反応した作家だった。

西原大輔氏は小説「魔術師」(一九一七)における場所のイメージや、「友田と松永の話」(一九二六)の白人売春婦、あるいは「細雪」(一九四四～一九四八)におけるドイツ商人シュトルツに言及しながら、それらの表象と「執筆当時の世界情勢」との関連性を指摘している。欧米諸国は自らの帝国主義システムと適合するように、東アジアの貿易港(横浜、神戸、上海、香港、マニラ、サイゴン、シンガポールなど)を戦略的に整備し、交通・商業体系を構築して利益を確保した。谷崎はそうした「東アジア貿易港システムのネットワークに敏感な作家」だったのである(『谷崎潤一郎とオリエンタリズム』中央公論新社、二〇〇三)。

この点とセットで無視できないのが、谷崎と大日本帝国との関係である。細江光氏は、「反戦と芸術的抵抗を貫いた作家」という従来の谷崎イメージを再検証(批判)するために、日露戦争中に谷崎(当時一九歳)が発表した新体詩「起てよ、亜細亜」(一九〇四)から、太平洋戦争中の「細雪」へと至る複数のテクストを例示しながら、谷崎には「日中戦争を日本の侵略戦争とする考えなどは、微塵もなかった」、「反戦などという考えは、谷崎の頭には浮かぶべくもなかった」と論じている(「谷崎潤一郎と戦争」『谷崎潤一郎　深層のレトリック』和泉書院、二〇〇四)。つまり、帝国主義的な世界ネットワークのみならず、大日本帝国とも谷崎は親和的だったと言える。

ただし細江論には注意すべき点もある。本論と注の落差である。谷崎に手厳しい本論に比べて、脚注には谷崎を擁護する複数の言が見られる。注を参照すると、谷崎はナショナリストというよりも、「フランス芸術に対しての好意」を持ち続けていたし、「西洋文化」にも「東洋文化」に対しても「偏狭になることのない優れた理解者」だった。あるいは、妻松子が戦時下の防空訓練に狩り出されることに「抵抗」した逸話については、谷崎は「戦争の犠牲になる事は、一切拒絶しようとしていた」とも細江氏は述べている。この点は、同じ論中で紹介された若き日の谷崎の言、すなわち「われ幼きより、最も嫌ひしは軍人にて（略）他人の生命を奪ひ、刃をふるひて血を流すは、これをしも人の道にかなへりといはむ」（「春風秋雨録」一九〇三）と響き合っている点も見逃せない。

この点に加えて、評論「我国現代の社会問題」（『中央公論』一九一八・一〇）で谷崎の小説「小さな王国」（一九一八）を高く評価した政治学者の吉野作造は、その後に評論「外交上に於ける日本の苦境」（『婦人公論』一九二一・一）で、「排日運動の最も喧しいのは支那と亜米利加である」と当時の日本外交を論じていた。この吉野の言を反復するかのように、谷崎も「アヹ・マリア」（一九二三）で「日本人は日本の国の中でだけしきや暮らせないのだ、亜米利加へ行つても支那へ行つても嫌はれるのだ」と、当時の国際情勢のなかで日本を批判的に位置づけていた。ほかにも、たとえば「細雪」の蒔岡姉妹は、七・七禁令（一九四〇年）に代表される日本政府の贅沢禁止や物資統制とのあいだで、明らかな齟齬をきたしながら描出されている。

つまり、谷崎と帝国主義（又は大日本帝国）の言説を並置すると、前者は後者の言説諸規則を様々なレベルで反復（模倣）しているが、それと同時に、前者と後者には無視できない亀裂や差異が生成していることがわかる。この差異と反復が織りなす両義的なせめぎ合いは、谷崎の小説のなかでも、様々にスタイルを変えながら出現している。

内藤千珠子氏は、小説「痴人の愛」（一九二五）と日本的な帝国主義の論理との関係を論じる際に、聖母と娼婦などの相反する評価のあいだで揺れ動くナオミの女性像に注目している。「混血児」とも形容されるナオミには、西洋と非西洋の混在という属性が付与されているが、なかでも特に「白さ」と「不潔」が共存するナオミの「肌」は、重要な役割を演じている。この両義的な「肌」は、西洋人シュレムスカヤ夫人の「香水」と「腋臭」の混ざった匂いの表象と対応しながら、肯定的側面と否定的側面が同居する「矛盾した両義性」を表象するだけでなく、さらに下位（不潔さ）から上位（美しい白さ）への「逆転の可能性」も生成しているのである（「帝国とファム・ファタール」『愛国的無関心』新曜社、二〇一五）。

この「肌」の表象は、日本的な帝国主義に対して二重の意味を持つ。第一の特徴は両者の類似性である。西洋と非西洋のあいだで揺れ動く混血的な「肌」のイメージは、非西洋の国家でありながら西洋諸国と同様にアジアを植民地化した日本と相似形をなす。だが、こうした構造的共通性と背馳するかたちで、第二の特徴として作中には帝国主義との抗争関係が刻印されている。前述した「肌」の「逆転の可能性」は、帝国と植民地の支配／被支配の関係を攪乱する不穏分子でもあり、帝国が抑圧して隠蔽すべき表象でもあるからだ。

この危険性を察知するかのように、「痴人の愛」後半ではナオミの肌の「不潔」は徐々に消去され、「逆転の可能性」も馴致されていく。その証拠に、最後の場面でナオミはパートナーの河合譲治との上下関係を逆転させて、優位な位置を獲得しているようにも見えるが、実際にはナオミは譲治の経済力の傘下にある。この点について前掲論文で内藤氏は、ナオミの「優位は擬似的なものにすぎず、年を経て美が衰えたならばいつかは破滅せざるをえない」と述べている。「痴人の愛」は、ナオミの両義的な「肌」の「逆転の可能性」によって帝国主義的な論理との差異を生み出すが、「肌」の両義性を打ち消し、「肌」の革命性を飼い慣らすことで、帝国主義的な支配／被支配の関係性を強化する属性を併せ持つ。

別の論点も見てみたい。大杉重男氏は、「武州公秘話」(一九三五)に注目しながら、大日本帝国と谷崎テクストの欲動が織りなす、きわどい関係を論じている(「武州公秘話」『國文學　解釈と教材の研究』一九九八・五)。戦国時代を舞台とするこの歴史小説が主題とするのは、主人公の武州公がもつ特殊な性癖である。一三歳の秋、敵方の首に化粧する女たちを目撃した武州公は、自分も醜い死首となり、美しい女の手に扱われたいという空想を抱いて無限の快感を覚え、倒錯したマゾヒズムの持ち主となる。

この武州公の「被虐性的変態性慾」と戦争の関係について大杉氏は言う。「武州公が武士道精神によってではなく純粋に「変態性慾」によって敵の大将を殺す『秘話』の物語は、むしろ「戦争」を「侮辱」することを意図的に志向している」と。ただし、論中では性慾と戦争が併存状態にもあることも指摘されている。武州公の性慾は戦争から武士道的な意味を剥奪して侮辱するが、戦争は完全には廃棄されていない。なぜなら戦争は、武士道精神とは別の、恍惚とした美というレベルで再生されているからである。

こうした両義的な小説表象は、「シンガポール陥落に際して」(一九四二)での谷崎の叙述とも共振している。この文章で谷崎は、日清戦争以来の「全東亜の解放」を肯定しているが、その際に一本の杉の苗が「大木になる生命をそれ自身に蔵してゐる如く、我が帝国も今日の発展をなすべき必然の力を、本能的に備へてゐたのではないであらうか」と述べていた。この「我が帝国」の「本能」が、「武州公秘話」において「彼一流の秘密な快感を追ひながら、しかも着々として周囲にあるものを蚕食し、領土をひろげて行つた」武州公の「自己を守る本能」と相似する、と前掲論文で大杉氏は指摘する。「武州公秘話」や「シンガポール陥落に際して」は、日本による植民地拡大の現実と重なるが、根源的な次元で大東亜戦争を侮辱し、大日本帝国の論理との差異を孕んでいる、というのである。

二――帝力との抗争

つまり、谷崎のテクストと帝国主義の論理は、敵対しながら共存しているという意味で、非排除的対立とでも呼ぶべき関係にある。この点に対しては様々な分析やアプローチが可能だろうが、本稿では谷崎が帝国主義との対決を迫られた場面に注目して、以下の考察を進めたい。

谷崎の「上海交游記」（一九二六）には、二人の中国人作家、郭沫若と田漢との対話が記録されている。郭たちは「われ〳〵の国の古い文化は、目下西洋の文化のために次第に駆逐されつゝある」と谷崎に訴え、経済的面での問題を強調した。曰く、中国の「産業組織は改革され、外国の資本が流入して来て、うまい汁はみんな彼等に吸はれてしまふ。（略）われ〳〵支那の国民は少しも利益に与らないばかりか、物価が日増しに高くなるので、だん〳〵生活難に追はれる。（略）富力と実権とを握つてゐる者は外国人だ」と。

これに対して谷崎は異見を差し挟み、郭沫若らが訴える西洋に対する「排外思想」は「北京や上海のやうな都会にあるだけで、田舎へ行けば支那の百姓は今でも呑気に、「帝力我に於いて何か有らん哉」で、政治や外交に頓着なく、（略）悠々と暮らしてゐるものゝやうに思つてゐた」と述べている。

「帝力我に於いて何か有らん哉」とは、中国の故事「撃壌歌」の一節で、この谷崎の発言については、田漢が「谷崎氏の支那観があまり月並みで（略）僕と郭さんが可なり失望しました」（「上海通信」『騒人』一九二六・六）と感想をもらし、先行研究では、中国の農民が「今日の複雑な世界とは無関係に、太古そのままの暮らしを続けており、古代さながらの桃源郷的生活をおくっているにちがいないという、停滞論的中国認識」とまとめられている（前掲、西原大輔『谷崎潤一郎とオリエンタリズム』）。

だが、谷崎の側には別の含意があった。「帝力」は中国の故事では皇帝の統治力を指すが、谷崎の場合は西洋帝国主義による中国支配が念頭にある。谷崎は言う。

支那人は経済的には偉大な人種だが、政治的の能力がない。又なくつても、彼等は極端な個人主義者だから、それを何とも思つてゐない。国の主権を外国人に奪はれても、彼等は平気で勤勉に働き、どん〲金を儲けて行く。そこに支那人の弱点もあるが、変に根強い所もある。支那は昔から幾度となく外国人に征服されたに拘はらず、支那民族は少しも衰へずに繁殖する。そして征服した者が、却つて支那の固有の文化に征服され、結局『支那』と云ふ坩堝の中に溶かされてしまふ。

谷崎は西洋帝国主義と、中国の経済および文化との抗争状態を思い描いている。たとえ欧米諸国が中国の主権を奪ったとしても、それとは無関係に、「経済的に偉大な」中国人は「平気で勤勉に働き、どん〲金を儲け」、その経済的安定を背景として中国の「固有の文化」を守り続ける。しかも、その文化の力によって、最終的には征服者の外国人を圧倒してしまうのだ。悠久の歴史を有し、政治的な支配関係をも呑み込んで無化する経済と文化の「坩堝」、そうした中国イメージを谷崎は心中に抱いていた。

ここで鍵となるのが、後藤朝太郎である。もともと漢字研究者として出発した後藤は、中国各地を旅するなかで日本人による無理解や差別を痛感し、中国に関する啓蒙書や専門書を一〇〇冊以上も上梓した論客だった（だが他方で、軍部批判なども行ったことから戦時下には憲兵の取り調べも受けた。太平洋戦争の終戦直前に他界）。その後藤は『支那文化の解剖』（大阪屋號書店、一九二一）で、大きく二つの批判を行っている。一点目は従来の漢学における古典や貴族文化偏重への批判であり、それらに加えて「実際の社会、経済、文化、趣味、芸術」を含めた学際研究の必要性を訴えた。二点目は都市偏重への批判である。日本人の中国視察は「都市生活に偏して田舎の民衆生活を無視して居る」。中国の大多数を占める農民と農村文化を重視せよと後藤は熱弁した。この部分が、前述した中国の「田舎」や「百姓」への谷崎の関心とリンクしている。同書「序文」には、先に引用した谷崎による中国像の源泉となった文章も存在する。

支那では古来治者はいくら入り変り王朝は幾度変はつても支那文化の本体は千古一貫、何等変化動揺がない。支那文化の泉源は無限で支那民族と共に終始し仮令（たとえ）王朝は殪（たお）れても依然文化はそれに関係なく芽をふき花を開き実を結んでゐる。そこに支那文化の強味が認められ奥底の知れぬ力が存してゐる。（略）決して国とか王朝とかの一時的の観念の上にあるのではない。かれらの主権者が何民族であらうとも永劫支那民族自身の真の生命とする所のものは古来五千年間に築き上げて来たかれらの文化でなくてはならぬ。

こうした国家観念の欠如という考え方は、当時の日本人が中国を否定的にイメージする際の定型でもあった。だが、後藤の場合は、国家を超える「文化の強味」や「奥底の知れぬ力」を生成する重要ポイントとして、国家観念の欠如を積極的に意味づけている（この点は、石川泰成「後藤朝太郎の日中民族性比較論」『九州産業大学国際文化学部紀要』二〇〇二・八も参照）。この後藤の中国像を、谷崎は自己流にアレンジしたのである。

谷崎と中国人作家の対話に戻ろう。谷崎の主張を聴いた郭沫若と田漢は、「昔の征服者は、われ〳〵よりも文化の低い民族」だったが、「自分より文化の高い民族に出遇つたのは、歴史上今度が始めて」であり、「今度ほど、国家と云ふ観念が一般の頭に沁み渡つた時はない」と反論している。西洋人は軍閥と癒着したり、租界を作ったり、様々な方法を駆使して支配を強めており、「矢張り国家を背景にしなければギリギリ白人に圧倒される」。そのように文化の防衛と国家の重要性を叫んだのである。

最後に年代記的な観点を交えながら、拙文を締め括ることにしたい。上海旅行後に谷崎が発表した「饒舌録」（一九二七）には、右の中国人作家の言が憑依したかのような発言が散見される。谷崎は「西洋の文化の侵略を受ければ、しまひには十が十まで征服されて、固有のものは何一つ残らなくなりはしないか」と述べ、「今度の相手は大分勝手が違ふ」と語り始めるのである。

この直後、一九二八年の「蓼喰ふ蟲」の新聞連載開始から、谷崎の作風は、日本の伝統性を踏まえた、いわゆる古典主義の時代へと突入する。つまり、一九二〇年代後半に始まる谷崎のテクスト群には、郭沫若や田漢が語った帝国主義的な危機に対する応答という側面があったと考えられるのである。古典主義による帝国主義との抗争、あるいは国際情勢を踏まえた上での古典主義の実践。その実践において、先ほど谷崎が中国に見出した文化の強度は、廃棄されたのか、または持続していたのか、それとも変奏されていたのか。こうして連鎖的に生起する問いを検証するには、再び谷崎の小説や同時代言説と向き合う作業が必要となるはずだ。

※　本稿は、ＪＳＰＳ科研費 15K02243 の助成を受けたものです。

◆身体

谷崎テクストの身体政治

坪井秀人

一

永井荷風の批評「谷崎潤一郎氏の作品」(『三田文学』、一九一一・一一)は若き谷崎潤一郎を文壇に送り出す役割を果したことで知られているが、その中で谷崎の作品の特質の第一にあげているのが「肉体的恐怖から生ずる神秘幽玄」「肉体上の惨忍から反動的に味ひ得らる、痛切なる快感」というものであった。

「刺青」「麒麟」に見られる「恐怖」「惨忍」に「少年」「幇間」における「侮蔑」「屈辱」の快楽を主要な要素として追加する永井は、出発期の谷崎テクストにサドマゾヒズムという危険な主題を探り当てている。この主題を永井は「靡爛の極致に達したデカダンス」という表現で要約している。永井のこの批評が重要なのは、谷崎テクストのデカダニズムを「肉体」との関わりからとらえていることである。

時代精神としてのデカダンスをより精密に考えるためには、谷崎が創作を始めた一九一〇年代以降における象徴主義と自然主義との捻れた親和的関係の歴史的展開を総括しておくべきだろう。日本の象徴主義詩人を代表すると言われる蒲原有明は「「表象派の文学運動」に就て」(『新潮』、一九一四・一)で日本における象徴主義の移入について回顧しているが、蒲原がその移入史において重要な役割を果たした媒介者として考えていたのは、マックス・ノルダウの『退化論』と、アーサー・シモンズの『表象派の文学運動』であった。

蒲原の右の文章自体もそもそも岩野泡鳴が訳したシモンズの同書(新潮社、一九一三)を批評したものだった。蒲原はここで訳者岩野の象徴論に対してきびしく違和感を表明するのだが、その批判は逆に、両者のデカダニズム（象徴主義／自然主義）が食い違いながらも、意外なほどに可能性のある共有地を持っていたことを仄めかしている。

ところで、岩野泡鳴は「自然主義的表象主義」という独自の象徴主義思想を標榜し、一般には相反するかに見える象徴主義と自然主義を一体化させようとした作家であった。遡ればシモンズ移入の端緒を開いた人物でもある長谷川天渓が「表象主義の文学」（『太陽』、一九〇五・一〇―一二）において科学主義への対決意識の上に提起した、内容と形象を一致させた言語唯物主義的な象徴観などに淵源があるのだが、岩野の象徴主義はそれを徹底させて刹那に永遠が、身体に心霊が包摂される「肉霊合致（がふち）」の観念、つまり「五感の交換、知情意の燃焼融和によつて、事物の表面と外形とをぶち毀わし、直接に内容に突進して、而もその内容が事物のもとの表面、外形までも活かしている」という身体主義と物象主義の次元へと過剰なまでに飛躍していくのである。

一方、岩野を批判した蒲原はマラルメ的な人工美への警戒を語って別の象徴主義の道を探ろうとした。岩野の場合とは逆に蒲原は象徴主義と自然主義との間で宙づりになることを余儀なくされたと言えるのだが、身体主義に対する確信において両者には重なるところも少なくない。

永井荷風が言及している作品のうち、谷崎の事実上のデビュー作と言うべき「刺青」が『新思潮』に発表されたのは一九一〇年。岩野泡鳴翻訳の『表象派の文学運動』に先んじること三年。その時谷崎は岩野らが象徴主義をめぐって議論をかわした時代のまさに同じ空気を呼吸していたことになる。永井がその特質として挙げた他の二点、「全く都会的たる事」「文章の完全なる事」とあわせて検討すべきことがらなのだが、谷崎テクストが長谷川／岩野／蒲原らのデカダニズム（象徴主義／自然主義）の系譜と同時代的にどのように交差したか、そしてそれがその後の五十年以上にわたる谷崎の創作の歴史にいかなる影響を及ぼしたかを考えることは、ほぼ輪郭が定まってしまったかにもみえる初期の谷崎テクストの像をゆるがす端緒になるように思われるのである。

二

岩野泡鳴のいわゆる「肉霊合致」が彼の小説描写の理念としてその実行が企まれようとも、テクストが人工物であるかぎりにおいて、それは現前させられることはない。シモンズがランボオについて言う「実行家」（the man of action）の軌跡を、事後的にみれば岩野は実生活の経験において反復し、それを小説の素材にしたのだったが、経験が小説に再現前された段階で彼はランボオの実行（アクション）とは違うものを実現してしまっていたのである。

一方、蒲原有明はマラルメ的人工美に対して日本の伝統詩歌の象徴性を称揚する独自の象徴主義詩の道を選んだわけだが、それは佶屈した措辞と音律の実験を過剰なまでに推し進めるマニエリスムの実践として展開し、そのことはむしろ彼が岩野泡鳴に共振して理想化した身体主義を裏切るような、徹底した人工の産物を作り出すという結果を招いたのである。

蒲原ら日本語文学の象徴主義者たちの多くはユイスマンス『さかしま』（一八八四）のデカダンス世界に傾斜していた。《疑いもなく、自然というこの老女は、すでに真の芸術家の優しい嘆賞を受けるに値しないものとなってしまったのであり、今や人工が可能な限り、これに代るべき時代となったのである》（澁澤龍彦訳）というくだりなどは、その『さかしま』における（デカダンスとしての）人工楽園に対する信仰表明を如実に示したものと見ることが出来る。

初期谷崎におけるデカダンス（象徴主義／自然主義）と身体主義も、『さかしま』の主人公デ・ゼッサントの夢想と、そしてそれに共振する蒲原あるいは岩野らの夢想のごく近い場所に位置していたと言えるだろう。永井荷風が言う谷崎テクストの「全く都会的たる事」「文章の完全なる事」もこのデカダンスへの志向と同一線上に捉えうるものだ。というのも、デ・ゼッサントの夢想とはごく限られた室内風景を根拠としたものであったからであり、それは近代都市の内部以外では成り立たないものであったからだ。加えて谷崎テクストは、実生活の経験と虚構との間を透明化する言葉を書き散らしていく自然主義作家たちとは一線を画す高度な文章の造形意識を、その出発期から強固に持ち合わせていた。その造形意識は蒲原の詩様式における造形意識とある意味で通底するものと見なしてもよいだろう。

岩野泡鳴にしてからがそうであるし、島崎藤村や、あるいは正宗白鳥など、自然主義作家たちの多くは都市空間と同様に、あるいはそれ以上の比重で、地方の空間、農漁村地域や都市の周縁地域（岩野の場合は国家の周縁までも）を描き出すことに情熱を傾けた。とりわけその地方の空間の中でも、彼ら自身の故郷が中心化されていることの意味は重要である。

これに対し、蒲原らが与する象徴主義では、汚穢の世界を描く場合をも含めて都市空間がテクストの舞台となり、地方の空間が取りあげられることは稀であった。象徴主義は、マルセル・レイモン『ボードレールからシュールレアリスムまで』（原著一九三三／一九四七）のような古典的名著以来語り継がれてきたように、モダニズム芸術運動の系譜の中に位置づけられてきた。自然主義が貧困・階層差など社会＝「自然」の諸矛盾をまなざす視点を用意して近代（モデルネ）に向き合おうとしたとすれば、象徴主義は『さかしま』にあるように「自然という老女」を芸術の世界から追放することで近代の近代性（モダニティ）を「人工」の中に封じ込めて描き出そうとしたと言えるだろう。

永井の言う谷崎テクストの特質として挙げた「全く都会的たる事」「文章の完全なる事」は、まさにこの『さかしま』的な象徴主義の方向と合致している。谷崎テクストの性格が「都会的」であることと、その「文章の完全」が目指されることとは一体のものであり、この次元だけで見るならば、これは「人工」を極めるという象徴主義的な美学の系譜に沿ったものであることが見て取れる。『文章読本』や源氏物語訳あるいは芥川龍之介との「小説の筋」論争等々を持ち出さずとも、谷崎という作家が文章の彫琢においていかに「人工」を貫き、物語の構築においていかに「人工」を極めることに意を注いだかは、あえて確認するまでもないだろう。

浅草松葉町の寺の庫裏に引きこもって、奇怪な書物や古画を飾り立てて、その室内を幻想空間へと変化させることを目論む「秘密」の語り手＝主人公は、まさしく『さかしま』的な世界の住人と見なせよう。時に小田原・鎌倉や温泉地を描くことはあっても、東北地方への旅を描いた「颱風」あるいは「吉野葛」などごくわずかな例外を除けば、少なくとも現代を扱った谷崎テクストで、農村や漁村などの地方の空間を取り上げた例を思い浮かべることは難しい。

もちろん過去においても現在においても、谷崎を象徴主義の作家として語る者など誰もいない。ましてや自然主義との関係については、文学史の通例では谷崎は反自然主義作家に分類されることもある。しかし、右の「颱風」や「異端者の悲しみ」等の初期テクストには性欲や放蕩、生活破綻など、主題論的には自然主義との類縁を考慮すべき例が少なくない。自然主義／象徴主義を暴力的に統合しようとした岩野泡鳴、あるいは両者の亀裂の間に宙づりになるところに自らの位置を定めた蒲原有明、これらの人々と、デカダンスという（遅れてきた）日本世紀末の時代精神を共有しながらも、谷崎は言うまでもなく彼らとは全く異なった道を歩んだ。

例えば「秘密」の語り手は室内空間を変容させるという次元には満足できずに、室内を飛び出して、浅草の都市空間を舞台として異性装嗜好者（トランスヴェスタイト）を演じ、自身の身体像それ自体を変態させて、都市と自己身体との関係性を組み替える中で、自身の性的アイデンティティを多型的に実験し続ける過程を辿った（もっとも後半ではその多型倒錯が異性愛主義の枠組みに回収されてしまうのだが）。「刺青」から始まり晩年の「瘋癲老人日記」までたゆみなく行われた身体表象に対するあくなき実験の繰り返しは、谷崎テクストに二十世紀日本語文学の中でも稀有な存在感を与えることになったと言えよう。そして急いで付け加えなければならないのだが、谷崎テクストにおいて特記すべきなのは、そのような身体表象の実験が谷崎の物語作者としての強固な実験意識と不即不離の関係にあったということなのである。

三

読者は谷崎テクストの身体表象の幾つかについて振り返ると、身体というものが徹頭徹尾、皮膚という相において表層化されて捉えられていることに気づくだろう。「刺青」における女郎蜘蛛の入墨（タトゥー）が「テクスト」の寓意であり、それを彫られる皮膚が白紙の「テクスチュア」の寓意であり、その二つが清吉という刺青師に「作者」を寓意させて「刺青」を一個の芸術家小説に見立てていることは、ほとんど疑いないであろう。

ところが彼が操る針がペニスで、女の背中の肌が処女の白紙であると準えるようなフェミニズム批評の古典的定型をあてはめてみると、ここでは些か収まりが悪い。男性「作者」と「作品」としての女性というジェンダー配置が紋切り型の性的権力関係の構図を都合よくは反復してくれないのである。

刺青・入墨は「文身」とも表現されるように、皮膚にいったん刻印された入墨は、二度と消すことのできない、すでに加工された皮膚の一部になりおおせているものである。皮膚の下の内部（内面＝自然）にはなんら変更（人工）も加えられないで、表層の変化がその存在のありよう、アイデンティティに変化を与えているのだが、変化が生じているその現場ではテクスト（人工）とテクスチュア（自然）とは一体なのである。

このことはすなわち「作者」が「書く」こと、その（変更・消去不可能な）唯一性はまさに「文＝身」、文（テクスト）としての皮膚身体（テクスチュア）を与えられた対象である女の側に横領され、テクストを同化させたテクスチュアが崇高化されて「燦爛と」凱歌をあげる結末に繋がる。

画家がモデルの絵を完成させる過程を描いた谷崎の作品としては他に「富美子の足」や「卍（まんじ）」などが思い浮かぶが、そこでの絵の「作者」（＝小説の語り手）は対象となるモデルに拝跪することから快楽を得るマゾヒスムの性癖の持ち主たちであり、その欲望に同化することを読者の側に差し向けることで、これらのテクストは成立しているのである。谷崎テクストにおけるマゾヒスト的主体と読者とのこの黙契は、文（テクスト）と化した皮膚（テクスチュア）、皮膚と化した文の自律性を保証するためにこそ取り交わされるとも言える。私たちはこのテクストの詐術を受け入れることによって、谷崎テクストが一続きの王朝のように築き上げた表象の身体政治(ボディ・ポリティクス)にすっかり呑み込まれてしまっているのかも知れない。

とはいえ、谷崎テクストの歴史は早い段階で、「金色の死」や「創造」のような、作者によって認知を拒否された特異な孤児(みなしご)たちを生み出してもいる。この異端児たち(アンファン・テリブル)は右のような身体政治の次元をすらも脅かす危険な子どもたちであった。

これらの作品で、谷崎テクストはそれ以前も以後も決して近づくことのなかったディオニソス的な破壊的身体に接近している。「金色の死」も「創造」も単性的なセクシュアリティを志向し、種的共同性への回路を拒絶している。これらのテクストの優生学的身体思想があまりにナルシスティックでエゴイスティックであるために、市民的倫理観を破壊してしまう過剰さを纏っているからだ。谷崎テクストは、このようにして早々と、最も危険なデカダンスに辿り着くのである。

「金色の死」の岡村君のナルシズム的な身体思想は「作者にして作品」という極限的な自己芸術化の欲望のモデルを開示した。だが、その「芸術」は、他者に見られるというマゾヒスムの欲望を満たすことは出来ても、自身が見ることを不可能にさせられているがゆえに、一種の不条理に落ち込んでしまう。谷崎テクストはこの不条理に直面して、「刺青」と同じマゾヒスト的な「見る主体」モデルに揺り戻されることになる。

この「見る＝書く」という視覚的書記システムは、映画メディアへの関心をも媒介して、一九二〇年の「鮫人」におけるような、描写の統語論的緊張が崩壊寸前にまで至る、過剰にして空虚化した身体観察（鈴木智之『顔の剝脱』［青弓社、二〇一六］が言う「共在の器官」としての顔の喪失）の実験へと一気に飛躍するのだが、「痴人の愛」のナオミの身体を得ることで、この「見る＝書く」システムは物語の制御下にようやく置かれることになる。谷崎テクストの身体政治のスタイルが安定していくのは、まさにこの物語の力によるものだったと言えるだろう。

◆消費文化

消費文化としての〈江戸趣味〉

――青年谷崎潤一郎の身体と記述

瀬崎圭二

日本において消費という現象をどこまで歴史的に遡って措定できるのか、それは、消費を単に金銭による事物の購入として捉えるのか、あるいはそれを記号的意味の受容として捉えるのか、などといったその概念の振幅に否応なく左右されてしまう。したがって、ここではその問題を深く問えないのだが、人々の生活において必ずしも必要とはされていない事物が、ある一定の速度とその更新を担った媒体による情報発信のもと、その媒体を共有している人々に受け入れられていく現象が日本に生じるのは、一九〇〇年頃のことであるととりあえずは考えて良いだろう。というのも、この時期に、そのような意味での近代的な流行、すなわち流行（モード）を語り、意味づける媒体が用意されるようになるからである。例えば、三井呉服店の『時好』（一九〇三年八月創刊）や白木屋呉服店の『家庭のしるべ』（一九〇四年七月創刊）など、当時の呉服店が刊行していた月刊誌はその一例だ。*1

こうした媒体を通じて紹介される商品やそのイメージに欲望し、ときにそれを購入することを消費として考えるならば、確かにこの時期にそのような意味での消費は現象していることになる。三井呉服店から改組された三越呉服店が、一九〇五年年頭の主要新聞各紙にいわゆる「デパートメントストア宣言」の広告を掲載し、以後、流行（モード）の紹介のみならず様々な文化の発信と構築を進めたことをふまえれば、消費文化なるものの萌芽をここに見出すことも十分可能だし、実際そのような指摘には枚挙に暇がない。しかし、ここで重要なのは、この時期に流行（モード）として意味づけられ、消費されていたものの内実である。

三井呉服店時代から店内改革に努めていた高橋義雄の後年の回想によれば、高橋は、日露戦後の社会状況に即した流行（モード）の形成を目論んで、「明治好みの新案を以て、衣服模様流行の魁と為り、一世を風靡して見やう」と思い立ち、「日本も今や戦争に勝つて、世界屈指の大国と為り、自然に大模様が歓迎せられて、元禄時代を再現せん事、最早疑を容れぬ」[2]と判断したという。その結果、元禄模様の流行（モード）が生まれ、三越では元禄下駄、元禄手拭、元禄ネクタイなどの〝元禄グッズ〟が販売されるまでにもなった。高橋の回想では、少なくともそれは一九〇七年頃まで継続していたという。まさにこの流行（モード）は、三越のデパートメントストア化と呼応する形で現象していたことになる。

この〝元禄ブーム〟は流行（モード）や商品販売のレベルにおいてのみならず、知的領域にも及んでいた。一九〇五年七月二三日には、井上頼圀、足立北鴎、島田招南、岡野知十らの賛助と、戸川残花の主導によって第一回元禄研究会が開催され、旧幕臣や秋声会のメンバーがそこに集った。三越はこの会の模様を『時好』誌上で紹介し、会にも展示品を出品している。その後、この会は、同年一一月五日に第二回研究会を開催し、翌年二月四日の第三回研究会を経て、六月一七日に早稲田の大隈重信邸で文芸協会との連合研究会を開催している。これらの会合には、江戸文化に関心のある文人たちや、島村抱月、長谷川天渓ら文芸協会のメンバーも名を連ねた。[3]

三越は一九〇五年六月に、新聞の劇評担当者たちや文人、知識人を集めて流行研究会を組織し、商品開発についてのアドバイスを求めるようになるが、一九一二年一二月には、この流行研究会から、幸田露伴、佐々醒雪、邨田丹陵、塚原渋柿園、中内蝶二、井上剣花坊、斎藤隆三、久保田米斎、饗庭篁村、伊原青々園をメンバーとする江戸趣味研究会が派生し、会の主導による資料調査や講演会、展覧会が行われるようになった。[4]元禄研究会や流行研究会、江戸趣味研究会のメンバーには、幕末生まれの世代や、旧幕臣の家系にある者、江戸文化に造詣の深かった者が多く、一九一〇年前後にかけて現象した〈江戸趣味〉はこのような会の活動によってリードされていた側面がある。[5]一九一〇年に雑誌『あふひ』を刊行し始めた葵文会の関係者や、江戸研究会というグループが刊行した『趣味研究大江戸』（大屋書房　一九一三年一〇月）の執筆者も、元禄研究会や流行研究会、江戸趣味研究会のメンバーと重複する者が多く、当時の〈江戸趣味〉という消費文化と、江戸文化、文学を対象化しようとするこうした動きは連続性を持っていたと言える。ちなみに、一九〇五年から東京帝国大学で藤岡作太郎が、一九〇八年から京都帝国大学で幸田露伴が近世文学の講義を始めており、この時期には、アカデミズムにおいても近世文学が措定されていった。[6]

前記の会合に関与していた者たちは、その出自故に身体的に江戸文化を内面化していた者が多かったが、一九一〇年前後にかけて現象した〈江戸趣味〉は、それが消費文化

『新潮日本文学アルバム７　谷崎潤一郎』（新潮社　1985年１月）より

としても広まっていたことを見ても分かるように、旧世代の者たちだけを惹きつけていたわけではない。同時期にパンの会に集った若き文学者たちが、異国情緒を喚起させる対象として江戸文化を捉えていったのも、同時代の〈江戸趣味〉の消費と全く無関係ではないだろう。[*7] むろん、単に流行（モード）として消費される〈江戸〉と、芸術的な志向性の中に認められるそれとではレベルが異なるが、両者の感性が同じ土壌から生まれていることには留意しておかねばならない。つまり、西洋近代化の果てに生じた日露戦争の経験後という社会状況や、〈江戸〉が東京にその残滓を日常的に残しつつも、既に時間的にも身体的にも距離を孕んだ空間であったことが、これらの感性を生んでいるということだ。そうであるが故に、〈江戸〉は消費の対象にも、ロマンティシズムの対象にも、知の対象にもなるのである。

　当時の青年谷崎潤一郎の感性もこのような土壌によって育まれていることは言うまでもない。パンの会にも出席していた谷崎は、異国情緒を喚起する対象として〈江戸〉を捉えていくような感性にも触れているであろうが、そもそも日本橋区蠣殻町に生まれた谷崎の身体には江戸文化が強く刻み込まれていたとも言える。そのような青年谷崎の身体性を考える上で、極めて印象深い二葉の写真がある。上の写真は、東京帝国大学在学中の谷崎が山形の新聞社に就職を決めた際の記念写真で、一九一〇年冬に撮影されたもの、下の写真は、第一高等学校朶寮の同窓生記念写真で、一九一二年三月に撮影されたものであるという。[*8] 学生服姿の友人たちの中に一人和服姿で写真に写り込んでいる谷崎の背景に、学生時代の谷崎が大学にほとんど顔を出していなかったことや、一九一一年七月に授業料未納のために大学を退学させられていた事実があるにしても、やはり周囲との外見上の差異は著しい。

谷崎が一高の朶寮に入ったのは一九〇七年九月のことであるというが、写真の中に谷崎と共に収まっている学生時代の友人君島一郎は、当時の谷崎が「朝早く起き出して森川町の銭湯に出かけ」、「袴をはいて煙草入れを帯にさしこんで」、「手拭は豆絞りでなくてはいけない。そして肩にかけるなら左手で中程をつまんでサッと右肩に投げつけなければいけない」などと「江戸っ子振り、江戸趣味」を振り回していたことを語っている。[*9] 同じく当時の友人津島寿一も、「江戸趣味に凝り固つた谷崎君から文芸、演劇、歌曲、名物その他江戸文化、趣味の指南を受け」、谷崎から朝風呂に誘われたことや、「谷崎君が袴の下に角帯を締めて居り、キセルの入つた皮の莨入をさげて居る江戸スタイルで、一高の帽子を被つて歩るく姿」を回顧している。[*10] 君島は、谷崎が「リューッとした身なり」で友人たちの前に現れ、「衣類は全部笹沼の細君の見立てとかで、着物が何んの、羽織が何んの帯がどうのという講義をきかされ」、谷崎が被る山高帽に「目を見張らされた」とも語っており、[*11] 確かにこの谷崎の姿は写真のそれと呼応する。

この下町の若旦那のような谷崎のスタイルが、流行(モード)としての〈江戸趣味〉なのか、下町育ちという環境によるものなのか、区別することは難しい。それよりも重要なのは、制服姿の学生たちの中で一人の和装姿が醸し出している差異と、和服に山高帽というコーディネイトであり、このような差異の表示やコーディネイトこそが、江戸文化そのものからの距離を示しているということである。つまり、それは趣味(テイスト)としての〈江戸〉であり、明治末期における消費文化の一側面でもあり得るということだ。既に〈江戸〉は物理的な距離を孕んだ空間であり、それは趣味(テイスト)としてしか表象されることはない。都市流入者である津島寿一のような青年の模倣の欲望は、そうした対象にこそ向けられているのである。

一高時代のことを素材にした谷崎の小説「羹」(『東京日日新聞』一九一二年七～一一月)には、この津島寿一を思わせる野村という作中人物が登場し、朶寮に入寮してきた橘宗一に、「僕は此れから君に就いて、大いに江戸趣味を研究するんぢや。リファインされた都会の生活と云ふものを、覚えたいんぢや」と弟子入りを志願する場面があるが、この表現の中でも「江戸趣味」と「リファインされた都会の生活」とは並列的に意味づけられている。地方から上京してきた野村のような青年にとっては、「江戸趣味」とは、江戸そのものへの回顧、接近であるというよりも、東京という現在的都市に広まる消費文化なのである。それは、下町の出身でありながら既に〈江戸〉との物理的な距離の中にある橘宗一のような世代の青年によって継承／創造されつつ、野村のような都市流入者によって模倣／攪乱されるような文化なのだ。

永井荷風「谷崎潤一郎氏の作品」（『三田文学』一九一一年一一月）が「谷崎氏の作品の第二の特徴」として指摘していた「全く都会的たる事」という要素も、このような文化状況の中で捉え直すべきであろう。この批評の中の「谷崎氏は特種なる其の境遇、修養、天稟の性情から得来たつた新時代の特種なる個性的感激と、見えざる己れが過去の文明的遺伝の勢力とをば、不可思議なる何かの機会によつて、之れを接触融合せしめた文芸上の一奇才である。（中略）氏の都会的はロマンチズムでもなく、憧憬でもなく正に如何ともする事の出来ない『現実』であるのだ」という指摘は、都市で消費されている〈江戸趣味〉を谷崎の記述の中に見出すと共に、それからの距離も備えている点を評価しようとしているようだ。

このことは、荷風がこの批評の中で紹介している上田敏『渦巻』（大倉書店　一九一〇年六月）の作中人物春雄の態度を見ればなお分かりやすい。春雄のように、「同情と透徹と、冷静と情熱との一見相矛盾した両極を、巧に調和して」、「人生を観察する」ことができるのは、「一国の文明を集冲した地に生れた庇蔭」であり、「これは如何に智識を積まうと、観察を鋭くしようと、過去の文化を承継がない、無伝統の地方人には、ちよつくら真似の出来ない芸である」というのだ。「異邦の美に憧れて、重に彼地の文物を慕つてゐた春雄」は、「何の暇あつて、江戸趣味なぞに耽らうぞ」と、江戸趣味からも距離を置き、「時代の推移と共に、美しい物の滅んで行くのを」「哀惜の眼を以て静に之を目送するばかり」でありながら、「新に興る物の醜いのは許されぬ」といった立場に身を置いている。

それは、例えば、青年期の谷崎の代表作「刺青」（『新思潮』一九一〇年一一月）が、近世期の江戸や刺青といった意匠を借りながら、「其れはまだ人々が『愚』と云ふ貴い徳を持つて居て、世の中が今のやうに激しく軋み合はない時分であつた」と、「今」との距離を図ろうとしていることにも似ている。あるいは、それは、「当時の芝居でも草双紙でも、すべて美しい者は強者であり、醜い者は弱者であつた」といった論理的跳躍や、刺青師清吉が「深川佐賀町の寓居で、房楊枝をくはへながら、錆竹の濡れ椽に万年青の鉢を眺めて居る」といった設定の作為性、「古のメムフイスの民が、荘厳なる埃及の天地を、ピラミツト（ママ）とスフィンクスとで飾つたやうに、清吉は清浄な人間の皮膚を、自分の恋で彩らうとするのであつた」といった比喩の歪みとしても表出している。そして、何よりも物語の舞台と齟齬をきたしてもいる「刺青」のモチーフそのものが、消費される〈江戸趣味〉からの大きな逸脱を示していることは改めて言うまでもない。

ただし、このような記述もまた一つの商品、モノとして都市を流通しており、それらに添えられた意匠には当時の消費文化が間接的な形で入り込んでいる場合もある。例えば、「刺青」を掲載していた頃の『新思潮』の表紙意匠は、雑誌の編輯兼発行人小山内薫の妹婿岡田三郎助によるものであるが、一九〇七年の東京勧業博覧会に一等入選した三郎助の油絵は、三越の一九〇九年春に開催された新柄陳列会の絵ビラ「むらさきしらべ」に転用されている。また、三越が一九一一年二月に懸賞募集した広告画図案の第一等受賞作は、和装本の浮世絵を眺める現代女性を描いた橋口五葉の西洋画「此美人」であったが[*12]、周知のように、同年一二月に籾山書店から刊行された谷崎の第一創作集『刺青』の装丁はこの五葉によるもので、胡蝶本と呼ばれるシリーズの一冊である。加えて、この懸賞の五等には、後に草双紙的な谷崎の小説『お艶殺し』(千章館　一九一五年六月)の装丁を担当することになる山村耕花の日本画「元禄美人」が入選してもいる。三越などの呉服店に主導されていた〈江戸趣味〉は、当時の消費社会を彩っていた様々なレベルのデザインを通じて、谷崎を取り巻く雑誌や書物といったモノとも連なっているのである。

谷崎のテクストや谷崎という人物像について、これまでにもしばしば「江戸趣味」という語が用いられ、江戸的であることや近世文化の吸収が指摘されてきたが、この特徴を〈趣味(テイスト)〉として捉えた場合、当時の消費文化との呼応が顕在化し始める。それは、物語の背後にある風俗、文化や、谷崎潤一郎という主体性の構築にも浸透しているであろうし、その物語や作家イメージの受容、あるいは、それを媒介するメディアのレベルにおいても見られるものであろう。そのような呼応や作用、関係性の意味を、谷崎研究が分節化してきた〈支那趣味〉やモダニズム、古典回帰などといったそれぞれの様式において、今後考察していく必要がありそうだ。

注

*1　瀬崎圭二『流行と虚栄の生成——消費文化を映す日本近代文学——』(世界思想社　二〇〇八年三月)参照。

*2　高橋義雄『普及版　箒のあと(上巻)』(秋豊園出版部　一九三六年七月)

*3　瀬崎圭二「流行研究会と塚原渋柿園——〈江戸趣味〉の中の身ぶり——」(『国文学攷』二〇一三年一二月)参照。

*4　神野由紀『趣味の誕生　百貨店がつくったテイスト』(勁草書房　一九九四年四月)参照。

*5　このような動きは、他の呉服店にも見られる。例えば、白木

屋の意匠顧問には元禄研究会を主導した戸川残花が就任し、松屋の機関雑誌『今様』にも江戸文化に造詣の深い者が多く執筆している。このことについては、瀬崎圭二「流行（モード）の発信と〈文学〉松屋呉服店刊『今様』の文芸欄」（『国立歴史民俗博物館研究報告』二〇一六年二月）を参照されたい。

＊6　井田太郎「〈実証〉という方法――〈近世文学〉研究は江戸時代になにを夢みたか――」（『井田太郎・藤巻和宏編『近代学問の起源と編成』勉誠出版　二〇一四年一一月）参照。

＊7　神野由紀『趣味の誕生　百貨店がつくったテイスト』（前掲）参照。

＊8　『新潮日本文学アルバム7　谷崎潤一郎』（新潮社　一九八五年一月）参照。

＊9　君島一郎『朶寮一番室』（時事通信社　一九六七年一二月）参照。

＊10　津島寿一『谷崎と私』（中央公論社　一九五三年三月）参照。

＊11　君島一郎『朶寮一番室』（前掲書）参照。

＊12　田島奈都子「近代日本ポスター史における橋口五葉の《此美人》という存在　三越呉服店による第1回広告画図案懸賞募集の実施とその影響」（『明星大学研究紀要（デザイン学部・デザイン学科）』二〇一五年三月）参照。

付記　谷崎潤一郎「刺青」「羹」の引用は、初出によった。

◆検閲

谷崎潤一郎と検閲制度

牧 義之

一――文学と検閲

現代において、国家機関による出版物の内容に対する点検は、文部科学省による教科書の検定を除き、原則として行われていない。出版物の恒久的な保存のために行われている国立国会図書館への納本を除いて、出版の際に発行者がどこかへ届け出る必要もない。現行の「日本国憲法」第二十一条第二項に「検閲は、これをしてはならない」と定められていることにより、（建前として）言論の自由は保障されている。それに対し、過去には当然のこととして〈検閲〉が制度として行われていた時代があった。

戦前・戦中期においては、内務省を中心とした国家機関による出版警察体制が存在し、検閲業務を担っていた。日々発行される書籍、雑誌、新聞などはすべて点検され、問題ありとされたものは「安寧秩序紊乱」と「風俗壊乱」という曖昧な理由づけによって、発売頒布禁止（発禁）、削除、次版改訂といった処分に付された。処分による被害を蒙るのは、専ら出版物の製造者である出版社（発行者）であったが、言葉を紡ぐ執筆者らも、検閲は常に意識せざるを得ない存在であった。問題視されやすい主題を多く扱った谷崎潤一郎は、筆禍作品を多く持つという印象が強い。しかし、その一方で彼は、創作や評論を通じて、検閲制度に対し積極的な発言を行なった作家としても数え上げられる。本稿では、谷崎と検閲についてのトピックをいくつか挙げながら、その関係性を概観してみよう。

二――谷崎と内閲

「筆禍」という枠組みで谷崎の作品を見渡したとき、「颱風」「華魁」「恐怖時代」「亡友」「美男」「人魚の嘆き」、そして戦後の「A夫人への手紙」「細雪」「鍵」などが挙げられる。一方、「検閲」という枠組みを当てはめてみると、それぞれの作品が問題視された理由はさまざまで、ここに挙げた作品がすべて処分に付された、というわけではない。「鍵」などは、内容が衆議院で問題視されただけで、掲載誌が回収されたことはない。また、例えば『人魚の嘆き』はいわゆる発禁本として有名だが、実際に発売頒布禁止処分を受けたのか、あるいは削除処分であったのかは、いまひとつ判然としない。明治、大正時代は、検閲制度を研究する上で欠かせない『出版警察報』や『出版警察資料』といった、内務省警保局図書課が発行する極秘の内部資料がまだ整備されていない時期であり、個々の作品や出版物に対して、実際にどのような処分が下されたのかは、確たる証拠がなかなか見つからない。参考になるのは、当時の新聞報道である。その一例として、次のような記事がある。

　三月一日発行の雑誌「中央公論」は三日其筋より発売頒布を禁止せられたり右は新聞紙法第廿三條に問はれたるものにて多分谷崎潤一郎氏作に係る脚本「恐怖時代」が禍したるものなるべく同脚本中強姦、殺人、姦通等の筋が社会の秩序公安を害するものと認められしならんと云ふ

（「中央公論禁止」『読売新聞』一九一六年三月四日、第五面）

「多分」という言葉が付された上で谷崎の名前が挙げられている。このように、報道では処分の根拠となった法律については確定的であったが、その要因となった作品箇所については、内容から判断できる場合は多いものの、憶測を交えて語るしかなかった。時期にもよるが、処分の理由は非公開が原則であったためである。

　谷崎が初めて検閲制度を意識したのは、東京帝国大学の学生の時であったようだ。

　大学へ入つて、廿五の時に和辻君、大貫君、後藤末雄君、小泉鉄君、木村荘太君等と一緒に「新思潮」を始めた。初号が発売禁止を食つて、随分手痛い目に会つた。それでもお互に自分達の作物を、悉く傑作の積りで自慢し合つた。その時の私の処女作は脚本の「誕生」であつた。（中略）所が発売禁止の傍杖を喰つたので、遂に世に出ないでしまつた。次いで「刺青」を「新思潮」の第三号へ出した。発売禁止が怖しさに、原作と違へて大分削り取つた。

（「「少年世界」へ論文」『文章倶楽部』一九一七年五月号）

主題の際どさが特徴的な谷崎であっても、検閲を意識して作品の内容、あるいは言葉づかいを制御するという思考は、かなり早くから持っていたようだ。これは後の〈谷崎源氏〉における山田孝雄の校閲という、発表のための担保を求める動機につながっているのかも知れない。

大正時代後半には、出版警察の中でも特徴的な、内閲という便宜的措置が運用された。発行者が予め原稿やゲラを内務省へ提出し、役人のチェックを求めるものであったが、法律に依らず便宜的に行われた措置であり、内閲で許可が出されたとしても、後の検閲では処分となる場合もあった。内閲は、発行者が安心を得るための、一種の事前検閲のようなものであったが、筆者の見解としては、一九一七（大正六）年頃から運用されていたようである。その前年、谷崎は「発売禁止に就て」（『中央公論』一九一六年五月）という文章の中で、次のことを当局者への要望として記していた。

> たとへば劇場が或る脚本を上場するに方つて、予め当局の検閲を経る事が出来るやうに、雑誌の経営者が或る作物を掲載する際に、禁止の恐れありと感ぜられる物は前以て当局者の内見を乞ひ、双方の互譲相談に依つて削除す可き部分を定めるやうな方法を立てるのも一つの手段かと考へる。さうすれば、小説の為めに外の記事までも犠牲を蒙むるやうな迷惑がなくなるであらう。

ここで表れる「内見」という言葉は、当時出版警察の中で使われていた用語ではなく、谷崎が独自に当てたものと思われるが、後の内閲に通じる考え方である。自身、「傑作」としての作品が発表できず、悔しい思いをしてきた谷崎ならではの協調策が、「内見」という言葉に込められているのだろう。この発言から間もなく、谷崎は「異端者の悲しみ」を『中央公論』（一九一七年七月）へ発表する際に、「今暫く時機を待つて、出来得べくんば当局者の禁止に対する方針を聴いた上で、訂正する箇所は充分に訂正した後に発表したい」という編集者の意見に従って、「一年に近く、校正刷りのまゝで空しく篋底に埋め」ていたことを「はしがき」で明かしている。この文章の末尾には、当時の「永田警保局長の好意」に対する謝辞が記されているが、内閲が運用されたことによって、「異端者の悲しみ」は発表に漕ぎつけたといえる。

三――『卍』の伏字

一九四五年の終戦以降、日本は占領軍の統治下に置かれ、それまでの内務省検閲に代わって、ＧＨＱ／ＳＣＡＰによる検閲が実施された。同じ検閲であっても、内務省検閲は公けに行われたもので、発行者は検閲による影響を、紙（誌）面上に記すことができた。○○や××といった記号で表される伏字である。伏字は、検閲官が施したという認識が強いが、実際は編集者（時には執筆者自身）が、文章を単語、あるいは文章単位で自主規制するために用いたものである。読者にも見える形で検閲制度が存在していたのが戦前・戦中期であったのに対し、GHQ／SCAP検閲は、見えない形で行われた。伏字の使用は禁止され、問題箇所として「delete」の指示を受けた文章を、空白として残すことさえ許されなかった。その影響もあって、戦前・戦中期に伏字が施された作品の復元（伏字起こし）が盛んに行われることになる。

谷崎の作品も、「細雪」の執筆や〈谷崎源氏〉新訳準備の傍らで、復元が行われることになったが、ひとつ問題が生じた。一九四六年十二月に新生社から刊行された『卍』の本文に対して、読者から次のような意見が新聞に寄せられた。

> 谷崎潤一郎の傑作「まんじ」の「完本伏字なし」がS社から発行されるという新聞広告を見て私は初版ものを持つているにかゝわらず「完本」というのに魅せられて金五十円を投じて買い求め早速手許にある改造社版と照合してみたところ改造社版で伏字になつている部分はその前後にかけて削除してつなぎ合せているのである。成る程これでは少くとも活字の上でだけは伏字はないといえるであろう
>
> しかし「完本」とは絶対にいえた■■（二字不詳）ではない、羊頭を掲げてく（ママ）肉を売るもはなはだしい、S社というのはもつと良心的な出版社かと思うていたが案外なのに驚いたそれにしてもの一言一句もおろそかにしない谷崎氏がよくもこのような出版に承諾を与えたものだ私はそれが不思議でならない、金の前には作家的良心もなげうつというのであろうか、私はそうは思いたくない、谷崎氏の心境を聞きたいものである
>
> （近藤良貞「羊頭く（ママ）肉の〝完本〟」『東京新聞』一九四七年二月十五日、第二面）

新生社版『卍』は、戦前の伏字箇所が埋められずに、実際にはその部分を抜いて文章をつなげたのみであった。それにも拘らず、広告文で「完本伏字無」（『読売新聞』一九四七年一月七日、十七日、二月四日各第一面広告）と謳ったため、読者から期待外れだという指摘を受けたのである。

これに対して谷崎は、同月二十五日の同紙において、「「まんじ」に就て」という応答文を発表している。

> 終戦後小生の旧著の幾種類かゞ新たに版に組まれて四五の書店から出版されましたが、それらはいづれも書店に旧稿を渡す前に小生自身朱筆を入れ、修正を加へたもの丶みであります、したがつて内容に関しては著者たる小生一人が何処までも責任を負ふのであります、たゞ若いころの作品には今日の小生から見ればあらずもがなの部分が沢山目につきますので修正の際に自然削除するところが多くなり旧版よりも分量がちゞまるのが常であります

> 「まんじ」の場合もさうでありまして、旧版の伏字の部分を削除してつなぎ合せたのは小生自身あの伏字を生かす必要なしと考へてしたことであります、しかし「完本伏字なし」といふ広告文はいかにも旧版の伏字の部分が生かされてあるかの如き感も抱かせて宜しくありません、さういふ広告文を出した書店が責めらるべきであるのは勿論として、小生もあの広告文が気になつてゐながら書店に注意を与へずに過した点は申訳なく思ひます、よつてこの紙上で近藤氏始めあの広告文に誤まられたであらう方々にお詫びをし、今後拙著の広告文についてはかういふことがないやうにしたいと存じます

「卍」の初出は『改造』(一九二八年三月から三〇年四月まで連載)であり、発表から約二十年が経っていたため、「あらずもがなの部分が沢山目につ」いたのだろう。この文章を読む限りでは、出版社の広告文に問題があったようだが、伏字箇所を削ることとしかしなかった谷崎の改稿方法にも問題はあるだろう。新生社版が刊行された時点で、既に内務省検閲は終了しているものの、その余波が戦後直後の『卍』流通本文の生成過程に見ることができる。なお、谷崎から「注意」が出されたためか、三月一日付の広告から「完本伏字無」の文言は記されていない。

この他に、谷崎作品と検閲制度との間接的な関わりを示すものとして、『中央公論』一九一三年一月号掲載の「悪魔　続篇」が挙げられる。作品自体に問題はなかったが、同号掲載の青柳有美「斯くあるべき女」が問題になり、掲載誌が発売頒布禁止処分となった。その結果、中央公論社は「三千五六百円」の損害を受けたが、「有美氏の為めに他のい丶原稿が埋もれるといふのは甚だ遺憾ですから其筋から風俗を害すと認められたものを省き他は其儘で臨時号として元旦に発売する筈」(「青柳有美氏の随筆が祟る／中央公論の発売禁止」『東京日日新聞』一九一二年十二月二十九日、第三面)として、「斯くあるべき女」を抜いた「新年臨時号」を発行した。この表紙には、本来赤字で印刷される「THE CENTRAL REVIEW」の文字がなく、同じく赤字で印刷されるはずの発行日や号数なども全て黒字で表記されている。さらに、製本が急遽行われたためか、背文字も入っていない。臨時号によって少しでも損害を取り戻そうとする中央公論社側の狙いがあったと思われるが、該当号には「悪魔　続篇」の他に、森鷗外「阿部一族」なども掲載されていた。後世にも残る名作が、禁止処分の煽りを受けて闇に葬られることなく世に出られた、珍しい事例である。

四――演劇脚本の検閲、〈谷崎源氏〉研究の進展

検閲は、出版物に対してのみ行われたわけではない。戦

前・戦中期においては、演劇脚本、映画フィルム、映画脚本、そしてレコードなどにも検閲が行われた。メディアとの関わりが深かった谷崎は、出版物以外でも検閲制度と対峙する場面があった。特に、演劇脚本の検閲には、多くの意見を発表している。これらについては、拙著『伏字の文化史』（二〇一四年十二月、森話社）第十章「狂演のテーブル戦前期・脚本検閲官論」を参照されたいが、注目すべきは、作家と検閲官との対話を描いた、その名も「検閲官」（『大正日日新聞』一九二〇年一月六日から二十六日に連載）という作品である。

演劇脚本の検閲は、内務省ではなく、警視庁保安課（地方では該当する地方官庁）が行なっていた。谷崎は、「恋を知る頃」が上演禁止になり、舞台監督の邦枝完二を通して間接的に役人と交渉を重ねる中で、「検閲官」の着想を得たようだ。後には、「愛すればこそ」「永遠の偶像」といった作品も禁止された谷崎の、検閲官という職業人に対する主張、あるいはイメージを読み取ることができる。検閲官「T」が述べる役人としての立場と、作品が問題視されたために呼び出しを受けた作者「K」の、芸術家としての立場。二者の主張がぶつかり合いながら、作品の道徳性や効果に関する議論と、互いが持つ芸術論が展開される。結果として、二人の議論はかみ合わず、相手への理解も生まれることはなかった。「T」は作品を上演禁止にし、「K」はその処分を受け入れざるを得ない、という結末が待っている。しかしここで谷崎が描き出したのは、芸術を制限する検閲制度の窮屈さではなく、「T」の役人としてのポリシーがいかに不徹底なものであったか、という点である。

演劇脚本の検閲は、検閲官が作品の制作過程（許可条件としての「勧善懲悪」要素の確認、削除箇所の指示、筋変更の強要、実際の劇場における臨検など）に介入する形で、上演許可／不許可が判断された。実態として、検閲官が制作者の一員にもなっていたのが、出版検閲との大きな違いである。上演時における効果などを含めた、作品の総合性にまで踏み込む検閲官に対して、谷崎は、同じ人間としての立場を「検閲官」の中で問い質したといえよう。

その他、近年の目覚しい研究成果として、〈谷崎源氏〉成立過程に関する調査が挙げられる。特に、大津直子と西野厚志によって、校閲者の山田孝雄に関する資料が発掘され、翻刻や分析が重ねられている。谷崎の終戦を挟んだ言論発表に対する認識が実態的に解明されつつあり、今後の進展が期待される。

（谷崎の引用は旧版の中央公論社版全集に拠り、その他は初出に拠った。一部漢字表記を現行のものに直した。）

◆生成論

自筆原稿・創作ノート

西野厚志

ながらく所在が不明であった「細雪」などの構想を記したノート「松の木陰」が、谷崎潤一郎が亡くなってから半世紀のときを経て発見された（「谷崎 幻の創作ノート」『読売新聞』二〇一五・四・三）。最新の全集には、様々な異文を比較した詳細な校異がはじめて付されるとともに、この新発見の創作ノートや草稿類が初収録される。[*1]これまでにも草稿類を対象とした研究や論考があったが、[*2]『近代文学草稿・原稿研究事典』（二〇一五、八木書店）などを参照しつつ新全集を読むことで、変化してゆくテクストの運動を捉えることが可能になるだろう。以下、「細雪」を例に、生成論的な視点からの草稿研究の今後を展望したい。

生成論（ジェネティック）、あるいは生成批評（クリティック・ジェネティック）とは、周辺資料を幅広く参照しながら作品の成立史を明らかにし、それを作家に統御された草稿から最終稿へと至る目的論的な創作過程としてではなく、様々な諸力が織りなすテクストの動的な生成過程として捉える視座である。[*3]その対象には、着想やプロットを書き留めたメモやノート（前推敲段階）、削除と加筆の痕跡を留める下書き（推敲段階）、清書原稿や校正刷（前刊行段階）、刊行後の様々な異文（ヴァリアント）（編集・刊行段階）が含まれる。「細雪」に関しては、創作ノート（「松の木陰」正・続篇、「潺湲亭」）・自筆原稿（中央公論新社蔵）・反故原稿（芦屋市谷崎潤一郎記念館・日本近代文学館蔵）・ゲラ（私家版中巻、下巻の初出誌の一部）など刊行前の資料、初出誌（『中央公論』一九四三・一、三／『婦人公論』一九四七・三〜四八・一〇）・私家版（上巻のみ、一九四四）・私家版著者手入れ本（日本近代文学館蔵）・初刊本（一九四六〜四七、中央公論社）から、著者生前刊行の自選全集第二四〜二六巻（一九五八〜五九、同）に収録されて本文が確定するまでが参照すべき主な範囲となる。

谷崎は一九三五年頃に「現代もので、阪神地方の有閑階級を書きたい」（「身辺雑事」）という着想を得て、関連する出来事を記録するようになる。当初は「三寒四温」や「三姉妹」などと題して「蘆屋夙川辺の上流階級の、腐敗した、頽廃した方面」を描くつもりであった（「「細雪」を書いたころ」）。しかし、時代状況への配慮もあって、物語の中心を雪子というヒロインへと変更し、題も「細雪」とあらためて執筆されることとなる。「稿を起こしたのは太平洋戦争が勃発した翌年、即ち昭和十七年のこと」（「「細雪」回顧」）で、[*4] 末尾に「細雪下巻終り／（昭和二十三年五月十八日）」と記して擱筆するまで、戦時下から占領期にかけて書き継がれた自筆原稿は一五九六枚を数えた（和紙に朱線の入った四百字詰め自家用箋、墨書き）。「消しをした部分は、他人に読まれないやうに真つ黒に塗り潰す癖がある」（「文房具漫談」）といっているように、修正部分は墨塗りか別紙を貼り付けて書き直されている。さらに、「私は非常に遅筆であつて、一行書いては前の方を読み返したり、立ち上つて室内を歩き廻つたり茶を飲んだり一服吸つたりして、徐ろに考へながら後をつゞける」（同）という執筆の時間を反映するように、余白に細かな字で書き込まれた箇所や、通し番号の訂正もあり、推敲の痕跡を多く留めている。また、「非常に書き潰しをする」（同）ともいっているように、計一一枚の反故原稿が残っている。

執筆と並行して、一九四三年から『中央公論』で連載が始まる。当初から女たちの日常を書き連ねる反時代性を軍部が警戒、第二回末尾で「（つゞく　次回六月号）」と予告されるも、当該号で「決戦段階たる現下の諸要請」を鑑みて「自粛的立場から今後の掲載を中止」する旨が告知された。翌年に限定二〇〇部（実際は二四八部）で作られた上巻私家版は宇野浩二、折口信夫、木下杢太郎、川端康成、小島政二郎、志賀直哉、永井荷風、正宗白鳥ら文壇関係者や親類知友の手に渡ったものの、当局より注意を受けて続刊が難しくなる。それでも密かに制作が進められていた私家版中巻も大阪大空襲（一九四五・三・一四）で灰になり、未完成の校正刷だけが残った。敗戦後、私家版をもとにして上巻と中巻が相次いで出版され、舞台を『婦人公論』に移した下巻の発表・刊行によってようやく完結した。

執筆にあたって、まず、谷崎は「年代記風に覚え書きにして、あらすぢも終りまで書いて」（「「細雪」回顧」）からとりかかったという。創作ノートを繙くと、はじめて「細雪（サヽメユキ）」という語が書きつけられた際、ヒロインの人物設定として「S子は二十九歳であるがまだ純潔な処女である」とされており、これは下巻最終章の自筆原稿に見られる「三十五年間の「処女」に別れを告げる」という一節と呼応している。また、戦時下に校了間際で掲載中止が決定して幻となった第三回末尾の自筆原稿を確認すると、読者に宛てた著者の断書が本編にそのまま続けて記されており、そこでは「此の小説は日支事変の起る前年、即ち昭和十一年の秋に始まり、大東亜戦争勃発の年、即ち昭和十六年の春、雪子の結婚を以て終る」と全篇の結末まで予告されている。これらの事例は、「ほとんど終りまで考へがまとまつて、こまかくプランを書いてから執筆した」（「「細雪」瑣談」）という谷崎の言葉を裏書きするだろう。

一方で、創作ノートには戦時下の圧力によって採用できなかった不良マダムの挿話が散見される。戦後になってからも、すでに創作ノートにあった亡国の民（白系ロシア人の一家）と東アジア情勢を語り合う場面をはじめ、私家版上巻の天皇制賛美・連合国批判とも読める表現の削除・修正を余儀なくされ、著者手入れ本には朱筆による訂正と大幅な加筆が施されている。同じくＧＨＱの検閲に配慮して、私家版中巻の校正刷には不審な隣家の住人を「英国人」から「瑞西人」へ、自筆原稿には「国籍不明」へと変更する訂正が書き込まれ、さらに自筆原稿からは「亜米利加と日本」との「戦争」や「敵性国家」といった語が事後的に消去された。

また、反故原稿を参照すれば、現行本文には登場しない奥畑家の長男荘太郎と貞之助が、末娘の妙子と啓ぼんの将来を前向きに相談するなど、決定稿で妙子が辿った末路（階級脱落）とは異なる運命が予感される。現存するのはたった一一枚に過ぎないが、「百枚の物を書くには、四五百枚以上の紙を用意して」、「一枚について少なくも四五枚は無駄をする」（「文房具漫談」）というから、約一六〇〇枚の決定稿に対して七〇〇〇枚前後の反故原稿が生み出されたはずである。実際、戦後の一時期に周囲を出入りしていた末永泉は谷崎に命じられて「細雪」の反故を日常的に焼却していたという（『谷崎潤一郎先生覚え書き』二〇〇四、中央公論新社）。そのとき灰になって消えて行った無数の要素（登場人物・状況設定・エピソードなど）や物語の展開、作中人物の生きるはずだった運命が確かに存在していたのだ。

周囲に祝福されながら、「天長節」に「藤原氏の血を引く名門」へと嫁いでゆく雪子についても、異なる結末が用意され、自筆原稿では以下のようになっている。

> さう云へば、昔中姉ちやんが貞之助兄さんに嫁ぐ時にも、ちつとも楽しさうな様子なんかせず、嬉しいことも何ともないと云つてゐたことがあつたが、それでも今は幸福に行つてゐるのを見れば、結婚の時は誰でもみんなかう云ふ気持になるのであらうか。………など、彼女は思ひながら、幸子があの頃「こんなものが出来た」と云つて書いてくれた歌があつたのを、図らずも胸に浮かべてゐた。――※一行空き
>
> 　けふもまた衣えらびに日は暮れぬ／嫁ぎゆく身の
> そゞろ悲しき

細雪下巻終り／（昭和二十三年五月十八日）

これが、初出時に次のように改められた。

さう云へば、昔幸子が貞之助に嫁ぐ時にも、ちつとも楽しさうな様子なんかせず、妹たちに聞かれても、嬉しいことも何ともないと云つて、けふもまた衣えらびに日は暮れぬ嫁ぎゆく身のそゞろ悲しき、と云ふ歌を書いて示したことがあつたのを、図らずも思ひ浮かべてゐたが、下痢はとう〳〵その日も止まらず、汽車に乗つてからもまだ続いてゐた。（をはり）

小説家は、その時々に作用する様々な力を受け止めながら、自らが紙片に定着させた言葉と向き合い、書き、読み返し、そして書き換えるという書記行為を繰り返す。そこで産み落とされた草稿類は、「何が書かれているか」だけでなく、「いかにして書き換えられたか」というテクストの生成過程を浮かび上がらせる。そのとき、決定稿と草稿のあいだで、あり得たかもしれない複数のテクストが明滅するだろう。

注

＊1　決定版全集の特典として「細雪」自筆原稿の一枚目の複製が配布されたが、これまでにも『少将滋幹の母』（一九六〇、毎日新聞社）、『春琴抄』（一九七〇、中央公論社）、『蘆刈』（一九八四、同）などの複製が刊行されている。

＊2　たつみ都志「照合「春琴抄」――原稿・初出誌との相違にみる作者意図」（『武庫川国文』一九八九・一二）、明里千章「谷崎潤一郎「盲目物語」初稿――冒頭の翻刻・解題」「「盲目物語」への階梯――削除された初稿序文をめぐって」（『金蘭国文』一九九七・三）、千葉俊二「館蔵資料紹介　谷崎潤一郎「人魚の嘆き」「青塚氏の話」原稿」（『日本近代文学館』二〇〇三・三）、同「「人魚の嘆き」について――解題に代えて」（『ユリイカ』二〇〇三・五）、同「谷崎潤一郎『夢の浮橋』草稿の研究」1～4（『日本文芸の表現史』二〇〇一、おうふう／『早稲田大学教育学部学術研究 国語・国文学編』二〇〇三・二〇～〇六・二）、五味渕典嗣「文字と変身――谷崎潤一郎の原稿から」（『三田文学』二〇一五・七）など。

＊3　松澤和宏『生成論の探求』二〇〇三、名古屋大学出版会

＊4　谷崎自身の回想には「上巻の稿を起したのは大東亜戦争の勃発する一二箇月前」（「「細雪」を書いたころ」）とするなど曖昧な点があるが、伊吹和子は「真珠湾攻撃の少し前、住吉反高林の家の書斎であったことは確実で、最初の筆をしめした時に目に入ったその庭の秋色が鮮明に記憶されている」という谷崎の直話を紹介している（『われよりほかに』一九九四、講談社）。

〈原稿類所蔵機関リスト〉

芦屋市谷崎潤一郎記念館

「魔術師」（二百字詰「松屋製」、ペン、一〇八枚／一部代筆）、「為介の話」（二百字詰「谷崎潤一郎原稿用紙」、ペン、二枚）、「乱菊物語」（四百字詰「谷崎潤一郎原稿用紙」を半裁、鉛筆、二八枚／「燕」「夢前川」の一部）、「盲目物語」（半紙に毛筆、二曲一隻屏風仕立て／現行本文から削除された冒頭部）、「武州公秘話」（四百字詰「谷崎潤一郎用紙」「倚松庵用箋」、鉛筆・毛筆、一三三枚）、「細雪」（四百字詰、毛筆、八枚／反故原稿、中巻三八四枚目、下巻二六二・二六五〜一七〇枚目）、「敏介とピン介」（四百字詰「雪後庵用箋」、ペン、二枚）、「詩と文字と」（二百字詰「松屋製」、ペン、九枚）、「鳥取行き」（四百字詰「谷崎潤一郎用紙」、鉛筆、七枚）、「青春物語緒言」（四百字詰「倚松庵用箋」、毛筆、五枚）、「文房具漫談」（四百字詰「倚松庵用箋」、鉛筆、二枚）、「東京をおもふ」（四百字詰「倚松庵用箋」、鉛筆、五四枚）、「ジンベエものがたり」（四百字詰「倚松庵用箋」、鉛筆、一九枚／のち「半袖ものがたり」に改題）、「自由劇場の再挙に際して」（四百字詰、ペン、一枚／未発表原稿）、「翻訳小説二つ三つ」（四百字詰、ペン、八枚）、「きのふけふ」（四百字詰、毛筆、一四枚）、「西行東行」（四百字詰、毛筆、二八枚／「疎開日記」の一部）、「飛行機雲」（四百字詰、毛筆、五枚／「疎開日記」の一部）、「越冬記」（四百字詰、毛筆、一〇枚）、「私の幼少時代について」（四百字詰「文房堂製」、ペン、五枚）、「高血圧症の思ひ出」（四百字詰「紀伊國屋製」、ペン、九〇枚／口述）。

日本近代文学館

「異端者の悲しみ」（四百字詰「銀座　伊東屋製」「十ノ廿松屋製」、二百字詰「十ノ廿松屋製」、ペン、一五七枚／WEB版・DVD版『滝田樗陰旧蔵近代作家原稿集』に収録）、「人魚の嘆き」（二百字詰「松屋製」、ペン、八枚／初稿、『ユリイカ』二〇〇三年五月号に写真版で全文掲載）、「青塚氏の話」（二百字詰「谷崎潤一郎原稿用紙」、ペン、一〇〇枚／冒頭から全体の約三分の一、伏字箇所の原文を含む）、「乱菊物語」（四百字詰「谷崎潤一郎原稿用紙」を半裁、鉛筆、二〇枚／「燕」「室君」の一部）、「細雪」（四百字詰、毛筆、三枚／反故原稿、中巻三八・二六六・五一九枚目）。

神奈川近代文学館

「痴人の愛」（二百字詰「谷崎潤一郎原稿用紙」、鉛筆、四七〇枚／「一の二」より「大阪朝日新聞」連載分）、「青い花」（二百字詰「谷崎潤一郎原稿用紙」、ペン、七二枚）、「赤い屋根」（二百字詰「谷崎潤一郎原稿用紙」、ペン、三枚）、「鴨東綺譚」（四百字詰「文房堂製」、ペン、一枚）。

山梨県立文学館

「母を恋ふる記」（四百字詰「十ノ廿松屋製」、ペン、一枚）、「饒舌録」（二百字詰「谷崎潤一郎原稿用紙」、ペン、五九枚／題字・署名のみ自筆、本文は代筆）。

國學院大学

「懺悔話」（百字詰「伊東屋製」、ペン、三九枚）、「兄弟」（二百字詰「松屋製」、ペン、一二七枚）、『潤一郎新訳源氏物語』（谷崎・山田孝雄・玉上琢弥の書き入れのある旧訳・タイプ稿）。

国立国会図書館

「二人の稚児」（二百字詰「伊東屋製」、ペン、九七枚）。

京都府立総合資料館

「朱雀物語」（四百字詰「神楽坂山田製」「十ノ廿松屋製」、ペン・毛筆、一九回連載分のうち二回分）。

川内まごころ文学館

「芸術一家言」（二百字詰、ペン、四〇枚／DVD版『「改造」直筆原稿山本実彦旧蔵画像データベース』に収録）。

※この他にも図録などを参照すれば、「黒白」（朝日新聞社史編修センター）、「都わすれの記」（天理大学図書館）をはじめ、『潤一郎訳源氏物語』、「賢木の巻　補遺」、「A夫人の手紙」、「残虐記」、「鍵」、「夢の浮橋」（口述）、「当世鹿もどき」（口述）、「瘋癲老人日記」（口述）、「台所太平記」（口述）、「三つの場合」、「七十九歳の春」（口述）等の自筆原稿の現存が確認できる。

決定版『谷崎潤一郎全集』（画像提供：中央公論新社）

V

谷崎潤一郎論のために

データ室

谷崎の家族たち

佐藤 淳一

谷崎が家族を表現した随筆や随想には「幼少時代」「親父の話」「おふくろ、お関、春の雪」「性格の違う兄と弟」「父となりて」「異端者の悲しみ・序」「生れた家」「親不孝の思い出」「千萬子からの雪だより」「雪後庵夜話」「初昔」などがある。母関や父倉五郎、あるいは祖父久右衛門に触れたものが多く、その言及は情のこもったものである。一方で、「異端者の悲しみ」における妹末を例外とすれば、弟の精二、得三、終平、妹の園、伊勢について谷崎はほとんど何も表現していない。こうした〈空白〉を補完するためには、谷崎全集収録の兄弟関連の書簡や、小説家・英文学者となった谷崎精二の『明治の日本橋・潤一郎の手紙』「妹」「骨肉」、谷崎修平『懐かしき人々——兄潤一郎とその周辺』、林伊勢『兄潤一郎と谷崎家の人々』などを見る必要がある。

谷崎が生涯に三度結婚したことはよく知られているが、三番目の妻である松子のみが随筆や随想で誉めそやされていると言って良く、書簡などからも、二番目の妻丁未子の存在感の希薄さや、最初の妻千代子への否定的な評価が読み取れる。松子との関係が特別なものであったことは、結婚前後の書簡（主要なものは『谷崎潤一郎の恋文　松子・重子姉妹との書簡集』に収録）や松子『倚松庵の夢』などからも明かである。ただし、『谷崎潤一郎＝渡辺千萬子往復書簡』や『落下流水　谷崎潤一郎と祖父関雪の思い出』などからうかがわれる松子の息子清治の妻であった渡辺千萬子との関係を対置すれば、それも唯一絶対のものとは見えなくなる。また、松子や千萬子との関係は「盲目物語」「蘆刈」「春琴抄」あるいは「千萬子抄」や「瘋癲老人日記」などに反映されると同時にそこから反照されるものである。こうした観点から言えば、「蓼喰ふ虫」と千代子との関係や、「痴人の愛」や「細雪」と千代子の妹せい子、松子の妹重子との関係も同様に重要である。なお、丁未子やせい子の証言を伝えるものに秦恒平『神と玩具との間——昭和初年代の谷崎潤一郎』、瀬戸内寂聴『つれなかりせばなかなかに——妻をめぐる文豪と詩人の葛藤』がある。

谷崎には千代子との間に娘鮎子があり、松子の連れ子に恵美子がいる。鮎子については近年多量の未発表書簡が発表され、谷崎の父親としての細やかな愛情が明らかになった。また千萬子の娘たをりを孫として可愛がったことは本人が『祖父谷崎潤一郎』などで証言している。また親族ではないが、谷崎家で働いていた多くの女中も「家族」の一員として考えるべきかも知れない。谷崎は生前最後の小説「台所太平記」で彼女たちを描いた。書簡などで関係者の証言も確認できる。

データ室
谷崎の友人たち

佐藤淳一

谷崎は「私は元来客嫌いの男なので、平素友人らしい友人を殆ど持つてゐない」（「古川緑波の夢」）と述べている。しかし、追悼文、序文・跋文、書簡などを読むと、谷崎の交際範囲の広さや友人知己に対する深い思いやりもまた感じとれる。さまざまな人物を、関連する文献とともに列挙してみる。中国料理店偕楽園の主人笹沼源之助は幼い頃からの友人であり晩年まで家族ぐるみのつきあいがあった（「「撫山翁しのぶ草」の末尾に」など）。仏文学者の辰野隆や倫理学者の和辻哲郎などは学生時代からのつきあいがあり、後年には誌上で数回対談している（辰野『谷崎潤一郎』、「若き日の和辻哲郎」、『谷崎潤一郎対談集【文藝編】』）。学友の証言としては津島寿一『谷崎と私』、君島一郎『朶寮一番室——谷崎潤一郎と一高寮友たちと』などもある。大貫雪之助も若い頃の友人（「亡友」）。

谷崎の出発に大きな役割を果たした永井荷風とは、その後も礼を尽くした関係が続いた（「永井荷風氏の近業について」、前掲『対談集』など）。佐藤春夫との関係は小説家としての出発を支援することに始まり、千代夫人との三角関係から絶交、復縁を歴て、妻を譲渡するという通常の友人関係を超えた縁を結んだ（「佐藤春夫のことなど」など）。「金と銀」「この三つのもの」など互いをモデルとした小説も書かれた。芥川龍之介は谷崎が文学論争を交わした数少ない文学者の一人（「饒舌録」「いたましき人」など）。歌人吉井勇とのつきあいも長い（「吉井勇翁枕花」など）。小説家今東光は弟子を自称し『十二階崩壊』がある。

渡米を支援した上山草人（「上山草人のこと」など）や芸名の名付け親となった岡田時彦（「岡田時彦弔辞」）などの俳優、前掲の随筆で思い出を語っている芸人の古川緑波、歌舞伎役者市川左團次（「旧友左團次を悼む」）、狂言役者茂山千作（「茂山千作翁のこと」）ら芸能人とのつきあいも多かった。

外国人文学者との交流も少なくなく、とくに中国の田漢、郭沫若、欧陽予倩らとのつきあいは注目される（「きのふけふ」など）。また中央公論社の嶋中雄作を代表とする一部の出版社の人々とは、仕事に関する濃密なやりとりはもちろん、時にはそれを超えたつきあいが見られる（「嶋中君と私」）。

谷崎の友人関係は資料からさまざまに読み解いてゆく余地があり、谷崎記念館『谷崎潤一郎交友録』や野村尚吾『伝記　谷崎潤一郎』、山口政幸『谷崎潤一郎　人と文学』、小谷野敦『谷崎潤一郎伝　堂々たる人生』などの伝記における多様な解釈も参考になる。

データ室

谷崎と秘書

岸川俊太郎

秘書とは一般に、「要職にある人などに直属して、これを助け、また機密の文書や用務をつかさどる職」（『広辞苑』第六版）を指すが、谷崎の秘書は、こうした一般的な用務に留まらない役割をしばしば担ってきた。

関東大震災を機に、谷崎は関西に移住し、まもなく大阪を舞台とする『卍』（一九二八～一九三〇）の執筆を始める。その際、作中で大阪弁の台詞を描くために、関西在住の若い女性に助言を求めた。最初に谷崎を補佐したのは、大阪府立女子専門学校（後の大阪府立女子大学）の英文科の第一期生、武市遊亀子であったが、翌年（一九二九）に結婚したため、その後を武市の一年後輩で大阪生まれの江田治江（結婚後は高木姓）が引き継いだ。江田は一九二九（昭和四）年に同校の英文科を卒業し、同年三月から谷崎宅に住み込み、一九三〇（昭和五）年八月まで補佐を務めた。この間、江田と同じ学年に籍を置いていた古川丁未子が、江田を通じて谷崎と知り合い、後に結婚したことはよく知られる。江田が書き遺した回想録『谷崎家の思い出』（高木治江、構想社、一九七七年）には、この時期の谷崎の生活振りや人間関係が詳らかにされている。

このように、谷崎の秘書は、谷崎の創作営為とも深く関わる役割を担っていたのである。とくに、晩年の創作活動を考える際、秘書の存在は切り離すことができない。一九五三（昭和二八）年、谷崎は前年の春頃より悩まされていた高血圧症が悪化し、激しい目眩に襲われるようになる。そのため、刊行途中だった『新譯源氏物語』（一九五一～一九五四）の翻訳の助手に、当時京都大学文学部国語学国文学研究室に勤めていた伊吹和子を抜擢し（同年五月）、第七巻から原稿の口述筆記にあたらせた（谷崎は口授と呼んだ）。一九五八（昭和三三）年には、突然の右手の麻痺に襲われ（一一月二八日）、右手が不自由となり、以後、口述筆記を余儀なくされる。谷崎の回想によれば、「談話筆記」による最初の作品は、「高血圧症の思ひ出」（一九五九）であったという（「わが小説――『夢の浮橋』」『朝日新聞』一九六二年一月八日）。同年一月から七月頃まで秘書を務めたのは、津島寿一の友人の娘で、東京女子大学英文科出身の田端晃（結婚後は川口姓）であり、当時の様子は、川口晃「秘書の思い出」（「月報18」『谷崎潤一郎全集』第一八巻、一九六八年四月）に点描されている。この他、谷崎家のお手伝いさんたちも、口述筆記に頼らざるをえなくなった谷崎を助けた。

しかし、晩年の谷崎の創作活動に深く関わり、これを支えたのは、何といっても伊吹和子である。口述筆記による最初の創作となった「夢の浮橋」（一九五九）を担当した伊吹は、筆記者の立場に留まらず、京言葉への書き換えや作中時間の年譜作成など、作品の創作過程にまで関わった。谷崎の死去する一九六五年まで、『瘋癲老人日記』(一九六一〜一九六二)や『台所太平記』(一九六二〜一九六三)などの作品を口述筆記した伊吹の秘書体験は、『われよりほかに　谷崎潤一郎 最後の十二年』講談社、一九九四年、のち、講談社文芸文庫、上下巻、二〇〇一年)に詳述されており、同書は、晩年の谷崎の伝記的事実を埋める貴重な証言となっている。同書によれば、この間、谷崎は様々な若い女性を秘書候補として雇ったが、いずれも長続きしなかったという。

谷崎の秘書はまた、編集者の顔をもつものが少なくない。伊吹も中央公論社に長く籍を置いたが、同じく中央公論社の編集者として谷崎と近しくなり、その後谷崎の秘書となった人物に、小瀧穆がいる。「中央公論社から平凡社に移り、長く同社の顧問のような仕事をしていた方で、谷崎先生とは非常に親しく、稿料や印税の交渉など、今ふうに言えばマネージャーのような立場におられた。同氏に対する先生の信頼は大変なもので、小滝氏もまたその信頼に応えておられたのであろう。」(『われよりほかに』)。その後、二人の間には溝が生まれ、谷崎の死まで埋まることはなかったといわれるが、小瀧は中央公論社の綱淵謙錠とともに谷崎の没後版全集(一九六六〜一九七〇)の編纂に当たった。

谷崎の秘書が編集者でもあったことは、谷崎と出版メディアとの関わりに新たな光を当てる契機となる。一九四七(昭和二二)年一月から一九五一(昭和二六)年一月まで秘書を担当した末永泉は、全國書房の編集者を一時期兼務し、その関係から、谷崎も同社の文芸雑誌『新文学』に「所謂痴呆の藝術について」(一九四八年八、一〇月)を寄稿している。当時の状況は、稲澤秀夫による末永へのインタビュー(「秘書から見た谷崎」『聞書　谷崎潤一郎』第一巻、思潮社、一九八三年)や末永自身の回想『谷崎潤一郎先生覚え書き』(中央公論新社、二〇〇四年)に詳しく描かれている。ここで注目されるのは、末永の姉、徳丸時恵が創業した京都の出版社・国際女性社と谷崎との関わりである。谷崎は同社から戯曲集『戯曲 お国と五平 他二篇』(一九四七)を出版しているが、さらに近年、同社発行の『国際女性』という総合文芸雑誌(一九四六年七月〜一九四七年七月、現在六冊が確認)の実態が明らかになってきたことにより、同社と谷崎との新たな関係も浮かび上がってきた(石川巧「幻の占領期雑誌「国際女性」と谷崎潤一郎」『新潮』二〇一五年五月、同「雑誌『国際女性』の資料的価値」『跨境／日本語文学研究』第二号、二〇一五年六月)。谷崎は、新村出とともに同誌の顧問を務め、自らも日記「二年前のけふこのごろ」(「初秋特輯号」一九四六年九月一五日)や三宅周太郎との対談「文楽を語る」(「11・12月号」一九四六年一二月一日)を掲載している。国際女性社は、この時期の谷崎の活動と交友関係を明らかにする貴重な手掛かりとなる。

このように、谷崎の秘書は、翻訳、口述筆記、出版メディアなど様々な役割を通して、谷崎の創作営為と緊密に関わっている。〈秘書〉という視点から谷崎文学を捉え直すことで、今後、谷崎文学の新たな一面が明らかにされることが期待される。

データ室

谷崎の見た映画（戦前編）——佐藤未央子

幼い頃に「簡単な実写物かトリック物」（「幼少時代」一九五五〜一九五六）を観たのが谷崎にとって最初の映画体験だ。「秘密」（一九一一）では小説中に初めて、西洋映画を鑑賞する男女が描かれた。「秘密」と同時期に公開され、観客を熱狂させた映画「ジゴマ」（仏＝一九一一・九、日＝一九一一・一一、ヴィクトラン・ジャッセ監督）への評価——「出鱈目な不自然な筋」だが「美しい夢だと思へばいい」（「映画雑感」一九二一）——は谷崎の映画観の基底となる。「ジゴマ」同様大衆的支持を得た活劇「プロテア」（仏＝一九一三・九、日＝一九一三・一一など、ヴィクトラン・ジャッセ監督）「ファントマ」（仏＝一九一三・九、日＝一九一五・五など、ルイ・フイヤード監督）は「魔術師」（一九一七）の、恋人よりも映画を愛する男が例として挙げている。同時期、シェンキェヴィチの原作に基づく「クオ・ヴァディス」（伊＝一九一三、日＝一九一三・一〇、エンリコ・ガッツォーニ監督）やダヌンツィオが関わったとされる「カビリア」（伊＝一九一四・四、日＝一九一六・四、五、ジョヴァンニ・パストローネ監督）などの文芸映画も鑑賞。西洋の光景＝「遠い夢の世界」（「独探」一九一五）への憧憬を募らせた。

この頃最も谷崎の心に残ったのが「プラーグの大学生」（独＝一九一三・八、日＝一九一四・一、シュテラン・ライ監督）「ゴーレム」（独＝一九一五・一、日＝一九一六・一一、パウル・ヴェゲナー、ヘンリク・ガレーン監督）の主演俳優パウル・ヴェゲナーだ。「真に永久的の価値ある」（「映画雑感」）両映画は「高級作品の品位と深みを失ふことなく（…）むづかしい役を真に迫るやうに演じた」「ウエゲナアの芸の力」（「芸談」一九三三）のおかげで成功したと賛辞を惜しまない。

第一次世界大戦を境に映画産業はアメリカに中心が移るが、谷崎の受容もその背景を反映。「痴人の愛」（一九二四〜一九二五）のナオミに「似てゐる」メリー・ピックフォードの日本での上映作品は一九二〇年頃から増え始め、谷崎は中でも「ロジタ」（米＝一九二三・九、日＝一九二四・一〇、エルンスト・ルビッチ監督）を称賛。様々な女優イメージを模倣してみせるナオミが、海辺で「飛び込み」の形で真似たのは「海神の娘」（米＝一九一四・四、日＝一九一七・二、ハーバート・ブレノン監督）の主演女優アネット・ケラーマンのポーズである。

一九一〇年代の映画で最高峰の大作とされるのはD・W・グリフィス監督「イントレランス」（米＝一九一六・九、日＝一九一九・三）だが、谷崎は「評判ほどの物でも」（「映画のテクニック」一九二一）ないと低評価。チャールズ・チャップリン出演映画は初期から観ており、監督作品「巴里の女性」（米＝一九二三・一〇、日＝一九二四・一〇）については「優秀」（「西洋と日本の舞踊」一九二五）と認めた一方で「しみじみと観客の胸に訴へるだけの落ち着きを欠」くのは「しみじみとした味を出すには不向き」な「映画芸術そのものの欠陥」（「芸談」）のための留保付きで批評した。

脚本部顧問として大正活映に在籍した間は大正活映の輸入映画を多く鑑賞。例えば「紅燈祭」（米＝一九一九・五、日＝一九二〇・三、アルベール・カペラニ監督）ではアラ・ナジモヴァの「表情」の「大映し」に「芸術」（「映画のテクニック」）性を見出した。

論説のみならず小説中で映画を語る手法は大正期において一貫している。「アヹ・マリア」（一九二三）ではセシル・B・デミル監督、グロリア・スワンソン主演「アナトール」（米＝一九二一・九、日＝一九二二・八）「何故妻を換える?」（米＝一九二〇・五、日＝一九二一・五）や、コンラッド・ネーゲル主演「愚か者の楽園」（米＝一九二二・三、日＝一九二三・八）を引用。いずれも恋愛や結婚にまつわる教訓を含む作品。「青塚氏の話」（一九二六）で名が挙がり、晩年の取材でも「好き」（淀川長治「谷崎潤一郎先生をお訪ねして」一九五二）と答えたエリッヒ・フォン・シュトロハイムはリアリズムを追求した監督。「愚なる妻」（米＝一九二二・一、日＝一九二三・二）「グリード」（米＝一九二四・十二、日＝一九二六・二）を観たという。

谷崎はハリウッド映画以上にドイツ映画を好み、表現主義映画「カリガリ博士」（独＝一九二〇・二、日＝一九二一・四、ロベルト・ヴィーネ監督）は批評「「カリガリ博士」を見る」（一九二一）を著したこともあり、長くその脳裡から離れなかった。カリガリ博士を演じたヴェルナー・クラウスとエミール・ヤニングスが出演した「オセロ」（独＝一九二二・三、日＝一九二三・三、ディミトリ・ブコウスキー監督）では両者の「芸の力の偉大さに感心」（「芸談」）。エルンスト・ルビッチ監督映画はそのドイツ時代から鑑賞し、「青塚氏の話」でポーラ・ネグリ主演「寵姫ズムルン」（独＝一九二〇・九、日＝一九二四・一二）に言及したほか、ヴェゲナーやヤニングスが出演する「ファラオの恋」（独＝一九二二・二、日＝一九二三・五）、渡米後第一作「ロジタ」（前掲）で発揮された手腕を褒め称えた。

昭和期以降は、「黒白」（一九二八）でジャングル映画「チャング」（米＝一九二七・四、日＝一九二七・一〇、アーネスト・B・シュードサック、メリアン・C・クーパー監督）、「蓼喰ふ虫」（一九二八～一九二九）で「ピーターパン」（米＝一九二四・一二、日＝一九二五・一〇、ハーバート・ブレノン監督）が引用されるものの、言及される映画は減少。上山草人との交際は続き、「バグダッドの盗賊」（米＝一九二四・三、日＝一九二五・一、ラオール・ウォルシュ監督）のほかに「支那の鸚鵡」（米＝一九二七・一〇、日＝一九二八・一、パウル・レニ監督）などを観ている。

一九三〇年代には、ジョセフ・フォン・スタンバーグ監督、マレーネ・ディートリッヒ主演「モロッコ」（米＝一九三〇・一一、日＝一九三一・二）「間諜X27」（米＝一九三一・四、日＝一九三一・八）に言及。一九三五年には「活動写真もときたまみますが、なか〳〵楽み」（「東京にて」）だとして「或る夜の出来事」（米＝一九三四・二、日＝一九三四・八、フランク・キャプラ監督）「透明人間」（米＝一九三三・一一、日＝一九三四・三、ジェームズ・ホエール監督）を挙げた。その一方で「映画も殆ど見なくなつてしまつた」（「映画への感想」）とも語ったが、戦後には再び多くの映画を鑑賞するようになる。断続的であるにせよ、映画への興味は明治期から戦後にかけて継続していたと見て良いだろう。

データ室

谷崎の見た映画（戦後編）——柴田 希

谷崎潤一郎は「老いのくりこと」（一九五五）のなかで、「映画は藝術中の最も尖端を行くものであるから、老人の便利などは考へてくれず、「年寄にも分るやうに」と云ふ心づかひは、最初から製作者の念頭にないのであらう」と嘆いている。映画のテンポが速まったのか、己の肉体が衰えたせいか、「見おとしや聞きおとし」が増えたと弱音も吐いた。右手の麻痺により口述筆記を余儀なくされるなど、晩年の谷崎にとって老いと病は深刻な問題であったが、それでも映画を観に行くことをやめないので、松子夫人をはじめ周囲は気を揉んでいたらしい（伊吹和子『われよりほかに　下』講談社文芸文庫　二〇〇一）。「アメリカンラプソディー」の試写会に参加したのち、谷崎が血圧を測ると数値は二〇〇もあったという（「京洛その折々」一九四九）。ちなみにその映画は、作曲家ジョージ・ガーシュウィンの伝記映画『アメリカ交響楽』（一九四七）のことで、原題『Rhapsody in Blue』と混同したのだと思われる。ともかく、戦時下の検閲制度に上映を阻まれていたフィルムが終戦を機に陽の目を見、一九四六年からようやく外国映画の新作も封切られるようになれば、映画好きの谷崎がそれをむざむざ見逃すわけがなかった。『谷崎潤一郎対談集――藝能編』（中央公論新社　二〇一四）や『谷崎潤一郎対談集――文藝編』（中央公論新社　二〇一五）などを参照し、戦後、谷崎が実際に鑑賞した映画を振り返ってみたい。

周囲から熱心に勧められ、イングリッド・バーグマン主演のスリラー映画『ガス燈』（一九四七）を観たが、役者はうまくとも「話の甘さ」が目につき、谷崎の評価はあまり芳しくない（「対談」一九四八）。主人公の視点をカメラと一体化させた『湖中の女』（一九四七）も「実にバカバカしい」一方で、若い頃は嫌味に思えたロナルド・コールマンが、『心の旅路』（一九四七）ではさほど悪くなかった（「映画についての雑談」一九四八）。ほかにも『イヴの総て』（一九五一）や『オルフェ』（一九五一）、『サンセット大通り』（一九五一）、『ホフマン物語』（一九五二）、『天井桟敷の人々』（一九五二）など、話題作はひと通り観ている（「谷崎潤一郎先生をお訪ねして」一九五二）。なかでもアンドレ・ジッドの原作を映画化し、第一回カンヌ国際映画祭でグランプリに輝いた『田園交響楽』（一九五〇）は、すべてがよいと感心している（「新しい魅力」一九五〇）。画家の登場する小説を幾篇も発表し、自作の挿絵にもこだわった谷崎が、ディズニーが世界初となるカラー長編アニメーション『白雪姫』（一九五〇）に好意的であったのも興味深い（「谷崎潤一郎素描藝道漫歩対談」一九五一）。

また当然ながら、谷崎が映画に傾注した一九二〇年代のサイレント映画と違い、すでにトーキーが一般化し、一九三〇年代以降、各国がカラー映画の製作に乗り出している。谷崎も「新しい魅力」

で、旧ソ連が二番目に製作したカラー映画『シベリア物語』（一九四八）の色彩を褒め、「映画についての雑談」では「この頃のテクニカラーっていうのは、どのくらい進歩してるのか」と、一九三九年に製作された『風と共に去りぬ』（一九五二）の日本公開を待ち焦がれていた。技術面へも相当な関心を示す谷崎だが、身体性の変容を避けられないなかで、戦時中遠ざかっていたモダニズムの象徴たる映画から、何を吸収し得たのか。

　それを考える上でも、同時代の映画を取り入れた小説の存在を忘れてはならない。「過酸化マンガン水の夢」（一九五五）は、『悪魔のような女』（一九五五）を中心的なモチーフに創作された。あるいは登場人物たちが映画について語る様子も度々描かれている。『鍵』（一九五六）では『麗しのサブリナ』（一九五四）や『赤と黒』（一九五四）が話題にのぼった。さらに「瘋癲老人日記」（一九六一～一九六二）の『太陽がいっぱい』（一九六〇）、『黒いオルフェ』（一九六〇）、『スリ』（一九六〇）、『独裁者』（一九六〇）。「台所太平記」（一九六二～一九六三）の『哀愁』（一九四九）、ディズニー初の長編記録映画『砂漠は生きている』（一九五五）なども散見される。

　他方、めぼしい外国映画の上映が少ない熱海を訪れると、日本映画に接する機会が増えた。原節子の『青い山脈』（一九四九）は割に面白く、親交の厚かった高峰秀子の『処女宝』（一九五〇）も見逃さなかった（「細雪の世界」一九五〇）。京マチ子は大のお気に入りで、折に触れては『羅生門』（一九五〇）の役柄を褒めている（「芸道対談」一九五一）。『朱雀門』（一九五七）は若尾文子の衣装が似合わないから失望したと容赦ない（「私の好きな六つの顔」一九五七）。今井正が監督を務めた『夜の鼓』（一九五八）には、五所平之助の『螢火』（一九五八）より惹かれたという（「四月の日記」一九五八）。その『夜の鼓』に出演した有馬稲子の小文が、単行本『夢の浮橋』（中央公論社　一九六〇）に収録されており、谷崎の賛辞が彼女の心の支えになったと明かされている。

　谷崎自身、映画制作に携わりながら日本映画の近代化に尽力した経験があるため、自ずとその批評眼は手厳しく、以前から日本映画の欠点に監督の力量不足を挙げていた。例えば、田中絹代の監督作『月は上りぬ』（一九五五）は、「少しふやけてゐて」気に入らなかったようだ（「映画のことなど」一九五五）。ほかにも小津安二郎の『彼岸花』（一九五八）（「谷崎潤一郎対談」一九五九）、伊藤大輔の『元禄美少年記』（一九五五）（「女優さんと私」一九六一）などへの言及が見られる。とくに「此の絵だけは正しく世評我を欺かず」と『暁の脱走』（一九五〇）を絶賛し、黒澤明と谷口千吉へ敬意を表した（「暁の脱走」を見る」一九五〇）。奇しくも一九五〇年代、俄かに日本映画が欧米で脚光を浴びる。日本映画の国外進出を切望していた谷崎の夢が実現したのだ。日本映画と谷崎の関係性は、ここで改めて見直されるべきだろう。

　そして一九六五年七月三〇日、谷崎はこの世を去った。絶筆となった創作メモには「アカ子の映画」という走り書きが残されている（谷崎松子「湘碧山房夏あらし」一九六五）。次作の構想に、何らかのかたちで映画が関係していたに違いない。老いたる谷崎の脳裡には、どのような銀幕の世界が広がっていたのだろうか。

＊映画の年号は日本での公開年である。

データ室

谷崎と装幀

山中　剛史

谷崎生前の二〇〇点近い書影を橋弘一郎編『谷崎潤一郎先生著書総目録』（ギャラリー吾八）で眺め、実際にそれら著作を手に取ってゆくと、種々の画家たちとのコラボレーション、はた工芸品かのような豪華本など、谷崎の著作は文章のみならず書物自体が装幀造本と相まって一個の作品（オブジェ）としてそこに現前することを改めて実感させてくれる。近年、谷崎作品と挿絵に注目が集まり、芦屋市谷崎潤一郎記念館での「谷崎潤一郎と画家たち」展図録（二〇〇八）収録の各文章を見てもわかるように、挿画や画家たちの基礎的な研究も徐々に出てきた感がある。が、著者自装も少なくないにもかかわらず、その装幀についてはといえば未だ研究の緒に就いたばかりという状況といってよい。

谷崎と装幀について考える時、さしあたり「装釘漫談」（一九三三・六）が指標となる。こと改めてジュネット『スイユ』など持ち出さずとも、谷崎の「私は自分の作品を単行本の形にして出した時に始めてほんたうの自分のもの、真に「創作」が出来上つたと云ふ気がする。単に内容のみならず形式と体裁、たとへば装釘、本文の紙質、活字の組み方等、すべてが渾然と融合して一つの作品を成すのだと考へてゐる」との言明をどう捉えるか。昭和八年時点の文章ということは注意を要するが、作品の全体性（トータリティ）という見地からしても、装幀はゆるがせに出来ない要素であろう。

ここ三四年著書は自装しているという谷崎だが、それを裏付けるように昭和に入ってからの装幀に和風テイストが強まるのは、装幀が作家の美意識や小説の傾向とも連動した結果であることを見るのは容易い。谷崎は「原則として自分の本は自分が装釘するのに越したことはない。殊に絵かきに頼むのは最もいけない」ともいう。表紙の派手なケバケバしさは時間経過とともに薄汚くなるというのである。明里千章「谷崎は小出楢重をいつ意識したか」（小出龍太郎編『小出楢重と谷崎潤一郎』春風社、二〇〇六）がその「絵かき」は誰なのかを谷崎と装幀を考察しつつ問うているが、読書後に書棚に置かれた後の書物の物理的変化という時間性までをも考慮に入れている谷崎の装幀観からすれば、手に持ったときの重さからコットン紙、その後の古色具合を考えザラ紙をといった素材や、とかく無視されがちな印刷から書体にいたるまでのこれら審美眼は谷崎の装幀美学とでも称すべきものである。それらは創元社の「潤一郎六部集」や『自筆本蘆刈』といった工芸作品的装幀に結実する。

とはいえ、装幀を巡っては谷崎の芸術観のみならず、いわば外部的要因も考慮にいれなければなるまい。大まかにいって谷崎著作の装幀テイストは大正末年までと昭和以降とに区分出来るが、あるいはそれをこの時期に谷崎の著作を支える版元として中央公論社に拮抗する形で勢いを持ってきた創元社との関係に見ることも出来よう。大谷晃一『ある出版人の肖像』（創元社、一九八八）や矢部文治「谷崎潤一郎と創元社」（『谷崎潤一郎記念館ニュース』一九九七・六、一〇）によれば、創元社は谷崎の煩いほどのこだわりを引き受けた末の『春琴抄』ヒットによって出版社としての社会的信頼を得て、横光利一や川端康成らの著作を出版し関西一流の文学系出版社となっていく。私家版『細雪』作成が創元社であるのもその信頼ゆえだろう。装幀を考えることは、例えば谷崎の各種編集者宛書簡などにも明瞭にうかがえるように、必然的に作者と出版社の関係や出版史にもリンクするものであり、出版と経済という観点からそのありようを考えることも必要とされてくる。装幀は作家・作品のみならず時代を映す鏡でもあるのだ。

では「装釘漫談」以前はどうかといえば、叢書類など予め装幀フォーマットがあるものは除くとしても、明治期ボール紙本を体現させた小村雪岱装幀『近代情痴集』や、「装幀界における浮世絵趣味の復活」なる宣伝文句で発売された山村耕花装幀『お艶殺し』、「絵本」として大判挿画を盛り込んだ水島爾保布装幀『人魚の嘆き 魔術師』などが大正期谷崎装幀本としてとりわけ目を引く。装幀が単に表紙デザインなのではなく、書物となって新たにコンセプトのある自立性を持った正に装幀家とのコラボレーション作品となっているからである。そうした装幀の意味を問うものとして、既にそれぞれ、磯田光一「『近代情痴集』私考」（『国文学』一九七八・八）、日高佳紀「谷崎潤一郎『お艶殺し』の図像学」（『奈良教育大学国文』二〇〇六・三）、山中剛史「挿画本『人魚の嘆き 魔術師』考」（『芸文攷』一九九九・一）といった考察がある。また『自画像』などタイトルに作品名ではなく一冊の書物としてのコンセプトを示すような本の意味を論じた山中「谷崎潤一郎著『自画像』私考」（『初版本』二〇〇八・六）、橘書誌から漏れた谷崎本情報を補完する同「谷崎本書誌の余白に」（『日本古書通信』二〇一六・五〜）などもある。

挿画自体については触れないが、例えば初出から各刊本における挿絵の差異や有無など、基礎的データも新たに整備される必要があろう。谷崎との共著『歌々版画巻』や『鍵』『瘋癲老人日記』などの装幀で知られる棟方志功については、装幀の観点からは真銅正宏「棟方志功の版画と谷崎」（前掲『谷崎潤一郎と画家たち』展図録）があり、松尾理恵子「『瘋癲老人日記』の挿絵をめぐって」（『谷崎潤一郎記念館ニュース』二〇〇二・三）や高井祐紀「描かれること」（『近代文学研究と資料』二〇一四・三）が初出時と初刊時の挿画について言及している。志功は谷崎後期代表作を支える画家として、受容の面からなどもっと考察される余地がある。例えば全集装幀による谷崎作品のイメージ構築とその流布といった問題設定も可能であろう。また横井孝「谷崎潤一郎「検印」による略年譜のこころみ」（『実践国文学』二〇〇六・三、一〇）のように検印から谷崎の著作の流れを追ったものがあるが、『春琴抄』や『都わすれの記』における松子の題字や揮毫の意味の考察など、他にも装幀にまつわる課題は残されている。

データ室

谷崎を演じる

嶋田 直哉

谷崎潤一郎は生涯に二四篇の戯曲作品を残している。そもそもデビュー作品が一幕物の戯曲「誕生」(第二次「新思潮」一九一〇・九)であり、以後「刺青」(同一九一〇・一一)を発表ののちも引き続き戯曲を発表している点から考えても文壇登場期は小説家と同時に劇作家としての側面も持ち合わせていた印象が強い。その代表的な戯曲は既に大正期に二度まとめられている。『潤一郎戯曲傑作集』(金星堂、一九二三・七)には全八篇が、『現代戯曲全集谷崎潤一郎篇』(国民図書、一八二五・九)には全一一篇が収録されている。特に後者は谷崎の自選作品集ということもあり、ここに収録されている作品を読めば一通り谷崎に劇作家としての側面が理解できる構成となっている。

谷崎が自身の戯曲をどのように考えていたのかについては『現代戯曲全集谷崎潤一郎篇』(同前)の「跋」が参考になる。谷崎は以下のように述べている。「私の初期作品には、今になつて考へると、実演には不適当な物が相当にある。(中略)私は思ふ所があつて、「読むための戯曲」も決して一概に捨てたものではないと信ずる。」ここからわかるのは谷崎が実際の上演を意図して戯曲を執筆したのではなく、「読むための戯曲」――レーゼドラマの可能性を探っていたことだ。それゆえ谷崎の戯曲は上演の機会こそ少ないものの、「読む」という点においてはト書きも詳細に描き込まれ、登場人物の心理を台詞で説明していくというように物語がしっかりと確立している作品群となっている。

このような谷崎の戯曲群の中で現在においても上演機会に恵まれているのは「恐怖時代」(「中央公論」一九一六・三)、「お国と五平」(「新小説」一九二二・六)の二作品である。「お国と五平」はお国が殺された夫伊織の仇討ちのために家来の五平とともに旅をするものの、実際はその仇敵である池田友之丞にあとをつけられており、三人は奥州で鉢合わせてしまう。対面した三人の心理描写が克明に描かれている。この作品は仇討ちという物語内容と、登場人物が三人と少ないこともあって歌舞伎作品として上演しやすい性格を持ち合わせている。近年では二〇〇九年八月納涼歌舞伎(東京 歌舞伎座)において友之丞=坂東三津五郎、五平=中村勘太郎、お国=中村扇雀といった配役で上演された。「お国と五平」の上演頻度はそれほど高くはないものの、それでも谷崎の戯曲の中では最も上演機会に恵まれている作品である。

「恐怖時代」はお家乗っ取りを企む大名の側室お銀の方、お銀の方の腰元梅野を中心に生々しい殺し合いが執拗にくり返される物語である。血で血を洗うようなこの作品はその凄惨な物語内容もあって滅多に上演されることはない。一九四一年に京都南座で武智鉄二演出のいわゆる武智歌舞伎の第一弾として上演されてはいるが、近年の大きな上演となると一九八五年二月の蜷川幸雄演出（東京　日生劇場）、その再演を目指し二〇〇三年二月には長年蜷川幸雄の演出助手を務めた井上尊晶演出（東京　日生劇場）がある。シェイクスピアを好む蜷川幸雄の演出はこのような血なまぐさい作品にはよくマッチし、鏡を効果的に使った舞台は異世界としてこの作品を描出することに成功している。二〇〇三年の再演ではお銀の方＝浅丘ルリ子、梅野＝夏木マリといった配役で上演された。また近年では二〇一四年八月納涼歌舞伎（東京　歌舞伎座）で武智鉄二演出をもとに上演され、お銀の方＝中村扇雀、梅野＝市村萬次郎といった配役で上演された。

　現代演劇において谷崎の戯曲の上演はほぼこの二作品に限られる。しかし谷崎の場合、戯曲作品よりも小説作品の舞台化の方が数多い。その中で代表的な作品は「盲目物語」（「中央公論」一九三一・九）であろう。宇野信夫の脚本で一九五五年に第一回東宝歌舞伎で上演されて以降、歌舞伎では定番の演目となっている。また「細雪」（中央公論社、一九四八・一二）も一九六六年に菊田一夫の脚本・演出で上演され、これまでに上演回数一〇〇〇回を超える東宝の定番作品となった。その他、近年では「台所太平記」（「サンデー毎日」一九六二・一〇・二八～一九六三・三・一〇）が二〇一五年六月（東京　明治座）に小池倫代脚本、山田和也演出で上演されている。山田和也は東宝作品を中心にコメディやミュージカルを得意とする演出家で、九〇年代には三谷幸喜作品の演出も手がけている。それゆえ「台所太平記」の喜劇性が十分に引き出された舞台となった。

　近年の現代演劇の中で谷崎の作品を考えてみた場合、重要な上演は鈴木忠志演出「別冊谷崎潤一郎」（静岡市　舞台芸術公園屋内ホール「楕円堂」二〇〇四）とサイモン・マクバーニー演出「春琴」（東京　世田谷パブリックシアター　二〇〇八・二）であろう。前者は谷崎の戯曲「お国と五平」と小説（対話）「或る調書の一節」（「中央公論」一九二一・一二）で構成され、早稲田小劇場を主宰した鈴木忠志の独特の身体技法、発声法が取り入れられたいわゆるスズキ・メソッドによって演出された作品。後者は「春琴抄」（「中央公論」一九三三・六）と「陰翳礼賛」（「経済往来」一九三三・一二、一九三四・一）をもとに構成され、野田秀樹とも深い関係のあるサイモン・マクバーニーが日本文化を谷崎のテクストを手がかりに理解して演出した作品。照明を極力抑え、舞台装置もシンプルに構成され、文楽人形の登場や一本の竹の棒を動かしながら空間を作っていくなど実験的な演出が注目された。

　このように谷崎をめぐる演劇作品は戯曲作品ばかりではなく小説作品の舞台化も含めて、様々な視野を提供しながら今後も上演され続けていくに違いない。

谷崎潤一郎 全作品事典

明里千章
五味渕典嗣
千葉俊二
永栄啓伸
日高佳紀
細江光
前田久徳
安田孝
山口政幸

［凡例］

一、この作品事典は、千葉俊二編『別冊國文学　谷崎潤一郎必携』（學燈社、二〇〇一年）に掲載された「谷崎潤一郎全作品事典」（前田久徳・千葉俊二編）の内容を一部改訂のうえ、転載したものである。

一、谷崎潤一郎のすべての小説・戯曲・シナリオ、代表的な随筆・評論等の［初出］［梗概］（随筆・評論等は［内容］）について記した。

一、作品タイトルに続いて、決定版全集の収録巻を示した。本書編集時の未刊行分については、二〇一六年一〇月時点での収録予定巻を示した。

一、［初出］では、初出紙誌および初収単行本を示し、戯曲については初演も記した。

一、作品の配列順は発表年月順とした。

一、各項目の末尾に、カッコで執筆担当者名を示した。

誕生（たんじょう）

◆戯曲　全集②

■初出　「新思潮」（明43・9）、『恋を知る頃』（植竹書院、大2・10）所収。

■梗概　一条天皇の寛弘五年九月十一日の朝の藤原道長の邸。道長の娘中宮彰子が出産を迎えようとしているが、道長の栄華を妬む物の怪に祟られて難産に苦しんでいるなか、読経祈禱が絶え間なく続けられている。一幕のクライマックスは、暗内殿女御（くらべや）、承香殿女御、藤原顕光、家隆、高明の生霊死霊が招人（よりまし）の口を借りて呪詛の限りを尽くすのに対抗して、加持祈禱の声や散米の音が相混じ相戦い満場騒然たる状況として形作られ、やがて皇子が誕生する。最後に道長が我が世の栄華を約束する皇子を抱いて大笑するところで幕となる。　（前田）

「門」を評す（もんをひょうす）

◆評論　全集①

■初出　「新思潮」（明43・9）、新書判『谷崎潤一郎全集』第十四巻（中央公論社、昭34・7）所収。

■内容　漱石の『門』を『それから』の続篇とみなした場合の不満を述べる。宗助とお米は貧しく、お米は病身で三人の赤子をなくしている。これほどの制裁を加える良心が世間にあるだろうか。困窮した生活なのに二人の関係は愛情に富んでいる。「真の恋に生きむとして峻厳なる代助の性格は、恋のさめたる女を抱いて、再びもとのやうな、或はそれよりも更に絶望的なヂレンマに陥る事がありはすまいか」と考える谷崎には、宗助とお米は作者によって都合よく作られたものであり、「縁の遠い理想」でしかない。　（安田）

象（ぞう）

◆戯曲　全集①

■初出　「新思潮」（明43・10）、『刺青』（籾山書店、明44・12）所収。

■梗概　享保某年六月十五日、山王祭礼の午前六時ごろの麴町貝塚の堀端。山王御輿のお通りを拝せんと堀に沿った道端に大勢の民衆が犇めきあっている。しかし、人々の関心は御輿よりももっぱら広南国より幕府へ献じられた象が山車を牽くのを見ようとすることに集まっている。やがて御輿とそれぞれ趣向を凝らした屋台が通り、最後に山車を牽いて象が通り過ぎるが、半蔵門で象の体が門を塞ぎ、身動きがとれなくなったのを見て、老年の武士と町家の隠居の「小さな門へ、大きな獣を入れようとするのは、若い者の無鉄砲ぢや」「左様でございますな」との会話で幕になる。　（前田）

The Affair of Two watches（ジ アフエアー オブ ツウ ウオッチズ）

◆小説　全集①

■初出　「新思潮」（明43・10）、『悪魔』（籾山書店、大2・1）所収。

■梗概　貧乏学生の杉と原田と私は酒に飢えている。と、杉が金策の一計を案じた。丸善から出している定価百五、六十円の「ヒストリアンスヒストリー」は五円の手付けで全巻を届けてくれ、残額は月賦でよい。そこで受け取った書物を入質するか誰かに売れば、かなりの金が手に入る。残額の月賦は三人で均等割りにすれば月々大した重荷ではない。この案に乗り、手付けの五円捻出のため杉と私の時計を質に入れたが三円にしかならず、結局「此の三円で愉快に遊ぼう。」ということになり、牛鍋を囲んで酒となる。（前田）

刺青（しせい）

◆小説　全集①

■初出　「新思潮」（明43・11）、『刺青』（籾山書店、明44・12）所収。

■梗概　刺青師清吉には、光輝ある美女の肌を得て、それへ己の魂を彫り込むという年来の宿願があった。彼の心に適った女を捜し続けた四年目の夏の夕べ、駕籠からこぼれた白い足を目にし、その持ち主こそ求め続けた女であることを確信するが、駕籠はいず方ともなく去ってしまう。翌年の春半ば、偶然駕籠に乗っていた娘が彼の家へ訪ねて来た。清吉は娘に二本の巻物の絵を見せ、「これはお前の未来を絵にしたものだ」と告げる。絵は今しも刑に処せられんとする生け贄の男を眺める暴君紂王の寵妃末喜を描いたものと「肥料」と題する若い女が桜の幹へ身を寄せて、足下の男たちの屍骸（むくろ）を見つめている図柄であった。絵の女の性分を持っていることを告白し、絵を恐れて見ようとしない娘に、清吉は麻酔を嗅がせ、一昼夜をかけて娘の背中一杯に女郎蜘蛛の彫り物を仕上げる。それは清吉の魂と全生命を注ぎ込んだものであった。眠りから醒めた娘には臆病なところは微塵もなくなり、清吉に向かって「お前さんは真先に私の肥料（こやし）になつたんだねえ」と言い放つ。帰る前にもう一度刺青を見せてくれと頼む清吉の願いに応えて肌を脱いだ娘の背中は、折からの朝日を受けて燦爛と輝いた。（前田）

麒麟（きりん）

◆小説　全集①

■初出　「新思潮」（明43・12）、『刺青』（籾山書店、明44・12）所収。

■梗概　数人の弟子を従え伝導の旅に上った孔子は衛の国を訪れた。南子夫人の色香の魔力に支配されていた霊公に孔子は道徳の貴いことを語り、私の欲に打ち克つことを説いた。霊公は孔子の感化を受けて夫人の魔力から離れたかに見えた。自分の魅力で孔子を虜にしてみせると嘯く南子は孔子と対面し、「凡界の者の夢みぬ、強く、激しく、美しき荒唐な世界」を現出する香と酒と肉をすすめるが、孔子の顔は曇るばかりであった。孔子の徳も夫人には及ばぬことを示すべく、夫人と霊公が乗った車が、孔子を乗せた車を従え都を練り歩いた。一時夫人を離れたかに見えた霊公は再び彼女のもとに戻り、孔子は衛の国を去る。（前田）

信西（しんぜい）

◆戯曲　全集①

■初出　「スバル」（明44・1）、『刺青』（籾山書店、明44・12）所収。初演、上山草人の近代劇協会公演（大7・9、有楽座）。

■梗概　平治元年十二月、信頼義朝の謀反のあった夜、あらゆる学問を修めた「唐土にも天竺にも肩を並べる者のない学者」少納言入道信西は、天体の異変から源氏の謀反と自己の運命を察知し、数人の郎党を従えて、山城と近江の国境、信楽山の奥に逃げて来ている。ここまで来れば安心だという郎党に対して、信西は、自らの運命を示す星が空に輝いている間は運命から逃れられないと嘆き、郎党たちに杉の木陰に穴を掘らせ身を隠すが、穴の中で念じ続ける信西の念仏の声を聞きつけた源氏の郎党に見つかり、命を落とす。（前田）

彷徨（ほうこう）

◆小説　全集①

■初出　「新思潮」（明44・2）、『谷崎潤一郎全集』第二巻（改造社、昭5・6）所収。

■梗概　猪瀬は東京の農学校に遊学し、友の影響でクリスチャンになり、宗教家、哲学家になる決心をする。農学校卒業後、一高へ入学するが病気になり、それを境に信仰を捨てる。休養のため山形に帰省した彼は、母と海岸の避暑地へ出かけ、同じく避暑に来ている知り合いの山岡家の子供たちと過ごす。夏祭りを見るため、避暑地から新庄の地へ移った彼は、そこで幼馴染みの太田に出会う。妻子ある太田は芸者のお才に馴染んでいるが、お才は彼のために身を引き秋田へ移ろうとしている。そのため自暴自棄な振る舞いをする太田を誤解しないでくれと猪瀬はお才に頼む。未完。（前田）

少年（しょうねん）

◆小説　全集①

■初出　「スバル」（明44・6）、『刺青』（籾山書店、明44・12）所収。

■梗概　ある日塙信一に誘われて彼の屋敷に遊びに行った私は、学校では意気地なしで泣き虫の信一が家では姉の光子や餓鬼大将の仙吉に対して暴君として振る舞うのを見て大いに驚く。信一の狼に旅人の私や仙吉が食われる遊びで、私は信一の傍若無人な仕打ちにすっかり魅了されてしまう。翌日の学校では信一は、いつものとおり女中に付き添われて運動場の隅でいじけていた。四、五日後、また誘われた私は、今度は光子も加わった前回同様の遊びに興じ、これを機に毎日のように暴君信一を中心に四人の芝居ごっこが繰り返され、ついには肌を傷つける遊びにまで高じていく。ある夜、信一も入ることを許されていない屋敷内の西洋館へ光子の計らいで入れてもらった私は、恐怖に脅えながらも不思議なものを次々と見せられ、仙吉ともに光子にすっかり降参してしまう。その翌日からは仙吉と私が、そしてついには信一までが、光子の家来となり、彼女は長くこの国の女王となった。（前田）

幇間（ほうかん）

◆小説　全集①

■初出　「スバル」（明44・9）、『刺青』（籾山書店、明44・12）所収。

■梗概　太鼓持ちの三平はもとは相応の店を構えた兜町の相場師だったが、威信や男の意地などを持ち合わせない幇間的素質のため店を潰してしまい、相場師仲間の榊原の世話になり、彼の計らいで憧れていた今の商売になった人物である。そんな彼が男を男とも思わないお転婆で勝気な芸者梅吉に惚れ、馴染みの榊原の旦那に頼んで思いを遂げようとする。榊原から「肝腎の所は催眠術で欺」すいたずらを吹き込まれた梅吉は、彼に催眠術をかける。今までかけられた催眠術も惚れた弱みの狂言だと打ち明けようと思いながら、「女に馬鹿にされたいと云ふ欲望」のほうが先に立って、この大事の瀬戸際にも催眠術にかかった振りをしてしまう。隙見をしていた榊原や芸者たちが座敷に現れたとき、三平は内心大いに驚くが、惚れた女に弄ばれ、女の言うままになることが嬉しくてたまらない彼は、狂言を続けることに熱中する。（前田）

飇風（ひょうふう）

◆小説　全集①

■初出　「三田文学」（明44・10発禁）、『谷崎潤一郎全集』第七巻（改造社、昭5・9）所収。

■梗概　直彦は道楽や恋愛に目もくれずひたすら本職の日本画の勉強に打ち込んでいたが、二十四歳の暮れに、無理強いに吉原に連れて行かれたのを機に、そのときの相方の女に溺れ、一月とたたない間に甚だしく衰弱してしまう。そこで、健康回復のために禁欲を誓って北国への半年のスケッチ旅行に出る。東京を離れて二週間目、ようやく精気が漲ってき、ついには激しい情欲の煩悩に苦しめられ、常軌を逸した行動を喜ぶようになり、津軽から雪深い海岸伝いに秋田に出る危険まで犯す。秋田からは徒歩で帰京し、半年の間禁欲生活を守り通して女のもとへ戻って来た彼は、女と接した時、極度の興奮のあまり脳卒中で死んでしまう。（前田）

秘密（ひみつ）

◆小説　全集①

■初出　「中央公論」（明44・11）、『刺青』（籾山書店、明44・12）所収。

■梗概　神経の鋭敏さを失った「私」

は、「現実をかけ離れた野蛮な荒唐な夢幻的な空気」を求めて浅草の真言宗の寺に身を隠し、夜な夜な女装して街へ出かけては「秘密」のもつ不思議な気分に浸ることを歓んでいる。ある夜、映画館でかつて上海旅行の船上で関係を結んだ正体不明のT女に偶然出会い、女装した自分の正体を見破られる。これを機に、女との関係が復活し、彼女の家へ通うことになるが、女は自分の正体を隠し、家の場所も悟られまいと、「私」に目隠しをして俥へ乗せ、一時間ほど迷走したあげく家へ連れて行くという用心深さである。「現実とも幻覚とも区別の付かないLove Adventure の面白さ」にふた月も女のもとへ通う日が続くが、ある時、一瞬目隠しを取ってもらったとき見た風景を頼りに女の家を探り当てる。女は芳野という物持ちの後家であった。すべての謎が解かれたとき、「私」は女への興味を失い、それきりこの女を捨てた。　（前田）

悪魔（あくま）

◆小説　全集①

■初出　「中央公論」（明45・2）、『悪魔』（籾山書店、大2・1）所収。

■梗概　本郷の叔母の家へ下宿して大学に通うことになった佐伯は、六高時代の放蕩のせいで神経が荒廃し、始終妄想に悩まされている。叔母は娘の照子との二人暮らしだが、私立大学へ通う鈴木が書生として住み込んでおり、彼は亡くなった叔父がほのめかした言葉を信じ、照子の許嫁のつもりで、約束を反故にした照子親子を恨み、照子と親しくする佐伯にも敵意を抱いている。佐伯の頭脳に偏執的な鈴木の存在が脅威を与え、照子の肉感的な肉体が強い刺激となって迫ってき、彼の神経はますます正常性を失し、照子が洟をかんだハンカチを舐めるという「秘密な楽園」へのめり込んでいくまでになる。　（前田）

あくび

◆小説　全集②

■初出　「東京日日新聞」（明45・2・1〜17）、『恋を知る頃』（植竹書院、大2・10）所収。

■梗概　一高時代の悪友たちとの「散々遊び抜いて、くたびれて、あくびをした話を、しよう」と語り出される話の中心は、公設展覧会に出品された彫刻「秋」に纏わるものである。その彫刻は彦根付近の豪農某氏が買い取るが、ある一高生が是非にと懇望して譲り受けた。学生には中学時代から言い交わした許嫁があったが、肺病で死んでしまい、「秋」がその女の面差しと生き写しであったのである。こういう話を悪友の一人がしたので、みんなでその学生を捜し、それとおぼしき人物を探り当てるが結局人違いだったというのが、ことの顚末である。最後は花柳病に罹った話と借金で年が越せず御嶽の山の上へ逃げた話で締めくくら

れる。　　　　（前田）

朱雀日記（すざくにっき）

◆随筆　全集①

■初出　「東京日日新聞」「大阪毎日新聞」（明45・4・27〜5・28）、『悪魔』（籾山書店、大2・1）所収。

■内容　車窓から眺めた近江の風景から始まり、京都に入ってからは、新聞社関係者や知人に連れられて行った料理屋、貸座敷での芸子や舞子の様子、料理の感想が中心となる。上田敏から長田幹彦とともに瓢亭へ招待された部分でも、瓢亭の様子と料理についての通り一遍の叙述で終わる。訪れた場所を幾らか詳細に語っているのは、嵯峨野の落柿舎、二尊院、往生院祇王寺、宇治の鳳凰堂、島原の遊郭角屋（すみや）の部分である。　　　　（前田）

羹（あつもの）

◆小説　全集①

■初出　「東京日日新聞」（明45・7・20〜（大1）・11・19）、『羹』（春陽堂、大2・1）。

■梗概　一高生の橘宗一と遠縁の娘で彼の家から女学校へ通う美代子は、宗一が肋膜の療養で茅ケ崎へ移った時から、お互い恋を自覚し始める。宗一の病が癒えた時には美代子は卒業して小田原の自宅に帰っていたが、寄宿舎へ移った彼との文通が続く。宗一の思いは募り、ついに両親に二人の仲を打ち明け結婚の許しを乞う。父は先方と交渉してくれるが、美代子の母は一人娘を手放したがらず、事態の難しさを告げられる。心の痛手から宗一は放蕩者の山口の手引きで銘酒屋に登る。この宗一の失恋から退廃生活の入り口までを主軸に、同じく失恋して絶望する佐々木をはじめ、さまざまな学生の姿を配して青春群像を描く。　　　　（前田）

続悪魔（ぞくあくま）

◆小説　全集①

■初出　「中央公論」（大2・1、原題「悪魔続篇」）、『悪魔』（籾山書店、大2・1）所収。

■梗概　佐伯の神経衰弱が日増しに激しくなった。発狂の恐怖に脅え、愚にもつかぬことを気に病みおののく日々のなか、密かに「高橋お伝」や「妲妃のお百」の講釈本に熱中しては、残酷な場面を想像して魂をそそられている。そんな彼にとって、彼の神経に強烈な刺激で迫る照子は、精神を攪乱し破滅に導く「悪魔」と映るが、彼女の誘惑に負けて関係を結ぶ。二人の関係を知った鈴木が、関係を絶つように佐伯に迫るが拒否されて、照子母子と佐伯に復讐を宣言した脅迫状を遺して家を出る。その夜、庭に潜んでいた鈴木を追い出そうとした佐伯は、合口で喉笛を抉られる。　　　　（前田）

恐怖（きょうふ）

◆小説　全集②

■初出　「大阪毎日新聞」（大2・1・

2）、『恋を知る頃』（植竹書院、大2・10）所収。

■梗概　鉄道病（汽車に乗ると神経が高ぶり苦痛と恐怖にかられる神経病の一種）の「私」は、徴兵検査のため京都から東京へ帰らなければならなくなったが、それはとても不可能である。京都周辺は時期が遅れて間に合わないが、友人から阪神電車の沿線にある一漁村に原籍地を移せば間に合うことを聞き、その手続きのために京都を発とうとするのだが、なかなか電車に乗り込めない。ウイスキーで神経を誤魔化して辛うじて改札口を通るが、電車へ乗り込む勇気が出ない。と、友人のK氏に偶然出会い、ようやく一緒に乗り込むことができた。（前田）

少年の記憶

◆随筆　全集②

■初出　「大阪毎日新聞」（大2・4・27）、新書判『谷崎潤一郎全集』第十四巻（中央公論社、昭34・7）所収。

■内容　私の幼少年期の記憶を語ったもの。乳母に連れられて人形町界隈を歩き回ったこと、馬を見るのを好んだこと、危うく人力車に轢かれそうになったこと、食物の嗜好が年齢とともに広がっていったこと、「きれい」「きたない」の観念のなかった幼児期から声変わりがするころ、にわかに「きれいずき」になり、同時に感覚が鋭敏になって肉体が一時に眼を醒ましたことなど。他に不思議な記憶として、活版屋をしていた自宅の機械場で、職工が地震を起こして私を脅したこと、乳母と見に行った人形が不意に動き、見物人があわてふためいて逃げ出したことが語られている。（前田）

恋を知る頃

◆戯曲　全集②

■初出　「中央公論」（大2・5）、『恋を知る頃』（植竹書院、大2・10）所収。初演、昭56・9、歌舞伎座（夜の部）。

■梗概　待合の女将おすみは、日本橋馬喰町の木綿問屋を営む下総屋三右衛門の妾。そのおすみに娘のおきんが下総屋に引き取られ堅気の暮らしがしたいと脅迫まがいの談判をしているところへ、三右衛門が手代の利三郎を伴って彼岸の寺参りの帰りに立ち寄る。おきんは人目を盗んで利三郎に、彼のそばへ行くために馬喰町の店に行くのだと本心を訴え、自分は三右衛門の子でないという秘密を洩らす。下総屋には、十二、三歳になる一人息子の伸太郎がいる。乳母や小間使に乱暴を働く我が儘者だが、おきんが来てからは大人しくなり、彼女に付きまとい気に入られようとする。おきんはそんな伸太郎を手なずけ利三郎との手紙の取り次ぎに利用したりする。ある夜、二階の物干し台での密会で、おきんは利三郎に伸太郎を殺害して下総屋の跡継ぎになりおおす計画の履行を迫り、伸太郎を誘い出す手はずを打ち合わす。それをおきんの後を慕って付けてきた伸太郎が物干し台の下に潜んで残らず聞いている。その夜、伸太郎はおきんに誘い出され、裏庭の物置小屋で利三郎の手によって殺害される。

（前田）

熱風に吹かれて

◆小説　全集②

■**初出**　「中央公論」（大2・9）、『甍』（鳳鳴社、大3・3）所収。

■**梗概**　玉置輝雄は気楽な身の上の学生で、京都で知り合った芸者梅竜にも、以前から馴染みの芸者春江にも今ひとつ熱中できず、自分の生命を打ち込める本当の恋の相手を求めている。そんな彼が春江と箱根へ遊びに行き、中学校からの先輩斎藤に出会う。斎藤は駆け落ち同然で一緒になった英子と小田原早川の旅館に逗留している。春江を先に帰し一人で斎藤のもとを訪ねた輝雄は、活発で奔放な性格の英子に惹かれていき、ついに不甲斐ない斎藤を見捨て彼に心を寄せてきた英子と結婚の約束をする。こうして輝雄は、制御しがたい感情の奔流に身を浸す歓びを感じるのだった。

（前田）

捨てられる迄

◆小説　全集②

■**初出**　「中央公論」（大3・1、原題「捨てられるまで」）、『麒麟』（植竹書院、大3・12）所収。

■**梗概**　幸吉は新しい恋人三千子との恋について、女が自分の奴隷になるか、自分が女の奴隷になるかにまで発展することを仰望している。最初、冷淡な対応を見せる幸吉に三千子は自分を捨てないでくれと懇願する関係だったが、三千代がかつて同棲した杉村（死亡）の弟が出現してから後、彼女は妖婦的な性格を濃くしてきて、幸吉と杉村の弟を手玉に取るような振る舞いを見せ始め、両者の関係が逆転して、幸吉はひたすら三千子に媚びる態度を示し始め、彼女に弄ばれ、ついには忠実な奴隷になってしまう。三千子の父や兄が彼女と杉村の弟との結婚を強く望んでいるのを知り、彼女に捨てられる運命を覚悟して、最後には自殺を決心するまでになる。

（前田）

憎念

◆小説　全集②

■**初出**　『甍』（鳳鳴社、大3・3、原題「憎み」）所収。

■**梗概**　七、八歳の私は、日ごろ仲の良かった丁稚の安太郎が番頭に折檻を受けたときの鼻の孔の醜さがきっかけとなって彼を憎み始める。その後は鼻のことを思い出すと彼が憎らしくなり、何とかして自分の悪意を悟られずに彼を陥れたいと考えるようになる。ある時、安太郎の小刀を盗み出し、それで番頭の行李の衣類を引き裂き証拠の鞘を残しておいた。数日後事態に気づいた番頭が安太郎を折檻するのを私は冷ややかに見ていた。最後は、「『恋愛』と同じく『憎悪』の感情は、道徳上や利害上の原因よりも、もつと深い所から湧いて来るのだと思ひます。私は性欲の発動を覚えるまで、ほんたう

に人を憎むと云ふ事を知りませんでした。」の一文で閉じられる。（前田）

春の海辺（はるのうみべ）

◆**戯曲**　**全集②**

■**初出**　「中央公論」（大3・4）、『麒麟』（植竹書院、大3・12）所収。初演、創作座第二回公演（大8・12、有楽座）。

■**梗概**　三枝春雄は妻の梅子と娘の静子を伴って病後の保養のために、妻の実家の別荘に滞在している。見舞いに来ている春雄の妹千代子は、梅子と雑誌記者の吉川との仲が怪しいと春雄に忠告し、一昨日も借家を捜すために上京した梅子が駅で吉川と落ち合い同じ汽車に乗り込んだことや、吉川がわざわざ鎌倉の宿に逗留し、始終春雄のもとへ遊びに来ることなど疑わしい点を列挙する。春雄は梅子に愛を訴え、誤解を受ける行動を慎むように頼む。二人の会話を物陰で聞いた千代子は誤解が解けたことを告げて予定を早めて帰宅する。（前田）

饒太郎（じょうたろう）

◆**小説**　**全集②**

■**初出**　「中央公論」（大3・9）、『麒麟』（植竹書院、大3・12）所収。

■**梗概**　小説家泉饒太郎は高利貸しから借りた金を懐に帝劇へ出かけ、偶然出会った待合を営む松村から「刑状持ちの若い娘」を斡旋してもらう約束をしているとき、以前から関係が続いている蘭子に捕まり、いつも密会に利用している宿へ行く。饒太郎は、上流階級の蘭子から慎ましやかに真情を訴えられても喜ばず、彼女に幇間のような態度で接し、またそのように遇されることを喜ぶ。実は彼は〈頗る猛烈なMasochisten〉で、彼にとっての恋は、男は女を敬い、女は男を虐げ卑しめる時に成立するのである。そんな彼は、松村から聞いた娘のことが気にかかり、翌日さっそく訪ねて〈毒婦〉お縫いを手に入れる。こうして、ある紳商の好意で仮寓を許されている広大な邸内の西洋館でお縫いを相手に熱望していたマゾヒスティックな官能生活を繰り広げる。五月から続いたその生活も十月の末には、饒太郎に金がなくなったのを知ったお縫いは姿をくらましてしまい、終わりを告げる。饒太郎には借金だけが残り、厳しい取り立てから逃れるため転々としたあげく、最後に辿り着いた実家の前で、彼は涙をこぼした。（前田）

金色の死（こんじきのし）

◆**小説**　**全集③**

■**初出**　「東京朝日新聞」（大3・12・4〜17）、『金色の死』（日東堂、大5・6）所収。

■**梗概**　親の莫大な遺産を持つ美青年の岡村君と「私」は少年時代からの友人で、芸術家志望の二人はよく芸術論を戦わした。すべての芸術は人間の肉体美から生まれると主張する岡村君は、体育を重視し自らの体を鍛えることに励み、想像の介入を拒み眼前に実現されたもの自体の美を主張した。「私」の作家としての成功を尻目に、彼は悠々と享楽生活を送っていたが、二十七歳の時、箱根の頂上近くに二万坪の土地を購入して独特の芸術の創作に取りかかる。その完成を聞いて訪ねた「私」は、現実を変形改造して造り上げられた別世界を見せられる。案内された最後の宮殿には生ける人間をもって構成されたあらゆる芸術があった。十日目の晩は大勢の美男美女に羅漢菩薩などに扮させ、岡本君自身も全身に金箔を塗って饗宴の絶頂を迎えるが、翌日金箔のために皮膚呼吸ができずに死んだ彼が発見される。菩薩、羅漢、悪鬼、羅刹たちが金色の死体に跪いて涙を流す光景は、さながら一幅の大涅槃図であった。（前田）

お艶殺し（つやごろし）

◆小説　全集③

■**初出**　「中央公論」（大4・1）、『お艶殺し』（千章館、大4・6）。

■**梗概**　江戸橋町にある駿河屋の一人娘お艶と番頭の新助は船宿を営む船頭清次のもとへ駆け落ちをした。清次は逃げてさえ来れば両方の親を説きつけてやると言っていたのである。清次はお艶に懸想しており、子分の三太に新助を殺させようとするが、逆に新助が三太を殺して清次の家に戻ると、お艶は連れ去られた後で、居場所を白状しない清次の女房も殺し、知人の博徒金蔵を訪ねてかくまわれる。金蔵の計らいで新助は芸者となっているお艶に巡り会うことができるが、会えばすぐに自首するという金蔵への約束をお艶に言いくるめられて一日延ばしに延ばしているある晩、お艶と後ろ盾の徳兵衛が向島の寮で旗本の芹沢を騙り損ね、迎えに行った新助と逃げる途中、お艶は徳兵衛を殺そうとし、成り行きから手を貸して殺人を重ねた新助は性質が一変して、後にお艶と共謀して清次も殺し、大金を奪い、贅沢三昧の一年を過ごす。やがて、お艶はかつての芹沢へ心を移し、嫉妬に燃えた新助はついにお艶を殺す。お艶は息の根が止まるまで新しい恋人の芹沢の名を呼び続けた。（前田）

懺悔話（ざんげばなし）

◆小説　全集③

■**初出**　「大阪朝日新聞」（大4・1・2）、没後版『谷崎潤一郎全集』第二巻（中央公論社、昭41・12）所収。

■**梗概**　中学から大学まで一緒だった同窓生数人が集まった忘年会の二次会での木村の話。仕事の帰り同僚に引き回されて酔っぱらった木村は下宿まで帰る持ち金がないので、心安い待合へ泊めてもらおうと訪ねる。女将は誰か呼んでくれと言うのを持ち合わせがないからと断ると、彼女がお金が一文も要らない女が二階にいることを告げ、ただ電灯をつけないこと、言葉を一言も交わさないこと、婦人が都合の良い時間に帰っても故障を言わぬことの条件を出される。その女と一夜を過ごした翌朝、すぐに表に飛び出すと、今しも出発しようとする人力車に二十七、八歳のハイカラな品の良い婦人を見かけた。一年後、新橋駅の構内で、欧州の貴族の一行を見送る紳士や貴婦人の集団の中にその婦人を見出した。その後ある婦人雑誌でその女が某華族の未亡人であることを知った。（前田）

創造（そうぞう）

◆**小説　全集③**

■**初出**　「中央公論」（大4・4）、『金色の死』（日東堂、大5・6）所収。

■**梗概**　画家で彫刻家の川端は、芸術家の一番貴い仕事は作品ではなく、人生そのものの芸術化だと信じてきたが、恋の芸術を作るつもりで結婚した妻のT子が、美しいSのもとへ逃げて以来、自分だけでなく、日本人全体の醜い顔と肉体を、西洋人のように美しくすることが先決だと考えるようになり、川端家の血統は絶えても再婚せず、醜い子供を残す代わりに養子を貰うつもりだと妹に語る。その秋、川端は、純粋の男性美を持った少年を養子にする。そして、彼に欠けている純粋の女性美を補うために、彼と恋し合う運命を持った少女を探し出し、結婚させる。そうして生まれた子供こそは、川端の芸術であり、完全な美しさゆえに、この世に災いをもたらすであろう美青年であった。（細江）

華魁（おいらん）

◆**小説　全集③**

■**初出**　「アルス」（大4・5発禁）、『谷崎潤一郎全集』第七巻（改造社、昭5・9）所収。

■**梗概**　由之助は、洋酒屋に奉公する十六歳の小僧である。将来の出世を目指して誰よりも勤勉に仕事と勉学に励む由之助は、周囲の大人の店員たちのきれい好きや美味いもの好き、女への関心が理解できず、贅沢・時間の浪費と軽蔑する。しかし、その由之助も、店員たちが夢中になっている「おいらん」に対しては、淡い好奇心を抱いていた。その冬、主人の旅行を良いことにして、店員たちが洲崎通いを続けていると、主人から明朝六時新橋着という電報が届く。困った番頭は、女郎屋に泊まっている手代の伝吉への手紙を由之助に託す。由之助が好奇心を満たす好機と喜んで出発するところで作品は中絶。（細江）

法成寺物語（ほうじょうじものがたり）

◆**戯曲　全集③**

■**初出**　「中央公論」（大4・6）、『刺青外九篇』（春陽堂、大5・9）所収。初演、春秋座第一回公演（大9・10、新富座）。

■**梗概**　藤原道長が造営する法成寺が完成間近となった春、日本一の仏師・定朝は、阿弥陀堂内で本尊・阿弥陀如来を作り悩んでいる。一方、弟子の定雲は、生きているような観音像を彫り上げ、評判になる。実は、道長は定雲に、秘密の愛人で絶世の美女である四の御方そのままに、仏像を造らせていたのである。しかし道長の恋は四の御方には通ぜず、四の御方は、崇拝できる理想の恋人に出会えぬことに苦しみ、定雲は四の御方に恋い焦がれつつ、自らの醜さを嘆いていた。四の御方が目撃されたことから、定雲の菩薩が夜な夜な徘徊するという噂が立ち、比叡山から見に来た高僧・院源律師は、定朝に、定雲の菩薩には浅ましい女人の魂しかないことを教え、煩悩を持たない若く美しい弟子の僧・良円をモデルにさせる。良円は定雲の菩薩像を見てたちまち恋に落ちてしまうが、定朝は恋に落ちる前の顔を胸に刻み付け、阿弥陀像を完成させる。四の御方は、道長の禁止にもかかわらず、定雲に命じて定朝の阿弥陀像を見、たちまち恋に陥ったため、道長は、定雲と四の御方を曲者として捕らえさせ、殺させる。（細江）

お才（さい）と巳之介（みのすけ）

◆**小説　全集③**

■**初出**　「中央公論」（大4・9）、『お才と巳之介』（新潮社、大4・10）。

■**梗概**　江戸浅草の金持の呉服商・上州屋善兵衛の弟で跡継の巳之介は、醜男のうえにお喋りで通人気取りのため、女に好かれない。手代・卯三郎と吉原通いをするが、いなせな卯三郎ばかりが持てることに嫌気がさし、新しく母の小間使いとなった美人のお才の気を引こうとする。お才はいかがわしい娘との悪評もあったが、巳之介はむしろそれを喜び期待する。お才は巳之介と婚約して肉体関係を結び、金を搾り取る一方、裏では卯三郎の愛人となる。卯三郎は、巳之介の妹・お露を妊娠させ、養子婿入りを狙うが、善兵衛が卯三郎を解雇し、お才も手切れ金二百両で追い出し、お露は母のもとに監禁する。しかし、お露と卯三郎を駆け落ちさせたほうが得だとお才に言いくるめられた巳之介は、深夜、大金を用意してお露を連れて逃げるところを、覆面の男たちに襲われ、金を奪われ、お露は女郎に売るべく連れ去られる。卯三郎とお才の会話を盗み聞いた巳之介は、卯三郎がお露の所持金を奪おうと駆け去った後、よりを戻そうと、逃げるお才を懲りずに追い掛ける。（細江）

独探（どくたん）

◆**小説　全集③**

■**初出**　「新小説」（大4・11）、『金色の死』（日東堂、大5・6）所収。

■**梗概**　近ごろの私は、日本に憧憬を満たす美を見出せなくなり、西洋崇拝熱に取り憑かれた。そういう時にフランス語を教わって友人になったのが、オーストリア人のGであった。Gは女にだらしなく、法螺吹きで無教養だったが、私はGと一緒に見る活動写真の中の美しい西洋に恋い焦がれた。世界大戦が始まった時、私は軽井沢にいて、掲示された戦況を読みに集まった白人女性に、魅惑と不安を感じた。Gは、敵国人となってからも、帰国の途がないとの理由で、日本に留まっていた。"Russian Bar"が出来た時、私は早速、出かけてみて、ロシア女の嬌態を日本人より露骨で正直だと感じた。Gは独探として追放されたが、彼を知る者は皆、信じられなかった。（細江）

神童（しんどう）

◆小説　全集③

■初出　「中央公論」（大5・1）、『神童』（須原啓興社、大5・6）所収。

■梗概　瀬川春之助は、小学時代から成績抜群で、神童と言われた。最初は和歌・漢詩を得意としたが、高等科二年のころから儒教・道教・仏教やプラトンなど、難解な書物を読み、この世の欲を断つことで人の魂を救う聖人になろうと志す。瀬川家の財力では、中学進学は無理だったが、父が番頭を勤める木綿問屋・井上家の子供、玄一・鈴子の住込みの家庭教師となることで、一中への進学を果たす。一中でも首席を続けるが、次第に欲望を抑えることが困難になり、空腹に悩む。道徳からも次第に外れ、悪人の鈴子と一緒になって玄一を泣かせることに快感を覚え、天才の行為はすべて天から許されていると思い上がる。また、井上家の贅沢な暮らしに感化され、両親と我が身の貧しさを厭うようになる。やがて性欲が目覚めると、自分の容貌の醜さや運動神経の無さが悲しまれ、少年時代を無邪気に遊び戯れて送らなかったことを悔やむ。ニキビ・眠気・記憶力の衰えにも悩まされるが、それは自慰行為の報いであった。四年生となった春之助は、自分の素質が宗教家には向かないことを悟り、詩と芸術に没頭すれば己の天才を発揮できるだろうと考えた。（細江）

鬼の面（おにのめん）

◆小説　全集④

■初出　「東京朝日新聞」（大5・1・15～5・25）、『鬼の面』（須原啓興社、大5・9）。

■梗概　壺井耕作は、家が貧しいために、恩師・沢田の紹介で津村家の書生をしながら、一高一年を首席で終えた秀才である。今は夏休みで、別荘に居る荘之助・藍子兄妹を監督するために、壺井は女中頭のお玉と一緒に鎌倉へ発つことになり、出発前に沢田宅に立ち寄るが、近ごろ、虚名と富貴を貪る心が萌してきた壺井は、清貧に安んずる恩師の暮らしぶりに、尊敬を持てなくなった自分に気づく。壺井は、以前は哲学者志望だったが、鎌倉で、自慰行為をやめられない己の意志の弱さを考え、文学に志を変えるとともに、欲望のままに人生を享楽できる人々を羨むようになる。また、眠っているお玉の顔に、荘之助が絵の具を塗る悪戯を見て以来、変態的な性欲と、悪の楽しさに目覚める。しかし壺井は、東京に戻ってからも、藍子から賄賂を貰って恋の手助けをする程度の小さな悪事を繰り返すだけだった。翌秋、小間使いのお君と秘かに婚約したことが知れて、津村家から追い出されるが、これも熱烈な恋には程遠かった。年末、友人・芳川に引っ張られて芸者・金弥と会った壺井は、自分には女の肉体美以外に生き甲斐はないことを自覚し、芳川の金を騙し取った。（細江）

恐怖時代

◆**戯曲　全集⑦**

■**初出**　「中央公論」（大5・3発禁）、『恐怖時代』（天佑社、大9・2）所収。初演、大10・3、有楽座。

■**梗概**　舞台は江戸深川の大名・春藤家の下屋敷。春藤家の殿様は、血を好んで罪無き者を次々と殺害。その乱行に付け込み、お家乗っ取りを企むのが、元芸者で殿様の愛妾お銀の方とその女中梅野、お銀の方の愛人で家老の靱負、そして、梅野の愛人を装ってはいるが、実はお銀の方の真の愛人で女のような伊織之助。お産が近い奥方を毒殺し、お銀の方が靱負との間にもうけた照千代を世継ぎとするため、かつてお銀の方と関係のあった侍医玄沢を誘い出し、毒薬を用意させたうえ、毒殺。奥方毒殺は、臆病者のお茶坊主珍斎を脅しつけてさせることにするが、珍斎の娘で梅野の腰元お由良が企みに気づいたため、梅野がお由良を斬殺。殿の御乱行と謀叛を防ぐべく、国許から派遣された氏家・菅沼は、伊織之助が御前試合にこと寄せて切り倒す。殿の座興で梅野も伊織之助に切られる。そこへ奥方毒殺の報せが入り、混乱のうちに、伊織之助とお銀の方の仲に気づいた靱負を伊織之助が切り、珍斎の自白で追い詰められた伊織之助が殿様も切り捨て、お銀の方と刺し違える。（細江）

亡友

◆**小説　全集④**

■**初出**　「新小説」（大5・9発禁）、『飈風』（啓明社、昭25・6）所収。

■**梗概**　大隅君とは、中学時代、一緒に文芸部委員をして親しくなった。彼は豪農の息子で、恋愛を謳歌する作品を作っていた。私はそれを空想と思ったが、実は彼には、七つの時から、これまでに三人の女中との肉体関係があった。大隅君は中学五年から、有名雑誌に詩歌を載せ、年上のファンに恋されたりした。が、一高入学後、房子に対する失恋と、神経衰弱的な死の恐怖と、芸術より宗教のほうが真剣であるという考えから、神を求めつつ信仰を得られず、芸術との間で揺れ続けた。大隅君は、結婚したが、愛妻の里帰り中に房子と関係を生じ、良心の苛責に苦しみ続けた。大隅君は、明治四十五年の夏、病死した。が、それは、性欲と道徳の間で煩悶した結果だった。（細江）

美男

◆**小説　全集④**

■**初出**　「新潮」（大5・9発禁）、『飈風』(啓明社、昭25・6)所収。

■梗概　Kは、十七、八の時分から年中、女学生や芸者に惚れられている。男前だが、詩人的・天才的なところはなく、無邪気だった。精力が絶倫で、中学の卒業試験の時、芸者に惚れられ、一週間も待合に泊まったまま、遊ぶ合間に勉強して、見事卒業した。高商時代にKは、麴町の高等官の令嬢を妊娠させ、学生結婚したが、浮気を続け、細君を苦しめた。しかし、あまりに呑気で快活なKを、私たちは憎めなかった。高商卒業後、Kは安月給で銀行に勤めたが、次第に根性が卑しくなり、下等な女を好むようになり、ついには銘酒屋の女将を迷わせ、ひもになった。一度は細君の家に連れ戻されたが、女の所に舞い戻り、一緒に青島(チンタオ)へ行き、いったんは東京に逃げ戻ったが、女が追い掛けて来て、青島へ連れ戻された。(細江)

病蓐の幻想(びょうじょくのげんそう)

◆小説　全集④

■初出　「中央公論」(大5・11)、『人魚の嘆き』(春陽堂、大6・4)所収。

■梗概　彼は神経衰弱で、歯齦膜炎にも死ぬかと怯え、九月の暑い午後、熱に浮かされながら寝ている。すると、歯の痛みが音響に近づき、自分の意志で自由にピアノのように演奏できるように感じたり、歯が色とりどりの花になった幻覚を持ったりする。妻が女中に「こんなに暑いのは地震でも起こるのではないか」と話すのが聞こえると、少年時に遭った地震の光景がまざまざと浮かんできて、びっしょり汗をかく。いつの間にか、老婆が彼の枕元に来て、「安政の大地震の日もこうだった、地鳴りが聞こえたらすぐに逃げろ」と話すうちに夜になり、地鳴りが始まるが、それは夢だった。彼は、今夜、大地震があった場合の逃げ方を必死に工夫するが、再び地鳴りが聞こえ始め、ついにすさまじい大地震が襲って来た、と思うと、それも夢だった。(細江)

人魚の嘆き(にんぎょのなげき)

◆小説　全集④

■初出　「中央公論」(大6・1、原題「無韻長詩　人魚の嘆き」)、『人魚の嘆き』(春陽堂、大6・4)所収。

■梗概　むかしむかし、清の南京に孟世燾(もうせいちゅう)という若き財産家の貴公子がいた。彼は放蕩と贅沢に飽き果て、現実を離れた奇怪な美を求めていた。ある日、彼は阿蘭陀人から人魚を、巨額の代価を払って買い取る。人魚は、魔力と背徳の悪性を具えているが、神のように美しく、肌は純白だった。「西洋人はみな人魚を原型とし、肌が白い」と聞いた貴公子は、一緒に西洋に行きたいと切望したが断られた。貴公子は、ガラスに隔てられて、空しく水中の人魚に焦がれていたが、ある日、酒を飲ませると、人魚は通力を回復し、身の上を語り、愛の証（あかし）として貴公子を抱きしめるが、人魚は人間を愛することを禁じられているため、貴公子は危うく凍死しそうになる。人魚は自分を海に帰すよう貴公子に約束させ、海蛇に姿を変えた。月の明るい晩、イギリス行きの汽船の上から貴公子が海蛇を放すと、人魚が最後にもう一度、姿を見せた。貴公子を乗せた船は、人魚の故郷・地中海へと進んで行った。

（細江）

魔術師（まじゅつし）

◆小説　全集④

■初出　「新小説」（大6・1、副題'A Poem in Prose'）『人魚の嘆き』（春陽堂、大6・4）所収。

■梗概　それは、東京か、南洋や南米の植民地か、支那や印度の船着場か、定かでないが、浅草六区に似て、もっと不思議な、善悪美醜が溶け合った、頽爛した公園だった。私の恋人は清らかな心の乙女だったが、悪魔的な私の趣味と嗜好を自分のものにしようと努めた結果、私に似たこの恐ろしい公園に脚を踏み入れるようになっていた。その夜、彼女に誘われて私は、評判の高い魔術師の術と二人の恋とどちらが強いか試そうと、異様な人ごみと奇怪な建物の間を通り抜け、魔術師の小屋に入って行った。魔術師は若く、どの人種ともつかないエキゾティックな魅力と、男女両方の美しさを兼ね備えていた。魔術師は、まず自分の奴隷たちを孔雀や豹の皮などへと変えて見せ、「人間の威厳や形態には執着するほどの値打ちはない、変形された奴隷たちは無限の悦楽と歓喜を感じている、どなたか魔術の犠牲になる方はありませんか」と呼び掛けると、多くの観客が舞台に上がった。私も恋人の制止を振り切って、半羊神（ファウン）にしてもらったが、恋人も半羊神にしてもらうと、角をからみつかせ、離れられなくしてしまった。

（細江）

種（たね） A dialogue

◆小説　全集⑤

■初出　『福岡日日新聞』（大6・1・3）、決定版『谷崎潤一郎全集』第五巻（中央公論新社、平28・10）所収。

■梗概　ある年若き小説家と相場師をしている友人との対話。自分の頭から出る想像よりも美しい事実に出会ったことがないという小説家に対し、世間に顔の広い友人は、いかにも小説の素材になりそうな様々な話題を提供するが、小説家は一向に気乗りがしない様子である。不満げな友人に対し小説家は、「種」というタイトルで対話を発表し、誰かが小説の素材として発見するのを待つことにしよう、と提案する。

（五味渕）

既婚者（きこんしゃ）と離婚者（りこんしゃ）

◆対話劇　全集⑤

■初出　「大阪朝日新聞」（大6・1・

6）、没後版『谷崎潤一郎全集』第四巻（中央公論社、昭42・2）所収。

■梗概　文学士は、離婚したいのだが、離婚すると妻が可哀想になって、一生自分の運命までが呪われるような気がするので、踏み切れないのだと言う。一方、法学士は、結婚一か月足らずで幻滅し、三年計画で、貞淑で従順だった妻を教育した。実行面では男女同権、思想面では個人主義・独身主義・享楽主義・デカダニズムを吹き込み、妻を浮気な新しい女に仕立て上げ、子供とはいつでも会えるようにするという条件で離婚を承諾させ、良心の苛責を感じないで済んだ、と言う。

（細江）

鶯姫（うぐいすひめ）

◆戯曲　全集④

■初出　「中央公論」（大6・2、副題'A FAIRY PLAY'）、『人魚の嘆き』（春陽堂、大6・4）所収。

■梗概　大伴は、関東出身ながら京都に憧れ、羅生門跡地に近い女学校の国語教師をしている。年老いた彼は、平安朝の幻を夢に見るのだけが楽しみで、公卿の生徒・壬生野（みぶの）春子に秘かに恋心を抱いている。春子が捕らえたつがいの鶯の一羽をそばに置いて、大伴が居眠りをしていると、羅生門の青鬼が現れ、神通力で平安時代に案内する。大伴は、春子の先祖の壬生大臣（みぶのおとど）の姫君・鶯姫を見、青鬼の神通力で赤鬼にしてもらい、邸に忍び込む。折から婿えらびの饗宴が開かれているが、鶯姫は厭がって駄々をこねる。赤鬼は野遊びに連れて行くとだまして鶯姫を連れ去るが、阿倍晴明の命を受けた雷神によって、退治される。夢から覚めた大伴は、春子と一緒に鶯を逃がしてやる。

（細江）

小僧の夢（こぞうのゆめ）

◆小説　全集⑤

■初出　「福岡日日新聞」（大6・3・4〜4・11）、決定版『谷崎潤一郎全集』第五巻（中央公論新社、平28・10）所収。

■梗概　俺は銀座の洋酒店の小僧だ。学歴はないが、詩人としての非凡な素質があると思う。いつも仕事を忘れ、美しい空想の世界に心を奪われるからだ。「早稲田文学」などを読むと、現実をそのまま写すのが自然主義だと説かれているが、芸術は、現象の底を流れる永遠の実在を暗示する貴い事業のはずだと思う。しかし、俺の空想の世界は不道徳だ。悪の実行が許されないから芸術が必要になるのだが、芸術への道を封じられた俺は、近ごろ、店の金品をちょろまかし、遊び歩く。そして西洋に憧れる。浅草に「露国美人メリー嬢の魔術」を見に行き、メリー嬢の犠牲になることに芸術の理想・永遠の喜びを感じた。もう店を逃げ出して、不良少女の子分にでもなろうか。

（細江）

玄奘三蔵

◆小説　全集④

■初出　「中央公論」（大6・4）、『異端者の悲み』（阿蘭陀書房、大6・9）所収。

■梗概　摩底補羅国を旅する支那の沙門・三蔵法師は、塗灰外道の行者から、摩裕羅城の湿婆寺院に、十年以上口を利かない無言の行者がいると聞く。摩裕羅城に向かった三蔵は、途中、天に昇らんとして三十年近く地を這う苦行者や、『ラーマヤーナ』を美しく歌って聖者になった尼に出会い、詩だけが永遠の生命を持つと教えられる。三蔵は湿婆寺院で、針のむしろに座るいかがわしい行者を見た後、無言の行者、逆立ちの行者、まばたきをしない行者など、二、三十人の偉い仙人たちを見た。五、六年後、再び摩裕羅城を訪れた三蔵は、無言の行者が全く変わらずにいるのを見た。三、四寸だった爪が、掌の表から裏へ突き抜けていることだけが、生きている証拠だった。（細江）

詩人のわかれ

◆小説　全集④

■初出　「新小説」（大6・4）、『異端者の悲み』（阿蘭陀書房、大6・9）所収。

■梗概　歌人A（吉井勇）・戯曲家B（長田秀雄）・小説家C（谷崎）は、四、五年前、毎日のように一緒に放蕩生活を送った仲だった。ある夜、Tの送別会で久しぶりに同席した三人は、一緒に吉原に泊まって、翌日、葛飾のF（北原白秋）の侘び住まいを訪ね、川甚で会食する。Fは九州生まれの田園詩人で、貧窮に耐え、自己の道を守り、この夏はインドへ行こうと思っている。その夜、東京への同行を勧められたFは、それを断り、一人帰って行った。すると、道に迷って野宿したFの前に、ヴィシュヌ神が現れ、誘惑に打ち勝ったことを誉め、真珠の瓔珞を与え、それを金に換えてインドへ来るようにと言った。（細江）

或る男の半日

◆戯曲　全集⑤

■初出　「新小説」（大6・5）、『二人の稚児』（春陽堂、大7・8）所収。

■梗概　気まぐれな小説家・間室は、原稿の催促にやって来た編集者・鈴木と西洋の女の話題で盛り上がり、ハワイの新聞社の主筆になるという鈴木に呼んでもらって、家族を捨てて行く気になる。が、建具屋に勧められると、三十円もする高価な硝子障子を注文する。そこへ高利貸から差押えの葉書が来る。フランス語の独習をしていると、大学生の河田が訪ねて来て、ドイツ人の美しい未亡人が個人教授をしてくれると聞くと早速紹介を頼み、洋服屋の紹介も頼む。また、郊外に引きこもり貧乏に耐えて創作に専念する藤井の噂を聞くと、自分も引っ越して生活を切りつめようと考え、建具屋へは断

りの葉書を出そうとする。しかし、そこへ西山堂から百円の書留が届くと、断りは先延ばしにする。（細江）

異端者の悲しみ

◆小説　全集④

■初出　「中央公論」（大6・7）、『異端者の悲み』（阿蘭陀書房、大6・9）所収。

■梗概　帝大文科生・間室章三郎は、日本橋八丁堀の裏長屋に、両親と妹と四人で暮らしている。章三郎は貧しく醜い現実を厭いながらも、架空の天国を夢見ることはなく、富と健康さえあればこの世は楽しく美しいと信じ、貧乏を恨みながら、怠惰に日々を送っていた。章三郎は、自らの天才を信じていたが、それは狂気や悪と深く結びついているらしかった。肺病で寝たきりの妹に対しても、ただ小面憎く思うばかりであり、惨めな敗残者の父に対しても、反抗的に怒らせるような態度を取らずにはいられない。友人に対しても、軽口を叩き合う遊び仲間の域を出ず、真の友情は持ちえなかった。恋愛も美しい女の肉体を渇仰するだけで、人格・精神を標的とするのではなかった。心の奥に潜む真剣なものは、将来、芸術の形でのみ表すべきものと感じていた。しかし、借金を踏み倒して平気でいられる自分には、我ながら一種の狂人と思わずにはいられなかった。同窓生・鈴木の急死を切っ掛けとして、章三郎は、ノイローゼ的な死の恐怖に取り憑かれる。章三郎は、それを天に逆らって生きて行こうとする人間が受ける天罰だと思う一方で、美しき悪業にのみ真剣になれるように産み付けたのは天の責任だと反発もする。マゾヒストの章三郎が、望みどおりにしてくれる娼婦の所へ通い詰めていたある日、妹はついに死を迎える。その二か月後、章三郎は、流行の自然主義とは異なる怪しい悪夢を材料にした甘美な短篇を文壇に発表した。（細江）

晩春日記

◆随筆　全集④

■初出　「黒潮」（大6・7）、『異端者の悲み』（阿蘭陀書房、大6・9）所収。

■内容　四月三十日。花合せと帝劇から帰宅した我は、母が丹毒という葉書を見て、良心の呵責を感じる。三十一日。赤子を看病する妻を、伝染の危険があるからと押し留め、友の家にぐずぐずしてから見舞いに行くと、すでに妻が来ていた。母は、病毒と塗薬でこの世のものとも思えない顔になっていて、胸が潰れる思いがした。五月一日。鮎子は明日大学で手術することになる。母は病勢衰え、顔も綺麗になっていて、親不孝者の我もほっとする。二日。子供嫌いの我も、母の発病以来感傷的になり、鮎子を哀れむ。手術は成功。三日。田端自笑軒で「たべる会」。四日。母も鮎子も危険期を脱したので、山間の温泉地に二十日ほど行って原稿を書くことにする。妻は「君は妾を疎んじたまふにあらずや」と泣いた。

（細江）

十五夜物語（じゅうごやものがたり）

◆**戯曲**　**全集⑤**

■**初出**　「中央公論」（大6・9）、『二人の稚児』（春陽堂、大7・8）所収。初演、創作座第二回公演（大8・12、有楽座）。

■**梗概**　〈第一幕〉浦部友次郎は元武士だったが、御殿奉公中のお波と恋仲になったため浪人となり、お波と添い遂げた喜びも束の間、母が難病を煩い、その薬代のために、お波は吉原に身を沈めたが、母は「お波を母と思え」と遺言して亡くなった。今は谷中村で寺子屋を営み、妹のお篠と、お波の年期が明ける日を待っている。天王寺の母の墓の上に上った月を見て、友次郎は、母がお波と自分を結びつけてくれるのを感じる。〈第二幕〉九月十五夜、母の逮夜。お波は廓を出て一月余りになるが、体がだるいと寝てばかりいる。お波は苦界で男の醜さを知り、友次郎もそんなお波が厭になっている。二人は、骸（むくろ）を捨て、母を追って、あの世で変わらぬ魂の恋を楽しもうと心中し、お篠が一人取り残される。

（細江）

活動写真の現在と将来（かつどうしゃしんのげんざいとしょうらい）

◆**評論**　**全集⑥**

■**初出**　「新小説」（大6・9）、『自画像』（春陽堂、大8・12）所収。

■**内容**　活動写真＝映画（モノクロ、サイレントだった）の芸術としての可能性を論じ、日本の現状を批判した。演劇が一回的なもので観客も限られるのに対し、映画は繰り返し上映でき不特定多数の者が見ることができる。題材も時間・空間の制約を受けず写実的なものも幻想的なものも製作できる。日本では歌舞伎の模倣にとどまっている。誇張した演技をやめ、女性役には女性を用い、弁士は映画の効果を妨げない程度の説明にとどめたいなどと提言している。

（安田）

女人神聖（にょにんしんせい）

◆**小説**　**全集⑦**

■**初出**　「婦人公論」（大6・9～大7・6）、『女人神聖』（春陽堂、大9・1）所収。

■**梗概**　由太郎と光子は、小学校時代、美貌と華美な衣装で評判の兄妹だった。父の没落・病死後、一家は伯母の夫で財産家の河田の仕送りを受ける、由太郎は中学に入るが、次第に体が男らしくなるのが厭で仕方がない。上級生の浜村に恋された由太郎は、女の立場になれた喜びを感じる。が、芸者の巴（のち小由）の情夫になると、浜村を残酷に捨て去る。母の再婚後、兄妹は河田邸に引き取られるが、妹が令嬢扱いなのに、兄は書生同然。由太郎は、財産目当てに河田の娘・雪子を誘惑した罰として、儒者の私塾に預けられる。再び雪子を誘惑するも失敗。

小由の所へ転がり込むが、愛想を尽かされ、社会のどん底へ落ちる。一方、光子は河田の長男と華やかに挙式。才色双絶の貴婦人として都下に名を轟かせた。（細江）

ハッサン・カンの妖術（ようじゅつ）

◆**小説**　**全集⑤**

■**初出**「中央公論」（大6・11）、『二人の稚児』（春陽堂、大7・8）所収。

■**梗概**　私・谷崎は、『玄奘三蔵』執筆のために上野図書館へ通った際、インド人マティラム・ミスラと知り合う。彼の父は、元パンジャブ王の家臣で、西洋の科学文明を呪詛し、ハッサン・カンの高弟となり、息子に魔法を伝授した。しかし、マティラムは、祖国独立のためには科学が大切と考え、日本の高等工業電気科を卒業。帰国後は、独立運動をするつもりでいる。六月十日ごろ、谷崎はミスラを訪問。ハッサン・カンの魔法は、人の体から精神を遊離させ、宇宙をくまなく見せてくれるものだと聞くと、自ら実験台を志願。鳩に転生した亡き母と再会し、心を入れ替え善人になるようにとかき口説かれる。（細江）

ラホールより

◆**小説**　**全集⑥**

■**初出**「中外新論」（大6・11）、愛読愛蔵版『谷崎潤一郎全集』第四巻（中央公論社、昭56・8）所収。

■**梗概**　印度に渡って三年になるという桑門の身の吉田覚良なる人物から、印度で見聞した珍談奇聞を、ラホールの地より筆者に宛て報告するという体裁で綴られた書簡体小説。聖者の難行をいとおしみ手ずから食物を聖者の口に入れ与える貴婦人。銅貨を金貨と変ずる錬金術師。農夫から饗応にあずかりながら、その女房を殺害して金銀の腕輪、首飾、衣裳などを剝ぎ取った悪僧。政治活動に関係して獄に投ぜられたが、脱獄して僧形と成りすまして漂泊の旅をつづけたという老紳士。観世音菩薩のごとき女人行者など、「印度ならでは見聞いたし難き珍談」の数々が記される。（千葉）

仮装会の後（かそうかいのあと）

◆**対話劇**　**全集⑤**

■**初出**「大阪朝日新聞」（大7・1・2）、『二人の稚児』（春陽堂、大7・8）所収。

■**梗概**　昨夜、Ｓ伯爵未亡人邸で仮装会が開かれ、三人の美貌の紳士ＡＢＣが仮装して出かけた。三人はみな女以上に女らしく見え、ライヴァルとなりうる者は他にいなかった。未亡人は西洋人の子供の扮装をしており、人間以上の天使の美しさがあった。最初Ｃ、次いでＡが未亡人に接近するが、Ｂに邪魔される。次にＢが未亡人を連れ去ろうとすると、窓ガラスを打ち破って青鬼が侵入して来た。不思議なことに、誰もが青鬼に人間以上の悪魔的な美を感じた。青鬼は悠々と未亡人を抱き上げ、立ち去った。Ｂは青鬼の正体が、この倶楽部の醜い給仕Dであることに気づく。問い質すとDは、「醜が美に勝つ事があるのは、女は人間より悪魔を好くことがあり、醜男だけが悪魔の美を持っているからだ」と説明した。（細江）

襤褸の光（らんるのひかり）

◆小説　全集⑥

■初出　「週」（大7・1・5、12、19）、愛読愛蔵版『谷崎潤一郎全集』第五巻（中央公論社、昭56・9）所収。

■梗概　去年の初夏のころ、毎夜、浅草観音堂のあたりを徘徊する十七歳の乞食の孕み女がいた。彼女には、醜悪と美が相克・混淆した悪魔的な美があった。彼女を孕ませたのは、実は私の友人のAだった。Aは、天才はあるが怠け者で、美術学校も退学して、放浪生活を送る画家だった。彼のスケッチは大家の大作に匹敵するものだったが、Aには、それを大作に書き上げる根気と技巧が欠けていた。Aが女乞食の美を見出したのは、一昨年の暮で、以来、二人は観音堂の床下に住んだ。Aは女に、自分の偉さは神様だけが知っていること、人の世は浅ましく、芸術のみが永遠の生命を持っていることを説き、女はそれを信じた。去年の夏以降、二人の消息は分からない。（細江）

兄弟（きょうだい）

◆小説　全集⑤

■初出　「中央公論」（大7・2）、『二人の稚児』（春陽堂、大7・8）所収。

■梗概　兼家は豪放闊達な性格で、陰鬱な兄の兼通より出世が早く、二人は仲が悪かった。いよいよ兼家が大臣になるかに思われた時、兼通は、以前、妹が村上帝の中宮だった時に貰っておいた「関白を与えよ」という書き付けを、中宮の子・円融天皇に見せ、一足飛びに内大臣・関白に昇進する。その後も二人の暗闘は続き、兼通が病死する直前、兼家が内裏に向かったことを知った兼通は、幽霊のような姿で自ら伺候して兼家を左遷し、関白の位を従弟の頼忠に譲った。しかし兼通の死後、兼家は気の弱い頼忠を圧倒し、かつての夕占（ゆうけ）問いのとおり、兼家の娘の子が帝位についた。（細江）

少年の脅迫（しょうねんのきょうはく）

◆小説　全集⑥

■初出　「東京日日新聞」「大阪毎日新聞」（大7・2・9〜19）、『小さな王国』（天佑社、大8・6）所収。

■梗概　下記は、「私」同様アブノーマルな友人Bの手記で、不良少年たちが「私」を脅迫することを期待して発表する。九月、美少年が己（おれ）（B）を訪ねて来て、己の小説「公園の夜」に出てくるのは自分たちであり、密告者を教えないなら覚悟がある、と脅した。その後、十二月に赤坂葵館に映画を見に行った帰り、日比谷公園で、葵館から付けて来た十七、八の美少女から、

「自分は先日の美少年と、悪事を働きに、関西へ旅行するので、先生に三太夫役を演じて貰いたい。マゾヒストの先生はきっと喜ぶだろう」と持ちかけられる。己が断ると、先日の美少年らが現れ、蠱惑的かつ浅ましい侮辱を加えられ、もしばらしたら、今夜の醜態を公表すると脅された。以下中絶。

（細江）

前科者（ぜんかもの）

◆小説　全集⑤

■初出　「読売新聞」（大7・2・21〜3・19）、『二人の稚児』（春陽堂、大7・8）所収。

■梗概　己は前科者の芸術家。我々悪人は、孤独感から逃れるために、上っ面だけの交際を人に求めるのだが、己の天才に惹かれて、悪人と知った後も見放さない村上やK男爵に対しては、かえってずうずうしく悪事を繰り返してしまう。Kは批評家で、己の画才を世に知らしめた恩人だけに、清い交際を保とうとしたが、マゾヒストである己の幻影を満たすモデル女に金を取られるようになって、Kから金を騙し取ることが重なり、Kの家令のせいで、ついに獄に繋がれることになった。世の人々に対して言いたい。「己は確かに悪人なのだから、近付かないようにしてくれ。だが己の芸術だけは本物だ。芸術の生命が永遠であるならば、それを生み出す己の魂が真実の己だと思ってくれ」。
（細江）

人面疽（じんめんそ）

◆小説　全集⑤

■初出　「新小説」（大7・3）、『二人の稚児』（春陽堂、大7・8）所収。

■梗概　歌川百合枝は、自分が主演している奇怪な映画の噂を耳にした。その筋は、菖蒲太夫という華魁と、恋仲の白人の船員とが、彼女を恋慕う乞食の協力を得て、彼女を遊里から盗み出すが、乞食の思いをかなえてやるという約束を破ったため、乞食は呪いの言葉を残して海へ身を投げる。すると、アメリカへの密航中、彼女の右膝に腫物が出来、乞食の顔になる。そのために逃げ出そうとした恋人を絞め殺したのを手始めに、彼女は毒婦となって男たちを手玉に取り、ついに侯爵夫人となるが、夜会の際、人面疽が血を吹きながら笑い出し、彼女は発狂し自殺する、というものだった。しかし、百合枝には撮影した覚えがない。しかも、夜一人でこの映画を見た者には、たたりがある、など奇怪なことが多かった。
（細江）

二人の稚児（ふたりのちご）

◆小説　全集⑤

■初出　「中央公論」（大7・4）、『二人の稚児』（春陽堂、大7・8）所収。

■梗概　幼少のころから比叡山で育てられた千手丸と瑠璃光丸は、まだ見ぬ「浮世」、とりわけ菩薩の容姿と夜叉の心を持つという「女人」への抑えがたい好奇心を募らせていたが、ある日、年長の千手丸は山を下りたまま戻らなくなった。一切を上人に打ち明けた瑠璃光丸は浮世の禍を避けて高徳の聖になる決心をするが、半年後、千手丸からの手紙を受け取る。そこには「浮世」の素晴らしさが綿々と綴られ、山を下りて来るようにと促されていた。瑠璃光丸は思い悩んだ末に申し出を断り、煩悩を断つための参籠をする。満願の夜、彼が見たのは菩薩観音の使者の夢であった。（日高）

金と銀

◆小説　全集⑤

■初出　「黒潮」（大7・5）、「中央公論」定期増刊「秘密と開放」号（大7・7、原題「二人の芸術家の話」）、『金と銀』（春陽堂、大7・10）所収。

■梗概　素行不良のために世間や画壇から見放されている青野の天才を「金」、自らを「銀」と称する画家・大川は、その正直な性格のため嫉妬を抱いていているうちは、裏切られながらも青野への経済的援助を惜しもうとしない。二人の性格は全く異なっているが、芸術の創作においては奇妙に同じ軌道をたどる。間近に控えた展覧会も同じモデルを使って共通の題材の作品を準備していた。完成間近の作品を前に青野は、自分の描き出す美が神の領域に近づいたために神罰が下って作品の完成とともに死ぬのではないかと予感する。一方、大川は出展前に見た青野の作品に打ちのめされ、絶望感の中で青野殺害を企てる。ある夜青野を襲った大川は、さらに「不死の芸術」と見た青野の作品をも破壊する。結果、青野は記憶を完全に喪った白痴となってその意識は崇高な芸術の国に行き、大川の出展作は展覧会で大評判となった。（日高）

白昼鬼語

◆小説　全集⑤

■初出　「東京日日新聞」（大7・5・23～7・10）「大阪毎日新聞」（同～7・11）、『金と銀』（春陽堂、大7・10）所収。

■梗概　友人の園村から常軌を逸した連絡をもらった私は、深夜、水天宮近くの平屋に出かける。園村は、その夜、その場所で人殺しが行われることを映画館で偶然に知ったというのだ。果たして、壁の覗き穴から屍骸を抱く妖艶な女と、若い男を目にする。二人は写真を撮った後で屍骸を薬品に入れて溶かそうとしていた。一週間後、園村の家を訪ねると、そこに例の女が来ていた。あの夜以来好奇心を持った園村は女に近づき、すっかり懇意になったというのだ。やがて、園村は女の殺意が自分に向けられていることに気づくが、進んでそれを受け入れるという。呆れて絶交を言い渡した私のもとに、その後園村から手紙が届く。そこには前と同じ場所で自分が殺害されるからそれを見届けてほしいという旨が記されていた。その夜、またしても私は覗き穴から前と同じような光景を目の当たりにした。しかし、翌日園村の

家を訪ねると、意外にも園村は生きていて私を出迎えるのであった。（日高）

人間が猿になつた話

◆小説　全集⑥

■初出　「雄弁」（大7・7）、『小さな王国』（天佑社、大8・6）所収。

■梗概　春の家の隠居が芸者屋を出して間もなかったころ、猿廻しの連れた牡猿がお染という芸者の着物をつかんで離れなくなるという事件が起きる。ある夜、不審な呻き声に誘われて芸者の寝所を見に行った隠居は、眠りながら呻いているお染の胸の上にあの猿回しの猿が乗っているのを見た。お染が語るところによると、毎夜同じように現れた猿は、山で一緒に暮らしてくれるように懇願していたのだという。他の場所でも始終猿を見かけるようになったお染は猿の祟りに怯えきっていた。ある日、ついにお染は置き手紙を遺して出奔した。その後、塩原あたりで猿と遊んでいる人間の女らしきものを見た者があった。

（日高）

小さな王国

◆小説　全集⑥

■初出　「中外」（大7・8、原題「ちひさな王国」）、『小さな王国』（天佑社、大8・6）所収。

■梗概　小学校教師・貝島庄吉は、第一次大戦後のインフレによる生活難から逃れるために、東京から妻の実家のあるG県M市の小学校に転任したが、生徒や父兄、同僚たちから「正直で篤実で、老練な先生」として信頼を得ていた。M市に移ってから二年目、貝島のクラスに沼倉庄吉という転校生が入ってきた。はじめのうちは特に目立つ生徒ではなかった沼倉だが、いつの間にかクラスの生徒たちの信望を集め、教師以上の権威を持って他の生徒を支配するようになる。やがてクラスの「大統領」に君臨し、法律を設け、紙幣を発行して放課後に市場を開くまでになる。沼倉の力をクラス統率に利用しようとしていた貝島だったが、「沼倉共和国」の実態を息子から聞き、沼倉と対立するようになる。一方、子だくさんの貝島の生活はますます困窮し、赤ん坊のミルクさえ買えないほどになるが、教師としての体面があって借金すらできない。ある日、街をさまよっていた貝島は生徒たちが共和国の紙幣で売買をしている現場に遭遇し、彼らから多額の紙幣を受け取ることになる。

（日高）

魚の李太白

◆小説　全集⑥

■初出　「新小説」（大7・9）、『小さな王国』（天佑社、大8・6）所収。

■梗概　桃子は結婚祝いとして女学校時代の親友から贈られた縮緬細工の鯛をたいそう気に入っていたが、ある日姑の言いつけにしたがって、着物の裏地にするためにその緋縮緬を解くことにした。ところが、いざ白木の台からハサミで切り離そうとすると、鯛は

「痛い」と声を上げ、鯛の形のままで生きていたいと泣き出した。鯛が語るところによると、自分はもともと唐の詩人李太白で、いまだに酔っ払っているために赤い顔をしているというのだ。この話を聞いた桃子は、縮緬を解くのをやめ、こっそり長持ちの下に隠して時々取り出しては眺めるようになった。　（日高）

浅草公園（あさくさこうえん）

◆随筆　全集⑥

■初出　「中央公論」（大7・9、原題なし、雑誌小特集「新時代の流行の象徴として観たる「自働車」と「活動写真」と「カフェー」の印象」への寄稿）、『自画像』（春陽堂、大8・12）所収。

■内容　熱心な「浅草党」を自認する筆者は、芸者趣味、待合趣味、旧派新派の演劇趣味といったあらゆる通人趣味を否定し、そうした旧習を脱したところに浅草公園の魅力を説く。まさに、アメリカが世界の諸文明のメルティング・ポットであるように、浅草はいろいろな新時代の芸術や娯楽機関のメルティング・ポットだというのだ。進歩的な客のいる浅草は新しい演劇や活動写真を上演するにふさわしく、それらを見物しながら美味い洋食を食べられるカフェエが数軒出来ることを望む、とまとめた。　（日高）

嘆きの門（なげきのもん）

◆小説　全集⑦

■初出　「中央公論」（大7・9〜11）、『恐怖時代』（天佑社、大9・2）所収。

■梗概　銀座のカフェエで評判の美少年ウエイター菊村は、さまざまなタイプの男たちを連れて店にやって来る謎の美少女に心惹かれるようになる。少女はある日、かつて一度だけ来店した男が菊村を見込んで一緒に暮らして学問などをさせたいと申し出ていることを告げる。自分も同様にその男に養われているというのだ。半信半疑で築地の住まいを訪ねた菊村は、男から菊村の美貌が気に入ったためその申し出をしたことを告げられる。彼は、岡田敏夫という高名な詩人であった。岡田は放蕩三昧の果てに前妻を亡くし、現在はその妹と再婚したものの、家族と離れて少女や唖の書生らと暮らしているという。未完。　（日高）

柳湯の事件（やなぎゆのじけん）

◆小説　全集⑥

■初出　「中外」（大7・10）、『小さな王国』（天佑社、大8・6）所収。

■梗概　ある夏の晩、弁護士S博士のもとを訪ねてきた青年は、自分が果たして殺人を犯したのかどうか判定してほしいと依頼し、柳湯での事件を語り始める。ある日、折檻の果てに動けなくなった妻を置いて家を出た青年は、ふと立ち寄った柳湯の湯船の中でヌラヌラした物体に触れ、それが妻の死骸であるという確信を持つ。しかし、帰宅してみると妻は家にいた。その物体が妻の生き霊であると思いこんだ青年は、再び赴いた柳湯でそれを湯船から引き上げた後、沈める。そして「人殺し」という周囲の声から逃げて来たというのだ。博士の判断を待つまでもなく、青年は追ってきた警察に捕まる。警察の語るところによると、青年は柳湯で不意にひとりの男の急所を摑んで死に至らしめたという。その後青年は瘋癲病院に移された。（日高）

美食倶楽部（びしょくくらぶ）

◆**小説　全集⑦**

■**初出**　「大阪朝日新聞」（大8・1・5〜2・3）、『女人神聖』（春陽堂、大9・1）所収。

■**梗概**　美食倶楽部の会員たちは、飽食の果てに賞金まで賭けて珍しい料理を求めることに躍起になっていた。倶楽部の幹事格であるG伯爵は、五人の会員の中でも最も熱心に美食を追究していたが、ある夜、胡弓の響きに誘われて路地裏の西洋館に行き着く。どうやら中国人が集まって宴会を開いているらしく、そこで出されているであろう本場の「支那料理」に思いを馳せる。料理屋ではないため入ることもできずに中を窺っていたが、たまたま出会った男に頼んで、宴会に参加させてもらうことになった。しかし、ここの会長がG伯爵を怪しんだことから、追い返されそうになる。諦めきれないG伯爵は、初めの男に美食倶楽部のことなど一切を話し、隠し部屋からそっと宴の様子を覗かせてもらうことにした。この会に出された不思議な料理を見た伯爵は、その後、美食倶楽部でそれらの料理を実践する。（日高）

母を恋ふる記（ははをこふるき）

◆**小説　全集⑥**

■**初出**　「大阪毎日新聞」（大8・1・18〜2・19）「東京日日新聞」（同・1・19〜2・22）、『小さな王国』（天佑社、大8・6）所収。

■**梗概**　母を亡くした二年後、三十四歳の私の見た夢の物語である。夜の一本道を行く七つか八つの私は、田舎家で食事の支度をしている老婆を見つけ、「お母さん」と呼びかけたが、私の子供ではない、と言われる。空腹を訴えた私に老婆はその食事は帰ってくる息子のために作っているのだからと言って、私を追い払う。やむなくさらに道を行くうちに、海上に明るい月の出ている場所に行き着く。その絶景を目の当たりにしながら、見覚えのあるその景色を未生以前の記憶か、それとも夢で見たものなのかと考える。そのとき私の耳に届いたのは、日本橋の家で乳母に抱かれながら聞いた三味線の音色だった。さらに道を行くと、三味線を弾いている若く美しい女に出会う。彼女は涙を流していたが、それは月の涙だという。美しい姉を持つことに憧れていた私が「姉さん」と呼ばせてくれと頼むと、彼女は私の母だと言い、その胸に私を抱いてくれた。目を覚ました私の枕許は涙で濡れていた。

（日高）

蘇州紀行（そしゅうきこう）

◆随筆　全集⑥

■初出　「中央公論」（大8・2）、「中央公論」（大8・3、原題「画舫記」）、『小さな王国』（天佑社、大8・6）所収。

■内容　大正七年の中国旅行における蘇州での一日の出来事を継起的に綴った紀行文。天平山の紅葉見物をするために、宿屋の女将を案内役にして画舫に揺られながら街の運河をめぐる。天平山よりも道中の運河の景色が目的であったのだが、道中の風景や鼓橋の橋脚の文言などに心を奪われるうちに午後になって天平山の麓に着いた。そこからは百姓の女たちの担ぐ駕籠に乗って山頂をめざすが、途中から徒歩になる。宿屋の女将や番頭らの態度に辟易しながらも、景物や訪れた古寺などに中国古典のイメージを思い浮かべる。

（日高）

秦淮の夜（しんわいのよ）

◆小説　全集⑥

■初出　「中外」（大8・2）、「新小説」（大8・3、原題「南京奇望街」）、『小さな王国』（天佑社、大8・6）所収。

■梗概　南京に滞在中のある夜、中国人ガイドとともに秦淮の河岸通りの夜の街に出かける。街で夕食を済ませた後、裏通りに芸者を買いに行くことにした。ガイドに連れられて入った薄暗い店の中で滑らかに研かれた美女に出会うが、交渉の末、買うことを諦める。さらに裏通りを行き、いくつかの芸者屋を訪れるが、先の美女ほどの芸者に会うことはなく、僅かの金を惜しんだことが後悔されて次第に興も醒めたころ、ガイドから素人の女を買うように勧められる。気の乗らないまま訪れた家で先ほどの芸者に見劣りしない美女を斡旋される。

（日高）

呪はれた戯曲（のろはれたぎきょく）

◆小説　全集⑥

■初出　「中央公論」（大8・5）、『呪はれた戯曲』（春陽堂、大8・7）所収。

「梗概」　ただ一度だけ上演された一幕ものの戯曲「善と悪」を唯一の傑作として遺した芸術家・佐々木は、前妻（玉子）の謎の事故死から二か月後に神経衰弱がもとで自殺する。玉子の死に不審を抱いた私は、佐々木の現在の妻である襟子の証言や生前の日記、「善と悪」の内容をもとに、佐々木が玉子を殺害したと考える。佐々木は、玉子が襟子の存在を知っていながら妻として佐々木に従順に尽くすことに圧迫感を感じ、さらに時折玉子の見せるヒステリックな態度から逃れようとしたが、単に離縁しただけではその後の憂いがあると考え、ついに殺害を決心したというのだ。その犯罪計画のつもりで書き始められた「善と悪」は、しかし、佐々木の芸術家としての野心によって一度だけ上演され好評を博した。その内容は、殺害現場で文学者の夫が、自らの書いた戯曲を妻に読んで聞かせ、それと全く同様の状況下で妻を殺害する、というものであった。

（日高）

西湖の月（せいこのつき）

◆**小説**　**全集⑥**

■**初出**　「改造」（大8・6、原題「青磁色の女」）、『近代情痴集』（新潮社、大8・9）所収。

■**梗概**　ある年の晩秋、新聞社の特派員として北京に駐在していた私は、一か月ほどの上海への出張中に西湖に出かける。道中、混み合った汽車の中で令嬢風の女を見かけ、その容貌の美しさと青磁色の上衣が心に残った。西湖に着くと同じホテルの隣室に汽車で見かけた女が兄夫婦とおぼしき男女と滞在していることを知る。翌晩、西湖の月を眺めるために湖上に画舫を浮かべた私は、西湖の水の清らかさと明媚な風景を堪能する。やがて蘇東坡にゆかりの橋の付近まで舟を漕ぎ寄せさせた時、水中に汽車の女の死骸が藻に絡まって沈んでいるのを見つけた。
（日高）

富美子の足（ふみこのあし）

◆**小説**　**全集⑥**

■**初出**　「雄弁」（大8・6～7）、『近代情痴集』（新潮社、大8・9）所収。

■**梗概**　野田宇之吉と名乗る美術学校生からの手紙によると、先ごろ亡くなった日本橋の質屋の隠居塚越には奇妙な性癖があったという。野田は塚越の遠縁にあたり、上京以来世話になっていた。ある日、家を訪ねると、田舎源氏の挿し絵を手本にして縁側に上がろうとして足を拭う愛妾・富美子の姿を油絵で描いてほしいと頼まれる。幼少のころより女性の足に憧憬の念を持っていた野田は、富美子の足の美しさに心を奪われるが、塚越も同様にフットフェティシズムの心理を持っているためこのような要求をしていることに気づく。それからも画を描くことを理由に塚越のもとに通い、三人で奇妙な遊びに打ち興じるようになる。その後、病の転地療養のために七里が浜の別荘に移ったもののもはや自ら富美子の足に触ることもできなくなった塚越は、かつて自分がしていたような遊びを野田にさせながら、それを眺めて悦ぶようになる。臨終の時も富美子の足を自らの額に乗せて喜びのうちに息を引き取ったのである。
（日高）

真夏の夜の恋（まなつのよのこい）

◆**戯曲体小説**　**全集⑦**

■**初出**　「新小説」（大8・8）、没後版『谷崎潤一郎全集』第六巻（中央公論社、昭42・4）所収。

■**梗概**　浅草で知らない者のいない山内病院の書生、松本文造は、山内の息子で不良少年の滋から、歌劇女優・黛夢子に結婚を申し込んだことを知らされる。滋は文造に、文造が承知しなければ夢子と結婚しないという約束をしていたにもかかわらず、結婚を申し込む手紙を書いたというのだ。そしてそこには結婚後二人でアメリカに渡って、夢子に歌の勉強をさせてやろうという申し出を書いたという。そして、その申し出を受けるという返事を貰ったということを聞いた文造は、金で女を釣ろうとしている、と滋をなじる。未完。（日高）

或(あ)る少年(しょうねん)の怯(おそ)れ

◆小説　全集⑦

■初出　「中央公論」（大8・9）、『恐怖時代』（天佑社、大9・2）所収。

■梗概　幼少の時に両親を喪い、年の離れた兄や姉に囲まれて育った末っ子の芳雄は、長兄の嫁・喜多子を慕っていたが、喜多子の何度目かの流産の折に、偶々長兄の医院を訪れて、喜多子の従妹・瑞枝と長兄の情事の現場を目撃する。その後、突然喜多子が死んだため、芳雄は疑惑の目を兄に向けるようになる。三年後、兄と瑞枝が再婚し三人での生活が始まるが、兄に対する芳雄の不信感はますます募り、やがて自分も兄に殺されるのではないかと思い悩む。芳雄は病になっても兄の診察を拒むが、死の床で一切を許し、喜多子のもとに旅立つ覚悟をする。（日高）

或(あ)る漂泊者(ひょうはくしゃ)の俤(おもかげ)

◆小説　全集⑦

■初出　「新小説」（大8・11）、『恐怖時代』（天佑社、大9・2）所収。

■梗概　去年の十月二十五日の午後、天津のホテルに滞在していた私は、あてもなく街を散歩している時に見かけたみすぼらしい男に心惹かれる。その男は東洋人であるらしいということ以外にはどこの国の者かも知れず、乞食同然の汚い身なりでよぼよぼと街を漂泊していたが、その顔つきにはどことなく、気品が感じられたのである。大都会らしい天津の活気ある雑踏の中で、その男だけは超然とパイプをくわえていた。（日高）

秋風(あきかぜ)

◆小説　全集⑦

■初出　「新潮」（大8・11）、『恐怖時代』（天佑社、大9・2）所収。

■梗概　塩原温泉に滞在している私のもとに、妻の妹S子がやって来た。妻と子供はそれと入れ替わりに東京に戻る予定だったのだが、長雨で足止めされ、どこにも出かけられないままに無聊な日々を過ごすことになった。ことにS子はこの温泉で愛人のTと会うことにしていたのに一向に彼が訪ねてこないので、端から見ていても気の毒なほどだった。S子が来て十日目の夜、突然Tが到着し、翌日から秋晴れの天気となる。妻たちの帰京後も、私はS子とTを伴って温泉めぐりなどに打ち興じた。（日高）

天鵞絨の夢（びろうどのゆめ）

◆小説　全集⑦

■初出　「大阪朝日新聞」（大8・11・26〜12・19）、『天鵞絨の夢』（天佑社、大9・6）所収。

■梗概　旧友Sの招きで西湖に画舫を浮かべた私は、葛嶺の麓の楼上に魅惑的な美女の姿を目にする。Sの話によると、その別荘には少年少女の奴隷たちがさまざまな土地から集められて主人と寵妾の「歓楽の道具」にされていたという。池の底に幽閉されている少年とその池の管理をさせられている少女との池の底のガラスを隔てた恋愛譚、さらに西湖を見下ろす塔の最上階に幽閉されて夜ごとバイオリンを弾かせられている者など、運よく逃げ出すことのできた日本人少年によって、彼らの物語は世間に知られるところとなった。（日高）

途上（とじょう）

◆小説　全集⑧

■初出　「改造」（大9・1）、『AとBの話』（新潮社、大10・10）所収。

■梗概　先年、前妻をチフスで亡くした湯河は、会社から帰宅する途上で安藤と名乗る私立探偵から呼び止められる。現在、入籍しないまま暮らしている再婚相手の実家とおぼしき依頼主に頼まれて湯河自身の身元調査に来たというのであるが、やがて前妻の死因についての話題となる。彼女は流行感冒から肺炎を患った後、チフスになって死んだのだが、その半年前からガスストーブの栓が緩んで窒息しそうになったり、交通事故に遭ったりしていた。探偵は、湯河が事故に遭う可能性を増すためにわざと乗合自動車に乗せたのではないか、と問いかける。はじめは否定していた湯河であったが、チフスに罹ったのも実は湯河の仕組んださまざまな偶然性の結果であり、それらを積み重ねることで偶然性を必然性にしていったのではないかと詰め寄られて蒼白になる。湯河を探偵の事務所で前妻の父が待っているという。（日高）

鮫人（こうじん）

◆小説　全集⑧

■初出　「中央公論」（大9・1、3〜5、8〜10）、『鮫人』（改造社、大15・2）に「鮫人前篇」として所収。

■梗概　浅草公園を中心として堕落した生活をする画家・服部は、第一次大戦による好景気に沸く東京を苦々しく思いながら日を送っていた。ある日、一年間の中国旅行から帰国した親友の南が服部のもとを訪ねた折にそれぞれの芸術論を語り合うが、服部は中国趣味を身につけた南との間に懸隔を覚える。その夜、服部は南に自分の気に入っている女優・林真珠を見せるために浅草公園の劇団に連れて行く。そこで南が見たのは、その前年に彼がたまたま目にした上海での公演中に起きた事件に巻き込まれた女優だった。その事件とは、男役で出演していた真珠を、昔何者かに連れ去られた息子だと思い込んだ老苦力が壇上に上がったため、彼女が驚き卒倒したというものだった。その後、事件の解決のために間に立った土地の有力者との関わりなど、多くの謎が残されたという。劇団の団長の語るところでは、帰国後、真珠は夜中に一人で住処を抜け出して朝までどこかに出かけているという。しかし、いったい彼女がどこで何をしているのか知る者はいない。（日高）

検閲官

◆小説　全集⑧

■初出　「大正日日新聞」（大9・1・6～26）、『AとBの話』（新潮社、大10・10）所収。

■梗概　戯曲「初恋」の上演許可をめぐる検閲官Tと作家Kの対話による構成。濃艶すぎたり残酷な場面は男女の劣情を刺激するので勧善懲悪のストーリーでなければ許可できないと主張するTに対して、作家は、多くの人はこの世に永遠の生命があることを知らず、肉体以外に不朽の魂のあることを知らない。一時的にそれが分かるのは恋愛だけであるから、芸術は主題に取りあげるのであり、特に不朽の命に憧れる熱情をもつ青年時代には、恋愛を通じて人間の魂を肉体以上に引き上げる効果があると、芸術の目的を力説して、物別れに終わる。（永栄）

芸術一家言

◆評論　全集⑨

■初出　「改造」（大9・4、5、7、10）、『芸術一家言』（金星堂、大13・10）所収。

■内容　ヨーロッパの影響を受けて発達した日本の小説について考えてみようとして紅葉、露伴から「漱石以後」の作品まで読み返したといい、漱石の『明暗』を徹底的に批判する。同じく失敗作であっても里見弴の『恐ろしき結婚』には書かずにはいられない作者の情熱が感じられるのに、『明暗』は理智によって組み立てられた、しかも緊密さを欠いた拙劣な作品である。知識人が『明暗』を傑作と推賞することに反撥し、不必要なまでに心理描写をしているし、作中人物みなが議論のための議論をしていると欠点を指摘する。（安田）

「カリガリ博士」を見る

◆評論　全集⑧

■初出　『時事新報』（大10・5・25～27）、新書判『谷崎潤一郎全集』第十四巻（中央公論社、昭34・7）所収。

■内容　『ドクトル・カリガリのキャビネット』は、評判に比べれば期待外れの感もあったが、「純芸術的」映画と呼ぶに相応しい写真だった。「狂人の幻想」というテーマ、描かれた現実と幻想の関係が興味深かった。この写真を見た者は、現実の息苦しさと同時に、人間の魂の生き得る世界の無限の広さを味わうことができる。だが、表現派風の舞台装置と俳優の演技とが不調和だった。もっと大胆に、実演劇を離れた演出を試みてもよかったのではないか。撮影や現像といった技術的な面でも工夫が欲しかった。（五味渕）

蘇東坡（そとうば）

◆**戯曲**　**全集⑨**

■初出　「改造」（大9・8）、『AとBの話』（新潮社、大10・10）所収。

■梗概　筆禍によって杭州に左遷され、その地で通判を務める蘇東坡は、さまざまな訴えに際して自らの詞・書画の才覚をもって対処していた。栄転して杭州を去ることになった毛沢民は暇乞いに来た折に蘇東坡の作による詩と訴えを解決するために描かれた扇を手にする。ある夜、西湖に舟を浮かべて妓生と遊んでいた蘇東坡の耳に悲痛な女の歌声が届く。それは毛沢民が別離の悲しみを込めて愛妓に与えたものであった。その詞に胸を打たれた蘇東坡は、毛沢民の詩人としての才能に気づかなかった自らの不明を恥じ、その愛妓に毛沢民を呼び戻す約束をする。（日高）

月の囁き（つきのささやき）

◆**シナリオ**　**全集⑨**

■初出　「現代」（大10・1、2、4）、『AとBの話』（新潮社、大10・10）所収。

■梗概　神経衰弱の転地療養のために塩原温泉を訪れた章吉は、月夜の晩、湯に浸かりながら金鎖を月にかざしてそれを玩ぶ綾子を覗き見てその美しさに心惹かれる。ある夜山道に出ていく綾子を追うが、かつて殺した恋人と錯覚した綾子に危うく絞め殺されそうになる。章吉は東京に戻って綾子を訪ねるが会えず、塩原以来二人につきまとう乞食の老人から、自分が綾子の実の父であり、綾子には月を見ると奇妙に興奮する習性があるということを告げられる。章吉と綾子は再び会い、ようやく思いを遂げるかのようにして心中を遂げた。（日高）

私（わたくし）

◆**小説**　**全集⑧**

■初出　「改造」（大10・3）、『AとBの話』（新潮社、大10・10）所収。

■梗概　一高時代、寮に寄宿していた私は、もともと折り合いの悪かった同室の学友・平田の告げ口がもとで寮内での窃盗事件の犯人として嫌疑が掛けられ、思い悩む。犯罪者の心理をあれこれと想像すると、もともと抱いていた、貧学生であることの孤独感と相俟って、誰のことも信じられないような心境になるのである。他の同室生である樋口や中村が平田の讒言を責めたことで、平田は退寮するという。そのまま一週間以上が過ぎたある夜、たまたま自習室で一人になった私は、平田の机の引き出しから仕送り金の一部を抜き出して外に出るが、待ちかまえていた平田に打ち倒され、寮に引き摺ら

れていった。　　（日高）

不幸な母の話

◆小説　全集⑧

■初出　「中央公論」（大10・3）、『AとBの話』（新潮社、大10・10）所収。

■梗概　夫に先立たれたものの子供たちの深い愛情に恵まれて陽気に暮らしていた母だったが、兄の結婚後、別人のように陰鬱な性格となり余生を送って死んだ。兄の結婚を誰よりも喜んだ母は新婚旅行中の兄夫婦を訪ねるが、三人を乗せた船が難破するという事件に遭遇した。その折、偶然に兄が妻だけを助けたことを恨んでいたようだった。母の死後、神経衰弱になった兄は、ついに自ら命を絶つ。遺書には、事故の折に母を助けなかったばかりか、すがりついた母を誰とも知らずに振りきってしまったことが告白されていた。　　（日高）

アマチュア倶楽部

◆シナリオ　全集⑧

■初出　『活動雑誌』（大10・6〜10）、決定版『谷崎潤一郎全集』第八巻（平29・1）所収。公開（大9・12・19、有楽座）。

■梗概　鎌倉長谷に広大な別荘を所有する裕福な一家の息子・村岡繁とその友人たちは、「鎌倉アマチュア倶楽部」という音楽と歌舞伎劇の発表会を企て、練習に励んでいた。避暑客を当て込んだ公演は盛況となったが、その最中に、別荘には戻らぬはずだった繁の父が帰宅する。謹厳な父の逆鱗に触れた繁たちは、取るものも取りあえず、衣裳を身につけたままで鎌倉の街へ飛びだしていく。一方その頃、扇ヶ谷の旧家・三浦家では、家の蔵に入ったこそ泥を追い払うため、令嬢千鶴子が、先祖代々の鎧を身にまとい、「初陣」を飾ろうとしていた。このあと、二つのストーリーがないまぜとなり、夜の鎌倉を舞台に追いつ追われつのドタバタ活劇が展開される。　　（五味渕）

鶴唳

◆小説　全集⑧

■初出　「中央公論」（大10・7）、『AとBの話』（新潮社、大10・10）所収。

■梗概　ある海岸の土地で転地療養していた私は、散歩の折に、中国風の屋敷の庭で一羽の鶴と戯れる中国人装束の娘を見かける。その家は、中国趣味に高じた末に妻子を遺して中国に行ってしまった当主・靖之介が、七年目に突然帰宅した去年、普請させたものだった。靖之介は中国から鶴と若い中国婦人を連れ帰っており、その屋敷で日本語を一切話さず、妻にも会わずに暮らすようになった。唯一父のもとを訪ねることを許されていた娘の照子は次第に中国語を習い覚えたということだ。この話を私が聞いた数日後、照子が中国婦人を短刀で刺殺する事件が起きる。女の末期の悲鳴は鶴の唳き声に

そっくりだったという。　（日高）

AとBの話（はなし）

◆小説　全集⑧

■初出　「改造」（大10・8）、『AとBの話』（新潮社、大10・10）所収。

■梗概　AとBは幼少のころよりAの家で育てられた従兄弟どうしであるが、Aは「善」の作家、Bは「悪」の作家として文壇で競い合っていた。次第に創作が出来なくなり、自暴自棄になったBは実生活における「悪」を実践するうちに、Aの届け出が原因でついに投獄されることになる。出獄したBを救いたいと申し出るAに対し、Bは「今後一切の創作を自分の名で発表すること」という約束を取り付ける。Bは人道主義の作家として復活し、一方、愛妻に対してさえその秘密を守りながら執筆するAは次第に文壇から忘れられた存在となる。死期の近づいたBは、自分の名で発表された作品のすべてを全集にまとめるように約束させる。臨終の時Bは作品をAに返すと言うが、Aはその前に交わした約束を守ることで良心を満足させる。Bを喪ったAにかつての天才が戻ってくることはなかった。　（日高）

廬山日記（ろざんにっき）

◆随筆　全集⑨

■初出　「中央公論」（大10・9、原題「廬山日誌」）、『芸術一家言』（金星堂、大13・10）所収。

■内容　大正七年の中国旅行のうち、十月十日から十二日までの旅行記。北京を出てから一週間後に、廬山を望む都市、九江に入る。初日は麓の湖水に船を浮かべて廬山や九江の街を眺めて風光の美しさを堪能する。翌日、友人とともに輿に乗って廬山に登る。途中の景観を楽しんだ後、急勾配の石段を通ってさらに登った。　（日高）

生れた家（うまれたいえ）

◆随筆　全集⑨

■初出　「改造」（大10・9）、『芸術一家言』（金星堂、大13・10）所収。

■内容　谷崎が幼少期を過ごした日本橋蠣殻町の生家を紹介した文章。商売に失敗して零落する前の谷崎家の様子を、細かく書きつづっている中に、少年の目を通して見た後家に入った伯母の悲しみや、遠くで響く三味線によって感傷的な気分にさせられたことなどが描かれている。母に抱かれて初めて電話で話した時の違和感を、二十何年か後に同じ電話で母と話してその声が意外に若く感じられたことで思い出し、生家と母に対する感傷が呼び起こされた。　（日高）

或る調書の一節（あるちょうしょのいっせつ）

◆小説　全集⑨

■初出　「中央公論」（大10・11）、『愛

すればこそ』（改造社、大11・6）所収。

■**梗概**　賭博、窃盗、強盗、殺人とさまざまな悪事をはたらいた土工Aと、取調官Bとの対話。多くの情婦や妾に多額の金をつぎ込み、悪事を重ねるAは、その事件を隠さず妻に話す。妻には日ごろから暴力をふるい、「犬猫同然」の扱いをしているが、悪事を話すと泣いて改心を願う。可愛いとは思わないが、Aには自分のために泣いてくれる女が必要であった。妻が泣くと自然にAも涙が出て「悲しい歌でも聞いてゐるやうに、一緒になつて好い気持に泣いてしまふ」のである。妻の泣いた目は涙で光って、生き生きと水晶のように、神様に近い清浄な光に満ちる。妻は必要な人間であった。（永栄）

愛（あい）すればこそ

◆**戯曲**　**全集⑨**

■**初出**　「改造」（大10・12）、「中央公論」（大11・1、原題「堕落」）、『愛すればこそ』（改造社、大11・6）所収。初演、市川左団次企画の「堕落（愛すればこそ）」（大11・6、本郷座）は上演禁止。大12・2、京都市公会堂東館。

■**梗概**　高官の令嬢澄子は、帝大助教授の三好の愛を振り切り、浅草公園で演劇をする山田と同棲している。山田は澄子に暴力を振るうが、背徳者で時に見せる弱者ぶりが澄子の献身的な愛を繋ぎとめている。三好は悪者に尽くす澄子の「いぢらしい所が好き」なので、悪人だから見捨てるような澄子なら愛は成立しないと複雑である。詐欺事件で逮捕された後も澄子への虐待が続くと聞いた三好が訪れると澄子は、一緒に堕落してあげることが山田を愛する道で、悪人でなければ見捨てていたと言う。三好は、澄子への愛ゆえに山田に譲ったのだから、自分の愛を立証するには澄子から遠のく必要があるのだと矛盾を訴える。潔く澄子を譲ったのは、山田を愛する彼女と同じ苦しみを感じることで真の愛を求めたのだが、犠牲的な行為が「愉快」であったとも述べる。最後に二人の愛を信じた三好が澄子を返してほしいと懇願するが、澄子はすでに娼婦に堕落していたことを知り、失望する。（永栄）

或（あ）る罪（つみ）の動機（どうき）

◆**小説**　**全集⑬**

■**初出**　「改造」（大11・1）、『谷崎潤一郎全集』第九巻（改造社、昭6・6）所収。

■**梗概**　F探偵の立証により、善良な博士を殺害した犯人は忠実な書生の中村であることが判明する。生まれつき厭世観を抱く彼は、世の中は虚無であり、無価値であり、人生も単調で無意味に思えた。博士一家の幸福も「全く偶然の賜物」であるのに誰も「反省」する様子がないことに不満を感じ、博士がいなくなれば今までの幸運が偶然であったことに気づくだろうと殺害したのである。しかし綿密で陰険な計画も最初は「実行」より「空想」を楽しむ程度であったが、あまり「空想が真実に近づいた結果、ついほんたうに実行する気になつた」と告白する。意志をもたず命令どおりにはたらく青年が抱いたのは〈反感〉という感情だった。（永栄）

奇怪な記録

◆**小説　全集⑨**

■**初出**　「現代」（大11・2）、没後版『谷崎潤一郎全集』第八巻（中央公論社、昭42・6）所収。

■**梗概**　大阪支社から出張で上京した会社員の手記に多少の装飾を加えたもの。商社、銀行、法律事務所などを忙しく動きまわる彼が、T銀行の近くの停留所で電車を待っていると、華やかなショールをまとった若い女性が目を引いた。見覚えがあり、相手も反応を示した。従妹の光代かと思って声をかけるが、狼狽しながらも背中を向けて無視される。十四歳で父を亡くし、十五歳で男と家出して芸者になった従妹である。ふと気づくと伯母（光代の母）が少し離れて見守っていた。二人は電車に乗る光代を追うが、親娘の間に事情があるらしく素振りが不可解である。伯母は光代が命を狙われているのだと驚くようなことを言った。（永栄）

蛇性の婬

◆**シナリオ　全集⑩**

■**初出**　「鈴の音」（大11・2〜4）、『谷崎潤一郎全集』第九巻（改造社、昭6・6）所収。公開（大10・9・6、有楽座）。

■**梗概**　紀州新宮で漁師の子豊雄が急転した天候のため雨やどりをしていると侍女を連れたあでやかな美女真女児と遭遇。翌日豪華な屋敷で歓待されるが、幻であり、荒廃した屋敷に住む邪悪の化身（蛇）であった。大和の初瀬にも真女児は現れ、豊雄は恐怖より美しさに魅せられ、恍惚となって契りを結ぶ。吉野山に遊んだ折、当麻酒人の凝視により正体露見し、滝壺に逃れる。しかし紀州に帰って婿養子となった妻富子に取り憑いた真女児は豊雄を性の餌食とする。退治にきた鞍馬寺の法師は殺すが、小松原の法海和尚の念力には敗れる。（永栄）

青い花

◆**小説　全集⑫**

■**初出**　「改造」（大11・3）、『近代情痴集』（新潮文庫、昭4・2）所収。

■**梗概**　白昼、銀座の通りを歩く岡田は疲労を覚える。長年の「歓楽と荒色の報い」と糖尿病のせいと分かっているが、十八歳の恋人阿具里の若さと比較すると、衰弱した肉体は隠しようもなく、つい現実をはなれて幻想を見る。阿具里の裸体であったり、時には彼女の前で甘えて幼児性を露呈したり、また五歳の娘の照子が父を呼ぶ声であったりする。ついには彼は、暗室のなかの「裸体の女の大理石の像」を幻視し、その影像がこの世に動き出し

て生きているのが、阿具里であると思う。（永栄）

永遠の偶像（えいえんのぐうぞう）

◆戯曲　全集⑨

■初出　「新潮」（大11・3）、『愛すればこそ』（改造社、大11・6）所収。初演、尾上菊五郎一座ほか（大11・8、帝国劇場）は上演禁止。

■梗概　青年彫刻家植村一雄のアトリエ。十九歳の光子が裸体に近い姿で〈永遠の偶像〉のモデルになっている。わがままな光子とよく喧嘩するが一雄は容易に別れられない。光子の姉お絹が旦那の渡辺と喧嘩をして来訪する。両者とも悪女の素質で、男を服従させるタイプ。渡辺と話し合ううちに一雄は「そつくり」な性向であることを知る。女に欺されるのが面白いし、男を手玉に取ったつもりで喜ぶ女を可愛く思う。「我ながら馬鹿だ」という渡辺は、若いころのお絹に生き写しの作品を譲ってほしいと言う。（永栄）

彼女の夫（かのじょのおっと）

◆戯曲　全集⑨

■初出　「中央公論」（大11・4）、『愛すればこそ』（改造社、大11・6）所収。初演、室内劇第四回試演（大11・4、牛込飯塚友一郎邸）。

■梗概　作家黒田の仕事部屋。妻や子供を残して不良少女瓜子と同棲しているが、瓜子には賛吉という恋人がいる。妻小夜子が訪れると、友人の河合が、彼は偽悪家で、瓜子との同棲も妻への虐待も平気で続けられるような強い人間ではない、こんな生活は芸術も堕落させるから、早晩改めるだろう、もう少し待つよう説得する。妻は、黒田が心臓近くにある動脈瘤のため、余命一年だという医師の診断を伝えに来たのだが、黒田は真相も知らず、瓜子に金をせびられ、原稿の催促に追われながら今日も過ぎる。（永栄）

或る顔の印象（あるかおのいんしょう）

◆小説　全集⑩

■初出　「鈴の音」（大11・5）、愛読愛蔵版『谷崎潤一郎全集』第八巻（中央公論社、昭56・12）所収。

■梗概　勤勉実直で平凡に暮らす会社員の松浦は、通勤電車の中で見覚えのある顔に遭遇する。遠い昔の甘く楽しい夢に関係する顔であった。記憶をたどれば、五年前、当時の美しい恋人美奈子と京都へ駆け落ちした電車で、たまたま真向こうに座っていた男だと気づく。恋のために命を捨ててもいいと思えた懐かしい日々を思い出させる顔であった。二度目に出会ったとき話してみると、相手も松浦を覚えていたが、理由は美貌の美奈子に対する印象からだった。それを知って以来、松浦は酒に溺れ始めた。（永栄）

お国と五平

◆戯曲　**全集⑨**

■**初出**　「新小説」（大11・6）、『お国と五平他二篇』（春陽堂、大11・7）所収。初演、大11・7、帝国劇場。

■**梗概**　秋の那須野が原の夕刻。捨てられた恋の恨みから、夫を闇討ちした池田友之丞を追って、お国が従者の五平と旅に出てから三年がすぎている。「中仙道」から後になり先になりしながら追ってくる虚無僧がいた。仇と狙われながらも、お国への慕情を断ち切れない友之丞であった。色白の美青年だが剣術は弱く、女々しい臆病者であることを「不運」だと嘆きながら、五平のように武道に優れ、お国のような美女の供をして、忠義という名のもとで仲のよい夫婦同然に、何年も旅ができるのが羨ましいと言う。敵に遭遇しても討ち果たされる不安もなく、首尾よくいけば忠義の徒として晴れて夫婦となれる五平とお国は、辛い仇討ちの旅も心のどこかでは喜んでいた。忠義という隠れ蓑に包まれた五平の幸運な恋と、臆病で腕も立たない仇役の友之丞の悲運との対照のなかで、友之丞は討たれる。（永栄）

本牧夜話

◆戯曲　**全集⑨**

■**初出**　「改造」（大11・7）、『愛なき人々』（改造社、大12・2）所収。初演、喜多村緑郎一派の新派（大12・7、浅草公園劇場）。

■**梗概**　横浜本牧海岸のセシルの夏の家。ダンスに打ち興じる人々。初子は恋愛のすえセシルと結婚したが、今ではセシルの心はジャネットに傾き、追い出されそうな気配がある。一方でジャネットを追いかけるフレデリツキを、初子の異父姉妹である弥生が愛しているという複雑な人間関係である。弥生は勝ち気で、優しく真面目な初子とは対照的。フレデリツキが仕事の実験用と称して持ってきた硫酸の瓶を、弥生は意地悪い微笑をたたえながら食器棚に隠す。恋仇のジャネットに敵意を抱く弥生は口論になったとき、その瓶を振りかざす。劇薬とは知らずに初子が奪おうとしたはずみに薬液がセシルの顔にかかる。激怒した彼は瓶を初子に投げつけ、満面に薬を浴びてしまう。醜貌と化した二人だが、初子は加害者としての罪意識が強く、セシルは失意のうちにも、ジャネットへの未練が断ち切れず、夜忍び込んで復縁を懇願する。拒絶されたセシルは彼女を射殺し、自殺する。（永栄）

愛なき人々

◆戯曲　**全集⑨**

■**初出**　「改造」（大12・1）、『愛なき人々』（改造社、大12・2）所収。初演、市川左団次一座（大12・3、本郷座）。

■**梗概**　享楽主義者の梅津は、女優の玉枝と一緒になるため、友人の小倉に家や財産を与え、妻お杉を譲った。小倉が妻を誘惑したという印象を世間に与え、姦通の汚名を被ることが条件だった。しかしお杉と結婚した小倉はやがて落魄し、支那で出直そうと企てる。一方、梅津も金の無心に来るほど困窮している。劇団の花形だった玉枝も肺を病み、梅津の世話を受けている。支那で捨てられることを察した梅津はお杉が可哀そうになり、復縁を申し出る。お杉を可愛がってくれという頼みを無視された梅津は小倉を刺殺し、玉枝も殺害して泣く。（永栄）

白狐（びやっこ）の湯（ゆ）

◆**戯曲**　**全集⑨**

■**初出**　「新潮」（大12・1）、『愛なき人々』（改造社、大12・2）所収。初演、大12・5、帝国劇場。

■**梗概**　山奥の渓流のほとりの温泉。数日前から姿を消した角太郎を待っているお小夜。狐憑きになって夜更けに真っ白な狐と歩いていたという噂を聞いたからだ。角太郎登場し、湯を浴びる白人の女は、かつて奉公していた洋服屋の顧客であったローザだと言い張る。お小夜が覗くと、銀のように眩しい身体で金髪を輝かせているのは、大きな狐であった。しかし角太郎は親しく狐のローザと話を交わし、後をついて行く。子狐たちが角太郎を胴上げして運ぶ。やがて本物のローザが登場し、この湯に入りに来るのを知った角太郎に昨夜も後を追いかけられたことを明かす。（永栄）

アヹ・マリア

◆**小説**　**全集⑩**

■**初出**　「中央公論」（大12・1）、『アヹ・マリア』（新潮社、大12・3）。

■**梗概**　同棲して捨てられた女優早百合子に宛てた手紙形式の小説。日本の女性に嫌気がさしたミスタ・エモリは、横浜の西洋人街へ転居して、ミセス・Wと若い芸術家ニーナとの生活を始める。しかしニーナの白い肌の中にある心は、褐色の肌の恋では及ばないという隔絶感をもつ彼は、ニーナに対する妄想に耽るしかない。白く美しい肉体を幸せにするため、千円を工面して上海へ旅立たせる感傷的な夢想には、肉体を求める性的幻想も潜んでいる。やがて妄想は映画「アナトール」で黒い天鵞絨の帳のなかに浮かぶ白い裸体を通して、ビーブ・ダニエルの演じるバンパイアに到達する。白へのフェティシズムは、むかし舞台で色白の美少年が赤い顔の主を斬り殺した場面に胚胎したもの。白に対する憧れは「私の生命が永久に焦れ慕つて已まない」「完全な美の標的」である。崇拝の対象である〈白〉は、時には女になり母となる。幼年時代、祖父の部屋で垣間見たマリア像に、無限に美しく哀しい「永遠」を見たのである。（永栄）

肉塊（にくかい）

◆**小説**　**全集⑩**

■**初出**　「東京朝日新聞」（大12・1・1〜4・29）「大阪朝日新聞」（同〜

5・1）、『肉塊』（春陽堂、大13・1）。

■梗概　横浜元町通りの西洋家具店小野田吉之助は、映画スタジオを作って高級映画を製作する夢を抱いている。凡庸に生きることに満足できず、才能の欠如にもかかわらず、芸術の持つ無限に気高く美しいものに憧れている。また純白の皮膚をもった金髪の聖母のような女性への幻想もある。カメラ仲間の柴山と製作に取り組むが、応募してきた相沢の紹介で、女優を探しに出向いた仮面舞踏会で、理想の女グランドレンに出会う。彼女の艶々した白い肌と豊艶な肉体に溺れる吉之助。その粗雑な振舞い、下品さ、気儘さが悪女に魅力を添えていた。色欲に惑溺する吉之助の第一作は不評であった。柴山は吉之助の妻民子や娘の秋子を使って第二作を作り上げる。凛とした眼差しを持つ妻の姿に、女性の真の貴さ、永久に朽ちないものを吉之助は発見する。（永栄）

神と人との間（かみとひととのあいだ）

◆小説　全集⑪

■初出　「婦人公論」（大12・1〜5、7、8、大13・1〜4、9〜12）、『神と人との間』（新潮社、大14・1）。

■梗概　悪魔主義の作家添田と妻朝子、そして友人の詩人穂積との三角関係。朝子と穂積の愛情を察しながら結婚した添田は、女優幹子を愛人にして、傍若無人に振舞い、朝子を虐待する。穂積には留守宅への出入りを認め、妻との姦通によって苦痛なき離婚を企てているかに見える。やがて朝子は家出して穂積のもとに逃走するが失敗し、その後いわゆる「心の妻」として時期の到来を待つ。添田は愚鈍な妻と才気あふれた情婦幹子を題材にした小説を発表して世間の喝采を浴びる。穂積も朝子への恋慕を詩や小説で訴え、文壇でも噂になる。朝子を唆しながら決して譲らない執念深い愚弄に反発した穂積は、「色欲亢進剤」として使っている劇薬を利用した添田殺害を決意する。腎臓病で死去したあと、朝子と結婚するが、罪の重さに耐えられずに穂積も自殺する。（永栄）

雛祭の夜（ひなまつりのよる）

◆シナリオ　全集⑩

■初出　第三十八場までを「新演芸」（大12・9）に、のち全文を同誌（大13・9）に掲載。没後版『谷崎潤一郎全集』第九巻（中央公論社、昭42・7）所収。公開（大10・3・30、千代田館）。

■梗概　幼稚園児の愛子はいつも西洋人形のメリーや兎を可愛がっていたが、この日は雛祭りで、愛子は雛人形にばかり関心を示して、メリーはすっかり忘れられてしまった。夜になって、雛人形たちは寝ている愛子の枕もとに集まって楽しそうにしているが、メリーは悲しくて泣き出し、兎を箱から出してやると一緒に愛子の部屋に向かう。（永栄）

港の人々（みなとのひとびと）

◆小説　全集⑫

■初出　「婦人公論」（大12・11／12合併号、原題「横浜のおもひで」）、「女性」（大12・11）、『赤い屋根』（改造社、大15・9）所収。

■梗概　小田原から転居した横浜本牧での西洋風の生活や周辺人物を描いたもの。近くに映画監督のトーマス栗原が住み、キヨ・ハウスという有名なチャブ屋がある。西洋料理とダンスと映画に明け暮れ、毎晩のように、ピアノやダンス、水泳などで賑わう生活だが、娘の鮎子は健康を取り戻し、義妹せい子は近所のY子と「よい相棒」になって活発に遊びまわる。晩夏、台風の津波のために山手に引っ越すが、西洋人が往来する光景は、遠い異郷にいる感覚を与える。

（永栄）

無明と愛染（むみょうとあいぜん）

◆戯曲　全集⑩

■初出　「改造」（大13・1、3）、『無明と愛染』（プラトン社、大13・5）所収。初演、市川左団次一座（大13・3、本郷座）。

■梗概　南北朝時代の山奥の廃寺。京の三条堀川の司人だった太郎は、悪名高い盗人となって妻の楓、愛人の愛染と暮らしている。高野の聖が寄進の旅の帰りに一夜の宿を求めて立ち寄る。彼もまた京の少将の君であったころ、愛染の色香に迷って高野へ逃げた過去をもっている。太郎の悪業に対しては「聖の法力」が勝るが、再会した愛染の誘惑に負けた上人は犬のように悶絶する。絶望した楓は自害し、太郎は迷いから覚めて上人の供養をするため髪を切る。

（永栄）

腕角力（うでずもう）

◆戯曲　全集⑩

■初出　「女性」（大13・2）、『無明と愛染』（プラトン社、大13・5）所収。初演、新劇座第五回公演（大13・4、大阪浪花座）。

■梗概　伊豆あたりの温泉宿。正月。学生たちが試験勉強と称して酒を飲み、将棋や腕角力をして遊んでいる。藤沼と同棲している光子は坊ちゃん育ちの藤沼を見限り、再び舞台に立ちたいと望んでいる。舞台女優の三浦春代と昵懇の間になった浜村を、羨望から、腕角力の勝負で負かし、容易に落ちない染粉を顔にぬってやろうと画策する学生たち。光子はその策略を密かに浜村に伝えたため、藤沼が負けて染粉を塗られる。

（永栄）

痴人の愛（ちじんのあい）

◆小説　全集⑪

■初出 「大阪朝日新聞」(大13・3・20〜6・14)、「女性」(大13・11〜大14・7)、『痴人の愛』(改造社、大14・7)。

■梗概 宇都宮の豪農出身の技師河合譲治は、浅草のカフェエではたらく十五歳の奈緒美と出会う。西洋人のような容貌をもった下町育ちの少女である。西洋人に負けない理想的な近代女性に養育するため、「お伽噺の家」に引き取って英語と音楽を習わせ、偉くすることと人形のように珍重することの両立を計った。しかし譲治の思惑とは異なり、肉体は理想に近づいたが、教養面では期待を裏切った。自らの魅力を知るにつれてナオミは娼婦性を発揮し、生活意識の希薄な浪費的でふしだらな生活を送る。乱れた異性関係や奔放な態度に激怒した譲治はナオミを追い出すが、失ったことで改めて魅力を思い知らされる結果となり、次第にナオミの要求に服従し、拝跪するかたちで夫婦関係を修復する。ナオミが譲治の背中に馬乗りになり、そのあと「シヤボンだらけ」になって仲直りする場面は、関係性の転換を象徴し、譲治の痴人としての生き方を決定づけるシーンである。(永栄)

マンドリンを弾(ひ)く男(おとこ)

◆戯曲 全集⑫

■初出 「改造」(大14・1)、『赤い屋根』(改造社、大15・9)所収。初演、昭30・11、東京産経会館。

■梗概 湖の近く、崖のうえに白壁の洋館。窓にはカーテンが垂らされ、鉄格子がはめられている。盲人はマンドリンを弾き、そばで妻の浮子が密かに詩集を読んでいる。妻が寝るときは「あの男の所へ逃げて行く」のを恐れて睡眠薬を飲ませる夫。毎晩、壁を切る音が一年も続いている。ついに、窓枠を破って影の男が侵入し、盲人を絞殺すると、浮子を担いで逃走する。第二場では、湖水に浮かぶ舟で、男と浮子が抱擁している。不意にマンドリンの音が幻聴のように聞こえ、妻を取り戻した男と浮子は、盲人から逃れるように湖に沈んでいく。(永栄)

蘿洞先生(らどうせんせい)

◆小説 全集⑫

■初出 「改造」(大14・4)、『赤い屋根』(改造社、大15・9)所収。

■梗概 A雑誌の記者が「学会名士訪問録」の取材のために羅洞先生を訪問する。気難しく無愛想で臆病な面も見せる先生は質問にまともに答えてくれない。不満を感じた記者が家の裏へまわると、井戸端で寝間着のまま歯を磨いていた十五、六の少女が書斎へ入って行くのが見えた。カーテンの隙間から覗くと、蘿洞先生はデスクの上に腹這いになり、背中に腰をかけた少女が先生の頭を叩いたり、頬を摘んだりしている。少女は籐の笞を取り出すと、片手で頭髪をつかみ、片手で先生の太った尻を打った。初めて先生は生き生きした目つきをした。(永栄)

二月堂の夕（にがつどうのゆうべ）

◆小説　全集⑫

■初出　「新小説」臨時増刊（大14・5）、『赤い屋根』（改造社、大15・9）所収。

■梗概　三月半ば、奈良の二月堂のお水取りの日。お堂の下では御詠歌に似た歌をうたいながら、友禅の長襦袢に華やかな舞扇をもってお布施を求める婆さんの一団がいる。石段をのぼると、別の集団が、今度は慎ましやかに地味な木綿の衣装で白足袋をはいて踊っている。「お志」を催促せずに、真面目に踊っている品のいい婆さんたちの姿は、「遠い昔に亡くなつた自分の母や叔母の俤を思ひ出させる」。迫る夕闇のなかで、婆さんたちの姿は次第にぼやけて舞扇の金色だけが光っている。（永栄）

赤い屋根（あかいやね）

◆小説　全集⑫

■初出　「改造」（大14・7）、『赤い屋根』（改造社、大15・9）所収。

■梗概　宝塚沿線に住む女優宮村繭子は、中年の小田切をパトロンに持ち、従妹のお美代や、古くから関係がある現像技師の恩田らと暮らし、大学生の寺本にも関心をよせる。小田切が来ると睡眠薬のアダリンを飲ませ、恩田や他の男性と関係を続けてきた。小田切は、繭子の肌に触れようとして蹴られても他の男性との関係を知っても何も言わない。繭子は今まで好き放題に欺していたと思ったが、被虐的行為が密かな楽しみのための芝居であり、注文どおり「鋳型」にはめられ、女王のように振舞いながら、実は奴隷として玩具にされていたことに気づく。（永栄）

馬の糞（うまのくそ）

◆小説　全集⑫

■初出　「改造」（大14・11）、『赤い屋根』（改造社、大15・9）所収。

■梗概　中学時代からの友人Aは、秀才だが変に意地の悪い男であった。銀行員になってすぐ結婚した「私」の妻が美人でないことに関して、自分と同時代で、同じ教養を受けた者が、女性に対して異なった感覚を持っていることは不愉快であり「審美的公憤」を感じると言う。来訪したAに昼食を出しても御飯が満足に炊けない女性は嫁の資格がないと嫌味を言う。七、八年後、ドイツ留学から帰って医学博士となったAの別荘を訪ねると、庭で夫人が遊んでいた。十五、六歳も年が違う、まるで女学校の生徒のような若い夫人であった。（永栄）

為介の話（ためすけのはなし）

◆小説　全集⑫

■初出　「婦女界」（大15・1）、新書判『谷崎潤一郎全集』第十二巻（中央公論社、昭34・3）所収。

■梗概　毎年は軽井沢で過ごす那川為介子爵だが、今年は夫人が夏の間ずっと軽井沢に滞在するというので、一人で関西の有馬温泉に避暑に来ていた。目的は他にもあったが、未完のため語られていない。有馬からの帰り道、大阪へ出るため、有馬から三田まで乗った軽便鉄道で新聞記者につかまり、中国の情勢についてインタビューを受ける。記者たちの「うす汚い白靴」は、西洋から入ってくる流行が「日本を尚更醜くし、その弱点を一層露骨に曝し出す」現代日本の置かれた状況を象徴するものと考え始める。（永栄）

友田と松永の話（ともだとまつながのはなし）

◆小説　全集⑫

■初出　「主婦之友」（大15・1〜5）、『赤い屋根』（改造社、大15・9）所収。

■梗概　作家Kは大和の国の「しげ女」から奇妙な手紙を受け取る。夫の松永儀助が洋行すると家を飛び出し、四年後に激しい神経衰弱を患って帰郷した。その後も「足かけ四年」周期で、家出と帰郷を繰り返している。荷物には、友田の印形と友田銀蔵に宛てた作家Kの葉書があったという。松永は痩せた平凡な田舎男であり、友田は東京や横浜の魔窟に出入りする肥満で、外国語が堪能な機知と愛嬌に富んだ男である。作家Kは自分と遊ぶ期間も四年周期であったことに気づき、同一人物だと突きとめる。西洋の享楽主義を実践しようとパリに渡った松永は酒や美食や色欲の「デカダン生活」に耽溺するうち、外見まで全く別の人間に変貌した。友田銀蔵として変身したが、ある日、激しい神経衰弱のため心臓に不安を抱いて眩暈を感じた時、東洋的な落ち着きが神経を和らげることを悟って帰国した。四年ごとに変貌が訪れる体質であった。（永栄）

一と房の髪（ひとふさのかみ）

◆小説　全集⑫

■初出　「婦女界」（大15・2）、新書判『谷崎潤一郎全集』第十二巻（中央公論社、昭34・3）所収。

■梗概　ホテルの喫煙室。治療に来ていたディックの脚の傷は、女性をかばってピストルで撃たれた傷であった。亡命した妖艶なロシア人ミセス・オルロフに熱烈に付き纏っていたディックとジャックとボッブは、嫉妬し合いながら逢瀬を重ねていた。関東大震災の日、横浜の西洋人の住宅地は崩壊して火に包まれたが、発生時、彼女と会っていたディックは家具の下敷きになって失神した。介抱したのはジャックで、オルロフは寝台に両手足を縛られていた。救出に来た彼は夫人を道連れに焼け死ぬと言う。化粧台の抽出しのピストルを使って、ジャックは彼女を撃ったあと自殺した。ディックは彼女の髪を一と房切り取って逃げた。（永栄）

金を借りに来た男

◆**戯曲**　**全集⑫**

■**初出**　「改造」（大15・5）、『潤一郎喜劇集』（春秋社、大15・9）所収。初演、昭10・2、飛行館。

■**梗概**　洋行から戻った豊田が細君に土産の時計を渡して時計談義をしていると、長谷川が訪ねてきた。長谷川を毛嫌いする細君は、また金の無心だと機嫌を悪くする。あなたが気が弱いから付け込まれるのだ、という細君の言葉どおりに、豊田は長谷川のペースにいつしか引き込まれていく。土産話から時計談義に移り、質に入れてしまった宇佐美の大事な時計を引き出す金が無いから貸してくれ、という長谷川。情にほだされて小切手を渡したところへ、宇佐美が現れ、胸には件の懐中時計の金鎖、長谷川の詐欺が露見するが……。細君が知らずに長谷川に助け船を出して終わるという結末の、皮肉なブラック・ユーモア。（明里）

上海見聞録

◆**随筆**　**全集⑫**

■**初出**　「文芸春秋」（大15・5）、『饒舌録』（改造社、昭4・10）所収。

■**内容**　谷崎二度目の中国旅行の紀行文で、映画関係者の欧陽予倩、田漢、任矜蘋らとの交流やナオミ張りの日本人女性に付きまとわれた体験、また、中国では武者小路実篤、菊池寛が有名であると記す。最後に「上海と云ふところは、一面に於いて非常にハイカラに発達してゐるが、他の一面では東京よりもずつと田舎だと云ふ感じを与へる」。「悪く西洋かぶれ」した中国人の風俗に「八年前に来た時とは大分違つた印象を受けた。気に入つたらば上海へ一戸を構へてもいいくらゐに思つてゐた私は、大いに失望して帰つた。西洋を知るには矢張り西洋へ行かなければ駄目、支那を知るには北京へ行かなければ駄目である」と結んでいる。（明里）

上海交遊記

◆**随筆**　**全集⑫**

■**初出**　「女性」（大15・5〜6、8、原題「上海交游記」）、『饒舌録』（改造社、昭4・10）所収。

■**内容**　現在の中国人は日本語の書籍を通して新知識を享受していること、中国経済は米英により搾取されていることなど中国の現状を紹介する。田漢や欧陽予倩との映画談義、上海文芸消寒会の楽しい報告の後に「田漢君に送る手紙」で谷崎の心境が語られる。すなわち、西洋かぶれの都市上海でさえ「日本ではあらかた亡びてしまつたところのあのなつかしいしきたり」が守られていることに感心し、「三十何年も前の東京の、日本橋の家に住んでゐた父や母を俤に浮べ」るに至るのである。

（明里）

青塚氏の話（あおづかしのはなし）

◆**小説**　**全集⑭**

■**初出**　「改造」（大15・8～9、11～12）、『日本探偵小説全集第五篇・谷崎潤一郎集』（改造社、昭4・5）所収。

■**梗概**　映画監督の中田がその遺書で、女優で愛妻の由良子に語りかける。ある夜、中田がカフェーで知り合った男は、由良子が出演した中田監督の映画をよく観ており、由良子の肉体の凹や皺までその巨細を知り尽くしていると気味の悪い話をする。しかし中田は男が「私と同じ眼を以て、お前の肉体の隅々を視てゐる」ことに「変な親しみ」も感じる。男は、「実体」の哲学を説き、「此の世の中には君や僕の生れる前から、『由良子型』と云ふ一つの不変な実体」、「或る永久な『一人の女性』」が脳裏に生きていて、映画の、また実在の由良子は幻影だという。「ほんたうの『由良子』」を見せると連れて行かれた男の家には、実物そっくりの体温、体臭、感触をもつあらゆるポーズをとった三十人の袋人形が居た。中田は由良子が分身化されていくことに堪えられずに死に至る。しかしスクリーン上に彼女を初めに分身化したのは中田監督本人であった。

（明里）

白日夢（はくじつむ）

◆**戯曲**　**全集⑫**

■**初出**　「中央公論」（大15・9）、『赤い屋根』（改造社、大15・9）所収。

■**梗概**　〈第一場〉大都会の歯科医院の治療室。泣き叫ぶ子供をなだめる付き添い、とよくある光景から始まる。ドクトルと看護婦の流れ作業の手際よさ、薬品名など必要なことしか口にしないドクトルの職業的冷たさがある種の居心地の悪さを創出している。患者の令嬢、青年ともに意識を失う。〈第二場〉ドクトルと令嬢は不義の間柄である。青年が悪魔のドクトルからあなたを救いたいと現れる。〈第三場〉臥ている令嬢の屍骸を誰も顧みない。刑事に捕まった青年は淫婦だから殺したと告白する。〈第四場〉第一場と同じ場面、同じ時。令嬢、青年ともに意識は戻っている。

（明里）

日本に於けるクリップン事件（にほんにおけるクリップンじけん）

◆**小説**　**全集⑬**

■**初出**　「文芸春秋」（昭2・1）、『潤一郎犯罪小説集』（新潮文庫、昭4・5）所収。

■**梗概**　クラフト・エビングは、異性に虐待されることに快感を覚える変態性欲者をマゾヒストと名づけた。マゾヒストは肉体的に虐待されることを喜ぶが、そこに精神的要素は含まれない。女の奴隷になる芝居を喜ぶのであって、本当の奴隷にされることは望まない。女を女神のごとく崇拝するのは、自らの性欲のため人形として利用しているにすぎない。だから人形に飽きたら俳優を変え、絶えず新奇な筋を仕組みたくなる、という一種の利己主義者なのである。その一例が英国において、マゾヒストの夫クリツプンがその渇仰の的であった女優で妻のコーラを飽きがきたので殺し、新しい情婦と逃亡中に捕縛された事件である。日本でも、大正十三年、阪急電車芦屋川駅付近で同様の事件があった。マゾヒストの小栗由次郎は、巧妙に飼い馴らした狼犬に歌劇女優で妻の巴里子を食い殺させ、新しい情婦と同棲していたのである。（明里）

「九月一日（くがつついたち）」前後（ぜんご）のこと

◆小説　全集⑫

■初出　「改造」（昭2・1）、『饒舌録』（改造社、昭4・10）所収。

■梗概　今から約十年前に書いた短篇「病蓐の幻想」で、九歳の時に遭遇した明治二十七年夏の地震体験の恐怖とそれに基づく幻想を扱った「私」は、幼少期から地震が大の苦手である。生きているうちに安政大地震と同程度の地震が東京で起きるという予覚にとらわれ、それがいつ来るかという恐怖心の中で年を重ねた。果たして大正十二年九月、箱根で乗り合いバスに乗っていた折に大地震と出遭う。その時、かつてともに地震から避難した母の俤が脳裏に浮かんだのであった。（日高）

ドリス

◆小説　全集⑬

■初出　「苦楽」（昭2・1〜2、4）、没後版『谷崎潤一郎全集』第十一巻（中央公論社、昭42・9）所収。

■梗概　アメリカの映画雑誌に掲載された美容術の広告を見ていると、美容術師は人形師のように「人形を造るやうに『女』を造」り、女も自分の肉体を「理想通りの型に鋳ようと苦心」しているらしい。日本にもミス・アメリカのような美女が居ればなあ、と空想する己。また、猫に関する冊子を見ると、ここに居るドリスは「完璧の美観」の白波斯（ペルシヤ）であるらしい。女ばかか猫の美容術を持つ西洋人は「猫の白い体をも、女の白い体と同じく飴細工のやうに考へて」いるらしい。（未完）（明里）

顕現（けんげん）

◆小説　全集⑬

■初出　「婦人公論」（昭2・1〜3、5〜7、9〜昭3・1）、没後版『谷崎潤一郎全集』第十一巻（中央公論社、昭42・9）所収。

■梗概　文殊丸を御仏から授かった子だと信じる母は、文殊丸を寺の稚児にしてほしいと願い出る。上人は、ある少女を遠ざけることを条件に出す。その少女は前世の契りによって文殊丸を無明の闇に堕とす存在だという。やがて捜し出された少女を斬り付ける刃は、少女が身につけていた観音像に当たり、御仏の像は真っ二つになりながら少女を救う。直後、少女は遠国に売られる。稚児として近江の寺へ向かう途上に泊まった家で、文殊丸は皆が酒や筝に興じるのを見る。その夜、文殊丸は件の少女がこの家の主の君になっている夢を見るのである。（未完）

（明里）

饒舌録（じょうぜつろく）

◆**評論　全集⑫**

■**初出**　「改造」（昭2・2～12）、「大調和」（昭2・10、原題「東洋趣味漫談」）、『饒舌録』（改造社、昭4・10）所収。

■**内容**　初めにことわっているようにいろいろなトピックスを取り上げている。以下列挙すると、事実を書いた小説は読む気がしないので歴史小説を読み中里介山の『大菩薩峠』とスタンダールの作に感心したこと、芥川龍之介に筋の面白さにとらわれていると批判されたのに対する応答、構造的美観・詩的精神に関する所見、東洋的なもののよさ、あり得たかもしれない東洋独自の発達、自殺した芥川の追悼、関西で暮らしていても物足りないのは六代目菊五郎の芝居が見られないこと、人形浄瑠璃に親しむようになり人形のしぐさに魅力を覚えたこと、翻訳によって文学が理解されるか疑わしいこと、演劇は舞台上の約束事のもとに成り立っているのだから写実的であろうとするよりも俳優本位にした方がよいこと、幸田露伴の文学についての所見などである。

（安田）

卍（まんじ）

◆**小説　全集⑬**

■**初出**　「改造」（昭3・3～昭4・4、6～10、12～昭5・1、4）、『卍』（改造社、昭6・4）。

■**梗概**　柿内園子未亡人は知人の作家を訪れ、異常な恋の体験を語り始める。園子は天王寺の女子技芸学校で日本画を習っていたが、船場の羅紗問屋の娘徳光光子に同性愛を捧げているという噂が立ち、かえってそれが縁となり楊柳観音のような美しい肉体を持つ光子と本当の同性愛の関係となる。その背景には、園子が石のように冷たい弁護士の夫と生理的に合わず、夫婦関係に満足していないという事実があった。ところが光子には綿貫栄次郎という愛人がいることがわかり、裏切られた園子は関係を清算することを決意するが、堕胎事件という光子の巧妙な狂言に欺されて交際を再開する。一方、今度は性的不能を理由に光子に捨てられることを危惧する綿貫が、奇っ怪な誓約書を園子に強要する。やがて、園子の夫柿内も関係のなかに引き入れられ、柿内は光子と性的関係を持つに至る。光子を中心とした計略と嘘の渦巻く卍巴の愛欲世界は綿貫によってスキャンダルとして新聞にスッパ抜かれる。疑心暗鬼の関係に疲れ世間体も無くした三人は服毒心中を図り、光子と柿内は死ぬ。自分一人だけ生き残るように二人に謀られたと、園子は泣き崩

れるのである。（明里）

黒白（こくびゃく）

◆小説　全集⑬

■初出　「東京朝日新聞」「大阪朝日新聞」（昭3・3・25～7・19）、『潤一郎犯罪小説集』（新潮文庫、昭4・5）所収。

■梗概　悪魔主義の小説家水野は、全く痕跡をとどめずに一人の男を殺してしまう小説「人を殺すまで」を書いている。リアリティをもたすため、殺される男を知人の児島をモデルにして「児玉」としたが、一箇所だけ実名の「児島」と書いてしまって怖気づく。児島が殺されれば自分に嫌疑がかかるからである。はたして不安は的中し、小説そのままに児島が殺された。間の悪いことに、水野のアリバイを証明できる女は姿を消してしまう。出口なしの完璧な迷宮は水野自身がこしらえたものであった。（明里）

続蘿洞先生（ぞくらどうせんせい）

◆小説　全集⑫

■初出　「新潮」（昭3・5）、『近代情痴集』（新潮文庫、昭4・2）所収。

■梗概　浅草公園の夢遊斎一座の奇術を、哲学の教授蘿洞先生が熱心に見物している。先生は一座の女優生島真弓に御執心だった。その女優は二十二、三歳の、脚の恰好がすっきりとして、全体の四肢の均等も申し分なく、目鼻立ちが典型的な希臘式で人形のような堅い感じの美人であった。彼女は舞台では一と言もセリフを言わないし、一度も素足を出したことがない。噂によれば、梅毒と天刑病のため、「鼻ふが」になり、足の趾が一、二本なくなっているということだった。一座とともにその女優も姿を消す。が、程経て、先生宅の書斎で真弓夫人に跪く先生の姿が目撃された。（明里）

蓼喰ふ虫（たでくうむし）

◆小説　全集⑭

■初出　「大阪毎日新聞」（昭3・12・4～昭4・6・18）「東京日日新聞」（同～6・19）、『蓼喰ふ虫』（改造社、昭4・11）。

■梗概　冒頭、自分から決めることをことさら避けるどっちつかずの斯波要・美佐子夫婦の言動が克明に描かれ、この家庭がおかれている情況が明示される。斯波家には小学四年になる弘が居るが、生理的に合わない夫婦は離婚を考えている。妻が毎日のように愛人に会いに行くことを要は容認し、奨励さえしていた。夫婦は、三人が傷つかないように別れたいと願っている。妻の父に誘われた人形芝居で、要は人形に日本の伝統の中にある「永遠女性のおもかげ」を認め、同時に、義父の妾の「人形のやうな女」お久に無意識のうちに惹かれ始める。上海から帰国した離婚経験者の従弟高夏に相談しても埒はあかなかったが、彼の来訪は斯波家に久々の家族団欒のときをもたらした。義父らと淡路に人形浄瑠璃を観に行った要は老人の骨董趣味に惹かれつつ、お久との関係にもあてられ、帰途、神戸で馴染みの娼婦ルイズを抱くが満たされることはない。夫婦の現状を要の書簡で知らされた義父は、説得のため、二人を京都に招き、まず要に翻意を促す。そして義父が美佐子を連れ出した後、要はお久と話しながら、「妻より一層強気な決意がいつしか自分の胸の奥にも宿つてゐることをはつきり感じた」。（明里）

三人法師（さんにんほうし）

◆小説　全集⑭

■初出　「中央公論」（昭4・10〜11）、『谷崎潤一郎全集』第八巻（改造社、昭5・11）所収。

■梗概　高野山に集まった三人の僧の懺悔話。〈第一の僧・元武士〉やっと成就した恋の相手が髪までも奪われて殺され、その夜のうちに出家し、その菩提を弔っているのである。〈第二の僧・元盗人〉その上臈を殺したのはわたしだ。殺した女の髪を切って鬘にするという浅ましい妻の姿を見て出家を決めたのだ。〈第三の僧・元武士〉武士の意地から、妻子を残して出家した。諸国行脚の途中、幼い我が子が死んだ妻の遺骨を納めに行くところに出くわしたが、そのいじらしい姿に惹かされてはいけないと、心を鬼にしてこの山に上ってきたのだ。（明里）

現代口語文の欠点について（げんだいこうごぶんのけってんについて）

◆評論　全集⑯

■初出　「改造」（昭4・11）、『倚松庵随筆』（創元社、昭7・4）所収。

■内容　言文一致体すなわち現代口語文は、日本語の持つ特有の美点と長所を殺した上に、精密な内容を表現する際に晦渋に陥りやすいという欠点を持つ。こうした立場から、「のである口調」に代表される口語文体の問題を多角的に取り上げ、さらに、必要以上に主格を置くことや言い回しの冗長性など、西洋文由来の口語文の傾向は、少ない語彙を効果的に用いてきた日本語の長所を失わせるものであるとし、特に西洋語の翻訳語である新漢語の多用を強く戒める。（日高）

乱菊物語（らんぎくものがたり）

◆小説　全集⑮

■初出　「東京朝日新聞」「大阪朝日新聞」（昭5・3・18〜9・5）、『乱菊物語』（創芸社、昭24・7）所収。

■梗概　室町幕府末期、明の張恵卿は播州室津の遊女かげろうを手に入れるため、彼女に所望された宝物・羅綾の蚊帳を金の小函に入れて出航したが、到着寸前船もろとも行方不明となる。小五月祭に金の小函を届けた者に身を任すというかげろうに応えて、海竜王が届けると名乗りをあげたが、届けたのは幻阿弥という法師であった。約束どおり、幻阿弥との婚礼の日、海竜王と名乗る青年が現れ、これを捕らえようとする播磨の大守赤松家とその代官浦上家の家来たちが大乱闘となる。なにかにつけ張り合う両家の若い当主赤松政村と浦上掃部助とはかげろうを争う一方で、相手に勝る上臈を側女にするべく家来を京都に派遣していた。京都から連れて来た女の見せ競べで、赤松家の胡蝶が浦上家の雛鶴に勝つ。敗れた掃部助は策略によって胡蝶を奪い、我がものとした。胡蝶を汚された政村は掃部助を討ち、胡蝶を奪回するための兵を挙げる。（未完）　（明里）

懶惰の説（らんだのせつ）

◆**随筆**　**全集⑯**

■**初出**　「中央公論」（昭5・5）、『倚松庵随筆』（創元社、昭7・4）所収。

■**内容**　懶惰すなわち「怠けること」は、「ものうがる」「億劫がる」という心性を含むものであり、そんな「ものうい生活」をなつかしんだり楽しんだりする境地を、見えや気取りにする日本人の傾向に見る。東洋の気候風土に根ざした中国人の「物臭さ」「億劫がり」を「東洋的懶惰」として仏教や老荘の無為思想もその影響であるとする一方で、西洋人の清潔さと整頓の行き届いているさまを取り上げつつ、その窮屈さと作為的な点を批判するなど、東西の文明比較へと話題は進む。その上で、再び日本人の勤勉さの中にある懶惰の美徳を説くのである。　（日高）

大衆文学の流行について（たいしゅうぶんがくのりゅうこうについて）

◆**随筆**　**全集⑮**

■**初出**　「文芸春秋」オール読物号（昭5・7）、『谷崎潤一郎全集』第一二巻（改造社、昭6・10）所収。

■**内容**　漢文調の「硬文学」に対し、芝居や小説などの「軟文学」が大衆を相手にしていたことから、徳川時代を大衆文学の全盛期だったとみる。西鶴や近松と同じく大衆向きである紅葉や鏡花の作品が日本の小説道の本流を受け継いでいる一方、告白小説や心境小説といった「高級物」は本流とは言えない。小説は本来、大衆を相手にしなくてはならないはずだ。とすると、過去何年間かの自然主義や心境小説の時代は、今日の大衆文学時代を生み出す準備期間だったのであり、今や徳川時代に劣らないほどの軟文学旺盛時代が再現されようとしているのである。　（日高）

吉野葛（よしのくず）

◆**小説**　**全集⑮**

■**初出**　「中央公論」（昭6・1〜2）、『盲目物語』（中央公論社、昭7・2）所収。

■**梗概**　後南朝の歴史小説を計画していた語り手「私」は、友人の津村に誘われたのを機に、秋の吉野を訪れた。妹背山をはじめ吉野は亡き母ゆかりの地でもある。吉野川を遡り、菜摘の里で静御前ゆかりの初音の鼓を見せてもらった際、津村は狐忠信のようにあの鼓を見ると自分の親に遇ったような思いがすると、身の上を語り出す。津村は大阪の旧家に生まれ、幼くして両親を失い、母を恋うる気持が強かった。彼は葛の葉の子別れなど、狐にまつわる芝居に強く惹かれていき、「母―狐―美女―恋人」という連想が自分の中にあるという。祖母の遺品中に見つけた古い手紙から、秘されていた母の出自を知った。母の生国は吉野の国栖であり、少女のころ大阪の色町に身売りされたことを……。面影も知らぬ母への思いが弥増してきた彼は国栖を訪ね、長い間夢見ていた母の故郷の土を踏んだ。そこで彼は遠縁の少女お和佐を知った。紙漉きであかぎれたお和佐の手は母の手紙を偲ばせ、彼女に亡き母を重ねるようになり、津村は彼女に求婚するというのだ。今回の旅は、計画した歴史小説を書けずに終わった「私」よりも、その後お和佐を妻にした津村にとって上首尾をもたらしたことになる。（明里）

恋愛及び色情（れんあいおよびしきじょう）

◆随筆　全集⑯

■初出　「婦人公論」（昭6・4～6、原題「恋愛と色情」）、『倚松庵随筆』（創元社、昭7・4）所収。

■内容　「西洋」と「東洋」との恋愛や性欲に対する考え方の違いを説き、日本人にとっての「永遠女性」のありようを述べる。ヨーロッパでは恋愛が文学の主要な題材であるが、中国や日本ではそうではないし、恋愛文学はおとしめられていた。ただ、平安時代の文学は、例えば『古今著聞集』の敦兼の説話のように女性に対する崇拝を描いている。ヨーロッパの影響を受ける以前は日本では性欲も控え目にすることがよいとされた。恋愛や性欲に対して露骨でなかったせいか、歴史書などでも女性に関する記録は乏しい。名前すら記されていない。『源氏物語』の末摘花のように女性はうす暗い室内に暮らしていて男性には顔かたちがよくわからない。個性の違いをきわだたせることなく永遠に一人の「女」として考えられた。「彼等は暗い中で、かすかなる声を聞き、衣の香を嗅ぎ、髪の毛に触れ、なまめかしい肌ざはりを手さぐりで感じ、而も夜が明ければ何処かへ消えてしまふところのそれらのものを、女だと思つてゐた」。（安田）

盲目物語（もうもくものがたり）

◆小説　全集⑮

■初出　「中央公論」（昭6・9）、『盲目物語』（中央公論社、昭7・2）所収。

■梗概　近江の国長浜生まれの六十六歳になる盲目の按摩師がお市の方に仕えた十三年間の思い出を語る。「わたくし」は十八、九のころ、浅井長政公の居城小谷城へ奉公に上がり、音曲も達者なことから奥向きの勤めをするようになり、奥方から弥市という名前を戴く。評判の美貌は見えなくとも、揉み療治で触れる柔らかな玉の肌からその美しさは十分に想像でき、肌を通して心の様子までわかるのだった。盲人だからこそ按摩として上﨟のお側近く仕えることのできる歓びを感じ、むしろ盲目であることが幸せであるという。やがて信長に攻められ公は自害し、奥方と娘たちは清洲の羽柴秀吉のもとに預けられる。高嶺の花の奥方に思いを寄せる秀吉の心が、同じ思いの弥市にはよく分かり、この道にかけては英雄豪傑も凡夫も差はないことを悟る。信長の死後、奥方は柴田勝家に再縁するが、秀吉は遺恨をもってこれを攻める。奥方は勝家とともに自害。秀吉は救出された娘茶々を愛することで、親子二代の恋を遂げたのである。同様のことを願った弥市は、再度英雄豪傑も凡夫と同じだという思いを強くするのだった。茶々に疎まれた自分は城を出るしかなかったと、弥市は客を相手に語り終えた。

（明里）

紀伊国狐憑漆掻語（きいのくにのきつねうるしかきにつくものがたり）

◆小説　全集⑮

■初出　「改造」（昭6・9）、『盲目物語』（中央公論社、昭7・2）所収。

■梗概　高野山の南の山奥の村で、漆掻きの丑次郎が狐憑きにあった体験を聞いた鈴木が、都会の聞き手に話して聞かせる体裁。まず漆掻きの仕事の説明から始まる。狐に憑かれることを恐れながらも心待ちにしている丑次郎のところに、ある夜、「さあ、行こら」と三人の友達（狐）が迎えに来た。再三の誘惑に負けて、丑次郎はついに彼らのあとについて夜に出る。途中、子供がガターロ（河童）に見込まれて死んだという淵を通ったり、山の中を引きずり回されたりする。偶然、鈴木に見つけられた丑次郎は命拾いをしたという。

（明里）

覚海上人天狗になる事（かくかいしょうにんてんぐになること）

◆小説　全集⑮

■初出　「古東多万」（昭6・9）。『盲目物語』（中央公論社、昭7・2）所収。

■梗概　今から七百年前の鎌倉時代、高野山の学侶の華王院（今の増福院）に、高野山第三十七世執行検校覚海上人こと南勝房という坊さんがいた。「私」はこの寺に伝わる南勝房法語、覚海伝、上人の消息文などの古文書を住職の鷲峰師の好意によって筆録し得たので、それらによって上人を紹介していきたい。上人は大師のお告げによって、自分の来世を予知して、死後に魔界に生まれるという信念を実行に移した結果、天狗になったのである。また、紀伊続風土記によれば天狗は魔界の種族だが必ずしも仏法の敵ではないという。

（明里）

武州公秘話

◆小説　全集⑯

■初出　「新青年」（昭6・10〜11、昭7・1〜2、4〜11）、『武州公秘話』（中央公論社、昭10・10）。

■梗概　戦国の武将武蔵守輝勝は幼少の十数年、人質として筑摩一閑斎の牡鹿城で育った。十三歳の秋、美しい女の手によって敵方の武士の首が化粧されるのを見て、恍惚郷に惹き入れられる。生きて彼女の傍らに居るのではなく、殺されて首になって彼女の手に扱われたいという空想に快感を覚えた輝勝は、己の病的な性質に気づき始める。ある晩、鼻の欠けた女首の不完全さとそれを扱う女の完全な美との対照に感激した輝勝は、そこから生まれた被虐性の変態的欲望に一生を支配されることになる。輝勝はある夜、敵の大将薬師寺弾正政高の寝所に潜入しその命を奪う。彼の目的は功名ではなく女首を得ることだったが、果たし得ず政高の鼻をそいで持ち帰った。のちに筑摩則重に仕えた輝勝は、則重に嫁した桔梗の方が夫を父政高の仇とみなして、則重の鼻を狙っていることを知り、彼女に加担し、則重の鼻をそぎ、彼女と密通する。やがて二十二歳の輝勝は十五歳の松雪院を娶り、花嫁を自分の好きな鋳型に養成しようとしたが、松雪院は輝勝の倒錯した欲望を満たしてくれる女性ではなかった。元恋人の桔梗の方も今は貞淑な妻と変わっており、輝勝の夢想は叶わぬまま、四十三年の生涯を閉じる。（明里）

「つゆのあとさき」を読む

◆評論　全集⑯

■初出　「改造」（昭6・11、原題「永井荷風氏の近業について」）、『倚松庵随筆』（創元社、昭7・4）所収。

■内容　「東洋」には、作者の主観的な心情を現すつもりもなく、心理描写などもしないでさまざまな人物を描き分け、ある時代の世のありさまを再現する文学の系譜がある。尾崎紅葉の『二人女房』が典型的な作品であり、『つゆのあとさき』もこの系譜につらなる。そっけない書きぶりで作中人物をあたかも人形を操るように突き放して書いているが、かえってそこに銀座のカフェに出入りする人々の姿があざやかに描き出されている。それらの人物は東京によくあるタイプを写しているし、ちょっとした風景描写にも東京のローカルカラーがよく現れている。（安田）

佐藤春夫に与へて過去半生を語る書

◆随筆　全集⑯

■初出　「中央公論」（昭6・11〜12）、『倚松庵随筆』（創元社、昭7・4）所収。

■内容　昭和五年八月、離婚した谷崎は千代、佐藤春夫との連名で知人に挨拶状を送った。新聞などがセンセーショナルに報道した。翌六年四月、古川丁未子と結婚し「始めてほんたうの夫婦生活」を知ったという。そこで、大正十年、千代が佐藤と一緒になることに同意しながら谷崎が翻意したために佐藤と絶交した当時の心境、別れたあと夫婦が互いを傷つけないよう苦慮したこと、いつか小説に書くこともあろうかとノートをとっていたが震災で焼けうせたことなどを述べたのが、本作である。（安田）

私の見た大阪及び大阪人（わたしのみたおおさかおよびおおさかじん）

◆**随筆**　**全集⑯**

■**初出**　「中央公論」（昭7・2〜4）、『倚松庵随筆』（創元社、昭7・4）所収。

■**内容**　いわば体験的大阪論である。大阪人の気質を全面的に受け入れているわけではない。はじめの部分では宝塚の少女歌劇を例に挙げ大阪人のあくどさ、エゲツなさを述べている。つきあっていくうちに気づいた女性のよさを主に説く。声の太さにも最初は驚くが琴唄などうたうのを聞くと、東京の女性の声にはない幅や厚みや粘りのよさがわかる。生活上のさまざまな習慣を大事にし、暮らしぶりもつましい。すべてを言いつくそうとするのではなく「余情と含蓄」を持たせた言い方をする。大阪人は文楽に自分たちの暮らしや生活感情に近いものを認めるのであろう。文楽の人形の顔は大阪人のおもざしを伝えている。（安田）

青春物語（せいしゅんものがたり）

◆**随筆**　**全集⑯**

■**初出**　「中央公論」（昭7・9〜昭8・3、二回目以降原題「若き日のことども」）、『青春物語』（中央公論社、昭8・8）所収。

■**内容**　第二次「新思潮」創刊前後の明治四十三年から新進作家として認められる四十五年ごろまでの回顧録。「自分は物質的には笹沼の援助を得、社会的には小山内氏の援助を得て文壇に出た」という谷崎と小山内薫「先生」とのいきさつ、「先生が好きなんです！」と「芸術上の血族」永井荷風にパンの会で挨拶したことや、その荷風が自分を激賞した『谷崎潤一郎氏の作品』を読んだときの昂奮など、谷崎の実感が臨場感をもって伝えられている。回顧ではあるが、過去の正確な記録というよりも、谷崎自身の哀楽の機微を記すことに重点がおかれ、書名も「物語」としているように、小説と呼んでもよい作品である。また、「憧れの土地」京阪を初めて訪れ流連したときの思い出が『朱雀日記』を下敷きに語られ、谷崎の故郷に対する感慨も記されている。（明里）

蘆刈（あしかり）

◆**小説**　**全集⑰**

■**初出**　「改造」（昭7・11〜12）、『潤一郎自筆本蘆刈』（限定版。創元社、昭8・4）、『春琴抄』（創元社、昭8・12）所収。

■**梗概**　阪急岡本に住む「わたし」は

九月のある日の夕暮れ、後鳥羽院ゆかりの水無瀬離宮跡を訪ねた。大和絵のような情趣ただよう淀川の蘆荻の生い茂る中州へ渡り、『増鏡』『遊女記』の世界を思い出し、月を眺め心地よい酒の酔いに任せて漢詩を吟じ、遊女が往来した往時を懐かしむうち、同じように月見を楽しんでいる男が居るのに気づいた。酒を酌み交わしながら男は、幼いころ、十五夜の晩には必ず父に連れられて巨椋の池のほとりへお遊さまの月見の宴を垣間見に行った、と語り始める。その男の父慎之助は、船場の旧家の姉娘で未亡人であった「蘭たけた」お遊さまに心を寄せ結婚を申し込んだが、子細があり妹のお静を勧められた。仕方なくお静を妻とした父は、姉と父の相愛の仲を察するお静の気持を入れて、うわべだけの夫婦になり、三人は奇妙な恋の関係をつづけた。やがてお遊さまが他家に縁づいた後、真実の夫婦となった父とお静の間に出来た自分は、父とお遊さまの思い出に耽るために毎年月見に来るのであるという。そして男はいつのまにか月のひかりに溶け入るように消えてしまった。

（明里）

新聞小説を書いた経験（しんぶんしょうせつをかいたけいけん）

◆**随筆**　**全集⑯**

■**初出**　「大阪朝日新聞」（昭8・2・9〜11）、決定版『谷崎潤一郎全集』第十六巻（中央公論新社、平28・8）所収。

■**内容**　遅筆家の自分が新聞小説を書くとなると、数ヶ月にわたって籠居する必要があり、さらに書いた傍から一回一回持って行かれるため、途中で筋が構想外の方向に進んでもやり直しができないというリスクもある。それでも、雑誌よりも広い読者層をもち、また、新進作家の頃から長篇の「野心的な大作」を連載できたため、新聞へ小説を書くことは好きである。これまでも成功例と失敗例があったように、「一種の水物」にはちがいないが、今後も時間の余裕があれば新聞小説を書いてみたい気は大いにあるのである。

（日高）

芸談（げいだん）

◆**随筆**　**全集⑯**

■**初出**　「改造」（昭8・3〜4、原題「「芸」について」）、『青春物語』（中央公論社、昭8・8）所収。

■**内容**　歌舞伎俳優が残酷なまでにきびしい修業を通して体得した芸が、近代劇や映画に出演した場合にも効果を発揮したことの見聞から、理智によってきっちり組み立てられた欧米流の「芸術」ではなく「芸」の方を尊重すべきだと説く（ウエゲナアもヤニングスも「芸」の効果を映画で示していた）。現実生活と格闘する青年の文学ではなく、年をとった者が読んで楽しむことのできる文学を待望する。吉井勇が西行にはすぐれた歌がないというのに対し、一首一首がすぐれているかどうかは問題ではなく同じ題材をうまずたゆまず繰り返し歌に詠むことに意

義があるという。（安田）

春琴抄（しゅんきんしょう）

◆小説　全集⑰

■初出　「中央公論」（昭8・6）、『春琴抄』（創元社、昭8・12）所収。

■梗概　「鵙屋春琴伝」で春琴のことを知った「私」は大阪下寺町にある春琴とその門人温井検校のお墓参りをする。春琴は大阪道修町の薬種商の生まれで明治十九年没、検校こと温井佐助は江州日野町の生まれで明治四十年没。春琴は九歳の時に失明する。美貌と才能に恵まれていたが、気位が高く、驕慢で嗜虐性のある春琴に佐助は献身的に尽くす。三味線を自習し始めた佐助は、春琴の手ほどきを受けるようになるが、春琴の厳酷な体罰も佐助はむしろ悦びとした。娘の体罰を見るに見兼ねた鵙屋夫妻は佐助を春琴の相弟子とし、丁稚の任を解いた。これで佐助の運命も決した。両親に佐助との結婚を勧められた春琴は峻拒、直後に春琴は懐妊。佐助にそっくりの赤子は里子に出された。春琴は師匠として独立し、一緒に暮らし始めた佐助とは事実上夫婦であるにもかかわらず、「主従の礼儀師弟の差別」には厳格であった。ある夜、春琴は熱湯を浴びせられ顔に大火傷を負う。傷のある顔を見られることを厭う春琴のために、また美しい春琴の顔を永遠に脳裏に留めるため、佐助は両眼を針で突いて自分も盲人となり、最後まで献身的に尽くすのである。（明里）

装釘漫談（そうていまんだん）

◆随筆　全集⑰

■初出　「読売新聞」（昭8・6・16、17）原題「装幀漫談」、『摂陽随筆』（中央公論社、昭和10・5）所収。

■内容　単行本の形になって初めて「創作」が出来上がった気がするという筆者は、内容のみならず、装釘、本文の紙質、活字の組み方等の形式と体裁のすべてが渾然と融合して一つの作品を成すと考えている。若いときは面倒くさがりだったが、近頃では何から何まで人の手を借りず細かいことまで注意を配って自分で一冊の書物を作り上げるのがこの上なく楽しみで、装釘なども自分で考えないと自分の本のような気がしがないとし、本の判型や綴じ方へのこだわりや装釘の趣味などについての考えを述べている。（日高）

韮崎氏の口より（にらさきしのくちより）シユパイヘル・シユタインが飛び出す話（とびだすはなし）

◆小説　全集⑰

■初出　「経済往来」（昭8・7）、新書判『谷崎潤一郎全集』第二十三巻（中央公論社、昭33・4）所収。

■梗概　東京人の蓴池斎老人は大正十二年の関東大震災後、「関西人に同化」し摂州岡本に住んでいる。この老人主催の震災記念「九月一日会」での談話録に掲載された韮崎氏の体験談――韮崎氏はものを噛むと頤の下が風船玉のように膨らむ奇病を患っていた。本人の狼狽を余所に、家族からは日ごろの大食いの罰があたったと言われる始末。観念して医者に行くと、胆石の一種で唾石（シュパイヘル・シュタイン）と診断された。九月一日、大地震の揺れで、膨れた頤をテーブルの角へ打ち付けた拍子に、唾石が飛び出してくれたので、大地震に感謝している、というのである。（明里）

顔世（かおよ）

◆**戯曲**　**全集⑰**

■**初出**　「改造」（昭8・8〜10）、『春琴抄』（創元社、昭8・12）所収。

■**梗概**　〈第一幕〉高師直は美貌の塩冶判官高貞の妻顔世を我がものにせんと願い、侍従は湯殿を覗くことを勧める。〈第二幕〉判官の館の湯殿を覗く師直は顔世の美しい姿に「あれが人間」と恍惚状態になり「狐の仕業では」と口走る。〈第三幕〉顔世に宛てた艶書が見つかり、高貞の家来は怪しい侍従を詮議する。〈第四幕〉師直のもとに、顔世が高貞と共に国元へ逃げたとの報せが来る。〈第五幕〉播磨の国、合戦の場。高貞も顔世も死す。死骸になり「始めて彼女の姿が舞台に現はれる」が、「俯した顔は黒髪に蔽はれてゐ」た。（明里）

直木君の歴史小説について（なおきくんのれきししょうせつについて）

◆**評論**　**全集⑰**

■**初出**　「文芸春秋」（昭8・11〜昭9・1）、『摂陽随筆』（中央公論社、昭10・5）所収。

■**内容**　歴史小説を「大衆文学」とおとしめるのはあやまりで本来歴史文学こそ文学の主流であったと説き、歴史物の方が作家としての手腕や力量が問われ書くための準備が必要だといい、活躍の目ざましい大仏次郎や直木三十五の作品を詳しく論評する。直木は簡潔な文章とスピーディな展開がすぐれていて、ことに『南国太平記』には創作家としての才能が十分うかがえる。ただし、直木が酷評した『大菩薩峠』の方が、いつまでも記憶に残る場面があり、書かずにいられなかった作者のひたむきさが感じられる点ですぐれている。（安田）

陰翳礼讃（いんえいらいさん）

◆**随筆**　**全集⑰**

■**初出**　「経済往来」（昭8・12〜昭9・1）、『摂陽随筆』（中央公論社、昭10・5）所収。

■**内容**　日本人は「美は物体にあるのではなく、物体と物体との作り出す陰翳のあや」にあると考え、家屋や暮らしにうす暗さを取り入れその効果を享受したとしていろいろな例を挙げる。廁（かわや）（トイレ）、「容器の色と殆んど違はない液体が音もなく澱んでゐる」漆器の吸い物椀、座敷の砂壁、床の間と古色を帯びた掛軸、障子の「明るいけれども少しも眩ゆさの感じられない紙の面」、「外の光が届かなくなつた暗がりの中にある金襖や金屏風」、能衣裳とそれを着た役者の襟首や手などである。次いで、能舞台の暗さは当時の住宅の暗さであり、能衣裳の柄や色合いは当時の貴族や大名の衣裳と同じであろうと考え、うす暗い舞台で演じられる文楽の人形に言及し、その人形と同じく昔の女性は襟から上と袖から先だけの存在で他の部分は闇に隠れていたと思うと言い、日本の女性の美しさは闇と切りはなせないことを述べる。肌の白さにしても実際の白さではなく闇との対比で黄色い肌を白く見せようとした。歯にはおはぐろをぬり、玉虫色に光る青い口紅をぬり「豊艶な顔から一切の血の気を奪つた」。「天井から落ちかゝりそうな、高い、濃い、唯一と色の闇」が彼女を取り囲んでいる。そうした白さは実際には存在せず、ただ光と闇がかもし出す幻影かもしれないが、それならそれでよい。（安田）

東京（とうきょう）をおもふ

◆随筆　全集⑰

■初出　「中央公論」（昭9・1〜4）、『摂陽随筆』（中央公論社、昭10・5）所収。

■内容　関東大震災を機に関西に移住した作者が、震災から約十年を経て一個の「エトランゼエ」として故郷東京へのおもいを綴る。震災以前・当夜・復興後を振り返ることから、めまぐるしく変貌しつづける東京の地誌的・歴史的な文化の特質を論じる。東京中心の文化観から離れ、関西からみたときの「東北の一部」としての東京に、風土的な貧しさをみいだす。ヒネクレタものをイキだとかオツだとかいって好む傾向が貧しさの裏返しであるとし、震災後には江戸文化のもつ軽快さも失われ、「軽佻浮薄」となっていることを指摘する。それらがジャーナリズムの発達と相俟って、重厚さを欠いた現在の「消費都市」東京における「流行」と半端な「智識階級」の増大を促しているとし、またその「軽佻浮薄」な雰囲気が壮麗な近代都市の景観と不調和を醸し出していると指摘。最後に文学の大半が東京を発信地としていることが日本の文学の「薄つぺらさ」の一因であるとして、非東京圏からの文学の発信を主張している。（千葉）

春琴抄後語（しゅんきんしょうこうご）

◆随筆　全集⑰

■初出　「改造」（昭9・6）、『摂陽随筆』（中央公論社、昭10・5）所収。

■内容　場面描写、性格や心理の描写、会話の妙味を基本とする本格的な近代小説の方法に「一種のあこがれ」を覚える一方で、「描く」ことによる「巧さ」よりも「実感」「本当らしさ」を喚起する「話す」（語る）形式への傾倒を表明する。『源氏物語』やジョージ・ムーアなどへの共感を示すとともに、「われ〳〵の体質」に深く根ざす形式として物語を肯定。『春琴抄』は心理が描けていないという批判に対して「何故に心理を描く必要があるのか」と、近代小説の方法に反問を投げかける。（千葉）

夏菊（なつぎく）

◆小説　全集⑰

■初出　「東京日日新聞」「大阪毎日新聞」（昭9・8・4〜9・8）、没後版『谷崎潤一郎全集』第十四巻（中央公論社、昭42・12）所収。

■梗概　大阪の旧家有川家の旦那敬助は甘やかされて育ったぼんちで、親代々の店を閉じてしまった。御寮人汲子は大阪の古い家柄の気品と教養とを受け継ぎ、今は時勢遅れな名ばかりの主婦で、「けふもまた衣えらびに日は暮れぬ嫁ぎ行く身のそゞろ悲しき」という心境。腺病質な息子由太郎、敬助の妹で経済観念がある由良子、奉公人の鶴七、下働きのお篠が同居している。貧乏ゆえのぎくしゃくした人間模様が閉塞した空気の中で展開していく。（未完）

（明里）

文章読本（ぶんしょうとくほん）

◆評論　全集⑱

■初出　『文章読本』（中央公論社、昭9・11）。

■内容　作者の長年の経験から割り出された「われ〳〵日本人が日本語の文章を書く心得」を「文章とは何か」「文章の上達法」「文章の要素」の三章から示した読本。日本語の特質を語彙の少なさ、文法構造の不完全さに認め、前者は謙譲の美徳を重んじる国民性をあらわし、また後者から日本語が理詰めの文章に不適当であるとする。それをふまえて現代の口語文の欠点を、全く系統の異なる西洋文の長所を取り入れすぎたために、文法的な構造や論理の整頓に囚われて、叙述を理詰めに運ぼうとするようになったことにあるとし、かえって冗長でわかりにくく、重厚味が減殺されていると指摘する。また漢字の利便性を認めながらも、名詞が「合ひ言葉」であることを強調し、複雑な内容の事柄を短い熟語で何でも表そうとすることは、かえって漢字を想像しないでは意味がわからないので、意味のみで文章を味わうことに異議を唱える。理論的・科学的な文章が作りにくい反面、日本語の特長として敬語や語尾表現の豊富なことを挙げ、それらを利用して意味の繋がりに間隙を置き、言語の暗示性を生かすことによって文章に含蓄がうまれるとする。また文の味は食物や芸の味と同じく感覚を研くことが大切であるから、実際に文章を作ってみることや音読を繰り返すことで文章作法や鑑賞における感覚を練磨することの重要性を指摘して結んでいる。

（千葉）

職業として見た文学について（しょくぎょうとしてみたぶんがくについて）

◆随筆　全集⑱

■初出　『文芸春秋』（昭10・1）、新書判『谷崎潤一郎全集』第三十巻（中央公論社、昭34・7）所収。

■**内容**　かつて二葉亭四迷が「文学は男子一生の事業とするに足らず」と言ったように、以前は自分も、文学志望の青年男女からの相談には、なるべく反対するようにしていた。だが、最近は逆にすすめてもよいと考えている。青年たちの就職状況を考えれば、他の職業が小説家以上に安泰だとは必ずしもいえないし、何より、紙とペンがあればよい小説家は、他の芸能人や芸術家に比べて資本や経常費がかからない。現代日本は文明国中でも教育程度が高く、殖民地・保護国の繁栄を考えれば、小説家稼業は今後大いに発展の余地があると言える。（五味渕）

聞書抄（ききがきしょう）

◆**小説**　**全集⑱**

■**初出**　「東京日日新聞」「大阪毎日新聞」（昭10・1・5〜6・15、副題「第二盲目物語」）、『聞書抄』（創元社、昭18・12）。

■**梗概**　『盲目物語』の作者「私」のもとに写本「安積源太夫聞書」が届く。その本は、ある盲人の不幸な話を老尼（石田三成の娘）が語り源太夫が聞き書きしたものである。その盲人はかつて三成に仕えた武士で、今は関白秀次一族の墓守をしている「畜生塚の順慶」という。順慶が自ら「失明」したのは、武士の義理によるほかに、秀次夫人を「見ないため」でもあった。が、かえって肉眼で見るときのような良心の制裁がなくなり、夫人の「映像を飽きるほど視つめてゐ」ることが出来、煩悶は増すばかりだ、という。（明里）

映画への感想（えいがへのかんそう）

◆**随筆**　**全集⑱**

■**初出**　『サンデー毎日』（昭10・4・1）、新書判『谷崎潤一郎全集』第三十巻（中央公論社、昭34・7）所収。

■**内容**　一九三五（昭和10）年、松竹蒲田が島津保次郎監督・田中絹代主演で映画『春琴抄』（公開時のタイトルは『春琴抄　お琴と佐助』）を製作することになった、というニュースを受けての感想。しかし谷崎は、『春琴抄』の人物を演じられる男優や女優は日本の映画界には一人もおらず、映画が完成しても見に行くつもりもないし、島津が脚色した台本も読んでいない、と冷淡である。『春琴抄』をもし自分で映画化するならば、盲目になったあとの佐助を通して、春琴を幻想の世界で美しく描き、それと現実の世界とを交錯させて話を進めていくようなものにしたい、とまとめている。（五味渕）

猫と庄造と二人のをんな（ねことしょうぞうとふたりのをんな）

◆**小説**　**全集⑱**

■**初出**　「改造」（昭11・1、7）、『猫と庄造と二人のをんな』（創元社、昭12・7）。

■**梗概**　庄造の後妻・福子のもとに、リヽーを譲ってほしいという先妻・品子の手紙が届く。芦屋で荒物屋を営む三十男の庄造は商売に身が入らない一方、十年来飼いつづけているめす猫リ、ーの可愛がりようは常軌を逸していた。四年前に嫁にきた品子と庄造の母おりんは、どちらもしっかり者だったのが不和の原因となり、おりんは小金を持っている従妹福子をその後がまに据えた。庄造のリ、ーへの溺愛ぶりに嫉妬を覚え始めていた福子は、ちょうどいい機会だと思い、猫を品子へ渡すことにした。実は品子には猫を餌にして、猫好きの庄造とよりを戻そうという打算があった。リ、ーに愛情を感じ始めた品子に、リ、ーも信頼する様子を見せ始める。品子は、かつての自分はこの罪のない獣さえ愛せないような女だったから、夫に嫌われたのだと自省するのである。福子とうまく行かないとき、リ、ーのことが思い出されてならない庄造は、ある日、品子の目を盗みやっとのことでリ、ーと再会する。が、リ、ーは庄造へひどく無愛想な一瞥を投げるだけであった。品子やリ、ー以上に可哀相なのは自分であり、自分こそ本当の宿無しなのだと、庄造は気づかされるのであった。

（明里）

シンガポール陥落（かんらく）に際（さい）して

◆随筆　全集⑲

■初出　『文芸』（昭17・3）、没後版『谷崎潤一郎全集』第二十二巻（中央公論社、昭49・7）所収。

■内容　一九四二（昭和17）年二月一五日の日本軍シンガポール占領の報を受け、翌一六日、ＪＯＡＫの午後八時からの番組で朗読放送されたもの。無敵皇軍のシンガポール占領に際し、日清戦争以来五〇年間の日本帝国の成長をしみじみと感じる。世界史上に例を見ない大飛躍の時代に生を享けた自分は幸福である。とくに忘れ難いのは、中学生時代、学校からの帰路に銀座の新聞社に掲げられた「バルチック艦隊全滅」の掲示だった。ハワイ・マレー沖海戦以来、自分は同様の感激を何度も経験している。四〇年前の青春時代の喜びと驚きが再び胸に蘇ってくる。

（五味渕）

初昔（はつむかし）

◆随筆　全集⑱

■初出　「日本評論」（昭17・6〜9）、『初昔　きのふけふ』（創元社、昭17・12）所収。

■内容　昭和六年夏の高野山滞在の思い出から始まる。千代との離婚後、娘の鮎子や妹の須恵の行く末を気遣う谷崎は四十代後半になって孤独や老齢の侘しさも感じ始めている。松子と係わるようになり、大阪人と東京人との気質や暮らしぶりの違いが気になり始める。昭和十三年の松子の妊娠中絶の顚末は、日にちや時間、場所、関係者のことが詳細に記してある。「母の胎内にあるもの、意志が、母を通じて父たる私の心にも働きかけてると云ふ風に思へ」たと自身の心境を吐露し、松子の心をも慮っている。そして昭和十六年の鮎子の出産で、初孫の顔を見たことで、自分たちにも、と夢のようなこ

とを思うのである。　（明里）

きのふけふ

◆随筆　全集⑱

■初出　「文芸春秋」（昭17・6～11）、『初昔　きのふけふ』（創元社、昭17・12）所収。

■内容　永井荷風のライフ・スタイルから筆を起こし、戦時中とは思えない書きぶりである。次に友人で中国の文化人の欧陽予倩、田漢、郭沫若のことに及び、中国における政治の混乱や戦争に巻き込まれながら活動している様子を記す。新しい文学者の胡適、豊子愷、周作人、林語堂らとその著作を紹介して、日本の近代文学と中国のそれとの違いを考察。次は映画の話題に移り、最後に、戦時中の作家の生き方に触れ、里見弴や武者小路実篤を論じ、「創作熱に取り憑かれ」「書斎に立て籠」って作品を書きたいと、自らの思いを述べた。　（明里）

細雪（ささめゆき）

◆小説　全集⑲⑳

■初出　上巻…「中央公論」（昭18・1、3）、『細雪 上巻』（私家版、昭19・7）『細雪 上巻』（中央公論社、昭21・6）、中巻…『細雪 中巻』（中央公論社、昭22・2）、下巻…「婦人公論」（昭22・3～昭23・10）、『細雪下巻』（中央公論社、昭23・12）。

■梗概　大阪の旧家蒔岡家には美しい四姉妹、鶴子、幸子、雪子、妙子があった。長女の鶴子は養子に辰雄を迎え本家を継いでいたが、養父の死後、堅実な気質の辰雄は、傾きかけた家業を人手に譲り、元の銀行員に戻っている。次女の幸子は経理士の夫貞之助を迎え芦屋に分家している。幸子は派手で世話好きな性格であり、貞之助も寛容な性格で文学趣味もあったので、厳格一方の本家を嫌って三女の雪子、四女の妙子は芦屋に始終泊まりにきていた。雪子は母親似の京美人であり、内気で、はにかみ屋ではあるがしんは強い。最初のうちは多数あった縁談も、旧家の格式にこだわりつづけた結果、次第に持ち込まれなくなり、雪子は三十歳にもなっている。幸子と貞之助は雪子の縁談に尽力するが、なかなかまとまらないまま歳月は流れてゆく。雪子とは対照的に、活動的で自由奔放な妙子は次々と男たちと恋愛事件を起こす。辰雄の転勤で東京に移った本家のかわりに妹の監督役となっていた幸子は、妙子の突飛な行動に始終気をもみつづける。こうして時代は昭和十一年の秋から十六年の春までつづく。山村流の舞の会あり、大洪水あり、幸子の流産やその娘悦子の病気や妙子の赤痢あり、その間に花見や月見、蛍狩りや観劇などの年中行事が適宜にはめこまれいろどりを添える。三十五歳となった雪子は、五回目の見合いにして、子爵御牧（みまき）家の庶子実（みのる）との間に縁談がようやくまとまり、挙式のため、幸子夫婦と東京に向かう。妙子はバーテンダー三好の子を死産した後、同棲生活を始める。
（千葉）

莫妄想（辻小説）
ばくもうそう（つじしょうせつ）

◆小説　全集⑲

■**初出**　「朝日新聞」（昭18・3・9）、日本文学報国会編『辻小説集』（八紘社杉山書店、昭18・8）所収。

■**梗概**　日本文学報国会小説部会のメンバーが「建艦献金運動」キャンペーンのために、原稿用紙一枚の超短篇を執筆、その原稿料と原稿即売会の売り上げを軍に献金した企画「辻小説」として書かれたもの。蒙古襲来の際、北条時宗が師の禅僧に言われた「妄想する莫れ」をめぐって兄弟が対話する。ルーズベルトの大言壮語に怯えてはならないこと、鎌倉武士がそうだったように、最善の努力をして神風の到来を待つべきことが語られる。
（五味渕）

磯田多佳女のこと
いそだたかじょのこと

◆随筆　全集⑳

■**初出**　「新生」（昭21・8〜9）、『磯田多佳女のこと』（全国書房、昭22・9）。

■**内容**　祇園で有名な多佳女が昭和二十年五月に亡くなったが、葬儀に行くことはできなかった。一周忌を知恩院で開くことになり、妻や妹、娘と行く。漱石にも愛された多佳女だが、私が彼女を知ったのは遠く明治四十五年の春にさかのぼる。故人が住み馴れた新橋の大友（だいとも）の家も、建物疎開のため取り払われ、「かにかくに祇園は恋し」と吉井勇が詠んだ歌の面影は全くなくなっていた。ただ白川の淙々たる水音だけが往時をしのばせる。同女と関係のあった万屋旅館主人岡本橘仙とは、長田幹彦とともにかつて知り合った仲だった。
（山口）

疎開日記
そかいにっき

◆日記　全集⑳

■**初出**　「人間」（昭21・10、原題「熱海、魚崎、東京」）、「新文学」（昭22・2、原題「西山日記」）、「新潮」（昭22・3、原題「西行東行」）、「花」（昭22・3、原題「飛行機雲」）、「新世間」（昭22・4、原題「熱海ゆき」）、「婦人公論」（昭24・9、原題「終戦日記（熱海より勝山まで）」）、『月と狂言師』（中央公論社、昭25・3）所収。

■**内容**　昭和十九年元旦を家人らと過ごす。熱海滞在の菅画伯のもとを訪ねる。仕事始めで『細雪』の続稿を書く。戦時下だが勿体ないほどよい正月だった。『細雪』のゲラを見せたところ、流産の箇所で、家人しきりに泣く。上京の折初めて偏奇館を訪ねた。五月中巻三百枚まで脱稿。上巻の見本ができる。十二月二十二日中巻完結。五月魚崎を経て、津山の松平邸、七月に勝山に疎開する。折からこの方面に逃げのびて来た永井荷風に会い、小説の原稿を預かる。荷風と別れた昼に玉音放送を聞く。
（山口）

都わすれの記

◆**歌日記**　**全集⑳**

■**初出**　「女性」（昭22・1、2／3合併号）、『都わすれの記』（創元社、昭23・3）。

■**内容**　昭和十九年の春いよいよ疎開を始め、住みなれた阪神の地をあとにする。四月十五日住吉駅を立つ。「あり経なばまたもかへらん津の国の住吉川の松の木かげに」。熱海西山の小庵に着くと、荷のほうが先に着いていた。山の桜も落花のころであった。家人が街で都わすれという花を買ってきた。「花の名は都わすれと聞くからに身によそへてぞ佗しかりける」。九月になって自分一人が阪神の旧宅に一と月逗留した。すでに昔日の面影はないほど荒れていた。熱海西山に来てから一年目、作州津山を目指して再度疎開する。さらに勝山町まで逃げのびる。八月六日、旧宅全焼の報を受ける。終戦。「たゝかひにやぶれし国の秋深み野にも山にもなく虫の声」。越年。一人京に上り、上京鞍馬口に仮寓を得て、家人を呼ぶ。（山口）

越冬記

◆**日記**　**全集⑳**

■**初出**　「小説界」（昭23・7、副題「疎開中の日記より」）、新書判『谷崎潤一郎全集』第三十巻（中央公論社、昭34・7）所収。

■**内容**　昭和二十年十二月一日より翌二十一年三月十七日までの、疎開中の冬から春への日記。十二月背中の痛みが少なかった。女将がお大師様で全快したことを告げる。『細雪』下巻の原稿を読み返す。銀行には四万円の貯金がある。二十一年元旦、比較的暖かくよい正月、渡辺明が北海道より直行し、いろいろな食べ物の土産を持ってくる。二月、「八月十五日」と題する一幕物戯曲の下書きをする。小滝氏より『細雪』中巻のゲラ送れとの来電あり。菅画伯より同書の装釘の画稿が届く。三月内田厳に肖像画を描いてもらう。紅葉を読む。十三日、油絵完成。十六日荷を担がせ、姫路三宮、大阪を経て京都に出る。南座見物。（山口）

所謂痴呆の芸術について

◆**随筆**　**全集⑳**

■**初出**　「新文学」（昭23・8、10）、『月と狂言師』（中央公論社、昭25・3）所収。

■**内容**　正宗白鳥が歌舞伎の表象に用いた「痴呆の芸術」という言葉を、義太夫に適用してその「痴呆」性を解析した随筆。徳川時代の産物である義太夫を「部分的」に賞賛しながらも、一貫してそれを「古い封建の世界」にあるべき芸術と主張し、その理由として、近代的な理性や知性から照らした際の設定や筋における不合理や矛盾の多さ、残虐さや非人間性などを指摘する。戦争中に「国粋」芸術として政府から奨励された義太夫が、現在では「世界的」と冠せられ、宣伝されるこ

とに嫌悪を感じ、あくまでひっそりと愛好されるべきだとする。（千葉）

雪（ゆき）

◆随筆　全集⑳

■初出　「新潮」（昭23・10）、『月と狂言師』（中央公論社、昭25・3）所収。

■内容　「雪」をはじめとした上方の地唄に関するエッセイ。地唄の代表格「雪」「残月」「秋の色種」などについて「名曲解題」などをひきつつ紹介。それらの優れた点として、作曲のほうに軍配を上げつつも、曲と詞の融合、とりわけ曲から連想される映像の豊かさ・複雑さを挙げる。関西特有の冬の夜のイメージや日本的な死の美化されたかたち、秋の虫の音の感銘など、自分の魂を「心の故郷」につれていってくれるのは日本の古典音楽に限ると結ぶ。（千葉）

月と狂言師（つききょうげんし）

◆随筆　全集⑳

■初出　「中央公論」（昭24・1）、『月と狂言師』（梅田書房、昭24・7）。

■内容　終戦後京都に住んで二年になるわたしたちにも、いつか顔馴染みのような存在ができるようになった。その中の一人が、狂言師の茂山千五郎を贔屓にしていたが、自分たちも千五郎の芸が好きになった。そんな折、九月十七日の十五夜の月見をかねて、狂言と小舞の会を開くとの通知を受けとり、喜んで会場の南禅寺境内上田邸へと赴く。池へ突き出た床張りの上に座をしめて、上田の子息たちが演じる狂言や、素人衆の出し物のあとに、千作・千五郎による舞が特別に舞われた。月が出かかると、皆でさまざまな月の唄を声高に謡った。中天に達するころには、好き勝手な隠し芸に興じていた。（山口）

少将滋幹の母（しょうしょうしげもとのはは）

◆小説　全集㉑

■初出　「毎日新聞」（昭24・11・16〜昭25・2・9）、『少将滋幹の母』（毎日新聞社、昭25・8）。

■梗概　色好みであり三枚目的な要素もあった平中（へいじゅう）は、左大臣藤原時平（しへい）と親しい交わりを許されていた。左大臣邸に仕えていた美貌の噂の高い侍従の君に焦がれるが、陰険な彼女の仕打ちにそのつど翻弄される。一方、時平は帥（そち）の大納言国経（くにつね）の北の方に懸想していた。国経は七十歳を越えた老人で、北の方は二十歳ばかりであり、その美貌も並びないものと称されていた。国経と時平は一門の伯父甥の関係にあった。正月の年賀に時平は大納言邸を訪ねる。身分の低い国経は左大臣を迎え入れるのにあらん限りのもてなしをするが、物惜しみなさるなという時平の言に促され、屏風の後ろにかくれていた北の方を引き出して、時平の手に委ねてしまう。北の方を奪われた国経は悲嘆しながらも、いつか自分以外の男性に妻を渡すのが至当であると自らが考えていたことに思い至る。その後も妻への執着心を捨てようと、不浄観の業をなすが、煩悩を断ち切ることはなかった。国経と北の方の間に生まれ、幼いころに母と別れた滋幹は、年来母のことを慕い続けていたが、母に会う機会を持つことはなかった。時平との間にできた敦忠も亡くなり、今は出家した母に、四十歳を越えた滋幹は春の日の一夜偶然再会する。滋幹の中には四十年以前の母の記憶が歴々と蘇り、遠い移り香に酔いながら、涙を流すのであった。（山口）

A夫人の手紙

◆**小説**　**全集**㉒

■**初出**　「中央公論」（昭25・1）、『過酸化マンガン水の夢』（中央公論社、昭31・11）所収。

■**梗概**　太平洋戦争末期、海岸の空気が必要とされた私は一人転地静養につとめているが、外気療法の意味をかねて、戦闘機に向けてハンカチを振ることを始める。折から読んだドイツの短編小説に、飛行将校と城主の娘とのロマンスがあったのに刺激され、自分でも日本にまだない飛行将校を題材とした小説を書いてみたいと思うようになる。友人の静子夫人が小説家の谷崎潤一郎を知っていることから、戦闘機の教官たちが自分に向けて行うさまざまな魅惑的な飛行の様子を逐一報告し、図に表して知らせようとする。また、ロダンの文章の一節を引用したり、俳句の月刊雑誌に載せた自身の俳句を知らせたりする。（山口）

乳野物語

◆**小説**　**全集**㉑

■**初出**　「心」（昭26・1〜3、原題「元三大師の母」）、『少将滋幹の母』（毎日新聞社、昭26・3）所収。

■**梗概**　摩訶止観のことを尋ねたいとして私は洛北一乗寺にある曼殊院の門跡で、天台宗の碩学といわれる山口光円師を紹介してもらう。師は誰に対しても胸襟を開くという態度で、日蓮宗徒であった父母の法要も、同師に頼んで営んでもらったりした。『少将滋幹の母』執筆の際もさまざまな助力を得たが、同小説に載せた良源和尚、すなわち元三大師について、さらに多くの談話を得る。大師は宇多法皇の落胤であり、母親の月子姫との濃やかな情愛の様子は「乳野」という地名の起源になったとも言われたりしている。私は五月のよく晴れた日に、光円師とともに乳野の里にある安養院を訪ねた。（山口）

小野篁妹に恋する事

◆**小説**　**全集**㉒

■**初出**　「中央公論」（昭26・1、原題「『篁日記』を読む」）、『谷崎潤一郎文庫』第十巻（中央公論社、昭28・9）所収。

■梗概　百人一首の有名な「わたの原八十嶋かけて」の作者である小野篁は、学者の子でありながら、奥州の任地で育ったため乗馬好きの奔放な性質の持ち主だった。遣唐使を諷刺したため嵯峨天皇の逆鱗に触れ、一度は隠岐に流されたりもした。その日記は戦後宮田一郎氏によって『平中日記』『成尋母日記』とともに『王朝三日記新訳』として刊行されたが、他の日記と異なり、二十枚に足らぬものでありながら、今日でいう短編小説になっている型破りなものである。それは腹違いの妹に恋するに至ったこと、そしてついに妊娠させてしまったこと、悪阻の苦しみで妹は死んでしまい、夜な夜な霊となり現れたりしたことなどが記してあった。（山口）

幼少時代（ようしょうじだい）

◆随筆　全集㉑

■初出　「文芸春秋」（昭30・4〜昭31・3）、『幼少時代』（文芸春秋新社、昭32・3）。

■内容　時代に先がけて活版所を開き、一代を築き上げた祖父が他界したあたりから、私の記憶は始まる。三女の関に、長女の婿の実弟である倉五郎を妻合わせ、私が生まれた。子供のころは蠣殻町、浜町で育ち、水天宮や大観音が恰好な遊び場であった。幼稚園、小学校とも、ばあやが傍にいないと、泣き出すような少年であり、他の子供より贅沢な身なりで通学をしていた。一度落第をしたが、すぐに首席となり総代にもなる。気弱な父は、相場の仕事が合わず、次第に一家は零落していく。弟妹は里子にやられ、ばあやも急死する。谷崎家の親戚一同は、ほとんどが蠣殻町や兜町あたりの相場師であった。その関係から、この社会における有為転変の激しさを見るにつけ、自分だけは彼らと違った道を行くようにしたいと心に期するようになる。尋常四年のころに兆した創作への願望は、稲葉先生という恰好の存在によって、文学への情熱に高められる。先生は特に目をかけてくれ、高い水準の文学的素養を身につけさせてくれた。（山口）

過酸化マンガン水の夢（かさんかマンガンすいのゆめ）

◆小説　全集㉒

■初出　「中央公論」（昭30・11、原題「過酸化満俺水の夢」）、『過酸化マンガン水の夢』（中央公論社、昭31・11）所収。

■梗概　八月の暑中熱海から上京する。家人らの希望で、日劇小劇場ミュージックホールのストリップショーを見物する。期待はずれに終わるが、春川ますみという娘だけ印象に残る。翌日は、日比谷映画劇場で、話題のフランス映画『悪魔のような女』を観る。俳優たちの演技に感心する一方、浅はかな拵え物とも感じる。熱海に戻り、上京中の過食が祟り、眠られぬため、睡眠剤を用いると、鱧の白さと春川ますみが連想されたり、洋式水洗便所に浮かぶ自らの排泄物と、シ

モーン・シニョレの悪魔的風貌が結びついたり、『史記』呂后本紀の人彘などに連想が及んでいく。（山口）

鍵（かぎ）

◆小説　全集㉒

■初出　「中央公論」（昭31・1、5〜12）、『鍵』（中央公論社、昭31・12）。

■梗概　五十六歳になる大学教授の「僕」は、四十五歳の妻郁子に不満を抱いていた。結婚して二十年以上になるが、極端な秘密主義である妻とは、閨房において親しく言葉を交わすようなことがない。それでいて妻は欲望が旺盛で、病的に強い。性交後に疲労を覚えるようになった夫は、日記にそれまで触れないでいた性生活の事柄を書き、わざと妻の目にさらすように仕組んだ。夫は、妻を多くの女性の中でも稀にしかない器具の所有者と思い、熱愛している。夫の意図を察した妻は、自らも日記をつけ始める。妻は新婚当初より生理的にも夫を嫌い続け、性的嗜好が合わない二人は、間違って夫婦になったものと考えるに至る。そんな中、一人娘である敏子の許婚のようなかたちで出入りを許されている木村という青年を、嫉妬の刺戟剤とすることで、夫婦は新たな性の深みを体験するが、過度の興奮から夫の身体は変調を来すようになる。娘の策謀も手伝って、妻と木村とは普通ならば姦通していると認められても仕方のない状態にまで誘い込まれていく。夫は妻との性交中、脳溢血の発作に襲われ、半身麻痺の状態に陥り、やがて亡くなってしまう。妻は夫との性生活の闘争を振り返る分を書き記し、当初からの盗み読みの事実、日記が夫に読ませるためにそもそも書かれていたこと、また途中から夫の死を願い、虚偽を書きつづっていた事実などを最後に明かす。（山口）

鴨東綺譚（おうとうきたん）

◆小説　全集㉒

■初出　「週刊新潮」（昭31・2・19〜3・25）、決定版『谷崎潤一郎全集』第二十二巻（中央公論新社、平29・5）所収。

■梗概　今から十年前の、戦争直後のこと、阪神間を焼け出された乾（いぬい）一家は、京都に住むようになる。東京生まれの乾は、京都人に対していい感情を持っていないが、五条に得た仮寓の貸主は親切だった。そこへある日、疋田（ひった）奈々子という三十四、五歳の婦人が訪ねてくる。疋田は有数の呉服商の一人娘だったが、婿を嫌って家を出、蓼山（たでやま）という陶工と再婚して、四人の娘をもうけていたが、今では夫を無視して好き勝手に振舞っている。戦争中も、五十に近い歳である運送屋と関係を持ち、労働者上がりの男を上層階級の中年の夫人が弄んだというので、話題を振りまいたりした。札つきという評判がたち、世間から相手にされない彼女は、外国人や小説家の乾のもとをしばしば訪れる。乾は一度主人の蓼山にも会ったが、気心の知れない稀薄な印象の男として映り、奈々子の奔放さがわかるような気がしたほどだった。中国人の若い燕を連れ歩く奈々子は、永観堂の自家をお茶屋にしようとして、母に反対されるが、母親は口論の際の興奮がもとで、急死してしまう。その後もブローカーのような仕事を続け、東京にも住居を持ったりしたが、女中に手を出した中国人とは別れてしまう。

（山口）

老後の春

◆随筆　全集㉓

■初出　「中央公論」（昭32・7）、新書判『谷崎潤一郎全集』第二十八巻（中央公論社、昭32・12）所収。

■内容　十一年住んだ京都の地を、今年の春は、旅人として見ようとする気持から、家人ともども上洛する。渡辺の義妹の倅が嫁を迎え、新居を北白川の仕伏町にしたとき、歩行に困難を覚えていた当時の自分はあまり喜べなかったが、京に田舎ありという風趣に次第にひかれるようになった。幼稚園入園のため戻ったたをりが使いなれた関東弁をすっかり京都弁に変えたのには驚かされた。四月十四日は、嫁の祖父である橋本関雪翁の十三回忌の法要にあたり、寺というよりは水清く苔滑らかな山荘といった趣のある走井の月心寺に行き、翌日は平安神宮の花見を楽しんだ。

（山口）

親不孝の思ひ出

◆随筆　全集㉒

■初出　「中央公論」（昭32・9〜10）、『夢の浮橋』（中央公論社、昭35・2）所収。

■内容　小山内薫の戯曲『息子』を観たのは、大正十二年だったが、その戯曲の中に出てくる不孝者の息子に似たような心境を、自分は体験したことがある。二十七、八歳のころ、漫然たる放浪癖と金銭問題や女性問題などで、親のいる実家に全く寄りつかないようになってしまった。が、ある時不意に親の顔を見たくなり、弟たちが住んでいる箱崎町の家を訪ねた。私は親たちのいる部屋の窓の外を、足取りを止めることもなく通り過ぎたが、それでも両親のランプに照らされた顔をはっきりと見た。私のこの不孝者の血は、叔父庄七の血を受け継いでいると思われる。四十歳をすぎて所帯を持てず、それでもそっと母親に会いに来た叔父のことを思い出す。

（山口）

残虐記

◆小説　全集㉓

■初出　「婦人公論」（昭33・2〜11）、没後版『谷崎潤一郎全集』第十八巻（中央公論社、昭43・4）所収。

■梗概　神戸新開地の洋食屋ドラゴン亭の主人今里増吉がリゾールを飲んで死んだ。遺書によって、その死が妻を情夫に手渡すためであったこと、そしてその自殺に際し、ある程度苦痛を伴う毒薬を用いながら絶命するまでの間、妻は苦悶する夫の姿をじっと坐って見つめていなければならないことなどを条件としていた事実が明らかになる。広島で被爆した彼は不能症に陥っていた。同時に昔の夫にない性質が現れてきたのに妻は当惑する。そんな時夫の昔馴染みが現れ、同居を始めた。（山口）

高血圧症の思ひ出

◆随筆　全集㉒

■初出　「週刊新潮」（昭34・4・27〜6・1）、『夢の浮橋』（中央公論社、昭35・2）所収。

■内容　昭和二十七年上京した私は、「右の脚が長くなつたやうな感じ」を受ける。これが第一回目の高血圧による発作だった。それより以前六十一歳の折に測った血圧が二百を越えていたところから、『細雪』執筆も止められたことがあったが、自家血注療法が効を奏し、執筆が可能となった。今回灸を施した結果、病勢が悪化したのか、執拗な眩暈が始まる。さまざまな人の紹介から多くの治療を試みる。GLC注射液で再びやや好転し、『新訳源氏物語』を四年の歳月を経て完成させる。その後、老後において最も健康を享受した時代である昭和三十年前半を過ぎ、再び昨年十一月から寝たり起きたりの状態にある。（山口）

夢の浮橋

◆小説　全集㉒

■初出　「中央公論」（昭34・10）、『夢の浮橋』（中央公論社、昭35・2）所収。

■梗概　私には「茅渟（ちぬ）」と名のる二人の母があった。生母と継母だが、父によって継母の経子も、「茅渟」と呼ばれていた。『源氏物語』を読了した際に詠んだと思われる歌が一首伝わっていたが、どちらの母が詠んだものか私にはわからないでいた。生母は六歳の時に亡くなり、二年後に第二の母が来たわけだが、私の幼少のころの記憶には、両者がまざり合った混乱が生じている。それは、父が同じように私に接するように、母に命じたためだった。若いころこの母は祇園にいたことがあった。私が二十歳になった時、母は男の子を生むが、すぐに里子にやってしまう。出産のため乳の張った母は、搾乳をしていたが、偶然私を見かけると、乳房を吸えとすすめる。言われるままに私は母の乳房を吸う。父は死病に罹っていた。遺言によって私は沢子という娘を娶るが、それは夫婦して、母に仕えることを意味していた。一周忌がすみ、婚礼をすませ、三年の月日が流れたある日、母が百足に胸をさされて、他界する。その後私は沢子と離婚し、遠くに預けていた義母の子供を引き取って、育てる決心をする。（山口）

三つの場合

◆随筆　全集㉓

■初出　「中央公論」（昭35・9、11、昭36・2）、『三つの場合』（中央公論社、昭36・4）所収。

■内容　三つの話から成る。「阿部さんの場合」は、昭和十九年七月二十四日に、病気見舞いに訪ねた知人のこと。死期の近い阿部氏は、見舞いに来た人の気持も考えず、感染の恐れのある昼食を一緒にしたためようとして、私は不快を感じ、一膳も箸をつけずに帰宅する。阪神間時代に知り合った岡さんを頼り、熱海から津山へと疎開をした「岡さんの場合」。必死の思いで逃げのびてくると、岡氏は瀕死の床に入り、五日後に亡くなってしまう。『細雪』下巻雪子の結婚相手となった御牧のモデルである渡辺明のことを綴った「明さんの場合（細雪後日譚）」。戦中戦後と別居を重ねていた夫婦だったが、ようやく睦まじさを見せた折、胃癌となり不帰の客となる。（山口）

当世鹿もどき

◆随筆　全集㉓

■初出　「週刊公論」（昭36・3・6～7・24）、『当世鹿もどき』（中央公論社、昭36・9）。

■内容　父、弟、自分にある「はにかみ」癖のこと。それと関連する「演説ぎらひ」。淡路恵子や高峰秀子女優たちの軽妙洒脱な手紙文の紹介。東京に盛んに入ってくる「関西言葉」の数々。数え年十七歳のころの築地精養軒奥向きでの書生奉公の体験。高血圧症や右手麻痺、狭心症の発作の恐怖。寝たきりの病人にとっての唯一の気晴らしであるラジオ番組の紹介。平安朝婦人の髪型おすべらかしが似合う女優京マチ子の風格。松子夫人との出会いを偶然取り持つことになった「芥川龍之介が結ぶの神」。子供が苦手であった自分が、一番縁の遠い孫であるたをりを可愛がるようになったきっかけの、肉感的なキスの思い出。性来そうであると信じられる「臆病について」。（山口）

瘋癲老人日記

◆小説　全集㉔

■初出　「中央公論」（昭36・11～昭37・5）、『瘋癲老人日記』（中央公論社、昭37・5）。

■梗概　七十七歳の卯木督助のカタカナ書きの日記という体裁をとっている。六月十六日、訥昇の揚巻が見たくて新宿の劇場に行く。翌日「河庄」を見た帰り、全学連のデモを避けて銀座に出、食事する。息子の妻の颯子は自分が食いちらした鱧の梅肉をすすめる。次の日颯子が欲しがっていたハンドバッグの代金二万五千円を手渡す。すでに性的には無能力者であるが性的な楽しみを感じることはできる。颯子はそれとなくさぐりを入れ反応を試している。颯子は夫のいとこの春久と遊びまわっている。夏になると、春久は二階ですずんでいる。それをとがめるつもりなどないと颯子に言う。颯子はときどきシャワーを浴びにきて颯子とシャワーを浴びているとき、足に口をつけてよいと言う。あとで血圧を測ると二百を越えていた。颯子に許されネッキングすると三百万円の猫眼石を買わされる。秋、若いころの母の夢を見る。手の痛みがひどく寝込んだとき子供のように颯子に甘えようとするが相手にされない。京都に墓所を探しに行く。颯子の足をかたどった仏足石の墓石を作ることを思いつき、颯子の足の裏に朱をこすりつけ色紙を踏ませる。翌日、颯子は無断で東京に帰る。このあと、佐々木、勝海、五子の手記（前二者は現代表記）の抜萃があり、督助が心臓発作で入院し予後を養っていることが述べられる。（安田）

台所太平記

◆**小説**　**全集㉔**

■**初出**　「サンデー毎日」（昭37・10・28～昭38・3・10）、『台所太平記』（中央公論社、昭38・4）。

■**梗概**　作家の千倉磊吉の家に初が奉公に来たのは昭和十一年のことだった。初は肌が白く料理が得意で戦争中も磊吉を満足させた。戦後、初の郷里鹿児島の泊から梅が来た。梅には発作の持病があったが結婚したら治まった。小夜は雇ってほしいと自分で頼みにきたが、磊吉の書斎の机の抽出をいじくりクビになる。節は小夜に同情し嘘をついて小夜のもとに行く。二人が同性愛者だったことがのちに知れる。駒には奇妙な癖がいろいろあったが憎めない人柄だった。百合のものおじしない態度を磊吉は気にいるが、傲慢なそぶりはひとから嫌われた。鈴は器量がよく味覚が発達していた。泊出身の銀は気がつよい。熱海のタクシーの運転手の光雄を好きになるが焼きもちをやく。鈴と銀は同じ日に結婚式を挙げた。昭和三十七年、磊吉の喜寿の祝いに千倉家に奉公した女性たちが集まった。（安田）

雪後庵夜話

◆**随筆**　**全集㉔**

■**初出**　「中央公論」（昭38・6～9）、「中央公論」（昭39・1、原題「続雪後庵夜話」）、『雪後庵夜話』（中央公論社、昭42・12）所収。

■**内容**　まず「私の今の妻のM子」と結婚するまでのいきさつを述べる。M子には夫がいたが夫婦関係は破綻していた。M子は妹のS子やN子と一緒に暮らしていた。M子と結婚できたのは妹たちの力添えがあったからだ。M子と結婚した後、S子を迎えに行った。M子とは世間並みの夫婦になるつもりはなかった。M子たち姉妹の営む暮しを尊重した。M子に妊娠中絶をすすめたことを明かす。次いで、批評を気にかけないこと、作品を書くのが遅いこと、老齢になり肉体の不自由なことを述べつつ、漱石、鷗外などの思い出を述べる。幼いころ母と共に見た「義経千本桜」の舞台の印象に触れ、M子たち三姉妹にひかれた源もその舞台にあるという。（安田）

おしゃべり

◆**小説**　**全集㉔**

■**初出**　「婦人公論」（昭39・1）、『雪後庵夜話』（中央公論社、昭42・12）所収。

■**梗概**　欧米人はまわりにほかの人がいても平気で人妻を口説く。どこまで真剣なのか冗談なのかわからない。大晦日の夜ホテルに泊まったとき、家族同士でつきあっているアレンが部屋まで送ってきて、キスしてくれと言うが拒んだ。同じホテルで知り合ったハスケルが、夫と泊まっている名古屋のホテルに電話をかけてきて、一緒に見物に行かないかと誘うが断ると、一人でもよいから来てくれと言うので出かけて行くとやたらにキスをする。こんなことは好ましくないと言う。別れたあとくやしくなるが、夫はいい経験になっただろうと言う。（安田）

七十九歳の春（しちじゅうきゅうさいのはる）

◆**随筆**　**全集㉔**

■**初出**　「中央公論」（昭40・9）、『雪後庵夜話』（中央公論社、昭42・12）所収。

■**内容**　年をとると食欲は衰えるし、思いもよらないことに涙のこぼれることがある。肉体にもさまざまな障害が生じる。何度か危ない状態になったことのある高血圧症と狭心症は落ちついてきたが、前立腺肥大が顕著になった。広津和郎に手術を勧められたがためらった。昨年十一月尿閉になった。夜間往診するのを厭わない近所の井出医師などの処置で救われたが、結局入院して治療を受けることにした。三月に退院した。平安神宮の桜が気がかりだったが無理するわけにいかなかった。五月に遅ればせながら京都の春を楽しんだ。（安田）

にくまれ口（にくまれぐち）

◆**随筆**　**全集㉔**

■**初出**　「婦人公論」（昭40・9）、『雪後庵夜話』（中央公論社、昭42・12）所収。

■**内容**　『源氏物語』の現代語訳を三回手がけた谷崎が『源氏』に対する不満を語った随筆。『源氏』は「物のあはれ」を書いたものであるから「是非善悪」をもって読むべきではないとする本居宣長の説に賛同しながらも、光源氏の女癖の悪さや不義の数々には同情できず、また作者紫式部が源氏贔屓であることにも反感を覚えるという。しかし、一方で『源氏』に及ぶ物語はないと、物語全体としての「偉大さ」に賛辞をおくる。（千葉）

さ

た

な

索引

※全作品事典での掲載頁は太字で示した。

執・筆・者・一・覧（掲載順）

五味渕典嗣（ごみぶち・のりつぐ）一九七三年生まれ。大妻女子大学准教授。主な著書・論文に『言葉を食べる　谷崎潤一郎、一九二〇～一九三一』（世織書房、二〇〇九）、「テクストという名の戦場――金史良『郷愁』の言語戦略――」（『日本文学』二〇一五・一一）ほか。

日高佳紀（ひだか・よしき）一九六八年生まれ。奈良教育大学教授。主な著書・論文に『谷崎潤一郎のディスクール　近代読者への接近』（双文社出版、二〇一五）、「一九八〇年代メディアと村上春樹――雑誌『BRUTUS』の「ニューヨーク炭鉱の悲劇」――」（『昭和文学研究』二〇一四・三）ほか。

明里千章（あかり・ちあき）一九五二年生まれ。千里金蘭大学特任教授。主な著書に『谷崎潤一郎　自己劇化の文学』（和泉書院、二〇〇一）、『小出楢重と谷崎潤一郎　小説「蓼喰ふ虫」の真相』（共著、春風社、二〇〇六）ほか。

千葉俊二（ちば・しゅんじ）一九四七年生まれ。早稲田大学教授。主な著書に『物語の法則　岡本綺堂と谷崎潤一郎』（青蛙房、二〇一二）、『谷崎潤一郎の恋文』（編著、中央公論新社、二〇一五）ほか。

西野厚志（にしの・あつし）一九七八年生まれ。京都精華大学専任講師。主な論文に「灰を寄せ集める――山田孝雄と谷崎潤一郎訳「源氏物語」――」（『講座源氏物語研究』第六巻、おうふう、二〇〇七）、「韻文と散文のあいだ――「細雪」下巻三十七章を読む――」（『日本文学』二〇一六・五）ほか。

細江光（ほそえ・ひかる）一九五九年生まれ。甲南女子大学名誉教授。主な著書に『谷崎潤一郎――深層のレトリック』（和泉書院、二〇〇四）、『作品より長い作品論――名作鑑賞の試み』（和泉書院、二〇〇九）ほか。

大浦康介（おおうら・やすすけ）一九五一年生まれ。京都大学教授。主な編著書に『フィクション論への誘い――文学・歴史・遊び・人間』（世界思想社、二〇一三）、『日本の文学理論――アンソロジー』（水声社、近刊予定）ほか。

飯田祐子（いいだ・ゆうこ）一九六六年生まれ。名古屋大学教授。主な著書に『彼らの物語――日本近代文学とジェンダー』（名古屋大学出版会、一九九八）、『彼女たちの文学――語りにくさと読まれること』（名古屋大学出版会、二〇一六）ほか。

徳永夏子（とくなが・なつこ）一九八一年生まれ。日本大学専任講師。主な著書・論文に「『青鞜』における自己語りの変容――テクストによる現実との接触――」（『日本文学』二〇一〇・九）、「文芸協会『人形の家』における〈しおらしさ〉の演出――協力者ケート夫人に触れて――」（『語文』二〇〇九・一二）ほか。

篠崎美生子（しのざき・みおこ）一九六六年生まれ。恵泉女学園大学教授。主な著書・論文に『芥川龍之介と上海』（施小煒との共著、恵泉女学園大学 平和文化研究所、二〇一五）、「朕の居場所」（翰林書房、関礼子・原仁司編『表象の現代――文学・思想・映像の20世紀』二〇〇八）ほか。

平野芳信（ひらの・よしのぶ）一九五四年生まれ。山口大学教授。主な著書に『村上春樹と《最初の夫の死ぬ物語》』（翰林書房、二〇〇一）、『村上春樹――人と文学――』（勉誠出版、二〇一一）ほか。

山本亮介（やまもと・りょうすけ）一九七四年生まれ。東洋大学教授。主な著書・論文に『横光利一と小説の論理』（笠間書院、二〇〇八）、「『ヰタ・セクスアリス』における権力と主体」（『文藝と批評』二〇一五・一一）ほか。

笹尾佳代（ささお・かよ）一九七九年生まれ。神戸女学院大学准教授。主な著書・論文に『結ばれる一葉　メディアと作家イメージ』（双文社出版、二〇一二）、「メディアとしての白蓮事件――事件報道と「鳳凰天に搏つ」をめぐって」（『Juncture：超域的日本文化研究』二〇一五・三）ほか。

安藤徹（あんどう・とおる）一九六八年生まれ。龍谷大学教授。主な著書に『源氏物語と物語社会』（森話社、二〇〇六）、『日本文学からの批

評理論　亡霊・想起・記憶』（共編、笠間書院、二〇一四）ほか。

井原あや（いはら・あや）一九七七年生まれ。大妻女子大学ほか非常勤講師。主な著書・論文に『〈スキャンダラスな女〉を欲望する――文学・女性週刊誌・ジェンダー』（青弓社、二〇一五）、「「妻」は誰を救ったか――映画「ヴィヨンの妻～桜桃とタンポポ～」」（『坂口安吾研究』二〇一六・三）ほか。

杉山欣也（すぎやま・きんや）一九六八年生まれ。金沢大学教授。主な著書・論文に『「三島由紀夫」の誕生』（翰林書房、二〇〇八）、「旅行記／ツーリズム」「聖セバスチャンのイメージをめぐって　「仮面の告白」と引用」（『21世紀の三島由紀夫』翰林書房、二〇一五）ほか。

城殿智行（きどの・ともゆき）一九六九年生まれ。大妻女子大学教授。主な論文に「見えない傍観者――溝口健二と「あまりに人間的な」映画」（『大妻女子大学紀要――文系――』二〇一五・三）、「天覧と遙拝――「見えない傍観者」補注――」（『人間生活文化研究』二〇一六）ほか。

木股知史（きまた・さとし）一九五一年生まれ。甲南大学教授。主な著書に『画文共鳴　『みだれ髪』から『月に吠える』へ』（岩波書店、二〇〇八）、『石川啄木・一九〇九年（増補新訂版）』（沖積舎、二〇一一）ほか。

真銅正宏（しんどう・まさひろ）一九六二年生まれ。追手門学院大学教授。主な著書に『触感の文学史』（勉誠出版、二〇一六）、『偶然の日本文学』（勉誠出版、二〇一四）ほか。

中村ともえ（なかむら・ともえ）一九七九年生まれ。静岡大学准教授。主な論文に「小説家の戯曲――谷崎潤一郎『愛すればこそ』『お国と五平』論――」（『人文学報』二〇一五・四）、「正岡子規「瓶にさす」歌の鑑賞」（『国語と国文学』二〇一五・一一）ほか。

石川巧（いしかわ・たくみ）一九六三年生まれ。立教大学教授。主な著書・論文に「徹底検証・「月刊毎日」とは何か」（『新潮』二〇一六・一）、「解説・「手帖抄」――日本人を叱る原節子」（『新潮』二〇一七・一）ほか。

金子明雄（かねこ・あきお）一九六〇年生まれ。立教大学教授。主な著書・論文に『ディスクールの帝国――明治三〇年代の文化研究』（共編著、新曜社、二〇〇〇）、「〈文壇〉のハッピーバースデイ――ディスプレイとしての花袋・秋声誕生五十年祝賀会」（『文学』二〇一六・五、六）ほか。

生方智子（うぶかた・ともこ）一九六七年生まれ。明治大学准教授。主な著書・論文に『精神分析以前　無意識の日本文学』（翰林書房、二〇〇九）、「アーク灯の光、そして影――谷崎潤一郎『秘密』における分身のテクノロジー」（『文芸研究』二〇一六・二）ほか。

岩川ありさ（いわかわ・ありさ）一九八〇年生まれ。東京大学リベラルアーツ・プログラム教務補佐員。主な論文に「『痛み』の認識論の方へ――文学の言葉と当事者研究をつないで」（『現代思想』二〇一一・八）、「境界の乗り越え方――多和田葉子『容疑者の夜行列車』をめぐって」（『論叢クィア』二〇一二・一一）ほか。

森岡卓司（もりおか・たかし）一九七一年生まれ。山形大学准教授。主な著書・論文に、『近代の夢と知性　文学・思想の昭和一〇年前後』（共編著、翰林書房、二〇〇〇）、「文学を引き裂く――吉本隆明の芥川龍之介論――」（『季刊 iichiko』二〇一三・四）ほか。

榊原理智（さかきばら・りち）一九六四年生まれ。早稲田大学教授。主な著書に、Literature Among the Ruins: Postwar Japanese Literary Criticism（共著、Lexington、二〇一七刊行予定）、『検閲の帝国――文化の統制と再生産』（共著、新曜社、二〇一四）ほか。

西村将洋（にしむら・まさひろ）一九七四年生まれ。西南学院大学教授。主な著書・論文に『上海の日本人社会とメディア 1870-1945』（共編著、岩波書店、二〇一四）、「「陰翳礼讃」と国際的ディスクール――一九三〇年前後の谷崎潤一郎を読む」（『日本近代文学』二〇一五・五）ほか。

坪井秀人（つぼい・ひでと）一九五九年生まれ。国際日本文化研究センター教授。主な著書に

『感覚の近代――声・身体・表象――』（名古屋大学出版会、二〇〇六）、『性が語る　二〇世紀日本文学の性と身体』（名古屋大学出版会、二〇一二）ほか。

瀬崎圭二（せざき・けいじ）一九七四年生まれ。同志社大学准教授。主な著書に『流行と虚栄の生成　消費文化を映す日本近代文学』（世界思想社、二〇〇八）、『海辺の恋と日本人　ひと夏の物語と近代』（青弓社、二〇一三）ほか。

牧義之（まき・よしゆき）一九八三年生まれ。長野県短期大学助教。主な著書・論文に『伏字の文化史　検閲・文学・出版』（森話社、二〇一四）、「削られた〝銃後の母〟――宮本百合子「その年」内閲原稿が語る言論状況」（『日本文学』二〇一五・一一）ほか。

佐藤淳一（さとう・じゅんいち）一九七三年生まれ。和洋女子大学准教授。主な著書・論文に『谷崎潤一郎　型と表現』（青簡舎、二〇一〇）、「蒼穹答へず」（『太宰治研究』二〇一三・六）ほか。

岸川俊太郎（きしかわ・しゅんたろう）一九八二年生まれ。早稲田大学、獨協中学校・高等学校非常勤講師。主な論文に「『毎月見聞録』の時代――大正期荷風文学と同時代の関わり――」（『日本近代文学』二〇一四・一一）、「永井荷風と占領期〈検閲〉――『罹災日録』を視座として――」（『日本近代文学』二〇〇九・五）ほか。

佐藤未央子（さとう・みおこ）一九八八年生まれ。同志社大学大学院文学研究科博士後期課程。主な論文に「谷崎潤一郎「青塚氏の話」における映画の位相――映画製作／受容をめぐる欲望のありか」（『日本近代文学』二〇一四・一一）、「谷崎潤一郎「肉塊」と映画の存在論――水族館・人魚幻想、〈見交わし〉の惑溺」（『日本近代文学』二〇一六・五）ほか。

柴田希（しばた・のぞみ）一九八六年生まれ。早稲田大学大学院教育学研究科博士後期課程。主な論文に「「人面疽」の〈恐怖〉――谷崎の映画理念と観る行為の可能性――」（『早稲田大学大学院教育学研究科紀要』二〇一四・三）、「谷崎潤一郎と映画――〈Crystallization〉が照射する藝術表象の煩悶――」（『日本文学』二〇一六・一一）ほか。

山中剛史（やまなか・つよし）一九七三年生まれ。中央大学大学院兼任講師ほか。三島由紀夫文学館特別研究員。主な論文に「谷崎潤一郎と大正活映」（『文学と映画』弘学社、二〇一〇）、「三人の写真家と三島由紀夫のフォト・パフォーマンス」（共編著『混沌と抗戦――三島由紀夫と日本、そして世界』水声社、二〇一六）ほか。

嶋田直哉（しまだ・なおや）一九七一年生まれ。明治大学准教授。主な論文に「永井荷風の「復活」――「つゆのあとさき」を読む」（隔月刊「文学」第一〇巻第二号　二〇〇九・三）、「記憶の遠近法――井上ひさし『父と暮せば』を観ること」（『日本近代文学』第九四集　二〇一六・五）ほか。

永栄啓伸（ながえ・ひろのぶ）一九四七年生まれ。近代文学研究家。主な著書に『谷崎潤一郎論――伏流する物語』（双文社出版、一九九二）、『評伝谷崎潤一郎』（和泉書院、一九九七）ほか。

前田久徳（まえだ・ひさのり）一九四九年生まれ。金沢大学名誉教授。主な著書・論文に『谷崎潤一郎　物語の生成』（洋々社、二〇〇〇）、「康成晩年の〈場所〉――「眠れる美女」を視座として――」（『文学』一九九四・四）ほか。

安田孝（やすだ・たかし）一九五〇年生まれ。神戸女子大学名誉教授。主な著書・論文に『谷崎潤一郎テクスト連関を読む』（翰林書房、二〇一四）、「森鷗外と原田直次郎、黒田清輝」（『森鷗外と美術』（共著、双文社出版、二〇一四）ほか。

山口政幸（やまぐち・まさゆき）一九五八年生まれ。専修大学教授。主な著書に『日本の作家１００人　人と文学　谷崎潤一郎』（勉誠出版、二〇〇四）、『菊池寛現代通俗小説事典』（監修、八木書店、二〇一六）ほか。

◆編集後記

花田清輝ではないが、最近の仕事では努めて〈楕円〉を意識している。いたずらに新奇さを追い求めるのではなく、専門性という名の制度の内側のみに泥むのでもない。過去の蓄積を受け止めながら、文学研究・批評の新たな可能性を模索していくこと。幸いなことに、この『谷崎潤一郎読本』では、多くの執筆者の方々にご協力いただき、谷崎から始まる思考の圏域を確かに押し拡げることができたと思う。そもそも、谷崎のテクストをしかるべく遇することができない日本語の近代文学研究など、顔を洗って出直した方がよいのである。文学出版をめぐる情勢が厳しさを増す中で、この企画を引き受けてくださった翰林書房の今井肇社長、素敵な本作りのためにご尽力くださった今井静江さんに、心から感謝したい。（五味渕）

没後50年と生誕130年。待望久しかった決定版全集の刊行に象徴される、谷崎という作家にとってたしかに特別だった2年間が終わろうとしている。このタイミングで『谷崎潤一郎読本』を刊行し、その現場にいることに、「偶然」という以外の理由はない。それでもこだわりたいと考えていたのは、谷崎文学のみならず文学研究そのものの可能性を拡げること。但し、それを極めて個別的なテクストのなかから紡いでいくこと。そして、ここを新たな出発点にしたいということだった。編者の出したテーマを引き受けてそれぞれの「谷崎」を見事に表現してくださった執筆者のみなさん、われわれの試みを素敵なかたちに仕上げてくださった今井静江さんに心から感謝し、この本を手にとってくださったすべての方との出会いをよろこびたい。（日高）

たにざきじゅんいちろうとくほん
谷崎潤一郎読本

発行日　2016年12月20日　初版第1刷
編　者　五味渕典嗣＋日高佳紀
発行人　今井 肇
発行所　翰林書房
〒151-0071
東京都渋谷区本町1-4-16
初台ガイアビル4F
電話　03-6276-0633
FAX　03-6276-0634
http://www.kanrin.co.jp/
E-mail kanrin@nifty.com
造　本　須藤康子＋島津デザイン事務所
印刷・製本　メデューム

写真提供・協力　日本近代文学館、中央公論新社、芦屋市谷崎潤一郎記念館・稗田戈德様。掲載写真の著作権につきましては極力調査しましたが、お気付きの点がございましたらご連絡下さい。

落丁・乱丁本はお取り替えいたします

ISBN 978-4-87737-408-2